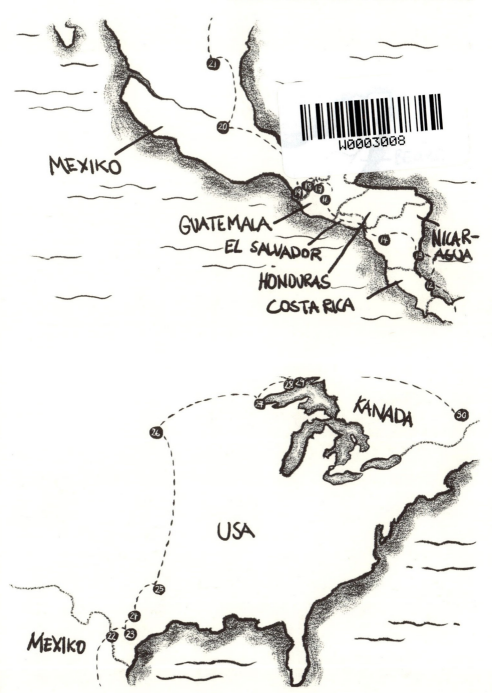

Peer Martin

HOPE

**ES GIBT KEIN ZURÜCK.
DU KOMMST AN.
ODER DU STIRBST.**

Mit Vignetten von KIM&HIM

Dressler Verlag · Hamburg

Dieses Buch ist ein fiktives Werk.
Ähnlichkeiten mit historischen Ereignissen,
Personen oder Orten sind rein zufällig und
sollten als solche behandelt werden.

Originalausgabe
1. Auflage
© 2019 Dressler Verlag GmbH,
Poppenbütteler Chaussee 53, 22397 Hamburg
Alle Rechte vorbehalten
Dieses Werk wurde durch die Literaturagentur Beate Riess vermittelt.
Illustrationen: KIM&HIM
Einbandgestaltung: Frauke Schneider
Satz: Arnold & Domnick GbR, Leipzig
Druck & Bindung: GGP Media GmbH,
Karl-Marx-Straße 24, 07381 Pößneck, Deutschland
Printed 2019
ISBN 978-3-7915-0139-0
www.dressler-verlag.de

0

Vorspann

Bildersuche Internet:
Südafrika Somalis Gewalt
Johannesburg Rooftop Bar

Sie haben es von Anfang an alle gesagt: Die Idee war vollkommen verrückt.
Das ganze Projekt.
Und zu gefährlich.
Florence hat nur den Kopf geschüttelt, ihren hübschen Kopf, den die vielen langen, dunklen Löckchen umrahmen. Dann hat sie aus dem Fenster gesehen und zum Horizont über der Stadt gesagt: »Du machst das sowieso nicht«, und in diesem Moment wusste ich, dass ich es tun würde.
Es war ein Tag in Johannesburg, Ende Juli, und das Fenster, an dem wir standen, war das Fenster eines heruntergekommenen, staubigen Hotels, fünfter Stock.
Der Stacheldraht und die Glasscherben auf der Mauer, die das Hotel umgab, blitzten in der Sonne, sodass man die Augen zukneifen musste: Stacheldraht gegen die Welt da draußen, gegen die, die nichts haben und dich vielleicht überfallen. Stacheldraht und Wale an der Küste, *that's South Africa for you.*
Aber ich war nicht wegen der Wale gekommen.

Ich war gekommen, weil dies der Startpunkt einer Reise war, über die ich schreiben wollte.
Ich, Mathis Martin, Kanadier, neunzehn, Möchtegernjournalist.
Die Reise sollte nach Südamerika führen, wo man Einreisevisa leichter bekommt, vor allem gefälschte, und dann die ganze Panamericana hoch, jene lange, berüchtigte Straße, die die Amerikas verbindet:

den armen Süden mit dem reichen Norden, die Favelas und Slums mit dem Traumland der Einkaufszentren und der unbegrenzten Möglichkeiten.

Eine Menge Leute hatten diese Reise gemacht. Mit dem Motorrad, mit dem VW-Bus, mit dem Fahrrad. Niemand hatte sie bisher mit Flüchtlingen gemacht.

Ich würde der Erste sein.

Seit drei Wochen suchte ich, vergeblich, einen Kontakt.

Ich hatte so viel recherchiert und wusste, wenn ich jetzt darüber nachdenke, so wenig. Ich hatte all diese ausgedruckten Zettel bei mir, zusammengeschriebene Informationen mit Fakten und Notizen, falls der Laptop es nicht mehr machte, oder vielleicht hatte ich die Zettel auch eher als Glücksbringer im Rucksack. Aber was wusste ich? Ich wusste nicht einmal etwas von Hope. Davon, dass eine Person mit diesem Namen in Johannesburg existierte. Es ist merkwürdig, zu denken, dass es eine Zeit vor Hope gab, eine Zeit, in der ich dieses nachdenkliche Gesicht nicht kannte, die Fragen nicht im Ohr hatte, die Hope stellte, den prüfenden Blick dieser Augen nicht spürte.

Nein, wirklich, ich wusste nichts.

Natürlich war es verrückt. Florence hatte recht, sie hatten alle recht, meine Eltern, meine Freunde zu Hause. Ich würde scheitern, niemand würde mit mir reden wollen, am wenigsten über die Wahrheit. Ich würde von irgendjemandem um mein Geld erleichtert werden und ohne Story zurückkehren.

Niemand, am allerwenigsten ich selbst (Mathis, neunzehn, Kind zurückhaltender, postmoderner Juden in Québec, Bildungselite, stets leicht verstrubbeltes Haar, Linkshänder) – niemand konnte ahnen, dass ich an jenem Tag, jenem eigentlich ersten Tag der ganzen Geschichte, in Johannesburg diese Bilder schießen würde.

Bilder im Feuer.

Bilder von Männerarmen, die Flaschen schleuderten, Bilder von reiner Wut, Bilder von einem gelben Lodern, das aus der Mitte der Welt kam, die die Mitte eines kleinen Gemischtwarenladens war. An jenem

Tag wurde der kleine Laden zur Welt, einer Welt aus Hass, und diese Welt verschluckte sich selbst, zerstörte sich.

Das war der Punkt, an dem ich aufhörte, Bilder zu machen.

Und der Punkt, an dem meine Reise begann.

Ich hatte den Kontakt vom Nachtwächter unseres Hotels.

Dies war der fünfzehnte oder sechzehnte Versuch, einen Afrikaner zu finden, der rüberwollte nach Amerika. Einen, mit dem ich reisen konnte. Sie kamen aus den Ländern nördlich von Südafrika, manche waren schon eine Weile hier und versuchten, Geld zu verdienen für die Weiterreise: Sudanesen, Jemeniten, Malier, Somalis.

Alle, die ich getroffen hatte, hatten ausweichend geantwortet. Ein paar hatten gesagt, sie würden sich überlegen, mit mir zu reisen, und dann waren sie verschwunden, ihre Handynummern plötzlich nicht mehr existent. Sie hatten Angst.

Der Nachtwächter, der das Hoteltor auf- und zuschloss, ein kleiner Mann mit grauem Haar, grauer Uniform und einem nervösen Zwinkern, hatte gesagt, ich sollte es im Laden seines Freundes versuchen. Der wäre schon lange da, aus Somalia, der könnte mir helfen. Der würde sie alle kennen, alle Geflohenen, Vertriebenen, Glückssucher und Unglücksfinder, die hier in Johannesburg untergekrochen waren.

Der Laden, eine halbe Stunde Taxifahrt von unserem Hotel entfernt, war eine jener schattigen Höhlen, die Kühle, Dosentomaten, Fladenbrot und dünne grüne Plastiktüten versprechen. Orte, an denen Menschen mit der gleichen Sprache ein und aus gehen und sich über Damals und Zuhause unterhalten.

Es war voll in dem kleinen Laden, staubig und voll. Ich dachte, ich könnte eine Melone kaufen und mit dem alten Herrn an der Kasse ins Gespräch kommen.

Ja, und dann stand ich da mit meiner Melone, um mich Gespräche in einer Sprache, die ich nicht verstand, im Fernsehen ein Fußballspiel – und das war die Sekunde, ehe alles sich änderte.

Ich kam nie dazu, die Melone zu bezahlen.

Ich weiß nicht, was mit ihr geschah, ich nehme an, ich ließ sie fallen, ich nehme an, jemand zertrat die Reste zu Matsch.

Zuerst war da das Krachen, dann das Klirren. Der alte Herr hinter seiner winzigen Ladentheke sah auf. Die Frau, die vor mir stand, schrie. Sie versuchte, an mir vorbeizukommen., weg, es war eine korpulente Frau, ich erinnere mich an das leuchtende Blau ihrer Bluse, das mir für einen Moment den Blick versperrte. Und an ihren Geruch nach Koriander und Zimt. Dann lag ich auf dem Boden, etwas hatte mich an der Stirn getroffen, ein Stein vielleicht, und die Fenster waren zerbrochen, und draußen waren drei vermummte Gestalten.

Nein, sie waren drinnen. Sie hatten Tücher vor Nase und Mund, nicht so, als wollten sie nicht erkannt werden, mehr, als sei dies ein Schutz oder eine Uniform, und ich begriff nichts, während ich versuchte, auf die Beine zu kommen. Während die Gestalten in die Regale griffen, Dosen und Packungen herausrissen und zu Boden schleuderten. Regale umwarfen.

Es ging alles zu schnell.

Ich kroch zur Seite, kam aber nicht auf die Beine. Der Boden war glitschig vom Inhalt der zerstörten Päckchen und Dosen, über mir ein Chaos aus Menschen und Dingen, die geworfen wurden, und weiteren Schreien, und ich sah, wie einer der Vermummten den alten Mann hinter der Theke hervorzog. Der andere zerrte ihn auf die Beine, und ich weiß, dass ich Angst hatte, eine Wahnsinnsangst, und dennoch oder gerade deswegen riss ich die Kamera hoch und drückte ab. Dann kroch ich weiter rückwärts, in einen Haufen aus zersplitterten Holzregalen und zermatschten Tomaten hinein, während ich weiter Bilder schoss. Ich sah, was ich sah, nur durch den Sucher: eine Faust, die in einem Gesicht landete. Eine Hand mit einem Stein darin. Eine andere Hand mit einer Flasche, die auf den Schädel des Alten niedersauste. Einen Regen aus Zeitschriften. Hände, die wahllos irgendwelche Gegenstände griffen und in Taschen steckten. Ein Hosenbein mit einem Schuh daran, reglos, auf dem Boden.

Augen, die mich aus halb vermummten Gesichtern heraus anstarrten. Die mich entdeckt hatten, mich und die Kamera.

Das war der Moment, in dem ich mich zusammenkrümmte und die Kamera mit meinem Körper schützte.

Ich lag da und wartete darauf, dass mich jemand hochzerrte und fertigmachte und die Kamera zertrat. Wartete auf den Schmerz.

Doch nichts geschah. Der Plan war geändert worden.

Plötzlich entfernten sich Schritte, etwas knisterte. Brandgeruch stieg mir in die Nase, Erinnerung an den Geruch der Müllhalden Südafrikas.

Dies war ein Laden gewesen, aber jemand hatte entschieden, ihn in eine Müllhalde zu verwandeln.

Ich unterdrückte den Husten, und ich schaffte es endlich, hochzukommen.

Sie hatten die Zeitschriften auf einen Haufen geworfen und angezündet, die Flammen griffen rasend schnell um sich, jemand musste Benzin über die zerstörten Regale gekippt haben.

Ab diesem Punkt ist meine Erinnerung verworren, ich weiß nur noch, dass ich versuchte, dorthin durchzukommen, wo der Schuh und das Hosenbein lagen, und dass ich sehr wenig Luft bekam, und dann lag ich auf einmal draußen, auf der Straße, und jemand drückte mich hinunter. »Bleib da.«

Direkt vor meinen Augen lag ein Kugelschreiber, so ein dünner weißer Drittweltkugelschreiber mit blauer Kappe.

In der Ferne, im Lärm der Stadt, hörte ich Sirenen. Als der über mir mich schließlich so weit losließ, dass ich den Kopf heben konnte, sah ich es zum ersten Mal in seiner ganzen Pracht: das Feuer. Es blühte dort, wo der Laden gewesen war, eine wunderschöne orange-gelbe Blume.

Die Straße war bedeckt mit Scherben, Dosen, Flaschen. Die Autos fuhren darum herum, ungeduldig hupend.

»Ist die Kamera okay?«, fragte der Mensch, der mich auf den Boden gedrückt hatte.

Und so sah ich ihn zum ersten Mal.

Sein fadenscheiniges gelbes T-Shirt mit der verblichenen Schrift war bespritzt mit etwas, das Blut oder der Saft von Tomaten sein konnte. Seine Hände waren rußig. Sein Gesicht lächelte.

Es war ein schmales Gesicht. Das Gesicht eines Kindes. Eines kleinen Jungen.

Vielleicht acht Jahre alt.

Die Kraft, mit der er mich zu Boden gedrückt hatte, war für einen kleinen Jungen erstaunlich. Sein Kopf war bedeckt mit einer Flut von verfilzten schwarzen Locken, sie reichte ihm bis über die Ohren. Weiße Flocken hatten sich darin verfangen, Ascheflocken wie Schnee.

Das Weiß in den Augen des Jungen war sehr hell und das dunkle Braun seiner Iris schien zu glühen.

»Ist die Kamera okay?«

Ich nickte langsam. »Ich glaube. Aber der Alte ... er ist noch da drin ... im Feuer.« Und ich kam halb auf die Beine, doch der Junge hielt mich am Ärmel fest.

»Du kannst ihm nicht mehr helfen.«

»Er ist tot«, sagte ich.

Der Junge nickte. Ich nickte auch.

»Du ... hast mich da rausgeschleift. Oder?«

Er wischte sich das Blut von den aufgeplatzten Lippen, auch er hatte Schläge eingesteckt.

»Mhm-m. Ich meine, wolltest du drin bleiben?«

»Nein«, sagte ich. »Scheiße, Mann, wer ... waren die?«

»Leute«, sagte er und zuckte die Schultern. »Sie mögen keine Somalis. Sagen, wir nehmen ihnen die Jobs weg.« Und erst in diesem Moment begriff ich, dass dieser achtjährige Junge Englisch sprach. Ziemlich gutes Englisch. »Ich hab da gearbeitet«, sagte er. »Sachen nach Hause getragen, zu den Kunden.« Er klopfte sich den Ruß von den Händen. »Ich bleib hier sowieso nicht. Sie sagen, du suchst jemanden, der die Reise mit dir zusammen macht. In die Vereinigten Staaten.«

»Sagen sie das?«

Er nickte, und dann sagte er, mit einer großmütigen Handbewegung: »Du kannst mit mir gehen.«

Ich sah ihn an. Sah in das schmale, kleine, ernste Gesicht.

»Klar«, sagte ich sarkastisch, um uns noch immer Rauch, Chaos und eine sich vergrößernde Menge Schaulustiger. »Wie alt bist du?«

»Meine Familie ist drüben«, sagte er. »Brasilien. Die warten auf mich. Aber es ist schwer, alleine rüberzukommen.«

»Die haben dich ... zurückgelassen?«

Er schüttelte vehement den Kopf. »Dinge passieren. Leute verlieren sich auf der Flucht. Es ist chaotisch. Aber ich weiß, dass sie in Brasilien sind. Manaus. So heißt die Stadt. Und sie wissen, dass ich hier bin. Sie warten, dass ich rüberkomme. Weißt du, man kann auch fliegen. Das geht schneller.«

»Ja, geht es«, sagte ich. »Aber du brauchst Papiere, oder? Und ich ... hör mal, es tut mir leid, aber ich bin der schlechteste Babysitter der Welt.«

Er sah mich an, mit angewinkeltem Kopf. Wie ich da auf der Straße saß, die Kamera im Arm haltend. »Den Babysitter brauchst wohl eher du«, meinte er.

In diesem Moment hielt ein Feuerwehrauto neben uns und direkt dahinter ein Wagen der Polizei. Da kam der Junge mit einem Satz auf die Beine, tauchte in eine Seitenstraße ein und war fort.

Florence schlug die Hände vor den Mund, als ich vier Stunden später vor der Tür unseres Hotelzimmers stand.

»Shit«, flüsterte sie. »Was ist passiert?«

»Es ist okay«, sagte ich und nahm sie in die Arme, ich, verschwitzt, dreckig, aufgeregt wie ein Grundschüler. »Es sind nur Dosentomaten. Es ist nur Ruß. Es ist okay.«

Ich ließ sie los und drängte mich an ihr vorbei in das winzige Hotelzimmer, setzte mich aufs Bett schloss die Kamera an den Laptop an.

»Krass«, sagte ich. »Guck dir das an. Diese Bilder ... Die Polizei will sie auch haben ... Fucking hell, guck dir das an, guck dir den Typen an ... Ich hab ihn in dem Moment, in dem er die Flasche hebt, um dem Alten damit auf den Kopf zu schlagen, das ist so krass, das ist ...«

»Mathis«, sagte Florence.

»Ja«, sagte ich und klickte weiter durch die Bilder.

Ich hatte eine Story. Mehr als das. Adrenalin schoss durch meine Adern, ich war wie auf Droge.

»Sie waren plötzlich da«, flüsterte ich. »Und ich war mittendrin. Dieser Hass in ihren Augen. Ich hab so was noch nie gesehen. Wie sie die Regale ausgeräumt haben, und dann das Feuer! Es ist ein paar Mal vorgekommen in letzter Zeit, haben sie bei der Polizei gesagt. Die Somalier sind zu erfolgreich hier, die müssen weg, wie die deutschen Juden, die waren auch zu erfolgreich, guck dir das an, das Gesicht.«

»Mathis«, sagte Florence noch einmal, und diesmal sah ich auf.

»Ich habe gewartet«, sagte sie leise. »Es kam in den Nachrichten. Im Radio. Ich hatte Angst.«

Ich nickte. »Tut mir leid. Hat ewig gedauert auf der Polizeiwache.«

»Ich habe dich angerufen. Du hast es nicht mal gemerkt.«

»Ich – nein. Tut mir leid.« Ich zog sie auf mein Knie. »Ich liebe dich.«

Da lachte sie, kurz und rau. »Mich? Nein. Du liebst das hier. Deine Story. Du wärst nicht mal ins Hotel gekommen, wenn der Laptop hier nicht stehen würde, oder?«

Ich sah sie nicht an.

»Geh mit mir essen«, flüsterte sie. »Heute Abend. Ich fliege morgen früh nach Hause.«

»Klar«, sagte ich lahm. »Gehen wir essen.«

»Ich dachte bis vorhin, dass du mitfliegst. Nach Hause.« Sie sah mich eine Weile an, und ich dachte wieder darüber nach, wie schön sie war, doch alles in mir wollte zu den Bildern zurückkehren.

»Ich habe vielleicht jemanden, mit dem ich reisen kann«, hörte ich mich sagen, und wir lauschten beide den Worten nach, wie sie in dem kleinen, staubigen Hotelzimmer aufstiegen und im hektisch sirrenden Ventilator zerhackt wurden.

»Wen?«, fragte Florence »Der Besitzer von dem Laden, den sie angezündet haben?«

»Nein«, sagte ich. Und ich dachte an das Hosenbein und den Schuh und daran, dass der Ladenbesitzer nicht mehr lebte.

»Den Botenjungen. Na ja, und seine Familie. Ich meine, falls ich den Jungen wiederfinde. Wie findet man in Johannesburg einen achtjährigen Jungen?«

»Gar nicht«, sagte Florence.
Und ich ahnte, dass sie recht hatte. Wenn überhaupt, würde er *mich* wiederfinden.

Der letzte Abend mit Florence: Wie unwirklich er später wurde, wie seltsam … Ich verbrachte jenen letzten Abend auf einer Dachterrasse, an einem Tisch zwischen Topfpalmen und Kerzenschein, unter uns die Großstadt mit ihren tausend Lichterarmen: die Hochhäuser in der näheren Umgebung makellose, glitzernde Stalagmiten und in der Ferne, unsichtbar und doch vorhanden, die Slums. Der Tisch war aus absichtlich verrostetem Eisen, hip und modern, die Cocktails aus dem Bilderbuch. Die Menschen auch.

Florence hatte darauf bestanden, dass ich das einzige gute Hemd anzog, das ich im Rucksack hatte, es war zerknittert, aber immerhin. »Und rasier dich vielleicht«, hatte sie gesagt.

Und da saß ich, gekämmt und im weißen Hemd, zwischen Menschen in besseren Hemden und mit besseren Frisuren. Ich hätte lieber irgendwas an einer Straßenbude gegessen, mich mit Florence auf eine Mauer gesetzt, mit einer Flasche Wein, wie vor zwei Jahren, als wir uns kennengelernt hatten und quer durch Kanada gefahren waren. Siebzehn. Die Florence, die jetzt vor mir saß, war eine junge Frau, kein Mädchen mehr. Wann war sie so erwachsen geworden?

»Es ist nur der Unterschied«, sagte sie und fuhr mit dem kleinen Finger den Rand ihres Cocktailglases entlang. »Du bist immer noch fünf. Du denkst, du kannst dein ganzes Leben lang rumrennen und Abenteuer erleben und Höhlen und Flöße bauen.«

»Aber es gibt Menschen, die das tun. Rumrennen jedenfalls«, sagte ich. »Ich glaube, man nennt sie Journalisten. Manche sind berühmt.« Ich legte eine Hand auf ihre. Zwinkerte ihr zu. »Die Welt wird von mir hören.«

Wir lachten zusammen. »Natürlich«, meinte sie. »Krieg ich dann ein Autogramm?«

»Das … hört sich so an, als würden wir uns nicht mehr kennen, wenn es so weit ist.«

»Mathis«, sagte Florence, und das Essen kam und sah wunderbar aus, Kunstwerke auf quadratischen Tellern, und keiner von uns rührte es an. »Mathis, ich werde nicht auf dich warten, in Kanada. Ich bin nicht das liebe kleine Mädchen, das sich jeden Tag die Augen ausweint und hofft, dass du bald nach Hause kommst, und jeden Tag den Blog verfolgt, den du möglicherweise schreibst. Ich werde den Rest der Ferien jobben und im September anfangen zu studieren. Ich ...« Sie schüttelte den Kopf, sah weg. »Wenn du dich unbedingt auf einer so irren Reise kaputt machen willst, tu das«, sagte sie. »Zehn Prozent, Mathis, zehn Prozent von denen, die in Südamerika losgehen, schaffen es in die Staaten. Der Rest ...« Sie räusperte sich. »Du kannst dir aussuchen, ob du dich im Urwald von einer Giftschlange beißen oder von einer mexikanischen Gang abschlachten lässt.«

Plötzlich sah sie mich wieder an.

»Flieg mit mir nach Hause. Schreib dich an der Uni für Journalismus ein. Wir können eine Wohnung zusammen suchen.«

Ich nahm die Hand. Drückte sie. Und schüttelte langsam den Kopf. »Tut mir leid.«

»Dann musst du damit leben, dass ich jemand anderen finde.«

»Ich liebe dich«, sagte ich wieder. Aber ich hörte, dass es hohl klang.

Der Stuhl war zu durchdesignt, um bequem zu sein, ich rutschte unbehaglich darauf herum, sie hatte recht: wie ein Kind. Ich wollte nicht auf diesem Stuhl sitzen, zwischen den Cocktailtrinkern in ihren feinen Kleidern, im Angesicht der glitzernden Wolkenkratzer von Shoppingmalls und Hotels.

Ich wollte da unten sein, da unten in den Straßen, im Staub, im Dreck, mit meiner Kamera, und Geschichten einsammeln. Und eines Tages einen Namen haben, den niemand so schnell wieder vergaß: Es würde der Name eines Abenteurers sein, der keine Hemden zu tragen brauchte, damit die Welt ihm lauschte.

Allein der Gedanke, eine Wohnung zu suchen, bereitete mir Bauchschmerzen.

»Ich liebe dich, aber ich werde nicht mit nach Hause kommen«, sagte ich. »Ich ... bin kein Zu-Hause-Typ.«

Florence nickte. »Ich schon«, sagte sie. »Ich möchte irgendwann ein eigenes Zu Hause haben, für mich. Später. Und dazu muss ich ein Studium abschließen, einen handfesten Job finden, mich absichern ... verstehst du das nicht? Ich meine, du hast wunderbare Eltern, du hattest diese ganze Geborgenheit. Die perfekte Kindheit. Und genug Geld im Hintergrund, es war nie ... ein Problem. Bei mir ... Du kennst die Geschichte. Verdammt, ich habe hart genug gearbeitet, um das Stipendium fürs Studium zu kriegen, das lasse ich nicht sausen, um ... was weiß ich. Abenteuer zu erleben.« Sie seufzte, und ich kannte die Geschichte, sie hatte recht. Florences' Mutter war immer ein Problem gewesen, psychisch, sie hatte irgendwann angefangen zu trinken, und dann hatten ihre Eltern nur noch gestritten und Geld war sowieso nie irgendwo gewesen. »Ich möchte ein Zuhause haben, in dem ich mich wohlfühle. Und irgendwann, später, in zehn Jahren oder was, möchte ich Kinder. Denen ich eine bessere Kindheit geben kann. So eine, wie du sie hattest. Ich möchte zusehen, wie sie durch einen Garten rennen, im Sonnenschein, und lachen. Mich darum kümmern, dass es ihnen gut geht. Eine Zukunft aufbauen.«

»Ich wäre der schlechteste Babysitter der Welt«, sagte ich ernst.

»Du willst keine Kinder? Kein Zuhause? Auch in zehn Jahren nicht? ... Nie?«

»Es tut mir leid«, sagte ich.

Sie nickte nur. Und dann nahm sie die Gabel, inspizierte das wunderschön arrangierte Gemüse und begann zu essen. Ich hatte die Kamera bei mir, und dies ist das letzte Foto, das ich von Florence habe: wie sie auf dieser Dachterrasse voller Kerzen sitzt, vor sich einen Teller mit einem Kunstwerk und ein Cocktailglas. Sie lächelt auf dem Foto. Doch ihr Lächeln ist an den Rändern schon ein Stück Vergangenheit: ein Abschiedslächeln, das sie mir geschenkt hat, nur für das Bild.

Und dann saß ich in unserem Hotelzimmer auf dem Bett und versuchte zum x-ten Mal, die Bilder in meine Cloud zu laden, das Netz war zu schwach.

Flammen auf dem Bildschirm des Laptops, die erhobene Hand mit der Flasche, die Wut auf den Gesichtern, ein umgekipptes Regal. Der alte Somali auf dem Boden, der Hass in den Augen der Angreifer.

Vielleicht hatte Florence recht.

Vielleicht war es Wahnsinn, was ich vorhatte.

Sie hassten die somalischen Flüchtlinge schon hier, in Südafrika, obwohl sie nicht einmal eine andere Hautfarbe hatten. Überall auf der Welt wartet der Hass auf Flüchtlinge, wer vor dem Tod zu Hause davonläuft, findet tausend neue Tode in der Fremde.

Zehn Prozent, hatte Florence gesagt, und ich wusste, dass sie recht hatte: Zehn Prozent schaffen es in die Staaten.

Aber dann sprang ich plötzlich auf.

Genau das, dachte ich. *Genau das wollte ich dokumentieren.*

»Florence?« Sie war im Bad, ich hörte die Dusche. »Ich dreh noch eine Runde draußen, ja?«

»Nimm den Hund mit«, rief Florence. Es war so ein Witz zwischen uns, so zu tun, als hätten wir einen Hund oder ein Kind oder einen Balkon (»Gieß die Geranien!«), und erst jetzt ging mir auf, dass wir den Witz unterschiedlich verstanden hatten. Für sie war es der Traum gewesen. Die Zukunft: Hund, Kind, Mann, Haus.

Für mich war es eine Art gewesen, mich über solche Spießigkeit lustig zu machen.

Ich war versucht, statt des inexistenten Hundes die Kamera mitzunehmen, aber dann ließ ich es. In meiner Jeanstasche steckten das Reiseportemonnaie mit ein bisschen Kleingeld, das Handy und eine Ersatzkarte für die Kamera, weil ich es für überflüssig hielt, sie herauszupulen.

Die Straßen waren dunkel. Es war eine schöne Nacht, die Luft warm und schmeichelnd auf der Haut. Es roch nach Diesel und nach Blumen, die irgendwo im Verborgenen blühten.

Die Sterne über mir waren unsichtbar, der Lichtsmog der Stadt fraß sie auf.

Der Mensch macht alles kaputt, dachte ich, sogar das Sternenlicht, aber irgendwie findet die Natur doch einen Weg.

»Vielleicht«, flüsterte ich, »wird es nicht so bleiben. Wir zerstören das Klima, wir zerstören die Welt, und dann wundern wir uns, warum eine ganze Masse von Menschen ihre Länder verlässt, in denen es nichts mehr gibt, und sich auf den Weg in unsere schöne, vollautomatische Zivilisation macht.« Das wäre, dachte ich, ein guter Anfang für meine Story.

Dann sah ich, woher der Duft kam. Unweit von mir wuchsen die Ranken eines Geißblatts über eine Mauer, aus einem Garten heraus, unbeeindruckt von Stacheldraht und Glasscherben auf der Mauerkrone. Ich ging näher, atmete tief den Duft ein ... Und dann legte sich ein Arm um mich.

Nahm mich in den Schwitzkasten.

Vor mir materialisierten sich zwei weitere Männer aus dem Nichts, einer hatte ein Klappmesser, der andere hatte einen Blick, in dem ich den gleichen Hass sah wie in den Augen der Plünderer.

»Keep your mouth shut, okay!«, sagte er.

Ich wehrte mich, was dumm war, bekam eine Faust in die Magengrube, krümmte mich und spürte etwas Kaltes an meinem Hals: die Messerklinge. Einer der drei hielt mich fest, während die anderen blitzschnell meine Taschen durchsuchten. Sie fanden das Portemonnaie und fluchten, enttäuscht vom Inhalt, fanden auch das Handy und die Ersatzkarte für die Kamera.

»Bitte!«, hörte ich mich keuchen, »kann ich die Karte wiederhaben? Sie ist leer, aber sie ist sehr prakt...«

Der zweite Schlag landete in meinem Gesicht, ich schmeckte Blut, merkte, dass ich jetzt auf dem Boden lag, kassierte noch ein paar Tritte. Dann entfernten sich Schritte.

Ich roch wieder den süßen Duft des Geißblatts.

Schließlich setzte ich mich auf und tastete nach meinen Zähnen. Sie schienen alle intakt zu sein. Ich zitterte, und mir war schlecht, aber vielleicht vor Erleichterung. Leute wurden in südafrikanischen Großstädten für weniger als ein Handy und ein bisschen Kleingeld umgebracht.

Natürlich, dies war ein entwickeltes, modernes Land. Aber Gewalt war nicht an der Tagesordnung.

Sie gehörte zur Ordnung der Nacht.

Lange saß ich einfach nur so da, die Knie angezogen, den Kopf an die Mauer hinter mir gelehnt.

Irgendwo lag Florence, geduscht, sauber, zwischen dem Duft von Hautcreme und Shampoo auf einem weißen Bettlaken. Und hier saß ich, zum zweiten Mal innerhalb von vierundzwanzig Stunden dreckig und blutverschmiert.

Sie hatte recht. Unsere Lebensentwürfe passten nicht zusammen.

Ich spürte, wie sich ein dummes Grinsen auf mein Gesicht stahl. Immerhin hatte ich es geschafft, überfallen zu werden, sodass ich davon berichten konnte.

Als ich das dachte, tauchte in der Ferne wieder ein Schatten auf. Zuerst erschrak ich. Aber es war nur ein kleiner Schatten. Ein Kind. Es rannte.

Und dann blieb es vor mir stehen, nach Atem ringend, und streckte die Hand aus. Darin lag die Karte für meine Kamera. »Ich dachte, du brauchst das hier vielleicht? Deine ... Bilder?«

»*Du*«, sagte ich. Denn natürlich war er es. »Wie kommst du hierher?«

»Ich hab doch gesagt, du brauchst einen Babysitter.« Der Kleine zuckte die Schultern. Ich nahm die Karte. Ich besaß nicht das Herz, ihm zu sagen, dass sie leer war und die Bilder längst in Sicherheit.

Ich nickte nur. »Danke. Haben sie das Ding weggeworfen?«

»Nicht direkt«, sagte der Junge und wischte sich mit dem Ärmel übers Gesicht, und jetzt sah ich, dass seine Nase blutete. »Sie hatten erst was dagegen, es herzugeben. Aber ich kann beißen. Und sehr schnell rennen. Das Handy konnte ich nicht zurückklauen. Tut mir leid.«

»Nein, das ... das Handy ist unwichtig«, sagte ich schnell. Himmel, was hätten sie alles mit ihm anstellen können, diesem mageren kleinen Jungen?

»Also«, sagte er und ließ sich neben mich auf den Boden fallen, »fliegen wir? Ich kann dich zu einem Typen bringen, der sich um die Papiere kümmert. Ich kenne den besten.«

»Ich wette, den kennst du, ja«, sagte ich. »Wo schläfst du eigentlich?«

»Ich hab im Laden geschlafen. Zwischen den Regalen. Mal sehen, wo ich jetzt unterkomme. Bei irgendwem aus dem Clan. Johannesburg ist voll von Somalis. Und wenn nicht – ich kenne Plätze in der Stadt.«

Ich nickte. Natürlich. Er kannte alles, und er konnte alles. Außer alleine an Bord eines Flugs nach Brasilien kommen.

»Was kostet mich der Spaß? Papiere für dich, damit du nach Brasilien kommst? Weißt du das auch?«

»Hundert Dollar, oder zweihundert«, sagte er. »Oder eine Million. Ungefähr.«

»Irgendwas zwischen hundert Dollar und einer Million«, sagte ich. »Alles klar.«

Afrikaner und Zahlen. Nein, sagte ich mir, das war ein Vorurteil, er war einfach nur ein Kind.

»Okay«, sagte ich.

»Okay«, sagte er. Wir schüttelten uns die Hände, eine sehr erwachsene Geste.

»Mathis«, sagte ich.

»Wie?«

»Ich heiße so. Mathis.«

Er nickte. »Das lässt sich nicht ändern.«

»Und ... du? Hast du einen Namen?«

»Oh, massenhaft«, sagte er. »Somalis haben alle massenhaft Namen. Den eigenen und den des Vaters und des Vaters des Vaters des Vaters, ich kann das auswendig, bis in die fünfzehnte Generation, man muss das.«

»Mir würde ein Name reichen.«

»Tadalesh«, sagte er. »Es bedeutet Glück. Ich bin jemand, der immer Glück hat.«

»Deshalb bist du hier«, sagte ich. »Allein, und deine Familie ist in Brasilien. Geflohen. Bist du doch, oder?«

»Klar«, sagte er. »Mogadischu ist kaputt.«

Er sagte es mit einer so wegwerfenden Handbewegung, als wäre es unwichtig.

»Ich meine, es war dabei, besser zu werden«, sagte er nach einer Weile. »Wir dachten das. Blöd. Dann ist alles wieder vor die Hunde gegangen.« Er spuckte aus, wie ein alter Mann.

»Und warum sprichst du so verdammt gutes Englisch? Ich meine, wie alt bist du, acht?«

»Elf«, sagte er. »Wir sehen uns.«

Und er stand auf, ging ein paar Schritte rückwärts, wischte sich noch einmal über die blutige Nase – drehte sich um und ging die Straße hinunter, bis seine magere kleine Gestalt mit der Dunkelheit jenseits der Straßenbeleuchtung verschmolz.

Glückskind.

Florence schlief, als ich zurück ins Hotelzimmer kam.

Ich fiel angezogen aufs Bett und legte einen Arm um sie, doch sie schüttelte ihn ab, ohne aufzuwachen.

Als ich die Augen wieder öffnete, lag ich allein auf dem Bett.

Der Wecker stand auf zehn Minuten vor neun.

Ich fühlte mich gerädert, versuchte, nicht an die Typen zu denken, die mich überfallen hatten, dachte an sie. Versuchte, nicht daran zu denken, dass das Handy weg war. Dachte daran. Versuchte, nicht an den toten alten Somali zu denken …

Und dann dämmerte mir, dass Florence weg war.

Auf dem Fußboden fand ich, beschwert mit meinen Wanderschuhen, einen Zettel.

Mach's gut, Mathis.

Mehr stand da nicht. Nicht »Wir sehen uns in Québec«. Nicht einmal »Pass auf dich auf«.

Dies war der Beginn meiner Reise.

»Reportage über die Reise einer somalischen Familie ins gelobte Land Amerika«, flüsterte ich dem Deckenventilator zu. »Der Exodus Afrikas oder die Entstehung einer neuen Weltenordnung. Bild und Text: Mathis Martin.«

Großartige Worte in meinem Mund. Aber die Unterlippe war noch immer taub von dem Fausthieb.

Fakten Somalia

Somalia entstand aus den Staatsgebieten von Britisch- und Italienisch-Somaliland und wurde 1960 unabhängig.
Die somalische Gesellschaft besteht aus den großen Clans Darod, Dir, Isaaq, Hawiye – die als Nomaden lebten – sowie den sesshaften Rahanweyn, die von den übrigen Clans als minderwertig betrachtet werden.

Unterclans Hawiye: Karanle / Abgaal / Habar Gidir, A. und H. kämpfen in Mogadischu um die Macht

Seit dem Sturz von Diktator Siad Barré 1991 existiert in Somalia keine Regierung mehr. Die siegreichen Rebellen der Hawiye konnten sich auf keine Nachfolge einigen und der Fall des Regimes in der Hauptstadt Mogadischu führte zu Morden und Plünderungen an Mitgliedern anderer Clans. Rivalisierende Warlords kämpfen seitdem um das ganze Land.
Seit 2000 gibt es eine international unterstützte Regierung in Mogadischu, die jedoch zeitweise kaum die eigene Stadt halten konnte. Mitte 2006 eroberte die Union Islamischer Gerichte Mogadischu und führte eine Ordnung nach der muslimischen Scharia ein, wurde jedoch von eingreifenden äthiopischen Truppen wieder vertrieben.
Der militante Arm der Union, »al-Shabaab« (»Die Jugend«), kämpft noch immer in Somalia und ist größtenteils um Mogadischu herum aktiv.
Somaliland und Puntland im Norden sind praktisch autonom, ihre Regierungen international aber nicht anerkannt.

Piraterie!

Nach der Rückkehr einer fragilen Normalität in der Hauptstadt wurden bei einem Bombenanschlag im Herbst 2017 über 500 Menschen durch al-Shabaab getötet.
Dürren und Hungerkrisen sorgen immer wieder für einen Zustrom verarmter Viehhirten in die Städte und tragen zur Unruhe bei.
Heute leben geschätzt 1 010 000 Somalis außerhalb ihres Landes. 300 000 davon leben auf dem afrikanischen Kontinent, 250 000 in Nordamerika und etwa gleich viele in Europa.

Hoffnung
Trotz fehlender Regierung tritt im Land teilweise wieder ein Zustand des Gleichgewichts ein, Geflohene kehren zurück und eröffnen Geschäfte oder sogar Restaurants. Seit 2015 gibt es in Mogadischu wieder eine Buchmesse.

Fakten Flüchtlingsrouten

Ende 2016 waren insgesamt ca. 65,5 Millionen Menschen weltweit auf der Flucht. Viele von ihnen fliehen vor Krieg und Verfolgung, die meisten jedoch vor den Folgen des Klimawandels, der wiederum die politische Stabilität beeinflusst und Kriege nach sich zieht.
Traumländer für ein besseres Leben sind die USA, Kanada und Europa. Nachdem Europa seine Grenzen zunehmend schließt, fliehen immer mehr Menschen auch aus weit entfernten Ländern über die alternative Route der Panamericana nach Norden.

Hoffnung
Der Druck der Flüchtlingsmasse auf den Nordwesten Amerikas nimmt zu. Mauern werden irgendwann nicht mehr helfen, die Menschen zurückzuhalten. Es ist der Anfang einer Völkerwanderung von Menschen, zu viele, um sie wegzudiskutieren.

INTO
THE GREEN

»Was ich gar nicht mag, ist der Geruch in den Städten.
Es stinkt nach Maschinen und Autos.
Bei uns im Wald riecht es nach Blumen.«

Davi Kopenawa Yanomami

1

o homem
der Mensch

> Bildersuche Internet:
> Regenwald von oben
> Sojaplantagen Brasilien
> Theater Manaus
> Slum Manaus
> Amazonas Boot

Ich werde nie vergessen.

Ich werde nie vergessen, wie ich in diesem Büro saß, im dritten Stock eines Vororts von Johannesburg. Papiere stapelten sich auf dem Schreibtisch, der Kommode, dem Fensterbrett, den Stühlen.

»Setzen Sie sich«, sagte der Mann hinter dem Schreibtisch. Er hatte eine kleine Sammlung von Smartphones vor sich liegen und war damit beschäftigt, bei einem von ihnen ein Teil mit einem Brillenschraubenzieher auszuwechseln.

Ich nahm einen Papierstapel von einem Stuhl und setzte mich.

»Ich brauche Papiere«, sagte ich, was sehr dumm klang, da ich ja einen ganzen Stapel Papiere in der Hand hielt. Ich legte ihn auf den Boden. »Ich ... brauche Papiere für einen elfjährigen Jungen aus Somalia, der mit mir nach Brasilien reisen wird. Jemand hat mir gesagt, Sie könnten ...«

Und wenn er die Polizei rief?

Als Tadalesh mir die Adresse genannt hatte, war ich davon ausgegangen, einen dunklen, zwielichtigen Schuppen in einem Hinterhof zu finden, nicht dieses helle Büro. Vielleicht streute jemand absichtlich Falschinformationen.

Der Mann hinter dem Schreibtisch, ein ordentlich gekleideter, untersetzter Mann mit fast kahl geschorenem Schädel, legte den Schraubenzieher hin und musterte mich eine Weile. In seinen Augen standen die Worte: männlich, weiß, Geld, jung, zerzaust.

»Brasilien«, sagte er schließlich. »Ein Junge.«
»Ja. Seine Familie wartet dort, sie wollen in die Staaten, sie sind geflohen, und ich ...«
Er wischte meine Erklärung mit einer Handbewegung weg. »Adoption?«, fragte er knapp.
»Wie?«
Er seufzte. »Holen Sie das Kind für jemanden in Amerika ab, der ein Kind adoptieren will?«
Ich schüttelte verblüfft den Kopf.
»Es geht mich nichts an«, sagte er. »Aber eins sag ich Ihnen: Wenn ein einziger Somali gegen die Adoption dieses Jungen ist, haben Sie den ganzen Clan am Hals. Und Somalis sind überall. Es wird immer jemand vom Clan in der Nähe sein. Ich weiß nicht, ob das Risiko den Preis wert ist, den die Adoptiveltern Ihnen zahlen. Name?«
Ich merkte, wie ich lächelte. »Das heißt, Sie stellen die Papiere aus?«
»Selbstverständlich«, sagte er steif. »Pass und Visum. Es kostet natürlich. Geld regiert die Welt.« Es klang traurig. Er holte einen kleinen Taschenrechner aus einer Schublade, tippte und schob ihn mir über das Chaos auf dem Schreibtisch hin. 2125, sagte das Display.
»Das ist ... eine Jahreszahl?«
»Das ist der Preis in Dollar. Mit Bearbeitungsgebühr und Papierkosten.«
Beinahe hätte ich gelacht.
Ich hatte ein Budget für das Projekt, ich hatte Geld, mühsam verdient in einem Nebenjob in einer Keksfabrik in den letzten Schulferien meines Lebens. Ich sah noch vor mir, wie meine Mutter den Kopf geschüttelt hatte, wenn ich nach der Schule hingefahren war. Meine Mutter in ihrem leisen Kleid aus Besorgnis, mit den hübschen Fältchen um die Augen, meine Mutter, die Mathematikerin, die alles ständig berechnete, Atemzüge, Herzschläge, das Volumen von Schneeflocken, die wir zusammen am Fenster beobachtet hatten, als ich klein gewesen war. Sie hatte mir gesagt, wie viele Stunden, wie viele Minuten, wie viele Sekunden sie damit zugebracht hatte, mich in die Welt zu bringen und großzuziehen – ich hatte die abnorm hohe Zahl wieder vergessen –,

und wie wenig Zeit ich benötigen würde, um dieses Leben auf einer so irrsinnigen Reise zu zerstören.

Wenn sie gewusst hätte, dass ich jetzt hier saß, vor einer feindlichen Zahl, bei deren Überwindung sie mir nicht helfen konnte! Wenn ich mein ganzes Budget zu Anfang ausgab, blieb zu wenig für die Weiterreise.

Aber dann war es, als fühlte ich wieder die kleine, magere Kinderhand in meiner. Und hörte wieder die ernsthafte, kleine Stimme.

»Okay. Tausend«, sagte ich. Der Mann lachte.

»Wir sind hier nicht auf dem Basar. Und ich brauche ein Bild des Jungen und seinen vollen Namen, wir lassen den ersten Namen weg, falls die Person unter diesem Namen als vermisst gemeldet ist. Sie erhalten von uns Visum, Flugticket und ein Schreiben der Eltern des Jungen, das Sie bevollmächtigt, mit ihm zu fliegen.« Er seufzte, ein wenig wie mein alter Spanischlehrer, der mich im Kurs immer lange angesehen und dann auf diese Weise geseufzt hatte, wenn ich wieder träumte und nicht zuhörte.

»Express wären noch mal fünfzig Dollar. Dann fliegen Sie schon diese Woche. Ohne Express dauert es durchschnittlich zwei Monate.«

Ich kniff die Augen zusammen und wünschte meinem Gegenüber die Pest an den Hals.

»Express«, knurrte ich und schob ihm den Zettel hin, den Tadalesh mir gegeben hatte, einen kleinen, schmierigen Zettel mit einem Namen, lang wie ein Roman. Und ein Bild, das ich mit meiner Kamera gemacht hatte, ausgedruckt am Farbdrucker eines Copyshops: das erste Bild, das ich von ihm hatte, das allererste.

Er sah ernst in die Kamera, die aufgesprungene Lippe war deutlich zu erkennen, und um seinen Hals lag eine zerfaserte Schnur mit einem Anhänger, der verborgen unter dem zu großen, verwaschenen gelben T-Shirt hing. Man sah seine Ohren nicht, das verfilzte Haar war zu lang. Der Mann nahm das Bild nur und nickte.

»Morgen bringen Sie mir das Geld vorbei. Sie bekommen eine Bescheinigung. Ihr Handy.«

Er streckte die Hand aus.

»Wozu brauchen Sie mein Handy?«
»Um die Bilder zu löschen, die Sie hier gemacht haben«, sagte er.
»Ich habe keine Bilder gemacht!«
Der Mann wartete mit ausgestreckter Hand und ich seufzte, entsperrte das Telefon und händigte es ihm aus. Er hatte die Macht, ich hatte nichts.
Das Handy war neu. Die einzigen Bilder darauf waren die von diesem Gebäude: der Treppe, der Tür des Büros. Der Mann löschte sie. Dann gab er mir das Telefon zurück und ließ mich gehen.
So viel zu meiner Reportage.

Tadalesh saß draußen vor dem Gebäude auf dem Bürgersteig, das gelbe T-Shirt leuchtete mir entgegen wie ein Stückchen Sonne. Er umfasste mit einer Hand den Anhänger, den er an der Schnur trug, doch als er mich sah, ließ er ihn zurück unters T-Shirt gleiten und sprang auf.
»Wie zum Teufel kommst du hierher?«, fragte ich. »Ich weiß, dass ich allein mit dem Taxi hergekommen bin. Und es ist weit.«
Er zuckte die Schultern und sah auf seine Füße. Sie waren nackt, und als er einen Fuß hob, sah ich Zehen voller Schwielen und Blasen, die Sohle mit einer dicken Schicht Hornhaut versehen. Dies waren nicht die Füße eines Kindes, es waren die Füße eines Wanderers durch Welten.
»Wir haben die Papiere«, sagte ich. »Fast.«
Er strahlte.
Glückskind.

Ich war mir sicher, dass ich überfallen werden würde, wenn ich mit zweitausend Dollar in der Tasche noch einmal in diese Gegend fuhr. Ich steckte das Geld in meine Socken, obwohl es zu warm für Socken war. Hier wurde ein Spiel gespielt, das ich erst lernte.
Aber niemand überfiel mich, nicht einmal der Taxifahrer.
Während wir auf die Papiere warteten, machte ich eine Woche lang Fotos von Wolkenkratzern, Slums und südafrikanischen Bierflaschen, auf denen Dinge wie CITY POISON stand. Nette, harmlose Bilder.

Und dann saßen wir in einem Taxi zum Flughafen O. R. Tambo raus, das Glückskind und die Kamera und ich. Die Kamera in ihrer großen schwarzen Tasche lag zwischen uns auf dem Rücksitz. Tadalesh legte eine Hand darauf, vorsichtig, als wäre die Kamera ein lebendiges Wesen, verletzlich und bissig zugleich.

»Und du willst einen Roman über alles schreiben«, sagte er.

»Keinen Roman. Eine Reportage. Ich schreibe es so auf, wie es passiert. Ich möchte deine Geschichte aufschreiben und die der Menschen, die wir treffen, auf dem Weg nach Norden.«

Er schüttelte den Kopf. »Aber die Leute erzählen ihre Geschichten nicht so, wie sie passiert sind.«

»Nein?«

»Leute, die fliehen, nicht«, sagte er. »Wenn sie sie so erzählen würden, wie sie passiert sind, würde niemand sie glauben. Schreib doch einen Roman, das ist besser, dann kannst du alles so machen, wie du es willst. *Er* hat gesagt, Bücher sind keine Lügen, sie geben der Wahrheit nur Beine, damit sie zu den Menschen kommen kann.« Er seufzte. »Ich habe immer am liebsten zwischen den Büchern geschlafen. Die Regale waren wahnsinnig hoch, *er* hat auch gesagt, man kann darauf in den Himmel klettern.« Tadalesh sprach jetzt sehr leise.

»Wer ist *er*?«

Tadalesh legte den Finger auf die Lippen und sah zu dem Taxifahrer hin. »Er ist nicht mehr da«, flüsterte er.

»Warum glaubst du, dass sich ein südafrikanischer Taxifahrer dafür interessiert, ob es in eurem Haus Bücher gab?«, fragte ich und lachte.

»Er ist Somali«, wisperte Tadalesh.

»Woher weißt du das?«

»Das sieht man doch«, sagte Tadalesh. Aber ich sah nichts, ich war blind, ein blinder Kanadier mit einem Kameraauge. »Vielleicht ist das überhaupt kein Zufall«, flüsterte Tadalesh. »Vielleicht wissen *sie* genau, wo ich bin.«

»*Sie*?«, fragte ich. »Wer sind *sie*?«

Aber er antwortete nicht.

Die Passkontrolle war nervenzerreißend.

Ich war mir sicher, dass sie uns rausziehen würden.

Was haben Sie denn mit diesem Kind vor? Der Brief der Eltern ist gefälscht, genau wie das Visum, das sieht doch jeder.

Mit jedem Vorrücken der Schlange fühlte ich, wie das Adrenalin durch meine Adern schoss. Tadalesh, vor mir, war ruhig. Äußerlich.

Treten Sie bitte aus der Schlange und folgen Sie mir. Unser Computer erkennt die ID auf diesem Papier nicht.

Ich sah mich um und fragte mich, ob noch jemand in dieser Schlange ein gefälschtes Visum hatte. Die Leute sahen alle ziemlich normal aus. Tadalesh sah auch ziemlich normal aus. Ich hatte ihm Turnschuhe und neue Shorts besorgt, das gelbe T-Shirt hatte er nicht wechseln wollen. Und seine Haare waren ein bisschen zu lang und zu verfilzt.

Jetzt waren wir an der Reihe. Die übergewichtige Frau mit den geglätteten Haaren nahm unsere Pässe. Sah das Glückskind an. Sah mich an. Und winkte uns durch.

Und die Kamera ging durch die Sicherheitskontrolle und war keine Waffe.

Ich atmete auf.

»Hey!«, sagte ich im Bus, der über das Rollfeld fuhr, und legte eine Hand auf die schmale Schulter vor mir. »Alles klar?«

»Alles klar«, sagte Tadalesh.

Ich sah uns im Spiegelbild der Scheibe: den großen, breitschultrigen Typen mit der tarnfarbenen, schnell trocknenden Travellerkleidung und der Kamera, mit dem verstrubbelten Haar und dem leichten Bartanflug – und das schmächtige Kind neben ihm, in seinem Sonnen-T-Shirt. Ohne Gepäck. Ich dachte an Florence.

Ich hatte ihr ein Bild geschickt, von Tadalesh und mir.

Sie hatte nicht geantwortet.

Als das Flugzeug startete, schloss Tadalesh die Augen. Ich stieß ihn an und hielt ihm einen Kaugummi hin. »Kauen und schlucken! Für den Druckausgleich.«

Er gehorchte und öffnete die Augen wieder. Und diesmal wurden sie groß und rund, als sie aus dem Fenster sahen.

»Schau dir das an!«, flüsterte er. »Die Wolken! Da unten! Wir sind über den Wolken! Und jetzt sieht man das Land da durch ... Es ist wie auf dem Bildschirm ... es ist wie im Internet.«

»Google Earth«, sagte ich.

»Fliegen ist schön. Aber *er* hat gesagt, es ist nicht gut für die Erde.«

»Nein«, sagte ich. »Nicht wirklich. Die CO_2-Emissionen. Und Flugzeuge produzieren Kondensstreifen und Zirruswolken, die zur Erderwärmung beitragen.«

Er sah mich nachdenklich an, und ich seufzte, weil er natürlich kein Wort verstand.

»Ich bin ein mieser Babysitter und ein mieser Lehrer«, sagte ich. »Dein Vater kann dir erklären, was die Erderwärmung ist. Oder deine Mutter.«

»Können sie nicht«, sagte er.

»Aber sie warten doch? In Manaus?«

»Das sind andere Verwandte«, sagte er vage. Und dann: »Ich weiß, was CO_2 ist. Ich hab was darüber gelesen, in einem Buch, aber es war für Erwachsene, und ich habe nicht so viel verstanden. Was ist mit den Leuten hier, die fliegen? Lesen die nicht?«

Ich zuckte mit den Schultern. »Ich denke, die wissen Bescheid. Aber es interessiert sie nicht. Und wir fliegen ja auch. Auf einem Schiff hätte es ewig gedauert. Man kann nicht immer die richtigen Dinge tun.«

»Warum nicht?«, fragte er.

Ich wich seinem Blick aus. »Guck dir diese Wolken an«, sagte ich. »Wie das Licht sich darin fängt.« Und ich hob die Kamera und versuchte, die Wolken und das Licht festzuhalten. Als ich nach einer Weile wieder zu Tadalesh hinübersah, hatte er die Augen geschlossen und lag halb auf seinem Sitz, eingerollt wie ein Embryo, und war eingeschlafen, den Kopf auf einem Arm.

Das war der Moment, in dem ich das Ohr sah.

Bisher hatte das etwas zu lange, staubverklebte Haar immer seine

Ohren verdeckt, ich glaube, er achtete darauf. Aber jetzt war das Haar zur Seite gerutscht.

Darunter sah man auf der rechten Seite etwas Dunkles. Eine Öffnung. Ich begriff erst nach einem Moment. Was ich da sah, war der Gehörgang. Wo die Ohrmuschel hätte sein sollen, befand sich ein mondsichelförmiger Wulst, ein Rest, eine Narbe. Tadalesh *hatte* rechts keine Ohrmuschel.

Er zuckte leicht. Er träumte.

Vielleicht von einer Welt, in der man immer das Richtige tun konnte. Wie niemals zu fliegen.

Vielleicht von Geschichten, die nicht erzählt werden konnten, oder nicht so, wie sie passiert waren.

Ich hätte seine Träume gerne fotografiert. Aber ich hatte auch Angst vor ihnen.

Brasilien von oben ist grün.

Unglaublich grün. Ich wusste, dass dieses Grün dabei war, zu verschwinden, aber von hier oben waren die Narben darin kaum sichtbar, die Städte an der Küste glichen silbern glitzernden Streifen. »Schau es dir an«, sagte ich. »Wie grün es ist.«

Tadalesh schüttelte sich und sah aus dem Fenster.

»Aber es hat Löcher«, sagte er.

Er hatte recht, wir waren jetzt weiter unten, und man sah sie, die Löcher: hellgrüne Flecken im Dunkelgrün des Regenwaldes. Sojaplantagen. Ich hing mit der Kamera am Fenster und fotografierte.

»Das ... das ist schon verrückt, oder?«, murmelte ich. »Je weiter du weggehst, desto gesünder sieht sie aus, die alte Erde.«

»Ist sie denn sehr krank?«, fragte er, ehrlich besorgt.

Ich schloss kurz die Augen. Ich hätte aus dem Stegreif einen Kurzvortrag über den Klimawandel halten können, über die Zerstörung des Primärwaldes, den CO_2-Haushalt der Plantagen, die Veränderung des Regenkreislaufs, die Tilgung der Artenvielfalt ... Ich hatte das alles gelesen.

Neben mir saß ein elfjähriger Junge. Ich räusperte mich.

»Wir zerstören die Erde«, sagte ich. »Nicht nur mit Flugzeugen.«

»Erklär es mir«, bat er.

Ich schüttelte den Kopf. »Ich bin nicht gut im Erklären, nicht für Kinder. Es ist der Kernpunkt meiner Reportage: Flucht und Klimawandel, geografische, soziale und politische Auswirkungen der Erderwärmung. Aber du musst es nicht verstehen.«

»Warum nicht?«, fragte er.

»Wir landen gleich«, sagte ich. »Schnall dich an, okay?«

In São Paulo warteten wir ewig in der Schlange vor der Passkontrolle. Mein Herz schlug wieder zu schnell. Ich vergaß sämtliche Probleme des Regenwaldes.

Ich hatte nur ein Problem: die brasilianische Polizei.

»Tourist?«, fragte der Typ in seinem Kontrollhäuschen. »Anschlussflug nach Manaus? Was machen Sie da?«

»Wir ... haben eine Woche in einer ... Dschungel-Lodge gebucht. Die Natur ansehen, so was.« Ich spürte, wie er den kleinen Jungen an meiner Seite ansah. »Wir treffen seinen Onkel da.«

Unsinn. Niemand kommt aus Somalia nach Brasilien, um in einer Dschungel-Lodge zu übernachten. Der Mann sah die Kamera an. Tadalesh interessierte ihn nicht, ihn interessierte, ob ich die Löcher im Regenwald ablichten würde.

»Wozu die Kamera? So eine große Kamera?«

»Na, um die Tiere zu fotografieren. Ein Hobby von mir. Die Tierwelt hier in Brasilien ist unglaublich ...«

»Journalist?«

»Ich? Nein. Ich bin neunzehn.« Als wäre das ein Beruf.

»Hm«, sagte er und nickte. »Dann gute Reise.«

Die Art, mit der er es sagte, hatte etwas Fatales, es klang, als wäre es eine Reise, von der ich nicht zurückkommen würde. So, wie man den Toten eine gute letzte Reise wünscht.

Wie findet man eine somalische Familie in einer brasilianischen Großstadt?

Florence hätte gesagt: Gar nicht. Aber das hatte sie auch über Tadalesh gesagt, das Glückskind, und hier stand ich, auf dem Theaterplatz von Manaus, der Metropole mitten im Regenwald, neben eben jenem Kind.

»Es ist ganz einfach«, sagte das Kind. »Sie haben gesagt, wir treffen uns hier, beim Theater. Hier ist die Mitte.«

Ich sah mich um. Der Platz war quadratisch, gepflastert, von Bäumen umrandet – überraschend aufgeräumt. An einer Seite ragte das Theater auf, dessen goldene Kuppel über die Stadt strahlte wie eine Sonne.

Der Rest von Manaus war schäbiger, verbrauchter, die Stadt war einmal schön gewesen, bestimmt. Jetzt, zu schnell gewachsen, glich sie einer vorgealterten Hure, oder jedenfalls hätte das einer der südamerikanischen Schriftsteller gesagt, die ich gelesen hatte. Die Ufer des Rio Negro in ihrer Mitte waren wie schlaffe, ausgetrocknete Brüste, ihre kolonialen Kleider schäbig geworden, was sie mit mehr bunten Farben zu übertünchen versuchte: rosa, lila, gelbe, leuchtend blaue Häuser strahlten zwischen leer stehenden Villen, durch deren Fenster Ranken wuchsen. Der Regenwald holte sich zurück, was ihm gehörte. Damals hatten die Kautschukbarone ihm das Land abgetrotzt, schnell reich geworden durch das schwarze Gold aus den Bäumen.

Ich hatte etwas darüber gelesen. Sie hatten eine Menge Indios versklavt für ihren Kautschuk, und während sie hier das Theater besuchten, waren draußen auf ihren Fazendas die Indios gestorben wie die Fliegen. So viele Geschichten, die nicht erzählt werden würden. Und natürlich durfte man nicht Indios sagen, natürlich musste man politisch korrekte Umständlichkeiten benutzen, aber es nützte ihnen gar nichts, dachte ich, dass man sie mit korrekten Namen ansprach, man sah immer noch auf sie herab.

Und eigentlich hatte sich nichts geändert im Vergleich zu damals: Heute hatte Manaus ein neues Fußballstadion, nur für eine Weltmeisterschaft erbaut, während Millionen Brasilianer hungerten.

Und hier saßen die Touristen in den Restaurants rings um den Theaterplatz, fotografierten die weißen Säulen und tranken Cocktails.

Tadalesh hatte sich auf eine steinerne Bank gesetzt und ließ seinen Blick über den Platz schweifen und ich setzte mich neben ihn. Meine Beine waren schwer vor Müdigkeit.

Der Abend dämmerte bereits heran und wir waren seit dem frühen Morgen unterwegs.

»Lass uns noch mal um den Platz gehen. Sie haben gesagt, sie sind hier. Sie müssen hier sein.«

Ich nickte, und wir gingen, ich weiß nicht, zum wievielten Mal, um das Karree, an den Restaurants vorbei, an einer Imbissbude, einem hungrigen Straßengeiger und einem Luftballons verkaufenden Clown.

Zwischen den Restaurantstühlen lief eine junge Frau mit einem Baby auf dem Arm auf und ab: eine hübsche, hochschwangere, tödlich magere junge Frau mit europäischen Gesichtszügen und hellem Haar, und bettelte die Essenden an.

Noch mehr nicht erzählte Geschichten.

Schließlich waren wir wieder bei der Bank, ich ließ mich fallen wie ein alter Mann, und Tadalesh sagte: »Sie sind nicht hier, aber sie waren vielleicht hier. Ich frag die mal. Bleib du hier.«

Ich sah ihn auf die junge Frau mit dem Baby zugehen, eine Weile mit ihr sprechen, sah sie lächeln.

Und dann kam er zurück und sagte: »Die da, die hat sie gekannt! Sie waren hier, sagt sie, oft. Sie haben auf mich gewartet. Aber sie haben aufgegeben.« Er legte die Arme um den dünnen Körper, wippte auf und ab, plötzlich frierend, der Abend wurde kühl. »Sie sind los. Ohne mich. Den Fluss rauf. Sie sind wahrscheinlich in einem Ort namens … warte … São Gabriel … da … Irgendwas.«

»Was wollen sie da?«

»Das ist die gerade Strecke nach Kolumbien«, sagte Tadalesh mit einem Achselzucken.

»Ich glaube nicht, dass man die gerade Strecke gehen kann«, sagte ich. »Menschen sind keine Vögel.«

»Die Flüsse entlang«, meinte er. »Ich hab es mir angeguckt. Im Atlas. Es geht.«

»Nicht alles, was im Atlas zu sehen ist, geht in der Realität.« Ich fluchte innerlich, aber ich verfluchte auch mich selbst. Ich hätte es mir denken können, warum sonst hatte seine Familie in Manaus gewartet und nicht unten in Rio?

»Okay, hör zu«, sagte ich. »Die Fluchtroute geht über die Panamericana, die Straße an der Westküste des Kontinents. Rüber nach Peru und dann rauf nach Norden. *Da* fahren die Überlandbusse, in denen die Flüchtlinge sind.«

»Und da rechnet jeder mit ihnen«, sagte Tadalesh und grinste. »Kapierst du nicht? Die werden dauernd überfallen und an jeder Grenze will jemand Geld. Ich kenne die Geschichten. Ist es nicht klüger, einen Weg zu nehmen, den keiner nimmt?«

Ich schüttelte den Kopf. »Durch den Dschungel? Ohne Straßen?«

»Heute kommen wir sowieso nirgends mehr hin«, sagte er. »São Gabriel. Es fahren Schiffe dahin. Wenn du deine Story haben willst ...«

Und dann, nach einem Abendessen an der Straße, lag ich im Bett des Hostel Manaus, einer niedlichen kleinen Eco Lodge, deren Wände bedeckt waren mit liebevoll geschnitzten Reliefs vom Regenwald: Papagei auf Palme. Faultier und hübsches braunes Waldmädchen bei Mondschein. Brüllaffe mit Orchidee. Alles schreiend bunt bemalt.

In einer Ecke des Innenhofs, wo ein großer Mangobaum seine Blätter verstreute, gab es ein kleines Büro, das Amazonas-Dschungeltouren organisierte: Schwimmen mit den rosa Delfinen! Besichtigung der Encontro das águas, wo sich der schwarze Rio Negro und der weiße Rio Solimões treffen! Klettern auf Baumriesen!

Wir waren mitten im Regenwald, mitten im Herzen der Erde. Ein komisches Gefühl.

Ich lag auf meinem Bett in dem winzigen stickigen Raum und fand keinen Schlaf. Durchs Moskitogitter am Fenster sah der Mond herein und auf dem zweiten Bett lag ein schlafendes Kind. Müde, zerzaust, vielleicht seit Längerem mal wieder satt.

Ein Kind mit Weltenwandererhornhaut unter den Füßen, das sehr weit gekommen war und noch weiter wollte.

Den Amazonas hoch nach Kolumbien.

Ich hatte noch mal im Netz nachgesehen, auf dem Handy. Da war nichts. Nur Urwald.

Der Weg, den ich hatte gehen wollen, war gefährlich genug. Aber das?

»Sei mir nicht böse«, flüsterte ich und wusste, dass Tadalesh es nicht hörte. »Aber du musst deine Familie ohne mich finden. Ich fahre zurück nach Rio, ich suche mir jemanden, der den richtigen Weg geht. Du musst jemand anderen finden, der sich um dich kümmert. Ich bin kein Kümmerer.«

Und ich drehte mich zur Wand und schloss die Augen. *Morgen zurück nach Süden, Richtung Rio.*

Ich wachte auf und es war immer noch Nacht. Und es war immer noch zu warm. Vielleicht, dachte ich noch im Halbschlaf, gehe ich hinaus und setze mich in diesen Innenhof, er ist schön und ich hole den Laptop raus und schreibe an Florence oder endlich an meine Eltern.

Irgendwo im Flur draußen brannte eine kahle weiße Birne, die ganze Nacht lang, so viel zur energiesparenden Eco Lodge. Ihr Licht fiel auf ein leeres Bett.

Ein leeres Bett? Ich war mit einem Schlag ganz wach.

Da war kein Kind mehr.

Ich trat ans Fenster – und da sah ich ihn. Er stand unten im Innenhof, unter dem Mangobaum, und sah in die Äste empor, als säße dort jemand. Aber es war niemand zu sehen. Nur die hellen Früchte hingen zwischen den dunklen Blättern des Mangobaums.

»Ich wünschte, du könntest hier sein«, sagte Tadalesh.

»Aber ich bin doch hier.« Die Stimme ähnelte seiner, war nur ein wenig höher. Sanfter.

»Ich meine, *tagsüber*«, sagte Tadalesh. »Wir könnten alles zu zweit machen. Mathis ... ich glaube, er geht. Ich muss alleine weiter. Ich weiß nicht, ob ich es schaffe.«

»Hope«, sagte die andere Stimme, »weißt du noch, was *er* zu dir gesagt hat? Über das Weggehen?«

»Ja ...« Zögernd: »*Er* hat gesagt: Hope, versprich mir, dass du gehst, wenn mir etwas passiert. Wenn sie mich umbringen, wenn der Traum stirbt, den wir geträumt haben ... dann musst du in die Staaten gehen. Und bis du da bist, darfst du niemandem sagen, wer du bist. Wenn sie meinen Tod wollen, wollen sie auch deinen Tod.«

»Ja. Es ist deine Bestimmung, diesen Weg zu gehen, Hope«, sagte die andere Stimme, mit einer seltsam unpassenden Feierlichkeit, denn es war eine Kinderstimme. »Allah hat es bestimmt. Er bestimmt alles vorher. Sagen sie doch, oder?«

»Ich kann Allah manchmal gar nicht leiden«, sagte Tadalesh.

»Sag so was nicht! Dann kommst du in die Hölle!«

»Da war ich doch schon«, sagte er. »Und du auch.«

Eine Weile war es still, dann sagte Hope: »Außerdem, weißt du, dann war immer alles Sünde. Die Bücher. Und das mit den Geheimnamen. Ich meine, Namen aus Amerika!«

Die sanfte Stimme lachte. »Das war nur ein Spiel. Weißt du noch, wie wir das gelesen haben, im Computer? Die häufigsten Namen für Zwillinge: Hope und Faith! Es war lustig. Als ob wir Amerikaner werden, wenn wir uns so nennen.«

»Faith, meine amerikanische Zwillingsschwester«, sagte der Junge unter dem Mangobaum, der jetzt zwei Namen besaß.

»Hope«, sagte Faith. Und dann: »Hab keine Angst. Wenn sie hinter dir her sind, wenn sie dich kriegen … hab keine Angst. Er hat gesagt, dass Allah uns … na, dass er uns zu sich holt, wenn er es für richtig hält.«

»Allah scheint Somalis zu mögen, was? Er umgibt sich mit ihnen, in seinem Paradies«, sagte Tadalesh.

Dann drehte er sich um, und ich machte, dass ich die Treppe hinaufkam.

Als er den Raum wieder betrat, stellte ich mich schlafend. Ich wusste, dass das dumm war, ich hätte ihn zur Rede stellen sollen, aber ich war zu verwirrt.

Nach einer Weile hörte ich seine gleichmäßigen Atemzüge und ich öffnete die Augen und sah zu dem schmächtigen Körper auf dem anderen Bett hinüber. Er umklammerte mit einer Hand den Anhänger an seinem Hals.

Da draußen war jemand unterwegs, der ihn lieber tot sehen würde.

Er war elf Jahre alt und weit fort von zu Hause und ganz allein.

Draußen im Baum, zwischen den Blättern und Früchten der Mango, saß niemand.

Würden sich andere Menschen aus seinem Clan um ihn kümmern? Ihn zu seiner Familie bringen, den Fluss hinauf? Um ehrlich zu sein: Manaus sah nicht aus, als wimmle es vor Somalis.
Morgen nach Westen. Richtung São Gabriel da Cachoeira.

Acht Uhr morgens in Manaus: wackelige, plastikbespannte Tische auf einer Dachterrasse, noch leer.

Auf dem großen Tisch in der Mitte das Frühstück: pinke Wassermelonenscheiben, orangefarbene Papayastücke, gelbe Ananasräder. Der Kaffee in der Thermoskanne war ungenießbar, aber ich genoss ihn trotzdem.

Auf dem fliederblättrigen Mimosenbaum neben der Dachterrasse saß ein Pärchen leuchtend grüner Papageien. Hinter den Dächern der Stadt begann irgendwo eine wahrere, ursprünglichere Welt: der Amazonas.

Auf der Plastikflasche mit importiertem Honig aus den Staaten war ein kleiner blauer Schmetterling gelandet.

Der Laptop lag aufgeklappt neben meiner Tasse, auf dem Bildschirm war das Gewirr der Flüsse im Amazonasgebiet zu sehen. Ich notierte, schrieb ab, verglich. Zwischendurch Pflicht-E-Mails:
Macht euch keine Sorgen. Liebe Grüße aus Brasilien, Mathis.

Tatsächlich fuhren an diesem Tag, wenn der Plan stimmte, sogar zwei Schiffe los in Richtung São Gabriel da Cachoeira: ein langsames und ein schnelles, teures Schiff. Man brauchte Hängematten für die Nächte; die Fahrt dauerte drei Tage.

Endlich geht es los, schrieb ich, *und meine erste Station ist eine Hängematte auf einem Regenwalddampfer.*

Ich hatte keine Angst. Damals, auf der Dachterrasse in Manaus, zwischen grünen Papageien und Papaya auf meinem Teller, war ich zu naiv, um Angst zu haben.

Die nächste Person, die auftauchte, war eine bildhübsche Spanierin mit winzigen Sommersprossen über den Wangenknochen, die haufenweise Melone in sich hineinschaufelte und sagte, der weiße Saft wäre furchtbar, irgendein Fruchtzeug ohne Zucker, sie hätte das versehentlich gestern in ihren Kaffee gegossen, weil sie es für Milch gehalten hatte.

»Was machst du hier?«, fragte sie und nahm noch mehr Melone.

»Eine Reportage.«

»Oh«, sagte sie. »Ich war an der Küste, im Osten. Straßenkinderprojekt. Jetzt habe ich noch ein paar Tage hier. Urlaub. Manaus ist toll, ich muss unbedingt die Delfine sehen. Wo ich war, ist alles nur trocken, da war mal Urwald, Mata Atlântica, jetzt ist es Kleinholz, ein Flickenteppich, wenn man drüberfliegt. Gibst du mir mal den Teller mit der Melone?«

Und sie erzählte von ihren Straßenkindern, von Prostitution, Drogen und Tischtennisclubs gegen Armut und aß noch mehr Melone und ich lauschte höflich. Und ich dachte: Wie schön sie ist. Und: Eigentlich interessiert sie mich kein bisschen. Als Frau. Wie komisch.

Schließlich kam ein kleiner, schmaler Mensch die Betontreppe herauf, blieb stehen und schien nicht zu wissen, ob er näher kommen sollte oder ob ich mit diesem wunderschönen Mädchen allein sein wollte. Ich winkte.

Er trat an den Tisch, und ich sagte: »Guten Morgen, Hope.« Er machte seine Augen schmal und sah mich an, misstrauisch. »Wir nehmen das Slow Boat«, sagte ich. »Zweiundsiebzig Stunden bis São Gabriel da Cachoeira. Wir brauchen Hängematten und Proviant.«

Da breitete sich langsam ein Lächeln über sein Gesicht aus.

»Du fährst mit?«

»Ich ... na ja«, sagte ich. »Ich dachte, es ist ganz schön, im Regenwald Fotos zu machen. Wahrscheinlich schöner als auf einem staubigen Highway in Peru. Affen, bunte Frösche, Baumorchideen. Das Boot geht heute um drei.«

Tadalesh-Hope sagte nichts, aß nur Unmengen Toast mit Plastikkäse und Papaya, es war erstaunlich, was alles in dieses kleine, magere Kind hineinpasste. Die Spanierin redete über die rosa Delfine, die sie sehen wollte, sie redete und redete, und als sie ging, atmeten wir beide auf.

Im Mimosenbaum besprachen die beiden grünen Papageien die Welt in einer leiseren Sprache.

»Hope«, sagte er schließlich. »Hope ... das war ein sehr privater Name. Nur *er* hat mich so genannt und ... meine Schwester.« Einen Moment zögerte er. Dann sagte er: »Wenn du willst, kannst du mich auch so nennen.«

Ich neigte stumm den Kopf. *Danke.*

Ich hätte Fragen stellen können, darüber, was ich nachts gehört hatte. Ist es wahr, dass jemand hinter dir her ist? Aber ich tat es nicht.

Ich sagte: »Tadalesh hat mir auch gefallen. Glückskind, das ist doch was.«

»Ich bin auch ein Glückskind, wenn ich Hope heiße«, sagte Hope. »Ich meine, ich bin hier. Raus aus Afrika.«

Und dann stand ich mit der Kamera in der Hand an der rot gestrichenen Reling eines weißen Schiffs, das aus der Ferne gewirkt hatte wie ein Spielzeug.

Auf seinen drei Decks hingen dicht an dicht bunte Hängematten: Familien, Paare, einzeln Reisende dösten darin dem Nachmittag entgegen.

»Jetzt«, rief Hope. »Jetzt legt er ab!«

Ich habe ein Bild von ihm, wie er sich weit übers Geländer beugt und ins Wasser spuckt.

Und Bilder vom Hafen, der sich bereits entfernte: Porto de São Raimundo, außerhalb von Manaus, Fischverkaufshalle und Stand für chinesisches Plastikspielzeug in einem, hektisch, voller Busse, bunt.

Hope spuckte ins Wasser, und der Hafen entfernte sich mehr und mehr, bis er nur noch ein erdroter Einschnitt im Grün des Ufers war. Das Schiff fuhr an Slums und Fabrikschloten vorbei, die schwarzen Rauch in den Himmel pumpten.

»Menschen machen immer was Schönes kaputt und bauen was Hässliches hin«, sagte Hope nachdenklich. »Sogar schöne Häuser sind hässlicher als schöne Bäume. Eigentlich ist das komisch. Warum muss zum Beispiel immer alles eckig sein? Eckig gibt es in der Natur gar nicht. Das haben die Menschen erfunden. Wie kann man was erfinden, was man nirgendwo sieht?«

»Ja, das ist eine ganz schöne Leistung«, sagte ich und lachte. »Wahrscheinlich ist die Erfindung des Rechtecks die größte menschliche Leistung überhaupt, noch größer als die des Rades. Das wäre doch eine Überschrift für meinen Reportageteil über den Regenwald und Manaus: Die Erfindung der Hässlichkeit.«

Später saßen wir mit einer Packung Kekse und einer Wasserflasche auf einer Bank auf dem Oberdeck.

Den Rucksack mit meiner kompletten Traveller-Ausrüstung hatte ich unten bei unseren Hängematten gelassen. Ich hatte darauf geachtet, dass nur Wäsche herausquellen würde, falls jemand die Schlösser ignorierte und ihn aufschnitt. Wer stiehlt schon dreckige Wäsche?

Tief drinnen, mehrfach umwickelt mit T-Shirts, befanden sich der Laptop, die Reiseapotheke, meine ausgedruckten Faktenzettel, jede Menge Papier und Stifte, der Wasserfilter, das Messer, zwei billige kleine Ersatzkameras und Kameralinsen – die Ausrüstung eines verrückten Journalisten.

Nur die Kamera lag neben uns auf der Bank.

»Ist komisch, wenn man sich vorstellt, dass da die ganzen Erinnerungen drin sind«, sagte Hope. Und dann: »Ich habe auch Fotos. Von früher. Hier.« Er zeigte auf seine Stirn. »Manchmal, wenn ich alleine bin, hole ich sie raus und ordne sie.«

»Das ist sehr praktisch«, sagte ich. »Du brauchst keine große Kamera mitzuschleppen.«

»Ich schleppe die Gedanken«, sagte Hope. »Die sind auch schwer. Es sind sogar Geräusche bei den Fotos, aber ich kann sie manchmal nicht ausstellen, oder sie gehen an, wenn ich nicht will.« Er schwieg eine Weile, und wir sahen auf den glatten braunen Fluss, dessen grüne Ufer zu weit entfernt waren, um das Leben dort zu entdecken.

»Die Fotos von ganz früher sind am schönsten«, sagte Hope. »Von den Herden. Als überall Platz war und Himmel. Meine Mutter ist auch auf den Bildern. In einem bunten Tuch, gelb und rot und blau. Sonst war es farblos da, braungrau, trocken. Meine Mutter ist riesig auf den Bildern. Die Ziegen sind auch riesig. Das liegt daran, dass ich selber noch so klein war. Es war schön, damals, wir waren so frei. Wir haben im Staub gespielt, irgendwo im Schatten unter einem Busch, wenn einer da war.«

»Du und … Faith? Deine Schwester?«

Er sah mich kurz an und wieder weg. »Ich hatte drei Schwestern. Andere Schwestern. Faith war später.«

»Wo ist sie jetzt?«

Im Mangobaum im Hostel Manaus, dachte ich. Aber natürlich war sie dort nie gewesen.

»Irgendwo«, sagte Hope, und dann stand er von der Bank auf und sagte, er wäre müde, er würde sich schlafen legen. Ich hatte zu viel gefragt.

Meine Hängematte war rot und seine dunkelgrün.

Auf einem meiner Fotos liegt er zusammengerollt in dem Grün.

Niemand schläft zusammengerollt in einer Hängematte, man muss sich schräg hineinlegen, damit man gerade liegt, so schlafen die Brasilianer auf Schiffen, so schlafen die Indigenen in ihren Dörfern, so schlafen die Caboclos, die einfachen Arbeiter, in ihren Stelzenhütten am Fluss.

Aber Hope rollte sich zusammen wie ein Igel: das Weiche, Verletzliche innen, die harte Schale außen, er kehrte der Welt den Rücken, und seine mageren, gut sichtbaren Schulterblätter unter dem gelben T-Shirt waren angelegte Flügel.

Ich hatte drei Schwestern.

Die Langsamkeit der Tage auf dem Schiff war ein bisschen wie Luft holen.

Ich las. Ich lernte Portugiesisch. Ich hackte meine Notizen in den Laptop.

Und das Schiff pflügte durch das Wasser des Rio Negro, Stunde um Stunde um Stunde. Der Regenwald blieb ein geheimnisvoller grüner

Streifen in der Ferne, unerreichbar. Damals wusste ich nicht, wie gut ich ihn noch kennenlernen würde.

Hope saß meistens an der Reling und sah ins träge braune Wasser hinab, er konnte stundenlang so sitzen, reglos. Er sagte, er würde auf die Delfine warten. Aber ich hatte das Gefühl, dass er nach etwas anderem Ausschau hielt. Nach jemandem.

Jemandem, dem daran gelegen war, dass seine Reise bald endete.

Aber der Fluss blieb leer hinter uns. Und die Zeit floss träge mit dem Wasser dahin.

Sonst war der nächste Kontinent, die nächste Welt, die nächste Kultur stets nur einen Klick weit entfernt, hier jedoch, auf dem Schiff, war die Mühsamkeit der Entfernung noch spürbar: hier zwischen Koffern und Bündeln, zwischen jungen Brasilianern mit Smartphones und alten Menschen voller Lebensfalten, zwischen dem Gebetsraum im Zwischendeck, in dem abends Gottesdienst gefeiert wurde, und dem Kiosk direkt daneben, bei dem man danach Bier kaufte.

In den Häfen standen wir auf dem Oberdeck und sahen zu, wie Kisten und Säcke geschleppt, Kinderwagen verstaut, Bündel von Bananen oder dunkelvioletten Açaí-Beeren geworfen wurden.

Brasilianer schwören auf Açaí. Im Bordkiosk kauften wir Açaí-Pudding in Plastikschüsselchen. Wir setzten uns auf die quaderförmigen weißen Hocker, sahen aus dem Fenster auf das Gewusel in einem weiteren Hafen, und Hope sagte: »Sieht aus wie Schokolade.«

Dann tauchten wir gleichzeitig unsere Löffel hinein, führten sie zum Mund und schluckten.

Ein Dutzend Brasilianer sahen uns erwartungsvoll an.

»Schmeckt ... anders«, sagte Hope höflich.

Es war ungefähr, als bisse man in einen Schwarzteebeutel, der vorher in Zitronensäure gelegen hatte. Hope sprang auf, stieß seine Schüssel um und zeigte aus dem Fenster. »Delfine!«

»Haha«, sagte ich. »Prima Trick. Wir sind in einem Hafen voller Abgase. Kein Mensch nimmt dir die Delfine ab.«

»Aber – da sind wirklich welche!«

Und dann sah ich sie auch. Nirgends auf dem großen, breiten, stillen

Fluss hatten wir Delfine gesehen. Aber hier, zwischen Abwasser und Lärm, tauchten sie aus dem dunklen Wasser auf und sprangen über die Heckwellen der Boote. Sie sprangen allein oder zu zweit, »Da!«, rief Hope, »da ist eine Mutter mit ihrem Kind!« Sie warteten auf die Wellen. Sie spielten.

Dort, in diesem Hafen, dessen Namen ich vergessen habe, spielten sie und sprangen, als gäbe es kein Morgen. Und vielleicht gab es das auch nicht.

Nicht für die Delfine, die als Konkurrenz der Fischer abgeschlachtet wurden oder sich in Netzen verfingen, nicht für den Wald, nicht für die Flüsse des Amazonas, quecksilberverseucht von den Goldwäschern, gestaut und in riesigen Kraftwerken eingefangen, um mehr Strom herzustellen, für die rasant wachsenden Städte.

Die Kamera klickte, versuchte, die Delfine im Sprung zu fangen.

»Da!«, rief Hope. »Der sah eben wirklich rosa aus!«

»Je älter sie sind, desto weniger rosa«, sagte ich. »Ich habe es nachgelesen. Wenn sie jung sind, sind sie silbergrau, dann werden sie rosa und später werden alle Narben und Kratzer wieder grau. Wie beim menschlichen Gemüt.«

»Komisch, weißt du, sie haben gar nicht die Form von richtigen Delfinen.« Hope lehnte sich noch weiter hinaus, sodass ich Angst hatte, er würde fallen. Er hatte recht, die Rückenflossen der Flussdelfine wirkten beinahe rechteckig.

»Aber die da drüben sind grau! Und kleiner. Schau!«

»Tucuxi«, sagte jemand neben uns. Ein älterer brasilianischer Herr mit Brille und Jackett. »Das ist ihr Name.« Sein Englisch war stockend, aber er lächelte, glücklich, es anwenden zu können. »Die rosafarbenen sind die Botos, die Flussdelfine, sie sind schon viel länger hier als die anderen. Die Botos sind perfekt angepasst an das Leben im Flutwald, immerhin ist der Fluss bei Hochwasser hier zehn Meter höher. Sie schwimmen zwischen die Bäume hinein, und sie können sogar wenden oder rückwärtsschwimmen, wenn es vorwärts nicht weitergeht. Die Tucuxi können das nicht, wenn sie stecken bleiben, sterben sie.«

»Es ist immer nützlich, wenn man zurückkann«, murmelte Hope.

Und ich dachte: Er kann nicht zurück. Er ist ein Tucuxi.

»Da drüben! Da ist wieder die Mutter mit dem Kalb«, sagte der ältere Herr. Dann sah er Hope an. »Aber wo ist die Mutter von diesem Kalb?«

»Weit weg«, sagte Hope knapp. »In der Sonne. Sie kommt nicht mehr raus.«

»Wie ist sie denn hineingekommen?«, fragte der ältere Herr.

»Aufgefressen«, meinte Hope.

»Von der Sonne?«

»Nein, von den Männern«, sagte Hope ungeduldig.

In diesem Moment legte das Schiff ab, drehte die Nase weg, und Hope schlüpfte zwischen uns durch, um zum Heck zu rennen, damit er die Delfine länger sehen konnte.

Er drängte sich am Heck zwischen die Leute, wollte jeden Sprung der Delfine sehen, trank ihre Lebensfreude und ihren Übermut in sich hinein. Er war zu schnell und zu früh erwachsen geworden. Und er sehnte sich danach, es nicht zu sein.

Die Kamera fing sein Gesicht ein, es war schwierig, weil er jetzt auf der Stelle hüpfte. Und dann löste sich die zerfaserte Schnur an seinem Hals. Ich sah, wie der Anhänger in sein T-Shirt glitt und hindurchfiel. Er erstarrte. Stand still. War Sekunden später auf den Knien und suchte zwischen den Füßen der Leute, vergessen waren die Delfine, vergessen der Übermut. Ich kniete mich neben ihn, um zu helfen, suchte den dreckigen Schiffsboden ab: Staub, Essensreste, Papierservietten. Kein Anhänger.

Ich sah die Verzweiflung in Hopes Gesicht, es war eine so blanke und nackte Verzweiflung, dass ich erschrak.

»Er darf nicht ins Wasser gefallen sein«, flüsterte Hope. »Bitte, Allah …«

Und in diesem Moment sah ich das goldene Glänzen. Der Anhänger war über die Reling gerutscht, doch er hing an der äußeren Schiffswand; die raue Schnur baumelte an einer hervorstehenden Schraube im Wind hin und her.

Hope sah das Glänzen im gleichen Moment wie ich. Er machte einen

Satz vorwärts, quetschte Kopf und Oberkörper unter der untersten Strebe der Reling hindurch, streckte den Arm weit hinunter, rutschte dabei weiter und weiter nach vorne ...

Er wird fallen, dachte ich, verdammt, er wird fallen!

Er fiel nicht.

Denn eine Hand hielt seine Beine eisern fest und das war meine Hand. Mein Griff war wie ein Schraubstock, ich zog und zerrte, und schließlich hatte ich Hope wieder oben – mit dem Anhänger.

Die alte, brüchige Schnur, man sah es jetzt, war einfach durchgerissen. Hope hielt eine kleine goldene Figur zwischen den Fingern, und endlich sah ich, was es war: ein winziges goldenes Kamel. In seinen stecknadelkopfgroßen Satteltaschen steckte kein Proviant. Keine Utensilien, um ein Nomadenzelt aufzustellen. Nein, sie waren voll mit Büchern.

»Ich darf es nicht verlieren«, wisperte Hope. »Es muss US-amerikanischen Boden erreichen.« Er wischte sich über die Nase, als hätte er eben beinahe geweint.

»Eine Mission«, sagte ich, bemüht ernst.

Denn was sollte ein goldenes Kamel von der Größe eines Fingerhuts in den Staaten?

»Nimm es mit, hat *er* gesagt. Und wenn ihr ankommt, sieh zu, dass alle davon erfahren.«

»Und wer zum Teufel ist dieser *Er*?«, fragte ich.

»Du darfst nicht fluchen«, sagte Hope. »Wer flucht, kommt nach Dschahannam, in die Hölle. Sie verbrennen einen, aber man stirbt davon nicht, denn wenn die Haut verbrannt ist, dann wird Allah dir eine neue geben, so steht es geschrieben, die verbrennt auch wieder. Und man hat schrecklichen Durst, für alle Ewigkeiten, so viel Durst, dass man verrückt wird. So viel Durst wie in der Wüste in Somalia.«

Ich erinnerte mich daran, was er nachts gesagt hatte. Dass er schon dort gewesen war. In der Hölle.

Als er schließlich wieder an der Reling stand, das kleine Kamel fest in seiner Faust, waren die Delfine nicht mehr zu sehen.

In dieser Nacht wachte ich davon auf, dass ich fror. Feuchtkalter Wind fegte über das Deck, das Grollen von fernem Donner und das Geknatter von losen Planen erfüllte die Luft.

Ich brauchte einen Moment, bis ich begriff: Eine Handvoll Männer war dabei, Plastikplanen zwischen Decke und Reling zu spannen, um das offene Zwischendeck gegen den Regen zu schützen. Ich kroch zitternd aus meiner Hängematte und half, der Regen peitschte einem ins Gesicht, sobald man zu dicht an der Reling stand. Die kahlen Glühlampen im Zwischendeck flackerten, manche waren für die Nacht abgedeckt mit zurechtgebogenen Aluminiumschüsseln aus der Kantine, weil man sie nicht ausmachen konnte.

Aber das Licht, das draußen hinter den Wolkentürmen leuchtete, flackerte anders, wilder.

Ich holte die Kamera samt Wasserschutz, stellte mich an eine Ritze zwischen zwei Planen und versuchte, den Weltuntergang einzufangen: die Wolkentürme im Nachthimmel. Die Blitze, die sie beleuchteten, während der Regen auf den Rio Negro prasselte. Dies war das Herzstück aller Wetterzonen der Erde, hier entlud sich die gesamte Energie des Planeten. Und zum ersten Mal kam mir der Gedanke, dass die Kamera zu klein war für so viel Großartigkeit.

Fotos hatten Grenzen.

»Wir haben das jede Nacht«, sagte jemand neben mir: der alte Herr, der über Delfine gesprochen hatte. »Sie werden noch eine Menge Chancen haben, es zu fotografieren.« Und dann, mit einem Blick zurück zu den Hängematten: »Er friert.«

Er hatte recht. Da draußen ging die Welt unter, aber es war unwichtig, denn sie würde morgen noch einmal untergehen. Wichtiger war es, eine Decke für das Kind zu finden, das zitternd in der grünen Hängematte lag, ohne aufzuwachen.

Die brasilianischen Familien, junge Paare mit Babys, die zusammen in breiten Hängematten schliefen, wärmten sich gegenseitig. Irgendwo unter dem Wasser schwammen die Delfine mit ihren Kälbern.

Ich durchwühlte meinen Rucksack. Wir hatten keine Decken. Schließlich breitete ich einen Pullover und meine Regenjacke über Hope aus.

Ich hatte ein neues Stück Schnur gefunden, er trug das Kamel wieder um den Hals, verborgen unter dem T-Shirt. Es war nicht wirklich aus Gold, natürlich.

»Wollen Sie mit einem Kind auf den Pico da Neblina?«, fragte der alte Herr.

»Den was?«

»A Bela Adormecida, die schlafende Schönheit, Dornröschen.« Er lächelte. »Der Berg hat viele Namen. Die Touristen fahren nur deshalb nach São Gabriel. Um die schlafende Schönheit für sich zu erobern. Sie erobern immer noch gerne Teile von unserem Land. Aber Sie wollen ... was?«

»In die Staaten«, sagte ich.

Er lachte, gutmütig. »Auf einem Amazonasschiff.«

»Ja, verrückt.« Ich seufzte. »Es ist eine lange Reise. Ich mache ... eine Reportage. Wir treffen die Familie des Jungen in São Gabriel, ich dokumentiere ihre Flucht von Mogadischu bis nach Nordamerika.«

»Für welche Zeitung arbeiten Sie?«

»Für gar keine.« Ich grinste. »Ich bin neunzehn. Vielleicht, wenn ich mir mit der Sache einen Namen mache ... Vielleicht nimmt mich dann eine Zeitung. Ohne dass ich erst hundert Jahre lang Journalismus studieren muss. Es ist eine große Sache, das hier. Der Anfang einer Völkerwanderung. Ich habe Wahnsinnsbilder aus Johannesburg, Bilder von einem brennenden Laden ...«

Ich erzählte ihm alles, vom Hass der Südafrikaner, die Angst um ihre Jobs hatten, vom Fälscherbüro, dessen Bilder nicht mehr existierten. »Aber ich habe die Story«, sagte ich und sah noch immer Hope an. »Er hat auch eine Story. Er hat eine ganze Menge Geheimnisse. Er redet mit einer Zwillingsschwester, die nicht da ist, und er glaubt, dass jemand ihn verfolgt. Und warum schleppt er ein winziges goldenes Kamel mit sich herum?«

Der alte Mann sah mich aufmerksam an. »Wie heißen Sie? Damit ich nach Ihrer Reportage Ausschau halten kann!«

»Mathis Martin«, sagte ich. »Diese Reportage ... ich weiß noch nicht, wie ich anfangen werde.«

»Anfangen?« Der alte Herr lachte leise. »Aber Sie sind doch längst mittendrin.« Er schüttelte den Kopf. »Sie sollten nicht allen Leuten so viel erzählen. Weder, was Sie tun, noch, wie Sie heißen.«

Und er stand auf und ließ mich allein mit dem Weltuntergang und dem Glückskind. Und mit dem Gefühl, dass ich ein Idiot war.

Vielleicht hatte ich dem falschen Menschen meine Geschichte erzählt.

»Pico da Neblina! A Bela Adormecida!«

São Gabriel da Cachoeira – wir legten am Strand an und waren sofort umringt von Kindern und jungen Männern, die alle Dornröschen verkaufen wollten. »Pico da Neblina! Best tours!«

Sie sahen den kleinen Jungen an meiner Seite mit seltsamen Blicken an, man hätte fast sagen können, mit einem profunden Misstrauen. Es war neun Uhr morgens und so betraten wir nach zweiundsiebzig Stunden und drei nächtlichen Weltuntergängen wieder festen Boden.

»Ich bringe Sie hin. Bestes Reisebüro. Sehr billige Reisen«, sagte ein Junge in Hopes Alter und stellte sich breitbeinig vor den Rest der Rufer. Ich übersetzte für Hope ins Englische und Hope schüttelte den Kopf. »Danke«, sagte er, »brauchen wir nicht.«

Es war dem Jungen vollkommen klar, was er gesagt hatte.

Er kniff die Augen zusammen und beäugte Hope misstrauisch. Hope stand breitbeinig neben mir und erwiderte den Blick.

»Du!«, sagte der Junge aus São Gabriel zu mir und strich sich mit der Hand durch die glänzend schwarzen Haare, eine Geste, die er vielleicht aus einem Film übernommen hatte. »Sag dem da, seine Meinung interessiert mich nicht. Best tours sind best tours, nur unsere Travel Agency kennt den wirklichen Weg auf den Berg.«

Das übersetzte ich nicht. Hope verstand den Tonfall. Er trat einen Schritt vor. Er war einen halben Kopf größer als der Junge, aber weniger kräftig. Der Junge sah ihn an und spuckte ihm vor die Füße.

Hope spuckte auch.

»Wir gehen gerne mit zu … der Travel Agency«, sagte ich rasch, in meinem stockenden Englisch-Portugiesisch. Und zu Hope, flüsternd:

»Wir dürfen keinen Streit mit den Stämmen hier riskieren. Denen gehört das ganze Gebiet hier, das sind sozusagen die Kronprinzen des Regenwalds.«

»Für einen Prinzen sieht der Typ ziemlich kaputt aus«, sagte Hope, und ich hätte fast darüber gelacht: dieser Satz aus dem Mund eines mageren Kindes mit zerzaustem Haar, dem ein Ohr fehlte.

»Dann nimm den Kleinen mit und komm«, sagte der Junge vor uns.

Sie folgten uns alle bis zu der Travel Agency, durch einen Ort voller Häuser mit Blechdächern und akkurat gepflanzter Bäume neben den schnurgeraden Straßen. Alles daran schrie: staatlich gefördertes Projekt zur Modernisierung der Terra Indigena.

Die streunenden Hunde und die streunenden Kinder kümmerten sich nicht um Modernisierungsprojekte.

In der Ferne wachte eine strahlend weiße Kirche mit ebenso strahlend hellblauer Verzierung, ein Spielzeug wie die Boote.

Irgendwann, lange her, waren die Missionare gekommen und hatten die Indigenen missioniert, hatten sie dazu gebracht, in Hütten zu leben, zu beten, Geld und Fortschritt zu entdecken – und der Erfolg war, dass sie am sandigen Ufer des Rio Negro herumlungerten, um sich auf Touristen zu stürzen und ihnen die Eroberung einer schlafenden Schönheit zu versprechen, wenn sie nur zahlten.

»Hier«, sagte der Junge, der uns geführt hatte, und wir standen vor einem Reisebüro mit großformatigen bunten Fotos im Fenster. Die übrigen Männer und Jungen vom Landeplatz des Bootes waren in einiger Entfernung stehen geblieben, ich hatte den Verdacht, dass sie uns alle zu diesem einen Büro hatten führen wollen und dass es darum ging, wer die Prämie kassierte.

Der Mann im Büro drückte dem Jungen ein paar Münzen in die Hand und er trollte sich.

»Bitte«, sagte der Mann und nahm hinter einem Tisch Platz, hinter dem mehr Fotos an die Wand gepinnt waren: glückliche Touristen am Pico da Neblina, Touristen in Funktionskleidung und mit Trekkingrucksäcken wie ich. Erschöpft, aber glücklich saßen sie zwischen grünen Riesenblättern und lächelten in die Kamera. Ich hätte, dachte ich, einer von ihnen sein können. Wie einfach wäre es gewesen, in einer Gruppe zu einem Berg zu wandern, einem Führer nach, und dann stolz zu sagen: Ich habe es geschafft! Man brauchte keine gefälschten Papiere. Man musste kein elfjähriges Kind mitschleppen. Es war vollkommen legal und vollkommen ungefährlich.

Sicher könnte man auch eine hübsche Reportage über die Wanderung machen, mit atemberaubenden Naturbildern, 180 Grad Dschungel von oben.

Aber es gab Hunderte solcher Reportagen.

Ich setzte mich gerade hin.

»Wir sind eigentlich nicht wegen der Bela Adormecida hier«, sagte ich.

Der Mann legte den Kopf schief und musterte mich. Sein Gesicht sprach halbe Sprachen: eine von Vorfahren, die nach Brasilien gekommen waren, um Gold zu waschen, eine andere von Ahnen, die weit weg in der grünen Undurchdringlichkeit beheimatet waren.

»Português?«, fragte er.

Ich nickte. Kratzte mein Portugiesisch zusammen. »Wir suchen … eine Familie. Aus Somalia. Seine Familie. Ist hier … Sie haben gesehen … eine Familie?«

»Somalis«, sagte der Mann und wiegte nachdenklich den Kopf. »Hier?«

Und, zwei langsame Wimpernschläge später: »Ja, komisch. Vor ein paar Tagen waren zwei Somalis hier. Haben ein billiges Hotel gesucht. Da ist eins unten am Fluss, A Bela Adormecida, da haben sie eingecheckt, aber keiner weiß, was sie hier tun. Es ist, als würden sie auf etwas warten.«

Ich sah Hope an, sah die Anspannung, die Frage auf seinem Gesicht. Auf einem Korbstuhl neben der Glasfront saß ein kleines Mädchen von sechs oder sieben Jahren, ein hübsches Mädchen mit langem schwarzem Haar und großen Augen wie eine Zeichentrickschönheit: Augen, die sie unverwandt auf Hope gerichtet hatte, während ihre Hände mit ihren pinken Plastikarmbändern spielten.

Draußen vor dem Fenster stand der Junge, der uns hergebracht hatte, und starrte herein.

Ich holte tief Luft.

»Sie sind hier«, sagte ich auf Englisch. »Deine Leute. Zwei jedenfalls.«

Er sah mich einen Moment lang an, runzelte die Stirn und nickte. Das war seltsam, ich hatte einen Freudenschrei erwartet, Erstaunen, Erleichterung. Aber alles, was er tat, war, die Augen ganz leicht zusammenzukneifen, zweifelnd. »Es sollten fünf sein.«

»Nur zwei?«, fragte ich auf Portugiesisch.

»Wie viele wollen Sie denn? Wir vermieten Boote und Trekking Guides, nach Somalis hat noch keiner gefragt.« Der Mann lachte eine Weile über seinen eigenen Witz. Das Mädchen bog ein rosa Armband gerade und streckte es Hope hin.

»Für dich«, sagte sie.

Hope nickte freundlich und tat ihr den Gefallen, es zu nehmen, obwohl ich seine Anspannung in jeder Bewegung sah. Er wirkte sprungbereit, auf der Hut wie ein Fuchs, es war seltsam.

»Somalia ...«, sagte der Mann von der Travel Agency nachdenklich. »Ist da nicht Krieg? Was tun diese Leute hier?« Er schüttelte den Kopf. Zog dann sein Handy aus der Tasche, wischte eine Weile darauf herum und hielt uns ein Foto entgegen: Er selbst mit zwei Afrikanern, die ihn um einen Kopf überragten und breit lächelten.

Hope warf einen kurzen Blick darauf. »Wer sind sie?«, fragte ich. »Onkel von dir?«

Er nickte nur ganz kurz, wieder war da kein Zeichen der Freude, und dann fragte er: »Wann geht das nächste Schiff flussaufwärts?«

Ich übersetzte. »Da geht kein Schiff«, sagte der Travel-Agency-Typ. »Hier ist Ende. Stromschnellen, Flachwasser, alles das, da kommt man nur mit dem Motorkanu durch, wie die Indios, die hier fischen. Na ja, der Padre quält sein Hausboot da auch durch. Er ist der Einzige, der regelmäßig fährt. Das Boot liegt im Moment unten, glaube ich. Er besucht die Gemeinden am oberen Negro und am Rio Uaupés, ist wie ein Bus, zuverlässig. Bringt Gott in die Wildnis.«

Er lachte. »Na, überlegen Sie sich das mit dem Treck. Ist ein einmaliges Erlebnis. Erst mal sollten Sie Ihre Freunde treffen. Haben die auf Sie gewartet, ja? Die Somalis? Komische Typen.«

Und dann traten wir hinaus, aus dem gekühlten Büro in die feuchte Hitze des Regenwalds, und sahen uns umringt von Kindern, die aus allen Löchern und Ritzen gekrochen zu sein schienen, um die Fremden zu begutachten.

»Meine Tochter«, sagte der Travel-Agency-Mann und legte einen Arm um das Mädchen mit dem rosa Armband, »kann Sie zum Hotel führen.«

Die Kleine nickte, lächelte zu Hope auf und nahm ihn an der Hand.

Der Junge, der uns hergebracht hatte, sagte etwas in einer Sprache, die ich nicht kannte, feindselig, das schmutzige Unterhemd, das er trug, betonte seine breiten Schultern.

Das Mädchen lachte nur über seine Kampfhaltung, warf den Kopf zurück, aber Hope ließ seine Hand los, strich sich das verfilzte Haar zurück und verschränkte die Arme. Ich sah seine Augen blitzen.

Die Kinder in der Gasse hatten einen Kreis um die beiden gebildet, und ich sagte: »Gehen wir«, aber niemand ging irgendwohin.

Und dann sprang der breitschultrige Junge.

Er sprang wie ein Puma, alles an ihm war Spannung und Muskelkraft, und ich dachte: Hope hat keine Chance gegen diesen Jungen. Sie kugelten durch den Staub zu unseren Füßen, Schläge und Fausthiebe austeilend, angefeuert von den anderen Kindern.

Das Mädchen spielte mit einem rosa Armband und betrachtete die Streithähne interessiert, sie hatte dies angestiftet, dachte ich wütend. Verflucht, sie war erst sechs.

Aber hier draußen galten noch die alten Klischee, die alten Männer- und Frauenrollen, hier gab es keine Gleichberechtigung, und ein echter Mann war ein Macho, und ein Mädchen war eine Frau, schon so jung.

Ich glaube, Hope kämpfte nicht um das Mädchen. Es war der Stolz, der seine Fäuste führte, und er war zäh, er war wendig, er war schneller als der andere. Einmal bleckte er die Zähne wie ein Hund.

Ich trat einen zögernden Schritt vor, aber ich dachte, wenn ich es bin, der die beiden trennt, verliert Hope seine Ehre, und dann dachte ich: Ist doch scheißegal, wir sehen diese Leute nie wieder, und dann war es zu spät, denn der breitschultrige Junge, der König der Straße, saß rittlings auf Hope und drückte ihn mit seinem Gewicht zu Boden. Am Ende zählte doch die Muskelmasse.

Der Straßenkönig sah Hope an, produzierte einen langen Speichelfaden und ließ ihn auf Hopes Wange rinnen.

Das war der Moment, in dem ich sprang.

Aber ich war nicht schnell genug. Ehe ich den Jungen erreichte, hatte er die Schnur um Hopes Hals gepackt und den Anhänger abgerissen, er hielt das goldene Kamel im Triumph hoch.

Ein Raunen ging durch die Meute der Kinder.

Ich zerrte den Jungen hoch, am liebsten hätte ich ihn verprügelt, aber das erledigte der Travel-Agency-Typ, der plötzlich neben mir war und den Jungen ins Gesicht schlug.

Es nützte weder seiner Zukunft noch dem goldenen Kamel: Er schleuderte es im selben Moment fort, in hohem Bogen.

Und ich rannte, zusammen mit den Kindern, dorthin, wo es in den Staub fiel. Das Mädchen mit den rosa Plastikarmbändern war zuerst dort. Sie hob das Kamel auf, ging zu Hope und gab es ihm und dann trat sie ganz nah zu ihm und wischte ihm mit ihrem Ärmel die Spucke aus dem Gesicht. Doch Hope schüttelte nur den Kopf und stapfte los, die Straße hinunter, und dann rannte er. »Warte!«, rief ich. »Wir wissen doch gar nicht, wo das Hotel ...«

Aber er hielt nicht an.

Und ich rannte ihm mit dem schweren Rucksack auf dem Rücken hinterher und fluchte lautlos auf mich selbst. Ich hätte früher eingreifen sollen. Ich hätte –

Da stand er. Kurz vor dem Ufer, neben einem weißen Gebäude mit roter Schrift über der Tür: HOTEL A BELA ADORMECIDA, jemand hatte auch ein schlafendes Dornröschen und den Berg an die Wand gemalt,. die Perspektiven alle verkehrt: naive Kunst.

Einen Moment sehnte ich mich danach, mich auf einen der Plastikstühle vor dem Hotel zu setzen und das richtige Licht für ein Foto abzuwarten. So wäre es gewesen, wenn ich für eine Trekkingtour hier gewesen wäre.

Aber ich hatte einen kleinen Jungen bei mir, der sich mit dem Ärmel etwas aus dem Gesicht wischte, das nicht die Spucke eines anderen war.

Er weinte.

Er war den ganzen Weg bis zurück zum Fluss weinend gerannt, und ich dachte, wenn ich jemand anders wäre, ein Kümmerer, ein Tröster, hätte ich ihn in die Arme nehmen können. So stand ich nur dumm neben ihm und sagte irgendwas von einer neuen Schnur für das Kamel und darüber, dass wir doch jetzt seine Leute finden würden, und ich ging einen Schritt auf den Holzperlenvorhang zu, den das Hotel anstelle einer Tür besaß.

»Nein«, flüsterte Hope heiser. »Moment ...«

Im Dämmerlicht dahinter standen ein paar Tische mit bunten Plastikdecken, es roch nach heißem Fett, in der Ecke gab es einen Kühlschrank voller Colaflaschen, ein Ventilator surrte, verzerrte Musik drang aus einem Radio. An der Hotelrezeption, die gleichzeitig die Bartheke war, lehnten zwei Afrikaner mit dem Rücken zu uns und sprachen mit einer jungen Frau. Einer drehte sich halb um, zeigte auf den Kühlschrank, und ich dachte: Jetzt, jetzt sehen sie ihn, das ist der Moment.

Der Moment der Wiedervereinigung eines verloren geglaubten Kindes mit seiner Familie.

Ich hob die Kamera, um den Moment festzuhalten.

Der Mann, der sich umgedreht hatte, war schlank, hochgewachsen, mit feinen Gesichtszügen, ein gut aussehender Mann, perfekt für ein schönes Foto. Er sah genau in die Kamera. Dann sah er Hope an ... und dann packte Hope meinen Arm und das Bild verwackelte. Ich fuhr herum und sah ihn wieder rennen.

Schneller diesmal.

Ich verstand nichts.

Im Nachhinein muss ich sagen, dass ich mich sehr dumm anstellte, aber im Nachhinein ist das immer leicht einzusehen. Ich lief Hope nach, über eine Straße, über eine Art betonierter Uferpromenade, kletterte ihm nach, hinunter ans Ufer, das schon jetzt zwei Meter tiefer lag als bei Hochwasser. Er blickte sich kurz um, nach rechts, nach links, wie ein gehetztes Tier, und hinter mir rief jemand etwas. Vielleicht, dass wir stehen bleiben sollten.

Wir blieben nicht stehen.

Hope sprintete auf dem Sandstreifen am Ufer entlang und ich rannte ihm nach, und dann sah ich es: das weiße Boot mit dem Holzkreuz auf der Kajüte. Die Reling besaß einen blauen Rand oben, das Boot war hübsch, ein Spielzeugboot. Seitlich stand in rot-blauen Lettern sein Name:

CORAÇÃO DE JESUS, Herz Jesu.

Ein großer, breiter Mann mit tief gebräunter Haut, aber europäischer Haltung, heller Kleidung und Sonnenhut watete durchs Wasser und kletterte an Bord. Der Padre, dachte ich.

Er warf den Motor an und die Coração de Jesus entfernte sich langsam vom Strand.

Hope stürzte sich ins Wasser wie ein Hund.

Er schwamm dem Boot hinterher, er wollte an Bord, es war vollkommen klar. Und vollkommen verrückt. Hinter mir wurden die Rufe lauter. Sie klangen jetzt wütend.

Ich sah, wie Hope das Boot erreichte.

Sah, wie der Padre sich verwundert über die Reling beugte und den triefenden Jungen an Bord zog, der seine Hand noch immer zur Faust geballt hatte. Darin lag, gut beschützt, das goldene Kamel.

Das wäre ein guter Moment gewesen, um die Reise mit einem Kind, dessen Handlungen möglicherweise völlig verrückt waren, abzubrechen.

Ich dachte: »Das wäre ein guter Moment«, und als Nächstes dachte ich: »Das Wasser ist nicht besonders kalt.«

Der Rucksack störte beim Schwimmen, vor allem, da ich mit einem Arm die Kamera über Wasser hielt. Ich dachte kurz an den Laptop und daran, dass er sich in einer wasserdicht verschließbaren Plastikhülle vom größten Reiseausrüster Kanadas befand und dass das schön war.

Der Padre hatte den Motor gedrosselt. Er half mir hoch, er war stark, er war ein Mann wie ein Berg. Als ich im Boot saß und nach Atem rang, ließ er das Boot wieder schneller fahren.

»Ihr müsst wohl sehr dringend den Fluss rauf«, sagte er mit einem Lächeln.

»Verzeihung«, sagte ich auf Portugiesisch. »Verzeihung.« Mehr fiel mir im Moment nicht ein, aber der Padre schien im Moment auch nicht mehr wissen zu wollen. Er sah jetzt wieder geradeaus, denn vor dem Boot erhoben sich Felsen aus dem Wasser und ließen es gischtend aufwirbeln: die Stromschnellen von São Gabriel da Chachoeira.

Hinter uns glaubte ich, zwischen ein paar Einheimischen an der Betonpromenade auch zwei Männer mit dunklerer Haut auszumachen, es war schwer zu erkennen gegen das grelle Sonnenlicht.

Hope saß triefnass auf dem Boden und zitterte.

»Jetzt mal langsam«, sagte ich, erschöpft, verwirrt: zu verwirrt, um wütend zu sein. »Warum zum f… Warum laufen wir vor deiner *Familie* weg?«

»Die?« Er schnaubte verächtlich. »Die sind nicht meine Familie. Nicht jeder Somali ist meine Familie, okay?«

»Aber du kennst sie? Die beiden?«

Er schüttelte den Kopf.

»Ich bin mir nur ziemlich sicher, dass es besser ist, zu rennen. Es gibt ein paar Leute, die … die irgendwie was gegen mich haben.« Er schloss die Augen und lehnte den Kopf gegen die Reling, erschöpft. »Mathis? Es gibt keine Familie. Das war gelogen. Meine Familie ist tot.«

Ich nickte. »Das hätte ich mir denken können.«

Fakten Kautschukbarone

Ab Mitte des 19. Jahrhunderts blühte in Brasilien der Kautschukhandel. Nachdem Charles Goodyear 1839 ein neues Verfahren zur Nutzbarmachung von Kautschuk entwickelt hatte, stieg die Nachfrage nach Kautschuk für Produkte der Industrialisierung, ab 1886 vor allem für Autoreifen.

Davor Regenmäntel oder Schuhe

Mehr und mehr »Kautschukbarone« begannen, den Amazonas-Regenwald für Plantagen zu roden. Allerdings stellte man schnell fest, dass der Kautschukbaum nur wild wächst.
Man gab Kautschuksammlern, die die Bäume im Wald anritzten, zunächst Vorschüsse in Geld und Gütern, das betraf auch deren Arbeitsausrüstung. Da die Vorschüsse nie wirklich abbezahlt werden konnten, entstand eine Art Schuld-Leibeigenschaft. Indigene wurden zusätzlich mit Gewalt zu Zwangsarbeitern gemacht oder in Waffen entlohnt und genötigt, mit diesen andere Stämme zur Versklavung einzufangen. Kautschukhändler in Peru besaßen Privatarmeen, teilten den Regenwald auf und machten Jagd auf die angeblich faulen, »primitiven« Völker.
In ihrer Glanzzeit ließen die Kautschukbarone im brasilianischen Manaus das Opernhaus Teatro Amazonas erbauen.
Ende der Zwanzigerjahre endete der Kautschukboom in Südamerika, als Samen von Kautschukbäumen nach Malaysia exportiert wurden und das Monopol Amazoniens fiel.

Ashes of the Amazon, Milton Hatoum

Hoffnung

Heute stehen Plantagen, wie »Fortlandia«, der gescheiterte Versuch einer riesigen Monokultur des Kautschukbaums für Ford-Reifen, leer. Die Stadt Manaus ist Ausgangspunkt für Amazonasexpeditionen aller Art. Mit einheimischen Führern kann der Urwald erforscht werden, es gibt umweltfreundliche Unterkünfte am Rand des Waldes und es existieren mehrere Museen zur Geschichte des Ortes. Die Erkenntnis ist da, dass es wirtschaftlich klüger ist, das, was man einst zerstört hat, zur Grundlage des Tourismus zu machen und zu schützen.

Eco-Lodge

Fakten Fliegen

Die reinen CO_2-Emissionen des Flugverkehrs machen lediglich 2,2 % der von Menschen verursachten Emissionen aus. Doch Flugzeuge stoßen durch die Verbrennung von Kerosin Stickoxide aus, die zur Ozonbildung führen und mit anderen klimarelevanten Gasen reagieren. Zudem werden Aerosole, vor allem Sulfat und Rußpartikel, produziert.
Letztere absorbieren das Sonnenlicht und haben einen wärmenden Effekt auf die Atmosphäre. Auch Kondensstreifen reflektieren die Erdwärme und verstärken den Treibhauseffekt maßgeblich.
Dennoch wird die Luftfahrt in den meisten Ländern staatlich gefördert und ihre Eindämmung ist in keinem Klimaprotokoll Thema.
Wissenschaftler haben errechnet, dass auf einen Passagier, der von Frankfurt nach San Francisco fliegt, fünf Quadratmeter geschmolzenes Arktiseis entfallen.

Hoffnung

Inzwischen gibt es Internetportale zur CO_2-Kompensation, die das ausgestoßene CO_2 einer Flugreise ausrechnen und in einen Geldbetrag umrechnen, der verschiedenen Klimaschutzprojekten gespendet werden kann.
Am einfachsten ist es aber, eines zu tun, nämlich gar nichts: nicht zu fliegen, wenn es nicht nötig ist. Mit der Ablehnung von Inlandsflügen anstelle von Bahnfahrten ist einiges gewonnen. Alle 19 Regionalflughäfen Deutschlands arbeiten ohnehin defizitär, schreiben also keine schwarzen Zahlen.

CO_2 von Flug nach Rio berechnen

2

o bosque
der Wald

> Bildersuche Internet:
> Yanomami
> Faultier Brasilien
> Wildlife Amazonas
> Bodenschätze Regenwald

Ich fluchte.

Ich saß klitschnass im Boot neben einem nassen Trekkingrucksack, umklammerte die halb nasse Kamera und fluchte, während der grüne Regenwald an mir vorbeizog, ganz nah und plötzlich voller Leben: Reiherartige Vögel mit langen, grazilen Hälsen stakten zwischen den Baumstämmen im Wasser umher, winzige goldgelbe Vögel paddelten durch ein hellgrünes Meer von hellgrünen Schwimmpflanzen mit leuchtend violetten Blüten, majestätische Raubvögel warteten hoch oben im Geäst: Dies war es, was ich hatte sehen und vor die Kamera bekommen wollen, es war wunderschön. Und da saß ich, mitten in all der Schönheit, und fluchte. Auf Französisch, damit Hope mich nicht verstand. Québec, Heimat all meiner Flüche, war sehr weit weg, ich war allein im Regenwald mit einem elfjährigen Kind ohne Familie. Und mit einem wettergegerbten Priester samt breitkrempigem Strohhut, der am Außenbordmotor stand und amüsiert lächelte.

Ich hatte, so viel war klar, jetzt genau das, was ich niemals hatte haben wollen.

Verantwortung.

Verantwortung für ein Kind.

Ich konnte es nicht hierlassen, ich konnte es nicht zurückschicken, es war ein Kind mit gefälschten Papieren. Und ich war auch noch der, der sie hatte fälschen lassen. Hinter uns am Ufer standen zwei Typen, die dieses Kind suchten, um es zu beseitigen.

Ich war mit der Aufgabe allein, dieses Kind in Sicherheit zu bringen, einen ganzen Kontinent entlang nordwärts, und ich konnte nicht mehr einfach sagen: »Hier wird es mir zu gefährlich, ich fliege nach Hause, geh allein weiter.« Nicht zu einem Kind.

Ich überlegte kurz, ob es möglich war, die Reportage aufzugeben und Hope auf andere Weise nach Nordamerika zu schaffen. Kanada nahm Leute auf, die einen Fluchtgrund hatten, wenn sie sich vom Ausland aus bewarben, vielleicht könnten wir zurück nach Manaus fahren und dort auf die Bewilligung eines solchen Antrags warten … Nein, dachte ich dann. Wie denn, ohne legale Papiere? Kanada oder die Staaten würden die Fälschung sofort bemerken.

Ich würde den Trip mit diesem Kind selbst machen müssen, quer durch den Amazonaswald, zwischen indigenen Völkern, die es nicht mochten, wenn man ohne Erlaubnis ihr Territorium betrat, und der für sie verantwortlichen Behörde, die das auch nicht mochte, zwischen Kaimanen, Jaguaren und giftigen Schlangen, mit zwei möglicherweise gewaltbereiten Somalis auf den Fersen –

Und auf einmal fing ich an zu lachen.

Hope musterte mich besorgt, wahrscheinlich fragte er sich, ob ich den Verstand verloren hatte.

Schließlich wischte ich mir die Lachtränen aus den Augen und fragte: »Warum hast du das erzählt? Von der Familie, die hier wartet?«

»Hättest du mich sonst mitgenommen? Schau mal!« Er zeigte und ich folgte seinem Blick. Das Ufer war kein richtiges Ufer, das Wasser reichte bis zwischen die Bäume hinein, der trockene Boden war in der Überschwemmungszeit weit entfernt. Und dort, zwischen den Bäumen, sah ein runder Kopf mit dunklen Knopfaugen aus dem Wasser. Zuerst wirkte er wie ein Seehund, aber dann tauchte das Tier ab, tauchte weiter entfernt wieder auf, und als es aus dem Wasser auf einen Hügel schwimmender Äste glitt, sah ich es genauer: Es besaß Schwimmhäute und einen langen Schwanz.

»Ein Riesenotter«, sagte der Priester hinter mir.

Er sprach englisch und ich fuhr verwundert herum. »Sie können …«

»Französisch auch«, sagte der Priester und lächelte wieder in sich hinein. »Sie sind ein sehr kreativer junger Mann, was das Fluchen betrifft.« Ich spürte, wie ich rot wurde.

»Ich möchte so einen streicheln«, sagte Hope, und ich dachte: Das hätte meine kleine Cousine in Kanada auch gesagt. Wie seltsam, wahrscheinlich konnte diese Cousine in einen Zoo gehen und tatsächlich so ein Ding streicheln und sie würde nach Hause gehen und ein Foto von sich und dem Riesenotter in einen selbst gebastelten Rahmen kleben und meine Tante würde ihr ein Buch über Riesenotter kaufen und es mit ihr zusammen lesen.

Hope, gleich alt, würde keinen Riesenotter streicheln. Seine Familie war tot, er hatte zu seiner unsichtbaren Schwester gesagt, die Hölle könnte ihn nicht mehr überraschen, weil er sie gesehen hatte, und er würde die nächsten Monate irgendwo auf dem Waldboden schlafen, auf der Flucht vor einem ganzen Leben.

»Die Yanomami und die Tucanos zähmen sie manchmal«, sagte der Priester. »Die Riesenotter.« Er schien einen Moment zu zögern, dann sagte er: »Gott hat euch an Bord gebracht. Ich nehme an, er weiß, was er tut. Aber vielleicht erzählt ihr mir doch kurz, wohin ihr möchtet?« Er lachte bei der Bemerkung mit Gott, als machte er sich über sich selber lustig.

»Wir ... sind auf dem Weg den Fluss rauf«, sagte ich vorsichtig.

»Ja, und da fahren keine Schiffe hin«, sagte Hope. »Aber Sie fahren. Oder? Da dachte ich, wir kriegen Ihr Boot besser, sonst dauert es ewig, bis das nächste Boot den Fluss rauffährt.«

Und ich dachte: Nein, das hast du nicht gedacht, du bist vor deinen Landsleuten weggelaufen. Warum? Warum glaubst du, dass sie dich verfolgen?

Der Priester nickte. »Ich komme hier zweimal im Jahr durch, auf dem Weg rauf nach Iauaretê, an der Grenze zu Kolumbien. Da bin ich stationiert.«

»Können wir mit?«, fragte Hope sofort.

Der Priester wiegte den Kopf. »Es wird dauern. Ich werde hier und da in den Dschungel hineinfahren, da, wo es mit dem Boot noch möglich ist. Wenn ich von Manaus komme, übernehme ich immer einen

Teil der Gemeinden, dann müssen die Don Bosco Schwestern das nicht mehr machen. In Iauaretê bin ich erst in ... zwei oder drei Wochen.«

Er ließ seinen Blick eine Weile auf Hope ruhen, dann auf mir: ein afrikanisches Kind und ein nasser, zerzauster Kanadier in Outdoorklamotten, der eine klobige Kameratasche umklammerte.

Er schüttelte den Kopf.

»Ich kriege es nicht raus. Neugier ist Sünde, aber: Wie passt ihr zusammen? Was wollt ihr an der Grenze?«

»Wir sind auf ... einem Fototrip«, sagte ich und hielt die Kamera hoch. »Regenwald. Tiere. Und so.« Ich dachte an den Grenzbeamten in Manaus. Der Priester nickte, genau wie der Beamte, aber er grinste dabei. Er glaubte kein Wort.

»Gottes Wege sind wunderbar«, sagte er, lehnte sich an die Reling und versank in der Betrachtung der Natur, während er das Boot steuerte. »Er hat mich von Österreich in den Amazonas geführt. Heute sind die Coração de Jesu und ich unzertrennlich.« Er klopfte liebevoll auf die Reling. »Und es gibt so viel zu tun. Die Menschen hier sind hungrig nach Gott.«

»Haben die nicht ihre eigenen Götter?«, fragte Hope. »Mein Vater hatte einen Bildband über die Menschen im Regenwald. Sie hatten nichts an, und um sie herum war alles grün, wie hier am Ufer, mein Vater hat gesagt, so wird es sein, wenn du da bist ...« Er verstummte.

»Dein Vater«, sagte ich leise.

Hope knotete die Schnur des goldenen Kamels neu zusammen, um sie wieder um seinen Hals zu legen.

»Die Götter des Regenwaldes gehen nicht mit der Zeit«, sagte der Priester. »Sie sind Teil einer untergehenden Kultur. Nur wenige Völker laufen noch nackt herum, ein paar oben in Venezuela vielleicht, und unten in Peru. Hier findest du in den Dörfern junge Leute mit Handys, Strom und Satellitenschüsseln.« Er seufzte. »Und die Menschen sehen all diese Dinge im Fernsehen und wollen sie plötzlich haben ... Als die ersten Salesianer Missionare herkamen, waren die Indigenen wie Kinder. Sie kannten keine Sesshaftigkeit, keine geregelten Arbeitszeiten. Dann kamen die Großgrundbesitzer, die ihnen ihr Land weggenommen und sie zu Sklaven gemacht haben, weil sie die besseren Waffen hatten. Und später die Goldsucher. Die Missionen haben immer versucht, den Indigenen zu helfen. Sie haben Schulen gebaut, um sie zu modernen Menschen zu erziehen. Dann wurde die SPI gegründet, eine staatliche Stelle, um die Indigenen zu schützen, aber die von der SPI haben fleißig mitenteignet und gemordet.« Er zuckte die Schultern. »Heute ist die FUNAI für die Indigenen zuständig. Man kann nur hoffen, dass sie besser ist. In jedem Fall haben sie aufgehört, ihre alten Götter zu verehren.«

»Aha«, sagte Hope. »Haben die Missionare die alten Götter umgebracht?«

Ich lachte lautlos.

Der Priester dachte eine Weile nach. Schließlich sagte er: »Die moderne Zivilisation hat die alten Götter umgebracht. Ich meine, wir können die Menschen hier nicht zwingen, mit Federschmuck durch den Wald zu laufen. Wenn sie Teil des Fortschritts sein wollen, müssen sie das sein. Und nur, wer lesen und schreiben kann, kann sich in dieser Welt verteidigen. Sie lassen sich ihr Land jetzt nicht mehr einfach so wegnehmen, sie organisieren sich. Leisten Widerstand. Gehen sogar vor Gericht.«

»Lesen und schreiben ist gut«, sagte Hope und nickte. »Aber manchmal ist es nicht notwendig. Die Nomaden in meinem Land können es nicht. Sie können mit ihren Ziegen und Kamelen umgehen, das ist wichtiger. Hier ist es vielleicht wichtig, dass man den Dschungel kennt. Wozu braucht man einen neuen Gott und eine neue Schule?«

Der Priester lachte. »Du bist ein kleiner Philosoph, was?«, sagte er gutmütig. »Wo liegt dein Land?«

Hope zögerte. »Somalia«, sagte er schließlich. »Aber gehen Sie da nicht hin, um jemanden zu missionieren! Moslems werden nicht gerne missioniert. Sie missionieren nur selbst. Ich weiß nicht, welcher Gott stärker ist, Ihrer oder Allah.«

»Unser Gott ist stark durch Sanftmut«, sagte der Priester. »Seine Liebe ist unendlich.«

»Schon verloren«, sagte Hope und zuckte mit den knochigen Schultern. »Allah rächt und straft immerzu, der würde gegen einen sanften Gott leicht gewinnen. Vielleicht gibt es eine Rangfolge, der Christengott hat die Dschungelgötter umgebracht und Allah bringt demnächst den Christengott um. Also, nicht dass ich Ihnen das wünsche, ich glaube nur, es könnte sein.«

Der Priester lachte.

So fuhren wir auf der Herz Jesu, der CORAÇÃO DE JESUS, den Rio Negro hinauf, und Hope warf manchmal Blicke zurück, doch niemand folgte uns.

Die Sonne stieg höher, ich breitete meine Kleider zum Trocknen aus und saß in Unterwäsche auf dem Boot. Gegen Mittag setzte ich meinen Hut auf, ein tarnfarbenes faltbares Stoffding. Hope gab ich ein altes blaues T-Shirt, das er sich um den Kopf wickelte. Er sah damit fast aus wie ein Mädchen mit Kopftuch, und ich stellte mir seine Schwestern vor, in der Wüste zwischen den Kamelen.

Der Priester sagte, wir könnten ihn Padre Andreas nennen, wie alle hier es taten; sein Nachname wäre zu österreichisch und zu lang, und er teilte sein Mittagessen mit uns, Reis und Bohnen, die er auf einem Gaskocher warm machte.

»Kann man es besser haben?«, fragte er und lachte wieder. »Reis und Bohnen und der Regenwald! Das Paradies im Jenseits ist fern, aber seit ich hier bin, glaube ich, man kann das Paradies auf Erden finden.«

Die Flussufer waren noch näher zusammengerückt. Armdicke, gewundene Lianen winkten mit großen Blättern, manche Baumkronen schäumten vor roten oder orangefarbenen Blüten, kleine grüne Papageien jagten über das glitzernde Wasser dahin.

»Mathis, schau!«, rief Hope. »Affen!« Er hüpfte auf und ab vor Aufregung, und der Padre sagte sanft: »Nicht hüpfen im Boot. *Uakaris*. So heißen sie. Die Affen.«

Hope nickte und dann erstarrte er auf einmal.

Ich folgte seinem Blick. Hinter uns auf dem Fluss war eines der schmalen, langen Holzkanus aufgetaucht, die die Indigenen hier mit kleinen Motoren betreiben: seltsame Dinger mit langen, küchenquirlartigen Schrauben.

Im Bug saß eine Frau mit pinkem Kleid und rotem Sonnenschirm, im Heck ein Mann mit einem breitkrempigen Hut, der sein Gesicht verbarg. Zwischen den beiden kauerte ein zweiter Mann, ein Tuch um den Kopf gewickelt, gegen die Sonne.

Aber Tücher und Hüte täuschen niemanden.

Die Männer waren zu dunkel, zu schlank, zu hochgewachsen für Brasilianer.

»Das sind sie«, sagte Hope. Dann balancierte er zum Bug der Herz Jesu, um die Kajüte herum.

Das Kanu war langsamer als Padre Andreas' Boot, ich sah es hinter uns zurückbleiben.

»Er glaubt, dass er verfolgt wird«, sagte ich zu Pater Andreas. »Ich weiß nicht, ob es stimmt.«

»Gehen Sie zu ihm«, sagte der Padre. »Er sitzt da vorne und wartet auf Sie.«

»Bitte? Nein. Er sitzt da vorne, damit man ihn von hinten nicht sieht. Und weil er vielleicht allein sein will.«

»Nach vierzig Jahren Missionsarbeit bin ich alt und sarkastisch geworden«, sagte der Pater. »Aber ich habe ein paar Dinge über Menschen gelernt. Glauben Sie mir: Kinder wollen sehr selten allein sein.« Er seufzte. »Im Grunde sind wir alle Kinder.«

»Hope«, sagte ich, und er sah auf und nickte.

Ich setzte mich neben ihn und sagte eine Weile nichts. Die Uakaris waren verschwunden, aber es gab neue Wunder, hinter jeder Biegung des Flusses: Wir sahen leuchtend orangefarbene Vögel mit ausladenden Federkämmen, schwarze Adler, winzige Goldäffchen – und einmal einen grauen Klumpen ganz oben auf einem Baum. Ein Faultier.

Ich ließ Hope durchs Objektiv der Kamera sehen.

»So eins müsste man sein«, sagte er. »Die rennen sicher nie vor irgendetwas weg.«

Ich holte tief Luft. »Hope. Die Männer dahinten. Was wollen sie von dir?«

»Wahrscheinlich mich umbringen«, sagte er sachlich.

»Wieso?«

Er zuckte die Schultern. »Hat etwas mit *ihm* zu tun. Meinem ... meinem Vater.«

»Ist das so eine Clan-Geschichte?«

»Ich weiß nicht«, sagte er. »*Er* hatte nichts für das Clansystem übrig. *Er* ... war anders. Das war das Problem. *Er* hat Sachen gemacht, in Mogadischu, die Leuten nicht gefallen haben.«

In der Ferne erhob sich ein Baumriese mit gelben Blüten aus dem Regenwaldgrün. Am Ufer sprang ein großer Fisch aus dem Wasser und eine Reihe rotbrauner Hühnervögel mit verrückten Federhauben saß auf einem gebogenen Ast wie Dekoration.

»Ich wünschte, alles könnte immer so bleiben, weißt du?«, flüsterte Hope. »Wir könnten immer hier auf diesem Schiff sitzen und uns den Urwald angucken. Und Faultiere fotografieren.«

»Es wird nicht immer so bleiben«, sagte ich. »Dieser Wald, Hope ... Er stirbt. Wir zerstören ihn.«

»Ich nicht«, sagte Hope. »Du auch nicht.«

»Doch«, sagte ich. »Wir sind Flugzeug geflogen. Wir fahren auf einem Schiff mit einem Motor, der Dreck ins Wasser spuckt. Wir sind Teil einer Zivilisation, die die Erde auffrisst. Allein schon dadurch, dass wir zu viele sind.«

»Also, in meinem Land arbeiten wir dagegen«, sagte Hope mit einem Grinsen. »Wir schießen die Hälfte der Leute tot oder lassen sie verhungern.« Und, nach kurzem Zögern: »*Er* hat das gesagt. Es war einer seiner Witze.«

»Dein Vater.«

»Hm. *Er* hat mir auch erzählt, dass die Menschen alles kaputt machen, aber *er* hat so viel erzählt, ich habe nicht alles behalten.« Hope seufzte. »Warum kann der Regenwald nicht einfach da bleiben?«

»Weil die Menschen Wasserkraftwerke und Sojafelder hineinbauen«, sagte ich. »Und Erdöl herausholen und ... alles Mögliche andere. Brasilien flutet riesige Gebiete, um Stauseen daraus zu machen. Irgendwo bauen sie seit Jahren an so einem Ding, es gibt dauernd Demonstrationen dagegen, sogar Gerichtsbeschlüsse, aber der Staat baut trotzdem weiter. Die Städte wachsen, die Leute brauchen Strom und die Politiker brauchen Geld.«

»Oh.«

»Ja«, sagte ich. »Und dann ist da der Regenkreislauf. Durch den Klimawandel verschiebt sich die Hadley-Zelle und mit ihr die Niederschlagszonen. Die Tropen weiten sich um einen Breitengrad pro Jahrzehnt aus und die Trockenzone am Rand der Subtropen verschiebt sich polwärts …«

Hope legte vorsichtig eine Hand auf mein Knie. »Elf«, sagte er. »Ich bin elf.«

»Ja«, sagte ich und seufzte. »Ich bin fünf.« Jedenfalls so dumm wie fünf, dachte ich. So dumm, dass ich ab und zu vergaß, mit wem ich sprach. Ich fing noch einmal an.

»Okay, stell dir vor, in der Mitte der Erde, am Äquator, läuft alles zusammen. Da fließt die ganze warme Luft hin. Sie … fließt auf dem Boden entlang, kriecht durch den Dschungel und ganz genau in der Mitte trifft die Luft aus dem Norden die Luft aus dem Süden. Diese Massen an Luft wissen nicht, wohin mit sich, und können nur noch nach oben. Dabei werden sie kühler, aber kalte Luft kann Wasser nicht so gut … wie erkläre ich das … in sich behalten. Also regnet es, dann gibt es die Weltuntergänge, die wir nachts auf dem großen Schiff hatten. Wärmegewitter. Oben drücken sich die Luftmassen gegenseitig wieder voneinander weg, die Luft fließt zurück nach Norden oder Süden, wo sie hergekommen ist, die Erddrehung verwirbelt sie zur Seite, wodurch die Passatwinde entstehen, und die Luft ist irgendwo kalt genug, um wieder abzusinken, weil kalte Luft einfach immer sinkt. Unten angekommen, kriecht sie zurück zum Äquator, und wenn man das jetzt mit Pfeilen aufmalt, sieht es aus wie eine Art Kreis. Das ist die Hadley-Zelle. Weiter außen gibt es noch so einen Kreislauf, umgekehrt, die Ferrel-Zelle. Wenn der Regenwald weg ist, ist es wärmer, dann funktioniert die Verdunstung anders und alles verschiebt sich. Es wird da trocken, wo die Leute Regen gewohnt waren. Und umgekehrt.«

»Kann doch auch gut sein«, sagte Hope.

»Ja, kann sein, es regnet demnächst in der Sahelzone«, sagte ich. »Also in Somalia. Aber dann schwimmt vermutlich bloß der Rest des Bodens weg. Veränderungen müssen langsam passieren, verstehst du? Was der Mensch macht, ist zu schnell.«

»Oh«, sagte Hope. »Und warum braucht man den Regenwald nun für die Verdunstung?«

»Kompliziert. Eins kannst du dir vorstellen: Wo weniger Bäume sind, ist weniger Schatten, ja? Also wird es wärmer. Außerdem nehmen die Bäume CO_2 auf. Keine Bäume, mehr CO_2, mehr Wollmantel um die Erde.«

Ich begann, allmählich stolz auf meine Erklärungskünste zu werden, aber Hope musterte mich nur stumm und ernst.

»Warte, und wozu diese Felder?«, fragte er. »Diese ... Sojafelder? Essen die Leute so gerne Soja?«

Ich schüttelte den Kopf. »Biodiesel. Und Viehfutter. Für die Rinder, die da weiden, wo früher mal Regenwald war. Die Leute essen viel mehr Fleisch, als sie müssten.«

»Oh. Du auch?«

»Ich ... bin kein Vegetarier«, sagte ich vorsichtig. »Und natürlich wollen die Leute an das wertvolle Holz der uralten Urwaldriesen, also der größten Bäume, und dann sind da die Bodenschätze, und irgendwann ...« Ich machte eine alles umfassende Bewegung. »... ist das alles hier weg. Aber das hier ist die Mitte unserer Welt und die Welt braucht eine Mitte. Einen Motor für das Klima. Der Grund dafür, dass so viele Leute ihre Länder verlassen, du zum Beispiel ... ist das Klima.«

»Nein«, sagte Hope. »Der Grund ist, dass jemand in das Zimmer mit den Büchern gekommen ist und meinem Vater den Kopf abgeschlagen hat.«

Ich schluckte. Ich sagte nichts über Theorien darüber, dass Kriege durch Klimaschäden entstehen.

»Wo warst du?«, fragte ich leise.

»Hinter dem Bücherregal«, sagte Hope mit seinem gewöhnlichen Schulterzucken. »Es hatte hinten eine Wand. Sonst hätten sie mich gesehen, als sie die Bücher danach rausgeschmissen haben. Aber man konnte durch die Wand rausgucken, weil kleine Ritzen drin waren. An einer Stelle standen keine Bücher. Ich weiß nicht, warum ich geguckt habe. Ich glaube, ich wollte ihn so lange sehen, wie es ging.«

»Es tut mir leid«, sagte ich, und Hope: »Aber *du* warst das doch nicht«, und ich dachte, dass es wie mit dem Klima war, jeder war irgendwie an allem schuld, auch wenn ich es nicht erklären konnte.

»Komm«, sagte ich lahm. »Machen wir noch ein paar Fotos. Findest du Affen für mich?«

Und dann war das Kanu hinter uns verschwunden und dann teilte sich der Fluss.

Mehrere Inseln und Inselchen erhoben sich hier in seiner Mitte, er war so breit wie die Welt, schier uferlos, und wir wussten nur, dass er sich teilte, weil Pater Andreas es uns sagte.

Er erklärte, die Coração de Jesus würde auf dem linken Arm bleiben, dem Rio Uaupés, zunächst aber würden wir jemanden besuchen.

Es war nirgends eine Siedlung zu sehen.

Pater Andreas steuerte die Coração de Jesus vor der Flussteilung auf die grüne Mauer des Regenwalds zu, und plötzlich öffnete sich das Grün zu einem schmalen Flusslauf zwischen den Bäumen, flach und ruhig. Das Rauschen der Stromschnellen blieb hinter uns zurück, und der Pater ließ den Motor verstummen, sodass wir lautlos dahinglitten, nur noch getragen von der Trägheit des Bootes, vom Schwung. Es gab nichts mehr als die Geräusche des Waldes. Die Vögel. Das Rascheln unsichtbarer Tiere im Geäst.

Kurz darauf machte der Kanal eine Biegung, und an seinem Ufer tauchte eine Ansammlung von Hütten aus einfachen, rohen Brettern auf, Hütten auf Stelzen. Jetzt ragten sie nur ein wenig aus dem Wasser, aber wenn es weitere sieben oder acht Meter sank, wäre der Anblick sicher merkwürdig.

Die erste der Hütten allerdings stand nicht auf Stelzen. Sie schwamm auf leeren Wasserkanistern. In dem kleinen Garten auf der Holzplattform reckten sich langstielige Blumen mit violetten und zyklamfarbenen Blüten aus rostigen alten Kaffeebüchsen. Daneben saß ein kleines

Mädchen in einem verblichenen Blumenkleid und winkte uns mit beiden Armen.

Eine Frau hockte im Halbdunkel der Hütte drinnen auf dem Boden und knetete Teig in einer Blechschüssel, doch als sie uns sah, kam sie ebenfalls heraus und winkte. Wir waren die Attraktion des Tages, Menschen sahen aus glaslosen Fenstern, liefen auf Stege hinaus, Kinder hüpften auf und ab, Kinder mit schwarzen, glänzenden Haaren und schwarzen, glänzenden Augen und topfähnlich kurz geschnittenem Haar. Das war das Einzige, was mich das Klischeewort »Indianer« denken ließ: ihr glänzendes Haar.

Hände streckten sich aus, jeder wollte das Seil der Coração de Jesus befestigen, alle redeten durcheinander und Pater Andreas antwortete in ihrer Sprache. Sie hatten auf ihn gewartet.

Vielleicht nicht auf Gott, vielleicht eher auf diesen in sich ruhenden, immer lächelnden großen Mann mit dem Sonnenhut, der Neuigkeiten aus der Ferne brachte. Man half uns an Land, und die Kinder umringten uns und streckten scheu ihre Hände aus, um erst mein helles, zerzaustes Haar zu berühren und dann Hopes schwarze, verfilzte Locken. Eine sehr alte Frau, die kaum noch Zähne im Mund hatte, sagte etwas, und alle lachten schallend. »Sie fragt, warum ich einen von ihnen in zwei Teile geteilt habe«, sagte der Pater. »Eine ganz weiße und eine ganz schwarze Hälfte, wo es doch gemischt, also braun, so viel schöner aussieht.«

Ein älterer Mann führte uns in eine geräumige Hütte, die vor langer Zeit türkis gestrichen worden war und jetzt verblasst war wie das Kleid des Mädchens, gebleicht von Wasser und Sonne wie alles hier.

Die Hütte war geräumig und sauber, aber fast leer. Es gab zwei Hängematten, die quer durch den Raum gespannt waren, und einen Feuerplatz, Aluminiumtöpfe und Pfannen stapelten sich auf dem Boden, ein Baby und ein Hund saßen dazwischen.

Der Mann hob das Baby hoch und beförderte den Hund mit einem Fußtritt nach draußen. Ich schluckte.

»Ja, mit den Tieren ist das so eine Sache«, sagte der Pater. »Sie ziehen manchmal Findlinge auf wie eigene Kinder, aber dann sind sie wieder unvorsichtig und grausam, es ist schwer zu verstehen. Für mich.« Er nickte zu zwei Männern hin, die einen aus rauen Brettern zusammengezimmerten Tisch hereinschleppten. »Das ist der Altar. Wir werden heute hier den Gottesdienst feiern.« Menschen strömten jetzt in die Hütte, junge, alte, Kinder, und Pater Andreas hatte Worte und Ohren für jeden von ihnen, er streichelte Kindern über den Kopf, bewunderte ein Neugeborenes, beugte sich über einen winzigen uralten Mann.

»Schau«, sagte ich zu Hope. »Sie alle brauchen seinen Trost.«

»Aber warum?«, fragte Hope. »Warum trösten sie sich nicht gegenseitig?«

Darauf wusste ich keine Antwort. Es schien eine Eigenschaft von Hope zu sein, Fragen zu stellen, die niemand beantworten konnte.

Ich sah zu, wie der Pater ein Tuch über den Tisch ausbreitete, ein Kreuz aufstellte, Kerzen vom Boot holte. Alles war schön, alles war feierlich. Es gab so wenig und es bedeutete so viel.

Neben dem Eingang saßen ein paar Jugendliche herum und beugten sich über ein Handy und einer der Älteren jagte sie fort.

»Die haben einen anderen Gott«, sagte der Pater hinter uns. »In der Bibel heißt er Mammon. Früher kannten sie nicht einmal Geld, jetzt geht es um nichts anderes. Die Weißen haben ihnen das Geld und die Dinge gebracht, die sie nicht selbst herstellen können, und sie sind wie eine Droge.«

»Wie die Kirche«, sagte Hope.

Der Pater lachte. »Du bist ein kleiner Systemkritiker, was? Es gibt Sekten in Brasilien, die lassen sich viel Geld bezahlen für Reliquien, die die Leute angeblich heilen. Sie bringen Schauspieler mit, die kranke Menschen spielen und dann geheilt werden, um die Menschen hier zu überzeugen. Ich würde nie Geld von diesen Menschen nehmen.«

Und dann saßen wir auf dem Fußboden zwischen den anderen und lauschten Pater Andreas' Worten, die wir nicht verstanden, denn er predigte, so hatte er gesagt, auf Yanomami.

Hope blickte zur angelehnten Tür hinüber.

»Mathis!«, flüsterte er plötzlich. »Da draußen liegt das Kanu! Das mit der Frau, die den Schirm trägt. Die Frau ist nur Tarnung.«

»Es ist alles okay«, sagte ich. »Solange du bei all diesen Menschen bist, bist du sicher. Glaub mir.«

»Glaub dir doch selber«, sagte Hope, und dann kletterte er aus dem Fenster. Er kletterte aus dem Fenster, weil die Männer im Kanu die Tür beobachteten, so viel war klar.

Die Yanomami und der Pater hatten jetzt die Augen geschlossen und beteten. Hope stand draußen auf dem Steg und sah zu mir zurück. Ich schüttelte den Kopf. Ich würde nicht mitten in einem Gottesdienst mit einem Trekkingrucksack aus einem Fenster klettern, diese Dinge taten Leute nur in Filmen. Hope drehte sich um und rannte, leichtfüßig, den Steg entlang, auf den Wald zu.

Ich kam leiser auf dem Steg auf als gedacht. Als ich mich umdrehte, hatten die Betenden die Augen noch immer geschlossen. Und dann blickte ich in die Augen des Paters.

Und ich formte mit den Lippen die Worte »Tut mir leid«. Ich weiß nicht, ob er mich verstand. Er lächelte, nickte und betete weiter.

Fünfzehn Meter aus schmalen Stegen, dann stand ich zwischen Schlick und Sumpfgras. Vor mir schlängelte sich ein Pfad ins Grün.

Und hinter mir waren jetzt Schritte. Ich fuhr herum. Da standen sie, die beiden Männer. Ich hatte Hope nicht geglaubt, aber er hatte recht gehabt, es waren dieselben Männer wie im Hotel in São Gabriel. Sie waren eben erst auf den Steg hochgeklettert. Fünfzehn Meter lagen zwischen uns.

»Wait!«, rief der eine. »Stop! We have to talk! Where is the kid?«

Ich ging einen Schritt rückwärts. »I don't know.«

»Yes, you do«, sagte der andere Mann. »Please, you tell us, we are friends of this kid.«

Aber in seinen Augen war etwas, das nicht nach *friends* aussah. Es glitzerte. Und ich mochte seine Umhängetasche nicht. Vor allem deshalb nicht, weil er die rechte Hand darin verbarg.

Sie kamen langsam näher, lächelnd. »I'll go look for him, you wait here«, sagte ich.

»I don't think so«, sagte der Mann mit der Tasche.

Dann zog er die Hand heraus, und ich hasste mich dafür, dass ich recht gehabt hatte, denn in dieser Hand glänzte eine schwarze Waffe. Verrückt, es war vollkommen verrückt, diese Dinge taten Leute nur in Filmen ...

Ich rannte. Geduckt, mit fliegendem Herzen. Hörte den Schuss.

Aber vielleicht war es nur ein Warnschuss. Vögel flogen kreischend auf, Stimmen drangen jetzt aus der Gebetshütte. Ich drehte mich nicht noch einmal um, ich rannte den Pfad entlang, dem Kind nach, das klüger gewesen war als ich. Einem Kind mit Angst im Herzen und einem goldenen Kamel um den Hals, geradewegs nach Norden, vom Fluss weg, in Richtung Venezuela. Hätte ich den Atem dazu gehabt, hätte ich schon wieder geflucht.

Hinter mir fiel noch ein Schuss, das Stimmengewirr wurde lauter, jemand schrie, und ich weiß nicht, was dort passierte. Ob der Pater versucht hatte, die Somalis aufzuhalten. Ob der Schuss jemanden traf. Ein Gefühl der Schuld brannte in mir, als ich weiterrannte.

Und dann, irgendwann, merkte ich, dass niemand hinter mir war. Ich blieb stehen. Der Schweiß lief mir in Strömen über Gesicht und Rücken. Ich wagte nicht, nach Hope zu rufen, aber er musste da sein, irgendwo vor mir.

Und so nahm ich die Kameratasche von der Schulter und begann, beim Wandern zu fotografieren. Winzige rote Blüten, die auf dem Weg lagen. Gewundene Lianen wie Spiralen, Palmstämme voll tödlich spitzer Stacheln.

Das Licht, das durch das Grün im Dschungel fiel, war warm und weich und roch nach dem immerwährenden Verwesungsprozess am Boden des Waldes, wo es nie so bunt ist, wie man glaubt: Die Farbenpracht von Blüten oder Papageienfedern spielt sich in den obersten Stockwerken des Waldes ab. Unten ist fast alles braun und grün.

Ich war allein mit dem Grün, der Pfad wurde immer schmaler. Dann endete er.

Ich befand mich nicht mehr im Flutwald, im Igapó, der das halbe Jahr lang unter Wasser steht und kein Unterholz besitzt. Im echten

Regenwald, hinter dem Uferstreifen, war kein Durchkommen ohne Machete.

Ich besaß drei Kameras, einen Wasserfilter, Aluminiumgeschirr, ultraleichte Trekkingkleidung, Antiserum gegen Schlangenbisse und Tabletten gegen Malaria. Eine Machete besaß ich nicht.

»Hope?«

Niemand antwortete. War er überhaupt in der Nähe?

Ich schloss die Augen. *Nicht panisch werden. Ganz ruhig atmen.* Dann hörte ich irgendwo vor mir Schritte. Und als ich die Augen wieder aufmachte, sah ich, dass man an einer Stelle doch durchs Unterholz kam. Das war er. Der Weg. Nicht mehr als eine Öffnung im Unterholz.

»Hope?«

Ich zwängte mich tiefer und tiefer ins Grün, stach mir die Finger an Dornen blutig, bekam zurückschlagende Blätter ins Gesicht. Die Vögel und Affen vom Flussufer waren verschwunden, alles, was mir begegnete, waren die Ameisen, die ihre überdachten Straßen an den Stämmen entlang in die Höhe bauten – und die Moskitos. Sie rochen meinen Schweiß und überfielen mich in Scharen.

Ich weiß nicht, wie lange ich mich so durch den Dschungel kämpfte, zwei, drei Stunden? Ich weiß nur, dass das grüne Licht irgendwann zu schwinden begann, dass ich nicht mehr nach Hope rief, weil ich zu erschöpft war.

Über dem Rio Negro zerfloss die Sonne vermutlich rot im Abendhimmel.

Hier sah man keine Sonne.

Und dann raschelte etwas vor mir, in Bodennähe. Es kam näher, langsam: Und es hatte nichts Menschliches. Mein Kopf spulte die Liste an infrage kommenden Tieren ab: Tapir, Nasenbär, Ameisenfresser, Faultier, Paka, Affe, Dschungelkatze – Jaguar.

Scheiße. Jetzt hatte ich Angst. In Büchern klettern Leute in solchen Situationen auf den nächsten Baum, aber erstens können die meisten Raubtiere besser klettern als Menschen und zweitens begannen die Äste erst in zwanzig Metern Höhe. Die Lianen hatten einen zu weiten Abstand, die Stämme Stacheln.

Ich tat das Einzige, was ich tun konnte. Ich schaltete den Blitz ein und hob die Kamera. Wenn du in der Klemme steckst und möglicherweise draufgehst, kannst du wenigstens der Nachwelt ein gutes Bild hinterlassen.

So sollte das Leben eines Für-immer-Reisenden enden: nicht mit einem Treppenlift im Eigenheim, sondern mit dem letzten wirklich guten Bild. Dem wutverzerrten Gesicht eines Mannes, der eine Flasche schwingt, dem Fauchen eines Jaguars, der Detonation einer Bombe.

Ich drückte ab, während das Ding aus dem Unterholz mich ansprang, landete zwischen Dornen und Blättern, versuchte verzweifelt, mich aus den Rucksackriemen zu befreien und aufzurappeln – und dann sah ich im letzten Licht den Jaguar.

Er war klein und abgerissen und starrte mich an.

»Hope«, sagte ich. »Hope, verdammt! Warum schleichst du dich an wie ein Tier?«

»Es war nur ein Spaß«, sagte Hope kläglich.

Ich war wahnsinnig erleichtert und wahnsinnig sauer zugleich und ich drückte den kleinen, dreckigen, verschwitzten Körper einen Moment an mich. Er war so mager, so zerbrechlich!

»Tut mir leid«, sagte Hope. »Ich hätte auf dich warten sollen. Aber ich wollte so schnell weg wie möglich. Die haben geschossen. Oder?«

Ich nickte. »Woher wissen sie, dass du von Johannesburg nach Brasilien geflogen bist? Und warum haben sie dich nicht in Johannesburg eingefangen?«

Hope seufzte.

»Wir hätten meinen Namen nie dem Passfälscher geben sollen. Der hat die Info weiterverkauft, wetten? Wer ich bin und wo ich hinwill. Irgendein Somali konnte was mit der Info anfangen. Ich glaube, eine Weile wusste keiner, dass ich überhaupt in Joburg war. Ich habe meinen richtigen Namen da nicht gesagt. Aber ich dachte ... für den Pass müsste ich es tun, damit er ... irgendwie echter wirkt. Na ja, wenn sie mich kriegen, können sie leicht nachgucken, ob ich der Richtige bin. Sie suchen nach einem Kind, das *das* da hat.« Er schob das verfilzte

Haar vom rechten Ohr zurück. Ich dachte, es wäre eine Gelegenheit zu fragen, was passiert war.

Es war eine Story.

Aber ich wollte sie nicht, nicht in diesem Moment. Ich wollte nur diesem riesigen, allmächtigen grünen Organismus entkommen.

»Wir müssen weiter«, sagte ich. »Wir schlagen jetzt einen Bogen und gehen zum Wasser zurück, dann kommen wir am Ufer raus.«

Ich holte die Wasserflasche, eine Taschenlampe und ein paar Müsliriegel aus dem Rucksack, noch besaß ich all das, und wir bahnten uns unseren Weg und kamen nirgendwohin.

Manchmal zeigte uns das Licht der Lampe Augen im Geäst. Wenn sie in Bodennähe waren, machten wir Lärm, bis sie verschwanden.

Ich glaube, wir sahen einmal einen Paka, diese meerschweinähnlichen Dinger, die bei Tage niedlich aussehen. Nachts sehen sie unheimlich aus. Hope hielt sich dicht bei mir.

Und schließlich setzte er sich auf den Boden und sagte: »Ich schlafe hier.«

»Warum gerade hier?«, fragte ich.

»Weil ich gerade jetzt nicht mehr kann«, sagte er. Und dann rollte er sich auf dem blätterbedeckten Boden zusammen und machte die Augen zu.

»Nein, warte«, sagte ich. »Du wirst von den Ameisen aufgefressen, du …«

Ich öffnete meinen Rucksack, zerrte wahllos Kleidungsstücke heraus und breitete sie auf dem Boden aus, dann hob ich Hope, der schon schlief, hoch und legte ihn auf das provisorische Lager. Und mich daneben.

Verdammt, dachte ich, ich sollte am Laptop auf einem Schiff sitzen und Fotos sortieren und Texte für die Reportage schreiben. Vor vierundzwanzig Stunden hatte ich das noch getan. Aber jetzt lag ich hier, im Nichts, und wusste weder, ob der Laptop noch lebte, noch, wie wir aus dem Wald herauskommen würden.

Dafür hatte ich ein schönes Blitzfoto von einem kleinen Jungen, der aus dem Dschungel auf mich zusprang wie ein Jaguar.

Ich wachte davon auf, dass der Regen auf mich niederprasselte, trotz des Blätterdachs, und der Donner in der Ferne grollte. Pünktlich am tiefsten Punkt der Nacht ging die Welt unter.

Ich fand die Regenjacke im Rucksack und breitete sie über Hope und mich. Er zitterte.

Aber zu zweit, dicht beieinander, unter der Jacke, war es wärmer.

»Da sind wir also«, flüsterte ich. »Im innersten Inneren der Welt, im Motor des Weltklimas, im Herzen des Lebens. Und ich würde alles geben für einen schönen Kahlschlag, für ein Sojafeld, für eine illegale Goldgräber-Flugpiste.«

Ich hatte nicht mit Hope gesprochen, sondern mit mir selbst, aber Hope sagte:

»Vielleicht gewinnt er doch. Der Dschungel. Am Anfang war alles so wie hier, oder? Und am Ende, wenn die Menschen sich selber ausgerottet haben, ist es wieder so. Ich frage mich ... wäre dann Allah noch da? Oder ein anderer Gott?«

»Ich glaube nicht«, sagte ich. »Die Menschen haben die Götter gemacht. Wenn es keine Menschen mehr gibt, gibt es auch keinen Gott mehr.«

»Und kein Gut und Böse?«

»Möglich.«

»Das ist schön«, sagte Hope. »So einfach. Man müsste über gar nichts nachdenken. Schade, dass ich dann nicht mehr lebe.«

Als ich das nächste Mal die Augen aufschlug, blickte ich in ein fremdes Gesicht: ein rundes, flaches, sonnengebräuntes Gesicht mit ähnlich dunklen, asiatisch anmutenden Augen wie die der Menschen in der Stelzensiedlung. Das Haar, das das Gesicht umrahmte, war in einer geraden Linie kurz über den Ohren abgeschnitten, die Ohren selbst mit kleinen gelben Federn und je einem einzelnen grünen Blatt geschmückt. In der Mitte der Unterlippe und an beiden Mundwinkeln steckten lange, dünne Holzstäbe.

Es war das Gesicht einer Frau oder eines Mädchens, vielleicht so alt wie ich.

Da war noch ein zweites Gesicht. Das einer älteren Frau mit ähnlichen Schmuckstäben, und dahinter die Gesichter dreier Männer. Yanomami. Aber sie sahen ganz anders aus als die in der Siedlung.

Das Mädchen wiederholte immer wieder den gleichen Satz, den ich nicht verstand, und ich setzte mich auf und schluckte. Dieses Mädchen war nackt. Um den Hals trug es eine Kette, die sich zwischen den Brüsten kreuzte, an den Oberarmen dünne Perlenbänder und lose um die Taille ein schmales Tuch. Sonst nichts. Ich versuchte, seine Brüste nicht anzustarren, aber natürlich starrte ich sie an, kleine, spitze Brüste, die ein wenig nach außen wiesen, sie bewegten sich mit jeder Bewegung des Mädchens und kamen mir vor wie eigene Lebewesen.

Hinter den Frauen standen drei Männer, die nichts trugen als geflochtenen Grasschmuck an den Oberarmen und eine Schnur um den Bauch, mit der der Penis aufrecht an den Körper gebunden war.

Sie redeten jetzt alle gleichzeitig, zeigten, gestikulierten.

»Sie gehen irgendwohin«, sagte Hope neben mir. »Irgendwo ist besser als nirgendwo.«

Ich nickte und stand auf, im Stehen überragte ich die Yanomami um gut zwei Köpfe. Mir tat alles weh nach der Nacht auf dem harten Boden, ich war zerkratzt und zerbissen von Tieren, deren Namen ich nicht wissen wollte, ich war erschöpft – aber die Yanomami warteten nicht länger. Sie schienen nervös, vor allem der Älteste, ein kräftiger, wettergegerbter Mann, der trotz seines Alters kaum Bartwuchs besaß. Yanomami haben keine Bärte, auch darüber hatte ich gelesen.

Der alte Mann zeigte auf meinen Rucksack und ich raffte meine Sachen zusammen und stopfte sie hinein. Minuten später waren wir hinter den Yanomami auf dem Weg durch den Dschungel. Sie folgten ihren eigenen Zeichen, geknickten Ästen, Kerben in Stämmen, manchmal sah ich etwas, meistens nicht.

Die Yanomami waren barfuß und trugen Bündel von Wurzeln, Blättern oder Rinde, sie mussten diese Dinge gesammelt haben und jetzt wollten sie rasch zurück. Sie rannten beinahe, die Dornen, die Steine, die Ameisen: All das schien ihnen nichts auszumachen.

Ich stolperte immer wieder, und der Rucksack schien schwerer und schwerer zu werden, trotz des ergonomischen Hüftgurts, trotz der anatomisch angepassten Rückenriemen. Zum Teufel mit den Outdoorgeschäften.

Schließlich drehte das Mädchen sich zu mir um und bedeutete mir, anzuhalten. Dann nahm sie mir den Rucksack ab. Ich protestierte, doch sie löste einen Riemen, den sie um die Taille getragen hatte, fädelte ihn durch die Träger meines Rucksacks und legte sich das Ende um die Stirn. So lief sie wieder los, rasch und leichtfüßig wie zuvor.

Sie war stark wie ein kleiner Ochse.

Und ich war ein riesiges, hilfloses Kind.

Ich konnte Exceltabellen bearbeiten, Integrale berechnen und die Relativitätstheorie erklären, ich konnte mich auf Flughäfen zurechtfinden und rückwärts einparken. Ich konnte geopolitische Fakten zur Flüchtlingsbewegung des 21. Jahrhunderts herunterbeten und aus dem Stegreif eine Stunde lang über den Klimawandel und die Versauerung der Ozeane referieren. Aber was nützt dir das alles mitten im Dschungel? Dort, wo das Leben so ist, wie es von Anfang an war? Zum Teufel nicht nur mit den Outdoorgeschäften. Zum Teufel mit der ganzen sogenannten Zivilisation.

Wir erreichten unser Ziel nach drei oder vier Stunden. Mir war schwindelig, und ich fragte mich, wie Hope den Weg geschafft hatte, er war unglaublich zäh.

»Schau«, sagte er. »Wie schön.«

Vor uns auf einer gerodeten Fläche stand eine riesige Rundhütte, zu den Seiten hin offen und nach oben geschützt von einem aus Palmblättern geflochtenen Dach. In der Mitte war die Hütte offen, sie glich eher einem ovalen Ring.

Unter dem Dach hingen überall Hängematten in kleinen Gruppen um einzelne Feuerstellen. Ich wünschte, ich hätte mehr über die indigenen Ureinwohner Brasiliens recherchiert. Ich hatte nicht gewusst, dass wir ihnen so nahe kommen würden.

Der alte Mann, der unsere Gruppe angeführt hatte, deutete auf das

Bauwerk und sagte: »Maloca.« Und dann, zu meinem Erstaunen in gebrochenem Portugiesisch: »Unser Dorf.«

Er nahm uns mit in die Maloca, und beinahe war ich es jetzt schon gewohnt, dass sich verwunderte Menschen um uns versammelten. Am Rand der Schar stand ein kleines Mädchen mit einem grauen Fellklumpen auf der Schulter. Ein Faultier. Ich sah Hopes sehnsuchtsvollen Blick.

Er hielt sich dicht neben mir, wir waren wie zwei Außerirdische, die von verschiedenen Sternen kamen, nun allerdings gemeinsam in einem anderen Sonnensystem gelandet waren.

Die Yanomami nahmen uns auf wie herrenlose Tiere.

Sie fütterten uns und lachten über uns, und wir saßen da und tranken klares Wasser und aßen Bananenbrei aus Holzschüsseln und machten vermutlich alles falsch, denn immer wieder brachen sie in Gelächter aus.

Ich zeigte auf mich und sagte »Mathis, ich bin Mathis« und dachte »Ich Tarzan, du Jane«, aber ich kam mir nicht vor wie Jane, sondern wie Tarzan. Die Kultur hatten die anderen, und ich wusste nicht, wie man sich in ihr benahm.

»Hope«, sagte Hope, vermutlich dachte er, dieser Name wäre einfacher, und sie wiederholten unsere Namen und riefen ihre eigenen durcheinander, ich behielt keinen einzigen.

Dann brachte der alte Mann die Übrigen mit einer Handbewegung zum Schweigen, deutete auf uns und begann zu sprechen. Die Augen all dieser beinahe nackten Menschen mit ihren kurzen blauschwarzen Haaren, den Frauen mit ihren Schmuckstäbchen in der Unterlippe, wurden groß und furchtsam. Der alte Mann formte die Hände zu Krallen, sein Gesicht verzerrte sich zu einer Fratze, und Hope rückte näher zu mir.

Seine Rede hinterließ ein tiefes Schweigen, nur einer, ein junger Mann, rief etwas, das ein Murmeln auslöste.

»Was hat er gesagt?«, fragte ich den Alten.

Doch das Mädchen, das sich über mich gebeugt hatte, sagte auch etwas, und der Alte übersetzte nur ihre Worte. »Sie möchte wissen, wie euer Dorf heißt und warum ihr es verlassen habt.«

»Mein Dorf heißt Kanada«, sagte ich. »Es ist sehr weit weg.«

»Mein Dorf ist kaputt«, sagte Hope. Auf Portugiesisch. »So sehr, dass der Name unwichtig ist.«

Ich starrte ihn an und er zuckte die Schultern. »*Was?* Ich lerne auch Sprachen. Ich habe eine Menge zugehört.«

Das Mädchen sagte wieder etwas, und der Alte übersetzte: »Sie fragt, wo seine Mutter ist.«

»Tot«, sagte ich.

»Und jetzt«, sagte der alte Mann, »bist du auf der Suche nach einer neuen Frau.«

»Was? Nein. Es ist nicht *meine* Frau, die gestorben ist. Ich … bin nicht sein Vater.«

Das Mädchen fragte etwas, und der Alte sagte: »Sie will wissen, ob deine Frau noch lebt?«

Ich schüttelte den Kopf. »Nein. Ja. Sie lebt nicht, aber sie ist auch nicht gestorben.«

»Das ist eine seltsame Frau«, sagte der Alte. »Eine Geisterfrau.«

»Nein«, sagte ich. »Ich habe nur einfach keine. Aber … das ist okay so, ich … brauche im Moment keine Frau. Ich bin auf einer langen Reise.«

»Frauen können sehr weit laufen«, sagte der Alte.

Ich nickte mit einem Seufzen. »Und sie können dabei meinen Rucksack tragen«, murmelte ich. »Es ist also vielleicht eher so, dass keine Frau mich braucht.«

»Er ist mit der da verheiratet«, sagte Hope und zeigte auf die Kamera, die ich auf den Knien hielt, und ich musste sie allen zeigen, denn irgendwie waren fast alle zurück zu uns gesickert.

»Was sucht ihr im Wald?«, fragte der Alte. Er war noch immer freundlich, aber seine Frage war scharf, es schwang Misstrauen in ihr. »Gold? Holz?«

Ich schüttelte den Kopf und erinnerte mich, dass Kopfschütteln nichts nützte. »Wir suchen nichts. Jemand sucht uns. Vielleicht. Wir … es ist kompliziert.« Und ich versuchte, ihm in meinem experimentellen Portugiesisch zu erklären, dass da am Fluss zwei Männer waren, die aus Hopes Land kamen, und dass er Angst vor ihnen hatte. Es gab eine

Diskussion mit den anderen Männern und den älteren Frauen. Der junge Mann, den der Alte zuvor zum Schweigen gebracht hatte, erhob seine Stimme mehrmals, und der Alte sah ihn scharf an, sodass er sich schließlich umdrehte und ging, er schien wütend zu sein.

»Ihr könnt hierbleiben«, sagte der Alte. »Ihr seid hergekommen, von außerhalb, und der Große Jaguar hat euch am Leben gelassen. Das ist ein gutes Zeichen. Eure Feinde werden eure Spur nicht finden.«

»Der Große Jaguar«, murmelte ich.

»Dies ist sein Jagdgebiet«, sagte der alte Mann. »Manchmal finden wir Menschen aus der Maloca, die er getötet hat. Niemand sollte alleine zu weit fortgehen.«

Ich sah mich um. »Keiner hier war je am Rio Negro? Oder in São Gabriel?«

»São Gabriel«, wiederholte der Alte nachdenklich. Seine Stimme war leer, aber in seinen Augen glomm etwas, das ich nicht deuten konnte.

»Woher können Sie Portugiesisch?«, fragte ich. »War jemand hier, der es Ihnen beigebracht hat?«

»Vor langer, langer Zeit«, sagte der alte Mann.

»Wer?«

»Ich weiß, dass die von außerhalb gerne über ihre Toten reden«, sagte er. »Wir reden nicht über die Toten. Sie leben in uns weiter, aber niemand spricht ihre Namen aus. Was vergangen ist, ist vergangen.«

An diesem Nachmittag machte ich die ersten Fotos meiner Zeit im Aus, im Nichts, jenseits des Spielbretts der modernen Welt. Es sollten Hunderte werden, Fotos von Menschen in Hängematten, beim Zubereiten des Bananenbreis, beim Plaudern, bei der Arbeit auf den winzigen Feldern im Wald und beim Baden im nahen Bach.

Die Yanomami hatten keine Scheu vor der Technik. Ich fütterte den Laptop mit Aufnahmen ihrer Sprache und ihrer Lieder und die Kinder krochen über meine Knie und wollten den Bildschirm berühren.

Zwei Menschen blieben immer in meiner Nähe: das Mädchen, das meinen Rucksack getragen hatte, und der junge Mann, der mit dem Alten in Streit geraten war.

Er war vielleicht so alt wie ich, er trug das Haar über den Ohren gerade abgeschnitten wie alle und hatte ein breites, freundliches Gesicht, offen und neugierig. Er zeigte mir, wie man lautlos durch den Dschungel geht, und ich zeigte ihm, wie man das Touchpad des Laptops benutzte. Seine Augen sagten mir, dass er mehr wollte, viel mehr, er wollte verstehen, woher die Bilder kamen. Wir verstellten die Farben, Spielerei. Ich ließ ihn machen, und die Kinder kreischten, als die Gesichter auf dem Bildschirm blau oder grün wurden, doch dann lachten sie.

Ich sah mich nach Hope um.

Und da saß er, in einer Hängematte, zusammen mit dem Mädchen, das ein Faultier hatte. Eben kletterte das Faultier in seiner unendlich langsamen Art zu Hope hinüber, und er streichelte sein weiches Fell mit solcher Hingabe, als hätte er die ganze Welt vergessen. Um die beiden hatten sich eine Menge anderer Kinder geschart, sie schubsten sich und lachten und Hope war mittendrin. Er sah so glücklich aus.

Als es dunkel war, als die Feuer verglommen und wir in unseren Hängematten lagen, fragte er: »Bleiben wir?«

»Sicher«, sagte ich. »Eine Weile. Ich habe eine Menge Fotos zu machen und Fragen zu stellen.«

»Ich meine, nicht nur für eine Weile«, sagte Hope. »Ich meine, für immer. Ich will jeden Tag das Faultier streicheln und alles über den Wald lernen und ...« Und er schlief.

Und ich lag wach, in der raschelnden, raunenden Nacht, in der das Leben genauso umherschlich wie der Tod.

»Eins ist komisch«, flüsterte ich. »Reißen Jaguare Menschen? Gezielt?«

Aber irgendwann schlief auch ich, von Moskitos geplagt, im Arm die Kamera und mein Handy: Lampe, Uhr, letzte Nabelschnurverbindung zu einer anderen Welt.

Oder nur ein Stück tote Materie.

Der Große Jaguar begegnete uns in unseren Tagen bei den Yanomami immer wieder, in Erzählungen, in Gesten, in Blicken. Sie hatten alle Angst vor ihm. Und während ich die Akkus meiner beiden Kameras, der großen und der kleinen billigen, leer fotografierte, dämmerte mir langsam, dass der Jaguar kein eigentlicher Jaguar war, sondern mehr. Ein Geist vielleicht, ein Gott, ein Prinzip. Es stimmte, keiner hier verließ die Maloca allein, wenn der Marsch länger als zwanzig Minuten dauerte. Und die wirklich weiten Märsche, das lernten wir schnell, machte man nur in Begleitung des alten Mannes, der auch uns geführt hatte.

Er erklärte es uns am zweiten Abend, als wir an seinem Feuer saßen und seine Frau uns Bananenbrei und Fisch vorsetzte.

»Mich greift der Große Jaguar nicht an«, sagte er. »Es ist eine alte Geschichte zwischen uns. Sie nennen mich Vater Jaguar, deshalb.«

Und er drehte uns den Rücken zu, der übersät war mit alten Narben, parallelen Striemen, den Krallen des Jaguars. Ich sah mich nach dem jungen Mann um, der mit dem Alten gestritten hatte, ich hatte ihn den ganzen Tag nirgends gesehen, und der Alte verstand wohl meinen Blick.

»Er ist gegangen«, sagte er. »Heute Morgen, ehe die Sonne kam. Es ist nicht gut. Er hat gesagt, ihr seid von draußen gekommen, der Große Jaguar hat euch nichts angetan. Er will selbst gehen und sehen, wohin er kommt. Aber es ist nicht gut, das Glück herauszufordern.«

Die Tage vergingen, wir ließen sie vergehen, damit Hopes Verfolger die Suche aufgaben, oder vielleicht, weil es zu viele Bilder gab, die ich machen musste, und zu viele Stunden, in denen Hope das Faultier streicheln konnte. Der junge Mann kam nicht wieder. Ich dachte oft daran, wie seine Augen die Fotos auf dem Laptop verschlungen hatten: die Bilder vom Rio Negro, von dem Schiff voller Hängematten, von Manaus. Er hatte all das selbst sehen wollen.

Er war, sagte der Alte, schon immer ein unruhiger Geist gewesen.

Am vierten Tag waren die Akkus der zweiten kleinen Ersatzkamera leer. Der Laptop hatte schon lange den Geist aufgegeben.

Und mit den Datumsanzeigen der Bildschirme verschwand die Zeit.

Es gab den Morgen, wenn das Licht die wispernde Nacht vertrieb. Es gab den Abend, wenn die violetten Schatten die Bäume verschlangen und die Feuer angezündet wurden. Es gab den Regen, der in den

Nächten aufs Dach der Maloca prasselte, das ich zu flicken half. Es gab die Sonne, die den Mais, den Maniok und die Bananen wachsen ließ. Und das war alles. Keine Uhrzeiten, keine Wochentage.

Ich verlegte mich aufs Zeichnen mit Papier und Bleistift: Heil- und Nutzpflanzen, Blüten- und Federschmuck für Ohren und Oberarme, Muster der rötlichen Körperbemalung, die die Yanomami bisweilen trugen. Oder die Frauen, die vom Brennholzsammeln zurückkamen, die schweren Körbe mit Stirnriemen ausbalanciert.

Neben mir saßen die Kinder und zeichneten Linien auf Papier, das ich ihnen gab und um das sie sich stritten, sie stritten gerne, schlugen und vertrugen sich, wie Kinder auf der ganzen Welt. Sie waren weder edle Paradiesbewohner noch gewalttätige Wilde, sie waren einfach Menschen.

Das ist es, erklärte der Vater Jaguar mir, was Yanomami in ihrer Sprache bedeutet: Mensch.

Sie versuchten, einen aus mir zu machen, einen Yanomami: Schuhe waren schlecht. Kleidung war überflüssig. Ich bestand auf den Shorts. Mein Körper war voller entzündeter Insektenstiche und an das Laufen ohne Schuhe gewöhnte ich mich im Gegensatz zu Hope nie.

Dennoch war all dies die Mühe wert, der Regenwald war nicht länger nur grün: Plötzlich sah ich die farbenprächtigen Papageien, die in den Baumwipfeln krakeelten und zu denen man emporklettern konnte, wenn man wusste, wie. Die Affen. Die verschiedenen Arten von Lianen. Mit einer von ihnen schlugen die Yanomami manchmal auf die Oberfläche eines kurzzeitig gestauten Gewässers, und die Wirkung ihrer Blätter lähmte die Fische, die nach oben trieben, wo die Jäger sie in Körbe sammelten. Es klingt verrückt, aber ich habe es gesehen.

Das Mädchen, das den Rucksack getragen hatte, war immer irgendwo am Rande meines Gesichtsfeldes. Ich konnte ihren Namen nicht aussprechen, sie lachte, wenn ich es versuchte. Sie zeigte mir, wie man angelte, wenn man keine Lianen benutzte, wir saßen lange zusammen an dem kleinen Bach.

Ich erzählte ihr von meiner Reportage und meinem kalten Land und meinen Eltern, die das Leben hier nicht würden begreifen können. Und sie erzählte mir Dinge in ihrer Sprache und keiner von uns verstand ein Wort und es war okay.

Ich werde nie den Tag vergessen, an dem sie mich beim Angeln ins Wasser schubste. Wir waren allein, Hope war irgendwo in der Maloca mit den anderen Kindern. Sie sprang mir nach und lachte, sie schwamm wie ein Fisch.

»Wusstest du«, rief ich ihr zu, »dass ich fünf Jahre alt bin? Pass auf, kanadische kleine Jungen tauchen gerne kleine Mädchen unter …« Ich griff nach ihr, und sie war wieder fort, in einem Regenbogen aus Wasserperlen.

Dann ließ sie sich fangen, war ganz nah, ihr Körper war voller Narben vom Leben im Freien, von alten, entzündeten Insektenstichen, aber er war gleichzeitig perfekt. In diesem Moment dachte ich, dass es schön wäre, wirklich zu bleiben. Alles draußen zu vergessen.

Wir standen im Wasser und sahen uns an, sie legte die Hände auf meine Wangen und sah mir in die Augen, und ich fragte mich, ob die Yanomami sich küssen, aber in diesem Moment brach jemand durchs Unterholz. Hope.

»Sie haben den Mann gefunden!«, rief er. »Der weggegangen ist! Der große Jaguar hat ihn gerissen. Komm –« Er verstummte und starrte uns an. »Oder komm später nach«, murmelte er, wandte sich ab und verschwand.

Ich kam nicht später nach. Ich kam sofort. Wir sammelten die Fische ein und folgten ihm zur Maloca.

Was die Yanomami aus dem Wald zurückgebracht hatten, sah nicht schön aus: Die Überreste des Menschen, der neben meinem Laptop gesessen hatte, waren in einem fortgeschrittenen Zustand der Verwesung. Sie hatten die Leiche mit Lianen umwickelt, um sie zu transportieren, und da lag sie jetzt neben der Maloca auf der Erde, umringt von den Leuten des Dorfs.

Die Kinder waren ebenso da wie die Alten, sie schienen keine Scheu vor Tod oder Verwesung zu empfinden. Der Vater Jaguar sprach zu den Menschen, und ich sah wieder seine Gesten: die erhobenen Krallenhände, das verzerrte Gesicht. Der Jaguar hatte den Mann gerissen. Nicht, um ihn zu fressen, nur, um zu töten.

Unwillkürlich legte ich einen Arm um Hope.

»Sie werden ihn im Wald aufbahren, bis das Fleisch von den Knochen fällt, dann verbrennen sie die Knochen zu Asche«, sagte Hope und sah zu mir auf. »Und die Asche rühren sie in den Bananenbrei. Es gibt eine Zeremonie für den Toten. Er lebt in den Lebenden weiter, wenn sie die Asche essen.«

»Woher weißt du das?«, flüsterte ich.

Er zuckte die Schultern. »Aufgeschnappt.«

Dann schüttelte er meinen Arm ab und ging mit ihnen bogenschießen, sie hatten es ihm beigebracht, sie schossen meistens kleine Vögel, die sie stolz zur Maloca brachten.

Hope hatte gelernt, sich durch den Dschungel zu bewegen wie die Yanomami-Jungen, er trug nur noch Shorts, das goldene Kamel glänzte frei auf seiner mageren Brust und um seine Oberarme hatte er geflochtene Bänder gewickelt wie die anderen. Er hatte sich verändert. Mir wurde mit einem Schlag klar, dass er mit den Kindern sprach. Gerade jetzt, da drüben, während sie ihre Pfeile zusammensammelten. Diese Jungen waren seine Freunde geworden, in weniger als zwei Wochen, und er hatte begonnen, ihre Sprache zu lernen, er war ein Wunder der Adaptation.

Und ich, was hatte ich gelernt? Nicht mehr als ein paar Worte, »awei« für ja, »ma« für nein. Ich konnte nicht einmal den Namen des Mädchens aussprechen, das ich beinahe geküsst hätte. Sie konnte den meinen, sie machte ihn schöner, machte zwei Teile daraus: Ma-Ti. So sagten sie es alle hier, und es klang, als hätte es eine tiefere Bedeutung. Als wäre mein Name ein Geheimnis. Oder ein Versprechen.

Zwei oder drei Tage später kam der Vater Jaguar zu mir, hinter sich eben dieses Mädchen.

Er hockte sich neben mich, und ich legte meinen Zeichenblock beiseite, darauf die angefangene Skizze eines Kleinkindes mit einem zahmen Papagei.

»Du hast gesehen, dass es gefährlich ist, fortzugehen«, sagte der Vater Jaguar ohne Einleitung. »Wenn du willst, kannst du bleiben.«

Ich nickte, obwohl die Yanomami nicht nicken. Dann schüttelte ich den Kopf, obwohl die Yanomami den Kopf nicht schütteln. Ich erinnerte mich daran, was ich im Wasser gedacht hatte. Wie einfach es wäre, zu bleiben.

Es wäre das Ende meiner Träume davon, mir als Journalist einen Namen zu machen, aber war das wichtig? Ich hatte diese Reise begonnen, um eine Reportage über die Zerstörung der Erde und die daraus resultierende Völkerwanderung zu machen, vielleicht nur, weil es ein so dankbares Thema war.

Doch ich hatte angefangen, mir wirklich Sorgen zu machen. Um den Regenwald. Um die Erde. Und hier kam jemand und bot mir ein Leben jenseits dieser Sorgen an.

Ich könnte sie einfach vergessen. In meiner Lebensspanne würde der Wald nicht komplett abgeholzt werden. Ich könnte bleiben und alle Wahrheiten von mir schieben.

»Nimm dir eine Frau«, sagte der Vater Jaguar. »Nimm sie.« Er deutete mit dem Kopf auf das Mädchen. »Sie ist meine Urenkelin. Sie ist jemandem versprochen, aber Dinge ändern sich.«

Ich schluckte.

Das Mädchen lächelte mir aufmunternd zu.

»Ich glaube, ich fühle mich ...«, stammelte ich, »... noch nicht bereit.«

»Das ist in Ordnung«, sagte der Vater Jaguar. »Sie wird ihre Hängematte neben deine hängen, das ist alles. Du musst nichts tun. Später, wenn du bereit bist, kannst du eine Familie haben.«

Ich spürte, wie plötzlich die Panik in mir hochstieg. Das war es, was auch Florence gewollt und wovor ich immer Angst gehabt hatte: mich niederzulassen, Kinder zu haben. Verantwortung. Ich war dieser Aufgabe nicht gewachsen.

Ich sah sie an und dachte, dass ich sie mochte und dass ich sie gerne geküsst hätte. Und dass ich ihr niemals bieten konnte, was sie brauchte: eine Zukunft. Sie würde eines Tages aufwachen, um festzustellen, dass ich geflohen war.

Es war besser, gleich zu fliehen.

Ich fand Hope im Wald hinter der Maloca, als er von einem Toilettengang zurückkehrte. Er benahm sich seltsam, was das anbetraf, und ging nie mit den anderen Jungen zusammen zum Pinkeln.

»Hope«, sagte ich, »ich muss mit dir reden. Allein.«

»Okay«, sagte er und setzte sich auf einen umgestürzten Baum. Er pflückte ein langes, schmales, papyrusähnliches Blatt und begann, daraus etwas zu falten, so wie die anderen Kinder es taten.

»Wir müssen gehen«, wisperte ich. »Sie haben angefangen, mich zu verheiraten. Wir sind schon viel zu lange hier. Ich ... kann dich nicht zwingen, mitzukommen. Aber ich gehe.«

»Warte bis morgen«, sagte Hope. »Heute Nachmittag halten sie die Totenzeremonie ab, für den Mann, den der große Jaguar getötet hat. Sie werden die Knochen verbrennen, ein paar sind los, um sie zu holen und von den Fleischresten zu säubern.«

»Zum Teufel mit dem Großen Jaguar!«, knurrte ich, und Hope sagte: »Nicht fluchen. Allah sieht dich überall.«

»Moment. Du schießt mit Pfeilen, planst, an einer Totenzeremonie der Yanomami teilzunehmen – und bist immer noch *Moslem*?«

»Natürlich«, sagte Hope. »Damit kann man nicht aufhören. Und du solltest nicht fluchen.« Er faltete weiter an dem Grashalm. »*Er* wollte, dass ich nach Nordamerika gehe«, murmelte er dann. Und fasste mit einer Hand nach dem kleinen goldenen Kamel auf seiner bloßen Brust. »Und das Kamel hinbringe. *Er* hat gesagt, ich muss hin, weil ich dort eine anständige Schulbildung bekomme. Aber ich möchte mal wissen, was das heißt, anständig, und wozu man so etwas überhaupt braucht. Hier braucht man nicht mal Bücher.«

»Dann gehe ich morgen ohne dich«, sagte ich, beinahe erleichtert. Er würde hier in guten Händen sein.

»Warum bleibst du nicht?«

»Ich? Ich ... kann nicht.« Ich holte tief Luft. »Man kann nichts verändern, wenn man bleibt. Ich habe darüber nachgedacht. Das hier, das alles ... ich habe das schon zu oft gesagt ... geht kaputt. Wenn du rausgehst und etwas sagst, kannst du es vielleicht aufhalten.«

»Ich?«

»Nein, nicht du. Ich meine: jeder. Man.«

»Ich«, murmelte Hope und faltete weiter an den Halmen herum. »Ich kann etwas aufhalten. Vielleicht hat er das gemeint. Damit, dass man Bildung braucht. Vielleicht wollte er, dass ich etwas ändere.«

»Nicht du, bleib du ruhig hier, wirklich«, sagte ich noch einmal, und ich merkte, wie sehr ich wollte, dass er blieb. Hier, wo es andere Menschen gab, die auf ihn aufpassten. »Du kannst nichts verändern. Du bist ein Kind.«

Da sah er mich an und auf einmal blitzte es ärgerlich auf in seinen Augen.

»Ach, und ein Kind kann wohl gar nichts? Das glauben in Somalia auch alle, Kinder kann man halb totschlagen, damit sie gehorchen, aber wert sind sie nichts. *Er* hat das nicht geglaubt. *Er* hat so sehr daran geglaubt, dass Kinder wichtig sind, dass ...« Er schien sich gerade noch zu bremsen, ehe er etwas sagte, das er offenbar nicht sagen durfte.

»Dass es jetzt Leute gibt, die dich wichtig genug finden, um dich umzubringen«, sagte ich.

Hope sprang von dem Baumstamm und nickte. Dann hielt er mir das Ding entgegen, was er aus den Blättern gefaltet hatte. Es war ein Tier mit vier Beinen und langem Schwanz. Es schien sich zu ducken, sprungbereit. Ein Jaguar.

Als ich mich umdrehte, war Hope verschwunden in Richtung der Maloca.

Ich hatte mit meinem Ratschlag das Gegenteil bewirkt von dem, was ich gewollt hatte. Genau wie der Vater Jaguar bei mir. Hope würde mitgehen, wenn ich ging. Ich entrann einer Sorte von Verantwortung – dem Mädchen – und nahm eine andere mit. Ich seufzte.

Wie sollte ich dieses Kind, dieses verdammte eigensinnige, liebenswerte, verrückte Sprachgenie von einem Kind, heil bis in die USA bringen?

Was vor uns lag, war nicht zu vergleichen mit der grünen Welt hier, die wir verlassen würden.

Es war seltsam, der Totenzeremonie beizuwohnen und zu wissen, dass man ging.

Ich kam mir vor wie ein Verräter. Ich saß im Kreis der Männer und Frauen in der Mitte der Maloca und sah ihren Tänzen zu, hörte ihren Gesang, teilte den Bananenbrei mit ihnen, den sie mit der Asche des Toten gemischt hatten.

Ich hatte gedacht, es wäre ein seltsames Gefühl, die Reste eines anderen Menschen zu essen, aber ich fühlte gar nichts, außer, dass es merkwürdig schmeckte, nach Asche eben. Und ich dachte: Er wollte so gerne die Welt da draußen sehen, dieser Typ, vielleicht nehme ich morgen einen Teil von ihm mit nach da draußen.

Das Mädchen, das meine Frau war, saß neben mir, sie hatte ihre Hängematte neben meine gehängt, und manchmal lächelte sie mir zu. Ich lächelte zurück. Ich wünschte, ich hätte ihr erklären können, dass ich ging und warum. Sie hätte mich verstanden.

Nachdem die Zeremonie vorüber war, verkündete der Vater Jaguar etwas, das alle zu verwundern schien. Er übersetzte es auch für mich.

»Wir werden heute Nacht jagen, wenn der Mond scheint«, sagte er. »Es ist eine besondere Art der Jagd, wir grüßen mit ihr den großen Jaguar. Du bist nie mit auf der Jagd gewesen, Ma-Ti, du wirst mitgehen.«

»Awei«, sagte ich, *ja*, mehr gab es nicht zu sagen. Ich fragte mich, ob er ahnte, dass wir sie verlassen wollten. Ob er mir eine Chance gab, vorher eine nächtliche Jagd zu erleben. Oder ob er mich mit dieser Jagd davon überzeugen wollte, zu bleiben.

Nein, dies war keine gewöhnliche Jagd. Ich hatte die Männer zuvor zur Jagd ausziehen sehen, sie schossen Affen, Vögel, Pakas, einmal war ein Gürteltier dabei gewesen. Fleisch war eine Besonderheit auf der Speisekarte. Der Vater Jaguar hatte mir erklärt, sie wären manchmal noch länger unterwegs, aber niemals in Richtung Süden, wo das Gebiet des Jaguars lag. Nach Süden, woher wir gekommen waren.

Diese nächtliche Jagd aber geschah zu Ehren des mythischen Wesens selbst und sollte uns nach Süden führen.

Sie begann mit einem Ritual.

Nach Einbruch der Dunkelheit, als die Papageien in Scharen über den Wald geflogen waren und ihre Nester aufgesucht hatten, als nur noch die melancholischen Nachtvögel riefen, versammelten wir uns wieder auf dem zentralen Platz.

Der Vater Jaguar führte mich und einen anderen jungen Mann in die Mitte des Kreises, zum Feuer, und hielt mir eine Handvoll dunklen Pulvers unter die Nase.

»Du wirst das erste Mal mit uns gehen«, sagte er. »Du kennst unsere Geister nicht, die Hekura, die in allen Dingen wohnen. Du musst mit ihnen in Kontakt treten, ehe wir jagen, und das Yopo in meiner Hand wird dir dabei helfen. Wir haben einen jungen Jäger ausgewählt, der bei den Geistern dein Fürsprecher sein wird.«

»Ich …«, begann ich, aber er brachte mich mit einem Blick zum Schweigen. Der andere junge Mann hielt ein Blasrohr in der Hand.

Der Vater Jaguar bedeutete dem anderen und mir, uns voreinander auf den Boden zu hocken. Er schüttete das Pulver in meine Hand. Und dann begann das seltsame Ritual des Yopo-Schnupfens, von dem ich glaubte, gelesen zu haben, aber niemals im Zusammenhang mit der Jagd, die Männer blasen sich das Pulver durch ein Rohr gegenseitig in die Nase.

Ich fing Hopes Blick auf, er saß mit den anderen im Kreis, neben ihm das Mädchen, dessen Faultier auf ihrem Arm schlief. Hopes Blick war sehr aufmerksam. Vielleicht, dachte ich später, alarmiert.

Ich blies zuerst Pulver in das Rohr, mein Gegenüber nieste und lächelte.

Dann war ich an der Reihe, das Pulver zu inhalieren.

Es geschah rasch und tat unglaublich weh. Es war, als brenne es sich direkt bis in die Nebenhöhlen durch, der andere Mann war es vielleicht mehr gewohnt als ich, aber ich taumelte, meine Augen tränten, meine Schleimhäute begannen, unkontrollierte Sekretion zu betreiben, ich muss ein schreckliches Bild abgegeben haben.

Ich sah meine Umgebung nur noch verschwommen.

Dann übergab ich mich, mein Innerstes kehrte sich nach außen, ich dachte, ich müsste sterben, spürte eine kühle Hand auf meiner Schulter und wusste, dass sie dem Mädchen gehörte, das meine Frau war – und dann …

Dann flog ich.

Die Töne wurden merkwürdig, ich hörte alles wie in Zeitlupe, sah mein Gegenüber tanzen und tanzte mit ihm, obwohl ich den Tanz nicht kannte, und es war seltsam: Er war ich und ich war er.

Ich blickte in die Runde der Gesichter und sie alle waren Ich, mein Ich war zersplittert.

Dann fügte es sich wieder zusammen und flog, erhob sich höher und höher über den Platz, auf dem das Feuer in die Nacht hineinbrannte … und ließ sich im Wald wieder sinken, hinein in meinen Körper.

Ich lief. Ich lief in einer Reihe mit den anderen durch den Dschungel, barfuß, im Mondlicht, es musste eine ganze Weile später sein. Ich spürte keine Schmerzen, obwohl ich sah, dass wir über Dornen liefen. Der Mond stieg hoch über den Bäumen auf. In meiner Hand trug ich einen Speer, wie die Männer vor mir.

Als ich mich umsah, lief nur einer noch hinter mir: Hope.

Ich wusste nicht, ob er wirklich da war, seine Umrisse veränderten sich ständig, Kreise aus Licht und Farben schwammen um ihn herum, schwammen um alle bewegten Figuren.

Und aus dem Unterholz blickten mich die Augen von Schattentieren an: Affen, Wildkatzen, riesige Nagetiere. Ein gigantischer Vogel schwebte dicht über mir: eine Harpyie mit grauer Federhaube, der tödlichste Vogel des Regenwaldes, der nur in den Baumwipfeln zu finden war.

Die Tiere waren nicht real, das begriff ich selbst im Rausch, sie sahen mich mit Menschenaugen an. Dies waren die Geister, die Hekura, von denen der Alte gesprochen hatte.

»Wir haben die Macht«, wisperte die Harpyie und landete auf meiner Schulter. »Die Macht, alles zu zerstören. Dich. Deine Träume. Die Menschheit. Davi Kopenawa, der große Sprecher der Yanomami, hat einmal gesagt, die weißen Menschen werden den Regenwald zerstören, und wenn es so weit ist, werden die Hekura aus dem Wald kommen und sich rächen. Wir werden die ganze Erde aus dem Gleichgewicht bringen, sie wird austrocknen, Flut und Stürme werden sie verwüsten, nichts wird bleiben, wie es war …«

Sie flog wieder fort, mit einem hämischen Lachen, auch ihre Umrisse ständig wabernd und ineinanderfließend. Nur eines blieb konstant: das goldene Kamel auf Hopes Brust, das ich sah, wenn ich mich im Laufen umdrehte. Es war wie die Mitte einer Welt.

Aber warum war gerade das Kamel die Mitte? Was hatte es auf sich mit seinen Satteltaschen voller Bücher?

Dann änderte sich wieder etwas. Ich befand mich in einem anderen Stück des Waldes, es musste viel später sein, denn der Mond war weitergewandert. Ich spürte den Waldboden unter meinen Händen und meine Hände waren Pfoten. Die Pfoten eines Jaguars.

Ich war allein. Ich schlich einen Pfad entlang, den nur ich kannte, auf der Jagd, ich sah mit Jaguaraugen durch die Nacht. Sah einen Menschen näher kommen.

Duckte mich, bereit zum Sprung.

Es war ein kleiner Junge, der jetzt vor mir stand, ich hatte vergessen, wer er war, aber sein goldener Anhänger kam mir bekannt vor.

»Töte ihn«, sagte die Stimme der Harpyie. »Du bist der Jaguar, töte ihn.«

»Nein«, sagte ich.

»Du musst«, sagte die Harpyie.

Da kam etwas durch den Wald, raschelte zwischen den Bäumen, war schon ganz nahe: ein Jäger. Das Mondlicht übergoss die Spitze seines Jagdspeers mit Silber. Und ich dachte: Das ist gut, er wird mich, den Jaguar, töten, damit ich den kleinen Jungen nicht töte.

Dann passierte etwas sehr Seltsames. Der Jäger warf den Speer, aber er erreichte mich nicht, weil der kleine Junge mich zu Boden riss. Der Jäger warf sich auf mich und ein scharfer Schmerz durchfuhr mich, ich spürte warmes Blut auf meiner Brust, alles war ein Durcheinander aus Bewegung und Licht …

Und dann, plötzlich, ließ die Wirkung des Yopos nach.

Es war wie Auftauchen.

Ich spürte, dass ich wieder ein Mensch war, ich packte einen Arm des Jägers und hielt ihn fest, und dann war alles still. Ich hatte die Augen zugekniffen, und jetzt, langsam, öffnete ich sie.

Der Mond beschien die Gestalt, die über mir kniete.

Es war der Vater Jaguar. Er hatte die Hand erhoben und in der Hand hielt er ein Messer.

Aus meiner Brust lief das Blut in kleinen Rinnsalen. Hope kniete neben mir, keuchend, und klammerte sich an mich.

Der Vater Jaguar sah mich an und begriff, dass der Rausch vorüber war.

An seinem Messer klebte mein Blut. Quer über meine Brust liefen vier tiefe Schnitte. Vier Kratzer von Krallen.

Er hätte mich jetzt töten können, doch er tat es nicht. Noch nicht. Vielleicht, weil ein kleiner Junge mich festhielt, ein Junge, der den Jägern heimlich gefolgt war.

»Du wirst den anderen sagen, dass es der große Jaguar war«, flüsterte der Vater Jaguar.

Sein Portugiesisch war beinahe akzentfrei und viel flüssiger als sonst.

»Der große Jaguar«, wisperte ich. »Warum …? Wer …?«

»*Ich* bin der große Jaguar«, sagte der Alte. »Manchmal tötet er, weil er töten muss. Es gibt Gründe. Ich weiß nicht, ob du sie verstehen kannst.«

»Wenn Sie mich am Leben lassen, hätte ich eine Chance«, wisperte ich. »Wo … sind die anderen?«

»Ich habe sie zurück zur Maloca geschickt«, sagte er. »Vor Stunden.«

Er seufzte, ließ sich zurück in eine hockende Stellung sinken, das Messer immer noch einsatzbereit, ein scharfes Stahlmesser, von draußen, aus der Welt der tödlichen Industriegüter.

»Wenn ihr unser Dorf verlasst«, flüsterte der Vater Jaguar, »glauben die anderen, sie könnten auch gehen. Und wir, die Alten, wir wissen, wohin sie kommen, wenn sie gehen. Und was geschieht. Vor langer Zeit, als wir Kinder waren, noch jünger als dieses Kind da, das dich festhält, waren wir dort. Draußen. Sie haben uns mitgenommen, ohne zu fragen, in die Missionsschule in Iauaretê.«

Fakten Indigene im Amazonasgebiet

1669 gründeten die Portugiesen Manaus und setzten das Startzeichen für die Zerstörung des dortigen Regenwaldes. Auf den Handel mit Gewürzen, Pelzen und Holz folgte Mitte des 18. Jahrhunderts der Anbau von Kaffee, Reis und Baumwolle auf entwaldeten Plantagen, später der Kautschukboom, getragen von indigenen Sklaven.

Die Missionare schützten zwar die Indigenen vor Ausbeutung, verboten jedoch deren Rituale und das Leben in Malocas. Über gratis verteilte Kleidung verbreiteten sich tödliche Masernepidemien, Kinder wurden in Missionsschulen gezwungen. Seit Beginn des 20. Jahrhunderts suchen Großkonzerne Erdöl und betreiben Agrar- und Weidewirtschaft auf gigantischen Flächen.

Seit 1976 werden auf einem komplett abgeholzten Gebiet der Größe Frankreichs Eisenerz, Chrom, Mangan, Nickel und Bauxit abgebaut und für Wasserkraftwerke riesige Waldgebiete in Stauseen umgewandelt.

In den Achtzigern drangen Goldsucher ein, brannten Dörfer nieder und verseuchten die Flüsse mit Quecksilber.

Maloca

Die größte Lobby in der brasilianischen Regierung bilden heute die »Ruralistas«, die für eine intensive wirtschaftliche Nutzung des Landes sind. Gold wäscht ein kanadischer Bergbaugigant in der Belo Sun Mine.

Noch 817 000 Indigene leben im Amazonasgebiet Brasiliens. Bei der Ankunft der Spanier waren es drei Millionen.

Hoffnung

Heute vertreten indigene Völker unter Führern wie Davi Kopenawa ihre Interessen selbst. Mit dem Zugang zu Bildung und modernen Medien haben sie die Möglichkeit, mit ihren Gegnern »mitzuhalten« und zahlreiche Kampagnen zu gründen.

Die christlichen Schulen arbeiten inzwischen kultur- und spracherhaltend.

Fakten Globale Erwärmung

In den letzten 50 Jahren stieg die Temperatur weltweit um ca. 0,13 Grad Celsius, in den 100 Jahren davor nur um ca. die Hälfte des Wertes.
Zwar wandelt sich das Erdklima auch selbst, jedoch ist der Einfluss des Menschen wissenschaftlich belegt. Die momentane Erwärmung geschieht viel schneller als in allen bekannten Erwärmungsphasen der jüngeren Erdgeschichte, das Leben kann sich kaum anpassen.
Heute weiß man, dass Treibhausgase wie CO_2, Methan und NO_2 ← Lachgas dafür sorgen, dass die infrarote Strahlung der Sonne die Erde nicht mehr verlassen kann, da sie von Gaspartikeln »zurückgeworfen« wird.
Der größte Anteil des Treibhauseffektes entfällt auf CO_2, das bei der Nutzung fossiler Energien wie Kohle und Erdöl oder der Verbrennung von Plastikmüll frei wird. Durch die zunehmende Entwaldung wird ebenfalls in Biomasse angereichertes CO_2 frei – die Wälder können nicht mehr weiterwachsen und kein neues CO_2 speichern.
Die Folgen des Klimawandels reichen vom Schmelzen der Polkappen und dem Anstieg des Meeresspiegels über Dürren in Afrika, die Verstärkung von Hurrikanen und landerodierendem Starkregen bis hin zur Versauerung der CO_2 aufnehmenden Meere.
Trotz der großen Fluchtwellen aus betroffenen Gebieten enthält die Genfer Flüchtlingskonvention den Begriff »Klimaflüchtling« nicht.

Alessandro Grassani, Fotograf – wenn ich so sein könnte!

Hoffnung

Die Klimarahmenkonvention der Vereinten Nationen (UNFCCC) wurde 1992 in New York verabschiedet. Sie besagt, dass die Nationen den anthropogenen Klimawandel begrenzen wollen.
Im jüngsten Abkommen von Paris verpflichteten sich 195 Staaten zu einer Minimierung ihrer Emissionen von Treibhausgasen, um die Erderwärmung unter zwei Grad Celsius zu halten. Nur Amerika kündigte seinen Ausstieg aus dem Abkommen an. Die weltweiten Emissionen müssten 2020 ihren Höhepunkt erreichen und anschließend pro Jahrzehnt halbiert werden.
Tatsächlich sinken die Emissionen durch die Nutzung erneuerbarer Energien, jedoch noch nicht rasch genug.

← Handel mit Emissionsrechten! CO_2-Zertifikate

3

o animal
das Tier

> Bildersuche Internet:
> Missionsschule Indigene
> rio uapes Kanu
> turbo colombia refugees
> Capurgana Strand

Das Yopo füllte noch immer meinen Kopf, als ich dem Vater Jaguar lauschte in dieser Mondnacht im Wald, die Wirkung klang ab, aber sie war noch da.

Und so kam es, dass ich weniger die Worte des Alten hörte als *sah*, was er erzählte.

Ich sah einen kleinen Jungen, vier oder fünf Jahre alt, ohne Kleidung, am Ufer eines Flusses, inmitten anderer Kinder, die aussahen wie er: Auch der Vater Jaguar war einmal ein Kind gewesen.

Ich sah, wie er und die anderen von Erwachsenen in steifer, westlicher Kleidung auf ein Boot geführt wurden. Die kleineren Kinder weinten oder klammerten sich an ihre Geschwister, als das Boot ablegte, doch der Junge weinte nicht. Er stand am Heck und blickte zurück, sein Gesicht wie aus Stein.

Ich sah ihn wieder, in einer Straße aus Schlamm und neuen Häusern aus Brettern und Blech, er ging inmitten einer langen Reihe von Kindern, und dann standen sie vor einer Kirche, strahlend weiß gestrichen, brandneu, sauber wie die gestärkten Gewänder der Schwestern, die die Kinder führten.

Ich sah den Jungen in der Kirche, selbst in einem gestärkten Hemd, dessen Kragen er mit zwei Fingern zu lockern versuchte.

Ich sah seine schwarzen Schuhe und spürte mit ihm die entzündeten Blasen an seinen Füßen.

Ich sah einen Schlafsaal, und ich sah den Jungen aus seinem Bett klettern und sich auf den Boden legen, weil er dort lieber schlief. Eine Menge Jungen schliefen auf dem Boden.

Er erinnerte sich, ich sah auch seine Erinnerung:

Darin war alles grün, Grün war zu Hause, er rannte leichtfüßig durch den Wald, beinahe flog er, kletterte und sprang, tauchte kopfüber ins klare Wasser des Flusses. Er erinnerte sich auch an seine Mutter, die mit ihm am Feuer gesessen hatte, an ihren vertrauten Geruch, an ihre Hände, an ihre Lieder.

Dann waren wir mit einem Ruck zurück im Schlafsaal, eine Frau stand in der Tür und klatschte in die Hände, es klang wie Schüsse, sie war böse auf die Kinder, sie scheuchte sie zurück in ihre Betten.

Sie waren immer böse, die Frauen, sie sagten, das hier wäre eine Schule und man müsste sich benehmen. Der Junge begriff nicht, was eine Schule war, es musste eine Art Käfig sein.

Seine Mutter hatte gesagt, wo er hinkäme, wäre es gut und es gäbe immer genug zu essen, aber das Essen, das die Frauen ihm gaben, konnte er nicht essen. Es war zu fremd, und man musste seltsame Metallinstrumente benutzen, um es zu essen.

Der Magen des Jungen knurrte und er saß auf einem harten Stuhl vor einem Tisch und durfte sich nicht rühren und vorne auf einem schwarzen Brett an der Wand klebten weiße Linien wie Schlangen. Sie hießen A und O und U, aber das waren dumme Namen für Schlangen. Er weigerte sich, sie zu sagen. Und die Frau, die Schlangen malte, schlug ihn mit einem Stock auf seine Finger, bis sie anschwollen und bluteten. Aber das war ihm egal, im Wald hatte er gelernt, Schmerzen zu ertragen. Er wünschte nur, die Frauen hätten nicht immer so böse ausgesehen. Die Kinder wisperten untereinander, dass sie böse Geister waren.

Manchmal wurden die Geister in den Abendstunden milde, dann sangen sie und das klang schön. Sie hatten ein schwarzes Tier mit weißen Zähnen, die sie herunterdrückten, dann spuckte das Tier Töne aus. Es gab sehr viel Zauber in dieser Welt.

Aber am Tag war der Zauber böse und so lief er fort.

Sie fingen ihn wieder ein, und sie schlugen ihn wieder und sperrten ihn in einen sehr kleinen, sehr dunklen Raum, und er hatte schreckliche Angst, weil es absolut still war, nicht wie in der Nacht, wenn man die Geräusche des Dschungels hörte. Er dachte, er wäre tot. Er schrie lange und hämmerte gegen die Wände des Todes.

Erst sehr viel später ließ ihn ein milder Geist heraus und wusch ihn und gab ihm neue Kleider, weil die alten nass waren von Tränen und Urin, und der milde Geist sagte, niemand dürfte wissen, dass er ihm geholfen hatte.

Und mit den Jahren lernte er. Er lernte, die Hände zusammenzulegen und die Lieder der Geisterfrauen zu singen und ihre Zaubersprüche zu sagen. Er lernte, dass die Geister »Schwestern« hießen.

Er lernte, dass sie den Tag in kleine Stücke zerschnitten hatten, mithilfe eines Gerätes, das zwei Messer auf einer Zahlenscheibe im Kreis drehte. Bei einer bestimmten Zahl musste man sich die Hände waschen oder aufstehen oder an einem Tisch sitzen.

Die Zeit anders zu gebrauchen, war Sünde, und keine Kleider zu tragen, war Sünde, und barfuß zu laufen, war Sünde. Die eigene Sprache zu sprechen, war Sünde, und mit den Mädchen im anderen Schlafsaal zu sprechen, war auch Sünde. Sünde bedeutete, dass man in einem großen Feuer verbrannt werden würde, von einem Gott.

Der Gott hatte auch einen Himmel, in den die guten Christen kamen, und das waren die, die immerzu arbeiteten.

Zu Hause, im Grün, hatten alle nur so lange gearbeitet, bis die Arbeit erledigt war.

Doch die Erinnerungsbilder des Jungen verblassten, zusammen mit der alten Sprache. In der Schule war nur die neue Sprache erlaubt: Portugiesisch.

Wieder sah ich den Jungen einige Jahre später, dreizehn oder vierzehn jetzt, er arbeitete in einer Werkstatt, er mochte das Holz unter seinen Händen, er lernte einen Beruf.

Man sagte ihm, das wäre wichtig, denn sonst würde man ihn zur Feldarbeit zwingen, wie die anderen, die nicht zur Schule gingen, besonders gefährlich war es für die Mädchen, die eingefangen und zu anderen Dingen gezwungen wurden.

In manchen Momenten verstand der Junge, dass die Schwestern die Kinder wirklich schützen wollten. Dass sie nicht böse waren in ihren Herzen, nur sehr dumm.

Das nächste Bild zeigte ihn mit sechzehn Jahren, in der Bibliothek der Mission, Stapel von Büchern vor sich, er war ein Leser geworden, und dann stieß er auf ein Buch, das Fotos enthielt: alte schwarz-weiße Fotos vom Wald. Von den Menschen darin.

Er blätterte weiter, mit angehaltenem Atem, blätterte sich durch Männer und Frauen, die nackt vor der Kamera standen, nur mit Federn und Bändern geschmückt. Und langsam kehrten die Erinnerungen zurück.

Am Abend saß der Junge mit einer Handvoll anderer Jungen um das Buch versammelt, im Schlafsaal, er hatte es heimlich mitgenommen. Sie sahen die Bilder lange an.

Zwei Jahre später ging der Junge durchs Tor der Missionsschule hinaus in die Welt.

Er versuchte, das alte Dorf zu finden. Doch es gab keine Malocas mehr, nur noch Hüttensiedlungen am Fluss. Die Menschen, die er fand, sagten, es wäre jetzt alles anders und viele von damals seien tot.

Ich sah, wie er schließlich in einer Werkstatt arbeitete, er war ein Mann geworden, ich sah, wie er in seinem Zimmer Dinge ansammelte, Informationen, Bücher, Artikel, Zeichnungen, alte Kultgegenstände, die jemand vor der Zerstörung durch die Missionare gerettet hatte. Und ich sah, wie er, Jahre später, in einem Kanu mit Außenbordmotor den Rio Negro hinabfuhr – gemeinsam mit den Jungen von damals. Sie hatten einen Entschluss gefasst.

Das Kanu umrundete alle Felsen und Stromschnellen, folgte dem Fluss an seiner Gabelung nach Norden, in Richtung Venezuela. Kurz hinter der Trennung der Flüsse hatten sie keinen Treibstoff mehr. Dort begannen sie, sich ihren Weg in den Wald zu suchen.

Ich fuhr hoch und schüttelte den Kopf, er war noch immer voller Bilder.

»Deshalb«, sagte der Vater Jaguar. »Verstehst du? Sie haben uns damals alles genommen. Unsere Identität. Die Traditionen. Die Mythen. Den Glauben. Wir sind gute Christen und gute Arbeiter geworden, das, was sie brauchten. Und noch brauchen. Sie brauchen uns, eine Reserve an Menschen, die helfen, die *Zivilisation* aufzubauen. Die *Zivilisation* frisst alles auf, den Wald, die Tiere, die Luft, die Menschen.«

»Aber ... die Dinge haben sich geändert«, sagte ich. »Es gibt so viele Leute, die jetzt dafür sind, die indigenen Völker so zu erhalten, wie sie sind! Und sie haben sich organisiert, um ... selbst für ihre Rechte zu kämpfen. Man kann Kaffee kaufen von solchen Organisationen oder ... Schokolade.«

Er nickte. »Manchmal gehe ich hinaus und sehe mich um, in den Dörfern am Negro und am Uaupés. Einmal war ich in Iauaretê. Zwei Götter herrschten dort: das Geld und der Schnaps. Die Leute sind arm. In meiner Sprache gibt es nicht einmal ein Wort für arm! Denn es gibt kein Geld. Die Leute, die ich draußen sehe, haben keinen Stolz mehr. Sie können keine guten Weißen sein. Warum kehren sie nicht zurück und sind gute Yanomami, oder gute Tucano? Die jungen Leute in meiner Maloca wissen nichts von draußen. Sie haben die Traditionen. Sie werden ihren Stolz behalten.«

Und du bringst sie lieber um, als sie draußen ankommen zu lassen, dachte ich. Es war bitter. Vielleicht vor allem, weil ich ihn verstand. Weil er vielleicht recht hatte.

»Warum haben Sie uns mitgenommen? Als Sie uns gefunden haben?«

Er legte die Hand auf seine Brust. »Ich habe ein Herz«, sagte er. »Und die Götter haben mich davon abgehalten, dich zu töten. Sie wollen, dass du bei uns bleibst. Mit deiner Frau.«

»Ich ... kann nicht«, sagte ich. »Ich verspreche, dass wir niemandem erzählen, wo die Maloca liegt. Aber ich muss gehen.«

»Was ist der Grund?«

Und ich dachte: die Fotos. Die zerstörte Erde. Das Mädchen, bei dem ich nicht bleiben kann. Aber Hope sagte: »Die Hadley-Zelle.« Da saß er, in einem Fleckchen Mondlicht, und grinste.

»Die Menschen sind dabei, die Erde zu zerstören«, sagte ich. »Diesen Wald, und die Erde. Alles verändert sich, draußen. Deshalb ist Hope hier. Und es gibt tausend andere auf dem gleichen Weg. Sie fliehen vor der Veränderung, vor der Trockenheit, vor den Kriegen, die deswegen ausbrechen. Ich möchte da rausgehen, um … um den Leuten etwas zu erklären. Zu erzählen, was ich gesehen habe. Das ist der Grund für die Bilder, die ich gemacht habe. Ich will den Leuten zeigen, wie die Yanomami leben. Ohne etwas zu zerstören.«

Er musste es verstehen, dachte ich. Er musste.

»Alle, die versuchen, nach Süden zu gehen, sterben«, sagte er leise. »Wir finden ihre Körper. Es ist wichtig. Es hält die anderen jungen Leute davon ab, zu gehen.«

Dann stand er auf und wandte sich ab.

Ich kam mühsam auf die Beine, hielt mich an einem Stamm fest, packte Hopes Hand. »Renn!«, flüsterte ich. Ich selbst konnte nicht rennen, ich litt zu sehr an der Nachwirkung der Droge.

Und der Vater Jaguar fuhr herum, mit erhobenem Messer.

Doch Hope rannte nicht. Er schlang seine Arme um mich und presste sein Gesicht gegen die blutenden Kratzer auf meiner Brust, um nichts zu sehen.

Da ließ der Vater Jaguar das Messer sinken.

»Ihr werdet gehen«, sagte er. »Und nie wiederkommen. Ihr seid gestorben, in dieser Nacht. Ich gehe zurück zur Maloca. Morgen früh werde ich beginnen, eure Körper zu suchen, allein. Ich werde deine Sachen mitnehmen, Ma-Ti. Die Bilder. Um sie dir, dem Toten, zurückzubringen.«

»Ich … verstehe nicht …«

»Wir treffen uns hier, wenn das erste Licht da ist«, sagte der Vater Jaguar ernst. »Dann bringe ich euch, die Toten, nach Süden. Ich bringe euch so weit, wie ihr meine Hilfe braucht.«

Hope löste sich von mir und wir starrten den Vater Jaguar beide an.

»Ich lasse dich nur aus einem Grund am Leben«, flüsterte er heiser. »Als ich ein Kind war, habe ich von zu Hause geträumt. Bring dieses Kind nach Hause.«

Als die Sonne am nächsten Morgen über den dampfenden Regenwald stieg, waren wir auf dem Weg zum Rio Negro.

Ich dachte daran, wie gerne Hope geblieben wäre. An das Faultier und die anderen Kinder. Daran, wie wild und frei er mit ihnen gewesen war. Aber er hatte gesagt, er wollte mitgehen.

Denn um seinen Hals lag das goldene Kamel, die Satteltaschen voller Bücher, und in seinem Herzen waren die Worte seines Vaters: Auf diesem Weg zurück durch den Wald erschien mir die Schnur mit dem goldenen Kamel fast wie eine Fessel.

Als wir gegen Nachmittag einen Fluss erreichten, der vielleicht ein Seitenarm des Rio Negro war, ließ der Vater Jaguar uns warten und lief am Ufer entlang. Er kehrte mit einem Holzkanu zurück, das er offenbar im Unterholz verborgen hatte. Es war nicht viel Platz darin.

»Für ein paar Tage geht es«, sagte der Vater Jaguar.

»Ein paar Tage?«, fragte ich. »So lange dauert es nicht bis zum Rio Negro.«

»Wenn ich etwas mache«, sagte er, »mache ich es richtig. Ihr müsst nach Kolumbien. Ich kenne die Grenze. Es wird wohl die letzte Reise meines Lebens, ehe ich zurückkehre zur Maloca.«

Doch ehe wir ganz an Bord waren, brach das Unterholz am Flussufer.

Hope fasste nach meinem Arm. »Die Männer mit der Waffe«, flüsterte er.

Aber die Gestalt, die aus dem Unterholz drang, war allein: Dort, zwischen den Bäumen, stand das Mädchen, das meine Frau war.

Ihr Urgroßvater sprang auf und schrie sie an, aber sie blieb einfach stehen, stur wie ein Felsen. Sie wollte mitkommen, das war klar. Sie schien nicht besonders erstaunt darüber, dass wir lebten und ihr Urgroßvater gelogen hatte.

Sie kauerte sich hinter mich in das Kanu, und der Vater Jaguar musste sich damit abfinden, dass sie mitkam.

Zwei Stunden später erreichten wir, gegen die Strömung paddelnd, den Rio Negro.

Das Mädchen, das meine Frau war, saß die ganze Zeit über aufrecht da und nahm alles in sich auf: die Breite des Flusses, die Hütten am Ufer, die Menschen auf den Stegen, die so ähnlich und doch so anders waren als sie. Zweimal überholten uns Boote mit Außenbordmotoren und sie erschrak über den Lärm und klammerte sich an mich.

Aber dann ließ sie mich wieder los und sah still zum Ufer, ein Funkeln im Blick.

Nicht ich war es, den sie wollte. Was sie wollte, war die Welt.

Es machte mir Angst, das zu denken, vielleicht würde sie sich eines Tages in der Welt verlieren, Kleider tragen, für andere Leute arbeiten, einen Mann nehmen, der im Alkohol ertrank, und am Ende ihr Paradies vergessen. Es wäre meine Schuld.

Aber vielleicht war sie stark genug, in die Welt zu gehen und sich nicht zu verlieren und lesen und schreiben zu lernen und etwas zu ändern.

Die Freiheit, zu gehen, wohin du willst, ist eine Chance und ein Fluch zugleich.

Und dann näherten wir uns dem Grenzort Iauaretê.

Es gab mehr Boote auf dem Fluss, die Luft wurde lauter, die Vögel und Affen in den Bäumen am Ufer weniger, und Hope sagte: »Dahinter liegt Kolumbien, die Grenze.«

Die Grenze. Ich hatte im Wald beinahe vergessen, dass es so etwas gab.

»Interessiert sich irgendwer dafür, dass wir über die Grenze gehen?«, fragte ich den Vater Jaguar. »Brauchen wir ein Visum?«

»Visum«, wiederholte er, verständnislos. »Ich weiß nicht. Iauaretê hat einen Militärposten. Sie patrouillieren an der Grenze. Die Dschungelpfade sind auch die Straßen des Kokains, das aus Kolumbien kommt. Die Grenzposten in Iauaretê … Vielleicht lassen sie euch durch, vielleicht nicht. Ihr werdet warten. Tage. Oder Wochen. Aber was wollt ihr in Iauaretê? Es gibt andere Wege, kürzere. Im Dschungel gibt es keine Grenzen. Die Tucanos, die hier wohnen, kennen die Wege am Militärposten vorbei. Danach wird der Rio Uaupés uns wieder tragen, bis nach Mitú, dort gibt es einen Flugplatz. Bis dahin seid ihr in unserer Welt und wir werden euch begleiten.«

Ich nickte. »Falls Sie jemals … in unsere Welt kommen, werde ich das Gleiche tun«, sagte ich und stellte mir vor, wie ich diesen alten Mann durch die Straßen von Québec City führte, an einem Sommertag, an dem er keine Kleidung tragen musste, und wie die Leute mich ansehen würden.

Ich mochte das Bild.

Dann lenkte er das Kanu zu den Uferhütten, die noch vor Iauaretê auf ihren Pfählen im Wasser standen. Ich sah, wie angespannt er war, denn dies war nicht sein Volk, doch er zögerte keine Sekunde. Er sprach die Sprache der Tucanos, sagte er. Viele in der Missionsschule waren Tucanos gewesen.

Es war wie bei dem Dorf, in dem wir den Gottesdienst miterlebt hatten, kaum war das fremde Kanu vertäut, waren die Stege voller Kinder und Hunde. Aber wir waren kein sehnlich erwartetes Schiff, wir waren Fremde, die Kinder beäugten uns misstrauisch. Ein Mann lag in einer offenen Hütte in einer Hängematte, die Augen geschlossen, neben sich eine leere Flasche, sonst war kein Erwachsener zu sehen.

Die Hunde knurrten.

Da kletterte Hope auf den Steg und streckte die Hand aus und die Hunde kamen zu ihm und schnupperten und knurrten nicht mehr. Und die Kinder berührten Hopes schwarze Locken und kicherten. Er holte eines der gefalteten Blättergebilde aus seiner Tasche, einen Vogel mit auf und ab wippendem Federkamm, den schenkte er einem der größeren Mädchen, das strahlte.

Etwas war anders geworden an Hope, anders als damals in São Gabriel, wo er sich vom Straßenkönig hatte zu Boden schlagen lassen. Er war jetzt selbstbewusster, ging aufrechter, er schien gewachsen zu sein im Dschungel.

»Bleibt ihr da unten sitzen oder kommt ihr rauf?«, fragte er.

Zwei Stunden später befanden wir uns im Dschungel, auf einem jener Pfade, die für meine Augen immer unsichtbar bleiben werden. Zwei der Tucanos führten uns. Sie wollten kein Geld. Sie trugen Kleidung, der eine hatte ein Handy, aber es stimmte nicht, dass ihr Stolz verloren war, sie waren beinahe aggressiv in ihrem Stolz. Dieser Stolz enthielt all ihre Wut: auf den Alkohol und die Armut, die ihr Volk zerfraß, darauf, dass der Blick der Weißen meist von oben kam.

Ich hatte Angst vor ihnen, Angst, etwas Falsches zu sagen oder zu tun, ich, der Weiße.

Hinter mir lief das Mädchen, das meine Frau war, vor mir Hope, ganz vorne die Tucanos und der Vater Jaguar. Wir bewegten uns rasch durch den Wald, ich hatte einen Teil der Kleider und Bücher in meinem Rucksack im Dorf der Tucanos gelassen, um Gewicht zu reduzieren.

Irgendwo zu unserer Linken lag Iauaretê, wir hörten es, sahen es aber nicht, um uns war nur das ewige Grün. Und im Grün gab es keine Grenze. Länder und Grenzen waren etwas, das die Weißen sich ausgedacht hatten, die Weißen, die zwanghaft alles in meins und deins aufteilten.

Die Tucanos blieben stehen und lauschten; wir alle standen einen Moment reglos.

Dann hörte ich es auch: das Dröhnen eines Motors. Ein Militärflugzeug. Es kam näher, dröhnte über uns hinweg, ohrenbetäubend laut. Die Flügel streiften die Baumwipfel.

Ich hätte beinahe dem Reflex nachgegeben, mich zu Boden zu werfen, doch Hope hatte meine Hand umklammert, und wir standen still wie Statuen. Das Dröhnen entfernte sich.

Ich merkte, dass ich weiche Knie hatte. Aber wir kamen nicht viel weiter. Nach ein paar Metern blieben die Tucanos abermals stehen. Vor uns im Unterholz brachen Äste unter Stiefeln, irgendwo vor uns waren Menschen unterwegs und unsere Führer machten Zeichen: In ihren Händen hielten sie unsichtbare Maschinengewehre, mit denen sie zwischen die Blätter zielten.

Militär.

Verdammt.

Vielleicht war es eine Übung. Oder vielleicht hatten sie Nachricht von einem größeren Kokaintransport bekommen.

Die Grenze war nah, sie war durchaus existent, und wenn die Soldaten uns fanden, wie wir hier herumschlichen, wäre das verflucht ungesund. Ich verwünschte die Idee, durch den Dschungel zu gehen. Warum hatten wir es nicht wenigstens legal versucht, in Iauaretê? Vielleicht hätten sie uns durchgewinkt, solange sie keine Drogen bei uns fanden.

Die Schritte waren jetzt ganz nah.

Und die Tucanos verschwanden einfach, wurden unsichtbar wie der Weg. Das Mädchen, das meine Frau war, zog mich zum nächsten dickeren Baum, stellte mich davor, platzierte Hope vor mir und lehnte sich selbst ein paar Meter weiter an einen anderen Baum. In diesem Moment sah ich den Vater Jaguar und die Tucanos. Auch sie waren einfach mit den Bäumen verschmolzen. Sie rührten sich keinen Millimeter, und etwas, das sich im Dschungel nicht bewegt, kann man nicht sehen.

Hope presste sich mit dem Rücken an mich, er zitterte, und ich sah, wie ihm der Schweiß in Bächen den Hals hinabrann. Ich legte die Hände auf seine Schultern. Ruhig, ruhig!

Und dann sahen wir die Soldaten. Die Soldaten in ihrer grau-grünen Tarnkleidung, in ihren klobigen schwarzen Stiefeln, sie mussten wahnsinnig schwitzen. Sie gingen geduckt, sie schlichen und waren doch so laut, dass man hätte lachen können. Aber in ihren Händen hielten sie den Tod in Form von Maschinengewehren und sie waren nicht zum Lachen, sie waren wie ein surrealer Traum.

Ich sah, wie die Tucanos sich bewegten, um ihre Stämme herum, im Zeitlupentempo, sodass sich der jeweilige Stamm stets zwischen ihnen und den Militärs befand. Ein Trick wie aus einem Kinderfilm, fast lachte ich, doch es war nicht lustig. Ich tat es ihnen gleich, zog Hope mit, der Schweiß lief über seinen mageren Körper wie Blut und ich konnte seine Panik riechen.

Dann blieb einer der Soldaten stehen, ich hörte, wie seine Schritte ganz in der Nähe plötzlich verstummten. Hatte er uns bemerkt?

Ein Zweiter trat zu dem Ersten, auch das hörte ich nur. Sie sagten irgendetwas zueinander, ganz leise. Ich schloss die Augen. *Geht weiter!*, bat ich stumm. *Geht!* Aber sie gingen nicht, sie standen da und warteten auf eine Bewegung, auf einen Laut. Sie ahnten, dass wir da waren.

Da hielt Hope es nicht mehr aus. Er wand sich in meinem Griff, versuchte, sich loszureißen, und ich krallte meine Finger in seine

Schultern und wusste, dass ich ihm wehtat und dass es nicht anders ging. Wir kämpften stumm, verbissen, seine Beine sehnten sich danach, zu rennen, zu fliehen, er wandte den Kopf zur Seite und biss mich in die Hand, und seine Zähne waren scharf, ich hätte gerne aufgeschrien, doch ich schrie nicht. Und ich ließ nicht los.

Dann erklang ein gebellter Befehl von der Spitze der Soldatengruppe, und die Schritte der beiden, die stehen geblieben waren, entfernten sich. Verklangen in der Ferne.

Und schließlich stand einer der Tucanos vor uns und bedeutete uns, zu kommen.

Weiter.

Keiner sagte etwas über den Zwischenfall, wir bildeten eine Reihe wie zuvor und liefen wieder durchs Unterholz, zwischen Lianen und Baumriesen hindurch, und ich drehte mich zu dem Mädchen um, das meine Frau war, und wollte ihr danken; dafür, dass sie mich wie eine Puppe vor einen Baum gestellt hatte. Aber ich hatte das Yanomami-Wort für *danke* vergessen.

Meine Fingerknöchel schmerzen höllisch, dort, wo Hope seine Zähne darin versenkt hatte. Er war, dachte ich, keinesfalls wehrlos. Der Straßenkönig in São Gabriel hatte nur gewonnen, weil Hope fair gekämpft hatte. Wenn er biss, wenn er unfair kämpfte, hatte er Chancen.

Vielleicht kann man nur so gegen die Welt gewinnen. Auch die Welt ist selten fair.

Nach zwei Stunden Marsch lag der Rio Uaupés wieder vor uns, es gab eine weitere einzelne Hütte auf Stelzen und ich durfte ein paar Dollarscheine für ein Kanu und Treibstoff bezahlen.

Die Frauen, die das Geld annahmen, beobachteten neugierig, wie wir ins Boot stiegen, vor allem beobachteten sie das Mädchen, das bei uns war, ihre Nacktheit. Sie selbst trugen bunte Röcke, verblichene Tanktops und Flipflops.

»Sie fragen, ob ihr Waren aus Mitú holt«, sagte der Vater Jaguar. »Sonst fahren ihre Männer nur rauf nach Mitú, um Waren abzuholen.«

Wir erklärten, dass wir das nicht taten, und die Frauen schüttelten verwundert die Köpfe.

Wir wussten alle, was der Vater Jaguar meinte: Die Tucanos brachten sonst keine Menschen über die Grenze, sondern das weiße Gold Kolumbiens. Kokain. Der Schmuggel war ihre größte Einkommensquelle, das künstliche System des Geldes hatte ihr Volk verschlungen.

Der Vater Jaguar bediente den Außenbordmotor, als hätte er nie etwas anderes getan.

Das Verrückte war: Wir waren nicht einmal wirklich über die Grenze gegangen, wir bewegten uns auf ihr, der Rio Uaupés *war* die Grenze. Dennoch kontrollierten sie meistens nur bei Iauaretê.

Drei Tage fürchteten wir, doch noch dem Militär zu begegnen, doch es geschah nichts. Gefährlich war es auf dem Rio Uaupés nur, ein Fisch zu sein: Die Fischfallen der Tucanos waren überall, kompliziert geflochtene Kunstwerke aus Körben und Stöcken.

Drei Tage lang mussten wir das Boot manchmal ziehen oder aus dem Wasser holen und über Land tragen, wenn eine Stromschnelle nicht befahrbar war. Drei Tage lang schwitzten und schufteten wir, drei Nächte lang hängten wir unsere Hängematten am Ufer zwischen die Bäume, sammelten Wurzeln und Früchte. Drei Tage lang legte sich das Mädchen neben mich in meine Hängematte, und wir schliefen nebeneinander ein, ohne mehr zu tun. Die Moskitos teilten sich unser Blut.

Ich hätte sie gerne berührt, diese Frau, die nicht meine Frau war, doch ich hatte auch Angst davor.

Und irgendwo machte die unsichtbare Grenze einen Knick, und wir waren einfach in Kolumbien, ohne dass sich der Dschungel veränderte.

Mitú war ein lebhafter Ort, eine Stadt an der Grenze des Dschungels, ohne Straßen nach draußen, nur zu erreichen auf dem Fluss oder mit dem Flieger.

Der Vater Jaguar und das Mädchen, das meine Frau war, standen neben ihrem Kanu an der Anlegestelle in Mitú, seltsam deplatziert zwischen all den Leuten mit Kleidern. Die Yanomami umarmen sich nicht.

So neigte ich nur meinen Kopf und erklärte auf Portugiesisch meine Dankbarkeit.

Ich sah das Mädchen an. Meine Frau, die nicht meine Frau war.

Sie war so schön, wie sie da stand, nackt und verletzlich und doch sehr aufrecht. Sie sah die Stadt Mitú an, das Gewusel in den Straßen, als besäße sie all das.

Sie würde die Bilder mitnehmen nach Hause, ins Grün.

Und dann der Flugplatz, nicht viel mehr als eine Landebahn, zweimal in der Woche ging ein Flug nach Bogotá. Wir hatten Glück, zweimal in der Woche bedeutete: morgen.

Und dann eine Nacht auf dem Boden, vor dem Flugplatz, und dann die winzige Maschine.

Keine tiefergreifende Papierkontrolle.

Die Bewegung des Flugzeugs unter uns war zu spüren, als wäre man Teil der Maschine. Mach's gut, Regenwald.

Hope sah lange zurück.

In Bogotá, im Bus-Terminal, gab es endlich Steckdosen. Ich lud die Kameras und das Handy auf.

Und dann der Überlandbus. Auf einmal ging alles schnell, die Meilen rasten an uns vorbei, draußen Gesichter: Menschen, die Essen und Wasser verkauften, umsteigen in Medellín. Wo waren eigentlich die Drogenkartelle? Unsere Gesichter, nachts, in den Scheiben der Busse, waren Spiegelungen voller Gedanken. Wir waren noch immer im Regenwald. Ich habe Bilder von Hope, wie er am Fenster lehnt, die Hand um das goldene Kamel geschlossen.

So kamen wir nach Turbo, Küstenort, Flüchtlingssammelstelle.

Und dort, erst dort, wurden wir Teil des großen, allumfassenden Trecks.

»Hope?«

»Hm.«

Er saß mir gegenüber in einem Straßencafé: ein paar Plastikstühle und ein Coca-Cola-Sonnenschirm. Um uns herum pulsierte das Leben im Hafen: Schiffe, Menschen, niedrige, großblättrige Bäume, Holzstege mit bunt gestrichenen Geländern, Boote.

Es war eine Farbexplosion nach dem einheitlichen Grün des Regenwaldes, alles war plötzlich zu schnell und zu laut und so hatten wir uns hierher in das Café geflüchtet.

Die Kamera lag auf dem Tisch.

»Hope«, sagte ich noch einmal, hob die Kamera auf und sah ihn durch den Sucher an: Er umklammerte mit den Händen den blau-gelb gestrichenen Zaun, der um das Café herum lief. Als müsste er sich festhalten in diesem Durcheinander.

»Wir müssen herausfinden, wann die Boote gehen. Über den Golf von Urabá, so heißt das Wasser. Zur Grenze nach Panama.«

Er nickte.

»Wir sind jetzt da«, sagte ich. »Da, wo alle sind.«

Wieder ein Nicken. Aber er wollte nicht hinaus ins Gedränge, das sah ich, zwischen all jene, die dasselbe Ziel hatten wie wir. Die verbissen um die Plätze auf den Booten kämpften.

»Im Wald war mehr Platz«, sagte er. »Komisch, man gewöhnt sich so schnell.« Er legte die Hände um die Limonadenflasche vor sich, irgendeine einheimische Fanta-Imitation. »Ich vermisse das Faultier. Kann man in den Staaten Faultiere haben?«

»Vielleicht. Du könntest Zoowärter werden, oder Biologe, oder Ethnologe, und zurückgehen und die Yanomami erforschen.«

Er lachte, berührte kurz das goldene Kamel an seinem Hals und steckte es wieder unter sein T-Shirt, als dürfte niemand es sehen. »Mathis«, fragte er ernst, »glaubst du, sie sind hier? Die Männer aus meinem Land? Die mit der Waffe? Hier müssen alle durch, oder?«

Ich nickte.

»Das heißt, wenn sie irgendwo warten, dann hier.« Er fingerte wieder an dem kleinen Anhänger herum. »Sie wollen das hier und sie wollen es zerstören. Verstehst du.«

»Nein«, sagte ich. »Was soll irgendwer mit einem Messingkamel?«

»Ich habe es dir gesagt, es ist ein Symbol.« Er schüttelte den Kopf, ungeduldig über meine Begriffsstutzigkeit. »Genau wie ich. Ich bin unwichtig, als Mensch. Aber als Symbol bin ich wichtig. Deshalb wollen sie, dass ich ...« Er schluckte. »Weg bin.«

Eine Mutter mit einem kleinen Kind drückte sich im Gewusel am Geländer des Cafés vorbei, das Kind hatte die Arme fest um ihren Hals geschlungen, es war ganz sicher dort auf dem Arm seiner Mutter, über der Menge.

Ich machte ein Bild von ihnen.

»Manchmal denke ich an meine Mutter«, murmelte Hope. »Es ist sehr lange her.«

Ich sah ihn an, aber er sagte nichts mehr, und ich begann, mehr Bilder zu machen: ein Bild von einem alten Mann, der auf einer Schubkarre einen Sack zu den Booten transportierte. Von einem Bettler ohne Beine. Von einer Gruppe Jugendlicher mit einem Gettoblaster.

»Es waren nie so viele Menschen da«, sagte Hope plötzlich. »Es war eigentlich überall leer. Und wir waren in der Leere, mit den Tieren. Wir sind immer weiter gegangen, dann haben wir Rast gemacht und die Zelte aufgebaut, aus langen gebogenen Ästen und Stoff. Die langen Äste musste man mittransportieren auf den Kamelen. Ich saß mit meiner Mutter da oben zwischen all diesen Dingen, wenn wir unterwegs waren, und um uns waren die Ziegen. Eine riesige Herde. Nachts hatten wir die Sterne ganz für uns. Irgendwann kam die Dürre, und eine Menge Tiere sind verhungert. Die toten Kamele haben sich aufgebläht, als wollten sie davonfliegen. Die Geier haben das Fleisch gefressen, und am Ende waren nur noch Knochen da, die Rippen, die waren wie große Vogelkäfige. Meine Mutter hat gesagt, die Vögel darin sind ihre Seelen, die sind weggeflogen, es gibt einen Himmel nur für Kamele. Ich war noch sehr klein, vier oder so. Die Ziegen sind auch gestorben, aber die Kamele waren wichtiger. Dann, nach der Dürre, kamen die Kämpfer. Sie waren erst nur eine Staubwolke und plötzlich da, sie hatten Autos. Ich hatte noch nie ein Auto gesehen. Ich weiß nicht, warum, aber ich dachte, sie bringen Wasser.

Sie brachten kein Wasser, sie brachten Blut. Mein Vater wollte mit ihnen reden, als sie aus ihren Autos stiegen. Viele von den Männern waren jung, meine Mutter sagte, sie heißen Al Shabaab, die Jugend, und das klang gut, aber gleichzeitig hat sie uns von den Autos weggeschubst. Wir haben uns hinter unserem Zelt versteckt, meine Mutter, meine beiden kleinen Schwestern und ich. Die Fremden haben rumgeschrien. Sie sagten: *Allah will, dass die Männer von diesem Stamm mit uns gehen und zu Kämpfern werden für Al Shabaab. Wir haben schon das halbe Land erobert.* Ich wusste damals nicht, dass in meinem Land alle um die Macht kämpfen, ich wusste nicht mal, dass es ein Land gab. Wir hatten immer die Ziegen und die Kamele und den Himmel gehabt, und den Clan. Der Clan war unsere Regierung. Die jungen Männer sagten, dass nun alles anders würde und dass sich die Frauen besser verhüllen müssten und wir den Koran besser achten sollten. Dann würden sie zurückkommen und uns Wasser geben und Reis. Aber sie brauchten Kämpfer. Ein paar Jungen wollten mitgehen, von den Männern keiner, mein Vater jedenfalls nicht, er musste ja auf uns und auf die Herden aufpassen. Die Kämpfer haben ihn angebrüllt, und ich weiß noch, dass ich zu ihm gerannt bin, obwohl ich das nicht durfte. Ich wollte ihm helfen. Er hat mich weggestoßen, er hatte Angst und war wütend auf seine Angst und ich bin hingefallen. Einer von den Kämpfern hat mich aufgehoben. Er hatte so komische Augen, ganz sanft. Der neben ihm hat meinem Vater sein Gewehr auf die Brust gehalten und gesagt, er sollte jetzt mitkommen, sie würden sich schon um die Frauen und Kinder kümmern. Die Kämpfer haben gelacht. Der Mann, der mich festhielt, hat gesagt, mein Vater könnte ein Andenken von seinen Kindern mitnehmen. Er hatte ein Messer. Und er hat meinen Kopf zur Seite gebeugt und gesagt, das hier wäre auch die Strafe für Kämpfer, die wegliefen, mein Vater sollte also zusehen, dass er bleibt. Soldaten, die weglaufen, kriegen nach Allahs Gesetz im Koran ein Ohr abgeschnitten. Und dann hat er meinem Vater mein Ohr gegeben und alle haben wieder gelacht. Ich weiß noch, dass mein Vater das blutige Ohr in der Hand hatte und mich angestarrt hat und dass das Blut meinen Hals runterlief. Sie haben meinem Vater eine von ihren Tarnjacken umgelegt wie eine Uniform und gesagt, er soll sie anziehen und sein Andenken einstecken, und er hat das Ohr in die Tasche der Jacke gesteckt, oben über dem Herzen, und dann haben sie ihn in ein Auto geschubst, zusammen mit ein paar anderen Männern.

Zwei haben sich geweigert, mitzufahren. Die haben sie erschossen.

Ich lag im Sand und habe den Autos nachgesehen. Sie haben den Frauen und Kindern nichts getan, irgendwie sind sie nach der Sache mit dem Ohr einfach losgefahren, vielleicht hat es uns alle gerettet. Das habe ich aber nicht gedacht, damals, ich habe nur die toten Männer angeguckt und mich gefragt, ob sie auch zu Käfigen werden wie die Kamele, Knochenkäfige sind für Seelen, die hinausfliegen, in den Himmel. Oder in die Hölle.

Und dann sind wir gelaufen, durch diese ganze Weite. Die Tiere haben wir dagelassen, es waren nicht mehr viele.

Mein Kopf tat furchtbar weh, meine Beine liefen so unter mir weg und vor mir war meine Mutter mit meiner kleinsten Schwester auf dem Rücken. Wo die andere Schwester war, weiß ich nicht. Da waren noch mehr Frauen und ein paar Männer, und wir sind alle gelaufen und gelaufen und gelaufen, durch die Trockenheit, und dann kam ein Zaun, dahinter standen Zelte. Sie sahen anders aus als unsere Zelte. Nicht so schön. Das war ein Lager, das habe ich später verstanden, ein Flüchtlingslager von der UN. Und darin waren Äthiopier und Amerikaner, die uns Wasser gaben. Es gab ein Zelt, wo sie sich um Verletzte kümmerten, aber andere hatten schlimmere Verletzungen, also sind wir nicht hingegangen. Eine Menge Leute starben in diesem Lager, weil es von nichts genug gab und weil es so trocken war. Und weil die Wagen mit den Lebensmitteln und den Tabletten nie durchkamen, die Kämpfer fingen sie ab: Al Shabaab und die von der Regierung und andere Gruppen. Keiner hat genau verstanden, wer gegen wen kämpfte. Es gab keine Leute von unserem Unterclan im Lager, aber meine Großmutter, also die Mutter von meinem Vater, war bei uns und meine Tanten.

Meine Mutter sagte, wir würden irgendwo hingehen, aber sie wusste nicht, wohin, denn mein Vater war nicht da, um es ihr zu sagen.

Und wenn ich abends auf dem Boden lag und schlafen wollte, passierte etwas Komisches. Ich hörte nämlich das Herz meines Vaters schlagen. Ich lag da, in der Stille, irgendjemand klagte und weinte immer irgendwo, aber sonst war es still, und mitten in der Stille war diese große Trommel, dumm, dumm, dumm. Und ich begriff, dass es das Herz meines Vaters war. Er hatte mein Ohr in die Brusttasche gesteckt, genau über dem Herzen. Ich meine, jetzt denke ich, wie konnte er das machen? Wie konnte er einfach tun, was sie ihm sagten, und das Ohr seines Kindes einstecken, diesen blutigen Fetzen? Damals dachte ich das nicht. Man hatte uns beigebracht, dass die Männer immer das Richtige tun. Ich war bei ihm, ich liebte ihn, auch wenn er mich weggestoßen hatte, und ich hörte, was er tat.

Meine Schwester ist dann krank geworden, wir waren alle mehr oder weniger krank, hatten Durchfall und Magenkrämpfe, und meine Großmutter betete. Sie fing auch an, das Tuch um ihren Kopf enger zu wickeln, und machte ihre Ärmel länger. Sie hatte Angst, dass die Al-Shabaab-Leute kommen und das Lager übernehmen würden.

Das ist nicht passiert, aber nachts war es nicht sicher, weil meine Mutter keinen männlichen Verwandten hatte, der aufpasste. In einer Nacht kamen Männer von draußen ins Lager und haben sie aus unserem Zelt gezerrt. Meine Großmutter hat mich festgehalten, sodass ich mich nicht losreißen konnte, damit ich nicht hinauslaufe, sie war so stark wie du.

Wir haben meine Mutter hinterher gefunden, sie hat geblutet und hatte eine Menge blaue Flecken und Platzwunden. Wir haben sie versorgt, so gut es ging. Ich habe mich zu ihr gelegt und sie getröstet. Sie hat sich weggedreht. Ich habe nichts verstanden, weil ich noch klein war. Von dem Tag an hat uns keiner mehr geholfen, weil meine Mutter ihre Ehre verloren hatte, weil sie unrein war, und irgendwo im Koran steht, dass man solchen Frauen nicht helfen soll. Meine Großmutter hat auf sie alle geschimpft, ich weiß noch, dass ich stolz war darauf, wie viele schreckliche Verwünschungen sie kannte. Meine Mutter wollte nichts mehr essen, und vor dem Zelt, in dem der Arzt war, war eine so lange Schlange, dass wir nicht drankamen. Auch, weil sie uns aus der Schlange schubsten. Irgendwann war meine Mutter wie eins von den Kamelen ganz am Ende, und dann war sie ein Käfig, aber natürlich sah man das nicht, weil sie ja Kleider trug. Meine Schwester wurde wieder gesund. Das war ein Wunder.

Und dann sind zwei Onkel von uns ins Lager gekommen mit ihren Familien und wir sind mit ihnen weiter nach Mogadischu gegangen. An dem Morgen, an dem wir das Lager verließen, hörte ich das Herz meines Vaters nicht mehr. Ich denke, er ist tot.«

Hope schüttelte sich kurz, setzte sich gerade hin und sah zu den Booten. »Okay, lass uns gehen«, sagte er, so als hätte er eben nur kurz den Inhalt eines Kinofilms erzählt, um die Zeit totzuschlagen.

Seine Augen waren tränenleer.

Ich habe ein Bild von seiner Hand, wie sie die Fantaflasche umklammert. Wenn er nicht erst elf Jahre alt und so mager gewesen wäre, hätte er sie zu einem Haufen Scherben zerdrückt.

Ich wünschte mir wieder, ich wäre ein besserer Tröster gewesen, ich dachte an meine Mutter und wünschte, ich hätte sein können wie sie, hätte Hope einfach in den Arm nehmen können, aber ich war nicht der Typ für Umarmungen. Ich fühlte mich sehr hilflos.

Und so sagte ich wahrscheinlich etwas sehr Dummes. Ich sagte: »Aber du hast erzählt, du wärst hinter einem Bücherregal gewesen. Und sie wären in die Wohnung gekommen, um deinen Vater umzubringen. Und dass er mit dir vor dem Computer saß und dir tausend Sachen gezeigt hat. Und dass deine Schwester und du euch amerikanische Zwillingsnamen gegeben habt. In dieser Geschichte … gibt es keine Wohnung und keinen Computer und keine Bücher?«

»Nein«, sagte Hope.

»Und welche Geschichte stimmt?«

»Beide«, sagte er.

Oder keine, dachte ich. Die Wahrheit liegt ganz woanders.

»Die Boote«, sagte Hope. »Wir sollten rausfinden, wann sie zur Grenze nach Panama fahren.«

Wir verbrachten einen Tag und eine Nacht in Turbo: einen Tag auf einem Friedhof und eine Nacht in einer Lagerhalle. Das Boot zum Grenzort Capurganá würde am Morgen fahren.

Der Friedhof war der einzige ruhige Ort in Turbo, und ich machte wieder Bilder: sonnengebleichte Plastikblumen auf weiß gestrichenen Grabsteinen, Engel, tränende Herzen, jahrmarktbunte Jesusfiguren, dürres Gras. Ein paar Bäume, die Schatten warfen. Immerhin. Wir saßen lange unter einem der Bäume, zwischen einem Auto ohne Räder und einer Schubkarre voller welker Blätter.

Ich ging meine Bilder durch: Rucksackverkäufer, Wanderschuhverkäufer, Andenkenverkäufer. Rucksack-, Wanderschuh-, Andenkenbesitzer aller Hautfarben, die in Supermärkten letzten Proviant kauften, Turbo war wie der Startpunkt einer bekannten Bergwanderstrecke.

Mein liebstes Bild zeigte zwei junge Leute auf einer kaputten Bank am Straßenrand, die Postkarten schrieben, eine blonde junge Frau mit abgeschnittenen Jeans und einer Sonnenbrille im Haar, die mit übereinandergeschlagenen Beinen wippte und an ihrem Kugelschreiber nagte – und einen jungen Mann mit dunklem Haar und flachem Gesicht. Er schrieb mit einem Stift, der eigentlich nicht mehr funktionierte. Ich dachte daran, wie ich ihn geknipst hatte: Er hatte aufgesehen, mit müdem Gesicht, und ich fragte ihn, ob es okay wäre, dass ich ihn fotografierte. Er sagte: »Mir egal«, und als ich fragte, ob ich wissen dürfte, an wen die Postkarte wäre: »Reporter, was? Noch so einer.«

Aber ich hatte einen funktionierenden Stift für ihn. Und da sagte er: »An meine Familie zu Hause. Vor allem die beiden Kleinen. Ich schreibe ihnen von jedem Ort, an dem ich länger bin, eine Karte.«

»Wohin … müssen denn die Postkarten?«

»Nepal«, sagte er. Und: »Das hier ist vielleicht die letzte. Danach kommt der Darién. Keiner weiß, ob er's da durch schafft, und die Grenze nach Panama ist ziemlich dicht seit 2016.«

Ich sah zu, wie er einen Smiley auf die Postkarte malte, dann gab er mir den Stift zurück und ging: keine Lust auf weitere Fragen.

»Also, falls du das auch wissen willst«, sagte das blonde Mädchen, das zugehört hatte, »ich schreibe an meine Freundin in den Niederlanden. Ich bin mit meinem Freund auf Weltreise. Kolumbien ist toll, oder? So freundliche Menschen! Ich meine, hier ist es zu hektisch, morgen fahren wir mit dem Boot nach Capurganá. Soll wunderschön da sein zum Baden, mein Freund kümmert sich gerade um die Tickets fürs Boot. Und man kann da an der Küste einfach nach Panama laufen, wusstest du das? Nach La Miel, das soll der schönste Strand überhaupt sein. Du gehst eine Treppe hoch und wieder runter und bist im nächsten Land. Militärkontrolle, klar, die sind nervös wegen des Kokains. Aber sonst ist es easy.«

»Easy«, sagte ich. »Ich ... nehme mal an, du hast einen Pass und ein Visum in Kolumbien und Geld?«

»Warum?« Sie lachte. »Willst du mich überfallen?«

»Nein«, sagte ich. »Nur, weil es so easy ist.«

Und ich dachte: Verdammt, sie hat keine Ahnung. Sie weiß nicht, wer die Leute hier sind, wer da eben neben ihr saß und eine Postkarte geschrieben hat. Aber ich habe auch keine Ahnung, warum flieht jemand aus *Nepal*?

Ich sah mir das Bild lange an, dort im Friedhofsschatten in Turbo.

Dann klickte ich mich durch die anderen Bilder, ordnete, hackte Notizen in den Laptop.

Ich war nicht der Einzige, der in Turbo mit Kamera und Laptop herumsaß, es gab genauso viele Touristen wie Flüchtlinge, jeder, der die Panamericana entlangreiste, musste durch Turbo.

Wir hatten am Hafen Schleuser gesehen, die versprachen, einen direkt »rüber« zu bringen, auf dem Seeweg nach Panama, um die Grenze herum. Aber niemand hatte sich uns genähert, ich sah zu nordamerikanisch aus. Wir waren, dachte ich, ein merkwürdiges Gespann.

»Was bedeutet NN?«, fragte Hope, der an der langen weißen Mauer des Friedhofs entlanggeschlendert war und nun wieder vor mir stand. Ich sah auf.

»Die Mauer«, erklärte er. »Sie ist aus lauter Vierecken. Wie Schubladen. Mit Namen.«

»Gräber«, sagte ich. »Urnen. In der Wand.«

»Aber ... NN?«

»Nomen nescio«, sagte jemand hinter uns, und ich fuhr herum. Es war ein älterer Mann mit Schnurrbart, der eine Harke in der Hand hielt: ein Friedhofswärter oder Gärtner.

»Nomen ... wie bitte?«

»Latein«, sagte er, auf Englisch. »Ich erkläre es den Touristen immer. Nomen nescio. Übersetzt: *Ich kenne den Namen nicht.*« Er ging zu der weißen Wand hinüber und legte die Hand auf eines der schwarzen, handgepinselten NN, und ich folgte ihm, neugierig geworden.

»Das«, sagte er, »sind die Gräber der Namenlosen. Flüchtlinge, die es nicht weiter geschafft haben. Die Boote machen es manchmal nicht mehr. Oder es gibt Streit. Leute werden überfallen. Neulich haben sie einer Gruppe von Flüchtlingen erzählt, sie würden sie mit dem Boot direkt nach Panama City bringen, und sind an einen sumpfigen Küstenort hier in der Nähe gefahren, ins Nichts. Sie haben die Frauen alle vergewaltigt und getötet und von den Männer einen, der andere hat es irgendwie zurückgeschafft nach Turbo. Die meisten haben ja hier schon kein Geld mehr, die Polizei nimmt ihnen zwischendurch fast alles ab. Manche waren in Medellín im Gefängnis, bis sie das Schutzgeld bezahlt haben, hier warten sie auf eine Geldsendung, werden krank, geben auf. Da drin, in der Wand, ist nur noch ihre Asche.« Er sah zu dem Laptop hin, den ich unter den Arm genommen hatte. »Was seid ihr? Touristen? Fernsehleute?«

»Flüchtling«, sagte Hope trotzig. »Aber noch keine Asche.«

Der Mann mit der Harke sah mich an. »Und Sie?«

»Ich auch«, sagte ich mit einem Lächeln und legte einen Arm um Hope, den er nicht abschüttelte.

»Aber wovor *fliehen* Sie?«

»Davor, als bedeutungsloses Nichts mit Lebensversicherung und Eigenheim zu sterben«, sagte ich. Er schüttelte den Kopf. »Ich könnte euch einen Platz zum Schlafen zeigen. Es gibt eine Halle, da ist es sogar umsonst. Sind eine Menge Afrikaner da im Moment.«

»Somalis?«, fragte Hope.

»Bestimmt. Aber die bleiben nie lange, die meisten haben noch Geld und gehen direkt weiter. Die Somalis sind moderner, organisierter als die anderen. Und sie haben mehr Angst.« Er lächelte.

»Das Komische ist vielleicht«, sagte ich leise, »dass sie sogar Angst voreinander haben.«

»Wir können woanders schlafen«, sagte Hope. »Irgendwo.«

»Turbo ist voll«, sagte der freundliche Mann vom Friedhof. »Ihr werdet kein Zimmer finden.«

»Dann eben draußen«, sagte Hope. »Wie im Wald.«

Da legte der Mann ihm beide Hände auf die Schultern und sah ihn ernst an. »Wer in Turbo draußen schläft«, sagte er, »der wacht nicht mehr auf, mein Junge.«

Und so habe ich Bilder von einer Lagerhalle voller Matratzen und Ventilatoren und Menschen.

Schlafenden Menschen, träumenden Menschen, Menschen voller Angst und voller Hoffnung.

Kubaner, Venezolaner, Äthiopier, Pakistanis, Ecuadorianer, Somalis. Und andere, deren Herkunft ich nicht einordnen konnte. Ich war der, den alle am seltsamsten ansahen. Ich wagte nicht, die Kamera auszupacken, machte nur Fotos mit dem Handy, weil das viele taten, Handys waren überall. Es gab zwei Steckdosen, um die sich die Leute mit ihren Ladegeräten scharten wie um einen Brunnen.

Die Halle gab es, seit die USA und Panama ihre Grenzen 2016 auch für Kubaner dichtgemacht hatten und Hunderte von ihnen in Turbo gestrandet waren. Vorher hatten sie als Einzige einen Freifahrtschein für Amerika gehabt.

Hope und ich schliefen am Rand der Halle, die Köpfe auf dem Rucksack.

Hope lag ganz nahe bei mir.

»Am anderen Ende sind Leute aus meinem Land«, flüsterte er. »Gleicher Clan, Hawiye, Habar Gidir.«

»Hast du mit ihnen geredet?«

»Nein. Ich habe sie gehört. Man hört so was. Die beiden, die vorher da waren, waren ihrem Aussehen nach eher Darod.«

»Also ... ist alles gut?«

»Ich weiß nicht«, sagte er. Dann schlief er ein, eine Hand auf der Brust, dort, wo das goldene Kamel unter dem dreckigen gelben T-Shirt ruhte. Ein Kamel mit Büchern voller Erinnerungen, voller

Geschichten, die stimmten oder nicht, über einen Staat, den es gab oder nicht.

Ich dachte an meine eigenen Erinnerungen. Bilder meiner Eltern mit mir als Kind, im Garten auf einer Schaukel, im Winter dick eingemummelt auf dem Eis des Sankt-Lorenz-Stroms, beim Kerzenauspusten an einem Geburtstag.

Ich legte einen Arm um Hope.

»Niemand wird dir etwas tun«, flüsterte ich und sah in die Nacht voller Taschenlampen und Wäscheleinen und Menschen.

Ich war, dachte ich, einer von ihnen. Einer, der hoffen und auf das Schicksal vertrauen musste.

Irgendwo in dieser Halle schlief der Nepalese, der Postkarten an seine kleinen Geschwister schrieb.

Ich hatte eine Postkarte an meine Eltern geschrieben. Und eine an Florence.

Karten von der Front.

Fakten Regenwald

Ungefähr 50 % allen Kohlenstoffs, der in der Biomasse der Erde gespeichert ist, befindet sich im Regenwald.
Bei der Brandrodung wird dieses CO_2 freigesetzt und trägt zur Erderwärmung bei. Der Boden des Regenwaldes eignet sich jedoch nur bedingt zum Feldbau, da die Humusschicht extrem dünn ist. Zur Produktion von Agrartreibstoffen wie Biodiesel wird daher zusätzlich stark stickstoffhaltiger Dünger verwendet, der sich im Boden zu Lachgas (N_2O) umwandelt, ein 300-mal stärkeres Treibhausgas als Kohlendioxid.
Zusammengenommen bilden die Pflanzen des Regenwaldes mit ihren Blättern eine gigantische Oberfläche, über der in der feuchten Wärme Wasser verdunstet. Der entstehende Dampf reflektiert das Sonnenlicht und sorgt für eine Abkühlung der Erdoberfläche. Die aufsteigende Luft über den äquatorialen Wäldern transportiert Wärme in die Höhe, wo sie zu den Seiten hin nach Norden verdrängt wird und Wärme und Regen bis beispielsweise nach Europa bringt (Hadley-Zellen-Modell).

Hadley-Zelle!

Verglichen mit den Böden intakter tropischer Regenwälder können die wurzelarmen Böden von Rodungsflächen kaum Feuchtigkeit speichern und werden bei starkem Regen weggespült.
Während die Waldverluste in Brasilien bis 2012 sanken, steigen sie wieder. Es werden jährlich weltweit ca. 600 000 Hektar tropischen Regenwaldes vernichtet. Das entspricht einer Fläche von 35 Fußballfeldern alle zwei Minuten. Natürlich führt der Verlust des Waldes auch zu einem erhöhten Artensterben. Der amerikanische Zoologe Edward Wilson schätzt, dass pro Tag 70 Arten aussterben, die meisten davon, ehe sie überhaupt vom Menschen entdeckt wurden. Der Spinnenaffe oder der Goldene Pfeilgiftfrosch gehören zu Brasiliens bedrohtesten Arten, auch der Flussdelfin steht auf der Roten Liste bedrohter Tiere.

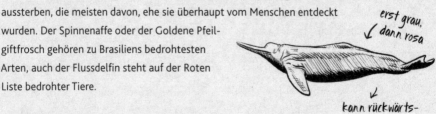

erst grau, dann rosa

kann rückwärtsschwimmen

Hoffnung
Das 2006 ins Leben gerufene Soja-Moratorium ist seit 2016 dauerhaft: Es ist ein Vertrag zwischen Exporteuren und dem brasilianischen Umweltministerium darüber, kein Soja von frisch abgeholztem Land zu nutzen.
Inzwischen gibt es überall Projekte zur Wiederaufforstung, die jeder durch Spenden unterstützen kann.

Fakten Müll

1839 entwickelte Charles Goodyear mit einer Kombination aus Kautschuk und Schwefel den ersten Kunststoff, heute wird Plastik aus Erdöl hergestellt: jährlich etwa 370 Millionen Tonnen.
Allein in Deutschland fallen im Jahr sechs Millionen Tonnen Plastikmüll an. Davon werden 45 % recycelt, der Rest verbrannt (mehr CO_2 für die Atmosphäre) oder in ärmere Länder verschifft.

nicht vergessen: Bildmaterial Wale mit Plastikmüll im Magen, Fischernetze usw.

In Ruanda s[ind] Plastiktüt[en] verboten

Shampoo, Obst und Gemüse sind in Plastik verpackt, Tetrapacks enthalten mehrere geschmolzene Schichten Plastik und Aluminium und sind so wenig recycelbar wie Filzstifte. Selbst in der Bäckerei tragen Verkäufer Einmalhandschuhe. Billiges Spielzeug und billige Kleidung aus Kunststoff gehen rasch kaputt und werden fortgeworfen.
Zudem fallen durch den »to-go«-Trend massenhaft Plastikbecher und -flaschen an.
Energetisch aufwendig hergestellte und gekühlte Fertiggerichte in vielen Lagen Plastik hinterlassen so viel Müll wie Einwegwindeln.

90% der Seevö[gel] hat Plastik im Magen

Ein Teil dessen landet auf den Müllhalden der sog. dritten Welt, wo Brauchbares von den Ärmsten herausgesucht wird, der Rest endet in den Ozeanen. Dort existieren inzwischen riesige Müllstrudel, Tiere verheddern sich oder fressen unverdaulichen Kunststoff und verenden.
Eine Plastikflasche besteht (genau wie ein Kaugummi) etwa 500 Jahre, ehe sie sich zu Mikroplastik zersetzt – wie es auch in Make-up, Peelings oder »Glitzer« enthalten ist. Die giftigen Kleinstpartikel gelangen über Muscheln und Fische in die Nahrungskette.

Der „achte Kontinent" – eine Insel aus Müll

Elektroschrott wird, da man in Europa für die Entsorgung zahlen muss, nach Afrika gebracht; die größte Deponie befindet sich in Ghanas Hauptstadt Accra, wo Kinder davon leben, die Rohstoffe zu extrahieren. Der Boden ist weiträumig verseucht. Vor der Küste Somalias tauchen immer wieder illegal entsorgte Fässer mit Giftmüll auf, die ihren Inhalt lange durch Lecks ins Meer abgegeben haben.

6000 Menschen leben dort!

Hoffnung
Die EU plant, bis 2030 alle Verpackungen wiederverwertbar zu machen. Inzwischen gibt es Kunststoffe aus nachwachsenden Rohstoffen (nicht kompostierbar) und erste kompostierbare Alternativen aus Zuckerrohr oder Bambusfasern. Es gibt Spielzeug und Luftballons aus recyceltem Plastik, Zahnbürsten aus Bambus und Metallstrohhalme.
Kompostierbare Einwegwindeln sind in der Entwicklung; Stoffwindeln mit modernen Einknöpfsystemen liegen im Trend.
In größeren Städten existieren »Unverpacktläden«, und beim Einkauf im Supermarkt kann man sich mit Stoffbeuteln für Obst oder Gemüse ausstatten, Joghurt gibt es in Gläsern, Milch in Glasflaschen. Es hilft schon, immer eine gefüllte Trinkflasche mitzunehmen.

Pfeilgiftfrosch

4

o caminho
der Weg

> Bildersuche Internet:
> Capurgana beach
> Capurgana refugees
> Darién Gap

Abschiedsbild in Turbo: Köpfe auf dem schaukelnden Boot, dahinter der bunte, chaotische Hafen. Niemand winkt.

Im Vordergrund sieht man Hope, und neben ihm jemanden, von dem ich schon ein Bild habe: den Nepalesen mit den Postkarten.

»Ist das Ding komplett wasserdicht?«

»Fast.« Er betrachtete meine Kamera und ihre Hülle mit dem Auge des Profis und kurz darauf waren wir tatsächlich verwickelt in ein Fachgespräch über Kameras. Flüchtlinge wollen nicht immer über ihre Flucht reden.

Die Wellen auf der Bucht sahen klein und harmlos aus und Hope blickte geradeaus wie ein Eroberer.

Die Welt gehörte uns.

Hinten im Boot saß das blonde Mädchen mit ihrem Freund, Sonnenbrillenmädchen, Strandurlaubsmädchen, sie lächelte mir zu. Die Afrikaner, die mit uns an Bord waren, lächelten ebenfalls.

Und dann hielt uns ein Boot des kolumbianischen Militärs an und niemand lächelte mehr.

Hope krallte seine Finger in meinen Arm. Soldaten. Sie sprachen mit unserem Bootsführer, sahen das Sonnenbrillenmädchen und ihren Freund an und ein paar andere Touristen und nickten. Dann sahen sie die Afrikaner an und schüttelten die Köpfe.

»Die trennen uns!«, flüsterte Hope. »Dich lassen sie fahren, mich nicht!«

»Ich bin genauso illegal nach Kolumbien eingereist wie du«, flüsterte ich.

Ich hatte keine Angst vor den Soldaten auf dem Boot. Alles, was ich spürte, war Wut. Dann sollten sie uns eben mitnehmen, dann würden wir Zwischenstation in irgendeinem Knast machen, sie würden die Kamera beschlagnahmen und den Laptop, die Schweine.

»Ihr könnt weiterfahren!«, rief einer von der Patrouille. »Macht, dass ihr rauskommt aus Kolumbien. Wir suchen nur jemanden. Ein Kind.« Er ließ seinen Blick über das Boot gleiten, in dem die Menschen dicht an dicht hockten, ängstlich. »Da ist eine Familie an Land, die ihr Kind vermisst. Eine somalische Familie. Sie glauben, es wäre alleine auf ein Boot gestiegen, und machen sich Sorgen. Das Kind ist ungefähr zehn.« Er sah auf ein Stück Papier und rief: »Hat jemand ein Kind gesehen, das allein unterwegs ist? Es hat eine Verletzung am rechten Ohr und trägt einen Anhänger in Form eines Kamels.«

Ich schloss kurz die Augen und öffnete sie wieder. Sah zu Hope hinüber.

Aber Hope war nicht mehr da. Neben mir saß nur der Nepalese. Er und die anderen im Boot schüttelten die Köpfe und ich schüttelte den Kopf wie sie. Schließlich drehte das Patrouillenboot ab.

Wir nahmen Fahrt auf, die Wellen wurden rauer, und der Nepalese neben mir hob das billige gelbe Regencape hoch, unter dem sein Rucksack lag, spritzwassergeschützt. Aber nicht nur sein Rucksack hatte sich unter dem Cape verborgen. Hope schüttelte sich.

»Danke«, sagte er, und der Nepalese nickte. »Schon okay. Aber was war das mit deiner Familie?«

»Nichts«, sagte Hope leise. »Es ist nicht meine Familie. Und sie wollen kein verlorenes Kind. Sie wollen ein totes Kind.«

Er blickte wieder geradeaus, starr jetzt.

Niemand fragte ihn etwas, nicht einmal der Bootsführer. Sie alle waren es gewohnt, dass Leute nicht die Wahrheit sagten, weil sie ankommen wollten: im Land der Träume, hinter dem Regenbogen, wo Coca-Cola und Meinungsfreiheit herrschten.

Niemand, der zu viele Wahrheiten über sich verrät, kommt über den

Regenbogen. Denn der Regenbogen zwischen Süd- und Nordamerika ist aus tausend Toden gemacht und die Strickleiter dort hinauf lässt sich nur aus Lügen knüpfen. Wenn eine Sprosse reißt, eine Lüge nicht hält, fällst du und zerschellst auf dem Beton.

Capurganá ist winzig.

Capurganá besitzt Palmen und bunte Cafés und freundliche Einheimische und Backpacker Hostels für Dauerkiffer, mit Hängematten auf der Terrasse. Das weiß ich, weil ich es im Internet gelesen habe.

Capurganá besitzt einen Hafen und eine Horde junger Männer, die sich auf jeden stürzen, der weiterwill, aggressive, konkurrierende junge Männer, halb Indigene, deren Rufe dem Bellen von Hunden gleichen und die mit Worten und Händen an einem zerren. Und *das* weiß ich, weil ich es gesehen habe.

Sie nennen sie Coyoten: die Schleuser, die die Flüchtlinge nach drüben bringen, nach Panama, durch Flüsse und pfadlosen Urwald, über die Berge. Über die seit Jahren geschlossene Grenze, bis dorthin, wo die Panamericana wieder beginnt. Manche nehmen den Pfad neben der Touristentreppe von Sapzurro aus, dem Nachbardorf: den Pfad, von dem das Sonnenbrillenmädchen gesprochen hatte. Sie kommen ins Fischerdorf La Miel, aber einen Ort weiter endet ihre kurze Reise in einer Halle mit Betonboden, bewacht von Grenzsoldaten, bis man sie zurückbringt. Man hört vieles in der Gruppe der Flüchtlinge, und immer wieder trifft man auf solche, die es schon ein Mal, zwei Mal, zig Mal versucht haben.

»Ich will nicht mit einem Coyoten gehen«, sagte Hope.

Wir standen am Rand der ganzen Hektik, beobachteten, wurden nicht angesprochen, ich war eindeutig kein Flüchtling: gebildet, männlich, weiß, Trekkingrucksack.

»Wir brauchen die Coyoten«, sagte ich. »Keiner kommt alleine durch den Darién.«

»Es gibt Wege, oder? Ich wette, du hast einen Kompass im Handy.«

»Ein Kompass ist kein Flugzeug«, sagte ich und versuchte, das Unbehagen wegzulachen, das auch ich beim Anblick der jungen Männer und der Flüchtlinge empfand, die um jeden Dollar feilschten. Sie feilschten, dachte ich, um ihr Leben.

Ich hatte genügend Berichte über den Darién gelesen und den Treck und darüber, wie er enden konnte. Sie mussten weiter: die Frauen, die nur Flipflops trugen und Handtaschen umklammerten, die leicht übergewichtigen Männer, die in ihren Jeans und Hemden schwitzten und niemals zuvor gewandert waren, die Familie mit dem kleinen Kind … Mann, wirklich, da war ein kleines Kind, vielleicht zwei oder drei Jahre alt. Seine Eltern sahen müde aus, fahl trotz ihrer dunklen Haut, nicht gesund.

»Komm«, sagte ich kurz entschlossen. »Wir gehen mit denen da drüben. Als Gruppe ist es sicherer.«

Jemand musste dieses Kind nehmen, dachte ich, wenn die Eltern es nicht mehr tragen konnten. Und ich war verdammt noch mal gesünder und stärker als sie.

»Du willst die Story«, sagte Hope mit einem leisen Grinsen. »Die Story von einem Kleinkind im Darién Gap. Leute mögen Bilder von Kleinkindern in Gefahr.«

Aber er folgte mir hinüber zu der Familie und plötzlich stand der Nepalese neben uns.

»Ach, schau an, der Reporter ist auch da«, sagte er und musterte mich mit einem Grinsen.

Hinter ihm standen ein asiatisches Mädchen in einem hellblauen, paillettenbesetzten Hijab und langem Rock und eine ältere schwarze Frau in einer weiten weißen Bluse mit Stickerei und engen schwarzen Leggins. Dann war da noch ein Paar um die dreißig, offenbar Südamerikaner.

Wir alle waren die Letzten, die noch hier herumstanden, die anderen Gruppen waren längst aufgebrochen.

»Wir sind hier die Familiengruppe, oder was?«, sagte ich und lachte wieder. Ein wenig half das Lachen doch, der Nepalese und der Südamerikaner lachten mit. Seine Frau oder Freundin war schwanger. Sie hatte große dunkle Augen und eine rote Blume in ihren pechschwarzen Locken. Das indigoblaue Kleid, das oben eng war und unten weit um ihre Knie schwang, sah eher aus, als wäre es für eine Hochzeitsreise gedacht als für eine Wanderung durch Sümpfe und Urwald.

»Wir möchten einen Krabbelgruppenbonus«, sagte der Nepalese in seinem fast völlig akzentfreien Englisch.

Der Coyote, der bei unserer Gruppe stand, verstand das Wort nicht und schüttelte den Kopf.

Er redete offenbar schon seit einer Weile auf das Paar mit dem Kind ein, sah jetzt zur Sonne und klopfte ungeduldig auf sein Handgelenk, an dem gar keine Uhr war. Es war klar, wir mussten aufbrechen, wenn wir an diesem Tag noch die erste Etappe schaffen wollten.

»Wie viel für alle zusammen?«, fragte der Nepalese. »Ich meine, Mengenrabatt oder so?«

Der Mann lachte, und der schmächtige Junge, der neben ihm stand, fiel mit ein.

»Zweihundertfünfzig pro Person. Dauert drei Tage. Sonst gehen wir nicht.«

Die Mutter des Kleinkindes begann, lautlos zu weinen, und der Coyote verschränkte die Arme, Weinen zog bei ihm nicht. Ich schluckte.

»Okay«, sagte ich dann. »Ich zahle für die Familie mit, und wir machen, dass wir loskommen.«

Die Frau starrte mich durch einen Tränenschleier hindurch ungläubig an und ich murmelte »Schon okay« und fühlte mich bescheuert, und dann stand die ältere schwarze Frau mit der weißen Bluse neben mir, sagte etwas von Kuba und kein Geld und streckte bittend ihre Hand aus. Aber ich konnte unmöglich für alle hier zahlen, auch mein Budget war begrenzt.

Da schob sich Hope plötzlich zwischen mich und die Kubanerin und fauchte auf Englisch: »Lass ihn in Ruhe! Du hast selber Geld, ich kann das sehen.«

Er holte das kleine Kamel hervor und hielt es in der Faust, sodass nur ein wenig Gold zwischen seinen Fingern hindurchschimmerte, geheimnisvoll. »Damit kann ich eine *Menge* sehen«, erklärte er. »Das Innere. Die Wahrheit.«

Die Frau murmelte irgendwas, ließ aber von mir ab, und Hope sah sich angriffslustig um, falls noch jemand irgendwelche Lügen von sich geben wollte, die er mit seinem Talisman durchschaute. Ich verkniff mir das Lachen.

Der Coyote versuchte, uns das Geld direkt abzunehmen, aber der Nepalese bestand darauf, dass wir die Hälfte bei Ankunft zahlten.

Und so machten wir uns schließlich auf den Weg.

Der Anfang der Reise bestand aus Sümpfen, Kanälen und Flüssen. Den Großteil verbrachten wir in einem Kanu, das die beiden Coyoten durch schmale Wasserwege stakten, unter Ästen und Lianen hindurch. Wir saßen eng zusammengekauert da, schweigend, auf jedes Geräusch aus dem Dschungel lauschend, das die Anwesenheit von Militär bedeuten könnte.

In der ersten Nacht schliefen wir in einer leeren Hütte in einem Dorf, wo die Frauen am Fluss einen Kaiman ausweideten und wir einen Wucherpreis für die Übernachtung bezahlten.

»Es gibt drei Sorten zu überleben hier«, sagte der Typ, der das Geld nahm. »Fischen, Kokain, Flüchtlinge. Die Fische bleiben aus, das Kokain sprühen die staatlichen Flugzeuge kaputt. Bleiben die Flüchtlinge.«

Und dann, am nächsten Tag, begann die eigentliche Wanderung. Wir folgten den beiden Coyoten, dem Alten und dem Jungen, auf unsichtbaren Pfaden in den Wald, und ich begriff bereits nach einer halben Stunde, was unser größtes Problem war: weder die Militärkontrollen noch die Entfernung. Unser größtes Problem waren die Feuchtigkeit und die Hitze. Es war warm gewesen im Wald bei den Yanomami, doch wir hatten im Bach gebadet, wir hatten in der größten Mittagshitze in unseren Hängematten geschlafen, wir hatten genug Trinkwasser gehabt.

Bei derselben Hitze und Luftfeuchtigkeit einen Gebirgszug zu erklimmen, schien ein unmögliches Unterfangen: mit Wanderschuhen, Gepäck und langer Kleidung. Aber sobald man die Ärmel hochkrempelte, wurde man von den Moskitos aufgefressen. Ich hatte Hope in Turbo lange Hosen und ein langärmeliges Hemd besorgt und er hatte mich für verrückt erklärt.

Nach einer Viertelstunde Weg murmelte er etwas, das vom Tonfall her Fluchen recht nahe kam, und bat um die Sachen.

Als wir zum ersten Mal rasteten, waren wir alle gebadet in Schweiß. Er lief von unseren Gesichtern wie Wasser, wir blinzelten ihn weg, schmeckten das Salz und waren schon jetzt zu erschöpft, ihn wegzuwischen. Die Coyoten lehnten sich gegen eine der brettartigen Baumwurzeln und musterten uns. Vielleicht, dachte ich, schlossen sie Wetten darüber ab, wer von uns es schaffen würde. Die ältere Frau bekam kaum Luft und ließ sich einfach auf den Boden fallen, die Schwangere im blauen Kleid lehnte sich gegen ihren Mann und murmelte Gebete. Inzwischen wusste ich, was hinter ihnen lag: Venezuela, Schutthalde des Sozialismus, kein Land für ein Kind mit Zukunft.

Wir waren seit drei Stunden unterwegs, dies war erst der Beginn.

Und ich verfluchte die Hitze, den Berg, den Dschungel, das Gewicht des Rucksacks. Dennoch war ich froh darüber, dass ich sechs Liter Wasser schleppte.

Ich habe ein Bild von Hope, der die Wasserflasche an den Mund setzt und die Augen schließt und für den Moment glücklich aussieht.

Aber die Coyoten ließen uns nicht lange sitzen, sie trieben uns weiter.

Der ältere wanderte jetzt am Ende der Gruppe, vielleicht, um die Schwächsten anzutreiben. Als ich mich nach einer Weile umdrehte, war er fort.

»Wo ist er?«, fragte ich den Jungen auf Spanisch. Sein Gesicht war gequält, als er antwortete.

»He will come. He going for information. Some time, FARC is coming, rebels, is danger, they're with guns.«

»Unsinn«, sagte der Nepalese. »Die FARC hat einen Friedensvertrag unterzeichnet und letztes Jahr die Waffen abgegeben. *Wo? Ist? Dein? Kollege?*«

»He will come«, wiederholte der Junge nervös. »We go. No time. Sun will fall down.« Und er deutete auf den Himmel, wo die Sonne bereits tiefer sank. »Night, he will come.«

Doch als es dunkel wurde, als endlich die Hitze wich und wir anhielten, um unser Lager aufzuschlagen, war der ältere Coyote nirgends zu sehen. Ich spürte die Unzufriedenheit und die Nervosität der Gruppe wie eine Vibration in der Luft. Und als wir die Hängematten aufhängen sollten, folgte keiner von uns dem Befehl.

»Okay«, sagte ich. »Wie alt bist du?«

»Vierzehn«, sagte der Junge.

»Wir haben für einen erwachsenen Guide bezahlt, wir wollen einen erwachsenen Guide«, sagte ich. »Wo steckt er?«

»Ich … ich weiß nicht. But I know way. Ich kenne die Berge. Ich bringe rüber eine Gruppe letzte Woche. Ich kann bringen diese Gruppe, ich … Ich weiß genau den Weg«, sagte der Junge.

Weiter kam er nicht, denn der Freund des schwangeren Mädchens hatte ihn hart am Handgelenk gepackt und zu sich herangezogen.

»Wenn du uns verarschst, wenn du uns irgendwo anders hinführst, wirst du das bereuen, kapiert?«, zischte er auf Spanisch.

»Das haben die doch geplant«, flüsterte die Schwangere. »Sie überfallen uns heute Nacht, das ist eine Falle.«

»Quatsch!«, fauchte der Junge. Er hatte Angst, ich sah es deutlich, womöglich wusste er selbst nicht, wo der ältere Coyote geblieben war. Er entwand sich dem Griff des Mannes, wich zurück – und auf einmal hielt er etwas in der Hand, das bisher in seiner Umhängetasche gesteckt hatte. Eine Machete. Natürlich, er brauchte sie, um einen Weg durch den Dschungel zu bahnen. Das letzte Licht spiegelte sich auf der abgenutzten Metallfläche.

»Leg das Ding weg«, knurrte der Nepalese, jeder Muskel in seinem Körper gespannt, kampfbereit.

Der Freund der Schwangeren hatte die Fäuste geballt, genau wie der Vater des Kindes, und auch die Kubanerin sah aus, als hätte sie gute Lust, den Jungen anzuspringen. Er hob die Machete.

»Don't come you here!«, fauchte er.

Und ich dachte, verdammt, die Situation entgleitet, diese Leute sind sauer, sie werden sich auf den Jungen stürzen, und er wird mit der schweren Machete zuschlagen, mit der er möglicherweise besser umgehen kann, als sie glauben. Er ist kein kleines Kind, und dann werde ich Fotos von einem Blutbad im Darién Gap haben, ganz bestimmt sehr krasse Fotos, aber vielleicht auch nicht, vielleicht habe ich dann eher eine Machete im Kopf.

Die Luft war so spannungsgeladen, dass man es körperlich spürte. Und da geschah etwas Unerwartetes. Hope trat vor und stellte sich zwischen die wütenden Flüchtlinge und den Jungen. Er angelte nach dem goldenen Kamel, schloss seine Faust darum und hielt es an seiner Schnur in die Höhe.

»Es ist alles in Ordnung«, sagte er. »Ich *sehe* es hiermit. Der Junge wird uns nach drüben führen. Ich *sehe,* dass wir durchkommen.«

Und obwohl das Unsinn war und ich nicht denke, dass jemand daran glaubte, wich die Spannung langsam aus der Luft. Die Leute schüttelten ihre Hände aus und lachten nervös, als wären die Hände nie Fäuste gewesen. Der Junge ließ die Machete sinken.

»So we put hammocks«, sagte der Junge. »Mañana we go on.«

Und dann hängten wir also die Hängematten auf und die Nacht senkte sich über unsere kleine Gruppe im Niemandsland des Darién Gap. Wir machten kein Feuer, wir teilten im Taschenlampenlicht unsere Vorräte aus Turbo: Wir hatten Bananen und ich dachte an den Bananenbrei der Yanomami. Die anderen hatten Toastbrot, eingeschweißte Wurst, abgepackte Sandwiches, Schokoladenriegel. Der Coyote warf die Plastikpackungen auf einen Haufen und scharrte Laub darüber und ich sammelte sie wieder ein und packte sie in meinen Rucksack.

»Du bist verrückt«, sagte der Mann der schwangeren Frau auf Spanisch, aber sie lächelte mir zu.

Die Hängematten schaukelten leise zwischen den Bäumen. Schlafenszeit. Ich sah die Angst der anderen, sah, wie sie bei jedem Geräusch aus dem Dschungel zusammenzuckten.

»Der Dschungel ist nicht gefährlich«, sagte ich leise, während ich die Knoten nachzog und Hope die Lampe hielt. »Gefährlich sind die Menschen. Ich frage mich, wer sich alles in diesem Wald rumtreibt.«

Hope nickte. »Ich habe ein komisches Gefühl. Als wäre jemand hier. Jemand ...« Er verstummte und ich folgte seinem Blick. Da stand das asiatische Mädchen mit dem blauen Hijab und sah zu uns herüber.

»Sie hat keine Hängematte«, sagte Hope.

Das Mädchen schüttelte den Kopf. Ich sah in einem flüchtigen Lichtstrahl, dass sie die Turnschuhe ausgezogen hatte und dass ihre Füße bluteten. »Wir haben zwei«, hörte ich mich sagen und zeigte auf die Matten. »Wir teilen eine, du nimmst die andere.«
Da lächelte sie, vorsichtig. Als wären wir eigentlich wilde Tiere. Der Dschungel ist nicht gefährlich, gefährlich sind die Menschen.

Und dann lagen wir zu zweit in der grünen Hängematte, Hope und ich, wir rutschten dauernd aufeinander, und obwohl wir unendlich müde waren, mussten wir plötzlich beide lachen. Wir lachten und lachten, und als wir endlich still lagen, sagte die junge Mutter: »Jetzt schläft mein Sohn. Er konnte nicht schlafen, aber er ist eingeschlafen, während ihr gelacht habt.«
Hope war ebenfalls eingeschlafen, Sekunden nach dem letzten Lachen, mit dem Kopf auf meinem Arm. Ich lauschte auf die gleichmäßigen Atemzüge der Menschen um mich herum, und als ich dachte, ich wäre der Einzige, der noch wach war, sagte eine leise Stimme aus der Dunkelheit: »Thank you. For the hammock.«
Die junge Frau mit dem hellblauen Hijab. Sie sprach also Englisch. Sie sprach es mit einem seltsamen Singsang, als wäre es ein Bild, das sie in diesem Moment mit zarten Pinselstrichen malte.
»Woher kommst du?«, flüsterte sie. »Was tust du hier, mit deiner Kamera?«
»Meine Kamera und ich, wir sammeln Geschichten«, antwortete ich wispernd. »Geschichten darüber, wie sich die Welt verändert. Wie der Mensch sie kaputt macht und wie deshalb Leute zu Flüchtlingen werden.«
»Eine Hängematte gegen eine Geschichte, das ist ein fairer Tausch«, sagte sie, ihr Englisch war fehlerfrei. »Du willst meine.«
»Wenn du sie erzählst.«
»Sie ist kurz«, sagte sie. »Von Dhaka nach Rio in Brasilien fliegt man vierundzwanzig Stunden.«
Dhaka, dachte ich, liegt in Bangladesch, was tut jemand aus Bangladesch im Darién?

»Bist du mit ihm unterwegs?«, fragte ich und nickte zu dem Nepalesen hinüber, der in seiner Hängematte lag, die Augen geschlossen, die Arme um seinen Rucksack geschlungen.

»Akash? Nein«, sagte sie, und da war ein Lächeln in ihrer Stimme. »Ich bin mit meinem Vater gekommen.«

»Er ... ist nicht hier?«

»Nein. Aber die Geschichte, die du willst, beginnt früher. 1991. Damals sind meine Eltern aus Myanmar weggegangen. Sie wollten uns nicht haben dort, wir sind Muslime, keine Buddhisten wie die dort. Aber wir leben seit tausend Jahren dort. Rohingya. Du kennst die Schlagzeilen aus den Zeitungen. Oder?«

Ich nickte. Im Dschungel raschelte etwas, ganz nah.

»Ein Jaguar«, wisperte sie. »Es kann ein Jaguar sein, oder nicht.«

»Wenn wir einen sehen, sei froh«, erwiderte ich. »Die Biester sind verflixt scheu. Erzähl weiter. Bitte.«

Ich sagte ihr nicht, dass ich vier tiefe Kratzer von Jaguarkrallen auf der Brust trug. Kratzer eines menschlichen Jaguars.

»Meine Eltern sind gegangen und wir haben in Bangladesch gelebt. Cox's Basar, eine überfüllte Gegend. Da sind wir geboren, mein Bruder und ich. Die Bangladeschi wollten uns auch nicht, sie haben selbst genug Probleme. Mein Vater ist Lehrer, meine Mutter hat in einer der Textilfabriken gearbeitet. Sie haben angefangen, Geld beiseitezulegen. Für uns, für die Zukunft. Sie waren sehr vernünftige Leute. Klug. Meine Mutter vor allem. Sie hätte mehr sein sollen als eine Mutter. Aber wir sind Muslime, und Allah sagt, Frauen sind nicht dazu gemacht, mehr zu sein. Und dann sind wir zurückgegangen, in ein Land, das ich nicht kannte: Myanmar. Es war eine Weile schön dort, wir hatten Freunde, und es war nicht so schlimm, dass wir keine Rechte hatten, dass meine Eltern nicht wählen gehen durften, all das.

Mein Bruder und ich gingen mit den buddhistischen Kindern zur Schule, es war nie ganz okay, aber es ging. Dann haben irgendwelche Rohingya-Islamisten einen Polizeiposten überfallen und damit fingen die Schlagzeilen an. Das Militär in Myanmar hatte endlich wieder einen Grund, die Rohingya zu verfolgen. Es war das absolute Chaos, es gab Buddhisten, die vor den Rohingya-Islamisten geflohen sind, in die eine Richtung, und Rohingya, die vor den Buddhisten flohen, in die andere Richtung. Meine Eltern haben gesagt, wir sollten ruhig bleiben, das geht vorbei, aber es ging nicht vorbei. Ende September kamen die Soldaten in unser Dorf. Sie waren so wütend, nie habe ich so wütende Menschen gesehen. Sie haben alles zerstört, die Hütten angezündet, Leute in brennenden Häusern eingeschlossen, Kinder auf der Straße gegriffen und in die Flammen geworfen. Sie haben geschossen, sie haben Menschen zerhackt und wir sind gerannt. Ich hatte ein Nachbarsmädchen in meinen Armen, aber als wir durch einen Fluss gewatet sind, waren sie plötzlich hinter uns, und einer von ihnen hat mir das Mädchen weggerissen. Ich habe es schreien hören. Dann waren wir auf der anderen Seite des Flusses und irgendwann waren wir zurück in Bangladesch.

Mein Bruder ist auf dem Weg angeschossen worden.

In den Lagern in Bangladesch war alles überfüllt, manche Menschen hatten Zelte aus Planen, mitten im Matsch, denn es regnete. Wir hatten kein Zelt. Mein Bruder ist einen Tag später gestorben und mein Vater und ich sind nach ein paar Wochen in einen Bus nach Dhaka gestiegen. Wir hatten Geld. Die anderen, die im Lager geblieben sind, hatten nichts.

In Dhaka haben wir Demonstrationen der Islamisten gesehen, alle in Weiß und mit großen Worten, sie schrien, sie wollten kämpfen für ihre Brüder, die Rohingya.

Sie waren genauso wütend wie die Soldaten von Myanmar. Wütende Männer sind alle gleich.«

Sie schwieg eine Weile. »Wir haben versucht, in ein Resettlement Programme der USA reinzukommen«, sagte sie dann. »Sie haben eine Menge Rohingya aufgenommen, meine Tante ist dort. Aber es gibt jetzt auch Probleme. Die anderen Flüchtlinge in den Staaten sagen, wir wären alle Islamisten.« Sie seufzte. »Schließlich haben wir den legalen Weg aufgegeben. Nach Monaten. Nachdem wir Tausende von Anträgen ausgefüllt hatten. Wir sind nach Rio geflogen, von all dem Ersparten, und mit dem Bus weiter. Mein Vater ist in Ecuador geblieben.«

»Geblieben?«, fragte ich.

»Es war ein Überfall. In einem Bus. Sie sagen, Ecuador ist kein schlimmes Land. Sie wollten nur unsere Sachen … Mein Vater war ein sehr sanfter Mensch, aber plötzlich ist diese ganze Wut hochgekommen, die er gesehen hatte, er hat sich gewehrt, und da sind die anderen auch wütend geworden. Er … hätte nie gewollt, dass ich allein unterwegs bin. Keine Frau sollte allein unterwegs sein.«

»Mir hat mal jemand gesagt, man sollte den Leuten nicht zu viel erzählen«, sagte ich. »Du musst doch niemandem sagen, dass du allein bist. Wenn du willst … Wir gehen in die gleiche Richtung. Du kannst den Leuten erzählen, du wärst meine Frau. An verheiratete Frauen trauen sich die Leute nicht ran.«

Sie lachte leise. »Aber du bist ein Mann.«

»Ja.«

»Du willst, dass ich einem Mann vertraue?«

»Verdammt noch mal, was ist das hier, eine Me Too-Debatte? Ich meine, hey, bin ich jetzt an irgendwas schuld? Ich biete dir meine Hilfe an, ich reise mit einem Kind, das mir nicht gehört, ich habe die Schleuser für eine Familie bezahlt, die kein Geld hat …«

»Klar«, sagte sie. »Du bist ein Heiliger.«

Da schnaubte ich nur noch und sagte kein Wort mehr. Sie hatte es geschafft: Ich war wütend.

Es raschelte wieder, auf der anderen Seite des Lagers. Ich lag ganz still, die Kamera an mich gepresst. Ein Jaguar. Wenn ich wirklich ein Bild von einem Jaguar bekommen könnte. Oder, von mir aus, von einem Tapir oder einem Stachelschwein.

»Du schreibst über Flucht und Klimawandel, ja?«, flüsterte jemand. Ich fuhr herum. Der Nepalese. Akash. »Da hast du ja ein schönes Beispiel. Myanmar, Bezirk Rakhaing: Das ist genau da, wo im Norden die Rohingya leben. Da gibt es ständig Überschwemmungen und Zyklone, die Bambushütten werden einfach weggespült, das Land geht verloren. Vielleicht hätten die Menschen nicht so eine Wut auf Leute, die anders sind, wenn sie selbst genug Land besäßen.«

»Himmel«, sagte ich. »Du bist wahnsinnig gut informiert.«

»Nicht alle Flüchtlinge sind dumm und ungebildet«, flüsterte er mit einem hörbaren Grinsen. »Deine wütende Muslima auch nicht.«

Ich fragte mich, ob sie schlief oder lauschte.

»Ich habe Geografie studiert«, sagte Akash. »Drei Jahre lang. Kathmandu. Im höchsten Land der Welt hat es was Beruhigendes, wenn man sich mit Ländern beschäftigt, die vom steigenden Meeresspiegel betroffen sind.«

»Bangladesch«, sagte ich. »Es geht unter.«

»Möglich«, sagte er. »Aber das ist nicht das Hauptproblem. Das ist die Versalzung der Böden. Das Meer kriecht langsam ins Land, macht es unfruchtbar, unbebaubar. Es bleibt zu wenig Platz für zu viele Menschen.«

»Was bist du?«, fragte ich, perplex. »Warum gehst du in die USA? Illegal?«

»Weil sie meinen Antrag auf ein Studentenvisum vier Mal abgelehnt haben. Ich bin wie Roshida.«

»Wer?«

»Du hast eben mit ihr gesprochen.« Er lachte leise. »*Du* willst ein Journalist sein? Du bist ein Kind. Schon mal drauf gekommen, die Leute nach ihren Namen zu fragen? Du musst lernen, zuzuhören. Sie *wollen* erzählen. Sie *wollen* antworten.«

»Okay«, sagte ich. »Und du weißt das? Du bist tausend Jahre alt, oder wie?«

»Siebenundzwanzig. Ich habe eine Menge gearbeitet, ehe ich angefangen habe, zu studieren.«

Acht Jahre, dachte ich. Akash war acht Jahre älter als ich. Es war der gleiche Altersunterschied wie zwischen Hope und mir.

»Nepal«, sagte ich. »Du wolltest eine Story beisteuern.«

Er lachte. »Okay. Sie ist Roshidas Geschichte wirklich ähnlich. Meine Eltern haben in Bhutan gelebt, aber unsere Vorfahren stammen ursprünglich aus Nepal, es gibt eine Menge solcher Leute bei uns. Dann haben die Nepalesen im Nachbarland, in Sikkim, geholfen, den König zu stürzen, und der König von Bhutan hat kalte Füße bekommen und wollte die Nepalesen loswerden. Also hat er angefangen, das Land zu *bhutanisieren.* Zuerst mussten meine Eltern nur in nordbhutanischer Tracht herumlaufen, dann passierten unschöne Sachen in den Dörfern ... und am Ende wurden sie gezwungen, ihr Land weit unter Wert zu verkaufen. Sie sind in einem Lager in Nepal gelandet, wo ich geboren bin. Für die Nepalesen sind wir bhutanesische Eindringlinge. Für die Bhutanesen nepalesische Eindringlinge. Wir dürfen nicht arbeiten, nicht wählen, nichts.

Ich habe mich bis Kathmandu durchgeschlagen, als ich alt genug war, und bin einfach an der Uni in den Kursen aufgetaucht. Nach drei Jahren, als ich mich für die Abschlussprüfungen angemeldet habe, haben sie gemerkt, dass ich gar nicht die nötigen Papiere habe. Ein Cousin von mir lebt in den Staaten. Ich habe es mit dem Studentenvisum versucht ... nicht möglich ohne Pass. Und hier bin ich.«

»Gibt es keine Passfälscher in Kathmandu?«

Er seufzte. »Keine Lust auf Gefängnis.«

»Du kannst genauso als illegaler Flüchtling ins Gefängnis kommen.«

»Ja, aber jeder wird einsehen, dass das nicht richtig ist, und irgendwer holt einen wieder raus. Glaubst du, es ist wirklich ein Jaguar?«

Eine Weile lauschten wir nur in die Nacht. Es war jetzt still, aber während Akashs Erzählung hatten immer wieder Äste geknackt.

»Eher ein Tapir«, flüsterte ich. »Was machst du, wenn du fertig studiert hast?«

»Mal sehen«, wisperte er. »Die Welt geht unter. Meeresversauerung, Stürme, Golfstromumkehr, Erdbeben, Dürren, Flüchtlingsströme ... Die Welt geht unter, und es ist für Geografen interessant, ihr zuzusehen. Aber es wäre auch interessant, etwas dagegen zu tun. Wie du.«

»Ich? Ich tue nichts gegen irgendetwas. Ich mache eine Reportage.«

»Aha«, sagte er.

In diesem Moment war da wieder das Geräusch im Unterholz. Sehr nah. Und auf einmal hatte ich nicht mehr das Gefühl, dass es ein Tapir war oder ein Stachelschwein.

Ich hob die Kamera blitzschnell. Das Blitzlicht zerriss die Nacht und durchs Unterholz floh etwas. Als alles wieder ruhig war, regte sich Hope neben mir im Schlaf. »Was ...?«, murmelte er.

»Nichts«, flüsterte ich. »Ich habe nur ein Stachelschwein fotografiert.«

Und ich ließ mich zurück in die Hängematte sinken und starrte aufs Display der Kamera.

Die Fotos zeigten zwei Gesichter zwischen den Blättern. Und eine Hand, die etwas hielt, unscharf. Es sah der Machete unseres Coyoten beunruhigend ähnlich.

Die Gesichter waren nicht die der beiden Männer vom Fluss, aber einer der Männer war ohne Zweifel ein Somali. Er ähnelte Hope. Der zweite war einer von hier. Ein Coyote.

Hope hatte nicht zwei Verfolger, er hatte drei, und dieser letzte hatte womöglich mit den anderen nichts zu tun.

Ich schloss die Augen. Meine Mutter hätte mit Gott gehadert, sie tat das manchmal, wenn die Zahlen nicht ausreichten. Ich glaube nicht an Gott, also fluchte ich. Lautlos.

»Akash«, flüsterte ich. »Können wir abwechselnd wach bleiben? Wir haben ein Problem. Da im Wald ... ist ... wirklich ein Jaguar.«

»Ist okay«, sagte er, ohne zu zögern. »Ich mach die erste Wache.«

Die Nacht war unruhig.

Während Akash Wache hielt, wirbelte ich durch seltsame Halbwachträume, in denen ich auf Küstenstreifen stand, auf denen sich Tausende bunt angezogene Menschen drängten, die keinen Platz dort hatten. Aus den Fluten tauchte immer wieder der Kopf eines goldenen Kamels auf. Dann stieß jemand mich ins Meer, und ich öffnete die Augen unter Wasser und sah, dass Hunderte von Büchern darin schwammen. Sie mussten aus den Satteltaschen des Kamels gerutscht sein und sie waren verloren, das wusste ich im Traum, all ihr Wissen, all ihre Worte sanken langsam zum Meeresgrund.

Als ich aufwachte, erwachte auch der Urwald, raschelnd, krächzend, zirpend, trippelnd, quakend.

»Du hast mich doch nicht vergessen?«, fragte eine kleine Stimme mitten in all diesen Geräuschen.

»Ich vergesse dich nie«, antwortete Hope.

Ich schloss die Augen wieder und lauschte.

»Wir haben so lange nicht mehr geredet«, sagte die erste Stimme. »Ich dachte, du bleibst bei den Yanomami. Es war schön da.«

»Du weißt, dass ich weitermuss, Faith«, sagte Hope. »*Er* wollte, dass ich ankomme.«

»Er wollte viel zu viel. Wenn er nicht so viel gewollt hätte, wären wir nicht hier!«

»Bist du böse auf *ihn*?«

»Ja«, sagte die Stimme. »Aber ich vermisse ihn. Und ich vermisse dich. Dein früheres Ich. Jetzt bist du so anders. Pass bloß auf, dass die Sache nicht auffliegt. Erzähl diesem Typen nicht zu viel. Dem mit dem Rucksack.«

»Er hat einen Namen«, knurrte Hope. »Mathis. Und wenn er mich nicht festgehalten hätte, als die Soldaten den Wald durchkämmt haben …«

»Er hilft dir nur, weil er deine Story will.«

»Sei still, Faith«, sagte Hope ärgerlich. »Schau, die anderen wachen auf! Der Tag kommt. Geh besser.«

Ich tat so, als würde ich erst fünf Minuten später wach.

Ich sagte Hope nichts von den Männern, die nachts ums Lager geschlichen waren.

Wir brachen in der Morgenkühle auf, doch die Hitze griff bald wieder nach uns, und wir wanderten aufwärts, aufwärts, aufwärts und kamen nirgendwo an.

Nach der ersten größeren Rast setzte ich das zweijährige Kind auf meine Schultern. Es war, stellte sich heraus, dreieinhalb. Ich werde nie seine großen verwunderten Augen vergessen. Der Vater lächelte zu dem Kleinen hinauf, er sagte etwas, vielleicht, dass er keine Angst haben sollte vor diesem riesigen Fremden mit dem hellen Haar und dem unrasierten Gesicht.

Ich fragte die Eltern, woher sie kamen, und sie sagten »Kongo«, aber als ich fragte, aus welchem der beiden Kongos, sahen sie ratlos aus.

»Haiti«, sagte der junge Coyote leise. »They come Haiti. But if you are from Congo, your chance for stay in US is good. If you are Haiti, no chance. Understand.«

Bei der Mittagsrast fielen wir wieder alle auf den Boden. Niemand sprach. Wir tranken schlückchenweise. Das Wasser ging zur Neige. Drei Tage, hatte der Coyote zu Beginn gesagt. Einen davon waren wir mit dem Boot gefahren, dies war der zweite Tag der Wanderung.

Wir würden am Abend da sein. Würden wir?

Das Kind schlief auf meinen Schultern ein und war schwer wie ein Fels.

»Gib schon her«, sagte Akash und setzte den Kleinen auf seine eigenen Schultern. Von da an trugen wir es abwechselnd.

Die Kubanerin klagte über ihre Füße. Roshidas Füße bluteten ebenfalls, doch sie schwieg. Wenn unsere Blicke sich kreuzten, lächelte sie jetzt manchmal.

Aber sie hielt sich näher bei Akash. Und wenn es zu steil wurde, war er es, der ihr eine Hand reichte. Er war Nepalese, er war Buddhist, verdammt! Die Buddhisten in Myanmar hatten ihr Dorf angezündet! Aber vielleicht löschte diese Hand, die ihr half, das Feuer in ihrer Erinnerung.

Wenn sie Akash ansah, wurde ihr Gesicht weicher.

Aus irgendeinem Grund dachte ich an Florence. Daran, wie wir uns kennengelernt hatten auf einem Gartenfest meiner Eltern. Ich, sechzehn, zerzaust wie jetzt, in einer Ecke an eine Gitarre geklammert, die ich nicht wirklich spielen konnte. Und sie, wunderschön, in einem kurzen, hellen Sommerkleid, Tochter von Freunden meines Vaters, ein weiterer postmoderner Teil der jüdischen Gemeinde. Sie, klug, schön, irgendwie brav. Es war sehr, sehr lange her.

Und dann setzte sich die schwangere Venezolanerin hin und stand nicht mehr auf.

Es war der Nachmittag des zweiten Tages: der Zeitpunkt, als jedem klar war, dass wir es an diesem Tag nicht mehr schaffen würden. Es gab nirgends ein Zeichen von Zivilisation und wir stiegen noch immer steil bergauf.

Der Freund der Venezolanerin sagte, sie solle weitergehen, aber sie schüttelte nur stur den Kopf.

»Wir wollten, dass das Kind in den USA geboren wird«, flüsterte er. »Komm. Ein bisschen noch, gar nicht mehr weit heute. Und morgen früh sind wir hier raus.«

Der Coyote nickte. »Mañana.«

Sie gab keine Antwort, legte sich zurück und schloss die Augen, die Hand auf ihrem Bauch. Wir sahen uns an. Keiner konnte diese Frau tragen.

»Okay«, sagte der Coyote schließlich. »Ihr könnt warten und mit der nächsten Gruppe gehen, die hier durchkommt.«

»Und wenn die erst in einer Woche kommen?«, fragte der Vater des ungeborenen Kindes. »Oder nie? Dann verrecken wir hier! Wir finden alleine nie raus!«

Er machte eine Bewegung, als wollte er den Coyoten packen wie am Tag zuvor, aber diesmal traten Akash und ich dazwischen, Schulter an Schulter. Keine Drohungen mehr, keine gezogenen Messer.

Ich räusperte mich.

»Wir können alle bleiben. Mit den beiden warten. Wer ist dafür?«

Eine einzige kleine Hand schnellte in die Höhe. Sie gehörte Hope.

»Wir haben nicht genug Wasser«, sagte Roshida. »Wenn wir zu lange brauchen, reicht es nicht.«

Der junge Coyote machte einen Schritt rückwärts: »Ich gehe weiter. Wer warten will, kann warten.«

Die Mutter des kleinen Jungen sagte etwas in ihrer Sprache, und es war klar: Sie mussten raus aus diesem Wald mit dem Kind. Die kleine Familie stolperte dem Coyoten hinterher, erschöpft, den Pfad hinauf, den niemand sah außer unserem jungen Führer.

»Akash«, sagte ich. »Bleibst du?«

Er sah mich eine Weile nachdenklich an. »Nein«, sagte er dann. »Tut mir leid.«

Dann setzte er seinen Rucksack ab und nahm eine halb volle Wasserflasche heraus. Er stellte sie neben die schwangere Frau und drehte sich um, um dem Coyoten zu folgen.

Roshida ging in seinem Schatten.

Die Kubanerin holte eine Packung Toast aus ihrer Tasche, legte sie neben die Wasserflasche und ging ebenfalls. Da seufzte ich und stellte eine weitere Flasche Wasser dazu. Ein Tribut.

»Warte!« Die schwangere Frau sprach leise und hielt meine Hand fest. »Mach ein Bild.«

»*Was?*«

»Bitte!« Ihre Stimme ertrank in Erschöpfung und Tränen. »Mach ein Bild, von uns. Wenn keiner kommt, der uns mitnimmt, dann gibt es wenigstens ein Foto. Julio, schreib ihm die Adresse auf! Von meinem Bruder in Philadelphia! Schick ihm das Bild, ja? Falls wir nicht ankommen … ich will, dass etwas bleibt.«

»Unsinn, ihr kommt durch«, sagte ich. »Wir sitzen in ein paar Tagen zusammen in einem Bus in die Staaten.«

Hope zeigte stumm auf die Kamera. Ich nickte.

Ich habe ein Bild von einer schwangeren Frau in einem blauen Kleid, die im Darién Gap auf dem Boden liegt, eine Hand auf ihrem Bauch, und in die Kamera lächelt. Der Mann neben ihr sieht grimmig geradeaus, am Betrachter vorbei, nach Norden.

In dieser Nacht war ich zu müde, um Wache zu halten, aber Akash und ich wechselten uns trotzdem ab. Ich hörte nur einmal etwas, vielleicht ein Tier. Ein Käfer, ein Nachtvogel, eine Ratte.

Bei unserem zweiten Wachwechsel sagte Akash: »Der Junge. Hope. Irgendetwas mit ihm stimmt nicht.«

»Mit dir würde auch nicht alles stimmen, wenn du seine Geschichte hättest«, sagte ich schroff.

»Es ist, als wäre noch jemand bei ihm«, sagte Akash. »Oder als wäre er jemand anders.«

»Klingt esoterisch.«

»Ich bin kein Esoteriker. Ich bin nicht mal ein wirklicher Buddhist. Bist du Christ?«

»Theoretisch Jude. Aber moderne Menschen sind wahrscheinlich nichts«, sagte ich. »Woran glaubst du, Akash?«

»Ich glaube … an eine Menge negative Dinge. Ich glaube daran, dass die Zivilisation, wie wir sie kennen, stirbt. Vielleicht erreiche ich die Staaten und studiere, vielleicht kann ich dann etwas tun, etwas Gutes sogar, aber sie stirbt trotzdem. Man kann nur noch negative Dinge glauben, wenn man zu viel liest. Ich habe zum Beispiel eine Menge über das Meer gelesen. Es fasziniert mich, weil es in Nepal kein Meer gibt. Und ich glaube daran, dass es zuerst stirbt. Es fängt die Erderwärmung ab, fängt das CO_2 ein, schluckt den Müll. Das Meer ist wie … die Leber der Erde. Ein Organ für den Müll. Aber die Erde stirbt an Leberversagen. Ich habe das Meer gesehen, auf meinem Flug nach Brasilien, und verdammt, war es schön und blau! Solche Dinge kippen schnell. Wie Menschen, sie schlucken und schlucken und irgendwann kommt der ganze Müll, die ganze aufgestaute Wut an die Oberfläche. Das ist es, woran ich glaube.«

»Du glaubst an … nichts Positives? Gar nichts?«

»An was glaubst du?«, fragte er.

Ich dachte einen Moment nach. »Ich glaube, dass wir diese Reise schaffen«, sagte ich schließlich. »Und dass sich danach alles ändern wird. Irgendwie.«

Und dann schlief ich ein und träumte von Akash, der im Kreislauf der Hadley-Zelle gefangen war und versuchte, das Meer zu erreichen, das ihn rief, weil es ihm sagen wollte, dass nicht alles verloren war.

Am nächsten, dem dritten Tag der Wanderung, hatten wir nichts mehr zu essen.

Das Kind, das wir abwechselnd trugen, weinte.

Am vierten Tag weinte es nicht mehr, es saß nur noch still auf den Schultern seiner Träger. Wir füllten die Flaschen in einem grünlich-bräunlichen Rinnsal. Ich dachte, es wäre nicht schlimm, ich hatte einen Wasserfilter. Ich sah in den Rucksack. Der Wasserfilter war nicht da.

Wir tranken das Wasser so. Wenige Stunden später bekamen die Ersten Durchfall und irgendwann hatten wir es alle. Ich fragte mich, ob das besser war, als zu verdursten, man verliert verdammt viel Flüssigkeit dabei.

Hope sang manchmal, in einer Sprache, die niemand verstand. Er hatte eine schöne Stimme.

Es sah nicht so aus, als kämen wir irgendwo an.

Am Morgen des fünften Tages, als wir seit drei Tagen durch das Gap hätten durch sein sollen, erwachte ich und merkte, dass Akash eingeschlafen war, obwohl er Wache gehabt hatte, und dass der junge Coyote weg war. Es fehlte noch etwas.

Mein Rucksack.

Das Erste, was ich dachte, war: Ich habe einen Geldgürtel mit einer Kreditkarte. Das zweite, was ich dachte, war: Der nächste Geldautomat steht wahrscheinlich in Panama City. Die anderen erwachten davon, dass ich dreisprachig fluche. Hope saß einen Moment nur in der Hängematte, blinzelnd, schlaftrunken. Dann sagte er: »Mathis? Er ist vielleicht noch nicht weit weg.«

»Ist er nicht«, sagte Akash. »Ich bin weggenickt, aber es können nur ein paar Minuten gewesen sein.« Er griff in seinen Rucksack, tastete und fluchte ebenfalls. »Das Handy.«

Die anderen durchsuchten ihre Sachen erst gar nicht.

Akash rannte los, wir rannten alle, nur die Mutter des Kindes blieb beim Gepäck.

Der Weg war hier ein Stück weit deutlich zu erkennen, ausgetreten von Tieren oder Menschen, ein Pfad, zu dessen Linker der Berg steil abfiel. Zur Rechten ging es ebenfalls hinunter, nicht ganz so steil. Das ist er, dachte ich, der höchste Punkt. Das Dach des Darién.

Ich wünschte, ich hätte anhalten und einfach nur schauen können. Fotos machen.

»Da vorn!«, rief Akash. Und da sah ich den Jungen.

Er drehte sich um und sah uns an, vierzehn Jahre alt, mit Umhängetasche und zu großem Rucksack, Angst im Gesicht.

Er versuchte, zu rennen. Aber der Rucksack und die Tasche behinderten ihn.

Und dann war Akash bei ihm und riss ihn zu Boden.

»So hast du dir das gedacht!«, brüllte er. »Du hattest nie vor, uns wieder rauszubringen aus diesem Dschungel, was? Nur tief genug rein, damit du mit unserem Kram abhauen kannst! Du kleine Ratte! Ihr widerliches Pack, ihr lasst uns dafür bezahlen, dass wir sterben! Vielleicht ist der Weg durch das Darién Gap ganz einfach, aber ihr führt uns in die Irre, damit wir glauben, es ginge nicht ohne euch.«

Wahrscheinlich verstand der Junge nicht viel, denn Akash brüllte auf Englisch, aber er verstand die Wut in den Worten. Er lag auf dem Boden, halb gefesselt von den Riemen meines Rucksacks, und schützte den Kopf mit den Armen.

Der schmächtige Vater des kleinen Kindes war jetzt neben Akash, genauso wütend, er und die Kubanerin schrien den Jungen auf Spanisch an, der Dschungel hallte wider von ihren Beschimpfungen. Der Junge kam auf die Knie, kroch ein Stück rückwärts und versuchte, die Machete aus seinem Gürtel zu ziehen, er war wie ein in die Enge getriebenes Tier. Ich merkte, wie ich ebenfalls vorwärtssprang. Wie ich den Jungen festhielt, während Akash ihm die Machete entwand. Akash hob sie – und schleuderte sie hinunter in den grünen Abgrund.

»Ich ... ich wollte nicht abhauen!«, keuchte der Junge auf Spanisch. »Ich wollte Hilfe holen, hier ... in der Nähe ... ist ein Dorf ...«

»Hilfe holen, ja?«, sagte die Kubanerin. »Du wolltest die ganze Zeit über nur zu deinem Indiodorf, denen bringst du das Geld, was? Nehmt es ruhig, ersticken sollt ihr dran!«

Tränen rannten ihr über die Wangen wie ein Gewitterregenguss. Der Junge versenkte die Zähne in mein Handgelenk, er biss mit noch mehr Kraft zu als Hope und ich schrie auf und ließ los. Der Junge rollte herum, wurde endlich den Rucksack los und kam auf die Beine, doch da sprang der Vater des Kindes vor, dieser schmächtige Mann, der nie viel sagte, und riss ihn zurück zu Boden.

Seine ganze Verzweiflung machte sich Luft, die Sorge um seine kleine Familie, der Müll kam an die Oberfläche. Und dann prügelten sie alle auf ihn ein, Akash, die Kubanerin, der Haitianer.

Roshida stand daneben, ganz still.

Und plötzlich war Hope neben mir und riss an meinem Arm.

»Sie schlagen ihn tot«, sagte er sachlich. »Du musst was tun.«
Ich nickte. Auch ich war sauer auf diesen Jungen, aber als er jetzt dort auf dem Boden lag, gekrümmt, keuchend vor Angst und Schmerz, wurde mir schlecht. Shit, er war vierzehn Jahre alt, kaum mehr als ein Kind.

Und plötzlich war ich über Akash und zog ihn weg. »Verdammt!«, rief ich. »Wenn ihr ihn umbringt, haben wir auch nichts gewonnen!«

Akash ließ sich nach hinten fallen und saß einen Moment lang keuchend auf dem Weg, neben dem zusammengekrümmten Jungen, der aus Nase und Mund blutete.

»Schaut euch an«, flüsterte Roshida. »Ihr seid wie Tiere.«

»Ich ... verdammt, ja, Menschen sind Tiere«, sagte Akash. Er schüttelte sich wie ein nasser Hund, dann zog er den Jungen auf die Beine. Die Kubanerin und der Haitianer saßen ebenfalls auf dem Boden und atmeten schwer.

Akash öffnete meinen Rucksack und holte sein Handy heraus und einen Beutel, der dem Haitianer gehörte. Er öffnete auch die Umhängetasche des Jungen. Darin befanden sich eine ganze Menge plastikverpackter weißlicher Päckchen. Kokain.

»Bah«, sagte Akash, angeekelt. »Sammel das ein und bring es da hin, wo es hinsoll. Ich gehe allein weiter, ich habe einen Kompass, der ist zuverlässiger als du. Im Übrigen glaube ich, dass du dich selbst verlaufen hast und dass du nur hoffst, hier ein Dorf zu finden.«

»Ich komme mit«, murmelte Roshida und stellte sich ein wenig näher zu Akash.

»Ich auch«, sagte die Kubanerin. Der Haitianer nickte. »Wir gehen alle zusammen.«

Aber ich war mir nicht sicher. Ich war lange nicht mehr nur ein distanzierter Chronist dieser Reise, nur der Beobachter, ich war ein Teil der Gruppe wie alle anderen, und verdammt noch mal, ich hatte keine Lust, mich hier zu verirren. An dieser Stelle war der Pfad deutlich, aber was war in ein oder zwei Stunden?

»Hast du schon Leute nach Panama geführt?«, fragte ich den Jungen auf Spanisch. Er nickte.

»Allein?«, fragte ich weiter.

Diesmal zögerte er. Und sagte schließlich leise: »Nein. Aber ich erinnere mich genau an den Weg.«

Ich sah Hope an. Hope nickte. »Wir gehen mit ihm.«

Wir holten schweigend unsere Hängematten. Der Coyote hatte versprochen zu warten.

»Wir sehen uns drüben«, sagte Akash.

Ich nickte. Aber ich war ziemlich sicher, dass nur eine der Gruppen es nach Panama schaffen würde, wir oder die anderen.

Der Coyote wartete wirklich.

Wir wanderten eine ganze Weile schweigend, und ich machte Bilder von der Tiefe, in die sich das Grünland erstreckte.

»Irgendwo dahinten ist Panama«, sagte Hope.

Als wir das erste Mal an diesem Tag rasteten, tranken wir den letzten Rest dreckigen Wassers aus der Flasche. »Es wird regnen«, flüsterte Hope. »Es muss.«

»Aber alles ändert sich«, sagte ich. »Auch das Muster des Regens.«

»Oh nein«, sagte er zu dem Coyoten. »Er erklärt jetzt gleich die Hadley-Zelle!«

Und wir lachten und der Coyote sah uns perplex an. Wie konnten wir lachen, wir, die wir so nahe daran waren, uns hier im Dschungel für immer zu verlieren?

»Also«, sagte ich auf Spanisch, »wo ist das Dorf?«

Er zeigte in eine Richtung, überlegte eine Weile und zeigte in eine andere. »Verdammt«, sagte ich, »wenn du dich nicht auskennst, warum bist du allein mit uns in den Darién gegangen?«, fragte ich.

Er zuckte die Schultern, so habe ich ihn auf einem Bild: ein hübscher Junge mit einem ebenmäßigen, fast zerbrechlichen Gesicht, entstellt durch die Schläge, die er kassiert hatte.

»Keiner hat mich gefragt. Der andere, der Ältere … Er sollte gehen. Ich sollte nur tragen helfen. Aber dann hat er gesagt, er hätte was zu erledigen. Dass ich das Doppelte kriege, wenn ich euch alleine rüberbringe. Meine Mutter ist unten in Capurganá. Sie braucht das Geld. Sie hat keine Arbeit und da sind noch fünf Kleine. Lauter Nichtsnutze. Zu klein, um irgendwas zu verdienen.« Er schnaubte.

Ich übersetzte sein Spanisch für Hope, und Hope sagte: »Wo ist sein Vater?«

»Hier«, antwortete der Coyote.

»Hier?«

»Im Dschungel. In dem Dorf, das ich suche. Ich bin halb-halb. Halb Indio, wie eure Freunde sagen würden. Mein Vater ist zurückgegangen in den Dschungel, es hat nicht geklappt mit den beiden. Vielleicht ist er auch nicht da, vielleicht ist das Dorf weitergewandert. Wenn der Boden nichts mehr bringt, ziehen sie weiter. Einmal habe ich meinen Vater besucht, aber das ist lange her.« Er sah mich an. »Du sammelst Storys, ja? Du kannst meine haben. Zwanzig Dollar, und sie gehört dir.«

Ich lachte wieder. »Hope, sollen wir für zwanzig Dollar eine Story kaufen?«

»Nein«, sagte Hope ernst. »Für zwanzig Dollar kannst du einen Sack voll Bücher kaufen mit zwanzig oder dreißig Geschichten. Ich war früher dabei, wenn *er* Bücher ausgesucht hat. Man muss sehen, dass man die billigen bekommt, die trotzdem noch gut aussehen. Und bunte, dazwischen, es ist wichtig, dass ein paar schöne Bücher in den Regalen stehen.«

Und ich dachte daran, was Akash gesagt hatte. Frag sie nach ihren Namen.

»Wie heißt du?«, fragte ich den Coyoten.

Er lächelte. »Habe ich einen Namen? Für euch bin ich doch nur ein Ding, das euch rüberführt. Wie eine Handy-App. Aber eine, die ihr schlagen könnt.«

»Wie heißt du?«, wiederholte Hope.

»Jesús David.«

»Das ist ... ein sehr schöner Name«, sagte ich ernst. »Du bist Jesus, unser Retter.«

Er grinste. »Ich komme aus einem Volk, das selbst immer einen Retter gebraucht hätte, aber keiner war da«, sagte er. Wenn man sich an seinen Akzent im Spanischen gewöhnt hatte, klang, was er sagte, beinahe lyrisch. »Das Volk meines Vaters, die Kuna. Sie haben an der Küste gelebt, drüben, im Osten. Als die Spanier kamen, haben sie eine Menge von ihnen umgebracht, und die Kuna haben sich in den Darién zurückgezogen, zwischen die Sümpfe und Berge und Moskitos. Dann wollten die Spanier einen Weg schaffen zwischen den beiden Meeren, durch den Urwald, für alles, womit sie gehandelt haben. Eine Eisenbahnlinie.

Sie mussten die Kuna loswerden, denen das Land gehörte. Die meiste Arbeit haben ihre Hunde erledigt, Hunde kommen überallhin, auch im Dschungel, scharfe Hunde, abgerichtet auf das Fangen und Totbeißen von Menschen. Die Kuna, die übrig blieben, sind wieder geflohen, an die Küste zurück. Einer der alten Götter hat ihnen Inseln geschenkt, auf denen sie leben konnten: die San-Blas-Inseln. Palmen und weißer Sand. Ich hab mal eine Postkarte gesehen.

Nur ein paar Kuna sind im Darién geblieben, die Kuna Tule, zu denen gehört mein Vater. Sie haben dem Paradies nie getraut. Jetzt geht es unter. Ein paar Inseln hat das Meer schon verschluckt.«

Ich dachte an Akash und daran, dass ich ihm das erzählen würde, wenn wir uns je wiedersahen.

»Die Eisenbahn ist übrigens nie gebaut worden«, sagte Jesús. »Die Arbeiter sind alle am Fieber gestorben. Da liegen noch heute verrostete Waggons im Wald.«

Als wir weitergingen, flüsterte Hope: »Du hast gerade zwanzig Dollar gespart.«

Ich zuckte die Schultern. Vor uns ging Jesús David, der Retter aus dem Volk ohne Rettung. Kein Coyote, sondern ein Mensch mit einem Namen und einer Geschichte. Ich würde ihm die zwanzig Dollar geben. Für seine Mutter. Für irgendwas. Für die Hoffnung.

An diesem Tag, ohne Wasser, begann mein Kreislauf, verrückt zu spielen. Manchmal sah ich jetzt verschwommen. Wir machten mehr Pausen. Ich sah, dass es den anderen beiden nicht besser ging. Wir waren alle drei inzwischen dehydriert und ernsthaft unterzuckert.

Mit jeder Biegung des Pfades hoffte ich, wir würden etwas hören, etwas sehen: ein Zeichen davon, dass das Dorf in der Nähe war. Aber irgendwann war ziemlich klar, dass wir an dem Dorf vorbei waren, ohne dass wir es gefunden hatten. Und dass das Stück des Darién, das noch vor uns lag, eine Wanderung von mehreren Tagen bedeutete.

Gegen Nachmittag leerte ich meinen Rucksack.

Ich nahm nicht viel mehr mit als die grüne Hängematte, die Ersatzkameras, Messer, Stirnlampe, eine Plastikflasche und die Tasche mit Geld und Papieren. Desinfektionsmittel, Bandagen, meine Notizzettel und eine Packung Paracetamol-Tabletten. Alles Übrige legte ich auf einen Haufen.

Jesús David sah mir stumm zu.

»Du kannst es haben«, sagte ich. »Alles. Den Laptop. Die Kabel, die zweite Taschenlampe. Den Rest Kleider. Alles.«

»Und dafür habt ihr mich verprügelt«, sagte Jesús David und schüttelte den Kopf.

Aber er rührte die Dinge nicht an. Vermutlich trug er schwer genug an seiner Umhängetasche mit dem weißen Gold. Eine Weile war es leichter ohne das Gepäck, doch es half nicht so viel, wie ich gehofft hatte, und als ich einmal stehen blieb und wieder fluchte, holte Hope das kleine Kamel hervor. »Schau!«, sagte er ernst. »Ich stelle mir einfach vor, dass es mich trägt. Du kannst mit aufsteigen.«

»Danke«, sagte ich. »Es ist wirklich ganz bequem.«

In diesem Moment hörten wir es: Jemand brach hinter uns durchs Unterholz. Und ich drehte mich um und sah die Gestalten auf dem Pfad, etwa fünfzig Meter entfernt: zwei Afrikaner und einen Einheimischen. Einer der Afrikaner trug eine Pistole. Ich war mir sicher, dass es ein Somali war.

Es sah ein wenig unstet aus, als er sie hob: Auch ihm setzten die Hitze und die Berge zu.

»Wer sind ...?«, begann Jesús.

»Nicht bewegen!«, brüllte der Somali auf Englisch. »Bleibt ganz ruhig stehen! Ich will nur mit dem Kind reden!«

Keiner von uns dachte daran, stehen zu bleiben.

Wir wirbelten alle gleichzeitig herum und warfen uns ins Unterholz neben dem Weg. Der Schuss, der sich löste, verhallte, ohne sein Ziel zu treffen.

Hope riss mich hoch und wir rannten, bahnten uns einen Weg durchs weglose Grün. Das Adrenalin sang in meinen Ohren. Schneller, schneller, schneller! Es war verrückt, wir wanderten durch das unwirtlichste Gebiet Südamerikas, wir waren dabei, aufzugeben, und jetzt machte sich tatsächlich jemand die Mühe, uns zu erschießen.

Wir kamen nicht gut genug voran, jetzt fehlte uns die Machete, wir rissen mit den Händen an den Lianen, bis unsere Finger bluteten, kämpften uns vorwärts ... Die hinter uns hatten es leichter, sie bewegten sich auf unserer Spur. Und dann fiel der Berg jäh ab. In der Tiefe glänzte der bloße Fels.

Wir wandten uns nach rechts, liefen am Abgrund entlang.

»Bleibt endlich stehen!«, schrie der Somali hinter uns. Und dann hallte ein weiterer Schuss, wir warfen uns zu Boden. Erst der nächste Schuss traf.

Aber er traf nicht Hope. Und nicht mich.

Jesús David taumelte, die Kugel hatte ihn an der Schulter gestreift, er griff mit einer Hand ins Blut, schwankte und machte einen ungeschickten Schritt zur Seite. Er drehte sich halb um, noch während er das Gleichgewicht verlor, und sah uns an, mit diesen Augen, die vor allem eines waren: erstaunt. Und er fiel.

Zur falschen Seite.

In die Tiefe.

Ich kroch vorwärts, kam wieder auf die Beine, der nächste Schuss verfehlte mich knapp, und ich zog Hope mit mir, stieß ihn vorwärts, noch ein Schuss. Wir mussten hier weg, aber nicht in diese Wahnsinnstiefe unter den Felsen. Irgendwohin. Es gab kein Irgendwo. Es gab ein Gestrüpp, in das wir tauchten. Gleich, dachte ich, gleich waren unsere Verfolger da, sie waren ganz nah.

Haken schlagen! Ducken! Kriechen! Moder und Chlorophyll in der Nase, verrottete Blätter unter Händen und Knien. Tiefer ins Unterholz, noch tiefer! Und auf der anderen Seite des Gestrüpps auftauchen, wieder rennen, wieder ein Gestrüpp. Da war eine gerodete Fläche jenseits der Bäume, schwarz verkohlt. Nicht auf diese freie Fläche hinaus! Weiter, weiter! Und dann: liegen bleiben.

Am Ende, auf dem Rücken, schwer atmend.

Keiner von uns konnte mehr weiter. Sie würden kommen und uns finden. Sollten sie. Ich wollte nichts als zwei Minuten still liegen. Ich hatte die Augen geschlossen und drückte Hope mit einem Arm an mich. Dann waren da Stimmen, nicht weit entfernt. Stimmen von vier oder fünf Menschen, die eine mir unbekannte Sprache sprachen, ein wenig ähnlich dem Yanomami. Und Schritte, die sich durch den Dschungel entfernten, die Schritte zweier Männer. Unsere Verfolger, dachte ich. Sie gehen.

»Ich glaube, wir haben dieses Dorf gefunden«, wisperte Hope.

Ich nickte. Daher die gerodete Fläche. Die Kuna Tule, das Volk ohne Rettung, hatte an diesem Tag durch ihr Auftauchen jemanden gerettet, den sie nie gesehen hatten.

Uns.

Aber unten, irgendwo im Wald, irgendwo am Fuß einer Felswand, lag der Körper eines vierzehnjährigen Jungen neben einer Tasche voll Kokain. Ich wünschte, ich hätte seinen Namen und seine Geschichte nicht gekannt.

Es war das erste Mal auf meiner Reise, dass ich nicht fluchte. Ich hatte alle Flüche vergessen. Ich machte die Augen lange Zeit nicht auf, lag einfach da und spürte das Leben um mich herum, das verdammte Scheißleben, die Pflanzen und die Käfer und das Geraschel der Vögel, und versuchte, zu begreifen, dass Jesús kein Teil dieses Lebens mehr war.

Es gibt keine Hölle. Es gibt kein Paradies. Hinter meinen geschlossenen Augen bildeten sich Tränen, ich fühlte mich wieder fünf Jahre alt und hilflos und war böse auf den Gott, an den ich gar nicht glaubte.

Ich spürte Hopes kleine, magere Hand auf meiner.

»Mathis«, sagte er, ein Strahlen in seiner Stimme. »Spürst du es? Es regnet.«

Fakten Darién Gap oder Tapón del Darién

Das Darién Gap stellt eine 110 km lange Lücke in der Panamericana dar, die Nord- mit Südamerika verbindet. Es wird von Indigenen der Stämme Embera-Wounaand und Kuna bewohnt. Nachdem die Spanier das heutige Kolumbien und Panama erobert und die Indigenen blutig zurückgedrängt hatten, versuchten sie, den Dschungel im Inland zu zähmen, gaben aber auf.

1699 starben 2000 schottische Kolonialisten an Malaria, Hunger oder Durst.

1854 startete die US Marine eine Expedition zur Erschließung des Darién für einen Kanal zwischen Pazifik und Atlantik. Neun Teilnehmer starben, das Projekt wurde aufgegeben.

Bislang gibt es keine Straße, nicht zuletzt auf Wunsch der USA, weil der Darién eine Barriere für die Maul- und Klauenseuche bildet.

In den 1980er-Jahren wurde die Gegend Ziel verschiedener Abenteurer, bis sich Ende der Neunzigerjahre die FARC-Guerilla dorthin zurückzog. Im Jahr 2000 wurden mehrere Touristen gekidnappt, 2013 verschwand ein schwedischer Backpacker, dessen Skelett später auftauchte.

Seit der Absetzung General Noriegas in Panama, der den Drogenhandel mitorganisierte, kämpfen verschiedene Kartelle hier um die Oberhand, und das Darién Gap hat sich zu einer der gefährlichsten Schmuggelrouten der Welt entwickelt. Heute bildet es einen Flaschenhals auf dem Weg von Flüchtlingen nach Nordamerika. Im Jahr 2016 erreichten auf diesem Weg 25 000 Flüchtlinge Panama, mehr als dreimal so viele wie noch 2014: der Großteil aus Kuba und Haiti, doch man findet auch vermehrt Nepalesen, Bangladeschi, Somalier und Eritreer. Es existieren keine Statistiken darüber, wie viele Flüchtlinge das Darién Gap überleben.

Bild schwangere Frau schicken!

Hoffnung

Durch seine Lage ist der Darién-Nationalpark bislang von Abholzung weitgehend verschont geblieben, Pflanzen- und Tierarten haben in einigen Gebieten ungestört überlebt. Da die USA und das politisch abhängige Panama nicht am Bau einer Verbindungsstraße interessiert sind, wird dies auf unabsehbare Zeit so bleiben.

Bothrops asper = Terciopelo Lanzenotter, extrem giftig – Antiserum meist zu spät, Gliedmaßen oft amputiert

Fakten Klima und Ozeane

Die Weltmeere bilden den größten Puffer des menschlichen CO_2 Ausstoßes: In den Ozeanen ist 50-mal so viel CO_2 gelöst wie in der Atmosphäre und 20-mal so viel wie an Land. Die Löslichkeit sinkt allerdings mit ansteigender Wassertemperatur. Durch die Reaktion mit Kohlendioxid wird im Meer Karbonat verbraucht und Hydrogenkarbonat gebildet. Je weniger Karbonat vorhanden ist, desto weniger CO_2 kann aufgenommen werden. Die Aufnahmekapazität von CO_2 ist seit Beginn der Industrialisierung bereits um 10 % gesunken. Der Ozean wird also insgesamt saurer.
Viele Meeresorganismen benötigen Karbonat, um Schalen oder Skelettstrukturen zu bilden. Ohne Karbonat kommt es zu Skeletterweichungen und einer geringeren Fortpflanzung dieser Organismen. Diese bilden jedoch den Beginn der Nahrungskette für alles Leben auf der Erde.
Auch die Korallenriffe mit ihrer unglaublichen Artenvielfalt wachsen nicht mehr weiter. Sie verlieren durch die Korallenbleiche nicht nur ihre Artenvielfalt, sondern sterben völlig ab.
Erst seit den Neunzigerjahren ist die Ozeanversauerung bekannt, seitdem wird intensiv darüber geforscht.

Sonnencreme-Verbot in Hawaii um Korallen zu schützen!

Hoffnung
Gerade im großen Schrecken der Versauerung der Meere liegt eine Chance: Sie kann als Augenöffner dienen, denn im Gegensatz zu anderen Aspekten des Klimawandels ist es unmöglich, zu behaupten, sie sei tolerabel, zivilisationsunabhängig entstanden oder sogar zu begrüßen (das Abschmelzen der Arktis hat beispielsweise einen wirtschaftlichen Vorteil, da es die Nordostpassage zwischen den Meeren für die Schifffahrt öffnet).

5

a febre
das Fieber

> Bildersuche Internet:
> Kuna Tule
> FARC demobilization
> operation genesis autodefensas
> Narcotrafico Darién

Ja, es regnete.

Und wir saßen im Unterholz und hielten unsere Gesichter den Tropfen entgegen, die es durch das Blätterdach schafften, ließen den Regen alles abwaschen: Schweiß, Staub, Angst, Erschöpfung, fingen ihn in unseren Händen auf und betranken uns daran.

Regen kann sein wie eine Droge. Das Leben an sich ist eine Droge.

Schließlich hob ich Hope hoch, das Glückskind, das nichts wog. Und so standen wir mitten im Wald.

Er grinste, aber dann wurde er ernst. »Mathis«, sagte er ganz leise. »Sie sind noch da. Irgendwo in der Nähe. Die mit der Waffe. Was machen wir jetzt?«

Ich setzte ihn ab.

Etwas war seltsam gewesen. Der Einheimische, der bei den beiden gewesen war, hatte dem auf meinem Bild nachts nicht ähnlich gesehen. Bei den Somalis war ich mir nicht sicher.

»Das Dorf«, flüsterte ich. »Vielleicht können uns die Leute da helfen. Wir müssen nur hinkommen, ohne den Verrückten mit der Waffe über den Weg zu laufen.« Ich sah mich um. Wir standen neben einem Baum, um den sich zwei Lianen schlangen und der die anderen überragte. »Da hoch«, sagte ich. »Von oben sehen wir vielleicht, wo das Dorf ist und wie man hinkommt, ohne dass man das Unterholz verlassen muss.«

Und ich dachte daran, dass man auf Regenwaldbäume nicht klettern kann, aber das hatte ich geglaubt, ehe ich bei den Yanomami gelebt hatte. Seitdem war viel geschehen. Ich hatte die Asche eines Verstorbenen in meinen Körper aufgenommen, ich hatte eine Frau geheiratet, die dem Wald gehörte, ich hatte einen Jungen in einen Abgrund fallen sehen.

Wir kletterten beide.

Mein Arm schmerzte, aber ich hatte keine Zeit, darauf zu achten, ich trat in die Schlingen der verholzten Lianen, die manchmal wegschwangen, und zog Hope hoch, wo es nicht genügend Kletterpflanzen gab. Die Ameisen hatten einen ihrer überdachten Tunnel an die Rinde geklebt, sie liefen senkrecht hinauf und schienen uns auszulachen.

Aber schließlich wurde es leichter, hier oben wuchsen grüne Baumorchideen am Stamm, Parasiten, die Halt lieferten, und auch das Netz der Lianen wurde dichter. Wir erreichten die eigentliche Krone des Baumes nie, aber wir kamen hoch genug. Ich verbot mir, hinunterzusehen.

»Da ist es!«, flüsterte Hope plötzlich über mir. »Das Dorf! Mathis, es ist ganz nah! Es gibt zwei Pfade ... aber wir können quer durch den Wald gehen, wo uns niemand sieht, bis wir da sind. Sie haben Felder, guck dir das an! Bananen und Mais und Maniok!«

Eine Viertelstunde später lief Hope vor mir durchs Dickicht, ein geduckter, aufgeregter kleiner Dschungelschatten. Ich folgte langsamer, vorsichtiger. Die Verrückten mit der Pistole konnten überall sein.

Und endlich öffnete sich der Wald vor uns zu einer Lichtung und vor uns lag das Dorf: zehn oder fünfzehn Hütten aus Holzstangen und kunstvoll verflochtenen braunen Palmblättern, Hühner, Kinder ... und Frauen, bunt wie Schmetterlinge, wunderschön. Sie trugen gemusterte Blusen und Röcke und um die Taille einen Streifen Stoff, bestickt mit leuchtenden geometrischen Mustern, Blumen und Vögeln. Im Gegensatz zu den Yanomami hatten die Tule-Frauen langes Haar und die meisten trugen goldene Ringe in der Nasenscheidewand. Ihre Arme und Beine waren mit breiten Bändern aus Tausenden von Perlen geschmückt, rot, blau, orange ... Zwei sah ich, über deren Nasenrücken bis zum Haaransatz hoch ein schmaler aufgemalter Streifen aus schwarzen Mustern lief.

Die Männer hingegen liefen in Shorts und verblichenen T-Shirts herum.

»Chilingos!«, sagte ein kleiner Junge und zeigte auf uns: das spanische Slangwort für Flüchtlinge. Auf einmal waren wir umringt von Kindern, die in einen unverständlichen Singsang verfielen, umringt von den Schmetterlingsfrauen, umringt von Männern, die auf uns einredeten. Der kleine Junge, der uns zuerst gesehen hatte, nahm Hopes Hand und zog ihn mit sich, und kurz darauf saßen wir in einer der Hütten auf dem Boden.

Es war nicht leicht, sich mit den Leuten zu unterhalten, ihr Spanisch war nur teilweise spanisch. Aber nach einer Weile war klar, dass sie die Schüsse gehört hatten.

»Lange Zeit keine Schüsse«, sagte einer der Männer. »Früher, Colombia, zu viel Schüsse. Alle kämpfen. Lange Zeit her. Jetzt, wer schießt?«

»Somalis«, sagte Hope. Niemand verstand das Wort.

»FARC?«, fragte eine Frau mit zwei grün-roten Papageien in der Stickerei auf ihrer Brust, die sich zu bewegen schienen, wenn ihre Brüste auf und ab wippten.

»Nein«, sagte ich, »Afrikaner. Chilingos wie wir.«

»Jemand muss sich um seine Wunde kümmern«, sagte Hope.

Er zeigte auf meinen Arm und ich folgte seinem Blick. Verdammt, mein Hemd war am linken Oberarm zerfetzt, getränkt mit Blut. Ich riss den Stoff ab und starrte die Wunde an. Der erste Schuss musste mich gestreift haben – und ich hatte es nicht einmal mitbekommen. Adrenalin führt zu seltsamen Ergebnissen.

»Ist nur ein Kratzer«, murmelte ich, ein Wortlaut aus tausend Filmen.

Wenig später saßen die Kuna Tule um uns herum, während wir aßen, was sie uns gaben: Maniok und undefinierbares Gemüse, das beste Essen der Welt. Ich sah Hope an, und Hope sah mich an und grinste, und es war so gut, zu essen und hier inmitten dieser bunten Menschen zu sitzen.

»Schießen ist schlecht«, sagte einer der Männer. »Früher, es war viel Schlechtes. Das Dorf war nicht hier, war unten. Aber ein Tag, es kommen Kämpfer, AUC. Autodefensas. Sie suchen FARC-Leute, Guerilla. Autodefensas sagen: Wir sind von Regierung, ihr macht Versteck für FARC? Wir sagen: Nein, hier ist nicht Guerilla. Aber sie glauben nicht. Sie suchen. Finden nicht. Sie schießen, sie sind wütend, wir weglaufen.

Nur ein paar bleiben in Dorf. Sie haben genommen diese Menschen und gefesselt und zerhackt, wir hören die Schreie, später wir sind zurück, wir sehen. Alles war Blut. AUC, sie wollen, wir haben alle Angst. Also wir sind auf den Berg gegangen und bauen ein neues Dorf. Manchmal, wir haben Chilingos, die kommen von andere Krieg, weit weg. Ich sage ihnen: Bei uns, es ist kein Krieg, es ist nur Bäume.« Er lachte. »Bäume machen keinen Krieg.«

»Können wir hier schlafen, heute Nacht?«, fragte Hope. Er fragte auf Spanisch, auch das hatte er gelernt, er war ein Schwamm, der Informationen aufsog.

Wir konnten bleiben. Wie alle Chilingos: Wir hatten Geld.

Ich fragte mich, wie sie es ausgaben hier oben.

Als wir unsere Hängematte aufgehängt hatten, säuberte ich endlich die Wunde an meinem Arm.

Sie waren alle in die Hütte gekommen und sahen zu, wie ich das letzte saubere T-Shirt aus dem Rucksack holte, das Desinfektionsspray, eine elastische Binde. Ich spürte ihre Blicke, während ich die Zähne zusammenbiss und versuchte, mit dem Wasser, das sie mir gaben, und einem Stück der Binde den Dreck aus der Wunde zu entfernen. Es tat höllisch weh. Eine der Frauen bot ihre Hilfe an, streckte mir ein Bündel Blätter entgegen und redete auf mich ein, aber ich wollte niemand anderen an die Wunde lassen.

Mir war schwindelig. Der Schweiß lief mir über die Stirn. Ich sah den gestickten Papagei auf der Bluse der Frau die Flügel recken.

»Mathis!«, sagte Hope. »Soll ich …?«

»Nein!«, fauchte ich. »Ich mache das morgen. Morgen bin ich konzentrierter.«

Dann wickelte ich die Binde um den Arm, ohne zu wissen, ob ich ihn desinfiziert hatte, stand auf und ließ mich in unsere Hängematte fallen.

Ich dachte an meine Mutter und daran, wie sie meine aufgeschürften Knie verbunden hatte, als ich Rad fahren gelernt hatte. Wie sie mir die Vermehrung der Keime vorgerechnet hatte, während sie das Desinfektionsspray schüttelte.

Und dann schlief ich ein.

Aber im Schlaf hackte mir ein Somali mit einer Machete den linken Arm ab, mitten in einer Wüste voller verdursteter goldener Kamele, und als er zurücktrat, den blutigen Arm in der Hand, trug er Tarnfleckklamotten und hatte auf einmal das Gesicht eines Kolumbianers. Ich wusste, es war einer von denen, vor denen die Tule auf den Berg geflohen waren. Mein Arm glitt ihm aus der Hand und erhob sich in die Luft: Er hatte sich verwandelt, in einen grün-roten Papagei. Und ich dachte: Ich kann nie mehr mit diesem Arm die Kamera halten, er wird mir nicht mehr gehorchen, aber vielleicht kann ich Hope fragen, ob er mir hilft, Hope könnte mein zweiter Arm sein.

Als ich aufwachte, war es tiefe Nacht.

Die Wunde schmerzte höllisch.

Ich stieg ganz leise aus der Hängematte. Einen Moment lang stand ich unschlüssig in der Hütte. Zwei weitere Hängematten hingen im Raum, darin schliefen Männer der Tule. Sie hatten die Familien so umverteilt, dass wir, die Fremden, nicht mit Frauen in einer Hütte die Nacht verbrachten. Die Yanomami hätten darüber nicht einmal nachgedacht.

Ich brauchte Licht. Wenn sich ein Fremdkörper in der Wunde befand, musste er raus. Meine Stirnlampe und das Handy waren seit Tagen tot. *Die Kamera.* Ich war sparsam mit den Akkus umgegangen. Ich holte sie heraus, klickte mich durch die Bilder und fand eines, das mehr Licht gab als die anderen:

Hope in dem Straßencafé in Turbo, mit der Flasche vor sich, Sonne auf dem schmutzig gelben T-Shirt und seinem Gesicht, im Hintergrund der helle Himmel. Es war das Bild, auf dem er mir von der Weite der Wüste erzählt hatte. Von dem Ohr, das in der Tasche seines Vaters weiterhörte.

Im Licht seiner Erzählung suchte ich Messer und Desinfektionsspray und trat aus der Hütte. Dann setzte ich mich auf den Boden und stellte die Kamera neben mich. Die Wunde war gerötet, ihre Ränder geschwollen.

Ich desinfizierte das Messer, hielt die Luft an und begann, mit der

Messerspitze in meinem Oberarm herumzustochern: Schorf abzulösen, in die Tiefe vorzudringen. Der Schmerz trieb mir die Tränen in die Augen. War das ein Stückchen Holz? Oder nur ein weiteres Stück Schorf? Die Wunde war tiefer, als ich gedacht hatte, ich verfluchte still den Schützen. Schließlich gelang es mir, das dunkle Ding herauszuziehen: Rinde, vermutlich von unserer Klettertour. Darunter war das Fleisch bedeckt von Moos oder Erde, die an der Rinde geklebt hatten. Ich schraubte die Flasche mit dem Desinfektionsspray auf, kippte das Zeug in die Wunde und schrie beinahe.

Und in diesem Moment sah ich den Schatten. Er stand nur ein paar Meter weit weg, hinter der Hütte. Ein Mann. Ein Mann, der die Hände auf seltsame Weise nach unten hielt, als trüge er etwas dicht am Körper. Eine Waffe.

Das war keiner der Tule-Männer.

Und ich dachte etwas Unsinniges. *Ich brauche dieses Bild. Das ist ein Wahnsinnsbild: ein Somali mit schussbereiter Waffe mitten im Darién-Dschungel, in einem Dorf der letzten Indigenen.*

Die ganze Situation war unwirklich, ich konnte nicht Teil davon sein, nicht ich: Mathis Mandel, neunzehn Jahre alt, Kanadier aus Québec, der in einem Hotelbett in Johannesburg vor sechs Wochen zum letzten Mal mit seiner Freundin geschlafen hatte, die fand, ich sei mental nicht älter als fünf.

Ich war nicht der Typ, der da auf dem Boden saß und weitab der Zivilisation eine entzündete Wunde mit einem Messer säuberte, während ein Mann mit einer Waffe ihn anstarrte.

Ich weiß nicht, wie lange all diese Gedanken brauchten, vielleicht eine halbe Sekunde.

In der zweiten Hälfte der Sekunde begriff ich, dass ich doch der Typ auf dem Boden war, aber da war ich schon nicht mehr der Typ auf dem Boden, da war ich der Typ, der aufsprang. Und alles in mir wollte in den Schutz der Hütte tauchen, aber in der Hütte lag ein schlafendes Kind, und deshalb sprang ich vorwärts:

Sprang mit einem Schrei aus Wut und Schmerz, fiel dem Mann in den Arm, als er abdrückte. Ich weiß nicht, wo die Kugel landete. Ich warf den Schützen zu Boden, ich war größer als er und dann rollten wir auf der Erde, rangen miteinander, es war die gleiche Szene wie bei Hope und dem Jungen in São Gabriel.

Der Schmerz tobte in meinem Arm, doch es tat gut, mit diesem Mann zu ringen, ich ließ meine ganze Wut an ihm aus, meine Wut über den Tod des Coyoten, darüber, dass die Meere starben und der Regenwald: Alles starb, aber ich hatte nicht vor, zu sterben.

Am Ende saß ich auf dem anderen und presste ihn mit meinem ganzen Gewicht zur Boden, während ich hörte, wie Stimmen laut wurden. Wie die Tule aufwachten und aus ihren Hütten kamen.

»Ich weiß nicht, wer du bist«, flüsterte der Mann unter mir auf Englisch. »Warum du diesem Kind hilfst. Allah will Rache und er wird seine Rache auch an dir nehmen.«

Die Menschen des Dorfs hatten einen Kreis um uns gebildet, ich spürte ihre Blicke, sie gaben mir Sicherheit.

»Fuck Allah«, fauchte ich. Und endlich sah ich ihn mir genau an, diesen Mann unter mir. Es war einer der Männer, die wir auf dem Fluss gesehen hatten.

Der, den ich nachts beim Lager fotografiert hatte, war ein anderer gewesen.

»Was wollt ihr?«, fragte ich. »Warum seid ihr hinter diesem Kind her?«

»Frag das Kind nach den Büchern des Magan Ali Addou«, sagte der Somali, und jetzt wählte er seine Worte mit Bedacht. »Mogadischu braucht Stabilität und Ordnung. Aber manche Leute wollen es zu einem Bordell des Westens machen. Tanzlokale, Restaurants, Bücher. Es gibt nur *ein* Buch für einen Moslem. Alle Bücher des Magan Ali waren ketzerisch, und was er in seinem Haus getan hat, in den hinteren Zimmern, war gegen das Gesetz Allahs. Nichts wird von der Linie des Magan Ali Addou übrig bleiben, so will es Allah, auch das Kind wird nicht überleben.«

»Und das goldene Kamel?«

»Es war sein Zeichen. Über vier Türen in Mogadischu hing das goldene Kamel, wir haben sie alle zerstört. Du bist jung und dumm, aber du kannst leben. Halt dich von diesem Kind fern, denn es wird sterben, so oder so. Wir sind nicht die Einzigen, die hinter ihm her sind.«

Der Mann in der Nacht, beim Lager.

»Wer noch?«, fragte ich.

»Ich kenne seinen Namen nicht. Aber er ist geübt in dem, was er tut. Er kann unsichtbar werden. Töte mich, töte meinen Bruder, aber ihr werdet den anderen treffen, und dann habt ihr verloren.«

»Ich will gar niemanden töten!«, knurrte ich. »Die geschlossene Psychiatrie hört sich nach einem besseren Ort für dich an als ein Friedhof.«

Ich verringerte, nur für einen Moment, den Druck meiner Knie auf seine Oberarme, und er rollte blitzschnell herum und war auf den Beinen. Die Waffe, die er beim Kampf hatte fallen lassen, lag außerhalb seiner Reichweite. Er machte keinen Versuch, sie aufzuheben, er schlüpfte durch die Menschenmenge und rannte. Ein paar der Tule folgten ihm, doch sie kamen wenig später ohne ihn zurück.

Einer von ihnen hob die Pistole auf und gab sie mir.

Ich schüttelte den Kopf. »Ich will das Ding nicht. Ich kann nicht schießen.«

»Behalt sie«, sagte er knapp. »Zur Sicherheit.«

Da schob sich jemand zwischen den anderen Menschen durch zu mir. Hope. In einem Hollywoodfilm wäre ich jetzt auf die Knie gefallen und hätte ihn in meine Arme gezogen. Es war kein Film. Ich blieb stehen und sagte: »Wach?«

»Halb«, sagte er.

»Einer von deinen Leuten war hier und hat eine ganze Menge krauses Zeug von sich gegeben. Ich glaube, es ist Zeit für die Wahrheit.«

»Was für eine Wahrheit?«, fragte er unbehaglich. »Über mich?«

»Über deinen Vater. Magan Ali Addou.«

»Ach so«, sagte Hope. »Er hatte einen Buchladen. Mehrere. War was ziemlich Neues in Mogadischu. Man konnte auch kommen und einfach dort lesen. Das Kamel war das Zeichen der Läden.«

»Das ist alles?«

Er nickte, und ich wollte sagen, dass ich das nicht glaubte, aber in diesem Moment trat eine der Frauen zu uns und zeigte auf meinen

Arm, der wieder blutete. »Jetzt *wir* machen sauber die Wunde«, erklärte sie entschlossen.

Als ich wieder in der Hängematte lag, hatte ich einen Verband aus Blättern um den Oberarm, und unter meinem Kopf lag, in die Regenjacke gewickelt, eine Pistole. Wir sprachen nicht mehr über Blut und Buchläden in dieser Nacht.

Am nächsten Morgen machten wir uns auf den Weg weiter gen Norden.

Wir hatten versucht, mit den Tule über den jungen Coyoten zu reden, obwohl ich nichts über den Inhalt seiner Tasche sagte. Wir fanden nie heraus, ob sie seinen Vater kannten. Sie sagten, sie würden nach dem Körper suchen, aber es sei nicht einfach, an die Stelle unterhalb der Felswand zu gelangen. Vielleicht würde sein Grab ein namenloses bleiben, mitten im Dschungel.

NN. Nomen nescio.

Zwei der Männer gingen mit uns, um uns den Weg zu zeigen. »Nur ein Stück«, sagten sie.

Sie wollten keinen Ärger mit denen, die auf der Flüchtlingsroute »arbeiteten«.

»Hier, es ist Straße für weißes Gold«, sagte der eine und grinste. »Du siehst nicht Straße? Ist unsichtbar. Manchmal sie haben Schilder für Warnung.«

Ich begriff nicht, was er meinte.

Wir hatten wieder genug Wasser und Proviant: Mais, Bananen, gekochte Maniokknollen, Früchte, deren Namen ich nicht kannte: einkaufen im Supermarkt des Dschungels. Irgendwo auf dem Treck würden noch in zwanzig Jahren die Plastikhüllen der mitgebrachten Zivilisationsnahrung liegen, zusammen mit meinem Laptop und einem Gewirr nutzloser Kabel.

»Von hier ihr geht allein«, sagte einer unserer Führer schließlich. »Immer abwärts. Zwei Tage, dann ihr seht Yaviza. Panamericana, sie fängt da an.«

Dann schluckte der Dschungel die beiden.

»Zwei Tage«, sagte Hope. »Schaffst du das?«

»Wieso?« Er machte ein besorgtes Gesicht.

»Du ziehst die Luft die ganze Zeit so komisch ein. Als ob dir was wehtut.«

»Das ist bloß der Arm«, sagte ich. »Vergiss ihn.«

Er nickte. »Wir sollten uns beeilen.«

Und wir beeilten uns. Wir schlitterten über vom Regen aufgeweichte Erde, rutschten aus und lachten. Aber irgendwann kam die Erschöpfung wieder, als hätte sie nur hinter einer Ecke gewartet.

Es war noch immer unerträglich heiß. Wir machten kaum Pausen.

Irgendwo in diesen Bergen waren zwei oder drei Somalis unterwegs, denen man besser nicht begegnete. Wir wussten nicht, ob wir noch auf dem richtigen Pfad waren.

Der Arm schmerzte gegen Abend stärker, ich schluckte Paracetamol und hielt den Mund, und wir lagen in der einen Hängematte, die wir hatten. »Ich würde so gerne die Sterne sehen«, murmelte Hope.

»In Québec sieht man eine Menge davon«, sagte ich. »Im Winter, wenn die Luft kalt und klar ist, sind sie am schönsten. Man kann übers Eis wandern, über den Sankt-Lorenz-Strom, und sie beobachten. Früher habe ich das getan. Mit meinen Eltern.«

»Denkst du oft an zu Hause?«

»Zu Hause«, wiederholte ich, plötzlich nachdenklich. »Vielleicht ist Québec nicht mein Zuhause. Vielleicht ist mein Zuhause die Kamera. Ich möchte unterwegs sein. Immer.«

»Ich nicht«, sagte Hope entschlossen. »Ich denke dauernd an zu Hause, aber meins gibt es nicht mehr.« Er seufzte. »Die Läden ... du wolltest etwas wissen über die Buchläden.«

»Ja. Warum bringen sie jemanden um, nur weil er einen Buchladen besitzt?«

»Es ist, weil ... In Büchern stehen so viele Sachen«, sagte Hope. »Sachen, die ... das Gegenteil vom Koran sind. *Er* hat gesagt, Bücher können Leute zu Revolutionären machen. Al Shabaab will, dass die Leute dumm bleiben. Dass sie *nur glauben*. Früher hat es bestimmt Buchläden gegeben, früher liefen die Frauen auch ohne Hijab herum. Sie hatten erst die Italiener da, die alles bestimmt haben, und dann einen Diktator, und das war nicht gut, er hat schreckliche Dinge getan. Aber die Frauen haben gelesen und Sport gemacht. Jetzt ist es anders. Du darfst nichts als Frau. Die Regierung in Mogadischu sagt, du darfst, aber Al Shabaab ist da und sieht dich. Basketball spielen zum Beispiel, das ist verboten. Auch wenn du lange Sachen anhast. Du kannst in einer Halle spielen, wo die von Al Shabaab es nicht sehen, aber wenn du rauskommst und nach Hause gehst und du triffst welche von denen ...«

»Ist Faith das passiert?«

»Sie hat gespielt. Eine Weile. Dann hat sie aufgehört. Wir haben uns in andere Welten zurückgezogen, die in den Büchern. Wir haben uns gegenseitig vorgelesen, sie und ich, stundenlang.«

Wo ist sie jetzt?, dachte ich. Deine Schwester? Ich wagte nicht zu fragen.

»Der Typ mit der Waffe«, sagte ich. »Er hat etwas über die Hinterzimmer der Buchläden gesagt.«

»Sie waren heilig«, sagte Hope, ganz leise jetzt. »Sie waren geheim. Sie haben sich dort getroffen.«

»Wer?«

»Alle«, antwortete Hope. »Es war ein Wunder. Die Bücher waren wie eine Moschee. Du darfst nie alle an einen Tisch bringen, hat *er* gesagt, dann bist du in Gefahr. Ein paar Tage nachdem *er* das gesagt hat, ist der Lastwagen vor dem Hotel in die Luft geflogen. Das war der Tag, an dem *er* gestorben ist.«

»Ich dachte, sie sind in eure Wohnung eingedrungen.«

»Ja«, murmelte Hope, und ich dachte: Jetzt haben wir schon drei verschiedene Geschichten vom Tod des Vaters.

Dann hörte ich Hopes ruhigen Atem. Er schlief. Er würde keine Fragen mehr beantworten, nicht heute Nacht.

Am nächsten Morgen sah ich meine erste wirklich große Schlange.

Ich ging zum Pinkeln ins Gebüsch, ehe wir aufbrachen, und da war sie: mindestens zwei Meter lang, glänzend, dunkelgrau, armdick, um einen gestürzten Baumstamm gewunden. Ich machte einen Schritt rückwärts und da schnellte ihr Kopf zu mir herum.

Ich hätte alles dafür gegeben, diese Schlange zu fotografieren, aber ich wagte nicht, die Kamera zu heben, die um meinen Hals hing.

Ich wusste nicht, was für eine Schlange es war. Beim Biss der giftigsten Schlange des Darién hast du zehn Sekunden Zeit, eine ausreichende Menge an Antiserum zu spritzen, im Fall eines Erwachsenen ungefähr sechs Ampullen. Ich hatte darüber nachgedacht, das Zeug in Bogotá zu besorgen und mitzunehmen, und es dann nicht getan. Es hätte uns mehrere Tage gekostet und wäre wahnsinnig teuer gewesen. Seit ich mit Hope reiste, hatte sich meine Kalkulation geändert.

Okay, dachte ich, wenn ich jetzt gebissen werde, war es das. Und ich fragte mich, wann meine Eltern es erfahren würden.

Da schob sich eine Hand von hinten in meine und zog an mir.

»Mathis«, sagte Hope, »willst du noch lange mit der Schlange spielen oder können wir gehen?«

Die Schlange ruckte mit dem Kopf, starrte Hope an – und glitt durchs Unterholz davon. »Du bist verrückt«, flüsterte ich. »Weißt du, was alles passieren kann, wenn …«

»Ich bin doch ein Glückskind«, sagte Hope und grinste. »Und solange du mit mir herumläufst, bist du das auch.«

Ich nahm die letzten beiden Paracetamol-Tabletten, um meinen Arm ruhigzustellen, und wir machten uns wieder auf den Weg.

Und dann fanden wir eines der Straßenschilder des Narcotraficos, der Straße des weißen Goldes.

Es war gegen Mittag, die Tablette wirkte nicht mehr und der Schmerz wütete ungebremst in der Wunde.

»Schau dir das an«, sagte Hope.

Zuerst sah ich nichts. Wir waren weit hinabgestiegen, fast bis in die Ebene, und Hope war neben einem kleinen Fluss stehen geblieben, dessen tiefgrünes Wasser beinahe still stand. Aus dem Uferschlamm ragte etwas: verrostetes Metall, ehemals rot lackiert.

Ein Motorrad.

Ein Motorrad im Darién, der Rahmen eingewachsen, das Polster des Sitzes zersetzt.

»Wahnsinn!«, flüsterte ich. »Jemand hat versucht, mit dem Motorrad den Darién zu durchqueren!«

Ich hatte meinen Laptop im Darién gelassen, jemand anders seine Maschine. Wir ließen alle etwas da: Hoffnungen, Träume, manche ihr Leben.

Die Natur forderte Wegzoll, sie wurde vom Menschen unterjocht, ausgebeutet, gequält und vernichtet, aber hier zahlte sie es dem Menschen heim, die Natur war eine eigene Guerillaeinheit, die sich zum Kampf in unwirtliche Gebiete zurückgezogen hatte.

Ich habe ein Bild von Hope, der auf das Motorrad geklettert ist und dort thront, in der Pose des Eroberers.

»Am Ende gewinnt sie doch«, sagte er. »Die Natur. Wenn die Menschen sich gegenseitig ausgerottet haben. Du wirst sehen.«

Wir wateten durch den Fluss und auf der anderen Seite fanden wir ein zweites Motorrad, die Abenteurer waren zu zweit gereist, zu zweit war es sicherer.

Es war nicht sicher.

»Da oben«, sagte Hope. Ich hob den Kopf. Direkt über dem zweiten Motorrad steckte etwas an einem Ast. Ein rundes Ding. Ein Helm. Daneben noch einer. Nein, dachte ich, das waren keine Helme. Es waren menschliche Schädel. An einem weiteren Ast hing, mit Draht befestigt, ein größerer, gebleichter Knochen.

Darunter, auf das zweite Motorrad gepinselt, die englischen Worte: »No trespas-sing witout consent off authorities.« *Weitergehen nur mit Zustimmung der Autoritäten.*

Ich schluckte. Dann nahm ich meine Kamera und machte ein Bild. Und dann raschelte es im Geäst neben uns. Als ich den Kopf wandte, blickte ich in die Augen eines Menschen, die mich aus dem Grün des Waldes heraus ansahen.

Die Augen einer Frau. Sie trug eine Flecktarnjacke und ein Gewehr und hinter ihr waren mehr Augen zwischen den Blättern.

»No trespassing«, sagte sie und musterte mich. Und dann, auf Spanisch: »Was tut ihr hier?«

Ich war mir damals sicher, sie würden die Kamera zerstören.

Ich war mir auch sicher, sie würden uns nicht mehr gehen lassen. Es gab genug Geschichten von Backpackern, die verschwunden waren, gekidnappt von der FARC oder ihren Gegnern oder einfach einer Gang des Narcotraficos.

Und ich dachte: Dann ist es also nicht die Schlange, der Unterschied ist der, dass die Schlange kein Lösegeld von meinen Eltern gefordert hätte.

Die Frau und die beiden Männer, die bei ihr waren, nahmen uns mit durch den Dschungel, Gewehre am Anschlag. Meine Eltern. Verdammt.

Ich sah meinen Vater, in seinem Lesesessel neben der Bücherwand. Er blickte auf den Garten hinaus, dieser ruhige Mann, Universitätsprofessor der Humangenetik, der auch zu Hause sein dunkelgraues Wolljackett trug, und er sagte, auf seine steife Art: »Wir haben ihm gesagt, dass es zu gefährlich ist. Wie stellt er sich vor, dass wir auf die Schnelle eine halbe Million Dollar besorgen?«

Und ich sah meine Mutter hinter seinem Sessel stehen, in einem ihrer weich fließenden grauen oder blauen Strickkleider, die sie seltsam alterslos machten, ich sah sie unruhig durch ihr kurzes blondes Haar fahren.

»Aber wir können ihn doch nicht im Dschungel vor die Hunde gehen lassen.«

Der Dschungel machte sie nervös, wie alles, was sie nicht berechnen konnte: das Flugmuster von Schmetterlingen. Gefühle. Die wirren Ideen ihres Sohnes. Reisen in unerschlossene Dschungelgebiete.

»Soll er sehen, wie er klarkommt«, knurrte mein Vater verärgert. Und, Sekunden später: »Ich werde mit der Bank telefonieren.«

»Da sind wir!«, sagte die Frau mit der Waffe, und ich fiel aus meinen Gedanken zurück in die Wirklichkeit.

Wir hatten eine Art Lager erreicht: tarngrüne Zeltplanen, zwischen die Stämme gespannt, gerollte Schlafsäcke, eine Feuerstelle mit Alugeschirr. Eine kleine Gruppe von Männern und Frauen saß auf dem Boden und diskutierte, während in einem Topf über dem Feuer Suppe kochte. Sie sahen auf, als wir ankamen, und ihre Blicke brannten vor Misstrauen.

»Was tun die hier?«

Ich sagte, was ich zuvor gesagt hatte: »Wir wollen nur durch, nach Panama.«

Die Frau, die uns gefunden hatte, eine hübsche Frau mit langem braunem Haar in einem Pferdeschwanz, nickte zu meiner Kamera hin, die ihr Kollege hochhielt.

»Reporter.«

Ich spürte die Mündung ihrer Waffe, die gegen meine Rippen drückte.

»Nein, verdammt, ich bin kein Reporter!«, sagte ich. »Ich bin neunzehn! Ich bin Tourist!«

Einer der Männer im Lager packte mich am Arm. »Tourist, ja? Und läufst auf dem Weg der Chilingos und machst Bilder.« Er stieß mich zu Boden, und ich rang nach Luft vor Schmerz, denn er hatte meinen Arm da gepackt, wo die Wunde pochte.

Dann sah ich, dass ein anderer Mann Hope festhielt, und da wurde ich wütend, trotz meiner Angst.

»Verdammt, es sind nur Bilder!«, rief ich. »Behaltet die Kamera, aber lasst das Kind los!«

»Langsam, langsam«, sagte einer der Männer. Dann sah er in meinen Rucksack und zog die Waffe heraus.

»Aha. Nur ein Tourist.«

»Ich ...«

»Neunzehn. Mit neunzehn kann man vieles sein. Zum Beispiel ein Kämpfer.« Er drehte sich um, und ich sah, dass da ein Junge meines Alters im Schatten saß.

»Unser Kampf ist vorbei«, sagte er und spuckte aus.

»Was seid ihr?«, fragte ich. »FARC?«

»Hm.« Der Junge stand auf und kam herüber. »Kennst die Presse, was? *Friedensabkommen zwischen der FARC und der Regierung.* Klopfen sich seit zwei Jahren gegenseitig auf die Schultern, die Politiker, und verleihen sich Preise. Aber hier ist kein Frieden, Mann, nicht hier im Dschungel, nicht für die Indios und nicht für die Bauern.«

Er hob sein Hemd hoch, sodass man die Narbe auf seinem Bauch sah, vielleicht eine alte Schusswunde. »So sieht der Frieden aus, frag Martha.«

»Wir sind mit die Letzten, die ihre Waffen nicht abgegeben haben«, sagte die Frau, die mich festgehalten hatte. Martha. »Die anderen sind alle weg. Jetzt kommen die ELN und alle möglichen anderen, teilen die FARC-Gebiete unter sich auf. Und die Regierung tut nichts, die Bauern müssen selber zusehen, wie sie sich schützen. Die FARC hatte Regeln, da konnten die Bauern sich dran halten. Bei den neuen wissen sie nicht mehr, woran sie sind. Und sie sind nervös, diese neuen, zerreißen sich gegenseitig, zerreißen alles, was sie finden. Hyänen.«

»Und ihr, was macht?«, fragte Hope in seinem ungrammatikalischen, rasch aufgeschnappten Spanisch.

Martha fuhr herum. Und lächelte plötzlich. »Ein schwarzes Kind im Wald, das spanisch spricht und mit einem Gringo unterwegs ist?«

»Was *macht* ihr?«, wiederholte Hope.

»Tja, Kleiner, das weiß sie auch nicht«, sagte einer der Männer und lachte schallend. »Sie ist der Chef, aber sie weiß selber nicht, was wir noch im Dschungel tun!«

Die Frau warf ihm einen bösen Blick zu.

»Wir halten uns bedeckt und warten ab«, sagte sie. »Wir haben immer für die Armen gekämpft.«

»Und Zeug vertickt«, sagte der, der gelacht hatte. »Alle haben ihre Finger im Handel.«

»Wir müssen uns finanzieren. Überleben.«

»Das weiße Gold«, murmelte ich, und diesmal grinsten alle, auch Martha, vielleicht, weil die Worte klangen wie aus einem Mafiafilm.

»Aber nachdem sie erfolgreich Frieden mit der FARC geschlossen haben«, sagte einer, »lösen die Regierungen jetzt das Problem mit dem Drogenhandel. Gibt Prämien für jedes Kokafeld, das du als Bauer zerstörst, um was anderes zu pflanzen. Aber um die Prämien zu bekommen, braucht man erst mal ein Kokafeld, und deshalb bauen jetzt plötzlich auch Leute Koka an, die vorher nie daran gedacht haben.«

Wieder Gelächter.

»Warum ist es illegal?«, fragte Hope. Alle starrten ihn an.

Er zuckte die Schultern und wechselte ins Englische. »Wenn sie es legal machen würden, könnten sie einfach damit handeln, und keiner müsste irgendwen totschießen oder bestechen, und die Bauern könnten einfach Geld verdienen. Warum machen sie es nicht legal?«

»Das ist eine sehr gute Frage«, sagte ich. »Aber du stellst meistens Fragen, auf die es keine Antwort gibt.«

»Ich stelle sie nicht extra so«, sagte er. »Ich meine, warum gibt es keine Antwort?«

»Auch so eine Frage.«

»Wisst ihr, was die Regierung tut, weil immer noch so viele Kokafelder im Dschungel existieren?«, fragte der junge Kämpfer, der ungeduldig das englische Gespräch verfolgt hatte, das er nicht verstand. »Sie fliegen mit Flugzeugen drüber und sprühen Glyphosat. Früher haben sie nur die Felder der FARC besprüht, dann haben sie angeblich damit aufgehört, weil das Zeug Krebs erregt, aber wir sehen jetzt wieder mehr Glyphosat. Von alleine fällt es nicht vom Himmel.«

Er musterte Hope einen Moment, und dann sagte er zu mir: »Aber in letzter Zeit ist dein weißes Gold nicht mehr das lukrativste Geschäft. Menschen, das ist es, Mann. Die Zukunft liegt im Menschenhandel. Für wen arbeitest du?«

»Ich? Für niemanden.«

Er lachte, bückte sich plötzlich und schloss die Hand um meinen linken Oberarm, wo der Blätterverband sich gelöst hatte. »Du bist verletzt. Ist dir nicht bekommen, für niemanden zu arbeiten, wie? Ich schlage vor, du sagst die Wahrheit.«

Er drückte einmal kräftig zu, und ich glaube, ich schrie. Aber ich wehrte mich nicht. Da waren zu viele Waffen um mich herum.

»Was kriegst du dafür, dass du den Kleinen rüberbringst?«

»Gar nichts!«, schrie Hope und riss sich los, und auf einmal kniete er neben mir und legte die Arme um mich, als könnte er mich schützen.

»Du hast keine Ahnung, Kleiner«, sagte der Junge. »Ich bin auf deiner Seite, kapierst du das nicht? Mann, es ist schon verdammt ironisch.

Früher haben sie an der Küste die Sklaven aus Afrika verkauft. Wenn die Indios verbraucht waren, hast du dir für die Felder einen Wagen voller Sklaven gekauft. Das Irre ist, heute verkaufen sie sich selbst. Wollen alle hier durch, die Schwarzen und die anderen, und zahlen. Wenn sie drüben sind, geht es weiter, sie zahlen und zahlen, dafür, dass man sie ausraubt und vergewaltigt, und die, die am Ende die USA erreichen, schuften wieder illegal für irgendwelche Superreichen. Es hat sich nichts geändert, seitdem die Spanier gelandet sind.«

»Jorge«, sagte die Frau. »Hör auf.«

»Ist doch so.« Er zuckte die Achseln. »Ihr denkt nur alle nicht weit genug.«

»Unser Jorge muss zur Uni, studieren«, sagte einer und klopfte dem Jungen auf den Rücken. »Aber er hat Schiss, dass das nicht stimmt mit der Straffreiheit bei Entwaffnung. Dass sie ihn einlochen da draußen. Deshalb hockt er weiter hier rum und verbreitet wilde Theorien.«

»Hör mal, Arschloch«, sagte ich auf Englisch zu Jorge, »du könntest mit Akash und mir eine Diskussionsgruppe im Regenwald gründen.«

»Wie?« Englisch machte ihn nervös, er streckte wieder die Hand nach meinem Oberarm aus.

Ich hielt seine Hand fest. Ich war Gefangener einer nicht mehr existierenden Guerilla, möglicherweise hatten sie alle den Verstand verloren, und es gab keinen Ausweg, aber wenn der Typ noch einmal meinen Arm anfasste, würde ich ihn schlagen.

»Diskussionsgruppe, kapiert?«, wiederholte ich auf Spanisch. »Je von der Hadley-Zelle gehört?«

»Akash«, wiederholte Jorge. »Du hast Akash gesagt.«

Ich nickte. »Ein Nepalese. Klug. Klüger als du. Wir waren eine Weile zusammen unterwegs. Ich weiß nicht, ob er … es geschafft hat nach drüben.«

Der Junge sprang auf und sah Martha an.

Martha nickte.

Sie hielt meine Kamera in der Hand, offenbar hatte sie sich bis jetzt durch die Bilder geklickt.

»Da ist eine ganze Geschichte drauf«, sagte sie. »Es fängt in Südafrika an. Und dann ist da das hier ...« Sie hielt den Apparat den anderen hin. Ich sah das Bild nicht.

»Klar, das sind sie«, sagte jemand.

Martha nickte. »Die Gruppe, mit der ihr gelaufen seid. Du hast hier ein Bild. Wir haben ... Bekanntschaft mit ihnen gemacht.«

Ich schwieg. Sie hatten es also bis hier geschafft. Bis hierher, aber nicht weiter, Akash und Roshida und die Kubanerin und die Familie mit dem kleinen Kind. Ich wünschte mit aller Macht, Martha würde den Mund halten und uns nicht erzählen, wie sie zu Tode gekommen waren.

»Mathis, richtig?«, sagte die Frau und sah mich an. »Akash hat von dir erzählt. Komm. Wir müssen uns um diese Wunde kümmern.«

Und dann zog sie mich unsanft auf die Beine und stieß mich voran. Sie führte uns durchs Dickicht, bis zu einer Stelle, an der ein zweites Lager aufgeschlagen war: mehr Planen, Decken, Kämpfer. Und eine kleine Gruppe von Menschen, die auf dem Boden kauerten und leise miteinander sprachen.

Einer von ihnen sprang sofort auf.

Dann stand er vor mir und sah zu mir auf, verdammt, warum war ich immer größer als alle anderen?

Er war blasser und abgerissener als noch vor ein paar Tagen.

Er strahlte.

»Akash«, sagte ich.

Es war Hope, der Akash in die Arme fiel, nicht ich.

»Hey«, sagte Akash, seltsam heiser. »Was tut ihr hier?«

»Frag du nicht auch noch«, sagte ich. »Ich bin Tourist.«

Er lachte. »Wir auch. Lauter Touristen. Es ist eine Art Wildnistraining für Manager.«

Dann waren sie alle auf den Beinen und umarmten uns, ich war ihnen nie nahe gewesen, aber nun waren wir wie eine Familie, die sich wiedertraf. Wir waren alle am Leben.

Hope hatte recht, wir waren Glückskinder.

Ich nahm das Kind auf den Arm, dessen Namen zu kompliziert war, um ihn zu behalten, und es legte seinen Kopf an meine Schulter und schloss die Augen.

Da wurde Akash ernst. »Es geht keinem hier gut«, sagte er leise auf Englisch. »Wir hatten uns verirrt. Wenn die FARC uns nicht gefunden hätte, wären wir ...« Er stockte. »Sie haben uns gerettet, haben uns ein Stück mitgenommen und jetzt stecken wir in einer Art Verhandlung fest.«

»Sie wollen Geld.«

»Ja. Aber sie ändern ständig ihre Meinung über den Betrag, mal gehen sie mit der Summe runter, dann wieder rauf, sie streiten, sie sind nervös. Nervös ist gefährlich.«

»Wollen sie Lösegeld? Von den Familien?«

Er schüttelte den Kopf. »Ich glaube, sie haben keinen Kontakt nach draußen, um so was zu fordern. Sie ...«

»Hört endlich auf mit dem Scheißenglisch!«, schnauzte der Junge. »Es gibt jetzt was zu essen.«

Er sagte selbst das im Befehlston, und ich dachte: »*Du kleines Arschloch*«, aber dann reichte er mir eine Schale wässriger Suppe, und vielleicht war auch er irgendwie am Ende. Seine Pläne, ein Held und Befreier zu sein, waren nicht aufgegangen, und draußen hatte das Leben nicht auf ihn gewartet.

Wir aßen die Suppe und einer der Männer kümmerte sich um einen neuen Verband für meinen Arm.

»Das da sieht nicht gut aus«, sagte er. »Bevor ich in den Dschungel gegangen bin, war ich Pfleger in einem Krankenhaus. Ich verstehe nicht, warum du hier bist, du bist kein Flüchtling, aber eins ist sicher: Du musst aus dem Wald raus.«

»Was passiert mit uns?«, fragte ich leise. »Was ist der Plan?«

Er zuckte die Achseln. »Unsere Leute wollen hundert Dollar pro Person. Es sind nicht alle bereit, zu zahlen.«

»Sie haben kein Geld, Mann.«

»Irgendwo haben sie immer Geld«, sagte ein anderer, der zu uns getreten war. »Niemand geht ohne Geld los, wenn er in die Staaten will. Sie nähen es in die Unterhosen und stecken es in die BHs, ich hab schon alles gesehen.« Er schüttelte den Kopf. »Wir brauchen Geld, um hier zu überleben. Nachschub. Nahrung, Waffen, Medizin.«

»Ihr könnt eure Waffen abgeben wie der Rest der FARC.«

Er lachte. »*Der* Zug ist abgefahren. Es gibt für uns kein normales Leben mehr. Irgendwo läufst du irgendeinem Feind über den Weg. Angeblich ist die AUC seit Jahren demobilisiert. Aber die haben nur veraltete Waffen abgegeben damals, jeder weiß das. Sie sind immer noch da, nur sind sie jetzt im Drogengeschäft. Mal vom Úsuga-Kartell gehört? Dairo Otoniel? Alles ehemalige AUC. Wenn so einer dich in die Finger kriegt und weiß, dass du FARC warst, kannst du deine Körperteile in fünf Himmelsrichtungen aufsammeln.« Er lachte. »Manche bleiben im Dschungel, um weiterzukämpfen für die Rechte der Bauern. Manche bleiben aus Angst. Ohne zu zahlen, geht keiner.«

Ich dachte, dass ich zahlen konnte. Aber ich sagte es nicht. Ich sagte: »Und was tut jemand, der wirklich kein Geld mehr hat?«

»Körperteile einsammeln«, sagte er. »Es muss auch ein Exempel geben für die, die nach euch kommen, sonst zahlt gar keiner mehr.«

»Halt jetzt den Mund«, sagte der andere zu ihm und zog den neuen Verband an meinem Arm fest. »Hier. Kau die.« Er hielt mir drei ovale, harte dunkelgrüne Blätter hin, ein wenig glichen sie den Lorbeerblättern, die meine Mutter zum Kochen verwendet hatte. Plötzlich stand die Frau mit dem Pferdeschwanz hinter uns, Martha.

»Kokablätter«, sagte sie, als sie meinen fragenden Blick bemerkte. »Was denkst du, was Rubén auf die Wunde gelegt hat? Sie betäuben.« Dann nickte sie zu Hope hinüber, der mit dem Kleinkind auf dem Boden saß. »Wir haben uns ein bisschen unterhalten. Und ich glaube, ich habe verstanden, was du machst. Es ist gut.«

»Was ich ... mache?«

Hope spielte mit dem Kleinkind Der-Ast-ist-eine-Schlange und es lachte.

»Ich ... habe ein paar Sachen erfahren«, sagte Martha.

»Von Hope? Er spricht doch gar nicht wirklich Spanisch.«

Sie sah mich eine Weile an. Dann sagte sie: »Du weißt manches nicht über deine Begleitung.«

Und sie ging, ohne Erklärung, und ich steckte die Blätter in den Mund und kaute. Sie schmeckten bitter und leicht süß. Wie Marthas Lächeln.

Dann kam die Nacht, und wir lagen wieder in der Hängematte, die uns inzwischen so vertraut war. Und Hope sagte: »Wir kommen hier raus. Bald.«
»Ja, in fünf Himmelsrichtungen gleichzeitig«, sagte ich. »Shit, Hope, *wir* haben das Geld. Wir könnten uns freikaufen und abhauen. Aber ohne die anderen ...«
Ich sah hinüber zu Akash und Roshida. Sie lagen zusammen in einer Hängematte, er hatte im Schlaf den Arm um sie gelegt. Eine Matte weiter schlief die Familie mit dem kleinen Kind und in der Matte daneben, allein, die Kubanerin. Auf einmal wirkte sie nicht mehr kampflustig, sondern nur hilflos und allein.
»Wir finden eine Lösung«, sagte Hope. »Das Kamel sagt, wir finden eine.«
»Schön, dass es ein so optimistisches Kamel ist«, meinte ich. »Mein Gaumen ist völlig taub vom Koka. Hope? Was weiß ich nicht über dich, was diese Frau weiß? Martha?«
»Keine Ahnung«, sagte Hope. »Ich hab ihr nur Sachen über dich erzählt.«
»Was denn?«
»Dass du mich in die Staaten bringst, weil du ein guter Mensch bist. Ein bisschen dumm manchmal, aber gut.«
Ich lachte. »Ich mache das nicht, weil ich ein guter Mensch bin. Ich mache es für die Story. Und die Bilder. Ich mache es, weil ich einen Namen will, als Journalist.«
»Schlaf gut«, sagte Hope.

Ich schlief nicht gut. Ich erwachte nachts, schweißgebadet, und als ich aus unserer Hängematte kletterte, war mein Körper schwerelos. Niemand außer mir war wach, niemand schien Wache zu halten, und ich dachte: Das ist verrückt, wir können einfach gehen.

Ich machte ein paar Schritte vom Lager weg, und dann sah ich, dass die Bäume sich bewegten, sie schienen zu atmen, und die Lianen hatten begonnen, sich um ihre Stämme zu winden wie Schlangen. Ich taumelte weiter, ließ das Lager hinter mir, während durchs Unterholz Tiere mit riesigen Augen huschten. Ich war wie auf Droge, aber es konnte nicht von drei Kokablättern kommen. Die Bäume griffen jetzt nach mir, ich versuchte zu rennen, und ich fiel hin und merkte, dass ich noch immer im Lager war: Ich saß an seinem Rand neben einem der provisorischen Zelte. Mein Arm pochte.

Da saß ich, auf dem Boden in einem der letzten Regenwälder der Erde, und besaß nicht genug Bargeld, um alle Flüchtlinge unserer Gruppe freizukaufen. Sie würden uns niemals so gehen lassen, wir würden enden wie der vierzehnjährige Coyote, der uns hineingeführt hatte. Ich sah ihn wieder vor mir, diesen Jungen, der versucht hatte, so tough zu sein. Diesen Jungen, an dessen Tod ich mit schuld war.

Da saß ich, zwischen feuchten Blättern, und heulte wie ein Kind.

Und dann legte sich eine Hand auf meinen Rücken.

Ich drehte langsam den Kopf. Hinter mir auf dem Boden hockte die Kubanerin. Sie streichelte meinen Rücken, während ich weinte, murmelte ab und zu »Schhh, ist ja gut«, und dann zog sie mich in ihre Arme.

»Er ist tot«, flüsterte ich. »Jesús. Der uns geführt hat. Der Coyote. Er war erst vierzehn. Sie haben geschossen ... Er hatte sich auch verlaufen, er wusste nicht mehr, wo wir waren, er hatte Angst ...«

»Jetzt hat er keine Angst mehr«, flüsterte sie.

Ich sah auf, und sie strich mir die Tränen aus dem Gesicht, mit kleinen, festen Händen, die viel gearbeitet hatten und die dennoch sanft waren wie ein Windhauch.

»Ich kenne deine Geschichte nicht mal«, wisperte ich. »Wie heißt du?«

»Lizet«, sagte sie. »Meine Geschichte ist einfach. Ich habe mein ganzes Leben gearbeitet, aber in Kuba kannst du nichts aufbauen, alles gehört dem Staat. Ich hatte einen Laden, ich hatte einen Sohn. Er ist gegangen, als er vielleicht so alt war wie du. Er wollte in die USA. Ich habe nie wieder etwas von ihm gehört. Also habe ich einen besseren Job gesucht, um schnell Geld zu verdienen, damit ich losgehen konnte und ihn suchen. Ich habe es gemacht wie die anderen Frauen, ich habe mich selbst verkauft. Aber wenn du das machst, wirst du schnell ausgenommen von irgendwem, der sich als Beschützer aufspielt und kassiert. Der, der dich am schlimmsten ausnimmt, ist der Alkohol. Man muss ja leben, man darf nicht zu viel denken, und das funktioniert nicht ohne zu trinken und Alkohol kostet wieder Geld. Fünf Jahre lang habe ich versucht zu sparen und alles ist für die Flaschen wieder draufgegangen. Dann bin ich einfach los. Ich war zwei Tage zu spät an der mexikanischen Grenze. Früher waren sie für Kubaner offen, aber seitdem Kuba und die USA wieder miteinander reden, ist das vorbei. Da saßen wir, all diese Kubaner. Wir haben es mit Schleusern versucht, aber sie haben uns ausgeflogen. Zurück. Ich bin noch mal los, von Venezuela aus, an der Küste lang, und wieder hängen geblieben, zurückgeschickt vom panamaischen Militär. Zuletzt habe ich in Bogotá gearbeitet, um wieder genug für die Reise zusammenzukriegen. Keine gute Stadt. Es ist zu viel unterwegs dort in der Dunkelheit, was man nicht sehen will.«

»Du bist ... schon mal hier durchgelaufen?«, flüsterte ich.

»Nein«, sagte sie. »Beim ersten Mal sind wir außen rum. Versteckt, auf einem Boot. Ich dachte, ich ertrinke. Ich gehe nie mehr auf ein Boot.« Sie sah sich um. »Ich gehe auch nie wieder durch einen Dschungel. Wenn ich bei meinem Sohn bin, in Amerika, werden wir auf der Veranda sitzen, im Sonnenuntergang, und uns alles erzählen ...«

Ihre Stimme verlor sich, und ich fragte mich, warum der Sohn eine Veranda haben sollte, aber natürlich hatte er eine. Er hatte ein kleines Holzhaus neben einer Wiese voller Blumen und er hatte die ganze Zeit über auf seine Mutter gewartet.

Ich dachte an meine Mutter.

»Wie alt bist du?«

»Tausend Jahre alt«, sagte sie. »Im Herzen. Im Gesicht nur fünfzig, mit ausreichend Make-up. In Wirklichkeit? Fünfundvierzig.«

Ich hätte sie zehn Jahre älter geschätzt. Ich hatte sie bisher nicht gemocht, aber in dieser Nacht, als sie mich tröstete und von ihrem Sohn erzählte, änderte sich das.

»Du bist schön«, sagte ich. »Immer noch. Ich würde dich gerne fotografieren. Aber sie haben die Kameras.«

»Besser so«, sagte sie und lachte.

Und dann beugte sie sich über mich und küsste mich auf die Stirn. Es war der Kuss einer Mutter.

Doch nach einer Weile wanderten ihre Lippen über meine Nase zu meinem Mund und sie küsste mich noch einmal. Diesmal war es der Kuss eines jungen Mädchens.

»Ich weiß nicht, ob es etwas nützt«, flüsterte sie. »Aber ich könnte dafür sorgen, dass du die Schmerzen in deinem Arm vergisst. Die FARC. Und den Jungen, der gestorben ist.«

Die Baumkronen hinter ihrem Gesicht drehten sich. Das ist völlig verrückt, dachte ich, diese Frau ist doppelt so alt wie ich. Und ich bin verheiratet mit einem Mädchen im Amazonas, auch wenn ich es nie wiedersehen werde.

Aber alles in mir verlangte danach, mich fallen zu lassen. Aufzugeben. Nur für eine Weile.

»Gott, du glühst!« Sie hatte mein Hemd hochgeschoben und ihre Hand auf meinen Bauch gelegt. »Wenn das Fieber nicht bald runtergeht, ist dies das letzte Mal, dass du mit einer Frau zusammen bist.«

Und ich dachte: Fieber, das ist es, deshalb sehe ich seltsame Dinge. Deshalb schwebt sie, wie heißt sie? Lizet. Lizet schwebte, und ich schwebte auch, und das Pochen in meinem Arm war überlaut, als schlüge jemand auf einer großen Trommel den Rhythmus der Nacht.

»Du musst keine Angst haben, dass du dir was einfängst«, sagte sie. »Ich habe Gummis.« Mann, ich hatte nicht mal daran gedacht. Florence hätte mich geohrfeigt für die Gedankenlosigkeit. Florence war vergangen und weit, weit weg, unerreichbar.

In den Bäumen saßen tausend Papageien und sahen uns zu. In den Bäumen wanden sich tausend Schlangen im Tanz. In den Schatten erblühten weiße Mondlichtblüten im Zeitraffer.

Lizet wusste, was sie tat, sie war geschickter als alle Mädchen, mit denen ich bisher Sex gehabt hatte – so viele waren es ehrlich gesagt nicht gewesen –, und sie war sehr sanft, dies war nichts Wildes, Ungezügeltes, es war Medizin für einen, den sie verloren glaubte, schon jetzt ein Opfer des Fiebers.

Sie hatte recht, ich vergaß für eine Weile den Dschungel, den toten Coyoten, den Schmerz. In mir leuchteten nur die Farben des Feuerwerks, das mein Gehirn produzierte.

Am Ende, als ich keuchend neben ihr auf dem Boden lag, flüsterte sie in mein Ohr: »Mathis. So heißt du doch? Mathis, wenn wir uns freikaufen müssen, hast du hundert Dollar für mich?«

»Deshalb?«, wisperte ich, perplex. »Deshalb hast du das gemacht?«

»Ich habe nichts anderes zu verkaufen«, antwortete sie. »Und ich würde gerne überleben. Ich will wissen, was aus meinem Sohn geworden ist. Ob er eine Frau hat, Kinder. Ob er glücklich ist. Eine Mutter will so etwas wissen.«

Ich wollte wütend werden, aber wie kann man wütend auf jemanden sein, der sich selber verkauft, um sein Kind zu sehen?

»Ich sehe, was sich machen lässt«, sagte ich. »Morgen. Versprochen.«

Dann standen wir auf, und ich stützte mich auf Lizet, obwohl sie mir kaum bis an die Brust reichte. Als ich wieder in der Hängematte lag, sah ich, dass es natürlich eine Wache gab.

Eine Frau saß neben dem verloschenen Feuer, das Gewehr neben sich. Martha. Sie registrierte alles, was im Lager unter den Bäumen geschah. Ich hätte niemals weglaufen können.

Am nächsten Morgen halluzinierte ich nicht mehr. Aber Hope machte ein erschrockenes Gesicht, als er aufwachte und mich ansah.

»Mathis, du brennst«, sagte er.

Die FARC-Leute hatten Medikamente gegen das Fieber. Wenige. Und einen Sud aus irgendwelchen Blättern. Hope und Rubén, der einmal Pfleger gewesen war, machten kalte Umschläge. Ein wenig ging die Temperatur herunter.

»Okay«, sagte Martha leise zu mir, nachdem alle dünnen Kaffee aus einem Alutopf getrunken hatten. »Hör zu, Mathis. Wenn du es nicht bald nicht nach Yaviza schaffst, wo es Antibiotika gibt, war es das. Ihr geht, heute.«

Ich schüttelte schwach den Kopf. »Hope und ich? Nicht ohne die anderen. Ich habe zweihundertzwanzig Dollar.« Und ich griff in meine Tasche und holte das Geld heraus, zusammengerollte Scheine.

»Das reicht nicht für alle.«

»Ich weiß«, sagte ich und sah ihr in die Augen. Sie hatte braune Augen mit hellblauen Sprengseln, ungewöhnlich.

»Ihr geht«, wiederholte sie. »Alle. Und nehmt Jorge mit raus.«

»*Was?*«

»Das ist meine Bedingung. Er wird Teil der Gruppe von Chilingos werden, sich eine neue Geschichte ausdenken. Nehmt ihn mit. Er hat ein Leben vor sich. Er ist ein Hitzkopf und ein Großmaul, aber im Grunde ein guter Junge, wie du.« Sie streckte die Hand aus, als wollte sie mir über den Kopf fahren, ließ es dann jedoch. »Geht«, sagte sie. »Die anderen werden es nicht gern sehen, aber noch habe ich das Sagen. Und …« Sie griff hinter sich und hielt auf einmal meine Kamera in der Hand, die große. »Ich will, dass du Bilder von uns machst, für die Nachwelt. Gute Bilder. Wir existieren nicht mehr lange, aber ich will, dass sie wissen, wer wir waren.«

Und so machte ich die Bilder. Ich lehnte mich an einen Baum, um die Aufnahmen nicht zu verwackeln, und zehn Minuten lang posierten und lächelten die Kämpfer für mich wie Teenager in einer Disco.

Als ich die Hängematte in meinem Rucksack verstaute, fand ich darin nicht nur die beiden kleinen Ersatzkameras, sondern auch etwas, das schwer in der Hand lag. Die Waffe.

»Halt sie griffbereit und sieh zu, dass ihr heil rauskommt«, sagte Martha, die hinter mir stand. »Sie ist noch geladen. Hope hat mir erzählt, woher sie stammt.«

Und wir gingen.

Wir drehten uns nicht um.

Als wir außer Sichtweite der FARC-Leute waren, küsste Lizet meine

Hände. Ich sagte ihr, dass es nichts mit mir zu tun hatte, dass sie uns gehen ließen.

Wir gingen den ganzen Tag, Roshida manchmal auf Akash gestützt, ihre Füße sahen schlimm aus, und ich trug das Kind wieder, aber das Fieber machte mich unstet, ich hatte Angst, mit dem Kind zu fallen. Akash übernahm, und dann, unerwartet, half Jorge, der Junge von der FARC, und trug es auch ein Stück.

Manchmal schwebte ich, und manchmal schien es mir, als würde ich nur noch kriechen. Der Arm tat inzwischen so weh, dass ich Visionen davon hatte, das verdammte Ding einfach abzuhacken.

Ich trug die Waffe des Somalis im Gürtel, ungeschickt hineingesteckt. Es war eher lächerlich. Ich schwitzte und fröstelte abwechselnd, der Darién war plötzlich eiskalt, und manchmal kam der Boden auf beunruhigende Weise näher, als würde ich fallen.

»Du schaffst es«, sagte Hope, immer wieder. »Du schaffst es, Mathis. Wir sind theoretisch längst in Panama.«

Das waren wir, nur nützte es uns nichts, theoretisch in Panama zu sein.

Dann blieb Jorge stehen und bedeutete uns, still zu sein.

Er selbst trug keine Waffe mehr, auch keine Uniform, dafür ein Bündel: ein Flüchtling wie wir. Martha hatte ihn gezwungen, mit uns zu gehen und seinen Stolz über Bord zu werfen.

Jetzt stand er da, unbewaffnet, einen Finger an den Lippen.

Ich sah nichts. Ich glaube, keiner von uns sah etwas.

Wir gingen weiter, auch Jorge, wir glaubten, er hätte sich geirrt.

Und auf einmal waren sie da, ganz plötzlich, sie standen nur hundert Meter weit entfernt: zwei panamaische Grenzsoldaten, Senafront-Leute, wer hat nicht von ihnen gehört?

Sie sahen uns an, und ich wusste, dass es aus war. Dass sie uns zurückschicken würden. Wir wussten es alle.

Sie hatten Funkgeräte, sie waren bewaffnet, sie würden Verstärkung holen. Sie waren hier, um solche wie uns abzufangen.

»Das war's«, sagte Lizet. »Oh, heilige Maria. Scheiße, das war's.«

Und ich dachte: Wenn wir diesen ganzen Weg umsonst gegangen sind, wenn der Coyote umsonst gestorben ist, wenn das Kind auf den Schultern seines Vaters sieben Tage lang umsonst gelitten hat, wenn wir alles umsonst überstanden haben, die Erschöpfung und die Hitze und die Moskitos – dann weiß ich nicht, was ich tun soll.

Dann ist dies wirklich das Ende.

Meine rechte Hand bewegte sich wie von selbst, es ging ganz schnell.

Die Soldaten riefen etwas, einen Befehl, kurz und scharf, und meine rechte Hand war in der Luft, hielt die Waffe, die linke half, und ich wusste, ich konnte das nicht, ich konnte nicht zielen, aber ich zielte und ich schloss die Augen und ich drückte ab.

Der Knall zerfetzte die Stille. Ein Schwarm Papageien flog zeternd auf. Irgendein Tier floh durchs Gestrüpp, Äste brachen krachend. Ich öffnete die Augen.

»Mathis«, sagte Hope, ungläubig.

Akash riss mir die Waffe aus der Hand und feuerte den zweiten Schuss ab.

Wieder brachen Äste. Die Soldaten standen nicht mehr. Sie waren gefallen, der eine krümmte sich auf der Erde, der andere schoss zurück, vom Boden aus, aber er traf nichts und niemanden.

»Weg hier«, zischte Akash, und Jorge sagte: »Stümper! Die sind nur verletzt, gebt das Ding her, wir müssen sie töten, sonst erzählen sie ...« Aber Akash richtete die Waffe auf ihn und Jorge begriff und verstummte und wir rannten, schlugen uns ins Unterholz, sie durften uns nicht sehen, nicht gut genug, um zu erzählen, wer wir gewesen waren. Wir. Wir waren eine Einheit, eine Gruppe, und ich schon lange kein Dokumentierender mehr.

Hope zerrte mich vorwärts, weiter, wir wateten durch einen seichten Fluss, oder durch mehrere, ich erinnere mich nicht mehr an alles, das Fieber fraß die Realität. Irgendwo versenkte Akash die Pistole im schlammigen Wasser.

Schließlich wurde es dämmrig, schließlich wurde es dunkel. Und ich weiß nicht, was dann geschah. Ich glaube, ich fiel.

Als ich aufwachte, lag ich in einem kahlen Raum auf einer dünnen Matte. Ich sah im Dämmerlicht eines Morgens, dass etwas durch einen Schlauch in meinen Arm lief, und ich fühlte mich anders.

Weniger konfus. Nur sehr, sehr müde.

Neben mir saß jemand und sang in einer Sprache, die ich nicht verstand, es war ein meditativer, eintöniger Gesang wie aus einem anderen Zeitalter. Der da sang, hatte die Stimme eines Kindes. Hope.

»Welcome to Panama«, sagte er, als er sah, dass ich wach war, und grinste. »Welcome back to civilization. Welcome back to life.«

Aber als ich die Augen wieder schloss, sah ich den gekrümmten Körper des angeschossenen Soldaten vor mir. Und ich fragte mich, ob ich ein Mörder war.

Fakten Kolumbianischer Konflikt

Im kolumbianischen Konflikt starben über 220 000 Menschen, davon 81 % Zivilisten.

Seit der Unabhängigkeit Kolumbiens im Jahr 1819 gab es im Land Spannungen zwischen konservativen Großgrundbesitzern und Bauern sowie linksgerichteten Intellektuellen, die gegen Enteignungen und soziale Ungerechtigkeit angingen.

In den 1960er-Jahren entstand aus den Guerilleros der liberalen Bewegung die FARC (Fuerzas Armadas Revolucionarias de Colombia). Sie kämpfte von Stützpunkten in Bergen und Dschungel aus gegen den kolumbianischen Staat.

Die AUC (Autodefensas Unidas de Colombia) war ein Bündnis rechtsgerichteter paramilitärischer Gruppen, die offiziell die FARC bekämpften, jedoch immer wieder Massaker unter der armen ländlichen Zivilbevölkerung verübten, die sie als »sozialen Nährboden« der FARC sahen. Später wurde bekannt, dass diese Massaker häufig von Militär- und Polizeieinheiten in Auftrag gegeben und unterstützt wurden.

Liste der Massaker im Netz, Bsp. Trujillo Massaker, Verschwindenlassen, Folterungen, Verstümmelungen

Haupteinnahmequellen beider Parteien waren Drogenhandel und Entführungen.

Im April 2003 unterzeichnete die AUC ein Abkommen zur Demobilisierung bei kompletter Straffreiheit, es wurden jedoch vor allem veraltete Waffen abgegeben. Ein Großteil der Paramilitärs ging in kriminellen Drogenbanden auf, die bekannteste ist der Clan Úsuga. Am 22. Juli 2016 wurde ein Friedensvertrag zwischen Regierung und FARC geschlossen, obwohl eine knappe Mehrheit der kolumbianischen Bürger dagegen stimmte. Seitdem herrscht in den ursprünglich von der FARC kontrollierten Gebieten ein Machtvakuum, in dem verschiedene Gruppen um die Vorherrschaft kämpfen.

Die Bauern sehen sich einerseits gezwungen, für solche bewaffneten Gruppierungen Koka anzupflanzen, sollen aber andererseits die eigenen Felder zerstören.

Heute stellt neben dem Drogenhandel für Banden und Guerilleros der Menschenhandel eine wachsende Einnahmequelle dar.

Kokain-Handel

Hoffnung
Die Entwaffnung der AUC und später der FARC sowie Angebote zur Wiedereingliederung der ehemaligen Kämpfer in die Gesellschaft sind, auch wenn bislang nicht effektiv, erste Schritte, denn sie lassen den Wunsch der momentanen Regierung erkennen, Frieden zu schaffen.

Fakten Leben auf der Erde

Die Erde existiert nach heutigen Erkenntnissen seit 4,6 Milliarden Jahren.
Das Leben begann vor ca. 3,5 Milliarden Jahren in der Tiefsee.
Vor ca. 3 Millionen Jahren begann der Mensch, sich über die Erde auszubreiten, zunächst als Waldbewohner und Nomade.
Seit Beginn der Industrialisierung in den letzten 250 Jahren sorgt der Mensch für eine Veränderung des Klimas, die 100-mal so schnell voranschreitet wie bei vergangenen »natürlichen« Klimaveränderungen und den Beginn des sechsten großen Artensterbens der Erdgeschichte eingeläutet hat.

Kokapflanze

Hoffnung
Die Menschheit ist sehr jung und die Geschichte des Planeten Erde wird noch länger dauern. Selbst wenn der Mensch ausstirbt und auf der Erde nur Einzeller übrig bleiben sollten, haben diese noch genug Zeit, die Entwicklung bis hin zum Menschen mehrere Male komplett zu durchlaufen, ehe die Erde in rund 7,6 Milliarden Jahren von der Sonne geschluckt werden wird.

> Treffen sich zwei Planeten, sagt der eine:
> Du siehst aber schlecht aus, darauf der andere:
> Ich habe Menschen. Sagt der erste:
> Mach dir nichts draus, das geht vorbei!

INTO
THE RED

»*Der Revolutionär muss sich in den Volksmassen bewegen wie ein Fisch im Wasser.*«
Mao Tse-Tung

»*Die Guerilla ist der Fisch. Das Volk ist das Meer. Wenn du den Fisch nicht fangen kannst, musst du das Meer trockenlegen.*«
Ríos Montt

6

la fruta
die Frucht

> Bildersuche:
> Bananen Costa Rica Gift
> Zuckerrohrernte Nicaragua

Bananen.

Überall Bananen. Nicht Gelb, sondern Grün ist die überwiegende Farbe, und, übrigens, Blau: Über die Früchte sind zum Schutz blaue Plastiksäcke gestülpt. Die Stauden stehen in langen Reihen, bis zum Horizont, aber Horizont gibt es keinen.

Das war das erste Bild, das ich auf der Finca machte.

Auf dem zweiten sind die Arbeiter zu sehen, die die blauen Hüllen entfernen. Zwischen den Bäumen verläuft eine Art Schienensystem, das die Bananenbüschel sozusagen schwebend transportiert. Bananen für den nordamerikanischen und den europäischen Markt dürfen nicht die kleinste Druckstelle aufweisen.

»Mathis? Tu die Kamera weg, da kommt so ein Typ.«

Hope zog an meinem Ärmel und ich verbarg die Kamera in einer Tüte. Der Mann kam näher, musterte mich und verschränkte die Arme. »Wer sind Sie?«

Ich besuche einen Freund, der hier arbeitet, und mache Bilder, weil das eine ziemlich gute Story ist: wie in Costa Rica die Bananen geerntet werden, die in meinem Land im Supermarkt liegen und fast nichts kosten.

»Ich schreibe eine Dokumentation über Bananenanbau«, sagte ich unschuldig. Ich hatte meine Hausaufgaben gemacht, es lebe das Handy, es lebe das Internet. »Es geht darum, wie viel umweltfreundlicher und sicherer jetzt produziert wird, seit diese Oxfam-Studie öffentlich wurde. Ich meine, das ist eine tolle Verbesserung, dass die Arbeiter jetzt mehr Schutzkleidung bekommen und ...«

»Presseausweis?«

Ich schluckte. »Ich bin Student. Das hier ist ein Bericht für einen privaten Weblog, ich …«

»Und das hier ist privates Gelände. Haben Sie Bilder gemacht?«

»Ja«, sagte ich und seufzte, holte die Kamera heraus, zeigte sie ihm. Er sah Bananen. Reihen von Bananenstauden. Und ein paar lächelnde Arbeiter mit gelben Schürzen, Gummistiefeln und Handschuhen.

Er nickte knapp. »So. Jetzt raus hier. Beim Büro die Straße lang können Sie sich anmelden für eine Touristenführung.«

Und dann saßen wir im Schatten einer Mauer, auf dem warmen Asphalt einer kleinen, bröckelnden Straße, tranken Wasser aus unserer Flasche, und ich fluchte, während Hope den Kopf schüttelte.

Es war jetzt einen Monat her, seit er mich zusammen mit Akash in einem Boot das letzte Stück aus dem Dschungel nach Yaviza transportiert hatte, eine Reise, an die ich mich nicht erinnerte. Sie waren alle im Boot gewesen, die Kubanerin, die venezolanische Familie mit dem kleinen Kind, Akash und Roshida. Für diese letzte Strecke hatten sie ein paar Indigene aus einem Dorf nahe Yaviza bezahlt, ein Schnäppchen im Vergleich zu allem anderen.

Und dann hatten sie mich ins Flüchtlingscamp geschleift, Hope und Akash. Hope hatte, als sie es mir erzählten, gelacht und gesagt: »Du bist ganz schön schwer. Du bist einen Meter zu lang, mindestens.«

Sie hatten mir das Leben gerettet. Hätte der Arzt, der ab und zu in Yaviza arbeitete, nicht am selben Abend begonnen, meinen Körper mit Antibiotika, Flüssigkeit und Elektrolyten vollzupumpen, wäre es das gewesen für meinen Körper und mich.

Ich empfand neben den Schmerzen vor allem eine große Dankbarkeit: für die Bastmatte, das Wasser, den Reis, den man uns gab. Für das Dach über dem Kopf sowieso. Das Camp war ein richtiges Haus, alt und bröckelig, aber immerhin.

Es waren viele da, denen es dreckig ging, Leute mit eiternden Wunden an den Füßen, mit Skorpionstichen, Malariakranke. Eine Frau mit Schlangenbiss brachten sie in die Klinik. Sie kam nicht zurück.

Und dann begann alles zu heilen. Die Füße der Frauen. Die Wunde an meinem Arm. Nur die Erinnerungen nicht. Ich träumte jede Nacht, dass ich wieder auf den Soldaten schoss.

Wir warteten darauf, dass die Polizei ins Lager kam.

Akash sagte, es gäbe einen Keller voller Schrott und Kisten, wahrscheinlich der beste Ort in Yaviza, wenn man Verstecken spielte. Nur würde er hoffen, die Polizisten würden lange genug zählen und nicht schummeln. Er hatte die ganze erste Nacht dort verbracht, als er dachte, die Polizei käme sofort.

Die Soldaten hatten uns gesehen, zumindest von Weitem.

Dann fand Akash jemanden, der eine Haarschneidemaschine besaß. Hope bediente sie, als ich noch nicht von meinem Lager hochkam. Meine wilden Wellen wichen einem Zweimillimeterschnitt und Akashs schwarzes Haar fiel neben meinem hellen Haar zu Boden, niemand würde uns so rasch wiedererkennen.

»Zwillingsmafiosi«, sagte Hope.

Roshida schüttelte den Kopf und ließ eine Handvoll Haare durch ihre Finger rieseln.

»Irgendwo auf dieser Reise«, sagte sie leise, »verliert jeder ein Stück Ich. Ich frage mich, ob etwas übrig bleibt.«

Ich sah zu, dass ich meine tarnfarbenen Travellerklamotten mit den Markenlogos loswurde, sie waren viel zu auffällig, ich tauschte sie gegen ein fadenscheiniges grünes T-Shirt und löchrige Jeans ein, die jemand im Camp gelassen hatte.

Akash besorgte sich ebenfalls andere Kleidung.

So reihte er sich draußen in die Schlange der Flüchtlinge ein, die für Papiere zur Durchreise durch Panama anstanden. Hope ging mit. Niemand wunderte sich darüber, dass er als Kind allein unterwegs war, es gab genug Geschichten von Kindern, die im Darién zu Waisen geworden waren und von anderen Familien mitgenommen wurden.

Akash hätte den Ort am liebsten sofort verlassen, auch ohne die notwendigen Papiere.

Aber er blieb. Er blieb bei Roshida, deren Füße nur langsam heilten.

Irgendwann kam der Arzt, ein junger Mann mit gehetztem Blick und Augenringen, befreite mich von dem Schlauch und sagte, ich könnte die Antibiotika jetzt schlucken und ich hätte Glück gehabt. Dann war er wieder fort. Er hatte nicht mal Zeit, sich darüber zu wundern, wer ich war. Sonst hätte ich ihm gesagt, dass ich Glück hatte. Wir waren Glückskinder. Wir alle, die es geschafft hatten, den Darién zu verlassen.

Die Polizei kam nicht.

»Ich glaube«, sagte Hope, »sie denken, unsere Gruppe war von der FARC oder den Kokain-Leuten. Flüchtlinge schießen nicht.«

Ich nickte. Doch die erwartete Erleichterung stellte sich nicht ein. Vielleicht, weil niemand mich anklagte. Ich würde allein mit der Schuld leben müssen.

Ich hatte auf einen Menschen geschossen und ihn verletzt.

Am vierten Tag kam Lizet zu uns und sagte: »Draußen steht einer, der sucht ein somalisches Kind mit einem goldenen Kamel um den Hals. Er behauptet, er wäre ein Onkel des Kindes.«

»Onkel Tod«, flüsterte Hope. »Was … tun wir?«

»Warten«, sagte Lizet. »Warten, bis er weg ist. Dann könnt ihr abhauen. Aber bleibt in Yaviza. Mathis ist noch nicht fit genug, um weiterzugehen.« Sie nickte, sachlich, professionell wie eine Krankenschwester. »Es gibt ein paar billige Pensionen. Ich verbreite morgen das Gerücht, ihr wärt abgehauen in Richtung Norden.«

»Danke«, sagte ich und nahm ihre Hände, und sie drückte die meinen.

Wir verließen das Camp, als es dunkel war. Zogen unter verkehrten Namen in ein winziges, stickiges Zimmer mit Fenster auf eine Müllhalde. Irgendwann kam ich wieder auf die Beine und schaffte es, im Ort Geld abzuheben. An die tausend Dollar. Ich begegnete ein paar Männern, die vielleicht Somalis waren. Sie lächelten. Sie sahen nett aus.

Vielleicht waren es andere.

Als ich zum Camp zurückkehrte, eine Woche nach unserem Auszug, um Akash Geld zu geben, war er fort. Ich bekam eine SMS. Er hatte weiter nördlich in Puerto Limón auf einer Plantage Arbeit gefunden und er würde sowieso niemanden für Geld retten.

Ein paar Wochen Bananen ernten, dann fahren wir weiter, schrieb er. *Wir.*

Er hatte Roshida mitgenommen.

Ich gab der venezolanischen Familie und Lizet je hundert Dollar. Lizet küsste meine Hände und lächelte. Ich wollte das nicht, ich war kein Messias. Ich sah sie in einen Bus nach Norden steigen, zusammen mit der Familie. Das Kind, dessen Namen ich mir nicht merken konnte, winkte lange.

Und schließlich wurde es auch für uns Zeit, Yaviza zu verlassen, diesen Ort, dessen Straßen einer Westernkulisse glichen: sonnengebleichte Wände, Tanzschuppen, Alkohol. Und das Ende der Panamericana.

Für uns, die wir in die andere Richtung gingen, war es der Anfang.

»Aber wenn wir gehen«, sagte Hope, »kriegen sie mich. Die warten irgendwo am nächsten Grenzübergang.«

»Ich habe nachgeguckt«, sagte ich. »Es gibt mehrere Grenzübergänge. Aber Nicaragua hat dichtgemacht, die lassen niemanden rein ohne Visum. Per Boot geht es wohl.«

»Dann warten meine Freude da, wo die Boote anlegen«, sagte Hope bitter.

»Und wenn wir eine Weile untertauchen? Wir … könnten Akash besuchen. Keiner vermutet dich auf einer Bananenplantage. Wir gehen heute Nacht eben zu Fuß los, neben der Straße, falls sie da warten, wo die Busse abfahren. Und ein paar Meilen weiter steigen wir morgens in den Bus. Es dauert ein oder zwei Tage bis Puerto Limón. Bus fahren können wir ja schon.«

»Für dich ist das alles ein Spiel«, sagte Hope.

»Ja«, sagte ich, grinsend. »Und wir gewinnen.«

»Banane?«, fragte Hope und riss mich aus meiner Erinnerung an Yaviza. Er hielt mir eine grüne, erschreckend makellose Frucht hin.

»Woher hast du die?«

Hope zuckte die Achseln. »Sie wuchs da«, sagte er und begann, die

Banane zu schälen. Ich bezweifelte nicht, dass sie da wuchs, es wuchsen Millionen von Bananen hier, aber es war unklug, von der Plantage zu stehlen, und ich sah mich um, als wären es Drogen, die wir konsumierten. Die Schale der Banane roch wie ein Giftschrank. »Sie waschen die sonst«, sagte ich. »In riesigen Becken. Sie waschen das Insektengift ab. Wir sollten das nicht mitessen.«

»Erstens«, sagte Hope, »bin ich kein Insekt, und zweitens wollte ich nicht die Schale essen. Wir in Somalia essen immer das Innere der Banane.«

Er war übermütig an diesem Tag, ich glaube, es lag daran, dass er sich sicher fühlte – seit Langem zum ersten Mal. Ich sah zu, wie er in die Banane biss, das Gesicht verzog und ausspuckte.

Da fiel es mir ein und ich begann zu lachen.

»Sie ernten sie unreif! Die Dinger müssen noch zwei oder drei Wochen auf dem Schiff überstehen, ehe sie im Supermarkt liegen!«

Hope wischte sich den Mund ab. »Schade. Wäre ein Gratisessen gewesen.«

Ich nickte. Ich hatte achthundert Dollar an verschiedenen Stellen meiner Kleidung, aber vor uns lagen Mittelamerika und Mexiko. Wir würden jeden Penny brauchen.

»Hör zu«, sagte ich. »Es wird nicht geklaut. Das ist eine Bedingung.«

Hope nickte. »Okay, okay. Mathis, da kommt der Typ wieder!«

»Iss die Banane mit Schale, dann sieht er sie nicht«, sagte ich.

Und dann stand er vor uns. Er glich einem Kampfhund, klein und bullig, mit einem muskulösen Nacken und flinken Augen. »Ihr seid ja immer noch hier.«

»Wir … befinden uns auf einer öffentlichen Straße?«

»Die Mauer«, sagte er, »gehört zur Plantage. Hey!« Und plötzlich stach sein dicker Zeigefinger nach mir, sodass ich zurückzuckte. »Du! Du wolltest unbedingt da rein. Kannst du arbeiten?«

Ich nickte, perplex. »Natürlich.«

Er musterte mich von Kopf bis Fuß. Ich dachte an den Arm und die Wunde. Aber er konnte nicht durch das grüne T-Shirt mit der Waschmittelreklame sehen.

»Du kommst aus Venezuela, ja?«

»Wie bitte?«

Er grinste. »Ich stelle heute einen venezolanischen Gastarbeiter ein. Einen mehr. Du unterschreibst ein paar Papiere mit deinem venezolanischen Namen, ich habe da einen Vorschlag, dann kannst du loslegen. Ich gebe dir drei Tage, du gibst mir hundert Dollar. Alles klar?«

Ich sah Hope an. Hope nickte. Hundert. Mann.

»Was ist mit dem Kind?«, fragte er.

»Ich … passe auf das Kind auf«, sagte ich. Lüge. Das Kind passt auf mich auf.

»Nimm's mit rein«, bellte er und sah die leere Straße entlang. »Aber wenn es Unsinn macht, fliegt ihr raus.«

Zwei Stunden später stand ich in hohen schwarzen Gummistiefeln zwischen den grünen Stauden und der Schweiß lief an mir herab wie im Darién.

Bananen zu ernten ist Knochenarbeit. Ich erinnerte mich an die Bananenernte der Yanomami im Wald, jede Familie besaß ein paar Stauden, und sie schnitten so viele Früchte ab, wie sie brauchten. Ohne Eile: Im Urwald wuchert neben den Bäumen auch die Zeit wild.

Hier gab es keinen Wald mehr, den Wald hatten sie abgeholzt, um Platz für die riesigen Monokulturen zu machen, und mit den Bäumen war der Überfluss an Zeit verschwunden.

Wir arbeiteten im Akkord, verlangsamt von der zähflüssigen Hitze der Luft. Ich hatte eine Art Infopapier unterschrieben, aber niemand erklärte mir etwas, ich tat, was die anderen taten: Ich ging durch meine Reihe und löste die blauen Plastiksäcke ab, welche die Bananen vor Druckstellen und Insekten schützten, brachte die Säcke zum Sammelpunkt, ging wieder los. Manche Arbeiter trugen steife gelbe Schürzen. Ich war froh, dass sie mir keine gegeben hatten, die Stiefel waren schlimm genug.

Dann steckten wir dunkelbraune Schutzlaschen zwischen die einzelnen »Hände« von bis zu zwanzig Bananen, damit sie nicht gequetscht wurden. Sie nannten die einzelnen Reihen von Früchten in einem

Bananenbüschel Hände, die Früchte manchmal Finger. Es war kompliziert. Ich fragte mich, ob ich hier jemals Akash finden würde.

Der Durst wütete in meinen Eingeweiden. Irgendwo am Rand des Feldes saß Hope im Schatten und bewachte unsere Wasserflasche und meinen Rucksack mit der Kamera. Unerreichbar.

Zur Ernte schlitzten sie den Stamm jeder Staude ein, damit sich die Staude unter dem Gewicht der Bananen nach unten biegt. Danach wurde an jedem Büschel eine Kette angebracht und die Kette an einer Eisenstange befestigt. Wir trugen die Stangen mit den daran hängenden Büscheln zu zweit, über der Schulter, als wären die mannschweren Bananenbüschel erlegte Tiere.

Ein System vorgespannter Drahtseile, an das die Ketten gehängt wurden, transportierte die erlegten Bananen weiter, die Ketten glitten auf den Drähten wie auf einer Seilbahn, gezogen von einem menschlichen Zugpferd ganz vorn, und so schwebten die Früchte bis in die Halle, wo sie von den Frauen gewaschen und zerteilt wurden.

Mein linker Arm tat nach kurzer Zeit höllisch weh, doch ich biss die Zähne zusammen, ignorierte den Juckreiz in meinen geröteten Händen, ignorierte die Hitze, ignorierte den Durst.

Und dann tippte mir jemand auf die Schulter und hielt mir eine Wasserflasche vor die Nase.

Ich fuhr herum.

Es war Akash.

»Trink, Idiot«, sagte er. Und ich trank, gehorsam, trank und trank und trank.

Als ich die Flasche zurückgab und er sie wieder in seine Umhängetasche steckte, war sie beinahe leer, und ich hatte ein schlechtes Gewissen.

»Wie hast du mich auf dieser Plantage gefunden?«, flüsterte ich.

Er grinste. »Hope ist gut als Botenjunge.« Er schüttelte den Kopf, griff wieder in die Tasche und gab mir ein paar dünne Plastikhandschuhe.

»Anziehen.«

»Aber ... in dem Papier, das ich unterschrieben habe, steht, man braucht nur Gummistiefel. Wann haben sie das Feld denn zuletzt besprüht?«

»Gestern. Aber das ist es nicht. Du fasst die Säcke an, die sind mit Pestiziden beschichtet, was nützen dir Gummistiefel? Willst du die Säcke mit den Füßen tragen? Deine Hände jucken, oder?«

»Die anderen Arbeiter tragen auch keine …«

»Tja. Die Finca stellt sie den Arbeitern nicht mehr. Die Plantage ist von der Rainforest Alliance zertifiziert, hab ich alles schon gelernt, seit ich hier bin.« Er lachte. »Jetzt klebt ein grüner Frosch auf den Bananen und die Beschichtung ist angeblich ungiftig. Stimmt nur nicht. Handschuhe kosten Geld. Na ja, ganz ehrlich? Krank werden ist letztlich teurer.« Er sah sich um, er hatte sehr schnell und sehr leise gesprochen. »Wir müssen weitermachen. Sonst fallen wir auf.«

Und wir machten weiter, schwitzend, keuchend. Ich hasste die Handschuhe, aber ich behielt sie an. Akash war wie ein großer Bruder, obwohl ich rein physisch größer war als er.

Wir waren wieder vereint, die Mafiazwillinge mit der Beinaheglatze.

Mit Akash zusammen würde ich es schaffen, ein oder zwei Wochen auszuharren, ein paar gute Fotos zu schießen und mit Hope so lange unterzutauchen, bis seine Leute ihn nicht mehr in Panama glaubten.

Als die Arbeiter an diesem Abend das Feld verließen, konnte ich mich kaum noch auf den Beinen halten. Zwischen den Stauden, in der Dämmerung, stand halb verborgen eine kleine Gestalt und hielt eine klobige schwarze Kamera hoch.

»Smile!«, flüsterte Hope.

Und ich sah ihn an und lächelte. Der Tag war vorbei. Ich hatte ihn überlebt.

»Verdammt, das ist viel zu gefährlich«, zischte Akash, schnappte Hope die Kamera weg und stopfte sie in seine Umhängetasche.

Hope zuckte die Schultern. »Der Typ, der Mathis beim ersten Mal mit der Kamera erwischt hat, hat ihn eingestellt. Der war in Ordnung.«

Akash kniff die Augen zusammen. »Keine Ahnung, welcher das war, aber es klingt komisch. Verdammt, Mathis.« Er schüttelte den Kopf. »Worüber machst du eine Reportage? Über deine eigene Naivität?«

Die Sterne über Costa Rica sind eine Blumenwiese aus weißen Blüten. Wenn du da draußen bist, wo es nichts gibt außer Bananen, keine Städte, keine Straßen, dann hast du nur noch die Sterne.

»Eine Monokultur am Himmel«, sagte Akash, der neben mir auf dem Rücken lag.

»Du bist wahnsinnig romantisch«, sagte Roshida.

Sie wusch tagsüber zusammen mit den anderen Frauen Bananen.

Sie hatte sich verändert, sie saß da in ihren langen Sachen und mit ihrem Kopftuch, sagte wenig – und doch schien sie freier zu atmen. Zum Schlafen würde sie in die Wellblechhütte der Wanderarbeiterinnen gehen, aber noch saß sie hier mit uns, fast wie ein kanadisches Mädchen, das mit seinen Freunden die Nacht betrachtete.

»Den Himmel kriegen sie nicht kaputt«, sagte Hope, der ebenfalls auf der Erde lag.

Es gab nichts, woran man die Hängematte hätte befestigen können.

»Ist es nicht ein bisschen dumm, hier auf der Erde zu liegen?«, fragte ich. »Was ist mit Schlangen? Skorpionen?«

»Wenn du gesehen hättest, wie die Gifthubschrauber über die Plantage fliegen«, sagte Akash, »würdest du nicht fragen. Neulich habe ich eine Schlange in einem Bananenbüschel gefunden, sie mögen die Wärme unter der Plastikfolie, sagen die anderen. Aber die Schlange, die *ich* gefunden habe, war apathisch. Das Zeug, mit dem die Säcke beschichtet sind, ist Nervengift. Wir können also gemütlich hier liegen. Kein störendes Blätterdach, freier Blick aufs Firmament und keine Insekten.«

»Ja«, sagte ich. »Man sollte die Welt asphaltieren und grün anstreichen. Die meisten Insekten sind sowieso schon weggespritzt, die Erde wird immer hygienischer. Aber warum ist es so gefährlich, zu fotografieren? Ich meine, notfalls muss ich Bilder löschen, klar.«

»Sie haben schlechte Erfahrungen gemacht«, sagte Akash. »Es hat immer wieder Leute gegeben, die sich eingeschlichen und geknipst haben. Vielleicht nicht gerade auf dieser Plantage, aber sie gehören letztlich alle zusammen ... Wenn die Sachen, die schieflaufen, öffentlich werden, gibt es einen Aufschrei, die Bedingungen werden für kurze

Zeit besser, das kostet den Konzern eine Menge Geld, und dann kehrt alles zum Alten zurück. Die Arbeiter reden nicht gerne drüber, aber manchmal reden sie doch. Sie sagen, wenn du hier versuchst, eine Gewerkschaft zu gründen, wirst du entlassen, oder du kriegst per Handy Morddrohungen.« Er lachte.

»Es ist nicht lustig«, sagte Roshida. »Ich habe mit den Frauen geredet, die die Bananen waschen. Sie haben alle Kopfschmerzen. Es werden eine Menge Kinder mit Behinderungen geboren. Auf den Ananasplantagen ist es schlimmer, sagen sie, da fahren sie das Trinkwasser mit dem Tanklaster in die Dörfer, weil das Grundwasser nicht mehr trinkbar ist von dem Zeug, was sie spritzen. Ich habe früher gedacht, das ist alles nur bei uns so. In Bangladesch. Aber es ist überall so. Die Arbeiter haben keine Rechte.«

»Nicht überall«, sagte Hope. »In Kanada ist es anders. Und in den Staaten. Oder in Europa. Die Leute da sind besser.«

»Nein«, sagte ich und lachte. »Diese Länder ... Hope ... Sie machen die Preise. Deshalb die Monokulturen.«

»Was ist eine Mono...?«

Ich seufzte. »Na ja, wenn du den Regenwald abholzt und stattdessen eine Million Bananenstauden anpflanzt. Wenn dann ein Pilz eine Staude befällt, kann er direkt zur nächsten Staude und zur übernächsten ... krabbeln ...« Pilze krabbeln nicht, Idiot, und Hope war nicht vier. »Na ja, also sprühen sie Gift«, sagte ich.

»Warum gibt es nicht einfach *kleine* Felder mit *anderen* Bäumen dazwischen, die der Pilz *nicht* mag?«

Akash lachte. »Das wäre die Lösung.«

»Das Ernten auf Riesenfeldern ist einfacher«, sagte ich. »Also billiger. Und die Leute in Nordamerika wollen billige Bananen.«

»Wieso?«, fragte Hope erstaunt. »Die sind doch gar nicht arm.«

»Ja, komisch, was«, sagte ich. »Man denkt irgendwie nicht drüber nach. Man geht in den Supermarkt und kauft Bananen und denkt, dass man sowieso nichts tun kann.«

»Wieso? Wenn die Leute in den Läden die Billigbananen nicht kaufen würden, würden sie alle vergammeln. Und die, die das Gift versprühen, würden keinen Penny verdienen«, sagte Hope zufrieden. »Stellt euch mal den weltweiten Bananenmatsch in den Regalen vor!«

Und dann gähnte er und schlief unter dem weiten Sternenhimmel ein.

Wir redeten viel in jenen Nächten auf der Plantage, Sternennächten, Erschöpfungsnächten, wenn ich eine Weile still liegen und den Arm ausruhen durfte.

Wenn Hope neben mir eingeschlafen und Roshida gegangen war.

Dann trugen uns die Worte weit weg, bis zu anderen Sonnensystemen, bis ans Ende der Realität, bis dorthin, wo alles neu begann, vielleicht auch das Leben. Vielleicht auch Gut und Böse.

»Man kann immer weiter nachdenken, ohne Lösungen zu finden«, sagte Akash in jener ersten Nacht. »Kennst du die Gaia-Hypothese?«

»Nein.«

»Ich habe mal ein Semester Philosophie gemacht. Die Gaia-Hypothese besagt, dass das Leben auf der Erde ein komplexer Organismus ist, den wir alle zusammen bilden. Und dass sich die Natur immer wieder selbst reinigt.«

»Klingt schön«, sagte ich.

»Ja«, sagte er. »Die Ozeane werden saurer, aber das Leben findet einen Weg, das zu puffern. Wir bauen Kraftwerke in den Regenwald, aber letztlich überwuchert er sie. Die Mutter Erde ist eine gütige Göttin, Gaia, die ihre Kinder schützt, egal, welche Fehler sie machen. Es ist sehr tröstlich.«

»Aber?«

»Aber dann hat jemand die Medea-Hypothese aufgestellt. Medea tötet ihre eigenen Kinder. Die Medea-Hypothese besagt, dass alles Leben, das komplexer ist als Einzeller, sich mit großer Wahrscheinlichkeit selbst zerstört. Am Ende bleiben nur Bakterien. Einzeller.«

»Ich bin für die Gaia-Hypothese«, sagte ich. »Kann ich wählen?«

»Nein«, sagte Akash. »Lovelock, der die Gaia-Hypothese formuliert hat, hat selbst später gesagt, es wäre vielleicht doch alles anders. Und dass der Mensch den Rest der Natur kaputt machen muss, um ein ganz neues Lebewesen zu schaffen, das höhere Temperaturen aushalten kann. Weil die Sonne irgendwann sowieso zu heiß wird. Ich ... weiß nicht, ob ich das neue Lebewesen mag.«

»Kann ich eine dritte Hypothese aufstellen?«, fragte ich leise. »Die Hope-Hypothese. Sie besagt, dass es eine Spezies gibt, die wir noch nicht genügend beachten. Eine Spezies, die Lösungen für alles finden kann. Und der wir alle Informationen geben müssen, die sie braucht.«

»Außerirdische?«

»Nein«, sagte ich, »Kinder. Wenn man anfangen würde, den Kindern alles zu erklären ... Die Erwachsenen, die aus den Kindern werden würden, würden keine Billigbananen mehr kaufen, sie würden nicht mehr an Kriegen teilnehmen, sie würden die Autos und die Flugzeuge verrotten lassen.«

Hope machte einen kleinen, seltsamen Laut, als riefe er im Schlaf nach jemandem, dann drehte er sich um und lag wieder still.

»Die Hope-Hypothese«, wiederholte Akash.

Und schließlich schliefen auch er und ich unter der Milchstraße ein.

Die Tage auf der Plantage waren heiß und rochen nur selten nach Bananen.

Am zweiten Morgen dachte ich, ich könnte den linken Arm nie mehr benutzen, bei den ersten Bewegungen traten mir die Tränen in die Augen vor Schmerz. Ich versuchte, nur mit dem rechten Arm zu arbeiten, aber natürlich fiel das auf. Wenn sie merkten, dass ich nicht voll einsatzfähig war, würden sie mich rausschmeißen.

Ich verstand die Arbeiter, die nicht über Missstände sprachen. Sie hatten Angst, ihren Job zu verlieren.

Ich nutzte den Arm wieder. Überwand den Schmerz.

Und allmählich wurde alles leichter, die Abläufe der Arbeit brannten sich in mein Hirn, was wir taten, war eintönig, fast meditativ, ein Gebet aus Schweiß und Muskelkraft.

Ich kam nie dazu, Bilder zu machen. Hope machte sie.

Er wurde eins mit den Schatten, stand da und beobachtete, wartete auf den richtigen Moment und hob die Kamera, die kleine. Ich hatte ihm gezeigt, wie man sie bedient. Einmal bekam ich mit, wie zwei Arbeiter ihn fragten, was er da tat, und er strahlte und zeigte ihnen das Display. Ich stellte mich unauffällig hinter sie. Was wir sahen, war ein völlig verwackeltes, unscharfes Bild mit schiefen Bananenstauden und menschenartigen Schatten. Es gab noch mehr solche Bilder, die er stolz präsentierte. Die Arbeiter grinsten und klopften ihm auf die Schulter. Dann ließen sie ihn in Ruhe.

Als wir in der Mittagspause die Bohnen und den Reis aßen, den eine Frau am Eingang der Plantage verkaufte, nahm ich die Kamera.

»Sie sind alle unscharf.«

»Nee«, sagte Hope, »nur die ersten fünfzehn.«

Und dann fand ich die wirklichen Bilder, gestochen scharf, mit harten Schatten zwischen den Feldern: Abendbilder von erschöpften Menschen, die nach Hause gingen. Bilder vom Morgen, an dem alles noch frisch und neu war, Nachmittagsbilder im violetten Licht: bloße Hände, die mit den Plastiksäcken hantierten, Gesichter im Feld, voller Schweißperlen, voller roter Flecken. Da waren die Frauen, die in der Halle die Bananen wuschen, Reihen von Giftkanistern auf einem Schrank. Ein Arbeiter mit gelber Schürze und zwanzig ohne, eine Frau mit Handschuhen und zwanzig ohne.

Ich sah Akash und mich auf einem Bild die schweren Bananenbüschel heben: die Mafiazwillinge mit dem kurz geschorenen Haar.

»Du machst ... wunderbare Bilder«, sagte ich leise.

Hope grinste. »Das muss ja nicht jeder wissen.«

Während ich in Trance arbeitete, sammelte ich die Geschichte der Menschen: Worte zwischen Haken und Ketten, Schienen und Stauden, eine Frage da, eine Antwort hier.

Alle, die keine Handschuhe trugen, klagten über juckende Hände und Unterarme, manche schmierten sie sich morgens mit einer selbst hergestellten Paste ein, die nichts nutzte.

Viele der Männer im Feld erzählten von Kopfschmerzen, Müdigkeit und Konzentrationsproblemen. Ich dachte an die apathische Schlange. Nervengift.

Am achten Tag kamen die Hubschrauber.

Einer der älteren Arbeiter sprach mich an, als wir aufs Feld gingen.

»Hast du den Zettel an der Tür der Baracke gesehen?« Hatte ich nicht, weil wir draußen schliefen, und er wusste es. »Steht drauf, es werde uns *geraten*, um zwei Uhr die Felder zu verlassen. Für acht Stunden«, sagte er. »Also bis morgen früh.«

Akash war an diesem Tag nicht bei mir, ich wusste nicht, wo er steckte.

»Ich meine, es zwingt dich keiner, vom Feld zu gehen«, sagte der Mann.

Sein Gesicht war sonnenverbrannt und voller tiefer Furchen, er hatte schwere Tränensäcke und ein vernarbtes Gebiet auf der rechten Wange, wie nach Windpocken. Oder nachdem man juckenden Ausschlag aufgekratzt hat.

»Du sammelst doch so gerne Erfahrungen, oder?«, sagte der Mann. »Wir fragen uns alle, was du hier machst. Dein Freund sagt: Selbstfindung. Wie stellt ihr das nur an, dass ihr euch in Kanada so gründlich verliert, dass ihr auf eine Bananenplantage in Costa Rica kommen müsst, um euch wiederzufinden?« Er lachte, heiser.

Dann senkte er seine Stimme ganz plötzlich. »Früher sind alle geblieben, auf dem Feld. Heute nur noch die Hälfte. Wer das Geld braucht, zieht sich was über und macht eben weiter, sie zahlen nach Stunden. Da, siehst du den kleinen, schmalen Typen? Der ist zum ersten Mal Vater geworden, vor zwei Wochen, aber das Kind trinkt nicht und atmet nicht richtig, sie wollen es untersuchen lassen, in der Stadt. Er braucht Geld für den Bus und das Krankenhaus. Kommen 'ne Menge Kinder zur Welt, mit denen was nicht stimmt.«

»Und Sie?«

»Ich? Brauche das Geld auch. Ich schick meine Söhne weg nach Nordamerika. Gibt keine Zukunft hier für die beiden, die sollen ihr Leben nicht so verbringen wie ich. Aber in die USA kommt keiner rein ohne 'ne Stange Geld, um die richtigen Leute zu bestechen. Als Flüchtlinge werden sie da nicht anerkannt, was sollen sie sagen, wovor sie fliehen? Bananen?« Er lachte wieder. »Also bleibe ich, wenn sie sprühen. Fotografier das. Das ist es doch, was ihr macht, oder? Fotos.« Er nickte mir zu und verschwand, und ich arbeitete mit einem Mann zusammen, der kein Wort sagte und mich die ganze Zeit anstarrte.

Viertel vor zwölf.

Manche Arbeiter saßen mit ihren Lunchpaketen am Rand der Plantage, manche brachten noch die letzten Bananen des Vormittags ein. Ich sah mich nach Akash um, fand ihn nicht.

Und plötzlich zeigte Hope in die Luft. Da hörte ich das entfernte Dröhnen, und ich sah sie kommen: schwarze Urtiere vor dem hellblauen Himmel, lärmende Schatten vor der hohen gelben Sonne. Das Gift, das sie verspritzten, fiel wie ein feiner Nebel in tausend Tröpfchen herab, die Sonne ließ es zu Regenbögen zerfallen, es war beinahe schön.

Ein paar der Arbeiter begannen zu rennen, hielten sich über den Kopf, was gerade zur Hand war: ein T-Shirt, eine der blauen Plastikhüllen, die Hände.

Die verdammten Hubschrauber waren zwei Stunden zu früh.

Alle, die auf dem Boden saßen und dabei waren, ihr Essen auszupacken, seufzten und schlossen die Dosen und Alucontainer voller Reis mit schwarzen Bohnen wieder.

Hope stand reglos und starrte in den Himmel.

Ich nahm ihm die kleine Kamera weg, riss sie hoch, knipste: rennende Arbeiter, sprühende Helikopter, Bananenstauden im Giftnebel ...

Und eine kleine Gestalt, die auf die Felder hinaus lief, in die falsche Richtung. Ich ließ die Kamera sinken.

»Hope! Was soll das?« Aber er hörte mich nicht, die Hubschrauber waren jetzt zu nah, ihr Dröhnen ertränkte jedes andere Geräusch. Ich rannte.

Vor mir rannte Hope, rannte zwischen den Stauden entlang, als gelte es sein Leben, während die Hubschrauber über uns hinwegflogen. Ich spürte die Tropfen auf meiner Haut wie kühlen Nebel und versuchte, nicht einzuatmen. Es ging nicht, natürlich atmete ich, keuchend, hustete, mein Hals brannte, meine Augen tränten.

»Warte!«, rief ich, nein, ich *versuchte* zu rufen. Es ging nicht, ich hustete nur noch mehr.

Und endlich erreichte ich Hope, packte ihn und wir stürzten beide, fielen auf die Knie. Ich rollte herum, zog Hope halb hoch, vom giftbenetzten Boden weg, und sah zum Himmel hoch.

Die Hubschrauber hatten am Ende der Plantage gewendet.

»Sie kommen zurück«, flüsterte Hope. »Sie kriegen uns.«

In seinen Augen stand Panik, bodenlos wie ein schwarzes Loch. Da begriff ich. Er sah keine Hubschrauber, die Pestizide versprühten. Er sah Kriegsmaschinerie.

»Es ist wie damals«, flüsterte er. »Damals saßen die Amis drin. *Er hat das erzählt. Er* war noch jung, und sie haben geschossen aus den Hubschraubern, auf alle, auch die Kinder. Die Leute haben sich gewehrt, alle, auch die Kinder, die Kinder haben geschossen, jemand hat ihnen Waffen gegeben. Zwei von den Amis haben sie durch die Straßen geschleift, wie Puppen, da waren sie schon tot. Und dann war da ein anderer Hubschrauber, als ich nach Mogadischu gekommen bin …«

Das Dröhnen war zurück. Die Hubschrauber hatten gewendet und überflogen die Plantage ein zweites Mal.

»Runter!«, schrie Hope, warf sich auf den Bauch und bedeckte den Kopf mit beiden Armen. Und ich kniete neben ihm, den Kopf gesenkt, und spürte den kühlen Regen. Dann waren sie fort.

Aber Hope lag noch immer flach auf dem Boden, der feucht war vom Gift des ersten Fluges, *er lag mitten im Gift*. Ich zerrte ihn hoch, zog meine Wasserflasche aus ihrem Beutel und kippte Hope den Inhalt übers Gesicht.

»Hope? Hey! Alles okay?«

Er sah mich nur an, mit diesem bodenlosen Blick, doch er sah mich nicht. Und das Gift war nicht in seine Welt durchgedrungen, dort arbeitete eine andere Sorte von Gift: das Gift der Erinnerung.

Ich hob ihn hoch und trug ihn aus der Plantage und er hing in meinen Armen und war tausend und tausend Meilen weit weg.

Ich fand Roshida in der Halle, wo die Frauen die Bananen wuschen.

»Hilf mir«, sagte ich. »Wir brauchen mehr Wasser.«

Die anderen Frauen versammelten sich um uns, mitleidig, keine wusste, wie das Gift bei einem Kind wirkte, wenn es so direkt damit in Kontakt kam. Ich hielt Hope weiter im Arm, und sie spritzten uns beide mit dem Schlauch ab, samt der Kleidung. Eine Frau sagte, das Wasser wäre für die Bananen bestimmt, sie dürften es nicht verschwenden, und die anderen sagten, sie solle den Mund halten.

Dann saß ich in der Sonne, nass, dankbar, ängstlich, mit dem federleichten Kinderkörper in den Armen. Und ich schüttelte diesen Körper.

»Hope! Hörst du mich?«

Er sah mich an, mit offenen Augen, doch blicklos, eine ganze Weile. Dann schloss er die Augen langsam und nickte. »Du brauchst nicht so zu brüllen«, sagte er leise. »Ich versuche nur, die Bilder loszuwerden, von damals.« Und, nach einer Weile, flüsternd: »Wir waren noch nicht lange in der Stadt. Mogadischu. Meine Großmutter dachte, es wäre besser da. Meine kleine Schwester war nicht mehr bei uns, wir haben sie auf dem Weg in die Stadt verloren, als sie wieder krank wurde, da waren nur noch wir beide. Die Stadt ist aufgeteilt, es gibt einen Teil für Habar Gidir und einen Teil für Abgaal, es hieß, man dürfte nicht im falschen Teil auftauchen …«

»Ich dachte, du bist Hawiye.«

»Das sind alles Hawiye, sie streiten trotzdem. Und Mogadischu war anders, als meine Großmutter gedacht hatte. Es war nicht so streng mit den Clans, aber dafür war alles kaputt: die Straßen, die Häuser, alles, und die Leuten taten so, als wäre es normal. Sie hatten Tücher und Matten vor die Löcher in den Mauern gehängt.

Meine Großmutter sagte, die Stadt wäre ein Labyrinth. In der Wüste hatte sie sich zurechtgefunden, die Wüste hatte sie verstanden. Mogadischu verstand sie nicht. Sie wurde plötzlich zwanzig Jahre älter. Sie schimpfte nur noch, auf die Abgaal Hawiye, auf die Darod, auf die Italiener und die Amerikaner und alle Clans bis auf die Habar Gidir, und dann auch auf die, weil so viele sesshaft geworden waren und

Schnickschnack hatten wie Fernseher und Telefone und Computer. Man konnte ja sehen, was dabei herauskam, sagte sie, Mord und Totschlag.

Ich mochte Mogadischu. Es war so ... lebendig. Okay, es gab die Straßensperren und die Warlords mit ihren Regeln und ihren Steuern, aber sonst ...« Er zuckte die Schultern.

»Keiner aus dem Clan wollte uns aufnehmen, sie hatten alle schon Verwandte im Haus, die vor der Dürre in die Stadt geflohen waren. Die Clanführer sorgten dafür, dass wir etwas zu essen hatten, doch es reichte nie. Und meine Großmutter hasste es, die wichtigen Männer um mehr anzubetteln.

Am Ende nahm ich die Sache in die Hand.

Wir zogen an den Strand. Oh, der Strand! Er ist lang und weiß und wunderschön, und es gibt ein Café dort, mit einer Terrasse und Musik und roten Plastikstühlen und Leuten, die Limonade trinken und lachen. Diese Leute haben Geld.

Und so lernte ich betteln. Obwohl ich nie gut wurde, nicht so wie die Yibir-Mädchen, die neben unserem Unterstand hausten. Die Yibir, sagte meine Großmutter, wären keine richtigen Somalis, sondern eingewanderte Juden, wertlos und schmutzig. Aber wenn in Somalia ein Kind geboren wird, holen sie einen Yibir und bezahlen ihn dafür, dass er einen Segen spricht. Ein Zaubervolk! Ich fand es wahnsinnig interessant, und ich spielte mit den beiden Mädchen, die jünger waren und wilder als ich, wenn meine Großmutter in dem Unterschlupf schlief, den ich aus Müll zusammengebastelt hatte. Sie wusste nicht, was sie noch mit dem Leben anfangen sollte, also verschlief sie den Tag. Und ich erkundete mit den Yibir-Mädchen den Strand und lernte schwimmen und dass die Yibir keine Juden sind und dass man Fisch essen kann, obwohl die meisten Somalis sich davor grausen.

Dann war eines Tages noch ein Mädchen bei ihnen. Faith.

Damals hieß sie anders.

Sie kam nur an den Wochenenden. Wir sagten einander unsere Namen und unsere Herkunft auf, sie war Abgaal, nicht Habar Gidir, und wir vergaßen das wieder und spielten.

Ihre Eltern saßen auf der Terrasse mit den roten Plastikstühlen und tranken Limonade. Sie verboten Faith nie, mit uns zu spielen. Sie winkten von der Terrasse und Faith winkte zurück.

Faith war anders. Sanft. Sie rettete Dinge wie Quallen und Algen und warf sie wieder ins Meer.

Sie hatte eine hellere Haut als wir, denn ihre Mutter war Norwegerin und trug immer einen Hut und lange Ärmel, damit die Sonne ihre weiße Haut nicht auffraß.

Manchmal kam sie von der Terrasse herunter und rannte zusammen mit Faith den Strand entlang, mit den Füßen im Wasser, sie hielten sich dabei an den Händen und wurden nass und lachten, und ich sah ihnen zu und wünschte, meine Mutter wäre so mit mir gerannt.

Diese Mutter von Faith ... sie war mit einer Hilfsorganisation nach Mogadischu gekommen. ›*Diese Leute, die glauben, sie könnten unsere Probleme lösen, obwohl sie sie gemacht haben*‹, das sagte meine Großmutter. Die Mutter von Faith war nett. Sie war geblieben, weil sie sich in Hopes Vater verliebt hatte: ein hochgewachsener, hagerer Mann, der immer ein wenig krumm ging.

Er gab den Yibir Geld, aber er wollte keinen Zauber dafür.

Er sagte, Faith sei sein Glücksbringer, und Faith lachte. Ich liebte ihr Haar, es wuchs in großen Kringeln und wippte, wenn sie lachte: so schönes, glänzendes tiefbraunes Haar.

An dem Tag, an dem der Hubschrauber kam, saßen wir im Sand und flochten lauter kleine Zöpfe hinein.

Und dann dröhnte es über uns und ein Schatten verdeckte den Himmel und wir sahen auf.

Ich weiß noch, ich dachte: *Aus der Sonne kommt ein Insekt, ein riesiges Insekt*. Wir sprangen auf und sahen das Insekt übers Meer heranfliegen und alle Menschen im Wasser schrien und rannten an Land. Das Insekt flog über den weißen Sand, tiefer jetzt, es tauchte und brüllte, und aus seinem Bauch kam der Tod.

Sie schossen daraus.

Und natürlich wusste ich, dass es ein Hubschrauber war.

Es war ein Freitag, Feiertag, der Strand war voll. Der Hubschrauber hinterließ im Sand eine Spur aus gefallenen Menschen. Er flog direkt auf uns zu.

Faith stand einfach so da und sah ihn an, als überlegte sie, ob er ein Ding war, das sie retten und zurück ins Wasser tragen konnte.

Da packte ich sie und zerrte sie weg, stieß sie unter das umgedrehte alte, kaputte Boot, unter dem wir manchmal spielten, wandte mich um. Schrie nach den beiden Yibir-Mädchen.

Aber sie hörten mich nicht.

Ich duckte mich unter das Boot und durch eine Ritze zwischen den alten Planken sah ich es.

Ich sah die Mädchen mit den anderen Leuten rennen, der Hubschrauber folgte ihnen wie einer Ziegenherde, dann war der Hubschrauber über ihnen und ein großer Mann packte die beiden Mädchen. Ich dachte, er schleudert sie zur Seite, er rettet sie. Aber er warf sich auf den Boden und hielt sie fest, er schützte seinen Körper mit den Bettelmädchen wie mit einem lebenden Schild.

In der Spur des Hubschraubers blieben sie zurück, und ich sah, wie sich das Rot auf ihren Lumpen ausbreitete und wie der Mann unter ihnen hervorkroch. Da war der Hubschrauber schon bei der Terrasse, und er landete in der Menge der Menschen, die versuchten, über die Treppe wegzukommen und über das Geländer hinunter auf den Sand zu springen. Der Hubschrauber wirbelte Luft auf und Schreie und Plastikstühle und Körperteile und zerschnitt alles, was er aufwirbelte, mit seinen Messern zu roten Schlieren. Ich dachte damals wirklich, es wären Messer, womit er flog. Dann stieg er wieder auf und dröhnte davon.

Ich kroch unter dem Boot hervor und blieb einfach daneben im Sand sitzen, reglos, still, bis ein Schatten auf mich fiel.

Als ich aufsah, stand Faiths Vater über mir, riesengroß vor dem hellen Himmel. Er kniete sich hin und zog seine Tochter ebenfalls unter dem Boot hervor und drückte sie an sich, und er sagte, ihrer Mutter gehe es gut, sie waren rechtzeitig weggekommen.

Er kniete im Sand vor mir und sah mich an und seine Augen waren traurig.

»Du lebst mit deiner Großmutter hier«, sagte er. »Ja?«

Ich nickte. »Sie hat geschlafen«, sagte ich, »aber jetzt ist sie sicher wach.«

»Nein«, sagte er. »Sie schläft immer noch.«

Dann nahm er Faith an der Hand und führte mich dorthin, wo meine Großmutter schlief, sie lag nicht im Unterstand, sie musste bei dem Lärm herausgekommen sein, und nun schlief sie im Sand bei den anderen. Überall rannten Leute herum, rauften sich die Haare und schrien.

Und ich dachte, dass ich jetzt niemandem mehr hatte, die Yibir-Mädchen nicht und nicht meine Großmutter.

Später habe ich verstanden, warum sie geschossen haben. Das war Al Shabaab. Sie waren dagegen, dass Leute am Strand Ball spielten und Limonade tranken und ausländische Musik hörten. Damals habe ich nichts verstanden, ich war nur allein und verwirrt.

Da nahm der traurige Mann meine Hand. Und er fragte mich etwas Unglaubliches. Er fragte:

»Willst du mit uns kommen?«

Oh ja!, rief Faith. Bei uns ist genug Platz! Wir können sein wie Geschwister und ich komme nächstes Jahr zur Schule, da kannst du auch hinkommen und wir können alles zusammen machen! Willst du? Sag, dass du willst!

Ich will schon, flüsterte ich, noch verwirrter als zuvor. Aber ich bin nicht Abgaal …

Komm, sagte der traurige Mann. Und dann brachte er uns und Faiths Mutter nach Hause, in einem Auto mit Chauffeur und zwei bewaffneten Männern, die nur für unsere Sicherheit da waren. Danach musste er arbeiten. Es gab viel Arbeit für ihn an diesem Tag, denn er war Arzt in der Klinik. Ich habe ihn von Anfang an geliebt. Faiths Mutter natürlich auch, aber sie war immer ein bisschen mehr für sich, ein bisschen so, als wäre sie woanders. Er hieß Magan Ali Addou. Aber er sagte, Namen wären nicht wichtig. Deshalb haben wir uns neue Namen gegeben, nach der Mode für amerikanische Zwillinge. Hope und Faith.«

»Deshalb kannst du Englisch«, sagte ich.

Hope sagte nichts. Aber die Geschichte erklärte vieles. Er hatte von seinem fünften oder sechsten Lebensjahr an mit einer Norwegerin und einem somalischen Arzt zusammengelebt. Ich fragte mich, wo die Norwegerin und ihre Tochter waren.

Und ich dachte an die Hubschraubergeschichte, von der er gesprochen hatte, die ältere, die Magan Ali ihm erzählt hatte. *Black Hawk Down*. Ich hatte den Film gesehen, diesen Film über den Hass zwischen den Somalis und den Amerikanern, die versucht hatten, das Land zu befrieden. Das Wort *befrieden* sagt eigentlich schon alles, es klingt nach Zwang, und die Amerikaner hatten genug Gemetzel angerichtet. Am Tag des Hubschrauberabschusses waren sie es gewesen, die niedergemetzelt wurden.

Hubschrauber waren ein Symbol des Todes in Hopes Welt. Ich verstand seine Panik.

Und ich hasste die Gifthubschrauber der Plantage, während ich dasaß und Hope in meinen Armen hielt.

»Und deshalb gehe ich in die Staaten«, flüsterte Hope nach einer Weile. »*Er* hat einen Freund da, von früher. Ich werde ihn finden, hat er gesagt, und dann kommt alles in Ordnung.«

»Hast du die Adresse? Eine Nummer? Können wir diesen Freund anrufen?«

»Ich kann die Adresse auswendig«, sagte Hope. »Aber eine Telefonnummer ... nein. Ich werde einfach dort an die Tür klopfen.«

»Ja«, sagte ich. »Ich helfe dir, die Tür zu finden.«

Und ich dachte, dass das doch erleichternd war: Es gab jemanden, der sich um Hope kümmern würde, wenn wir ankamen. Ich wäre wieder frei, sobald wir eine bestimmte Tür fanden. Aber irgendwie war ich nicht so glücklich darüber, wie ich hätte sein müssen.

An diesem Tag ging keiner mehr aufs Feld. Die Arbeiter murrten, weil die Hubschrauber zu früh geflogen waren, es brodelte unter der Oberfläche. Der Mann, der mit mir gesprochen hatte, kam und wollte meine Bilder sehen, auf einmal war ich umringt von Menschen, die mir über die Schulter auf das Display der kleinen Kamera starrten.

Man sah die Panik der rennenden Arbeiter. Man sah die Hubschrauber und die Giftwolken. Es waren gute Bilder. Ein leiser Stolz durchrieselte mich. Mein Name würde irgendwann, irgendwo unter diesen Bildern stehen.

Schließlich zerstreuten die Arbeiter sich und wir machten uns auf die Suche nach Akash. Vielleicht war er irgendwo auf einem ganz anderen Teil der Plantage, vielleicht hatten sie ihm eine Einzelarbeit gegeben wie das Einsammeln der Plastikschnüre, mit denen die Säcke befestigt wurden. Aber warum? Gerade an diesem Tag?

Wir wanderten zu zweit die grünen Felder entlang, und obwohl ich wusste, dass dies nur eine Monokultur war, war es doch schön, durch diese unendliche grüne Welt zu gehen.

Und dann standen sie vor uns. Ganz plötzlich. Mitten zwischen den Stauden.

Es waren fünf, fünf breitschultrige Männer mit starrem Blick. Muskulöser als die Arbeiter auf der Plantage. Sie lächelten.

Einer trat vor.

»Du hast Bilder gemacht«, sagte er zu mir. »Für wen arbeitest du? Zeitung? Umweltbehörde?«

Ich war stehen geblieben, vielleicht zehn Meter lagen zwischen mir und den Männern.

»Für ... niemanden«, sagte ich. »Nur für mich.«

Ich begriff zu spät, dass das die falsche Antwort war. Niemand würde mich suchen, wenn ich verschwand. Ich hatte keine einflussreiche Organisation in meinem Rücken.

Die Männer kamen näher. Ohne Eile. Ich hielt die Kamera hoch.

»Okay, okay. Ihr könnt sie haben.«

Sie schüttelten die Köpfe und grinsten. »Die kriegen wir sowieso«, sagte der, der offenbar ihr Sprecher war. »Was wir wollen, bist du. Es muss Beispiele geben. Niemand schnüffelt hier herum. Die Leute sollten dankbar sein, dass sie einen Job haben.«

Hope griff nach meiner Hand und drückte sie. Und ich zwang mich, mutig zu sein, seinetwegen. »Ihr kriegt Geld dafür, Leute fertigzumachen, oder?«, fragte ich. »Vielleicht kann ich euch besser bezahlen.«

»Kaum«, sagte ein anderer.

Sie kamen noch ein Stück näher und da drehte ich mich um und rannte. Ich rannte zwischen noch nicht abgeernteten Bananenstauden entlang, spürte die trockene, ausgelaugte Erde unter meinen Füßen, hörte Hope direkt hinter mir. Er war so schnell wie ich, trotz meiner längeren Beine.

Aber du kannst nicht ewig durch eine grüne Unendlichkeit aus Bananen rennen.

Irgendwo hat alles ein Ende.

Irgendwo stellt sich dir ein weiterer Mann entgegen, ist plötzlich da, wie aus dem Erdboden gewachsen, und es nützt nichts, wenn du einen Haken schlägst und die Richtung wechselst, wenn du das Blut in deinen Ohren rauschen hörst und dich zwingst, schneller zu sein, noch schneller, es nützt alles gar nichts.

Irgendwann fallen alle, die ihre Nase in Dinge stecken, die sie nichts angehen.

Und so fiel auch ich.

Ich stolperte, am Ende meiner Kräfte, und kam nicht sofort hoch, meine Brust schmerzte beim Atmen, und ich roch das Gift um mich herum. Und dann kam ich doch auf die Beine. Neben mir stand Hope, keuchend, und sah mich an.

»Weiter«, sagte er. »Weiter, Mathis!« Aber es gab kein Weiter.

Die sechs Männer hatten sich im Kreis um uns aufgebaut.

»Okay, Babyschnüffler«, sagte einer mit einem Grinsen und krempelte seine Ärmel hoch. »Du wolltest die Kamera loswerden. Lass sie fallen.«

Ich tat, was er gesagt hatte. Er ging hin und zertrat sie mit seinem Stiefel.

Ich hatte die große Kamera und noch eine kleine, dachte ich, in meinem Rucksack, in einer der Wellblechhütten. Aber dann begriff ich, dass das nichts nützte. Ich würde nicht mehr dorthin kommen.

Der Typ, der die Kamera zertreten hatte, packte mich am Kragen, und ich duckte mich nicht schnell genug weg, seine Faust landete in meinem Gesicht. Er schlug noch einmal zu, ich hörte Hope schreien, sah durch einen Schmerzschleier, wie er sich auf den Mann stürzte, wie ein anderer Mann Hope wegtrug wie ein Katzenkind, und viel mehr sah ich nicht, weil ich meinen Kopf mit den Armen schützte.

Mein linker Arm war immer noch nicht ganz einsetzbar, und es waren fünf gegen einen: keine Chance. Ich fand mich auf dem Boden wieder, in einem Hagel aus Fußtritten. Irgendwie kam mir das Ganze bekannt vor. Nur waren die Motive beim letzten Mal, als mich jemand zusammengeschlagen hatte, andere gewesen. Als ich diesmal dalag und mein Blut schmeckte und die Schmerzen in meinem Kopf wie eine Trommel hörte und versuchte, mich zusammenzurollen und meine Eingeweide zu schützen, dachte ich, dass es also dies war, was Leute dazu brachte, aus ihren Ländern zu fliehen.

Sie hatten irgendetwas fotografiert oder aufgeschrieben, was jemandem nicht gefiel.

Und schließlich, endlich ließen die Männer von mir ab.

»So«, sagte der, der meistens sprach. »Ein letztes Gebet? Grüße? Wir richten sie aus. Gehört zum Ehrenkodex.«

Erst da begriff ich. Sie waren nicht hier, um mich fertigzumachen. Sie waren hier, um mich umzubringen. *Das* war ihr Auftrag. Ich wandte den Kopf, blinzelte Blut weg, versuchte, Hope zu finden.

»Ja, das Kind«, sagte der Mann. »Das macht dir Sorgen, wie? Muss es nicht. Wir haben jemanden getroffen, der sich um das Kind kümmern wird. Wie es der Zufall will, sucht er es. Wir haben eine ... sagen wir, Interessengemeinschaft gegründet.«

Und dann trat jemand aus dem Schatten hinter ihm.

Ein kleiner Mann mit feinen Gesichtszügen. Afrikaner. Höchstwahrscheinlich Somali.

Ich kannte ihn. Von einem Blitzlichtfoto aus dem Darién.

Er trat zu dem, der Hope festhielt. Hope wand sich, trat um sich und versuchte, freizukommen, doch er hatte genauso wenig Chancen wie ich. Der Mann mit dem feinen Gesicht griff in Hopes Ausschnitt und zog das kleine goldene Kamel heraus.

»Na endlich«, sagte er mit einem zarten Lächeln zu Hope. »Du und das kleine goldene Tier hier, ihr seid ein Zeichen. Eine Menge Leuten warten darauf, dass es ausgelöscht wird.«

»Wer ... sind Sie?«, fragte ich, mühsam.

Er lächelte weiter. »Ein gewissenhafter Mensch mit einem Auftrag«, sagte er. »Mein Auftraggeber ist ein gesitteter Mann. Diplomat, könnte man sagen. Er erledigt schmutzige Arbeiten nicht selbst, er hat ein weißes Hemd ohne Flecken, er ist ein Engel. Der Erschaffer der goldenen Kamele war ein Teufel, gefährlich für alle, gefährlich für Somalia. Ein Teufel, der Veränderung wollte, Umsturz. Nun, er ist nicht mehr unter uns. Und sein Kind wird es auch nicht mehr sein. Teufel muss man auslöschen.«

Er riss an der Schnur um Hopes Hals, doch er war kein besonders starker Mann, die Schnur hielt.

Hope sah mich an.

Hilf mir, sagten seine Augen.

Dies war der Moment, um unmenschliche Kräfte zu entwickeln, meine Schmerzen zu vergessen und aufzuspringen – aber wie, mit sieben Gegnern?

Meine Lippen formten die Worte »Tut mir leid«. Ich war kein Actionheld, nur ein naiver neunzehnjähriger Kanadier mit einem Faible für Fotos und Storys. Das hier wäre eine ziemlich gute Story geworden.

Wenn sie jemand später hätte erzählen können.

Und dann geschah etwas Unerwartetes.

Ich hörte den Auslöser meiner Kamera. Der großen.

Wir hörten ihn alle. Ich sah, wie die Männer herumfuhren.

Zwischen den Bananenstauden, hinter dem Mann, der immer noch das Kamel in der Faust hielt, spuckte die Plantage etwas aus:

Menschen.

Sie quollen zwischen den Stauden hervor, immer mehr, das Feld war plötzlich voll von ihnen. Direkt neben Hope stand der, der meine Kamera hochhielt.

Akash.

Er sah grimmig aus und sehr entschlossen, hinter ihm stand Roshida, tatsächlich waren da ein paar Frauen und einen Moment später brach die Hölle los.

Meine Todesengel hielten auf einmal Schusswaffen in den Händen und der sanfte Mann ließ Hope mit einer Hand los, zog eine Pistole und richtete sie auf Hopes Stirn. Der Schuss war sehr laut.

Ich sah die Arbeiter zusammenzucken.

Aber dieser Schuss traf kein Ziel. Hope war unter dem Arm des Mannes weggetaucht.

Akash sprang vor und schlug dem Mann die Pistole aus der Hand.

»So. Keinen Schritt weiter«, sagte einer derer, die über mir standen, die Waffe auf die Menge gerichtet.

»Das hier ist ein Aufstand. Eine Störung der öffentlichen Ordnung. Rührt euch nicht, dann geschieht keinem etwas.«

»Oh, wir rühren uns nicht«, sagte der Mann neben Akash, und jetzt erkannte ich ihn, es war der Vater, der sparte, um seine Söhne in die Staaten zu schicken.

»Wir möchten nur ganz friedlich zurück zu unseren Hütten gehen, aber wir würden unseren jungen Kollegen gerne mitnehmen. Wenn Sie ihn jetzt umbringen, haben Sie eine ganze Menge Zeugen. Fünfzig oder sechzig. Die können sie unmöglich alle erschießen.«

»Kann ich schon«, knurrte sein Gegenüber. Dann zuckte er die Achseln. »Wenn ihr ihn unbedingt haben wollt.« Und er stieß mich mit dem Fuß in die Richtung der Leute, als wäre ich ein Ball, der zu ihnen hinüberrollen könnte.

Roshida kam zu mir und half mir hoch, zusammen mit einer Frau, die ich nicht kannte. Ich war kein Held, ich war der, den sie retten mussten. Aber sie *hatten sich zusammengetan.*

Und ich spürte, wie es in ihnen brodelte, da war etwas Helles, wie Übermut oder ein Lied. Vielleicht würden sie ihre Jobs verlieren, aber sie waren stark. Gemeinsam konnte ihnen niemand etwas anhaben.

»Die Bilder«, sagte einer der Todesengel, und jetzt ging er auf Akash zu und setzte ihm die Waffe auf die Brust. »Die Bilder von uns.«

Akash warf mir einen Blick zu. Ich nickte und er gab dem Mann die Kamera. Eine Menge Leute sahen zu, wie er die Bilder löschte. Dann nahm er die Pistole von Akashs Brust und gab die Kamera zu meinem Erstaunen zurück.

Und dann spuckte er aus, drehte sich um und ging. Die anderen vier folgten ihm schweigend. Für dieses Mal waren sie fort.

An diesem Abend feierten wir, zusammen mit den anderen Arbeitern.
Sie hatten Akash an diesem Tag an eine andere Stelle der Plantage versetzt, um ihn von mir zu trennen: Die ganze Sache war geplant gewesen. Es gab Gerüchte, dass der Typ, der mich angestellt hatte, es nur getan hatte, um genau das einzufädeln.
Wer schnüffelte, verschwand.
Aber ich war noch da. Sie flickten mich wieder zusammen.
Wir sprachen über das Wunder der Sterne und über unseren ebenso wunderbaren Planeten, der als einziger voller Leben war, weil er Wasser besaß. Über die tausend Arten, auf die das Leben ausgerottet wurde. Und die tausend Arten, es zu retten.
Alle Möglichkeiten schienen offen an diesem Abend.

Achtundvierzig Stunden und drei Überlandbusse später saßen wir auf einem Boot, das uns von Costa Rica fortbringen würde, zusammen mit fünfzig anderen Flüchtlingen, an Nicaraguas Küste vorbei, bis nach Honduras. Es legte im Schutz der Nacht ab, während an den Grenzübergängen die Flüchtlinge seit Monaten festsaßen. Über das Handy standen wir in Kontakt mit Lizet, die dort auf eine Möglichkeit wartete, weiterzureisen.
Nicaragua ließ niemanden herein.
Akash und Roshida waren bei uns. Es war vermutlich besser so, die Plantage war auch für sie zu gefährlich geworden. Ich hatte über das Handy recherchiert: Allein im Jahr 2015 waren sechsundsiebzig Umweltschützer in Südamerika ermordet worden.
Ich hatte die Karte der zerstörten kleinen Kamera zwischen den Plastikscherben gefunden. Alle Bilder der Gifthubschrauber befanden sich in meiner Hosentasche.
Das Meer lag schwarz und geheimnisvoll in der Nacht, ein großes Lebewesen voller Wunden.
Und voller Hoffnung.

Fakten Monokulturen

Monokulturen machen den Großteil aller weltweit angebauten Pflanzen aus. Für sie wird einerseits neuer Regenwald gerodet, andererseits verlieren Kleinbauern Land an Konzerne, die sie durch ihre Konkurrenz zwingen, billig zu verkaufen. Die Bauern werden zu Plantagenarbeitern und haben kaum Rechte. Fehlende natürliche Barrieren fördern in den Monokulturen die Ausbreitung von Schädlingen, was dazu führt, dass die Kulturen extensiv mit Pestiziden behandelt werden müssen, die ins Grundwasser übertreten. Da die Humusschicht in Regenwaldgebieten dünn ist, sind die Böden trotz intensiver Düngung irgendwann nicht mehr nutzbar und werden durch Erosion zu schattenlosen Wüsten. Die Gewinne aus den monokulturellen Plantagen bleiben bei den Konzernen. Das gilt für den Anbau von Zuckerrohr zur Rumproduktion genauso wie für Schnittblumen, Soja oder Palmöl.

80% Soja für Futtermittel → weniger Fleisch essen, weniger Tiere, weniger Sojaanbau!!

Gentechnisch veränderte Pflanzen, die immun gegen ein bestimmtes Herbizid sind, stellen ebenfalls ein Problem dar. Das Gift zerstört neben dem Unkraut auch andere Pflanzen, möglicherweise sogar die gentechnisch nicht veränderte Fruchtpflanze. So werden unabhängig gebliebene Kleinbauern gezwungen, das teurere, gentechnisch veränderte Saatgut zu kaufen (von der Zerstörung der Biodiversität durch genormte Pflanzen gar nicht zu reden). Und die eingesetzten Insektizide töten nicht nur Schädlinge, sondern auch Bienen und Insekten generell, was einen Rückgang der Vogelpopulation nach sich zieht.

Mann, aber ich MAG WÜRSTCHEN

Einheimische Aktivisten, die gegen Großkonzerne angehen, werden oft ermordet oder verschwinden spurlos.

Hoffnung

Dennoch gibt es Gruppen, die mit internationaler Unterstützung Konzernen und Multimillionären die Stirn bieten und gegen korrupte Politiker protestieren. Umweltaktivisten beginnen Waldnachpflanzungen auf nicht mehr landwirtschaftlich genutzten Flächen.

Durch Kampagnen wie die von Oxfam 2016 wurden die Arbeitsbedingungen im Ananas- und Bananenanbau in Ecuador und Costa Rica in den letzten Jahren verbessert, jedoch ist, wenn die Medienaufmerksamkeit sinkt, eine Rückentwicklung zu beobachten, und bei allzu billigen Biofrüchten großer Konzerne ist manchmal Misstrauen nützlich. Letztlich entscheidet jeder selbst, was er wo kauft. Und ob er im Winter auf die frischen Tulpen aus dem Supermarkt verzichtet: Was nicht mehr gekauft wird, wird irgendwann nicht mehr produziert. Die Hinwendung zur nicht monokulturellen Landwirtschaft beginnt jedoch vor der Haustür, wo man Produkte von unabhängigen kleinen Höfen bekommt.

Fakten Klimafolgen und Krankheiten

Eine verheerende Folge der globalen Erwärmung ist die Ausbreitung von Krankheiten. Lebensräume von Krankheitsüberträgern wie der Malariamücke, der Denguemücke, der Sandmücke oder der Zecke als Überträger von FSME und Borreliose weiten sich aus. Höhere Temperaturen sorgen zudem für eine schnellere Vermehrung des Erregers in den Mücken. Durch das Abtauen der Permafrostböden entstehen zusätzlich mehr Feuchtgebiete als Brutstätten. In Afrika wird schon jetzt eine Ausbreitung von Malaria in bisher nie befallenen Gebieten beobachtet (z. B. Addis Abeba, Äthiopien).
Auch Erregern von Magen-Darm-Erkrankungen wie Cholera kommt das wärmere Klima entgegen. Gerade in Flüchtlingslagern in vom Klimawandel betroffenen Regionen führen solche Seuchen zu hohen Todeszahlen.

Hoffnung
In Denguemücken-Populationen werden inzwischen per Bestrahlung sterilisierte Mückenmännchen eingesetzt, damit sich die (krankheitsübertragenden, weil blutsaugenden) Weibchen mit ihnen paaren und sich dadurch nicht weiter vermehren. Aufklärung über Krankheitsausbreitung und Symptomerkennung spielen ebenfalls eine große Rolle, ebenso Prophylaxe durch beispielsweise Moskitonetze. Zahlreiche Entwicklungshilfeprojekte beschäftigen sich auch mit der Verbesserung der Hygiene, um dem Ausbruch von Krankheiten vorzubeugen.

Krasse Idee! Kann man das auf den „Parasiten Mensch" übertragen, damit er sich nicht weiter vermehrt?? :)

7

la guerra
der Krieg

> Bildersuche Internet:
> Nicaragua Zuckerrohr
> storm Guatemala
> Todos Santos Cuchumatan
> Dia de los Muertos Guatemala

Eine Matratze auf einem Kirchenfußboden hat etwas Wunderbares. Auch wenn es eine Kirche in einem Dorf in Nicaragua ist und du weißt, dass du eigentlich bis Honduras kommen wolltest, zusammen mit all den anderen, dass du die Schleuser bis Honduras bezahlt hast, dass der Treibstoff des kleinen Bootes zu früh ausgegangen ist.

Ich ließ meinen Blick über die anderen gleiten, die auf ihren notdürftigen Lagern noch schliefen, während draußen die Sonne aufging. Ich dachte wieder an die Nacht.

Keiner außer mir und Hope hatte schwimmen können auf dem verdammten Boot, und als der Motor aussetzte, hatte keiner gewusst, warum wir keine Paddel hatten. Die Schleuser hatten uns so losgeschickt.

Wir waren hundert Meter vor dem Ufer: dreißig Flüchtlinge und ich. Nur hundert Meter!

Für einen Nichtschwimmer sind auch drei Meter tödlich.

Ich sah uns noch mit den Händen paddeln, hörte noch das Beten und das Klagen. Und dann die Panik, als der Wind das Boot immer weiter vom Land wegdrückte! Die Panik hatte das Boot zum Schaukeln gebracht, zum Volllaufen. Und dann das Chaos im Wasser! Hopes Arme um meinen Hals ... als hätte er vergessen, dass er schwimmen konnte ... all die anderen, die sich an mich klammerten ...

Ich hatte gedacht, wir würden alle zusammen ertrinken.

Aber auf einmal waren die Menschen vom Ufer da gewesen, mit Taschenlampen und Laternen, in einem Paddelboot, sie hatten uns alle herausgezogen und in der Kirche untergebracht. Decken angeschleppt, Matratzen, trockene Kleider, etwas zu essen. Nie hatte ich so viele Menschen so bereitwillig helfen sehen.

Ich lag eine Weile einfach da und sah zur Decke der Kirche hoch: einer bunt bemalten Decke mit jeder Menge Heiliger, einem goldenen Kreuz und einem Jesus in Reklamefarben.

Auch wenn die Welt nicht die beste war – dieser Jesus, diese bunt gewandeten Heiligen strahlten trotzig. »Das Leben ist schön, Idiot!«, sagten sie. »Also sei gefälligst glücklich und dankbar!«

Akash schlief dicht neben Roshida, einen Arm um sie gelegt, dahinter die anderen, lauter Menschen mit Geschichten.

Ich hatte sie alle auf dem Boot fotografiert, und dann hatte ich sie mit dem Pazifik kämpfen sehen und geglaubt, dass er sie behalten würde.

Erst nach einer ganzen Weile war ich wach genug, um zu merken, dass der Platz neben mir leer war. Hope war fort.

Leise stand ich auf, stieg über die Schläfer und trat aus der Kirche.

Ihre Wände waren in einem leuchtenden Türkisblau gestrichen, das unten wie in großen Flocken abblätterte. Das rot-gelbe Steinmosaik des Vorplatzes war schadhaft, Gras und aufmüpfige Blumen kamen durch, wo Steine fehlten, und neben der Kirche, dort, wo noch keine wellblechbedeckten Hütten standen, wuchs ein Baum mit ausladenden Ästen: eine fiederblättrige Mimose, die aussah, als wollte sie die ganze Welt umarmen.

Darunter saß ein alter Mann auf einer Bank und rauchte, neben sich zwei kleine Mädchen, die ein Spiel mit Steinen spielten. Und an einem der alten Äste hing eine lange Schaukel aus zwei alten Tauen und einem Brett. Darauf saß Hope.

Er sah mich nicht, er blickte konzentriert auf seine Füße und dann stieß er sich vom Boden ab. Die Seile schwangen weit aus, die Schaukel flog höher und höher in den blauen Himmel hinauf und ich stand still und sah zu.

So soll es sein, dachte ich, genau so.

Der Junge auf der Schaukel war vieles, er war ein Flüchtling, er war ein Mensch mit zu viel unvergessener Vergangenheit, er war ein Opfer, ein Schwindler, ein Symbol, aber vor allem war er eines: ein Kind. Und eines Tages, hoffte ich, würde er wieder nur ein Kind sein und der Himmel nur blau, ohne Gift, ohne Explosionen.

Ich hob die Kamera und hielt das Bild fest.

Dann ging ich hinüber und lehnte mich an den Stamm des Baums, und der Mann auf der Bank sah auf, Zigarette im Mundwinkel. »Geht's denen in der Kirche gut?«

Ich nickte. »Es ist … wunderbar, dass alle uns so helfen. Die anderen schlafen noch.«

»Sollen sie schlafen«, sagte er. »Die Reise, die sie vor sich haben, wird schwer. Vor einem halben Jahr sind andere hier in der Nähe gestrandet, weiter südlich. Die Leute dort haben geholfen wie wir. Einer von den Flüchtlingen war sehr krank, eine junge Lehrerin hat ihn bei sich zu Hause gepflegt. Ich glaube, es war eine Art Liebesgeschichte.«

Die beiden kleinen Mädchen sahen zu uns herüber und tuschelten. Sie hatten triefende Nasen und die Rüschen ihrer bunten Kleider lösten sich in Streifen ab.

»Nach zwei Tagen war die Polizei im Ort«, sagte der alte Mann und wischte den Schweiß aus seinem tiefbraunen Gesicht. »Die hatten ihre Flüchtlinge auch in der Kirche einquartiert. Die Polizei hat die Kirche gestürmt, mit Waffen, sie haben die Flüchtlinge alle in einen Bus gezwungen und zurückgebracht nach Panama. Nicaragua, heißt es, hat genug eigene Probleme. Die Lehrerin hat versucht, den kranken Mann zu verstecken. Sie ist aufgeflogen und hat drei Monate gesessen. Oh, die Leute waren so wütend! Ein ganzes Dorf gegen die Regierung. Deshalb, verstehst du, helfen wir gerne.« Er grinste. »Je mehr sie es verbieten, desto mehr Spaß macht es.«

Ich schluckte. Irgendwie hatte ich einen Kloß im Hals.

Die kleinen Mädchen liefen zur Schaukel, als Hope hinunterkletterte, und setzten sich zu zweit darauf. Er gab der Schaukel einen sanften Stoß, und noch einen, bis die kleinen Mädchen hoch in den Himmel zwischen den Mimosenblättern schwangen.

Dann kam er zu uns herüber und setzte sich auf die Lehne der Bank.

»Guten Morgen«, sagte er zu mir und zu dem Alten. »Das ist Mathis, er kann die Hadley-Zelle erklären und sammelt Storys. Hat er Ihre schon?«

»Gibt nicht viel zu erzählen«, meinte der Alte. »Und bald ist sie sowieso zu Ende.«

»Wie alt sind Sie denn?«, fragte Hope.

Der Alte lachte wieder. »Sechsundvierzig. Irgendein schlauer Wissenschaftler hat mal ausgerechnet, dass wir durchschnittlich sechsundvierzig werden, wir hier im Zuckerrohr. Ich liege also im Schnitt.« Er zuckte die Achseln. »Hätte gedacht, die Niere macht's noch ein bisschen länger. Na, ist wohl ihre Entscheidung. Schon mal Zuckerrohr geschnitten?«

Ich schüttelte den Kopf.

»Sie können immer noch ein paar Mann brauchen, im November geht es wieder los«, sagte er. »Die nächste große Plantage ist Chichigalpa, da hängt eine riesige Rumfabrik dran. Gutes Geld, aber harte Arbeit. Ich bin nicht mehr dabei dieses Jahr. Sie kontrollieren vor jeder Saison die Nierenwerte, und wenn die Werte zu schlecht sind, bist du raus. Verbraucht.«

»Verbraucht?«, fragte Hope.

Er nickte. »Du merkst es zuerst beim Fußball, wenn du zu früh schlappmachst. Manche versuchen, die Tests zu fälschen, verdünnen ihren Urin mit Wasser, geben das Blut von jemand anderem ab. Aber die merken das. Dann kommt eine Zeit, in der du nur warten kannst, dann geht's zur Dialyse und ein Jahr später unter die Erde. Die meisten sorgen vor, legen Geld beiseite, das muss reichen, bis die Söhne alt genug sind, selber ins Zuckerrohr zu gehen.«

»Aber was … was ist denn das für eine Nierensache?«, fragte ich vorsichtig.

Er zuckte die Schultern. »Den Grund kennt wohl keiner. Fakt ist, die Zuckerrohrarbeiter sterben alle dran. Manche sagen, es liegt an der Hitze, wir sollen mehr trinken, aber wie willst du das machen, das muss schnell gehen auf den Feldern: Wer viel schneidet, verdient viel, die Saison dauert nicht ewig. Und das Wasser, was sie uns geben … keiner

traut dem Wasser. Da wartest du lieber bis abends mit dem Trinken.«
Er deutete auf die große Kamera. »Was bist du? Reporter?«

Die Idee schien ihm zu gefallen, er setzte sich in Pose. »Von mir kannst du ruhig Bilder machen.«

Ich sagte ihm nicht, was ich war. Ich wusste es nicht mehr genau.

Ich machte ein Bild von ihm. Von seinem aufsässigen kleinen Lächeln. Er würde noch so viele Flüchtlinge retten, wie er konnte, um die Regierung zu ärgern, dann würde er sich hinlegen und mit einem schadenfrohen Grinsen auf den Lippen sterben.

Ich liebe das Bild von ihm unter dem Baum genauso wie das der kleinen Mädchen, die auf der Schaukel hochfliegen, in eine Zukunft, die keiner kennt.

Die wir ihnen vielleicht kaputt gemacht haben, mit unseren Monokulturen und unseren Fabriken für billigen Rum. Aber vielleicht wird die Zukunft auch ganz anders sein, leuchtend, wunderbar, und wir wissen es nur noch nicht.

Die Polizei kam zwei Stunden später.

Wir saßen in der Kirche und aßen das Brot, das die Leute aus dem Dorf uns gebracht hatten. Da hörten wir draußen den Aufruhr, Rufe, gebellte Befehle, und eine kleine Frau kam durch eine schmale, unauffällige Seitentür herein und sagte, wir müssten weg, schnell, und wir ließen das Brot liegen, griffen nach unseren Sachen und folgten ihr ohne ein Wort. Akash und Roshida waren dicht hinter mir, als wir durch die Seitentür ins Freie strömten, in einen Gang zwischen zwei halb vertrockneten Hecken. Die Frau führte uns weg, während die Polizisten vor der türkisblauen Kirche mit den Einheimischen stritten, und ich konnte mir den Alten vorstellen, wie er sie beschimpfte und eine Menge Spaß dabei hatte.

Wir erreichten die Hauptstraße eine halbe Stunden später, die Frau sagte etwas von einem Bus und verschwand und wir warteten nervös. Doch die Polizisten schienen noch immer bei der Kirche beschäftigt zu sein.

Dann kam ein Bus. Er fuhr nach Norden, alles andere war egal. Wir waren dreißig Mann, es gab ein Gerangel, bis der Fahrer rief, er werde verdammt noch mal jetzt die Türen verriegeln und gar keinen mitnehmen, wenn wir uns nicht einigen konnten.

Da sagte Akash laut: »Leute mit Kindern zuerst. Die anderen nehmen den zweiten Bus«, und niemand widersprach mehr.

So kam es, dass wir in jenen ersten Bus stiegen. Dass wir am Fenster klebten und Akash und Roshida winkten, bis sie nicht mehr zu sehen waren. Am ersten Umsteigepunkt warteten wir auf Akash und Roshida. Sie waren nicht im nächsten und auch nicht im übernächsten Bus. Vielleicht hatte die Polizei den Rest der Gruppe doch noch abgefangen. Wir wussten es nicht.

Die Grenze nach Guatemala war für Kanadier passierbar, ein Visum bekam man drüben in den Pass gestempelt. Wenn man einen Einreisestempel hatte.

Ich verwandelte mich kurzfristig in einen Touristen, suchte das einzige Hostel in dem kleinen Grenzort und sprach ein blondes, wildhaariges Mädchen an, das auf einem alten grünen Sofa saß und auf ihrem Laptop herumhackte. Norwegerin.

Sie hatte kein Problem damit, dass ich ihren Einreisestempel mit einem roten Stift abmalte, sah mir nur fasziniert über die Schulter, wobei sie sich ganz leicht an mich lehnte, und fragte schließlich: »Und warum hast du keinen?«

Ich schenkte ihr mein schönstes Lächeln und legte den Finger an die Lippen. »Gib mir deine Nummer«, sagte ich leise, »dann schreibe ich dir die Wahrheit. Irgendwann.«

Sie nickte und kritzelte Zahlen auf einen Zettel. Lächelte mein Lächeln zurück, mit ungeschminkten Trekkinglippen, sie war ein Abenteurer wie ich, oder das dachte sie, und ich wusste, sie wäre gerne am Abend in dem hässlichen Grenzort mit mir ein Bier trinken gegangen. Vielleicht wären wir im Bett gelandet.

Ich holte Hope, der vor einem Bücherregal mit zerlesenen Büchern »zum Tauschen« kniete, wo er gerne geblieben wäre, und verließ das Hostel.

Wir kauften einen Koffer. Die Grenzkontrollen, hieß es, wären lasch, und ein Koffer war billiger als ein Schleuser.

Der Koffer war groß und rot. Hope, zusammengerollt, passte genau hinein.

Ich war nervös, als sie meinen Pass begutachteten. Aber sie schienen im Computer nichts gegen mich zu finden, niemand suchte mich für den versuchten Mord an einem panamaischen Soldaten. Und die Einreisestempel sind nicht kompliziert. Jeder kann sie abzeichnen.

Ich nahm den roten Koffer und ging weiter.

Ich würde gerne von den Kriminellen in El Salvador erzählen, von den Maras, den brutalen Jugendbanden, von der allgegenwärtigen Angst, aber die Wahrheit ist: Es ist nichts passiert. Wir durchquerten das gefährlichste Land Zentralamerikas in zwei Tagen und sieben Bussen.

Nur eines fiel auf: Da waren mehr, mehr wie wir. Flüchtlinge. Menschen mit einer bestimmten Sorte Gepäck, Menschen mit diesem Blick, gefangen zwischen Angst und Hoffnung. Menschen, deren Taschen noch fast neu wirkten.

Salvadorianer, die ihre Flucht gerade erst begannen.

Manche sahen mich seltsam an, und irgendwann ging mir auf, warum: Ich war seit Yaviza nahezu kahl geschoren wie ein Mitglied der Mara. Mir fehlte nur die Tätowierung.

Einmal stiegen zwei dieser Typen ein, junge, muskulöse Männer, die sofort einen Sitzplatz bekamen, zwei Reihen vor uns, schwarze Buchstaben liefen quer über ihre Arme und Nacken. Sie bezahlten nicht und der Busfahrer sah weg. Hope drängte sich an mich.

»Ich kann sie riechen«, flüsterte er. »Sie riechen nach Blut. Aber sie riechen auch nach Angst, weißt du? Sie fürchten sich selber.«

Ich nahm Hopes Hand und ließ sie nicht mehr los, bis die beiden aufstanden und nach hinten gingen, um auszusteigen. Als sie an uns vorbeigingen, sahen sie uns an. Hope hatte recht. Sie hatten Angst. Aber Raubtiere, die Angst haben, sind die gefährlichsten. Der eine fürchtete sich mehr als der andere, er war jünger als ich. Für Sekunden blickten wir uns direkt in die Augen.

Er hatte eine kleine schwarze Tätowierung unter dem rechten, zuerst dachte ich, es wäre eine Träne, aber es war eine winzige Raubkatze, ein Panther oder Puma, und ich dachte, das ist im Grunde ein Kätzchen, der Kerl steht auf Katzen. Ich stellte mir vor, wie er in einem alten Sessel im Lager seiner Bande saß und eine Katze streichelte, vielleicht war das alles, was er wollte.

Sie stiegen aus und ich atmete tief durch.

»Du hast verdammt Glück, dass sie die Kamera nicht gesehen haben«, sagte Hope.

Ich sah mich um. »Wo ist sie?«

Hope grinste. »Ich sitz drauf.«

Als Hope wieder in den Koffer kletterte, hatte ich Angst, dass uns jemand beobachtete. Aber die Stelle war einsam, ein ödes Stück Brachland. Und ich stieg mit dem roten Koffer in den nächsten Bus. Und ging noch einmal über die Grenze.

Nur noch Guatemala und Mexiko lagen vor uns.

Ich hoffte, dass es dort Schaukeln geben würde in alten Bäumen.

Ich hatte ja keine Ahnung.

Nicht allzu weit von Guatemala City, einen Tag später, warteten wir wieder auf einen Bus.

Wir saßen auf einem sandigen Platz, der sich Busbahnhof nannte, obwohl nichts dort war, und die Verkäufer mit ihren Körben voller Chips und Fanta-Cola-Sprite-oder-Wasser in staubigen Plastikflaschen sich in den Schatten zurückgezogen hatten.

Da fanden wir das Zuckerrohrfeld. Jenes Feld, das ich nie vergessen werde.

Der nächste Bus, hatte man uns gesagt, würde erst in einer oder möglicherweise zwei oder drei Stunden fahren, und es war trocken und heiß. Der Wind fegte Sand und Staub in großen Wolken auf, Plastikfetzen flogen im Sonnenlicht.

»Da draußen, schau mal«, sagte Hope und zeigte auf die Straße vor dem Platz. »Da ist es grün. Können wir nicht da warten?«

Er hatte recht: Dort erhob sich das Zuckerrohr zu einem Wald, und Wedel von Ölpalmen winkten, etwas weiter fort, im Wind. Mitten im Zuckerrohr standen Wassersprenger und schufen im Sonnenlicht wandernde Regenbögen.

Wir stellten uns an den Rand des Zuckerrohrfeldes und streckten die Arme aus, wenn die feinen Wasserfontänen vorüberzogen, und es war wunderbar, die Kühle der tausend stiebenden Tröpfchen auf der Haut zu spüren.

»Stell dir vor«, sagte Hope, »da wäre kein Wasser, nirgendwo.«

»Dann gäbe es kein Leben auf der Erde«, sagte ich. »Das Leben ist irgendwann aus dem Wasser gekrochen. Aus dem Meer. Akash hat viel über das Meer nachgedacht ... Darüber, wie kaputt es ist.«

»Oh ja«, sagte Hope. »Die Leute kippen jede Menge Müll rein. Das weiß ich, weil sie das am liebsten vor der Küste von Somalia tun, *er* hat es uns erklärt. Wo es keine richtige Regierung gibt, können alle alles abladen. Ab und zu kommen da ziemlich gruselige Fässer hoch, die vielleicht strahlen.«

Ich nickte. »Und dauernd laufen Öltanker aus.«

»Und es wird wärmer, ja?«, fragte Hope. »Ist das nicht eigentlich gut?«

»Nein«, sagte ich. »Warme Sachen dehnen sich aus und der Meeresspiegel steigt. Auch, weil die Gletscher schmelzen. Deshalb geht das Land unter, aus dem Roshida kommt.

Und dann das ganze CO_2 ... du weißt, das wir das bei der Verbrennung von Erdöl in die Luft pusten. Das Meer nimmt es auf. Aber dadurch wird es saurer. Nicht so wie Zitronensaft, nur ein bisschen, aber die kleinen Tierchen, die im Meer leben, haben Kalkskelette, und in saurem Wasser löst Kalk sich auf. Die allerkleinsten Lebewesen, der Krill, den gibt es irgendwann nicht mehr. Aber der Krill ist der Beginn der Nahrungskette. Wenn die kleinen Fische keinen Krill mehr fressen können, gibt es keine kleinen Fische mehr, und wenn die großen Fische keine kleinen mehr fressen können, gibt es keine großen Fische mehr, und weil der Mensch große Fische isst ...«

»Der kann doch was anderes essen«, sagte Hope.

»Na ja, eine Menge Viehfutter wird auch aus Krill gemacht. Also kann der Mensch kein Fleisch mehr essen.«

»Wie wäre es mit Gemüse? Oder Soja?«, fragte Hope, und ich hörte sein Grinsen. »Von diesen Feldern, für die sie den Regenwald kaputt machen.«

»Ja, prima«, sagte ich, »und man muss die Rindersteaks auch gar nicht mehr braten, weil es sowieso heiß genug ist auf der Erde. Irgendwann nimmt das Meer nämlich kein CO_2 mehr auf und dann steigt die Temperatur an Land rapide an. Bisher haben die Ozeane das verlangsamt, sie sind wie eine Thermoskanne, sie verlangsamen alles. Sie werden selber auch nur langsam warm – aber wenn sie mal warm sind, bleiben sie warm. Und an der Oberfläche werden sie wärmer als ganz unten und die Wärme stabilisiert die Schichten: Das warme Wasser oben vermischt sich nicht mehr so richtig mit dem kalten unten, was dazu führt, dass die Meeresströmungen sich ändern. Die gehen wie ein Fließband durch alle Ozeane und verteilen alles, nicht nur die Fischschwärme, und tragen die Temperatur mit sich, und der Golfstrom ...«

»Halt«, sagte Hope. »Hadley-Zelle.«

»Wie?«

»Ich bin ausgestiegen. Warum stehen wir neben einem Zuckerrohrfeld und reden über Fische?«

Ich zuckte mit den Schultern. »Vielleicht, weil da drüben die Wüste anfängt.«

Ich nickte hinüber zur anderen Seite der Straße, wo der Boden rissig war und die kleinen, mickrigen Halme verdorrt. Zwischen den kleinen Feldern gab es Windbarrieren aus trockenem Astwerk.

Eine Gruppe Frauen kamen jetzt auf der Straße näher, bunt angezogen, mit flachen, runden Gesichtern und glattem tiefschwarzem Haar: Maya. Sie trugen Hacken und Schaufeln, sie lachten und scherzten, aber sie sahen erschöpft aus. Als sie uns sahen, blieben sie stehen. Fragten, ob wir uns verlaufen hätten. Ob wir etwas suchten. Ich sagte, wir warteten auf den Bus.

Da meinten sie, das könnte dauern und ich sollte ein Foto von ihnen machen.

Sie stellten sich vor das grüne Zuckerrohrfeld, samt ihren Gerätschaften, und lächelten in perfekter Pose.

»Schönes Feld, ja?«, fragten die Frauen kichernd. »Schönes Zuckerrohr. Schöne Ölpalmen. Weißt du, wo unsere Felder sind?« Sie zeigte auf die Wüste mit dem aufgeplatzten Boden. »Da!«

Mehr Lachen.

Und eine – die Älteste – sagte: »Was seid ihr, Touristen? Oder bist du Reporter? Du kannst das gerne berichten, es ist uns inzwischen egal. Wir haben zu lange den Mund gehalten, der ist fast zugewachsen. Im Krieg, da haben sie die Hälfte von uns ermordet, und die andere Hälfte ist geflohen, sie haben gesagt, die Maya sind alle Kommunisten. Die verdammten Amerikaner. Als es vorbei war, nach dreißig Jahren, hieß es, wir können zurückkommen. Und dass wir Land bekämen. Da! Schau es dir an, unser Land! Da kannst du nicht mal einen Stein drauf pflanzen. Der Wind nimmt die Erde mit, seit es keinen Wald mehr gibt, und das Grundwasser ist zu weit gesunken. Weil die da drüben es stehlen.« Sie zeigte auf die Wassersprenger. »Die haben Pumpen, die holen es auch noch aus der Tiefe.«

Sie griff plötzlich in die Luft und packte eine Handvoll Staub aus einer Wolke.

»Da fliegt er, unser Boden. Hier! Nimm ein Stück mit! Ein Stück Guatemala!« Sie öffnete die Hand vor meiner Nase und alle lachten mit ihr.

Ich habe ein Bild von kichernden Schulmädchenfrauen in bunt gewebten Gewändern vor der Wüste, die sie ernähren sollte.

»Die Amerikaner haben Leute ermordet?«, fragte Hope, als sie fort waren. »Das stimmt doch nicht, oder, Mathis? Die Vereinigten Staaten sind die Guten, *er* hat gesagt, ich soll da hin, weil sie Frieden haben.«

»Der Krieg in Guatemala ist lange her«, sagte ich. »Dein Vater hatte recht, sie sind die Guten. Heute.« Ich kam mir sehr verlogen vor.

Auch meine Leute, auch die Kanadier waren nicht die Guten. Es saßen eine Menge kanadischer Investoren in Guatemala, schürften Gold und kauften Felder. Ich kannte die Webseiten.

Invest in Guatemala now.

Als wir zurück zum Busplatz gingen, waren wir beide tief in Gedanken. Und wir merkten beide zu spät, dass auf der Bank jetzt jemand saß. Jemand, der vielleicht vorher in der Nähe herumgelungert hatte.

Es war der Junge aus dem Bus in Nicaragua. Er hatte bis eben mit den abgewetzten Turnschuhen Muster auf den Boden gemalt. Jetzt sah er auf. Seine Augen brannten. Ich hatte tatsächlich Angst vor ihm, verdammt. »Wohin fahrt ihr?«

»Tapachula«, sagte Hope.

»So, so.« Er nickte. »Dann seid ihr am Día de los Muertos da, übermorgen. Du hast da scheint's 'nen Gastauftritt, Kleiner. Übermorgen, erster November. Samt Eintrittskarte nach drüben.«

Hope wich einen Schritt zurück. Aber nur einen.

»Nach *drüben*?«

»Ins Totenreich.« Er lachte leise, bitter. »Erst haben wir den Día de Todos los Santos, dann den Día de los Muertos. Und eigentlich ist es so gedacht, dass die Toten ins Reich der Lebenden kommen. Über eine Brücke. Umgekehrt ... ist es eher unüblich.« Er zuckte die Schultern. »Aber wenn du in den nächsten Tagen in Tapachula an der Grenze auftauchst, Kleiner, oder in der Nähe ... Wir haben ein paar Leute getroffen, die dich suchen. Euch. Ein somalisches Kind, dem das rechte Ohr fehlt, und einen Kanadier, der sich die Haare abrasiert hat, weil er glaubt, man würde ihn dann nicht erkennen.«

»Wer sucht mich?«, zischte Hope wütend, Angriff ist die beste Verteidigung. »Wie sah er aus?«

»Es waren drei«, antwortete der Junge. »Wie die aussahen? Mann, wie Afrikaner eben aussehen. Ganzkörpertätowierung ohne freie Flächen.« Er grinste. »Wenn ich ihr wäre, würde ich 'ne Weile von der Strecke fernbleiben, die sie kontrollieren.«

Ich schluckte. »Wohin fährst *du*?«

»Ich?« Er sprach plötzlich leise, als könnte der wirbelnde Staub uns belauschen. »Todos Santos Cuchumatán, rauf in die Berge. Ich hab eine Tante da. Da oben bist du frei – keine Gangs, keine Polizei. Nicht mal Verkehr. Nur Pferde laufen da rum und ein paar bunt angezogene Leute und am Día de Todos los Santos haben sie die wahrscheinlich beknackteste Feier im Land. Das Pferderennen von Todos Santos, nie davon gehört? Lauter verrückte Ixil-Maya. Ich kann die Sprache nicht, das ist irgend so ein Gezisch ohne Vokale, aber bei denen kannst du eine Weile flach auf dem Bauch liegen und das Leben vorbeirauschen lassen und hoffen, dass die Welt dich vergisst.« Er sah in die Ferne. »Wenn sie hinter dir her sind.«

»Warum sind sie hinter *dir* her?«

»Ich habe nicht gesagt, dass sie hinter mir her sind«, sagte er.

Aber es war klar. Sein Blick. Die Nervosität des Panthers unter dem Auge. Sein Schatten, der Angst zu haben schien, dass jemand auf ihn trat, ein verkaufter Schatten, weniger wert als der Staub.

»Da fährt ein Bus hin, ja?«, fragte ich. »Von hier aus?«

»Paar Mal umsteigen. Ich war einmal da. Als Kind.« So lange, dachte ich, war das nicht her.

»Wir könnten uns diesen Ort mal angucken«, sagte Hope.

Ich nickte. »Zur Abwechslung ein paar schöne Dinge knipsen wie Pferderennen und Berge und nicht ans Meer denken. Das ist wahrscheinlich ein Luxus, den man sich nicht mehr lange leisten kann: nicht ans Meer denken.«

»Was redet der da?«, fragte der Typ mit dem Panther.

»Ach, Mathis hält ab und zu einen Vortrag über die Hadley-Zelle oder Krill. Warum die Erde zu warm wird und kaputtgeht und so. Er sammelt Storys darüber.«

»Oh, verschon mich«, knurrte der Typ. »Die verfickte Erde kann meinetwegen vor die Hunde gehen. Mir geht's mehr so darum, dass ich noch zwanzig werde.«

Er schüttelte sich. »Ich nehm euch mit, wenn du die Schnauze hältst. Und zwar möglichst die ganze Zeit. Ihr habt mich nicht gesehen. Ich mein, ich euch auch nicht.« Er nickte.

Wir nickten ebenfalls.

»Chico«, sagte er und schüttelte meine Hand.

»Mathis«, sagte ich.

»Hope«, sagte Hope.

»Sag bloß«, sagte Chico.

Die Busse fuhren hinauf in die Berge bis Huehuetenango, kurz Huehue. Die Leute, die mit uns im Bus saßen, waren in Feierstimmung, noch zwei Tage bis zum Día de los Muertos: dem buntesten Feiertag des Kontinents. Vor uns saßen zwei Frauen, die Hühner auf dem Schoß hielten wie Hauskatzen. Die Männer trugen alle Hüte.

»Bus geht heute keiner mehr rauf«, sagte einer. »Die gehen selten. Die Fahrer haben Angst um ihre Fahrzeuge auf den Straßen da.«

So landeten wir auf einem Pick-up, zwischen Kisten mit Kartoffeln, Tomaten und Schnapsflaschen mit dem Bild einer lächelnden, schwarz bezopften guatemaltekischen Schönheit: *Quetzalteca*. Die Straße führte so nahe am Abgrund entlang, dass ich mich fragte, ob es vielleicht besser wäre, eine der Flaschen zu öffnen, um sich etwas Gelassenheit anzutrinken.

Hope hatte keine Angst. Er hielt sich mit einer Hand fest und streckte die andere hinaus, als würde er fliegen. Chico grinste breit, er saß auf der anderen Seite des Pick-ups, im Schneidersitz, den Rücken an die Bretter gelehnt. Er hielt sich nicht fest. Wenn er fiel, fiel er.

Und dann sah ich in der Tiefe zwischen den niedrigen Bäumen und dem kargen Gras das Wrack eines abgestürzten Pick-ups liegen. Und ich packte Hope und ließ ihn nicht mehr los.

Ich, der Abenteurer, der Gefahrenreporter, der Extremreisende: Ich fuhr durch eine atemberaubende Berglandschaft und machte keine Fotos, nein, stattdessen entwickelte ich die Gefühle eines panischen Muttertieres.

Ich war schweißgebadet, als wir auf dem Marktplatz von Todos Santos ausstiegen.

»Na denn frohes Feiern«, sagte Chico und verschwand im Gewühl.

Der winzige Ort war ein Ameisenhaufen, ein Bienenkorb, Venedig im Karneval.

Wir fanden ein Zimmer, sogar eines mit einem kleinen Balkon, und die klare, kühle Luft machte uns betrunken, zusammen mit dem Gefühl, nicht mehr auf »dem Weg« zu sein, der Route der Flüchtlinge: Wir waren ausgestiegen und für ein paar Tage nur Menschen.

Hope sah mich an und lachte. »Es ist so schön hier«, sagte er. Und ich nickte, und wir verließen unseren Balkon, um den Ort zu durchstreifen.

Todos Santos Chuchumatán: Das sind steile Straßen, weite Ausblicke auf hellgrüne Berge mit vereinzelten Nadelbäumen, winzige Wanderpfade – und eine Menge Farben. Der ganze Ort trug Tracht, die Stoffe von Hand gefärbt, gewebt, bestickt, und später begriff ich, dass es nicht an der Fiesta am nächsten Tag lag. Die Tracht war ihr Stolz, Symbol ihrer Identität. Sie waren Ixil, sie waren Maya und sie versteckten diese Tatsache nicht.

Ich klebte am Sucher und knipste und knipste und knipste.

Die Männer in ihren leuchtend roten Hosen mit den weißen Streifen und den blau-weißen Hemden, die Frauen in ihren tiefultramarinfarbenen Röcken und Huipiles, den breit geschnittenen Blusen mit dem kunstvoll bestickten Stoffquadrat um den Ausschnitt. Und alle, selbst die Kinder, trugen Hüte mit blauen Webbändern. Ich konnte es nicht lassen, ich kaufte uns auch welche.

»Das ist vielleicht auch gut, so weit oben in den Bergen«, sagte Hope. »Sonst kann einem Allah noch in den Kopf gucken.«

»Denkst du denn Dinge, die er nicht sehen sollte?«, fragte ich.

»Immerzu«, sagte Hope ernst. »Ich sehe die Frauen hier, und ich denke, so sollten sie bei uns auch sein. So bunt und so stolz. Das ist ein ziemlich verbotener Gedanke, ich meine, man sollte sich doch verhüllen und bescheiden sein als Frau, sonst werden die Männer verwirrt und abgelenkt, und alle möglichen Katastrophen passieren.«

»Ich glaube«, sagte ich, »die Männer hier sind nur vom Quetzalteca abgelenkt und von ihren eigenen Prahlereien.«

Sie standen überall in kleinen Gruppen und lachten und tranken Schnaps, Shots, die sie herunterkippten wie Wasser. Sie waren genauso herausgeputzt wie die Frauen, mit bestickten Ärmelaufschlägen und Stulpen und dem Triumph des zukünftigen Sieges bereits im Gesicht.

Beim Abendessen, Tortillas von Papptellern auf dem zentralen Platz, saßen wir auf einer kleinen Mauer zwischen anderen, und irgendwer drückte mir zwei Gläser in die Hand.

»Salut!«

Und ich kippte den Quetzalteca hinunter wie die anderen. Er brannte in der Kehle wie Feuer, sie lachten über mein Gesicht. Dann gestikulierten sie in Richtung Hope, er sollte auch trinken, aber ich glaube nicht, dass sie es ernst meinten. Hope starrte das Glas an, als wäre es eine Schlange, panisch. Und ich beeilte mich, auch den zweiten Schnaps hinunterzukippen, um ihn zu beruhigen. Die Männer applaudierten. Dann zeigten sie auf die große Kamera. »Foto, Foto!« Und ich knipste sie. Wir waren schon Freunde geworden.

Sie zogen uns zu der Marimba hinüber, die sie aufgestellt hatten, einer Art riesigem Holzxylofon, das von drei Männern gleichzeitig gespielt wurde, natürlich musste ich die Marimbaband fotografieren. Die Spieler positionierten sich, ein bisschen eher so, als hätten sie die Marimba erlegt.

Wir tranken mehr. Und wir tanzten: ein Kreis aus Männern, die auf den Boden stampften und die Köpfe senkten wie die Rennpferde. Ich war mittendrin, der Quetzalteca sang in meinen Adern. Wenn ich aufsah, fing ich Hopes Blick, er saß mit den Frauen und den anderen Kindern am Rand, und er winkte und grinste, ich glaube, ich gab ein ziemlich lächerliches Bild ab. Aber gerade als ich dachte, dass ich mit dem Unsinn aufhören sollte, begann Hope, im Rhythmus zu klatschen, und jetzt tanzte er, auf der Stelle, zwischen den Jungen von Todos Santos, die um ihn herum in ihrer roten und tiefblauen Tracht strahlten. Hope in seinem fadenscheinigen, verblichenen T-Shirt strahlte ebenfalls: Seine Augen strahlten. Er sah glücklich aus.

Wie auf der Schaukel.

Und ich dachte, dass ich diese Berge mochte, in denen die Leute noch sie selber waren, in denen sie sich verloren im Rausch der Farben und der Musik, in denen alle Fremden Freunde waren und kein Freund fremd.

Und dann sah ich Chico. Ich hatte ehrlich gesagt gehofft, ihn nicht mehr zu sehen.

Er sprach am Rand des Platzes mit einem Mädchen. Und er hielt ihre Hand. Der Panther war nicht zu sehen im Halbdunkel, vielleicht war er von Chicos Gesicht gesprungen und davongeschlichen.

Und als ich mit dem tanzenden Kreis näher herankam, sah ich das Leuchten, das um ihn war: ihn, der im Bus in El Salvador noch Angst verströmt hatte wie einen üblen Geruch. Vielleicht hatte er an dem Tag im Bus schon gewusst, dass er abhauen würde, vielleicht hatte er davor Angst gehabt: dass seine Leute es herausfanden. Dass er die Bestrafung fürs Desertieren nicht überlebte.

Jetzt reihte er sich in den Tanz ein, und er tanzte nur für das Mädchen, wilder als alle anderen, mit mehr Energie. Dann packte er einen der Jungen am Rand, und ich erschrak, doch er zog ihn nur in den Kreis der Tanzenden, zog die anderen ebenfalls hinein, zuletzt Hope. Sie ließen sich ziehen, natürlich wollten sie mit den Männern tanzen.

Hope war gut, er hatte den Rhythmus in sich, anders als ich mit meinem Gehopse, und Chico hakte ihn unter und winkte seinem Mädchen, das lachend zusah.

Ich gab auf, suchte mir außer Atem wieder einen Platz auf der niedrigen Mauer und sah nur noch zu. Und dachte plötzlich, in leiser Melancholie, dass es schön sein musste, zu lieben. Oder, einfacher noch: verliebt zu sein.

Schließlich ließ Chico sich neben mich fallen. »Hey, ist sie nicht wunderschön?«, fragte er. »Ihre Familie und meine Tante sind Nachbarn. Als ich letztes Mal hier war, war sie schon schön, aber jetzt ist sie noch schöner geworden.«

»Doch«, sagte ich. Sein Mädchen hatte das gleiche glatte schwarze Haar wie alle Mädchen, das gleiche flache, freundliche Gesicht. »Doch, sie ist das schönste Mädchen auf dem Platz.«

»Faith ist schöner«, sagte Hope sehr leise und auf Englisch.

Ich legte einen Arm um ihn. »Ist sie hier?«

Er nickte. »Sie ist immer da.«

Und auf einmal spürte ich, dass er gefragt werden wollte, vielleicht war der Moment schön genug, um es zu erzählen. »Wo ist sie wirklich?«, flüsterte ich.

»Es war eine Bombe«, sagte Hope. »Zwei Jahre nachdem ich zu ihnen gezogen war. Es kam mir vor, als wären wir länger zusammen gewesen. Eine Ewigkeit. Wir haben so viele Sachen zusammen gemacht … und gelernt ... Schreiben und Lesen und wie wichtig Bücher sind, und wir haben Stunden und Stunden mit *ihm* vor dem Bildschirm gesessen, als wäre *er* auch mein Vater, und *er* hat versucht, uns die Welt draußen zu zeigen und zu erklären. Sie war dabei, als er die Buchladen-Idee hatte, vielleicht war es ihre. Manchmal war sie mit ihrer Mutter allein unterwegs, ihre Mutter war immer ... mehr für sie da. Sie war nett zu mir, aber ... ein bisschen scheu. Als hätte sie Angst, ich könnte zu viel von früher erzählen, zu viel Schlimmes. An dem Tag waren sie auch zu zweit unterwegs, Faith und ihre Mutter. Sie haben Regale für den ersten Buchladen machen lassen, sie haben den Tischler besucht, Frauen tun das sonst nicht, aber ihre Mutter wollte unbedingt ... Und danach wollten sie eine Limonade trinken gehen, in einem der neuen Restaurants. Eine Kette.

Ich weiß noch, die gehörten einem Somali, der aus England nach Mogadischu zurückgekommen war und etwas aufbauen wollte. Er hat Musik da gespielt, zu der die Leute tanzen konnten, fröhliche Musik ... Natürlich hat das Al Shabaab nicht gefallen. Das war der erste Anschlag. Sie haben das Restaurant in die Luft gejagt. Die Leute haben erzählt, da wäre ein riesiges Loch im Boden gewesen, und als der Besitzer vom Einkaufen zurückkam, musste er Blut und Fleischfetzen von der Wand schrubben.

Er hat das getan und weitergemacht.

Faith und ihre Mutter haben nicht weitergemacht. Ich weiß nicht, wie viele Leute mit ihnen zusammen gestorben sind, es war mir egal. Seitdem ist sie unsichtbar.« Er sah sich um. »Sie kommt sehr leicht über Grenzen, keiner hat sie bisher kontrollieren wollen. Und es ist billig, nicht da zu sein. Flugtickets, Busse, Schlafplätze. Ich teile meinen mit ihr.«

Er lächelte zu mir auf, mein Arm lag noch immer um seine schmalen Schultern. »Na ja, von da an waren wir allein, *er* und ich«, sagte er. »Wir hatten nur noch uns. Und die Bücher. Wir haben auch einfach weitergemacht. Was anderes kannst du nicht machen.«

»Nein«, sagte jemand neben uns. »Kannst du nicht.«

Es war ein Mann mit wettergezeichnetem, vom Schnaps gerötetem

Gesicht. »Hier machen wir es genauso, wir machen einfach weiter«, sagte er, in fast akzentfreiem Englisch.

Offenbar hatte er zugehört.

Jetzt zündete er sich eine Zigarette an und war verwundert, als ich keine wollte.

»Ich arbeite drüben. In den Staaten«, sagte er. »Seit über dreißig Jahren. Aber ich komme jedes Jahr wieder, zum Rennen. Du wirst eine Menge Leute hier finden, die das tun. Die haben das Geld für die Pferde, die anderen, die hiergeblieben sind, eher nicht.« Er nickte. »Geld, ja. Wir bringen auch Geld nach Hause. Das in den Staaten ist nur ein Job, unsere Heimat ist immer noch hier. Sie haben versucht, unser Volk kaputt zu machen, aber wir haben einfach weitergemacht.« Er lächelte Hope zu. »Wisst ihr, wofür das Rot der Männerhosen steht?«

Wir schüttelten die Köpfe.

»Für das vergossene Blut«, sagte er. »Und das Weiß und Blau der gestreiften Hemden, das sind der Himmel und die weißen Wolken. Der Ort der Geister, der Ort der Toten von damals.«

»Was war denn damals?«, fragte Hope.

»Du bist aus Mogadischu, eh?«, fragte der Mann. »Bei uns hatten wir ähnliche Geschichten, mein Junge. Und wieder ganz anders. Bomben eher nicht. Die United Fruit Company hatte eine Menge Land hier, haben viel Geld in den Boden gesteckt und noch mehr rausgeholt. Der Rest von uns hatte kaum Land. Aber dann bekamen wir einen neuen Präsidenten, der hat angefangen, das Land umzuverteilen. Zu Beginn nur die Flächen der großen Konzerne, die sowieso brachlagen. Hat sie den Kleinbauern zurückgegeben. Ein guter Mann. Den Amerikanern ein Dorn im Auge, stand zu viel Geld auf dem Spiel. Obstgeld, verrückt, genauso schmutzig wie Drogengeld. Sie haben behauptet, der Präsident sei Kommunist, haben von außen einen Putsch organisiert, ihn gestürzt und eine Militärdiktatur eingesetzt. Es kamen dann mehrere Diktatoren, hintereinander, sie haben sich alle gegenseitig weggeputscht, und die Amerikaner haben die Regierung immer gestützt, mit Waffen, mit Geld, sie haben ganze Teile der Armee ausgebildet. Damit die das Volk unterdrücken konnte. Das war die Zeit, in der die Amerikaner eine Heidenangst vor den Kommunisten hatten, die haben den Russen überall gewittert, lange her, was, der Kalte Krieg.« Er zuckte die Achseln. »Alle, die gegen die Diktatur waren, mussten in den Untergrund gehen, es gab mehrere Gruppen, und Amerika hat sie alle zur kommunistischen Gefahr erklärt. Sie wurden zu Guerillas, obwohl es normale Menschen waren, und wo saßen die Guerilleros? Natürlich in den Bergen, in den Mayadörfern. Ich meine: Natürlich saßen sie da *nicht*, wir haben nie welche gesehen, aber die Soldaten brauchten jemandem zum Abknallen, also nahmen sie uns: die Soldaten des Diktators, die Soldaten Amerikas. Kein Ixil wäre mehr hier oben, wären nicht ein paar von uns weggelaufen wie die Feiglinge. Und einige sind in den Staaten gelandet und haben gutes Geld gemacht. Damals, in den Achtzigern, haben die Soldaten Dörfer überfallen, Frauen vergewaltigt, Schwangere aufgeschnitten. In El Salvador drüben war es ähnlich ... Manchmal haben sie die Leute auf dem Dorfplatz zusammengetrieben, sie nach Revolutionären befragt und alle erschossen, wenn sie nichts wussten. Manchmal haben sie sie in die Dorfkirche gesperrt und die Kirche angezündet. Die Ixil sollten als Volk nicht weiterleben. Sie wollten uns auslöschen. Das war unter Ríos Montt, der war sogar seinen eigenen Leuten zu krass, den haben sie wegen Unzurechnungsfähigkeit abgesetzt, aber sein Freund da drüben in den Staaten, Reagan, den hat keiner für unzurechnungsfähig erklärt.

Und dann war da die PAC, die Patrullas de Autodefensa Civil, welche die Dörfer angeblich gegen die bösen Guerillas verteidigen sollte. Sie waren einfach eine weitere Todesschwadron – nur, dass sie uns gezwungen haben, mitzumachen. Andere im eigenen Dorf zu denunzieren. Wer sich weigerte, der gehörte zu den Guerillas, und das war's für ihn und seine Familie. Keiner hier hat keinem mehr getraut. Manchmal gab es Helden. Die für die PAC arbeiteten und die anderen im Dorf gewarnt haben, bevor die PAC vor deren Tür stand. Helden gibt es immer. Deshalb tanzen wir. Saufen und tanzen. Und reiten! Hoh! Ein ganzer Krieg für Obst und wir tanzen und saufen!«

»Aber Sie ... sind damals weggegangen. Ausgewandert«, sagte ich.

»Ich? Oh. Ja. Das ist unwichtig«, sagte er, und dann war er weg, tanzte wieder, trank weiter, und ich fragte mich, wer er gewesen war, damals, vor seiner Flucht: Denunziant und Mörder für die PAC, Revolutionär oder Held?

»Fluchtgründe«, murmelte ich. »Klimawandel, Krieg, Bananen. Klimawandelgründe: CO_2, Methan ... Bananen. Handelsgüter, die Gewalt auslösen: Erdöl, Kokain, Bananen.« Ich schüttelte den Kopf. »Wer hätte gedacht, dass die Banane eine so gefährliche Frucht ist?«

»Mathis«, sagte Hope. »Du bist besoffen.«

»Besoffen sein ist die Lösung! Einer, der so saufen kann wie wir, überlebt immer!«, murmelte Chico, der immer noch neben mir saß. Er hielt sein Mädchen jetzt im Arm.

Das Mädchen lachte. »Nein, denk dir, es geht auch ohne Saufen. Man kann weben, stattdessen. Wir haben einen Zusammenschluss von Weberinnen. Selbstverwaltet.« Sie klang stolz, selig, verliebt. »Und wir sind jetzt ein geschütztes Gebiet, wusstest du das? Die Säufer und die Weberinnen und die Berge, alles geschützt, keiner darf das mehr kaputt machen.«

Chico sah sich um, die Augen zusammengekniffen. »Und die, die euch damals verraten haben?«, fragte er leise. »Sie sind noch hier. Manche sind reich.« Er stellte sich gerader hin. »Morgen reite ich. Für dich. Gegen die beiden, die gewöhnlich gewinnen.« Er drehte sich zu mir, seine Augen glasig. »Das sind nämlich solche ... solche ... Verräter. Von damals. Mit Blut an den Händen. Sie werden nicht gewinnen, nicht morgen. Manchmal gibt es Tote beim Rennen.«

Ich schluckte.

»Wen wundert's«, sagte das Mädchen, noch immer sorglos. »Die Männer trinken und reiten und trinken, den ganzen Tag. Es gewinnt, wer zuletzt vom Pferd fällt.« Sie lachte. »Wir hoffen alle, dass es morgen keinen Toten gibt. Aber man sagt, es bringt Glück für die Ernte. Und Glück könnten wir brauchen. Der Boden gibt nichts mehr her, wir haben zu viel starken Regen in letzter Zeit, er spült die Erde weg. Unten an der Küste sind es die Hurrikane, hier oben der Regen. Er ist nicht gut für den Kaffee. Und die Kartoffeln.«

»Da ist er wieder«, murmelte ich. »Der gute alte Klimawandel.«

»Das ist nur Mathis«, sagte Hope zu dem Mädchen. »Er erklärt jetzt gleich die Hadley-Zelle. Mathis, Zeit zum Schlafen.«

»Komm mir nicht mit *dem* Scheiß, ja«, schnaubte Chico. »Ich ... ich werde reiten!« Seine Zunge war schwer von den vielen Quetzalteca-Shots. »Für ihre Familie! Ihr Vater, der reiten sollte, den haben sie ...«

»Schhh!« Sie legte ihm einen Finger auf den Mund. »Du musst ins Bett.«

Chico legte einen Arm um sie. »Morgen reite ich ... Und übermorgen ...« Sie versuchte, ihn mit sich zu ziehen, doch er blieb auf der Mauer sitzen, trotzig wie ein Kleinkind. »Und nächste Woche geh ich rüber nach Norden. Wie ihr! In die Staaten! Ich werde was da, was Großes, dann kann ich sie nachholen, ihr werdet schon sehen. Uns kriegt keiner klein, wir haben eine glänzende Zukunft, und die liegt ... genau da, von wo sie uns bekämpfen ... in den Staaten ... die liegt ...«

»Komm jetzt«, sagte das Mädchen, und diesmal ließ sie keine Widerrede zu.

Ich ging freiwillig. Ich war sehr froh über Hopes mageren Arm, denn ich ging nicht mehr geradeaus. Wie schafften es diese Männer, die ganze Nacht durchzutrinken?

»Es war schön«, sagte Hope, als wir schließlich in dem billigen Zimmer in unseren Betten lagen, während draußen die Fiesta weiterlärmte. »All diese Farben.«

»Trotz der schrecklichen Geschichten?«

»Gerade«, sagte Hope. »Weil sie gut ausgehen. Ihre und meine. Sie sind noch hier und sie tanzen. Und ich bin noch hier. Und Faith. Sie haben versucht, sie auszulöschen, aber sie haben es nicht geschafft, sie ist da.«

»Schlaf schön«, sagte ich.

Er schlief schon. In den Armen seiner Schwester, der unsichtbaren.

Als ich aufwachte, war er verschwunden.

Ich fluchte, auf Spanisch, sprang in meine Kleider, schnappte die Kamera und war draußen, im kochenden, wirbelnden Ort, der dem

Beginn des Rennens entgegenfieberte. Meine Beine und Arme fühlten sich an wie Blei, ich hatte verschlafen.

Der Strom der Menschen spülte mich zur Rennstrecke: auf dem Gras, hoch über einem sandigen Fahrweg, standen die Zuschauer am Hang und bildeten eine lange Linie, vorn die Frauen und Kinder. Ich ging an der Linie entlang, fragte die Leute nach Hope, und tatsächlich wussten sie, wen ich suchte, und lächelten. Er war schon bekannt, der kleine schwarze Junge, der mit dem weißen Mann gekommen war und getanzt hatte. Die Leute zeigten die Zuschauerreihe entlang.

Ich erreichte die Startlinie, vor der die Reiter ihre Pferde auf und ab tänzeln ließen. Flaschen wurden herumgereicht, das Trinken gehörte dazu oder war die Hauptsache – und dann fand ich Hope: unter den Reitern vor der Startlinie, Minuten vor dem Beginn des Rennens. Hope. Auf einem braunen Pferd. Er saß nicht allein auf dem Pferd, einem nervösen, schönen Braunen, er saß hinter einem Mädchen in seinem Alter, das den Huipil der Frauen trug, dunkelblau gewebt mit gestickten Mustern auf der Brust, doch dazu Hosen, Jeans, sie sahen nach Amerika aus. Und einen Hut mit blauem Band.

Ich winkte, rief und er winkte zurück. Das Mädchen lenkte sein Pferd herüber.

»Ich hatte gerade die erste Reitstunde in meinem Leben!«, sagte Hope und strahlte mich an. »Ich war früher auf als du und da habe ich sie getroffen. Sie wollte immer schon beim Rennen mitmachen. Frauen dürfen nicht, aber es gibt keine Regel, dass *Kinder* nicht dürfen. Und falls einer was sagt, bin ich da ... als Mann ... sie hat bisher nie einen gefunden, der verrückt genug war, mit ihr zu reiten.«

»Moment«, sagte ich, »das geht mir jetzt ein bisschen schnell. Der Sinn dieses Rennens ist, sich auf einem Pferd zu besaufen und ... Komm da runter.«

»Es steht nirgends, dass du trinken *musst*«, sagte Hope. Er steckte in einem blau-weiß gestreiften Hemd und roten Hosen, zu groß für seinen mageren Körper. Das Mädchen warf den Kopf zurück und lachte, dann lenkte sie das Pferd zur Startlinie. Hope winkte mir noch einmal, und ich blieb zurück, perplex.

Ich fand auch Chico bei den Reitern, auf einem Schimmel, dann ertönte das Startsignal, und ehe ich etwas tun konnte, preschten sie los. Der Schimmel und der Braune liefen einen Moment lang Seite an Seite, dann stürmte der Braune mit den beiden Kindern davon, war unter den Ersten, verschwand.

Und da stand ich, ich, der Abenteurer, und sah ihnen nach und machte mir Sorgen.

War es das, was wir taten, auf der Welt? Letztendlich?

Den Kindern nachsehen, wie sie in die Zukunft galoppierten, außer Sichtweite?

»Hier«, sagte jemand und reichte mir ein Glas. »Trink.«

Und ich trank, und ich fotografierte, verspätete Reiter, das Publikum in seiner bunten Kleidung, großäugige Babys auf Mütterarmen, winkende Frauen ... fotografierte meine Angst weg.

Dann sah ich sie zurückkommen, Triumph im Gesicht, lachend, diese beiden verrückten Kinder, die erste Runde hatten sie überstanden. Ich fühlte, wie mein Gesicht in ein Lächeln zerbrach, ja, ich habe ein Bild von Hope, hoch zu Ross, von dem ich weiß, dass *ich* dabei lächle.

Auch wenn ich gar nicht drauf bin.

Faith ist darauf. Sie war für diesen Tag lebendig geworden, er sah sie in dem Mädchen, ich war mir sicher.

Und ich knipste und trank und knipste weiter und um mich entfaltete sich der Farbenrausch des Ortes vor dem hellen Grün der Bergwiesen. *Das Land des ewigen Frühlings.*

Es stimmte. Dieses Land, das so viel gesehen hatte, war wie Hope: voll Hoffnung. Man wollte ihm eigentlich keine Wahrheiten sagen.

Die Reiter lachten und riefen sich Späße zu, nur Chicos Gesicht war ernst, verbissen, und in seinen Augen glühte etwas Fatales. Ich sah auch die beiden Männer, die er zu seinen Feinden erklärt hatte, Männer Ende fünfzig oder Anfang sechzig, kräftige, untersetzte, fröhliche Männer. Wenn Chico recht hatte und etwas auf ihrem Gewissen lastete, hatten sie es erfolgreich verdrängt.

Seit 1969 herrschte offiziell Frieden in Guatemala.

Der Panther unter Chicos rechtem Auge duckte sich zum Sprung.

Zwischen den Runden reichten die Männer weiter Shots herum. Es ging gar nicht um die Zeit, nur darum, oben zu bleiben. Wie im Leben.

Und je älter der Tag wurde, desto mehr Reiter gaben auf, sie hatten schon die ganze Nacht zuvor getrunken und getanzt. Ich habe Fotos von Männern, die auf der Erde liegen und kotzen, die zusammenbrechen und weinen wie Kinder, das Rennen war ein körperlicher Belastungstest der Extreme.

Dann gab es eine Pause, und denen, die noch dabei wurden, wurde auf die Schulter geklopft und etwas zu essen gebracht. Hope und seine Freundin stopften Tortillas in sich hinein, adrenalinbetrunken, und erzählten, wer neben ihnen schon alles vom Pferd gefallen war. Ein paar Onkel und Tanten schimpften das Mädchen aus, und es tat, was man hier eben tat: Es lachte.

»Was ist mit Chico?«, fragte ich. »Habt ihr gesehen, wohin er gegangen ist?«

»Zu seiner Freundin.« Hope grinste. »Die Straße da runter, in die erste Gasse rein, im ersten Haus ist er verschwunden.«

Ich wollte mit ihm reden. Mehr nicht. Ich dachte, es würde helfen.

Die Gasse war leer, die Haustür angelehnt. Ich betrat einen dunklen Vorflur und blieb stehen.

Die nächste Tür stand einen Spalt weit offen, der Raum dahinter war wie eine Höhle.

An einer Wand türmte sich Wolle bis zur Decke, tiefblau oder rot gefärbt, daneben Ballen fertig gewebten Materials. Davor standen ein Webstuhl und ein alter Holzschemel und an dem winzigen Fenster ein kleiner Tisch, der sich bog unter gerahmten Porträts und Blumen in Wassergläsern, orange leuchtend im Dämmerlicht. Manche steckten in den Augenhöhlen von Totenschädeln: aus Pappmaschee und Ton, dekoriert mit Reihen violetter und weißer Pünktchen. Einer trug sogar einen Hut.

Immerhin, sie hatten zu feiern: heute Día de Todos los Santos, morgen Día de los Muertos.

Die Brücke vom Totenreich würde begehbar sein.

Auf dem Boden, in einem Lager aus Matratzen, Kissen und Decken, regte sich etwas: Zwei Körper waren dort im Zwielicht eng ineinander verschlungen, und ich wollte kehrtmachen und gehen, aber ich wagte auf einmal nicht mehr, mich zu rühren.

Es war ganz still, zu still. Nie habe ich gesehen, wie zwei Menschen sich so leise geliebt haben, und ich wünschte, sie hätten Geräusche gemacht, denn dann hätte ich mich davonstehlen können – ein Wunder, dass sie mein Kommen nicht bemerkt hatten. Sie liebten sich heimlich, die Ahnen auf ihrem Altar durften nichts davon merken, oder vielleicht war jemand anders im Haus.

Ich wollte wirklich nichts sehen und war gleichzeitig fasziniert, da war ein Leuchten auf dem Lager aus alten Decken, ein Leuchten wie das der orangefarbenen Totenblumen.

Ich sah Chicos tätowierten Rücken mit den Zeichen seiner Mara: die Zahl 18 und das Wort BEST, riesengroß, umschlungen von schwarzen Rosen. Ich sah den kahl geschorenen Kopf, die muskulösen Arme voller verschlungener Muster: Stacheldraht, Symbol für Gefängniszeit. Und ich sah den weichen, nachgiebigen Körper des Mädchens, wie ein Boot, das ihn hielt und trug.

Dann war alles vorbei, sie lagen außer Atem nebeneinander, und ich bekam Angst, dass sie meinen Blick spürten, und lehnte mich neben der Tür an die Wand.

»Tu es nicht«, wisperte das Mädchen. »Wir brauchen keine Rache in diesem Ort. Wir lassen die Vergangenheit schlafen.«

»Oh nein«, sagte er. »Ihr denkt immer noch daran, was passiert ist. Morgen ruft ihr die Toten. Das zeigt doch, wie ihr tickt. Niemand ist je wirklich tot.«

»Die Toten kommen zum Feiern. Nicht, um sich zu rächen«, sagte sie.

»Wenn du keine Rache willst, warum hast du's mir erzählt?«, schnaubte er. »Wie sie deinen Großvater verschleppt und gefoltert haben? Warum? Er würde heute reiten, wenn sie ihn nicht verraten hätten, die beiden da draußen. Wenn es keine Strafe gibt, scheiße, dann passiert das doch irgendwann wieder!«

»Schhh!«, flüsterte sie. »Manche Dinge müssen eben erzählt werden.

Du hast mir auch etwas erzählt. Geh jetzt und reite weiter. Und wenn du mich wirklich liebst, kommst du heil zurück.«

»Natürlich! Ich werde in die Staaten gehen, für dich, und eine Menge verdienen, damit ich eine Familie ernähren kann und ...«

»Aber Chico«, sagte sie sanft. »*Ich* kann eine Familie ernähren. Ich bin in der Gemeinschaft der Weberinnen eine der Besten.«

Ich hörte Kleidung rascheln, sie zog sich an.

Und ich machte, dass ich wegkam.

Und sprach nicht mit ihm.

Wieder preschten die Pferde über die Startlinie, liefen Runde um Runde.

Und dann setzte der Regen ein.

Windstöße peitschten den Reitern das Wasser ins Gesicht, Schlamm spritzte unter den Hufen der Pferde auf, sie hatten keinen Halt mehr und das beruhigende »Ho, ho« der Reiter ersetzte die übermütigen Rufe von zuvor. Auch das Publikum wurde stiller, angespannter, die Leute hielten sich Plastikplanen über die Köpfe.

»Unten an der Küste«, sagte irgendwer, »stürmt es jetzt. Das wird ein Hurrikan.«

»Vielleicht brechen die Hänge wieder weg«, sagte eine Frau und bekreuzigte sich. »Wie damals, als die Dörfer alle verschwunden sind. Mein Mann hat da unten auf den Kaffeeplantagen gearbeitet, ich hatte solche Angst ... die Dörfer waren einfach weg, begraben ... Früher, als der Wald da noch war, haben die Bäume die Erde festgehalten, der Kaffee hält sie nicht.«

»Es ist gar nicht die richtige Zeit für Regen«, flüsterte eine andere Frau.

In diesem Moment kamen die Pferde wieder. Eines rutschte mit den Hufen weg, sein Reiter stürzte, und er schaffte es gerade noch, wegzukriechen, ehe er überrannt wurde. Als Hope und das Mädchen vorübergaloppierten, sah ich, dass sie sich festgebunden hatten.

Ich packte die Kamera ein, es war zu nass und ich jetzt zu nervös.

Eine Menge Leute sagten, sie würden das Rennen vorzeitig beenden. Der Wind frischte auf, der Regen hüllte die Berge in graue Watte.

»Noch zwei Runden!«, rief jemand.

Und wieder kamen die Pferde heran.

Ganz vorne ritten die Männer, auf die Chico es abgesehen hatte, noch immer aufrecht im Sattel. Dicht hinter ihnen trieb er sein Pferd an. Ich sah seine geweiteten Nüstern, seine aufgerissenen Augen, seine Angst: Er trieb es nicht an den anderen vorbei, er trieb es auf sie zu. Und auf einmal hielt er etwas in der Hand. Eine Waffe. Ich weiß nicht, wie er es geschafft hatte, das Ding überhaupt zu ziehen auf dem Pferd.

Es war eine kleine Pistole, er zielte mit einem Arm, er würde auf die Art nichts und niemanden treffen – Oder doch. Die Entfernung war gering. Das Publikum schrie auf.

Im selben Moment bahnte sich jemand den Weg durch die Menge: ein hochgewachsener alter Mann auf einem Pferd, und er hob das Absperrband und trieb sein Pferd vorwärts, stand mitten in der Bahn, den Reitern im Weg, majestätisch. Hinter ihm im Sattel saß ein Mädchen. Chicos Mädchen.

Etwas an dem Alten war anders als bei den anderen Reitern.

Die blau-weiß gestreiften Ärmel seiner Tracht hingen leer an seinen Seiten. Er besaß keine Arme. Sein Gesicht war entstellt von Brandwunden, die Haut links zusammengeschmolzen wie Wachs, und auf dieser Seite fehlten ihm ein Nasenflügel und das Auge, die Lider waren zusammengewachsen.

»Junge!«, rief er Chico entgegen, seine Stimme ertränkt vom Regen. »Tu das nicht!«

Es waren die gleichen Worte, die das Mädchen benutzt hatte, das hinter ihm saß. Seine Enkeltochter. Dies war der Mann, den Chico rächen wollte. Der geritten wäre, wenn die PAC ihn nicht verschleppt und gefoltert hätte. Er lebte.

Hatte Chico das gewusst? Oder hatte er, wie ich, geglaubt, er wäre tot?

Was immer die Soldaten damals mit ihm gemacht hatten, es war vorbei.

Für Chico war nichts vorbei.

Es gelang, ihm, einen Bogen um den Alten zu schlagen, er wurde kaum langsamer, und die beiden, die er jagte, wagten ebenfalls nicht, ihre Pferde zu zügeln, sie gingen als Gejagte in die letzte Runde. Wie waren sie gewesen, damals, als junge Männer?

Wie hatten sie ausgesehen, als sie den Alten ans Messer geliefert hatten? War er wirklich einer der Regierungsgegner gewesen oder einfach nur jemand, den sie loswerden mussten?

»Dummkopf!«, brüllte der Alte Chico nach. »Es stimmt nicht, was du zu ihr gesagt hast! Dass sich alles wiederholt, wenn es keine Strafe gibt! Keine Rache! Alles wiederholt sich, *wenn* es Rache gibt! Es ist ein Kreis aus Gewalt! Kriegst du das nicht in deinen kahlen Dickschädel?«

Ich glaube, Chico hörte die Worte gar nicht.

Und der Alte wendete sein Pferd und lenkte es zurück hinter die Absperrung, kopfschüttelnd.

Sekunden später löste sich in der Ferne ein Schuss.

Ich saß noch immer auf dem Gatter.

Und dann sah ich Hopes Pferd im Schlamm rutschen, sah es zum Stehen kommen, mit bebenden Flanken und wild rollenden Augen, panisch, verwirrt: Seine eigentliche Reiterin war nicht mehr da.

Die Knoten ihres Seils mussten sich gelöst haben, sie war abgerutscht.

Ich murmelte ein Stoßgebet, dass ihr nichts passiert war.

Hope versuchte, die Knoten seines eigenen Seils zu lösen, er musste von diesem Pferd runter, er hatte keinerlei Kontrolle über es, doch der Knoten saß zu fest. Das Pferd tänzelte nervös, stieg dann und wieherte, ich sah die blanke Angst in Hopes Augen – und schlüpfte durch die Absperrung.

Ich hatte keine Ahnung, was ich tun würde. Ich war mit dreizehn zwei Wochen im Reitcamp gewesen, mit ein paar Cousinen und Cousins, und ich hatte es gehasst. Aber irgendetwas *musste* ich tun.

Als das Pferd wieder mit allen Beinen auf der Erde stand, versuchte ich, es am Halfter zu packen. Hinter mir schrien die Zuschauer. Ich hatte keine Chance. Der Braune schnappte nach mir, Schaum vor dem Maul, und ich wusste, er würde wieder losrennen, mit den anderen rennen – da tat ich etwas vollkommen Bescheuertes. Das einzig Mögliche.

Ich zog mich hinter Hope in den Sattel. Mühsam, wenig elegant, aber ich war oben.

Und irgendetwas in meinem Körper erinnerte sich, wie man oben bleibt.

Der Braune preschte mit uns beiden weiter, auf einmal war ich Teil des Ganzen: Teil des Rennens, Teil des Wahnsinns. Aber ich war nicht besoffen genug, um keine Angst zu haben.

Und das Pferd, in seiner Panik, holte auf, holte Chico ein.

Da war er, der Panther-Reiter, auf der Jagd nach Männern vor ihm, in seiner erhobenen Hand die Waffe.

Wir lagen Seite an Seite mit ihm. Hope streckte einen Arm aus, wie im Pick-up, über dem Abgrund. Dann ließ er seine kleine, entschlossene Faust gegen Chicos Arm sausen.

Ich hielt die Luft an. Die Pistole glitt aus Chicos Fingern, er brüllte auf vor Wut.

Und bohrte seinem Pferde die Hacken noch tiefer in die Flanken.

Er würde die beiden da vorne von ihren Pferden holen, wenn er schon nicht schießen konnte.

Und dann war die Ziellinie da, sie hatten, eigentlich weit genug entfernt, eine hölzerne Absperrung aufgestellt, verdammt, wir mussten anhalten! Ich zerrte an den Zügeln. Die beiden anderen Reiter waren schon zum Stehen gekommen, und wir schafften es, gerade so, der Braune stand mit zitternden Flanken.

Nur Chico preschte weiter, preschte auf die beiden Männer vor der Absperrung zu – doch sie lenkten ihre Tiere beiseite. Und das Pferd krachte gegen die Absperrung. Ich hörte das Holz splittern. Ich sah ihn fliegen.

Wie einen Vogel.

Er segelte über die Köpfe der Menge, weiter, weiter, und irgendwo landete er, irgendwo zu weit weg.

Jemand schimpfte und hatte ein Messer und schnitt Hope frei und sagte, nur ein absoluter Idiot würde sich an einem Pferd festbinden, und das Mädchen, Hopes Mädchen, war da und voller Schlamm und hatte Blut im Gesicht. Sie humpelte. Hope umarmte sie.

Aber ich sah es nur im Augenwinkel. Ich folgte einem anderen

Mädchen, nein, einer jungen Frau durch die Menge. Chicos großer Liebe für zwei Tage.

Er lag auf dem Rücken. Und ich dachte noch: Sie dürfen ihn nicht bewegen, bei Rückenverletzungen darfst du den Verletzten nie bewegen, man lernt das doch im Erste-Hilfe-Kurs, man muss warten, bis der Notarzt ... Welcher Notarzt?

Sie trugen Chico zu zweit weg, legten ihn auf Decken im Hausflur eines Hauses am Platz, das offiziell aussah und dennoch winzig war. Vielleicht war es das Rathaus und Chicos Mädchen nahm seine Hände und hielt sie fest und weinte mit dem Regen.

Ich stand hinter ihr. Ich wusste nicht, was ich tun sollte.

Um uns herum stand die Menge, durcheinanderredend, mehr Flaschen hebend. Als könnte der Quetzalteca jetzt noch helfen.

»Verrückt«, murmelte jemand, und ich drehte mich um und sah, dass es der Alte mit dem halben Gesicht war. »Der Junge war völlig verrückt.« Er kniete sich mühsam hin und öffnete Chicos Hemd. Auf der Brust prangte die schwarze 18 neben einem Totenkopf und gekreuzten Waffen. »Einer von denen!«, sagte der Alte. »Mit so was wollen wir nichts zu tun haben. Er hat versucht, die Gewalt wieder herzubringen. Wie eine Krankheit.« Der Alte spuckte aus neben dem Jungen, und das Mädchen zischte ihm Verwünschungen ins entstellte Gesicht, in der Sprache der Ixil. Ich legte eine Hand an Chicos Hals. Sein Puls war da, langsam, gleichmäßig.

Ich sah mich nach den Männern um, die er hatte erschießen wollen. Sie waren nirgends zu sehen.

»Hat er euch erzählt«, sagte Chicos Mädchen leise zu mir, »warum er weg ist aus El Salvador? Warum er an der gleichen Stelle auf einen Bus gewartet hat wie ihr?«

Ich schüttelte den Kopf. »Warum?«, fragte Hope.

»Seine Leute hatten einen Auftrag. Von jemandem, der euch unbedingt beseitigen will. Sie haben versprochen, nach euch Ausschau zu halten und das ... zu erledigen. Chico war der, der es machen sollte.«

»Er war ... er ist ... uns nach Guatemala gefolgt, um uns umzubringen?«, fragte ich perplex.

Sie nickte.

»Aber warum hat er es nicht getan?«, fragte Hope. »Es wäre ... es wäre ganz leicht gewesen.«

»Er hat gesagt, er wollte sowieso weg«, sagte sie.

Sie hielt noch immer Chicos Hände. Sie sprach ganz leise jetzt, die wild diskutierende Menge über uns war Meilen weit weg.

»Sie haben ihn gezwungen, ein kleines Mädchen zu entführen«, sagte sie. »Die Eltern hatten einen Laden, sie konnten die Schutzgelder nicht zahlen ... Ich glaube, Chico war ein bisschen in die junge Frau verliebt, hat manchmal geholfen, das Kind von der Schule abgeholt ... es beschützt. Wahrscheinlich wusste sein Boss, was los war. Dass er diese Frau liebte. Eine Frau von außerhalb der Gang, so was ist gegen die Regeln. Es war also auch eine Strafe für Chico. Er hat mir das alles gestern Nacht erzählt ... Sie haben das Mädchen mit der Machete zerstückelt und ihn gezwungen, der Mutter die Stücke in einem Sack vor die Tür zu legen. Dann kam die Sache mit euch, und er hat beschlossen, zu fliehen. Er wollte das nicht noch mal machen, hat er gesagt. Ein Kind entführen.« Sie sah Hope an. »Er war ein Mörder und ein Spinner. Aber ich glaube, er hat dir das Leben gerettet.«

Ich nahm Hope in die Arme. Mir war schlecht.

»Wir müssen irgendwie über die Grenze«, flüsterte ich. »Und durch Mexiko. Da sitzt die Mara überall.«

»Aber ihr müsst nicht heute dahin«, sagte das Mädchen. »Todos Santos ist ein guter Ort, um eine Weile von der Bildfläche verschwunden zu sein. Wir hier, wir halten zusammen, wir halten den Mund, wenn einer was fragt. Auch die Verräter von damals. Sie schämen sich zu sehr, um noch einmal jemanden zu verraten.«

Chico starb am Tag nach dem Rennen, am Día de los Muertos, mit dem letzten Sonnenstrahl. Als hätte er es geplant. Er war nicht noch einmal bei Bewusstsein gewesen.

Wir stießen auf dem Friedhof von Todos Santos auf ihn an, als es dunkel war. Sein Mädchen und ich mit Quetzalteca, Hope mit Wasser.

Und da standen wir, zwischen den reich verzierten, runden Drachen, die sie zu Ehren der Toten steigen ließen, um ihre Seelen nach der Feier in den Himmel zurückzuschicken, zwischen den Feuern, auf denen duftendes Fleisch und Mais gegart wurden, zwischen den bunt geschmückten Gräbern, auf denen die orangen Lebensblumen durch die Dämmerung leuchteten. Zwischen den Süßigkeitenverkäufern, die Lutscher in Skelettform anboten, zwischen den Gitarrenspielern und Sängern und allen, die feierten: nicht den Tod, sondern das Leben.

Die Heldengeschichten des gestrigen Tages verwandelten sich bereits in Lieder.

An der Küste, hörte man im Radio, gab es Überschwemmungen und Tote und einen Hurrikan, dessen Name unwichtig war.

Aber das Leben ging weiter.

Und da es einen Toten gegeben hatte bei der Fiesta, würde die Ernte gut werden. Der Kaffee aromatisch. Die Kartoffeln schwer. Es gab immer auch etwas Gutes.

Hope holte das goldene Kamel hervor und hielt es hoch.

»Da, guck dir das gut an«, sagte er zu der kleinen Figur. »Eins der Bücher auf deinem Rücken handelt vielleicht von all diesen Verrücktheiten. Faith und mein Vater hätten es gemocht. Vielleicht lesen sie es zusammen, irgendwo da drüben.«

Fakten Hurrikan

Hurrikane sind tropische Wirbelstürme, die zu beiden Seiten des amerikanischen Kontinents auftreten und mindestens Windstärke 12 entsprechen (118 km/h). Andernorts heißen sie Zyklon oder Taifun. Sie entstehen, wenn das Meer eine Temperatur von mindestens 26,5 Grad Celsius hat und die Lufttemperatur darüber nach oben hin gleichmäßig abnimmt: Bei starker Sonneneinstrahlung verdunstet Wasser, trifft in der Höhe auf kältere Luft und kondensiert zu Tröpfchen, die Wolken bilden. Da die Luft von unten aufgestiegen ist, »fehlt« sie dort, von den Seiten strömt Luft nach. Oben hingegen wird die »überflüssige« Luft nach außen weggedrückt und durch die Erdumdrehung »verwirbelt«: Der Wirbelsturm ist geboren.

Meist besteht ein Hurrikan aus spiralförmigen Regenbändern, in denen ständig neue feuchte Luft vom Meer aufsteigt, typisch sind die Aufwinde, die Häuser und Bäume in die Höhe reißen. *Wizard of Oz! Dorothee's house! :)*

Mit der weltweiten Erwärmung des Meeres und der Luft nimmt die Stärke von Hurrikanen zu: Die wärmere Luft nimmt mehr Wasser auf und es regnet mehr Wasser ab: Sintflutartiger Regen spült, gerade nach intensiven Trockenperioden, küstennahes Land fort. Fehlt in Hanglagen der Wald mit seinem Wurzelwerk, kommt es zu Erdrutschen, die ganze Siedlungen unter sich begraben, wie 2005 in Guatemala.

Die mittelamerikanischen Länder haben einen viel geringeren Pro-Kopf-Anteil am weltweiten CO_2-Ausstoß als die USA oder Europa. Dennoch betreffen Folgen des Klimawandels wie zunehmende Hurrikan-Aktivität diese Länder am ehesten.

Hoffnung

An Hängen von kleinen Gemeinden mit abgetragenem Boden werden heute schnell wachsende Bäume gepflanzt, um den Boden zu stabilisieren. Zusätzlich positiv nehmen die Bäume während ihrer Wachstumsphase außerdem CO_2 auf. Häufigere Wirbelstürme sind zudem ein deutliches »Warnzeichen« des Klimawandels, die aufzurütteln vermögen.

Eukalyptus, Fichten, Kiefer

Fakten Dirty War oder Guerra Sucia

Ein »schmutziger Krieg« ist ein Konflikt, bei dem ein staatliches Militärregime systematisch mit extremer Gewalt gegen innenpolitische Gegner und die Zivilbevölkerung vorgeht. Die »guerras sucias« Südamerikas gingen von den USA aus. Es handelte sich um »Stellvertreterkriege«, Kriege auf fremdem Boden, die stellvertretend waren für den Kalten Kriegs zwischen den USA und Russland, ähnlich wie heute in Syrien.

1947 forderte der US-amerikanische Präsident Truman, »allen Völkern, deren Freiheit von militanten Minderheiten bedroht ist«, Beistand zu gewähren: Die USA sah sich als »Weltpolizei«. Da in den USA große Kommunismusangst herrschte, ließ sich ihren Bürgern das Eingreifen in anderen Ländern gut »verkaufen«: Jede Regierung Mittelamerikas, die amerikanischen Wirtschaftsinteressen widersprach (z. B. die Landumverteilung in Guatemala zugunsten der Kleinbauern und zuungunsten der American Fruit Company), wurde zur militanten Minderheit und für kommunistisch erklärt. Die USA halfen bei ihrem Umsturz und unterstützte Diktatoren, die ihre Interessen sicherten. Militär und rechte Guerillas wurden von den USA in Verhör- und Foltertechniken ausgebildet und mit Waffen versorgt. In einigen Fällen ist die Rolle der USA inzwischen aufgearbeitet worden. Häufig wurden in den Konflikten die letzten indigenen Gruppen verfolgt, da man sie als Nährboden für aufständische linke Kräfte sah. So tobte bis 1996 beispielsweise in Guatemala ein blutiger Bürgerkrieg. Heute führt die USA in Honduras einen Krieg gegen Kleinbauern, die ihr an Biotreibstoff-produzierende Ölplantagenbesitzer vergebenes Land zurückfordern. Offiziell handelt es sich um einen Drogenkrieg.

Soldat zu 5160 Jahren Haft verurteilt wegen Mordes an 171 Menschen – Auch nur eine Aufregerüberschrift, was steckt dahinter?

Hoffnung

1999 entschuldigte sich Präsident Bill Clinton beim Volk der Maya für die Rolle der USA im Bürgerkrieg von Guatemala. Nach dem von ihm initiierten Völkermord an den Ixil-Maya wurde der Diktator Ríos Montt als einziger der beteiligten Präsidenten 2013 zu 80 Jahren Gefängnis verurteilt. Das Urteil wurde wegen Verfahrensfehlern aufgehoben und wegen Montts fortgeschrittener Demenz nie zu Ende verhandelt, doch das Schuldigsprechen eines ehemaligen Diktators war historisch.

8

la bestia
die Bestie

> Bildersuche Internet:
> la bestia migrants
> shelter Mexico train
> missing migrants mothers
> Zeta Kartell

Als wir Tapachula erreichten, lagen achtundvierzig Stunden Matsch, Schlaglöcher und sintflutartiger Regen hinter uns.

Ich habe ein Foto von Hope, wie er unter einer dünnen gelben Plastikkapuze hervor ins Licht blinzelt, Tropfen auf seinen Wangen wie Perlen, glänzend in den ersten Sonnenstrahlen, die durch die Wolken dringen.

Es ist eines der letzten Fotos, die ich mit der großen Kamera gemacht habe, dort neben den Gleisen in Tapachula, Chiapas, Mexiko. Hope lächelt darauf, alles an ihm ist Hoffnung, der Regen hatte Minuten zuvor aufgehört, wir waren angekommen und wir hatten Glück: Der nächste Güterzug würde schon in der kommenden Nacht nach Norden fahren.

Die Grenze war dieses Mal kein Problem gewesen, ich hatte das Land legal betreten und verlassen, hatte innerhalb von Minuten bei einem Typen auf der Straße Geld getauscht, Pesos für die Hoffnung. Hopes gefälschten Pass mit dem gezeichneten Stempel hatten die Beamten kaum angesehen: Regen und Schlamm hatte auch den Grenzort La Mesilla in einen einzigen Ausnahmezustand verwandelt.

Pfützen waren Meere, Straßen waren Flüsse. Häuser waren schlichtweg nicht mehr da.

All das hatte einen Namen. *Tony.*

Als ich die Kamera wegpackte, nieste Hope und sagte: »Ich glaube, Tony rettet uns gerade das Leben. Guck dir das Chaos an.«

Ich nickte. Menschen wuselten über das Gelände wie Ameisen, flickten ihre Lager aus Planen und Decken, versuchten, Feuer in Gang zu bekommen. Gleisarbeiter schleppten Teile eines umgestürzten Baums von der Strecke.

»Wenn nicht so ein Chaos wäre, würden sie uns schnappen«, sagte Hope. »Ich wette, sie sind irgendwo hier. Immer noch.«

Sie waren nicht mehr nur die Somalis, die Hope suchten. *Sie* waren auch die 18er, Chicos Leute, die versprochen hatten, den Somalis zu helfen. Inzwischen hatten sie vermutlich mitbekommen, dass Chico ihnen kein somalisches Kind mehr bringen konnte.

In Todos Santos hatten wir uns sicher gefühlt.

Aber wir hatten Angst gehabt, zu lange zu bleiben, falls doch durchgedrungen war, wohin wir gegangen waren. Chicos Mädchen hatte Hope die wirren halblangen Locken abgeschnitten und ihm ein rotes Baseballcap besorgt, das die Ohren verbarg. Außerdem andere Kleider.

Ich bezweifelte, dass das irgendwen lange täuschen würde. Die ganze Welt war gegen uns: die Somalier, die Mara 18, die mexikanische Polizei, die illegale Immigranten einsammelte.

Aber *Tony* war für uns.

»Gerade ein Hurrikan«, sagte ich. »Ein Ding, das Schlammlawinen von den Bergen wälzt und Dörfer begräbt ... ein Klimawandelmonster ist unser einziger Freund.«

Und dann kam die Nacht. Und dann kam der Zug.

La bestia.

Ich sah den Zug einfahren, sah seine Lichter durch die Dunkelheit strahlen wie die glühenden Augen eines fauchenden Drachen. Sah die Leute aufspringen und rennen, ihr Gepäck mit sich schleifend, sah sie auf den noch fahrenden Zug klettern, auf die Leitern seitlich der Frachtwaggons. Sie halfen einander hoch, warfen sich Taschen und Rucksäcke zu. Die Bestie schob sich langsam, stampfend, keuchend über das Gleis.

Und endlich begriff ich, dass sie nicht stehen bleiben würde, um Fracht aufzunehmen.

Die Waggons waren schon beladen worden, in einer Halle, wo niemand Zutritt gehabt hatte.

Der Zug beschleunigte.

Ich rüttelte Hope wach – und dann rannten wir. Er konnte das, aus dem Schlaf heraus auf die Beine springen und rennen. Wie ein Kaninchen.

»Mathis!«, rief er. »Wir schaffen das nicht!«

Und ich dachte: Er hat recht, es ist Wahnsinn, es ist unmöglich, der Zug ist schon zu schnell, aber wir *mussten* auf diesen Zug. Es war die einzige Möglichkeit, nach Norden zu kommen und genug Geld für die Grenze nach Amerika übrig zu behalten.

So rannten wir zwischen den anderen am schwarzen Nachtkörper der Bestie entlang, während das Untier Warnpfiffe durch die Nacht gellen ließ. Und dann war da ein Mann neben mir, ein breitschultriger Mann mit grobem Gesicht, er griff sich Hope und warf ihn hoch, und auf einer der Plattformen zwischen den Waggons streckte eine Frau die Arme aus und zog Hope hinauf.

Der Mann schwang sich auf die Leiter des nächsten Waggons. »Komm!«, brüllte er mir zu. »Los!« Da sprang ich, erreichte die Leiter, war oben, ohne es recht zu begreifen.

Sekunden später befand ich mich auf dem Zugdach.

Irgendwer hob Hope von der Plattform aus zu mir herauf.

Und da saßen wir, auf dem Rücken der Bestie, in der Nacht, in einem Gedränge aus anderen Menschen, keuchend, zitternd, und blickten zurück. Hinter uns verschwanden die Lichter von Tapachula.

Die Bestie schlängelte sich durch lichtlose Slumsiedlungen, Müllberge, Außenbezirke und dann nur noch durch ein Meer aus Büschen und Bäumen. Vor uns, irgendwo, lagen die Vereinigten Staaten.

»Hope«, sagte ich. »Wir haben es geschafft.«

»Ja«, sagte Hope, fast erstaunt.

Ich rief unseren Dank nach unten zur Plattform zwischen den Zügen, wo der große Mann und die starke Frau sich jetzt in graue Decken wickelten. Sie sahen zu uns auf und lächelten, sie waren nicht jung und nicht schön, aber sie hatten ein schönes Lächeln.

»Festbinden!«, rief die Frau auf Spanisch. »Sonst fällt ihr, wenn ihr einschlaft! Wir machen das hier zum dritten Mal.«

»Was?«

Sie lachte. »Zweimal in Amerika gearbeitet und dann wieder abgeschoben worden! Wir kennen den Weg!«

Und ich dachte: Dann kann es nicht so schlimm sein. Wenn diese beiden den Weg der Bestie zum dritten Mal gehen und dabei lachen.

Ich löste das Band der Kamera und sicherte Hope damit an einem der metallenen Haltegriffe, die für Wartungsarbeiter gedacht waren.

»Was, glaubst du, ist da drin? Unter uns?«, fragte ich. »Bananen und Ananas? Drogen? Billige Elektroteile?«

Hope zuckte die Schultern. Ich schob ihm den Rucksack hin, als Kissen, und wir lauschten einen Moment dem Wasser unserer Wasserflasche, das darin hin und her gluckerte.

»Komisch, was«, sagte Hope. »Das da, in dem Container ... Ananas oder so ... das ist eigentlich lauter Wasser. Sie haben Wasser in die Früchte reingepumpt, da, wo das Zeug gewachsen ist. Und jetzt macht sich das Wasser auf die Reise in den Norden wie wir. Es fährt weg von da, wo es hingehört.«

»Ja«, sagte ich. »So ist das. Das Wasser flieht.« Aber dann wurde ich ernst. »Die Erste Welt importiert Wasser aus der Dritten«, sagte ich. »Immerzu. Blumen zum Beispiel, ich habe das gelesen, die meisten Schnittblumen für Europa und Nordamerika kommen aus Kenia und deshalb gibt es in Kenia zu wenig Trinkwasser. Aber selbst wenn billig hergestellte Elektroteile in dem Container sind: Die enthalten auch Wasser.«

»Tun sie?«

»Na ja, es wird verbraucht, wenn man sie macht. Maschinen in Fabriken brauchen Wasser, Kühlwasser zum Beispiel ... Oder stell dir vor, da sind Hosen und Hemden in dem Container. Wenn man die Baumwolle dafür anpflanzt, geht eine irrsinnige Menge von Wasser flöten. Das fehlt alles den Ländern, die sowieso zu trocken sind.«

Hope gähnte. »Und wenn das Wasser fehlt, gibt es Streit. Bei uns in Somalia war immer schon Krieg zwischen den Stämmen, wenn einer dem anderen das Wasser weggenommen hat.«

»Das ist wiederum total praktisch für die reichen Länder, die können dann Waffen dorthin exportieren«, meinte ich und lachte. »Also tragen die Ananas und die Schnittblumen in dem Container den Krieg quasi in sich ...«

Und mit diesem Satz auf den Lippen schlief ich ein.

Doch ich kam nicht mal im Traum darauf, dass sich etwas ganz anderes in dem Wagen unter uns befinden könnte. Denn frische Schnittblumen und Ananas fahren nicht Zug, sie fliegen. Unter uns reiste Ware anderer Art.

Als der Morgen dämmerte und ich aufwachte, weil ich fror, erschrak ich. Ich hatte nicht vorgehabt, zu schlafen.

Ich setzte mich auf und merkte, dass mein linker Arm wie der von Hope an einem der Griffe festgezurrt war. Mit einem Streifen von einem alten T-Shirt. Hopes T-Shirt. Es hätte mich nicht gehalten, wenn ich wirklich gerutscht wäre, aber er hatte versucht, mich davor zu bewahren.

Er saß mit angezogenen Beinen da, hatte sich selbst losgemacht und sah der Sonne beim Aufgehen zu. Um uns war so viel Grün, dass man glauben konnte, die Welt wäre in Ordnung.

»Mathis«, sagte Hope. »Irgendwas ist komisch. Schau mal, da vorne sind ein paar Typen auf den Zug geklettert, die suchen immer noch nach einem Platz. Sie gehen über alle Waggons und reden mit den Leuten. Vielleicht suchen die gar keinen Platz. Vielleicht suchen die ... *jemanden*.«

Ich kniff die Augen zusammen. Die Männer, es waren vier, arbeiteten sich systematisch vom Ende des Zuges nach vorn. Sie hockten sich hin, weckten Leute, sprachen mit ihnen, kletterten weiter.

Und dann sah ich, dass sie bewaffnet waren. Zwei von ihnen trugen Pistolen, einer eine Machete, die er kreisen ließ wie ein Spielzeug. Die Leute suchten in ihren Bündeln und ich sah Geld die Hände wechseln. Hörte Leute jammern. Sah, wie einer der Fremden einem Mann ins Gesicht schlug, als er nicht sofort kooperierte.

Mir war seltsam kalt.

Die Männer waren einen Waggon vor uns.

Die beiden jüngeren waren kahl rasiert, großflächige schwarze Tätowierungen bedeckten ihre Köpfe, verschnörkelte Zahlen, umgekehrte Kreuze, Dornen.

Die Mara.

»Runter!«, zischte Hope. »Runter vom Zug!«

Er sah sich um, als suchte er im Grün neben der Strecke den richtigen Platz zum Landen.

Die vier Männer waren auf unserem Waggon, waren zu nah.

Hope richtete sich auf und stand auf dem Zugdach, die Arme ausgebreitet, als wollte er fliegen. »Die kriegen mich nicht!«, rief er. »Niemals! Dann brech ich mir lieber beide Beine!«

Ich sah, wie er zum Sprung ansetzte. Doch er sprang nicht. Ich riss ihn aufs Zugdach herunter und hielt ihn fest.

»Du brichst dir nicht die Beine, du bringst dich um!«, keuchte ich.

»Mach mir nicht meine Story kaputt! Was soll ich mit einer Story, die in der Mitte aufhört, weil du dich von einem Zug stürzt?«

Und dann waren die vier Männer bei uns.

»Euer Geld«, sagte der eine von ihnen. Über seiner Nasenwurzel standen die Buchstaben MS für Mara Salvatrucha, und tatsächlich, hier war einer mit der berühmten Träne seitlich unterm Auge. Ich hätte alles dafür gegeben, ihn zu fotografieren, die Hand auf die Machete gestützt: Dieser Typ würde nicht fallen, er war die Bewegungen von la bestia gewöhnt.

Unser Geld? Sie würden uns sowieso umbringen, sie konnten sich nehmen, was sie fanden.

Ein letzter Versuch. Reden. Zeit gewinnen.

»Ihr habt einen Auftrag, wie?«, sagte ich. »Ihr macht das nicht für euch selbst, wo sind eure Auftraggeber? Warum seid ihr bloß so gut Freund mit einer Handvoll Somalis? Eigentlich …«

Der Typ packte mich am Kragen und drückte mein Gesicht aufs Zugdach. Ich spürte das Metall der Machete an meinem Hals. »Hör auf, Scheiße zu labern, und rück das Geld raus.«

»Ihr steht unter dem Schutz des Jalisco-Kartells«, sagte einer der

Älteren, nicht Tätowierten. »Persönlicher Schutz von El Mencho. Das kostet, das wirst du verstehen. Wer nicht zahlt, steigt aus.« Er nickte zu den Büschen neben den Gleisen hinüber.

»Los jetzt«, sagte der mit der Machete und riss mich wieder hoch. Sein Gesicht war mir ganz nah und da las ich die verschnörkelte Zahl auf seinem Schädel endlich richtig. Es war keine 18. Es war die 13. Das hier waren nicht Chicos Jungs.

Es waren ihre Feinde.

Die Mara Salvatrucha oder MS 13.

Sie arbeiteten für das Jalisco-Kartell. Natürlich, ich hatte gewusst, dass die großen Drogenkartelle die Zugstrecke kontrollierten. Nur ließen sie die Jungs von der Mara offenbar die Drecksarbeit machen.

Ich schob mein linkes Hosenbein hoch und löste die Sicherheitsnadel, mit der ich den Packen Scheine innen festgesteckt hatte, und die Jungs nahmen ihn und waren fast weg, da griff einer von ihnen in meinen Rucksack.

»Einer dahinten hat gesagt, du hast eine Kamera, was?«

Er fand sie mit einem Griff, fand auch die Hüte aus Todos Santos, lachte und setzte sich einen davon auf den Kopf. Den anderen warf er seinem Kameraden zu. Dann folgte er den anderen. Ich atmete langsam aus. Ich hatte den Chip nach dem letzten Bild nachts aus der Kamera genommen. Ich hatte sie gemocht, diese Kamera. Ich hatte damals lange auf sie gespart.

Dies also war unser Abschied.

Ich schüttelte Hope. »Sie sind weg! Und sie haben gar nicht nach uns gesucht, Mann, das sind andere! Hope! Es ist okay!«

Er nickte, benommen. »Aber ... deine Kamera ...«

Einen Wagen weiter gab es ein Handgemenge mit den vier Geldeintreibern.

Wir fuhren durch hohes Gras, satt vom gefallenen Regen, blühende Büsche, ein Stückchen Paradies. Ich sah den Jungen drüben seine Machete heben, in einer Drohgebärde. Irgendwer konnte nicht zahlen. Ich hörte eine Frau schreien.

Und dann sah ich sie, sie war jung, ein Mädchen eigentlich, und

hochschwanger. Einer der Mareros hatte sie gepackt. In mir zog sich alles zusammen. Der Junge riss ihre Bluse auf, es war klar, was er vorhatte. Aber einer der beiden Älteren, vom Kartell, schüttelte den Kopf, zog das Mädchen an sich – Und stieß sie vom Zug.
Aussteigen.
Das Mädchen verschwand zwischen den rollenden Wagen.
Und es senkte sich eine große Stille über den Zug. Ich drückte Hope an mich und hielt ihn fest. Ich sah mich nicht um, nach dem, was auf den Schienen von dem schwangeren Mädchen zurückgeblieben war.
»Vergiss die Kamera«, flüsterte ich. Aber man hörte es nicht richtig, denn ich glaube, ich heulte.

Einen Tag später sahen wir die Slums von Mexiko City: ineinander verschachteltes Wellblech wie auf einem surrealen Bild, Wäscheleinen, Hühner, Kinder, Farben. Ich dachte nicht: Slums. Ich dachte: Ich möchte dort sitzen, dort auf dem alten, wackeligen Hocker dort neben der Frau, die in dem dreckigen Rinnsal Hemden wäscht. Ich möchte Hope dabei zusehen, wie er mit den Kindern da diese alte Dose herumkickt, und Fotos machen.
Die Slums von Mexiko City waren der Himmel, ein Himmel, der sich nicht ständig bewegte und von dem man nicht herunterfallen konnte.
Sehr kurz dachte ich an Florence. Wie sie geschaudert hätte beim Anblick der Hütten zwischen Schlamm und Müll. Aber ich hatte ihr Gesicht vergessen.
Ich sah mein Yanomami-Mädchen an ihrer Stelle, das Erstaunen in ihren Augen über die Abwesenheit von Grün zwischen den Hütten. Ich sah Chicos Mädchen: die Weberin in ihrer bestickten Bluse, sah sie den Kopf schütteln über die Abwesenheit von Pferden.
Und Hope sagte: »So viele Satellitenschüsseln! Haben die *alle* Fernsehen?«
Dann hielt der Zug in einem Vorort: *Lechería*.
Es tat unglaublich gut, festen Boden unter den Füßen zu haben. Und eine Fläche, auf der man in jede Richtung rennen konnte, wenn sich jemand näherte, der zu harte Fäuste hatte oder eine Machete.

»Haben wir jetzt überhaupt kein Geld mehr?«, fragte Hope leise.

Ich grinste und tippte auf meine Brust und meinen Oberschenkel. »Es gibt noch jede Menge anderer Verstecke. Guck dich um. Sie machen es alle so.«

Er nickte und dann machte er mir das schönste Kompliment meines Lebens.

»Für einen Kanadier«, sagte er, »machst du das ziemlich gut.«

Sie saßen überall, im Gras neben den Schienen, am Rand des Bahnsteigs, auf Holzstapeln. Manche lagen einfach nur da, die Arme hinter dem Kopf verschränkt, und sahen in den Himmel: die Migranten. Die Reiter der Bestie.

Händler verkauften Wasser und Tortillas zu überteuerten Preisen.

»Letztes Mal, als wir hier waren«, sagte der Mann, der Hope auf den Zug gehoben hatte, »hatten sie einen Shelter hier, da konntest du schlafen und duschen. Manchmal gab es was zu essen. Es heißt, sie mussten schließen, weil die Anwohner sich beschwert haben.«

Er holte sein Handy hervor und sah meinen verwunderten Blick. »Kennst du die Ride-The-Beast-App nicht? Interaktive Karte, ziemlich gut, wird dauernd aktualisiert ... Wo gibt es Shelter, wo kannst du nur schlafen und wo gibt es was zu essen, wo sind Gefahrenzonen ...« Er lachte. »Überall natürlich. Hier, Lechería. Angeblich doch wieder ein Shelter. Die Karte sagt ... da vorn lang, am Ende der Gleise ... da sind schon welche unterwegs, schau. 'ne Menge Leute haben die App. Und du? Unvorbereitet losgegangen?«

Nein, dachte ich, aber ich musste mich auf ungefähr siebzehn Länder vorbereiten und auf die App bin ich nicht gestoßen. Manche Infos kriegst du nur von anderen Migranten.

»Woher kommst du?«, fragte die Frau.

Ich sah mich um, und auf einmal kam es mir unklug vor, *Kanada* zu sagen. Weil sie dann wussten, dass ich Geld hatte, irgendwo da draußen. Wir waren zu tief im Dschungel der Fluchtrouten, ich hatte begonnen, Angst vor den anderen zu haben.

»Brasilien.«

Die Frau schüttelte den Kopf. »Brasilianer fliehen nicht.«

»Es hat mit der Hadley-Zelle zu tun«, sagte Hope. »Und den sauren Ozeanen.«

»Ah, Umweltaktivist, ja? Na, für die wird das Leben auch immer gefährlicher«, sagte der Mann. »Bist du so einer mit europäischen Vorfahren? In Peru kannte ich so einen … die waren mal aus den Niederlanden gekommen, da gibt es 'ne ganze Gemeinde von denen. Aber sag ihnen, du wärst aus Venezuela. Und wo hast du den Jungen aufgegabelt?«

»Das«, sagte Hope, »ist eine lange Geschichte. Können wir jetzt zu diesem Shelter gehen?«

Der Eingang des Shelters lag hinter einer Müllhalde neben den Schienen, der Shelter selbst war die Ruine eines Bahngebäudes, im Niemandsland stillgelegter Gleise. Teilweise waren die eingestürzten Dächer durch Plastikplanen ersetzt worden.

Hier gab es keine Anwohner, die sich beschweren konnten.

Zwei dünne Jungen in Flipflops hielten vor der Tür Wache, der eine hatte eine schwere Eisenstange hinter sich an die Wand gelehnt: ihre Waffe gegen jene, die es auf die Flüchtlinge abgesehen hatten, die hier auf den nächsten Zug warteten, Tage, Wochen, Monate.

Sie sahen hungrig und ängstlich aus, die beiden Wächter.

Hinter der mehrfach zerstörten und geflickten Eingangstür saß an einem kleinen Plastiktisch eine dicke Frau und schrieb die Namen der Neuankömmlinge in ein Buch. Sie trug eine riesige eckige Brille, ein Ding wie aus einem alten Film, doch ihre Augen hinter den dicken Gläsern waren flink und klug. »Venezuela«, sagte sie. »Somalia. Aha. Die Duschen sind ganz hinten. Sechs Uhr ist Essen, es reicht, solange es reicht. Wer Ärger macht, fliegt.«

»Wer … organisiert die ganze Sache hier?«, fragte ich.

»Ich«, sagte sie. »Sie nennen mich Mama Lechería. Ich bin der Chef und zwischen diesen Wänden gibt es keine Waffen, keinen Alkohol und keine Drogen. Wir haben uns hier alle lieb. Kapiert?«

Ich verbiss mir ein Grinsen. Sie thronte auf ihrem Plastikstuhl wie eine Königin oder vielmehr eine Kindergartenleiterin. Für sie waren Macheten und Pistolen törichtes Spielzeug, die Geldeintreiber und Mörder der Kartelle ungezogene Kinder.

»Aber wer sind Sie?«, fragte ich. »Warum machen Sie das? Woher kommt das Essen? Steckt da die Kirche dahinter oder …?«

Sie lachte, ein raues Kettenraucherlachen. »Früher, da gab es einen Shelter von der Kirche hier, die haben sich die Bude dichtmachen lassen. Heutzutage gibt es keinen Shelter. Nur eine Ruine und ein paar Decken. Wo nichts ist, kann man auch nichts schließen. Die Nächsten?«

Wir gingen weiter, ins Labyrinth der Ruine: Die Räume waren mit Laken verhängt, in kleinere Räume unterteilt – ein wenig Privatsphäre hier und da. Topfblumen blühten orange und zyklamfarben in alten Ölkanistern.

Dann fanden wir *die Duschen*:

Es war nur eine. Der Hahn, an der Außenseite der Ruine, wo man auf die Bahngleise sah, war rostig, die Löcher halb zugesetzt. Aber es kam Wasser heraus und nach dem Gedränge auf dem Zugdach, dem Angstschweiß der letzten Stunden erschien mir jeder Tropfen wie ein Wunder. Die Männer warteten in einer Reihe, entkleideten sich bis auf die Unterhose und verbrachten nicht mehr als ein paar Sekunden unter dem Wasser. Die Frauen, sagte jemand, würden später duschen, angezogen.

Ich sah zu, wie Hope duschte. Er hatte ebenfalls nichts ausgezogen, er wusch seine Kleider mit seinem Körper.

Dann war ich an der Reihe. Ich ließ mir das Wasser mit geschlossenen Augen übers Gesicht laufen und dachte an Regen, Regen in Québec, und daran, wie ich als Kind nackt durch den Regen gelaufen war, im Garten, wie meine Mutter mich in ihren Armen aufgefangen und abgetrocknet hatte, und alles war einfach gewesen und gut.

»Mathis!«, sagte Hope und zog mich weg. »Du bist nicht mehr dran!« Und ich schämte mich, weil ich zu viel Wasser verbraucht hatte.

»Stimmt«, sagte jemand. »Ich bin dran.« Und ich zuckte zusammen.

Vor mir stand Akash, stand da, staubig, dreckig, dünner als bei unserem letzten Treffen, blasser. Er strahlte.

»Akash!«, rief ich. »Du bist hier? Wo ist …?«

»Eins nach dem anderen«, sagte Akash. Er wusch sich mit wenigen Bewegungen unter der Dusche und schüttelte die Wassertropfen ab wie ein Hund, sie flogen, regenbogenspritzend, in alle Richtungen. Dann fuhr er sich mit einer flachen Hand über den Kopf, den er noch einmal rasiert hatte, diesmal komplett, und wischte die Tropfen weg.

»Das verdammte Wasser«, murmelte er. »Man dürfte es gar nicht zum Duschen verwenden. Immer mehr Menschen auf der Welt verbrauchen immer mehr Wasser und den Rest verseuchen wir. Wie soll das gut gehen?«

Aber er strahlte die ganze Zeit weiter, während er das sagte.

»Roshida ist auch hier«, sagte Akash. »Kommt.«

Eine halbe Stunde später saßen wir im Schatten und tranken und tranken. Es gab einen Trinkwasserfilter, wir tranken das Wasser wie Wein. Feierten, dass wir noch am Leben waren. Roshida sah ebenfalls dünner aus und auch sie lächelte.

Ich hatte sie beinahe nicht erkannt: Sie trug kein Kopftuch mehr.

Ihr Haar, das ich nie zuvor gesehen hatte, war lang und wellte sich an den Schultern, ihr Gesicht wirkte offener, aber auch weniger geheimnisvoll. Sie hatte den Rock gegen eine Jeans getauscht, die vielleicht irgendjemand einmal in Kanada in eine Kleidersammlung gegeben hatte, und die Bluse gegen ein enges rotes Sweatshirt.

Sie bemerkte meinen Blick.

»Es ist weniger auffällig so«, sagte sie. »Es gibt Leute, die halten mich für eine Mexikanerin.«

»Herzlichen Glückwunsch«, sagte ich. »Ich war heute schon ein Venezolaner mit niederländischen Vorfahren.«

»Wart ihr auf dem Zug?«, fragte Hope. »Auf der Bestie?«

»Nein«, sagte Akash leise. »Wir waren in ihren Eingeweiden. Wir haben uns fressen lassen, um zu überleben.«

»Wie?«

»Containerwaggon«, sagte Roshida. »Sie lassen dich in einen Containerwaggon, wenn du mehr zahlst. Es ist sicherer. Aber keine zehn

Pferde kriegen mich da wieder rein. Irgendwann denkst du, du musst ersticken. sie haben die Türen erst hier wieder aufgeschlossen.«

»*Sie?*«, fragte ich. »Mit welcher Reiseagentur seid ihr unterwegs? Wir scheinen mit Jalisco gebucht zu haben.« Mein Lachen schmeckte metallisch. Nach Blut. Vor meinen Augen fiel noch immer, in einer Endlosschleife, das schwangere Mädchen zwischen die Waggons.

»Zetas«, sagte Roshida. »Wir sind mit den Zetas unterwegs. Wir zahlen die Hälfte erst, wenn wir ankommen – eine Garantie. Und du kannst nicht vom Zug fallen. Dafür erstickst du, ersticken ist offenbar teurer.«

Akash knurrte. »Aber ich lasse dich nicht auf dem Dach sitzen«, murmelte er. »Ein bisschen schlechte Luft wirst du aushalten.«

»Keine zehn Pferde«, fauchte Roshida.

Und ich dachte: Hier ist sie wieder. Die Liebe. Akash versuchte, Roshida zu schützen, selbst gegen ihren Willen. Doch sie, die gewohnt war, auf Männer zu hören, war offenbar an dem Punkt, wo sie *nicht* mehr hörte. Sie funkelte Akash an.

»Kein Streit«, sagte ich. »Mama Lechería hat gesagt, Streit ist verboten.«

»Mama Lechería«, wiederholte Akash. »Hat sie euch erzählt, warum sie das hier macht? Es heißt, sie wäre hier hängen geblieben, sie wäre eigentlich aus Tapachula. Sie war mit einer Gruppe von Frauen unterwegs, die ihre Kinder gesucht haben: Kinder, die auf dem Zug waren. Die Mütter schließen sich zu Gruppen zusammen und malen Plakate ... Sie finden die Spur ihrer Kinder selten.« Er seufzte. »Mama Lechería hat ihre Tochter gefunden. Sie war sechzehn. Sie hatte ein Feuermal am Fuß, an dem man sie erkennen konnte, und jemand hat sich erinnert und Mama Lechería hingeführt. Sie lag auf einer Müllhalde. Sie ist nicht vom Zug gefallen, heißt es, sie haben sie entführt, aber die Lösegeldforderung ist nie durchgedrungen zu ihrer Familie.«

»*Diese* Müllhalde? Hinter der der Shelter liegt?«

Akash zuckte die Schultern. »Vielleicht. Jedenfalls gibt es den Shelter seitdem. Aber niemand weiß, woher das Geld kommt. Für Essen und Wasser und ... Sie haben sogar Strom, manchmal. Zum Handyaufladen.«

»Irgendwo muss das Geld doch herkommen«, meinte Hope.

Akash zuckte die Schultern. »Gibt Gerüchte. Drogengeld, sagen manche. Vielleicht lässt sie irgendwen hier seinen Stoff aufbewahren, bis er weitergehandelt wird, keine Ahnung.«

»Nein«, sagte jemand neben uns, ein dürrer alter Afrikaner, der mit einem hartnäckigen Husten kämpfte. »Ich kenne die Ware, die Mama Lechería verkauft, um an Geld zu kommen. Mädchen. Ab und zu verschwinden welche.«

»Quatsch«, sagte Akash. »Du bist verrückt.«

Der Alte lachte. »Natürlich bin ich das! Alle, die la bestia reiten, sind verrückt. Alle, die diese Erde reiten, sind verrückt. Ich hab euch zugehört, du bist der, der über das Wasser nachdenkt. Die Erde verbrennt, wirst schon sehen! Wenn wir das Wasser verbraucht haben, verwandelt sie sich in ein fauchendes Ungeheuer wie der Zug. Unsere Nachfahren werden in den Flammen leben. Das ist die Hölle, die sie voraussagen, in der Bibel, im Koran, überall, ich habe sie alle gelesen, die heiligen Bücher.« Und er krümmte sich wieder vor Lachen, oder vielleicht war das Lachen ein Husten oder beides war eins.

Hope reichte dem Alten unsere Wasserflasche, aber ich hielt ihn zurück. »Nein! Hope. Du weißt nicht, was er hat. Wenn das eine offene Tuberkulose ist, willst du die nicht kriegen.«

»Aber er braucht Wasser«, sagte Hope. Er verschwand und kam mit einem Becher zurück. Keine Ahnung, woher er ihn hatte. Er goss das Wasser hinein und reichte es dem Alten. Der Alte bedankte sich nicht. Er trank, warf den Becher weg und ging.

Wir verbrachten eine Woche im Shelter von Mama Lechería.

Niemand verschwand in dieser Zeit. Es gibt immer Gerüchte. Und es gibt immer Rätsel, die man nicht lösen kann: woher das Geld kommt, die Zeit, die Motivation der Menschen, Gutes zu tun.

Ich habe eine ganze Reihe Fotos aus dem Shelter, von Menschen, die anderen Menschen helfen. Hope, der mit einem kleinen Kind Buchstaben in den Staub malt. Eine Frau, die ein fremdes Baby stillt, während die Mutter, ein mageres Mädchen von vielleicht vierzehn Jahren, mit großen Augen zusieht und keine Milch hat. Der dicke Mann, der uns hergeführt hatte, wie er einer Handvoll anderen die Ride-The-Beast-App schickt, von der er uns erzählt hat. Allein schon die Leute, die diese App gemacht haben: Warum haben sie das getan?

Ich habe auch ein Foto von Akash und Roshida, die sich küssen, nachts, auf dem Müllberg.

Sie wissen nichts davon und ich werde es niemandem zeigen.

Manchmal dachte ich an Florence. Ich dachte daran, wie kaputt die Welt war, vielleicht unrettbar kaputt, und dass es einfacher wäre, ein Licht darin zu finden, wenn man verliebt wäre.

Ich schrieb ihr nie.

Ich antwortete meinen Eltern auf ihre besorgten Fragen, dass es mir gut ginge und ich in Mexiko wäre. Ich war zu weit weg von ihrer Welt, um ihnen etwas erklären zu können.

Akash und ich sprachen über das Meer.

Über Plastiktüten und Schildkröten und Müllstrudel, die so groß waren, dass jemand für einen von ihnen die Anerkennung als eigenes Land beantragt hatte.

Vor dem Shelter tauchten ab und zu bewaffnete Männer auf, die in der Gegend zu patrouillieren schienen. Aber keiner wagte sich an Mama Lecherías Klapptisch vorbei.

WE WILL BE WITH YOU SOON, hatte jemand an eine Wand im Shelter geschrieben. IN HEAVEN OR HELL.

Und dann war die Nacht da, die den nächsten Güterzug brachte.

Sie schienen immer nachts zu kommen, Kreaturen der Dunkelheit, Feuer und Rauch speiend, die aufgeblendeten Scheinwerfer wie glühende Augen.

In dieser Nacht, als der Zug einfuhr, fielen Schüsse. Irgendwo am Ende des Zuges. Wir hörten Leute Verwünschungen und Befehle schreien und Hope drückte sich dicht an mich.

»Sie treiben sie in den Waggon wie Vieh«, sagte eine Frau neben uns. »Die, die drinnen fahren. Die gehören den Zetas.«

Akash und Roshida, dachte ich. Sie sind dabei.

»Aber warum schießen sie?«, flüsterte Hope.

»Streit zwischen den Zetas und den Jaliscos«, sagte die Frau leise, während wir darauf warteten, dass der Zug halten würde. »Den Jaliscos gehört alles hier, erst im Norden ist wieder Zeta-Land. Aber die Flüchtlinge gehören den Zetas. Dios mío. Sie sagen, die Jaliscos sind schlimmer als alle anderen. Jünger, skrupelloser ...«

Noch ein Schuss hallte durch die Nacht. Ein Schrei. Eine Waggontür wurde zugestoßen. Dann war alles still, nur der Zug ratterte und fauchte noch immer, auch dieser Zug hielt nicht. Er legte an Geschwindigkeit zu.

»Lauf«, sagte ich zu Hope »Und dann greif dir eine Leitersprosse und zieh dich hoch.«

Zwei Tage auf la bestia. Dann doch drei. Drei Mal vierundzwanzig Stunden gnadenlos der Sonne ausgesetzt. Zu dieser Jahreszeit hätte es regnen sollen. Es regnete nicht.

Die Tatsache, dass die Jaliscos unsere Hüte mitgenommen hatten, war mir lächerlich erschienen, nun verfluchte ich sie dafür. Die Sonne kochte uns, unsere Lippen sprangen auf, es gab keinen Schutz, keinen Schatten und irgendwann kein Wasser mehr. Manchmal hielten wir lange genug, um vom Zug zu klettern und Wasser zu finden: lecke Rohre an Bahnhöfen, aus denen ein trübes Rinnsal tropfte, rostig, nicht trinkbar. Lebensrettend gegen den Durst.

Nachts wurde es eiskalt und wir kauerten uns eng zusammen.

»Ist es in den Staaten nachts kalt oder warm?«, flüsterte Hope in der ersten Nacht.

»Es kommt darauf an«, sagte ich. »Du hast mir nie gesagt, wohin genau du willst.«

»Dallas«, sagte Hope leise. »Das ist eine Stadt, oder? Da wohnt er. Dieser Mann, den mein Vater kennt. Mr. Smith. Michael Smith.« Der Name verhallte in der Nacht und ich lauschte seinem Klang. Micheal Smith. Es klang robust und solide. Es klang gut. Es klang richtig.

Ich hasste den Namen.

»Dallas ist sicher wärmer als das hier«, sagte ich und legte einen Arm um ihn. »Und dein Mr. Smith wird ein Bett haben und Decken und eine Heizung. Hope ... weiß er, das du kommst?«

Er schüttelte den Kopf, ich spürte es an meiner Schulter. »Ich glaube nicht. Mein Vater hat gesagt, ich soll zu ihm gehen, wenn ihm etwas passiert. Aber er hat nicht damit gerechnet, dass es so bald passiert. Als ich hinter dem Bücherregal stand und diese Leute plötzlich da waren ... Ich glaube, mein Vater war nicht vorbereitet. Er hat immer gehofft, bis zu Schluss, dass er überlebt. Dass ich gar nicht gehen muss.«

»Dieser Smith ... er weiß, dass es dich gibt?«

Und ich fragte mich, ob es ihn gab. Smith. Oder ob er nur eine Geschichte von Hopes Vaters war, eine erfundene Sicherheit für den Notfall.

Doch Hope nickte. »Ich habe ihn gesehen«, sagte er. »Er hat mir über den Kopf gestrichelt und irgendwas gemurmelt. Er saß mit meinem Vater und den anderen im Hinterzimmer, er ... er war ...«

Aber er beendete den Satz nie, denn er war eingeschlafen, dort im kalten Nachtwind auf dem Dach der Bestie, in meinen Armen.

Dieser Smith, dachte ich, hatte es leicht. Er saß gemütlich in einem Büro und kriegte ein Kind geschenkt, das tapferste Kind der Welt, und er würde all seine Zuneigung und seine Liebe bekommen, gratis. Ich kämpfte für ihn mit den Bestien und Killern, mit den Grenzen und dem Tod und den Tränen, ich lieferte ihm das Kind frei Haus.

Und ich wusste, dass ich ungerecht und dumm war, dass der arme Mann nichts dafür konnte, aber ich dachte: Arschloch.

Manchmal war das Land um uns grün und oft öde und wüst, nur die Orte brachten kleine Farbexplosionen, Blumen, in alte Dosen gepflanzt. Bunt gestrichene Hütten. Bunt gekleidete Menschen. Als hielten die Mexikaner dagegen: gegen die Dürre, den trockenen weißen Himmel, die ausgemergelte Landschaft.

Einmal warfen Leute Dinge nach uns, und wir duckten uns, aber dann merkten wir, dass es Bananen waren und Plastiktüten voll Wasser, und wir schrien unseren Dank hinunter.

Und Amerika kam näher.

Die Gespräche rings um uns begannen sich um die Grenze zu drehen. Bei Nuevo Laredo würden alle den Zug verlassen und so über die Grenze gehen, am Grenzübergang waren die Kontrollen der Züge zu streng, man konnte nicht darauf liegen bleiben.

Auch zu Fuß würde es schwierig: Die Grenzen, hörte man, waren so dicht, dass nicht einmal eine Maus unbemerkt durchkam. Ja, keine Maus, sagten die Migranten und lachten. Aber ein Migrant ist kleiner als eine Maus, ein Migrant kann sich flach machen wie ein Geldschein, der in die Hände der Coyoten segelt.

Das Klopfen begann irgendwann am dritten Tag.

Es war der letzte Waggon, aus dem es kam, und es dauerte eine Weile, bis die Information zu uns durchdrang.

»Dahinten«, sagte einer, »stimmt etwas nicht. Sie klopfen von innen gegen die Containerwände.«

Ein Nicken, ein Murmeln. Eigentlich waren die Flüchtlinge auf dem Zugdach neidisch. Hätten sie das nötige Kleingeld gehabt, wären sie wohl alle im Inneren jenes Containers gewesen und nicht hier auf dem Dach, schutzlos den Elementen und jedem Feind ausgeliefert.

Aber jetzt klopften die da drinnen.

Und dann hielt la bestia an. Auf freier Strecke. Im Nichts. Vielleicht gab es ein Hindernis auf der Strecke.

Es ging nicht weiter. Eine Stunde. Zwei. Lärm und Unruhe breiteten sich aus.

Dann eine nervöse Stille. Und in dieser Stille, einer heißen Nachmittagsstille, hörte man das Klopfen deutlicher.

»Wir müssen dahin«, sagte Hope. »Gucken, was los ist.«

Sekunden später waren wir auf dem Weg die nächste Leiter hinunter.

Wir liefen am Zug entlang nach hinten. Es stand schon eine Gruppe Leute wild diskutierend vor dem Waggon, in dem sie klopften. Der Riegel, der vor die Containerklappe gelegt war, trug ein Schloss. Die Zetas hatten ihre Fracht eingeschlossen.

»Wie viele sind es?«, fragte ich, und jemand sagte: »Dreißig.«

Ich konnte mir nicht vorstellen, dass dreißig Menschen in diesen Waggon passen sollten.

Und dann hörte ich Akashs Stimme in dem Gewirr der anderen.

»Lasst uns raus! Scheiße, wollt ihr uns hier verrecken lassen? Das könnt ihr doch nicht machen!«

Sie dachten, wir wären längst angekommen. Sie dachten, sie wären vergessen worden.

»Wir sind nicht in einem Bahnhof!«, schrie ich. »Keiner weiß, warum wir stehen!«

»Mathis!«, rief Akash, erstaunt. »Holt uns hier raus! Eine von den Frauen bewegt sich nicht mehr. Wir brauchen Wasser. Bitte!«

»Ja«, sagte ich. »Ja.« Aber in mir stiegen heiße, kindische Tränen auf.

Das Metall des Riegels war stark und unerbittlich wie das Vorhängeschloss. Wir würden es nicht aufbekommen. Niemand wusste, wann der Zug weiterfuhr. Vielleicht hatte er einen Maschinenschaden, vielleicht würde er tagelang hier stehen. Und die Stimmen und das Klopfen da drinnen würden schwächer werden und verstummen.

»Der blöde Riegel ist bloß ein Stück Metall«, sagte Hope und schnaubte.

Aber niemand hatte etwas, womit man ein Schloss hätte zerstören können. Auch die starken Hände des Mannes, der uns zu Beginn auf den Zug geholfen hatte, waren nicht stark genug.

Da warf ich mich mit einem Wutschrei gegen das Metall des Containers, um die Tür einzudrücken, wieder und wieder, rammte meine Schulter dagegen ... umsonst.

»Irgendwer wird doch wohl ein Schloss aufkriegen«, sagte Hope, und dann war er wieder auf dem Zug und kletterte, flink wie ein Äffchen, über die Wagen, sprach mit allen, die noch dort saßen.

»Bitte!«, flüsterte Akash, er flüsterte nur noch, erschöpft, vielleicht zum hundertsten Mal. »*Bitte* holt uns raus!«

Als Hope wiederkam, hatte er einen hageren jungen Mann mit einem pockennarbigen Gesicht und einem dünnen Schnurrbart bei sich: »Das ist Salvador«, sagte er und grinste. »Er kann Schlösser knacken.«

Salvador sah sich um, als könnte die Polizei hier sein. Nickte. »Aber das sagt ihr keinem, kapiert?«

»Wem sollten wir das denn sagen? Dem Präsidenten von Amerika, wenn wir ihn treffen?«, fragte jemand. Alle lachten.

»Haust du aus Mexiko ab, weil sie dich sonst einlochen?«, fragte jemand.

Salvador schüttelte den Kopf. »Gesessen hab ich schon. Seitdem kann ich Schlösser knacken, so was lernst du da drin. Wenn du überlebst. Drin war ich, weil ich ein paar Hefte geklaut hab für meine Schwester, für die Schule. Das Gefängnis gehört praktisch den Zetas, und die haben mitgekriegt, dass ich schnelle Hände habe, sie brauchten Leute mit schnellen Händen. Haben mich rausgeholt und wollten, dass ich für sie arbeite. Da bin ich weg. Hey, null Komma eins Prozent Chance, vor den Zetas abzuhauen! Und ich bin hier!«

Er holte einen Schlüsselbund aus der Tasche, an dem eine Menge Drähte und Metallstifte hingen. Wir sahen schweigend zu, wie er arbeitete. Selbst die von drinnen waren verstummt.

Es dauerte eine Ewigkeit, Salvador fluchte, tastete, fühlte, sprach mit dem Schloss wie mit einem Hund – und schließlich, endlich, sprang es auf.

Wir klatschten.

Doch als die Menschen, blinzelnd, halb blind, aus dem Container kletterten, klatschten wir nicht mehr. Wir halfen ihnen, Hände nahmen Hände und zogen Körper ans Tageslicht.

Es waren mehr als dreißig Menschen, und ich wollte mir die Enge nicht vorstellen, in der sie dort drinnen auf den Alukisten gekauert hatten, der Container stank nach Exkrementen und Erbrochenem, und die Kleidung der Eingeschlossenen sah nach fast vier Tagen fürchterlich aus.

Irgendwo fand sich ein Rest Wasser für sie, ein kleiner Rest, den die Leute auf dem Zug noch besaßen.

Die Frau, von der Akash gesprochen hatte, betteten wir im Schatten des Zugs auf den Boden, und ich fühlte ihren Puls. Da war nichts. Meine Erste-Hilfe-Versuche aus dem Führerscheinkurs blieben nutzlos.

Roshida weinte in Akashs Armen, und ich hörte, wie er sagte, es sei seine Schuld. Sie hätte recht gehabt, sie hätten sich nicht noch einmal in den Container sperren lassen dürfen.

»Mathis«, sagte Hope und zog mich am Ärmel. »Wir müssen weg hier. Irgendwo Wasser finden. Und richtigen Schatten.«

»Ja«, sagte Akash an meiner Stelle. »Gehen wir.«

Und wir gingen, eine Gruppe erschöpfter Menschen mit sehr wenig Gepäck: die Eingeschlossenen und eine Handvoll Migranten, die beschlossen hatten, die Bestie mit uns zu verlassen.

Die Tote ließen wir neben den Gleisen liegen, wir hatten nichts, um die harte, trockene Erde aufzugraben. Ich fragte mich, wovor die Frau geflohen war und ob jemand sie eines Tages suchen würde: ein Ehemann, ein Bruder, eine Mutter, ein Kind.

Nach ein paar Hundert Metern drehte Akash sich noch einmal um, sah den Zug an, der da im Nichts stand, das Dach noch immer schwarz vor Menschen.

»Sei verflucht, Bestie«, sagte er leise. »Wir werden dich nicht wiedersehen.«

»Oh, sag das nicht«, meinte Salvador neben ihm. »Statistisch gesehen schaffst du es beim fünften Versuch, in die USA zu kommen. Bis du wieder abgeschoben wirst. Dann geht das Spiel von vorne los.«

»Danke, Mann«, sagte Akash. »Danke, dass du uns gerettet hast.«

Salvador schnaubte. »Retten kann dich hier keiner«, sagte er und sah geradeaus.

Als wir vielleicht einen Kilometer weit von Zug entfernt waren, hörten wir das gellende, kreischende Pfeifen der Bestie und sahen, wie sie langsam wieder anfuhr. Sie fuhr ohne uns.

Wir waren ihrem Feueratem entkommen.

Die Handys mit GPS-Ortung behaupteten übereinstimmend, das Ziel des Zuges, Nuevo Laredo, wäre nicht mehr sehr weit.

Wir erreichten den nächsten kleineren Ort am Abend, und Hope sagte: »Schau, da gibt es einen Laden!«

Und so saßen in der Dämmerung einundvierzig Migranten vor

einem winzigen Laden auf der Straße und tranken das Wasser und aßen das Brot des Ortes, das Wasser und das Brot des Glücks. Die letzten Strahlen der Sonne fielen in die Augen der Erschöpften, ich habe sie eingefangen, mit der kleinen Kamera. Ich finde die Erleichterung noch in den Augen jedes Einzelnen, wenn ich mir jetzt die Fotos ansehe. Amerika war so nah, dass man es fast roch.

»Wonach riecht es, was meinst du?«, fragte Hope.

»Cola und Zuckerwatte«, sagte Akash und lachte.

»Sonnencreme und Parfüm«, flüsterte Roshida.

»Nein, es riecht nach Büchern«, sagte Hope. »Nach tausend Büchern, in denen alles steht, was man wissen kann.«

Er zog das kleine goldene Kamel aus seinem Ausschnitt, und er wollte etwas zu dem Kamel sagen, aber er kam nicht mehr dazu.

In diesem Moment bogen drei Polizeiwagen mit Blaulicht in die kleine Straße ein, lautlos, ohne Sirenen. Sie hielten neben uns, ehe wir reagieren konnten, und die Polizisten sprangen heraus, Waffen im Anschlag.

Fast niemand hatte Papiere, die er vorzeigen konnte. Die meisten hatten keine, und alle, die welche hatten, hatten sie versteckt, um nicht zurückgeschickt zu werden.

Salvador war Mexikaner, den mussten sie laufen lassen.

»So, Ende der Vergnügungsreise!«, bellte einer der Beamten. »Rein in die Autos! Betrachtet euch in Abschiebehaft. Ihr seid doch alle illegal hier, was?« Sie stießen uns unsanft in die Wagen und schlugen die Türen zu und ich fand mich auf dem Boden neben Hope wieder.

»Warum zeigst du ihnen nicht deinen kanadischen Pass?«, flüsterte er. »Mit dem Einreisevisum für Mexiko? Dann bist du frei.«

»Weil ich meine Story brauche,« sagte ich, genauso leise. »Dies ist die Essenz der Story. Wann kriegt man schon aus erster Hand die Geschichten von vierzig Menschen in Abschiebehaft in Mexiko?«

»Nicht vierzig«, sagte Hope. »Neununddreißig.« Und er legte seine schmale Hand auf meine Brust. »Du hast einen Fehler gemacht, Mathis. Du hast dich mitgezählt.«

Roshida hatte die Hände vors Gesicht gelegt und saß ganz still da, zwischen all den Menschen, und Akash fluchte leise. Diesmal war er es, der fluchte. Ich holte die Karte aus der kleinen Kamera und steckte sie in die Schale meines Handys, unsichtbare Bilder, Tausende. Hope auf dem Zug, Hope im Shelter.

»Ich lasse nicht zu«, wisperte ich, »dass sie dich irgendwohin zurückschicken.«

»Klar«, sagte Hope mit einem schiefen Grinsen. »Sonst hat die Story ja kein richtiges Ende, so mit Tränen auf amerikanischem Boden und so.«

Er sagte das, dachte ich, damit die Sache nicht zu verzweifelt oder zu rührselig wurde.

Wenn wir jetzt Gefühle zuließen, würde alles aus dem Ruder laufen.

Und dann saßen wir, dicht gedrängt, in einem leeren Raum auf dem Fußboden.

Dies war kein Gefängnis, es schien ein ungenutztes, nie fertig gebautes Anwesen zu sein, abseits des Orts: kahle Betonwände und ein Klapptisch, an dem ein Polizist unsere Namen und Daten dokumentierte.

»Pablo Juarez«, sagte ich. »Venezuela«. Der Polizist sah mich seltsam an und ich zuckte die Schultern. »Europäische Vorfahren.«

»Können Sie da nicht nach Europa emigrieren?«, fragte er müde und winkte mich weiter.

Irgendjemand trieb Wasser und Tortillas mit einer furchtbar scharfen grünen Soße für uns auf und wir saßen da und aßen. Einer der Beamten sagte, vielleicht würde man uns wieder laufen lassen, aber in letzter Zeit sei es schwieriger, Amerika mache Druck, Mexiko sollte die Leute zurückschicken.

Und dann, als es draußen fast dunkel war, kamen auf einmal andere Polizisten, sprachen leise mit den ersten und sagten dann, Frauen und Kinder müssten in ein anderes Gebäude, sie hätten Anweisung von oben.

»Nein!«, flüsterte Hope und klammerte sich an mich, und Akash legte einen Arm um Roshida.

»Los jetzt«, sagte der Beamte, »wir wollen auch Feierabend haben. Morgen früh werdet ihr alle untersucht auf ansteckende Krankheiten, das läuft sowieso getrennt.«

»Geh mit Roshida«, flüsterte ich Hope zu. »Wir sehen uns morgen.«

Ich werde nie vergessen, wie sie sich nach uns umsahen, in ihrer ordentlichen Reihe vor der Tür, ehe die Beamten sie hinausführten.

Das war der Moment, in dem ich ein komisches Gefühl bekam. Es war eine ferne Erinnerung, die sich mir aufdrängte: Filme über das »Dritte Reich«. Diese Ordentlichkeit, die Registrierung, die Trennung der Leute, die Betonung der Hygiene, das alles schmeckte nach deutschem KZ.

Duschen gehen.

Ich versuchte, die aufsteigende Panik in mir niederzukämpfen.

Sie brachten uns in einen anderen Raum mit einem kleinen, vergitterten Fenster und gaben jedem eine dünne Decke. Hinter dem Fenster lag ein Hof, durch den wir die Frauen und Kinder gehen sahen. Sie verschwanden hinter einer Tür im Gebäude gegenüber.

Es gab auch hier eine Tür auf den Hof, doch sie war verriegelt.

Wir setzten uns auf den Boden, doch nach zehn Minuten wurde die Tür zum vorderen Raum abermals aufgestoßen, und zwei bewaffnete Beamten trieben uns wieder auf die Füße.

»Körperkontrolle! Drogen und geschmuggelte Gegenstände!«

»Jetzt? Nachts?«, fragte Akash. »Wir sind Flüchtlinge, keine Drogenkuriere.«

»Schnauze«, sagte der Polizist. »Ausziehen, Kleider auf den Boden fallen lassen, alle in einer Reihe aufstellen, Gesicht zur Wand, Beine breit, Hände über den Kopf.«

Ich zitterte, als ich T-Shirt, Hose und Unterhose auf den Boden neben den Rucksack gleiten ließ, die Unterhose ebenfalls. Die Assoziationen übermannten mich.

Meine Großmutter war mit vier Jahren nach Kanada gekommen, zusammen mit ihren Eltern. Ich hatte nie viel mit ihr über damals gesprochen, es war nie Thema gewesen bei uns, vielleicht, weil es in zu vielen Familien Thema war.

Als ich dort in einem mexikanischen Auffanglager nackt an der Wand stand, dachte ich, dass es vielleicht doch Thema war: Du entkommst dem nicht, in keiner Generation, und vielleicht kann man selbst als Atheist nie kein Jude sein, wenn man so geboren wird. Vielleicht beschäftigte ich mich nur mit dieser Story, weil meine Urgroßeltern damals ebenfalls geflohen waren.

Aus anderen Gründen. Nein, aus dem gleichen, es gab immer nur einen Grund, für die Kriege, das Elend, die Zerstörung der Erde: die Grausamkeit der menschlichen Rasse.

Wie lautete sie, die Medea-Hypothese?

Jedwedes Leben jenseits des Einzellers ist auf die Dauer dazu verdammt, sich selbst auszulöschen.

Ich stand neben Akash an der Wand. Ich fiel durch meine schiere Größe auf, und ich war sicher, sie würden merken, dass ich mit dem Fuß das Handy, das aus meiner Tasche geglitten war, in eine Ritze zwischen der schadhaften Betonwand und dem Fußboden schob.

Dann spürte ich Hände auf meinem Rücken.

Sie glitten von meinen Schultern hinab, und ich dachte, natürlich, der Typ trägt Handschuhe und er greift dir jetzt zwischen die Pobacken, du könntest den Stoff in einer Körperöffnung schmuggeln. Es gefällt ihnen, die Leute zu erniedrigen. Aber es geschah nicht. Die Hände waren fort.

Ich sah zu Boden, da fand ich sie wieder: Sie durchsuchten meinen Rucksack und meine Kleider. Drehten den Stoff auf links, fanden eines der Geldverstecke und löste die Sicherheitsnadel. Fanden das zweite.

Dann ging der Besitzer der Hände weiter, zu Akash.

Diese Polizisten hatten es überhaupt nicht darauf abgesehen, uns zu erniedrigen. Oder Drogen zu finden. Was sie da mittels ihrer Waffengewalt taten, war etwas anderes: Sie raubten uns aus.

Als sich die Tür hinter ihnen schloss und das grelle Deckenlicht ausging, zogen wir uns im Dunkeln wieder an.

Manche fluchten leise.

»Schweinehunde«, flüsterte Akash. Ich hörte Tränen in seiner Stimme. »Das war unser letztes Geld. Wie kommen wir jetzt weiter?

Was machen die da drüben mit den Frauen? *Schweinehunde.*« Alles an ihm, was älter und vernünftiger gewesen war als ich, hatte sich aufgelöst.

»Hey!«, wisperte ich. »Ich habe das Handy gerettet. Wir können meine Familie anrufen. Die finden einen Anwalt, der uns rausholt.«

»Das Handy!« Er lachte. »Du bist ein Held, Mathis. Die Handys haben sie uns allen gelassen! Wenn sie von irgendwem draußen Geld wollen, *müssen* wir die Handys haben, um anzurufen. So machen es die Entführer. Vermutlich macht es auch die Polizei so. Es gibt keinen Unterschied.«

»Unsinn«, sagte ich. »Morgen ist der nette Polizist wieder da, der gesagt hat, sie würden uns vielleicht freilassen.«

Ich schaltete das Handy ein. Es hatte ohnehin keinen Empfang.

Ich träumte von der Schaukel mit den langen Seilen, die von dem Mimosenbaum hing. Hope saß darauf, er schwang höher und höher und das goldene Kamel leuchtete an seinem Hals.

Dann brach die Schaukel durch das Blätterdach …

Und kam nicht mehr hinunter.

Unter mir zerbrach der Boden in knochentrockene Schollen, eine weiße Kruste bildete sich darauf, und ich dachte: Das ist das Gift, all das Gift, das der Mensch in den Boden gepumpt hat und das jetzt wieder austritt. Die Fiederblättchen der Mimose fielen braun und tot auf meine Füße. Ich spürte, wie sich das Wasser aus der Erde zurückzog. Es verließ uns, verschwand, genau wie Hope.

»Warte!«, hörte ich mich schreien, verzweifelt. »Komm zurück! Wir können alles rückgängig machen!«

Aber das Wasser antwortete nicht.

Und ich fuhr hoch, schweißgebadet, und begriff, dass wirklich jemand schrie, nur war das nicht ich. Die Schreie kamen von draußen, da war Lärm, in weiter Entfernung, und Akash sagte »Komm« und zog mich hoch, an das vergitterte Fenster zum Hof. Eine Menge Männer drängte sich schon dort.

Die Tür des Gebäudes, in dem die Frauen und Kinder schliefen, stand offen. Im Hof parkten zwei Kleinlieferwagen mit offenen Türen, ihre Schemen im Mondlicht seltsam surreal.

Jetzt schrie niemand mehr.

»Wem gehören die Wagen?«, fragte Akash. »Das ist nicht die Polizei.«

Lange antwortete niemand. Ein paar Männer murmelten Gebete vor sich hin.

»Ich hab sie gesehen«, flüsterte plötzlich einer neben uns, einer aus Honduras. Ich hatte seine Geschichte noch vage im Kopf, sie waren alle ähnlich: Bandengewalt, Rekrutierungsversuche, mitmachen oder abhauen.

Es war einer derer, die für einen Platz im Container gezahlt hatten, weil sie glaubten, das sei sicherer.

»Zetas«, sagte er. »Das sind die Zetas. Die sind sauer, dass wir abgehauen sind.«

»Wie sind sie durch das Tor gekommen? Und wo sind die Polizisten, die das Gebäude bewachen sollten?«, fragte Akash. Aber schon die Frage klang lächerlich.

»Wir müssen doch was tun!«, rief Akash und rüttelte am Gitter. »Was machen sie da mit den Frauen und den Kindern? Wir müssen ...«

Mir war übel. Irgendetwas geschah da drüben und wir konnten nichts dagegen machen und es war etwas Schreckliches.

Die Sterne über dem dunklen Hof waren schön so wie die Sterne über der Bananenplantage, schön und weit weg und eiskalt: kein Leben da draußen im All.

Nur hier, auf diesem kleinen, überfüllten Planeten, waren wir beschäftigt damit, uns gegenseitig abzuschlachten.

»Man müsste ein Stein sein, weit weg, in irgendeiner Galaxie«, flüsterte ich.

Akash hörte auf, am Gitter zu rütteln. »Nein«, sagte er. »Steine können nicht lieben.«

Er versuchte, die Tür zum Hof mit der Schulter aufzudrücken, wir versuchten es zu zweit, doch sie gab nicht nach.

Vor dem Fenster verließ eine Reihe von Schemen das Gebäude, wir sahen sie über den Hof kommen und in die Wagen steigen. Die Türen der Lieferwagen knallten zu.

Die Wagen blendeten auf und fuhren vom Hof. Es blieb nur die Dunkelheit.

Dann war da ein Geräusch an der Tür zum Hof. Etwas wie ein Kratzen, ein Scharren.

Und eine Stimme, sehr leise, keuchend, mühsam. »Akash? Mathis?«

»Roshida!«, sagte Akash.

Wir tasteten uns gleichzeitig hinüber, Roshida schien draußen auf dem Boden zu kauern, ihre Stimme war jetzt ganz nah.

»Die Tür!«, flüsterte sie. »Sie werden die Tür aufmachen. Aber ihr dürft nicht rennen!«

»Warum?«, flüsterte ich. Um uns hatten sich die anderen versammelt, ihre Körper drängten sich an der Tür zusammen wie ein großes Tier aus Nacht und Angst.

»Es ist ein Trick«, flüsterte Roshida. »Wir haben sie reden hören. Einer von ihnen wird in die Luft schießen, und dann wird es heißen, der Schuss sei von eurer Seite gekommen. Ihr würdet versuchen, auszubrechen. Und dass sie euch niederschießen mussten. Vielleicht glauben das die Polizisten wirklich, die jüngeren. Wenn ihr nicht rennt, können sie nicht behaupten ...«

Sie brach ab, schien schwer Luft zu bekommen.

»Roshida, was ist passiert?«, flüsterte Akash. »Was ist da drüben bei euch passiert?«

Eine Weile kam keine Antwort, dann wisperte Roshida: »Wir hätten nicht aus dem Zug steigen dürfen. Sie haben gesagt, wir hätten sie betrogen. Wir hätten nur die zweite Hälfte des Geldes nicht bezahlen wollen, bei der Ankunft, und wir sollten es ihnen jetzt geben. Aber keiner bei uns hatte Geld, wir haben ihnen gesagt, die Männer haben es. Davon wollten sie nichts hören. Die Polizisten haben ihnen gesagt, die Männer hätten gar nichts. Am Ende meinten sie, wir können unsere Schulden abarbeiten, sie hätten Arbeit für uns, und wir ... wir sollten uns ausziehen, damit sie sehen könnten, welche von uns stark und gesund genug wären für die Arbeit. Hope hat sich geweigert. Er hat sie getreten und gebissen. Sie ... sie haben ihn mit dem Kopf gegen die Wand geschlagen. Bis er sich nicht mehr gewehrt hat. Und ihm dann die Kleider weggenommen. Ich konnte ihm nicht helfen.«

Eine Weile schwieg sie. Und als sie weitersprach, war ihre Stimme kaum noch hörbar.

»Am Ende haben sie drei Frauen aus der Reihe ausgesucht. Sie haben gesagt ... sie haben gesagt, sie zeigen uns, was für eine Arbeit das ist, die die Frauen tun werden. Wir wollten nicht, aber sie waren stärker, sie haben uns geschlagen, mit einem Gewehr auf den Kopf. Die beiden anderen waren zu still danach, ganz still, ich hatte Glück ... Dann haben sie ... sie haben ... Und wir konnten nichts machen ... Sie haben es auch mit Hope versucht. Aber dann haben sie geflucht und sind gegangen. Ich glaube, sie dachten, wir sind alle tot. Oder es war ihnen egal. Als sie gegangen sind, haben sie darüber geredet, dass die Polizei die Männer bei einem Ausbruchsversuch niederschießen wird. Sie haben darüber gelacht. Auch darüber, dass die Polizei die Drecksarbeit macht. Die Polizisten haben alle Angst vor den Zetas. Akash ... du musst alleine weitergehen. Ich glaube, für mich ist es zu Ende. Es tut mir leid. Ich bin zu müde ... und zu schmutzig. Rennt nicht, wenn sie die Tür aufmachen.«

»Unsinn«, sagte er sanft. »Wir gehen zusammen. Wir kommen hier raus. Alles wird gut.«

Ein paar Minuten später näherten sich Schritte. Danach wurde der Riegel an der Tür zurückgezogen, und gleichzeitig hallte ein Schuss, irgendwo hinter dem Gebäude.

Die Tür schwang nach außen auf. Roshida kauerte nicht mehr davor.

Ein zweiter Schuss. Ein dritter.

Und dann brach Panik aus.

»Wir dürfen nicht rennen!«, rief ich. Sie wussten es alle.

Und sie rannten.

Stürzten aus der Tür, auf das Hoftor zu, trampelten sich gegenseitig nieder, zweiundzwanzig Männer mit wunderschönen, leuchtenden Träumen von einem Land, das sie erreichen mussten.

Sie warfen mich um, ich fiel vor die Tür und blieb liegen, Akash war dicht neben mir.

Da waren noch mehr Schüsse, diesmal schossen die Polizisten beim Tor, und ich sah Männer über das Tor klettern und fallen, getroffen.

Akash zog mich auf die Beine, und wir bewegten uns langsam vorwärts, schattengleich: nicht zum Hoftor. Zu dem Gebäude, in das sie die Frauen gebracht hatten. Die Tür stand offen.

Beim Tor drüben redeten jetzt aufgeregte Stimmen durcheinander. Ein Automotor heulte auf. Wagen entfernten sich. Danach wurde alles still. In dieser Stille saß Roshida, gleich hinter der Tür, und sah zu uns auf. Sie hatte gewartet.

»Sind sie gerannt?«, fragte sie. Akash nickte. Roshida nickte auch.

Ihre Jeans und das T-Shirt waren blutverschmiert, ihre Augen zugeschwollen, Blutergüsse bedeckten ihr Gesicht. Akash umarmte sie, doch sie zuckte zurück.

Auf dem Boden lagen ein paar Kleidungsfetzen und zwei nackte Frauenkörper, auf dem Bauch. Akash drehte sie um und schüttelte dann den Kopf. Später, dachte ich, später würde ich etwas empfinden wie Mitleid oder Entsetzen, aber in diesem Moment hatte ich keine Zeit dafür.

Denn in einer Ecke, ganz hinten, lag ein Kind.

Ein Kind mit dunkler Haut und einem goldenen Fleck auf der Brust.

Hope war nackt, er lag auf dem Rücken, die Augen geschlossen, den Körper eigenartig verdreht, als hätte man eine zerbrochene Puppe in eine Ecke geworfen, die Beine halb gespreizt. Ich kniete mich neben ihn und legte eine Hand auf seine Brust. Und spürte, dass er atmete.

Eine Schwellung breitete sich an seiner Schläfe aus, aber er atmete.

Dann glitt mein Blick über den mageren nackten elfjährigen Körper. Ich hatte ihn nie nackt gesehen und für einen Moment begriff ich nichts.

Dieses Kind, das da vor mir auf dem Boden lag, besaß keine Geschlechtsteile. Da war nichts, gar nichts, er glich tatsächlich einer Puppe.

Aber zwischen Hopes Beinen war keine glatte Fläche wie bei einem Plastikkörper. Dort war eine große unregelmäßig vernähte Narbe.

Und dann verstand ich, langsam, sehr langsam.

Und ich zog dieses zerbrochene Kind in meine Arme und hob es auf, taumelte mit ihm hinaus in die Nacht. Dieses Kind in meinen Armen, das so gut log und so tapfer war. Das Glückskind war kein Junge. Natürlich. Hope und Faith waren Zwillingsnamen für Mädchen. Ich hatte gedacht, Hope wüsste das nicht.

Das Kind in meinen Armen war ein Mädchen. Ein muslimisches Mädchen aus Somalia, beschnitten und zugenäht. Die Männer, die über die Frauen hier auf dem Boden hergefallen waren, hatten es auch bei Hope versucht. Ich stellte mir vor, wie sie frustriert von dem kleinen Körper abgelassen, ihn in die Ecke geworfen hatten wie Abfall.

»Akash«, sagte ich leise, »wusstest du …?«

Er nickte. »Wie hätte sie denn alleine unterwegs sein können, als muslimisches Mädchen?«, fragte er. »Komm jetzt, zieh ihr was über. Ich weiß, wie wir rauskommen.«

Ja, dachte ich, wir würden hier rauskommen, im Gegensatz zu den Frauen auf dem Boden.

Im Gegensatz zu den erschossenen Männern auf dem Hof.

Wir waren, dachte ich bitter, Glückskinder.

In dieser Nacht kletterte ich mit einem kleinen Mädchen in den Armen über die Mauer eines Hofs in Mexiko.

Traditionell erzogene Muslimas sind gehorsam und bescheiden, ordnen sich unter, streben nicht danach, die Welt zu verändern.

Natürlich hatte Hope weggemusst aus Somalia, nachdem der Mann ermordet worden war, dem sie ihre moderne Erziehung verdankte. Was hätte sie dort werden sollen? Ein Vogel in einem Käfig?

»Ich bringe dich in die Staaten«, flüsterte ich, als wir die Mauer hinter uns hatten. »Dort gibt es eine Zukunft, strahlend und schön, du wirst sehen. Vergiss die Reportage. Aber bitte, bitte wach auf!«

Sie wachte nicht auf.

Ihr Kopf lag schwer auf meiner Schulter, schwer von Erinnerungen.

Fakten Kartelle

Diese Netflix-Serie, wie heißt die?

Pablo Escobar ↙

In Mexiko regieren, ähnlich wie in Kolumbien früher, die großen Drogenkartelle. Seit den Neunzigerjahren bekämpfen sie sich gegenseitig, der »Drogenkrieg« begann jedoch erst mit dem Amtsantritt Felipe Calderóns 2006, der im Kampf gegen den Drogenhandel das Militär einsetzte.
Die Kartelle beantworteten dies mit Aufrüstung, sie besitzen modernere Waffen und mehr Angehörige als das Militär, auch unter den oft schlecht ausgebildeten Polizisten herrscht vor allem Angst. Wichtige Kartelle sind das Golf-Kartell, das Juárez-Kartell, das Tijuana-Kartell und das Sinaloa-Kartell, neuere das Beltrán-Leyva-Kartell, La Familia Michoacana und Los Zetas. In »sicheren Häusern«, Villen in abgelegenen Gegenden, werden Drogen, Waffen und Entführte »verwahrt«, Exekutionen und Folterungen durchgeführt und Opfer vergraben.

2007 begann zunächst das Zeta-Kartell, Schutzgeld von Unternehmen zu erpressen. Heute gewinnt das Geschäft mit südamerikanischen Migranten an Bedeutung. Der Zugverkehr wird meist von den Zetas kontrolliert, mit Jugendbanden als Handlanger.

„Die Verbrannt
von Anto
Ortu

Aufgrund des zunehmenden Terrors durch steigende Schutzgeldforderungen und brutalste Racheakte entschließen sich immer mehr Mexikaner selbst zur Flucht.

Von 2006 bis 2016 forderte der mexikanische Drogenkrieg 185 000 Opfer und zwang 230 000 zur Flucht.
Die Nachfrage in den USA nach aus Mexiko importierten Drogen steigt ständig.

Hoffnung

In Mexiko bilden sich inzwischen bewaffnete Bürgerwehren, die ihre Nachbarschaften gegen den Einfluss der Narcos, der Drogenkartelle, verteidigen und bewachen. Ob sie Gefahr laufen, neue Kartelle und Banden zu werden, bleibt leider fraglich.

Fakten Trinkwasser

Das World Ressource Institute geht davon aus, dass 33 Länder bis zum Jahr 2040 unter einer akuten Wasserkrise leiden werden, vor allem in Afrika und im Nahen Osten. Jedoch gibt es auch in amerikanischen Großstädten Wasserknappheit.

Das Fehlen sauberen Trinkwassers führt zur Ausbreitung von Cholera, Ruhr, Typhus oder Polio. Ursachen des Wassermangels sind klimawandelbedingte Dürren, Wasserverunreinigung durch Chemikalien oder Erdöl und der gestiegene Wasserbedarf der wachsenden Weltbevölkerung.

Auch die Landwirtschaft verbraucht große Mengen von Wasser, der Anbau von Früchten oder Schnittblumen für den Export lässt den Wasserspiegel lokal sinken. *Für 2,5 Avocado braucht man 1000 Liter!*

Der Anstieg des Meeresspiegels führt zudem zur Versalzung der Böden: Brunnen können nicht mehr für Trinkwasser genutzt werden, Ackerbau wird unmöglich.

Unternehmen wie Nestlé oder Coca-Cola kaufen weltweit Wasserrechte wenig entwickelter Länder (z. B. in Nigeria und Äthiopien) und pumpen es in Zusammenarbeit mit korrupten Regierungen ab. Dieses Wasser wird mit riesiger Gewinnspanne in Plastikflaschen weiterverkauft, doch die Einwohner der erwähnten Länder können sich das teure Flaschenwasser nicht leisten.

Neben dem »CO_2-Fußabdruck« existiert ein »Wasserfußabdruck« aller Produkte. Beispielsweise erfordert die Herstellung einer Jeans 8000 Liter Wasser beim Baumwollanbau.

Ein Computer hat einen »Wasserfußabdruck« von 20 000 Litern, weil viele Rohstoffe nur unter großem Wasserverbrauch gewonnen werden können.

PROST!

Wasserknappheit ist ein Grund für Gewalt. Es werden global schon immer mehr Kriege um den Zugang zu Wasser geführt als aus jedem anderen Grund.

Hoffnung

2015 hatten weltweit mehr Menschen Zugang zu sauberem Trinkwasser als noch 1990. Die WHO finanziert Studien zur Entwicklung besserer Wasseraufbereitung, es gibt zahlreiche Projekte zur Bohrung tieferer Brunnen und verschiedene Organisationen sammeln Spenden für Wasserfilter in

 betroffenen Ländern. Viele Produkte sind mit einem geringeren »Wasserfußabdruck« zu haben: Jeans aus Biobaumwolle zum Beispiel, da für kleinere Felder Regenwasser zur Bewässerung ausreicht und keine grundwasserbelastenden Pestizide benötigt werden.

Bei Computern, bei denen es (noch) keine Alternative gibt, kann ein gebrauchtes Gerät die Lösung sein.

9

la vida (loca)
das (verrückte) Leben

> Bildersuche Internet:
> Mara Salvatrucha
> Friedhof Mexiko
> Nuevo Laredo bridge
> Nuevo Laredo shelter

Ich habe ein Foto von mir, wie ich mit einem bewusstlosen Kind in den Armen vor einem alten, dunkelblau gestrichenen Schuppen stehe. Über der Tür hängt eine bunt bemalte, etwas mitgenommene Gips-Maria, in den Armen ebenfalls ein Kind. Neben dem Schuppen sieht man grüne Blätter ins Bild ragen, Blätter inmitten der Trockenheit. Die Morgendämmerung macht alles ein wenig silbern, ein wenig unwirklich.

Akash hat das Bild mit meinem Handy gemacht, er sagte: »Ich will, dass du dich erinnerst«, aber wie hätte ich vergessen können. Wie hätte ich vergessen können, wie wir durch die Nacht über halb verdorrte Felder wanderten, wie es sich anfühlte, dieses Leichtgewicht von Leben zu tragen, wie es gewesen war, hinter Akash herzugehen, der Roshida halb stützte, halb zerrte und immer wieder sagte: »Wir müssen weiter. Wenn sie uns finden, ist das das Ende, sie können sich keine Zeugen leisten.«

Der blaue Schuppen lag am Rand eines winzigen Dorfes im Nirgendwo. Es gab eine Hütte mit Wellblechdach dahinter, umgeben von wild wuchernden Bäumen.

Ich stieß die Tür auf, und wir sahen uns verschlossenen Kisten, Reissäcken, Fahrradteilen und drei Ziegen gegenüber, die in einer Ecke im Heu lagen.

»Nur für einen Moment«, murmelte ich und ließ mich auf den Boden gleiten, Hope noch immer in meinen Armen.

Als ich die Augen öffnete, hockte eine junge Frau mit geflochtenen Zöpfen vor mir und betrachtete mich aufmerksam.

»Was ... tut ihr hier?«, fragte sie, etwas schroff.

Akash und Roshida schliefen, an die Säcke gelehnt, und auch Hope war noch immer nicht aufgewacht.

»Wir sind auf der Flucht«, sagte ich, setzte mich auf und versuchte, klar zu denken. »Vor dem Zeta-Kartell, der Polizei, der Mara 18, dem somalischen Bürgerkrieg, den ethischen Säuberungen der Buddhisten in Myanmar, der nepalesischen Politik und ... dem Klimawandel.«

»So«, sagte sie knapp.

Und ich dachte: Das Einzige, was sie an all dem interessiert, sind die Zetas, sie wird uns an die Luft setzen, jetzt sofort, denn wir bringen die Gefahr hierher.

»Das Kind hier ... er ...« Ich schüttelte den Kopf. »*Sie* hat eine Kopfverletzung, ich weiß nicht, wie schlimm. Wir waren in diesem Haus, wo sie Leute hinbringen, die abgeschoben werden sollen, aber ...«

Sie schnitt mir das Wort mit einer Handbewegung ab.

»Mir gleich, was passiert ist. Ihr könnt bleiben. Ein paar Tage. Dann müsst ihr verschwinden.«

In diesem Moment kam auf zwei Holzkrücken ein Mann in den Schuppen gehinkt. Sein Gesicht war jung, sein Körper der eines Greises. Sein rechter Unterschenkel fehlte.

»Sieh an«, sagte er. »Hat sich wieder was angefunden! Treibgut. Sammeln wir, wie es scheint. Alles, was la bestia so ausspuckt.«

»La bestia?«, fragte Akash, der ebenfalls aufgewacht war. »*Hier* kommen Flüchtlinge vom Zug her? So weit weg?«

Die Frau lachte ein raues Lachen. »Die Gleise laufen gleich hinter dem Ort vorbei, mi amor.«

Akash sah mich an. Wir waren in Richtung der Bestie gelaufen, als zöge sie uns magisch an.

»Es kommen immer wieder welche«, sagte die Frau. »Vor zehn Jahren kam auch einer, ich wollte ihn nicht haben, aber er ist immer noch da.« Sie nickte zu dem Mann in der Tür hin, dessen Gesicht sich zu einem Lächeln verzog.

»Sie brauchte einen Mann im Haus, für die groben Arbeiten«, sagte er. »Ich habe es drei Mal versucht. Rüberzukommen. Einmal sogar geschafft, zwei Jahre gearbeitet, aufgeflogen, deportiert worden. Dann hat die Bestie mein Bein gefressen. Ich gehe nicht noch mal rüber. Ich dachte, da drüben hätten sie das Paradies, aber ich habe an der falschen Stelle gesucht. Es ist hier.«

Die Frau schnaubte nur. Aber er hatte recht, ich dachte an die sorgfältig bewässerten, dennoch wilden Bäume und die blühenden Sträucher vor dem Schuppen.

»Kommt«, sagte der Mann. »Ich zeige euch die Pumpe, dann könnt ihr euch waschen. Und ihr braucht was zu essen.«

»Wir haben nichts mehr, keinen Dollar, keinen Peso«, sagte ich. »Die Polizei hat uns ausgeraubt.«

Er nickte. »Jimena hat die Geflohenen noch nie nach Geld gefragt«, sagte er und deutete auf die junge Frau, die über den Hof davonging, durch eine Schar Hühner wie durch ein sich teilendes Meer. »Sie tut nur so schroff.«

»Und du?«, fragte ich.

»Ich? Ich arbeite für sie. Pedro, übrigens. Ich heiße Pedro.«

»Oh«, sagte ich. »So hieß ich auch schon.«

Als Roshida aufwachte, lag sie lange still und sah an die Decke. Ich hörte Akash leise zu ihr sprechen, doch sie antwortete nicht. Ich dachte daran, was die Männer vom Zeta-Kartell mit ihr gemacht hatten, und schämte mich, ein Mann zu sein.

Pedro kam wieder und brachte Wasser und Burritos, die Jimena gemacht hatte, gefüllt mit Mais und Tomaten. Roshida drehte nur den Kopf weg.

Und Hope befand sich noch immer in einer Welt, zu der wir keinen Zugang hatten.

»Die Kleine hat es ziemlich erwischt, was?«, meinte Pedro bekümmert.

Ich nickte.

Hopes linke Schläfe war blau-rot und geschwollen, doch die Schwellung wurde nicht größer. Wenn es eine Einblutung gab, dann nach innen. Erste-Hilfe-Kurs-Wissen. Es war nicht beruhigend.

»Wenn dieses Kind stirbt, ist es meine Schuld«, sagte ich leise.

»Warum?«, fragte Pedro.

Und da erzählte ich ihm von meinem Projekt. Erzählte ihm, wer ich war.

Er hörte geduldig zu.

»Und jetzt kannst du mich als Geisel nehmen und Lösegeld verlangen«, sagte ich am Ende und lachte, und er sagte ernst: »Du bist wahrscheinlich der erste Kanadier, der la bestia geritten hat. Ich hoffe, du findest eine Antwort.«

»Eine Antwort? Auf welche Frage?«

»Bist du nicht wegen der Frage aufgebrochen?« Pedro lächelte. Damit richtete er sich auf, um zu gehen.

»Ich kümmere mich um einen Arzt. Aber ich weiß nicht, ob ich einen finde.«

Ich machte ein Bild von ihm, wie er mit seinen Krücken in der Tür stand und auf uns hinablächelte.

»Ja, zeig das denen da draußen«, sagte er. »Das Bild vom Krüppel im Paradies.«

»Wie ist das passiert, mit dem Bein?«, fragte Akash.

Pedro zuckte die Schultern. »Sie haben mich vom Zug gestoßen. Ich konnte nicht zahlen, was sie wollten. Das Bein ist unter die Räder geraten. Wer braucht schon ein Bein.«

»Und hier? In diesem Dorf?«, fragte ich. »Sind sie hier nicht? Die Zetas?«

»Natürlich sind sie hier«, sagte Pedro. »Sie lassen die Jungs vom Barrio 18 das Geld eintreiben, und Jimena zahlt, einmal im Monat. Ihr kleiner Bruder ist bei der Mara, er hat es sich nicht ausreden lassen. Aber alles geht seinen geregelten Gang. Wo ich herkomme, war es schlimmer. Honduras, San Pedro Sula. Das ist keine Stadt, das ist eine Hölle. Hier ... schau dich um. Die Bäume wachsen. Die Felder werden bestellt. Es bleibt nicht viel, wenn sie das Geld eintreiben, aber irgendwie reicht es.«

Er kam zwei Stunden später mit einer mageren jungen Frau zurück, die sich neben Hope kniete.

»Ich bin der Arzt«, sagte sie. Ich sah zu, wie sie Hope untersuchte, ihren Schädel abtastete, sie abhörte, den Kopf schüttelte.

»Ich habe keine Möglichkeit, sie zu durchleuchten. Dazu müssen Sie in ein Krankenhaus.«

»Ich habe im Moment nicht mal das Geld, um Sie zu bezahlen. Ich muss meine Familie bitten, etwas nach Nuevo Laredo zu schicken, ich …« Sie sah auf, ihr Blick war hart wie der von Jimena. »Ich will kein Geld«, sagte sie. »Wofür? Ich kann nicht helfen. Wenn sie seit so langer Zeit bewusstlos ist, ist wahrscheinlich zu viel zerstört. An Hirnmasse.«

Sie holte eine Taschenlampe heraus, zog Hopes rechtes Augenlid hoch und leuchtete in das Auge und da regte sich Hope plötzlich. »Nimm das Licht weg!«, sagte sie deutlich, drehte sich um und murmelte: »Lasst mich in Ruhe, ich wache später auf.«

Ich sah die Ärztin an, sah sie lächeln. »Also keine Bewusstlosigkeit«, sagte sie. »Manchmal … wenn schlimme Dinge passieren, muss man sich die Erinnerung aus dem Körper schlafen. Das ist kein medizinischer Fakt. Es ist ein Satz meiner Mutter.« Und dann ging sie.

»Lass das Kind schlafen und komm«, sagte Pedro. »Du kannst helfen. Dafür, dass wir euch durchfüttern.«

Hühner, Ziegen, Mais, Marihuana. Das war es, wovon sie lebten.

Nie hätte ich gedacht, dass ich einmal in Mexiko auf einem Marihuanafeld helfen würde, um mir meinen Lebensunterhalt zu verdienen, aber dies war vermutlich die Zeit meines Lebens, die ich unter den ökologisch korrektesten Umständen verbrachte.

Jimenas Marihuanafeld war winzig, umrahmt vom Mais wie von einer Mauer. Es gab weder Pestizide noch künstlichen Dünger, da sie sich beides nicht leisten konnte. Es gab auch keine Maschinen, alles wurde per Hand gemacht. Und so stand ich in der sengenden Sonne, das T-Shirt um den Kopf gewickelt, und rupfte Unkraut aus, sammelte Schädlinge ab, half, das Bewässerungssystem zu reparieren, das aus schwarzen Schläuchen mit kleinen Löchern und einer Regenwassertonne auf dem Dach bestand.

Jimena war froh, dass Akash und ich ihr halfen, glaube ich. Mit seinem fehlenden Bein konnte Pedro vieles nicht erledigen.

Sie liebten sich auf eine seltsame Weise, das Zentrum ihrer Liebe waren Jimenas rauer Umgangston und ihr großes Herz.

Es war auch Jimena, die mit Roshida sprach. Roshida hatte sich fast nicht gerührt, seit wir angekommen waren, hatte kein Wort gesagt. Und dann fanden wir Jimena bei ihr, als wir am zweiten Tag von der Arbeit auf dem Feld zurückkamen.

Und wir machten, dass wir wieder hinauskamen, um sie in Ruhe zu lassen und uns an der Pumpe zu waschen. Alle Wassertropfen waren Juwelen. Als wir uns mit unseren T-Shirts abtrockneten, stand Roshida neben uns, im Arm einen Stapel sauberer Kleider.

»Sie sind Jimena zu klein«, sagte sie. »Sie wird meine alten verbrennen. Es ist zu viel Blut dran. Aber ich würde mich gerne waschen. Ohne Zuschauer.«

Wir gingen und wir gingen gerne.

Ich werde nie herausfinden, was Jimena zu Roshida gesagt hat, aber von diesem Tag an sprach und aß sie wieder, manchmal mit einer Verbissenheit, als lebte sie nur aus Trotz weiter: aus Trotz gegen die Männer, aus Trotz gegen die Gewalt dieser Welt.

Und Hope schlief und schlief, stand manchmal wie im Traum auf, um draußen zur Toilette zu gehen, kam zurück, trank Wasser, rollte sich wieder zusammen.

Die ganze Zeit über hielt sie das goldene Kamel fest in der Faust.

Und dann, am vierten Morgen, als die Vögel erwachten, sagte eine kleine Stimme. »Mathis?«

»Hm?«

»Ich bin jetzt nicht mehr müde, glaube ich«, flüsterte Hope. »Mathis? Ich erinnere mich nicht genau, was passiert ist. Wir waren auf dem Zug ... und dann?«

»Na ja«, sagte ich. »Er hat gehalten, länger, und wir sind ... runtergeklettert und haben Akash und Roshida aus dem Container geholt, weil es da drin zu heiß war. Dann ... sind wir hier gelandet. In diesem Dorf. Die Schienen laufen in der Nähe.«

»Aber warum war ich bewusstlos? Du hast mich getragen.«

»Du bist ... gefallen. Es ging ein bisschen runter, von den Gleisen, und du bist ausgerutscht und mit dem Kopf auf einen Stein geschlagen.«

Hope betastete ihren Kopf und runzelte die Stirn. »Gefallen«, wiederholte sie.

Sie glaubte mir nicht, aber das war mir gleich, ich würde ihr nichts anderes erzählen, und Akash und Roshida würden es auch nicht tun, dafür würde ich sorgen.

»Hope«, sagte ich. »Wir müssen über eine Sache reden. Du bist ...« Ich holte tief Luft. »Kein Junge.«

Sie kniff die Augen zusammen. »Woher weißt du das?«

»Roshida hat ... dich gewaschen, als du bewusstlos warst. Ich bin zufällig reingekommen.«

»Und du hast mich so gesehen?«, flüsterte sie. »Nackt?«

Ich wünschte, ich hätte lügen können, aber dann hätte ich nie mit ihr darüber sprechen können, und es war notwendig. »Ich habe die Narbe gesehen. Hope. Ist das normal? Da, wo du herkommst? Dass sie die Mädchen ... verstümmeln?«

Sie sah eine Weile woanders hin, dann sagte sie leise: »Bei uns heißt es, unbeschnittene Mädchen werden später solche, die für Geld mit Männern ... du weißt schon. Sie sind unrein. Mathis, was ändert sich jetzt? Wo du weißt, dass ich ein Mädchen bin?«

»Ich habe mehr Angst«, sagte ich ehrlich. »Um dich. Und ich verstehe besser, dass du weggehen musstest.«

»Nein, ich meine, was ändert sich für dich? Mein Vater hat mit uns geredet, als wären wir Jungen. Kannst du das? Kannst du vergessen, dass ich ein Mädchen bin?«

»Nein«, sagte ich, »und das muss ich auch nicht. Wo ich herkomme, redet man mit einem Mädchen wie mit einem Jungen. Und du kannst die gleichen Sachen machen wie ein Junge. Das weißt du doch, aus den Büchern.«

»Ja«, sagte sie leise. »Aber es hört sich so unwirklich an. Komisch, was, ich habe fast angefangen zu *glauben,* dass ich ein Junge bin. Meine ganze Geschichte, in der Wüste und im Lager und in Mogadischu ... Ich habe angefangen, sie mir vorzustellen, als ginge es um einen Jungen.«

»Aber in Wirklichkeit ging es um ein kleines Mädchen«, sagte ich. »Und weil es ein Mädchen war, konnte es seiner Mutter im Lager nicht helfen.«

Hope nickte wieder.

»Wann ... haben sie das gemacht?«, fragte ich. »Die ... Beschneidung?«

»Im Lager. Meine Mutter war schon ... gegangen. Ich war fünf. Wir spielten im Schatten hinter dem Sanitätszelt, meine kleine Schwester und ich, als meine Großmutter uns holte.

Sie brachte uns zu einem anderen Zelt. Auf dem Boden war ein großes weißes Tuch ausgebreitet, und daneben saß ein Mann, den ich noch nie gesehen hatte. Alle waren sehr höflich zu ihm, man brachte ihm Tee mit Zucker und wir starrten gierig auf die Tasse.

Das war ein Wanderbeschneider, ich habe das später gelernt. Mit uns warteten noch zwei andere kleine Mädchen.

Meine Großmutter sagte, wir würden jetzt rein, das wäre wichtig, damit wir unserer Familie keine Schande machten.

Als er den Tee ausgetrunken hatte, sagte der fremde Mann »So«, und plötzlich packten meine Großmutter und zwei andere Frauen mich, zogen mich aus und legten mich auf das Tuch. Ich wehrte mich, meine Großmutter gab mir eine Ohrfeige, das weiß ich noch. Dann haben die Frauen sich auf mich gesetzt, sie waren schwer wie Felsen. Sie haben mir die Beine weit auseinandergezogen, und ich habe geschrien, und der Mann, der kein Zauberer war, hat eine Schere genommen und zwischen meinen Beinen geschnitten. Ich dürfte mit dir über solche Dinge eigentlich nicht reden, aber es hört ja keiner. Sie schneiden das ab, was man nicht haben darf, weil es schmutzig ist. Ihr sagt Klitoris und Schamlippen, die Wörter habe ich später von meinem Vater gelernt. Das Schlimmste war, dass es so lange dauerte, weil die Schere nicht scharf war. Ich dachte erst, der Schmerz geht vorbei, aber er ging nicht vorbei, er dauerte und dauerte, und ich brüllte und brüllte, und meine Großmutter gab mir mehr Ohrfeigen, und der Mann fluchte, obwohl man das nicht darf. Dann nahm er eine dicke Nadel und nähte mich zusammen. Er kriegte die Nadel nicht richtig durch, glaube ich, und fluchte wieder.

Ich dachte, ich muss etwas Furchtbares getan haben, dass sie mich so bestrafen.

Dann fiel es mir ein: Ich war schuld daran, dass meine Mutter tot war. Bestimmt. Auch wenn ich nicht begriff, warum. Aber was war mit meiner Schwester? Und den anderen Mädchen?

Am Ende haben sie mir die Beine fest zusammengebunden und jemand trug mich weg und legte mich draußen in den Schatten unter einen der dürren Bäume. Dann kamen die anderen dran.

Wir mussten eine Woche mit zusammengebundenen Beinen daliegen, alles tat weh und ich hatte Fieber. Die Ausländer aus dem Sanitätszelt haben uns Tabletten gegeben und mit meiner Großmutter geschimpft, und wenn ich zur Toilette musste, habe ich wieder gebrüllt. Sie lassen nur ein kleines Loch beim Zunähen, zum Pinkeln, es dauerte ewig, und es brannte wie Feuer. Nach ein paar Tagen ist der Wanderbeschneider zurückgekommen und hat den Faden aus der Wunde gepult, danach musste ich wieder liegen. Die Jungen haben Fußball gespielt und sind herumgerannt. Damals habe ich zum ersten Mal gedacht, dass die Welt ungerecht ist, weil die Mädchen nur zugucken dürfen.

Er hat später gesagt, dass wir deshalb lesen lernen müssen. Damit wir Dinge erfahren und etwas tun können. Meine Schwester hat nie lesen gelernt. Sie war vier.

Als ich wieder herumlaufen durfte, suchte ich sie und konnte sie nicht finden. Ich weiß jetzt, dass eine ganze Menge Mädchen sterben, weil Bakterien in die Wunde kommen. Aber sie sagen, das ist nicht schlimm, weil es sowieso zu viele Mädchen gibt.« Sie schwieg eine Weile, dann flüsterte sie:

»Faith war nicht beschnitten. *Er* hat gesagt, es gibt eine Menge

Mädchen, die das nicht sind. Und dass nicht mal im Koran steht, dass man das tun soll. Faiths Mutter war sowieso keine Muslima, und Faith hat nie ein Tuch getragen. Eine Weile habe ich sie heimlich beobachtet. Sie wirkte nicht, als wäre sie schmutzig.«

Wieder eine Weile Schweigen. »Und dann ist sie gestorben«, sagte Hope schließlich. »Ein paar von den Leuten aus unserer Straße haben gesagt, Allah weiß schon, wen er holt, die Unreinen und Ungläubigen zuerst, und ich wollte auf die Leute losgehen, weil sie so dumm waren. Wie viele Tausend beschnittene Mädchen und Frauen sind in diesem Krieg gestorben? Viel mehr als solche wie Faith. Mein Vater hat gesagt, es ist keine gute Idee, auf Leute loszugehen. Sonst hätte ich sie verprügelt.«

»Kann ich verstehen«, sagte ich. »Manchmal ist mir in letzter Zeit auch danach, Leute zu verprügeln.«

Hope grinste plötzlich. »Eines Tages machen wir das. Wenn ich ankomme, wenn ich richtig zur Schule gehe, dann fällt es mir irgendwann ein, wetten? Wie man zurückschlägt, ohne die Fäuste zu nehmen.«

Es ging Hope nicht wirklich gut, sie hatte noch immer Kopfschmerzen und war dauernd müde, ich machte mir Sorgen und wir blieben.

Keiner von uns fühlte sich bereit, diese Oase des vorübergehenden Friedens zu verlassen.

Und wir mussten uns beide daran gewöhnen, dass Hope jemand anders war. Auch wenn ich gesagt hatte, es änderte nichts.

Manchmal dachte ich über Pedro nach, der hier hängen geblieben war, und ich fragte mich, wie das wäre: hängen zu bleiben. Aber früher oder später wären wir den 18ern begegnet, die das Geld für die Zetas eintrieben.

Einmal sahen wir in der Ferne den Zug vorüberrollen.

Hope hatte auf dem Feld geholfen, und wir richteten uns beide auf und standen still da: eine Schweigeminute für all jene, die la bestia nicht überlebten, die Gefallenen, Gestoßenen, Ausgeraubten, Vergewaltigten, Erstickten, Erschlagenen.

Dann machten wir weiter mit unserem Kampf gegen das Unkraut.

Wenn die Gips-Maria über der Tür schlief und die Bäume über dem alten blauen Schuppen rauschten, sprach Akash wieder vom Meer. Er sprach über die Umkehr der Meeresströmungen, über das große ozeanische Fließband, das kaltes und warmes Wasser in Atlantik und Pazifik umwälzte und für die Umverteilung von Sauerstoff in die Tiefe sorgte. Das große Mengen von Wärme oder Kälte transportierte und das die Erderwärmung lahmlegen würde, vielleicht sogar umkehren.

Ich sagte, möglicherweise würden sich die Flüchtlingsströme auch umkehren, und wir lachten darüber, aber vielleicht war etwas dran.

Akash und Roshida verließen den blauen Schuppen vor uns. Sie ließen sich von jemandem nach Nuevo Laredo mitnehmen, Akash wollte wie ich versuchen, sich Geld per Kurier dorthin schicken zu lassen.

»Vielleicht seid ihr schon drüben, wenn wir in die Stadt kommen«, sagte Hope. »In Sicherheit.«

Sicherheit. Als wären die USA eine Insel, auf der einen das Böse nicht mehr erreichen konnte.

Pedro nahm uns ein paar Tage später auf seinem Moped mit.

Hope saß vor mir, ich spürte ihren kleinen knochigen Körper, und zum ersten Mal fragte ich mich, was ich tun würde, wenn wir in Amerika waren. Wenn wir die Grenze bezwungen hatten.

Wenn ich in Dallas die richtige Tür gefunden und sie abgegeben hatte.

Und was würde ich tun ohne eine kleine Gestalt an meiner Seite, eine Kämpfernatur, die unbeantwortbare Fragen stellte und mich auslachte, wenn ich in theoretischen Phrasen sprach?

Nuevo Laredo war groß, laut, dreckig, eine Grenzstadt wie viele, aber es herrschte eine Spannung in der Luft, die man spüren konnte. Akash hatte nicht geschrieben. Vielleicht waren er und Roshida irgendwo in den Schatten dieser Stadt: zwischen den Flüchtlingen, den Abgeschobenen, den Coyoten, Polizisten, Mördern, Erpressern, Hoffenden.

Jenseits des Flusses lag Laredo, nur durch eine Brücke von Nuevo

Laredo getrennt: Laredo in den USA. Pedro nickte nur zum Abschied. Dann drückte er mir einen Geldschein in die Hand. »Von Jimena. Du hast immerhin für uns gearbeitet. Kurier kann dauern. Jetzt geht zur Brücke und guckt euch das Spektakel an.«

Er wendete das Moped und war fort, ehe wir uns bedanken konnten.

Ich hielt Hope an der Hand, während wir durch die Straßen gingen, durch einen ganz normalen Alltag voller Geschäftsfronten, hässlichen neuen Gebäuden, Autoschlangen.

»Das ist doch lächerlich«, sagte sie. »Mathis. Hier ist nichts Gefährliches.«

»Doch«, sagte ich leise. »Wenn du den Ort im Internet suchst, kriegst du nur Berichte über Autobomben, Schießereien und sichergestellte Waffen. Die Kartelle kämpfen gegeneinander, und alle anderen kämpfen auch, irgendwie, ums Überleben. Also lass mich nicht los.«

»Ist ja okay, ich pass auf dich auf«, sagte sie.

Und dann standen wir auf der Brücke, der Juárez-Lincoln Bridge, die über den Rio Grande führt und Mexiko und die Staaten verbindet.

Autoschlangen stauten sich auf dem Asphalt, Männer mit breiten Hüten und riesigen gemusterten Plastiktaschen gingen auf der Fußgängerseite über die Brücke. Drüben kauerte ein breites, niedriges Betongebäude: ein Filter, der den Fluss der Menschen filterte. Der Abschaum wurde zurück nach Mexiko gespült.

Davor waren Uniformierte mit Deutschen Schäferhunden dabei, Autos zu durchsuchen: auf Drogen, auf illegal Einreisende, vielleicht auf unamerikanische Gedanken.

Deutsche Schäferhunde. Da waren sie wieder, die Assoziationen: *patrouillierende SS-Männer mit Deutschen Schäferhunden.*

»Was ist los, Mathis?«, fragte Hope. »Alles okay?«

Ich merkte, dass ich mich ans Brückengeländer klammerte.

»Ist ... nur die Hitze«, sagte ich. »Guck dir das an, der Fluss da unten ist nicht mal tief.«

Halb nackte Straßenkinder spielten am mexikanischen Ufer im Wasser, lachten, spritzten sich gegenseitig nass. Nachts, dachte ich, könnte man einfach durchwaten ...

Dann folgte ich Hopes Blick. Über der Brücke kreiste ein Helikopter. Am Ufer standen Kameras.

Nein, niemand kam hier heimlich über den Fluss.

Und jetzt hielt auf amerikanischer Seite ein Bus. Eine paar bewaffnete Polizisten und an die dreißig Männer in Handschellen stiegen aus, die meisten ungefähr so alt wie ich.

Hope drängte sich an mich wie ein kleines Tier.

»Was sind das für Typen?«, fragte sie leise. »Welche von der Mara?«

Ich schüttelte langsam den Kopf. Die Männer trugen Rucksäcke oder Taschen und standen alle mit gesenkten Köpfen da, eine Haltung, die mich schlucken ließ. Sie sahen besiegt aus.

Am Ende.

Die Polizisten führten sie ein Stück auf die Brücke hinaus, wo der Strom der Menschen Platz machte. Dann lösten sie die Handschellen, und dann kamen die Männer, noch immer mit gesenkten Köpfen, langsam herüber auf unsere Seite.

Als sie an uns vorbeigingen, erkannte ich einen von ihnen, und ich war so verblüfft, dass ich zuerst nichts tat, als ihn anzustarren. Die schwarze Lederjacke, irgendein Billig-Markenimitat, war neu, die Jeans vielleicht noch die gleiche, die er im Darién getragen hatte. Sein Gesicht war noch immer das eines Kindes, das versucht hatte, zu früh erwachsen zu werden, absichtlich hart und kalt. Verbissen jetzt, die Augen angestrengt zusammengekniffen.

Jorge. Der junge FARC-Kämpfer aus dem Darién.

Er sah uns nicht. Ich reagierte erst, als er vorbei war, zog Hope mit mir, beeilte mich, mit dem Jungen Schritt zu halten.

»Hey!«, sagte ich leise. »Jorge? Erinnerst du dich an uns? Wir haben dich mit rausgenommen, aus dem Darién, von der FARC weg. Martha hat gesagt, du musst raus, du bist zu klug, um da zu bleiben, aber ich wusste nicht, dass du in die USA wolltest! Was ist passiert?«

Er sah kurz auf, und als sein Blick auf Hope fiel, flackerte etwas wie Erkennen in seinen Augen auf. »Ich weiß nicht, wovon du redest, Mann«, sagte er. »Ich heiße Gustavo.«

»Oh, Mathis hieß neulich Pedro und kam aus Venezuela«, sagte Hope freundlich. »Es ist okay, wenn du jetzt Gustavo heißt.«

Wir gingen nebeneinander her, in die falsche Richtung für alle, in unserem Rücken das Land der angeblich unbegrenzten Möglichkeiten.

»Warum haben sie euch in Handschellen hergebracht?«, fragte Hope.

»So ist es«, knurrte der Junge, »wenn man abgeschoben wird. Ich hatte es geschafft, ich war drüben, einen Monat lang, ich hatte Arbeit.«

»Martha fand, du solltest studieren«, sagte ich.

Er schnaubte. »Martha! Was weiß Martha schon? Studieren kostet ein Vermögen. Erst mal überleben, Mann, egal wie, die brauchen billige Leute.« Er schüttelte den Kopf. »Keine Ahnung, wer diese Martha ist, aber das könnt ihr ihr ausrichten.«

Wir waren am Ende der Brücke, auf mexikanischem Boden. Und auf einmal sah ich, dass der Junge vor mir weinte. Er stand da und weinte wie ein Kind, und Hope schlang die Arme um ihn, was ein muslimisches Mädchen niemals getan hätte. Aber für die Außenwelt war sie immer noch ein Junge.

»Ich hatte es geschafft«, wiederholte er. »Und jetzt? Sie sagen: Geht zum Busbahnhof und besorgt euch ein Ticket nach Hause, aber wo soll das sein, zu Hause? Ich hatte eine Freundin, drüben, nur kurz … Vielleicht ist sie schwanger …«

Und auf einmal machte er sich los, trat einen Schritt zurück, wischte sich die Tränen ab und starrte uns feindselig an. »Haut ab«, knurrte er. »Haut bloß ab.«

Dann verschwand er in der Menge, ließ sich irgendwohin treiben, ich wusste nicht, wohin, und er wahrscheinlich auch nicht.

Und jemand anders tippte mir auf die Schulter. Ein pockennarbiger Typ mit Trinkernase und gutmütigem Gesicht.

»Ihr geht zum ersten Mal rüber, was? Sieht man euch an«, sagte er und lachte. »Kommt mit. Es gibt einen Shelter, gleich am Fluss, von den Katholiken. Wenn ihr Kontakte braucht, kriegt ihr die da. 'ne Menge Abgeschobene kriechen da unter, bleiben 'ne Weile, arbeiten in der Stadt, versuchen es wieder. Ich gehe hin, jetzt. Mich haben sie auch zurückgeschickt, aber was soll's, das ist das vierte Mal. Ein Pingpongspiel. Beim zweiten Mal haben sie mich für 'ne Weile eingelocht, machen sie mit Wiederholungstätern so, da hab ich gelernt, dass du den Namen wechseln musst ...«

Eine Stunde später standen wir vor dem Eingang eines klotzartigen weißen Gebäudes, über dessen Tür ein Kreuz hing. Es war ein leeres Kreuz, Jesus war vielleicht drüben in den Staaten, aber er würde wiederkommen, sobald sie ihn schnappten.

»Na dann«, sagte der Mann mit der Trinkernase und verschwand hinter der Tür. Er ließ sie offen und wir blieben einen Moment unschlüssig stehen. Dahinter lag eine dämmerige Halle mit gekacheltem Boden, auf dem ein paar alte Männer schliefen. An der Wand hing eine Karte von den USA.

Eine Frau stillte in der Ecke ein winziges Baby. Und auf einem kleinen Tisch wachte eine weitere Marienfigur: Natürlich, auch Maria hatte ihr Kind in einem Shelter zur Welt gebracht, einem Stall. Und ein paar Tage später war sie mit ihm nach Ägypten geflohen. All die konservativen christlichen weißen Patrioten in den Staaten beteten zu einer jüdischen Flüchtlingsfrau und ihrem Sohn.

Erst, als ich so weit gedacht hatte, sah ich die die drei am Ende des Raums in den Schatten: drei Afrikaner, die Kautabak kauten und ab und zu in ein Metallgefäß spuckten.

»Ich wusste nicht, dass irgendwer heute noch Kautabak kaut«, sagte ich.

Aber Hope hielt plötzlich meinen Arm fest. »Das ist Quat«, flüsterte sie. »Alle Somalis kauen Quat.«

Sie starrte die Männer an. Und die Männer starrten zurück.

»Rennen«, sagte Hope. Mehr nicht.

Da begriff ich.

Wir kannten diese Männer. Hier waren sie, sie hatten geduldig gewartet und Quat gekaut. Nuevo Laredo war ein Nadelöhr an der Grenze. Ich fragte mich, ob sie den Typen mit der Trinkernase geschickt hatten, um nach uns Ausschau zu halten. Ob sie die ganze Zeit über gewusst hatten, dass wir in Jimenas Schuppen lebten und dass wir heute kamen. Vielleicht, über die Vermittlung der Mara 18, von Jimena selbst.

Und dann fragte ich mich nichts mehr, denn ich rannte.

Hope rannte vor mir.

Als ich mich einmal umdrehte, sah ich, wie schnell sie waren, schneller, als ich gedacht hatte, diese drei, verdammt, verdammt, verdammt. Wir mussten irgendwohin, wo es eine Menge Menschen gab, zurück in die belebten Innenstadtstraßen. Aber Hope rannte in die falsche Richtung, panisch.

»Warte!«, rief ich, doch sie wartete nicht, natürlich nicht.

Wir bewegten uns durch immer schmalere Straßen, zwischen verfallenen Mauern und Hütten, während der Himmel über uns sich rot verfärbte. Der Abend kroch heran.

Meine Lungen brannten, Hope blieb nicht stehen, schlug Haken, schlüpfte schließlich in eine Gasse, die noch winziger war als alle anderen, nicht mehr als ein Durchgang zwischen den Hütten. Eine Frau buk auf einem kleinen Feuer Tortillas, Wäsche flatterte über uns, Kinder liefen kreischend durcheinander. Die Frau rief uns etwas nach, was ich nicht verstand.

Und dann machte die Gasse eine Biegung und endete an einer Mauer. Verdammt.

Ich packte Hope und hob sie auf die Mauer, zog mich ebenfalls hoch und blieb einen Moment sitzen, nach Luft ringend. Unsere Verfolger waren nicht mehr zu sehen. Vielleicht hatten wir sie doch noch abgehängt im Gewirr der Gassen, da unten lärmten nur die Kinder, die Hühner und ein Radio.

Aber auf der anderen Seite der Mauer war es still. Still und schön. Dort lag unter der violetten Dämmerung eine andere Welt: ein Friedhof.

Weiß gestrichene Grabsteine glänzten im letzten Licht, frische und vertrocknete Blumen steckten in staubigen Vasen, an denen schmuddelige Stofftiere und gerahmte Fotos lehnten. Ein paar ruhige Kerzen brannten vor sich hin.

Hope war bereits hinuntergeklettert und unterwegs zwischen den

Gräbern, langsamer jetzt, auch sie konnte nicht mehr, und ich wusste, was sie dachte: Irgendwo zwischen diesen Gräbern gab es das perfekte Versteck. Sie lief dorthin, wo die Kerzen brannten, dort gab es zwei größere Grabmäler, Grabmäler wie winzige Tempel.

Ich wollte rufen: »Bleib stehen! Sie sind nicht mehr da!«

Aber vielleicht hätten unsere Verfolger mich gehört, wenn sie noch in der Nähe waren, trotz der Musik und des Kindergeschreis … Ich lauschte. Das Radio war verstummt. Die Kinder schrien nicht mehr. Die Gasse hinter mir schien plötzlich ausgestorben. Irgendwo schlug eine Uhr.

Ich stand auf der Mauer auf.

Hope, im Labyrinth des Friedhofs, hatte die Grabmäler beinahe erreicht.

Vor einem Grab wachte ein weißer Marmorengel auf seinem Sockel, er hockte in der Stellung von Rodins »Denker«, einen Ellbogen auf ein Knie gestützt, nackt, muskulös, mit riesigen Schwingen.

Aber neben diesem Engel gab es einen zweiten: nicht weiß, sondern schwarz. Und etwas kleiner. Jedoch in exakt derselben Pose. Ich blinzelte. Der zweite Engel bestand nicht aus Marmor, sondern aus lebendiger Haut. Er war auf den breiten, muskulösen Rücken eines Mannes tätowiert, der dort stand. Und jetzt drehte der Mann sich um:

Auf seinem kahl geschorenen Kopf prangten die Umrisse einer schwarzen Faust mit abgespreiztem Zeigefinger und kleinem Finger. Die gehörnte Hand. Ein eindeutiges Symbol.

»Wen haben wir denn da?«, fragte der Mann.

Seine Stimme hallte unwirklich über den stillen Friedhof.

Da sah ich die anderen, sie hatten zwischen den Gräbern gesessen und geraucht, nun erhoben sie sich. Die Enden ihrer Zigaretten glühten in der Dunkelheit, ihre bloßen Oberkörper waren schwarz vor Tätowierungen.

Auf der Stirn des Mannes, der Hope die Hände auf die Schultern gelegt hatte, stand die Zahl 13, und auf seiner Brust lächelte ein Totenkopf, den mehrere Spruchbänder zierten.

»Wen haben wir denn da«, wiederholte er und trat seine Zigarette aus. »Einen kleinen Überraschungsgast? Du befindest dich auf unserem Gebiet. Das ist Trespassing. Hausfriedensbruch. Man platzt nicht so einfach in eine Versammlung der Mara Salvatrucha.«

Manche sagen, du kannst die Zahl der Morde, die ein Marero begangen hat, an seinen Tätowierungen ablesen. Ich konnte die Tattoos der Männer auf dem Friedhof nicht lesen.

Ich wusste nicht, was der Engel auf dem Rücken des Typen bedeutete, dessen grobe Hände schwer auf Hopes Schultern lagen. Links trug er einen klobigen Ring und ich hasste seine sackartigen Trainingshosen mit den falschen Adidas-Streifen. Ich hasste alles an ihm, ich stand auf der Mauer und hasste und gleichzeitig hatte ich wahnsinnige Angst.

Ich zählte zehn Männer da unten auf dem Friedhof. Und vier Mädchen. Ihre Tätowierungen liefen übers ganze Gesicht wie bei den Männern, eine war schön und sehr jung.

Die Gasse hinter mir war leer.

Ich spannte alle Muskeln an, bereit, von der Mauer zu springen. Und dann schrie ich.

»Hey!«

Sie sahen alle gleichzeitig zu mir hoch. Hopes Augen bohrten sich in meine. *Hilf mir.*

»Gehört das Kind dir?«, fragte Adidas. »Was macht es in unserem Gebiet?«

»Das war ... ein Versehen!«, rief ich. »Wir sind nicht von hier. Lass die Kleine los und wir gehen.«

Adidas lachte. »So läuft das nicht.« Er sah Hope an. »Kleine, hm? Sieht gar nicht nach Mädchen aus, mehr nach Straßenköter. Aber wenn du es sagst.« Er lachte wieder, amüsiert. Wurde plötzlich ernst. »Es gibt Regeln, kapiert? Und mir scheint, ihr braucht ein bisschen Nachhilfe. Wir lassen dich laufen, aber die Kleine bleibt.«

Bilder fielen in meinem Kopf übereinander.

Der Typ von der Mara 13, der auf dem Dach des Zuges das schwangere Mädchen gepackt hatte und ihre Bluse aufriss. Roshida, die mit blutigen Kleidern in dem Raum kauerte, in dem die beiden toten, nackten Frauen lagen.

Ich war mir ziemlich sicher, dass man auch ein beschnittenes Mädchen vergewaltigen konnte, wenn man es wirklich wollte. Sie würden ihren Spaß mit diesem kleinen Körper haben und ihn danach wegwerfen.

»Es geht doch immer ums Geld«, sagte ich. Ich kramte in meiner Tasche, fand die zerknitterten Scheine. Es war so gut wie nichts. »Ich habe das hier. Ich besorge mehr.«

»Okay«, sagte Adidas und lachte, fast gutmütig. »Dann behalten wir deine Freundin bei uns, bis du den Rest hast. Tausend ist sie wert. Wenn es nicht klappt mit dem Geld, kriegst du sie in Raten wieder, jede Woche ein Stück. Wisst ihr noch, letztes Jahr, die Tochter des Lehrers, der nicht zahlen wollte?«

Das war der Moment, in dem Hope zubiss. Sie hatte es geschafft, den Kopf so weit zu drehen, dass sie die Zähne in Adidas' Arm vergraben konnte. Er schrie auf und schlug sie so hart ins Gesicht, dass sie auf dem Boden landete, wo er sie festhielt, mit einer großen Hand ihren Kopf auf die Erde drückte. Jetzt bringt er sie um, dachte ich, und ich kann nichts tun.

Aber auf einmal war da eine neue Stimme, eine Kinderstimme, die rief: »Die Mauer gehört ihnen gar nicht!«

Ich fuhr herum. Hinter mir, in der Gasse, stand ein abgerissener kleiner Junge, sieben oder acht, und sah zu mir herauf. Und da waren mehr Gesichter, die mich ansahen, unsichtbare Gesichter hinter Fenstern, ich spürte ihre Blicke.

»Die Mauer gehört zum Gebiet der Arlequinos! Du bist in Sicherheit, amigo.« Der Junge grinste zu mir hinauf und spuckte durch eine der Zahnlücken aus. »Die knallen keinen ab, der auf fremdem Gebiet steht, hier sehen zu viele Augen zu.«

»Arlequinos«, wiederholte ich.

»Mit wem redest du, Arschloch?«, rief Adidas.

»Kennst du die Arlequines nicht? Die sind neu, die sind die Coolsten«, sagte der Kleine. »Wenn ich so weit bin, geh ich zu denen.

Nächstes Jahr vielleicht. Die 13er und die 18er, die haben alle noch so ein altes Ding mit der Ehre, lächerlich. Die Arlequinos nicht, die machen einfach, was sie wollen, die machen Party.« Er verschränkte die Arme und spuckte aus.

»Danke«, sagte ich. Und dann stellte ich mich wieder aufrecht hin, so aufrecht wie der Junge, obwohl mir schlecht war vor Angst.

Und ich dachte an den Darién und wie Hope mich da rausgeholt hatte, bevor das Fieber mich aufgefressen hatte. Sie hatte mir das Leben gerettet, nicht nur das eine Mal.

»Hör zu«, sagte ich laut. »Ich zahle *jetzt*. Ich habe etwas, womit ich zahlen kann. Mich.«

Adidas stand auf und zog Hope auf die Beine, sie blutete aus der Nase, sah aber immer noch aus, als wollte sie ihn beißen.

»Lasst sie laufen und nehmt mich«, sagte ich. »Lohnt sich eher, glaubt mir. Ich hab eine Familie, die Lösegeld zahlt. Die Kleine da nicht.«

»Bist du noch ganz dicht?«, fragte Adidas ungläubig. Die anderen murmelten, tuschelten, sie schienen zu vermuten, dass es ein Trick war. Ich wünschte, es wäre einer gewesen.

»Du hast sie nicht mehr alle, Mann«, sagte der kleine Junge unter mir.

Ich nickte nur. Sie hatten recht, ich war wahnsinnig, aber dies war das Einzige, was ich tun konnte.

Adidas schob Hope vor sich her, zwischen den Gräbern und Blumen durch, bis sie unterhalb der Mauer standen.

Dann ließ er sie los. Noch konnte er sie greifen, sie stand nahe genug –

Und ich sprang und landete neben ihr. »Los«, zischte ich ihr zu. »Auf die Mauer!«

Hope zögerte. Sie sah mich an, sah Adidas an, der mir einen Arm auf die Schulter legte. Zwei andere waren neben ihn getreten.

»Geh«, sagte ich. »Scheiße, jetzt geh! Ich komme später nach!«

»Ja, später«, sagte der Typ links von mir, dessen Augen unwirklich hell wirkten in ihren beiden schwarz tätowierten Kreisen, pandabärartig, totenkopfartig.

»Nicht fluchen«, sagte Hope leise, und dann kletterte sie an den unebenen Steinen empor. Sah sich um. »Spring!«, sagte ich. »Nach drüben! Mach schon!«

Ich schloss die Augen. Öffnete sie wieder. Da war sie nicht mehr auf der Mauer. Sie war drüben, in Sicherheit.

»Guck an, zuerst habe ich tatsächlich gedacht, du bist einer von den 18ern, wegen dem rasierten Kopf«, sagte Adidas. »Aber nein, hoher Besuch aus den Staaten.«

»Kanada«, knurrte ich.

»Für einen Kanadier bist du schlecht informiert, was Benimmregeln anbelangt. Lass uns aufzählen: Hausfriedensbruch, Störung einer Versammlung ... und dein dressiertes Äffchen hat mich gebissen. Erteilen wir ihm eine Lektion.«

Sie hatten sich jetzt alle um mich versammelt, auch die Mädchen.

»Handy?«

Ich gab es ihm. Es hatte keinen Zweck.

»Ich halte es nur für dich«, sagte er liebenswürdig. »Damit ihm nichts passiert. Du musst es noch benutzen. Wenn du wieder reden kannst. Dann solltest du zu Hause in Kanada anrufen und Mami und Papi bitten, das nötige Geld aufzutreiben, damit sie ihr Goldstück wiederbekommen. Du hast doch gesagt, sie zahlen. Hoffen wir für dich, dass es stimmt.«

Damit trat er einen Schritt zurück, holte aus – und dann landete die erste Faust in meinem Mund. Die erste von vielen. Ganz kurz dachte ich an die Jungs, die mich in Johannesburg überfallen hatten. An die Auftragskiller im Bananenfeld.

Der Schmerz war jedes Mal neu und diesmal rasender, ich hörte etwas in meinem Mund brechen, lag zwischen Plastikblumen und verdorrtem Gras, kotzte Galle und Tortillastückchen, fühlte, wie mir das warme Blut übers Gesicht rann. Spürte die Tritte von zehn Paar Füßen mit und ohne Stiefel.

Das Letzte, was ich sah, war ein weißer Engel in Denkerpose, und ich dachte: Das ist ja gar nicht wahr, die Weißen sind selten Engel, mit den Weißen hat das ganze Unglück angefangen.

Dann konnte ich nichts mehr denken und nichts mehr sehen, nur noch hören, ich hörte das Lachen meiner Peiniger, und auf einmal, jenseits des Schmerzes, ganz klar in der Dunkelheit, Florences' Stimme.

»Du hättest mit mir studieren können«, sagte sie. »Aber ich werde nicht auf dich warten.« Und sie wisperte die Worte, die auf ihrem Zettel gestanden hatten. Ein Abschied.

»Mach's gut, Mathis.«

Helligkeit drang durch meine Augenlider. Dämmerige Helligkeit. Da waren leise Stimmen.

Ich dachte wieder daran, wie ich nach dem Darién aufgewacht war, wie Hope sich über mich gebeugt hatte. Ich erinnerte mich nur langsam daran, was geschehen war. Verdammt. Hope. Sie war irgendwo da draußen, ganz allein.

Ich versuchte, mir einzureden, dass es okay war, dass sie sich durchschlagen würde.

Und setzte mich langsam auf.

Da war keine Stelle an meinem Körper, die nicht schmerzte. Meine Lippen waren taub, meine Zunge pelzig und auf meiner Stirn oder dahinter fühlte ich ein seltsames Brennen. Ich war dankbar, dass es in dem Raum, in dem ich mich befand, keinen Spiegel gab.

Es gab gar nichts, bis auf zwei alte, vor Dreck starrende Matratzen und ein vergittertes Fenster, vor dem draußen ein gelber und ein hellroter Stofffetzen hingen, freundliche Farben. Fünf Männer saßen auf dem Boden und den Matratzen, einer stand am Fenster und sah durch einen Spalt zwischen den Fetzen hinaus.

Ich versuchte, etwas zu sagen wie »Guten Morgen«, aber es klang, um ehrlich zu sein, scheiße.

»Hey«, sagte der am Fenster und drehte sich um. »Der Ami ist wach.«

Ich nickte und versuchte, wenigstens zu grinsen.

»Armer Kerl«, sagte der, der sich umgedreht hatte, ein kleiner, fülliger Mann mit freundlichen Augen. »Wirst ein paar Tage brauchen, um wieder auf die Beine zu kommen. Zwei Zähne bist du los. Was machst du hier?«

Ich schüttelte den Kopf, aber das führte nur zu einer Explosion von Schmerzen hinter meinen Schläfen. »Ich habe … getauscht«, flüsterte ich mühsam. »Gegen … ein Kind.«

»Ich sag's ja, verrückt«, sagte einer, der auf einer Matratze saß, den Rücken an die Wand gelehnt, die Augen geschlossen.

»Und … ihr?«

»Uns haben sie über die Brücke geschickt. Die Amis. Sie sagen zu dir: Geh zum Busbahnhof, besorg dir ein Ticket nach Hause, und am Bahnhof warten die von der Mara. Vielleicht wissen das die Amis nicht, ist ihnen auch egal. Die von der Mara schnappen sich alle, die schon drüben waren. Und dann fragen sie dich, wen du drüben in den Staaten hast: Freundin? Familie? Damit sie Lösegeld für dich verlangen können. Ich hab gearbeitet, zwei Jahre. Hab ein Mädchen da. Jetzt sagen sie, sie soll zweitausend Dollar zusammenkratzen für mich.«

»Und wenn man niemanden hat? Drüben?«

»Pech. Letzte Woche haben sie zwei weggebracht, für die hat keiner gezahlt. Wir haben sie nicht wiedergesehen. Aber du hast Familie, oder? Wir fragen uns nur, warum sie dich so fertiggemacht haben. Als wären sie sauer gewesen.«

In dem Moment öffnete sich die Tür und Adidas und Pandaauge kamen herein.

»Wieder unter den Lebenden?«, fragte Adidas und grinste zu mir herab. »Zeit, dass wir deine Personalien aufnehmen.« Er zog mein Handy aus der Tasche und hielt es hoch. »Du wirst deine Leute anrufen, aber vorher wollen wir ein paar Dinge wissen. Keiner lässt sich einfach so für ein Kind eintauschen, das noch nicht mal sein eigenes ist.«

»Nein«, sagte ich. »Ich bin der einzige Idiot.«

Pandaauge bückte sich und packte mich am Kragen. »Die Wahrheit. Bist du von den Bullen? *Wolltest* du hier rein?«

»Was?« Ich schüttelte den Kopf, sehr vorsichtig diesmal.

Adidas hielt jetzt einen Stift und ein Notizbuch in der Hand. »Name, Alter, Wohnort. Und … wie sagt man? Grund des Besuchs.«

»Mathis Mandel«, sagte ich. »Neunzehn, Québec. Ich mache eine Reportage.« Es hatte keinen Zweck, sie anzulügen. »Eine Reportage über die Flucht von Afrikanern in die Staaten. Flucht und Fluchtgründe. Klimawandel, Politik ...« Sie starrten mich an, halb ungläubig, halb gebannt, und ich erzählte ihnen alles, von Johannesburg an. Ich ließ die Details weg, ließ Chico von der Mara 18 weg, aber ich versuchte zu erklären und sie hörten zu. Bis zum Ende.

Dann sagte Pandaauge: »Okay, noch mal zum Mitdenken: Du warst in Kanada und hattest ein Leben da, Eltern, Wahlrecht, Schulabschluss. Jeden Tag was Warmes zu essen. Du hättest studieren können. Aber du bist nach Afrika gegangen und hast eine Reise angefangen, die die Hälfte der Leute nicht überleben.«

Ich nickte.

Adidas und Pandaauge sahen sich an. »Das ist fast schon eine Todsünde vor dem Herrn«, sagte Pandaauge und schlug ein sarkastisches Kreuz. »Im Ernst, schämst du dich nicht? Dass du das alles weggeworfen hast?«

»Wo ist die Kleine?«, fragte ich.

»Woher sollen wir das wissen?«, fauchte Adidas. »Du rufst jetzt deine Eltern an.« Er legte einen Zettel mit Kontodaten neben mich auf den Boden. »Fünftausend. Hälfte in den nächsten drei Tagen.«

Ich schluckte. Beinahe hätte ich gesagt, dass echte Kidnapper mehr verlangt hätten. Sie waren die Abgeschobenen gewohnt, für deren Angehörige diese Summe astronomisch war.

»Dann lasst ihr mich gehen?«

»Dann lassen wir dich am *Leben*«, sagte Adidas. »Ob und wann wir dich gehen lassen, das entscheiden wir hier noch gar nicht.«

Sie nahmen mich zum Telefonieren mit hinaus, weil der Empfang dort besser war. Die Tür des Gitterraums führte auf ein Flachdach. Mitten darauf stand ein Grill und in einem Hundezwinger aus Brettern und Hühnergitter warf sich eine schwarze Bestie gegen die Maschen und knurrte.

Aus dem Haus drang Musik und, in Schwaden, Cannabisgeruch. Eine Außentreppe führte hinunter in einen Hof, in dem sich Flaschen und Kisten stapelten und ein weiterer Hundezwinger stand. Ringsum: die

Hütten des Slums. Ich fragte mich, was die Leute dort über das wussten, was hier geschah. Wahrscheinlich machten sie die Augen sehr fest zu.

Meine Eltern gingen nicht ans Telefon, und Adidas wurde ungeduldig, was dazu führte, dass meine Lippe wieder blutete.

»Mann, lass ihn texten, Ángel!«, sagte ein schmächtiger Typ mit flinken Augen und einem Heiland mit flammendem Herzen auf dem Oberarm.

Ángel. Der Adidas-Typ hieß nach dem Tattoo auf seinem Rücken.

Ich textete, was er diktierte. *Zurückrufen, dringend.* Und sie behielten das Handy und stießen mich wieder in das, was für uns eine Zelle war.

Drei Stunden später holen sie mich abermals heraus, weil es klingelte.

Und als ich vor dem Zwinger mit der Bestie stand, in einem Kreis aus Männern mit schwarzen Tintenkörpern und hungrigen, entzündeten Augen, hörte ich zum ersten Mal seit Monaten die Stimme meiner Mutter. Ich hatte vergessen, wie weich sie war.

»Mathis? Wo bist du? Geht's dir gut?«

»Alles in Ordnung«, sagte ich, meine eigene Stimme wackelig wie die eines Kindes, das jeden Moment zu weinen beginnt.

»Ich kann jetzt nichts erzählen«, sagte ich. »Sie sagen, wenn ihr mich wiedersehen möchtet, sollt ihr fünftausend Dollar überweisen. Ich diktiere dir die Kontonummer …«

»Moment«, meinte meine Mutter. »Ist das ein Witz?«

»Nein«, sagte ich. »Bitte, hör zu. Es ist wichtig, dass du die Nummer aufschreibst. Ich bin in Mexiko. Nuevo …«

Adidas riss mir das Handy weg. »Du sollst die beschissene Nummer sagen, sonst nichts!«

Ich nickte. Diktierte Ziffern in das Handy, das er jetzt festhielt.

»Nuevo was?«, fragte meine Mutter. »Sollen wir die Polizei verständigen?«

Am anderen Ende gab es Gerangel um das Telefon, dann war mein Vater dran. »Die Botschaft«, sagte er, »wir können die Botschaft einschalten. So eine Scheiße, Mathis, wir haben dir gesagt, das ist verrückt. Aber wir holen dich da raus, du bist unser einziges Kind, verflucht, und ich wünschte, ich könnte dir eine kleben, aber das tue ich später.«

Ich lächelte still, weil mir in diesem Moment auffiel, von wem ich das Fluchen hatte. Er tat es nur, wenn er die Contenance verlor. »Papa«, sagte ich. »Bitte. Überweist einfach das Geld. Ich bin ...«

Adidas unterbrach die Verbindung. »Das reicht«, sagte er, ehe seine Faust wieder in meinem Gesicht landete.

Als ich abends auf dem Boden lag, den Kopf auf einer der dreckigen Matratzen, hörte ich noch immer die Stimmen meiner Eltern. Und ich erklärte ihnen im Geiste zum hundertsten Mal, warum ich hier war und warum es okay war, wenn mein Vater mir eine klebte, obwohl die Mara das eigentlich schon erledigt hatte.

Ich erzählte ihnen, lautlos, dass es nötig werden würde, mehr Geld zu schicken, wenn ich es schaffte, lebend hier rauszukommen, weil ich mit einem kleinen Mädchen über den Rio Grande musste. Dass ich ihnen alles irgendwann zurückzahlen würde.

Und dann, kurz bevor ich einschlief, erzählte ich ihnen, wie viel Angst ich hatte und dass ich mich nach der Vergangenheit sehnte – nach der Zeit, in der ich nicht gewusst hatte, wie kaputt die Welt war. Ich sehnte mich nach den Händen meiner Eltern, die mich in die Luft schleuderten und wieder auffingen.

Vielleicht hatte ich für sie versagt.

Für mich nicht. Auf dem Friedhof von Nuevo Laredo hatte ich zum ersten Mal das getan, was in meiner Welt richtig war.

Mitten in der Nacht kamen zwei von ihnen in unsere Zelle. Ihre Augen waren seltsam, sie hatten irgendwas genommen.

»Ihr lasst uns alle warten!«, knurrte der eine. »Keiner von euch kommt mit dem Geld rüber! Was für eine Bande von Losern seid ihr, Mann?«

Sie hatten das Licht angemacht, grelles Licht aus einer nackten Leuchtstoffröhre, und in diesem Licht packten sie den freundlichen kleinen Mann, der zuerst mit mir gesprochen hatte, und zogen ihn auf die Beine. Er zitterte.

»Du! Du bist als Nächster dran. Wir haben beschlossen, dass du nicht länger lebst.«

»Aber ... meine Freundin ... hat einen Teil des Geldes gezahlt!«, flüsterte er. »Sie wird auch den Rest ...«

Der eine hielt ihm ein Messer vors Gesicht, so nah, dass es seine Wange aufritzte und das Blut hinablief wie eine Tränenspur. »Dann soll sie sich beeilen, sonst machen wir mit dir das, was wir letzte Woche mit dem anderen gemacht haben, den haben wir geschlachtet wie ein Schwein.« Er lachte. »Irgendwas muss ja in die Burritos, damit man euch hungrige Nichtsnutze satt kriegt. Ihr fresst, was die Hunde fressen.« Er steckte das Messer ein, und sie ließen den Mann los, der auf die Knie sackte.

»In drei Tagen haben wir 'ne neue Initiation. Könnt ihr zugucken, Eins-a-Fernsehprogramm. Junges Mädchen, sechzehn Jahre, sehr hübsch. Drüben wartet einer von den 18ern auf sie. Vielleicht machen wir dich am gleichen Tag alle, müssen wir nur ein Mal putzen.«

Der kleine Mann bewegte sich erst, als sie die Tür hinter sich schlossen. Er kroch zurück an die Stelle, wo er geschlafen hatte, und ich hörte ihn weinen. »Sie geben nur an«, sagte einer der anderen beruhigend. »In den Burritos ist Hack aus der Dose.«

»Die bringen mich um«, sagte der kleine Mann leise. »Die bringen mich um ... aber sie schickt das Geld doch, sie hat es versprochen ...«

»Was ist das mit der Initiation?«, fragte ich.

»Willst du nicht wissen.«

»Doch«, sagte ich.

Der andere seufzte. »Wenn du in die Mara 13 willst, musst du dich 13 Sekunden lang von denen verprügeln lassen. Bei Mädchen ist es ein Gang Bang. Du musst ihnen beweisen, dass du das aushältst. Was sind das bloß für Mädchen, die so was machen? Freiwillig?«

»Die haben doch keine Chance«, sagte jemand aus der Dunkelheit. »Die Mara ist der einzige Schutz hier. Nur, wenn du in der Gang bist, bist du jemand.«

»Und dann musst du einen umbringen«, flüsterte der andere. »Das gehört auch dazu. Der Nächste ist der von den 18ern, den sie auf ihrem Gebiet geschnappt haben. Er sitzt schon 'ne Weile im leeren Hundezwinger. Manchmal heult er nachts, hast du das nicht gehört? Der ist noch fast ein Kind.«

»Schlaf jetzt«, sagte der Mann aus der Dunkelheit. »Nur im Traum kommst du hier weg.«

Und so warteten wir. Ich wusste nicht, ob das Geld meiner Eltern ankam.

Der freundliche kleine Mann blieb bei uns.

Am Tag der Initiation nahmen sie die Tücher vom Fenster ab.

Das Mädchen, das sie aufs Dach führten, sah jünger aus als sechzehn. Ich sah, wie sie auf alle Fragen nickte, die Adidas-Ángel ihr stellte. Es war wie bei einer Hochzeit. »Schwörst du, auf Ewigkeit, für immer …«, dann schloss sich der Kreis der Männer, sie fielen über sie her wie Wölfe und ich sah weg.

Als ich wieder hinsah, lag das Mädchen auf dem Boden, die Männer standen um sie herum, grinsten, rauchten, warteten. Schließlich goss ihr Ángel kaltes Wasser ins Gesicht, damit sie zu sich kam, küsste sie auf den Mund und gab ihr eine Pistole.

Und ich sah wieder weg. Ich wollte nicht sehen, wie sie den Jungen von der Mara 18 aus dem Zwinger holten, wollte sein Gesicht nicht sehen, nicht wissen, wie jung er wirklich war, wollte keine Story und kein Bild. Ich hörte ihn flehen und hielt mir die Ohren zu. Der Schuss war trotzdem deutlich. Als ich mich sehr viel später wieder dem Fenster zuwandte, war der Betonboden voll Blut. Der schwarze Hund, den Ángel an der Leine hielt, leckte es auf.

Und am nächsten Tag holten sie den kleinen freundlichen Mann ab.

Ich sagte mir, dass sie ihn freigelassen hatten, weil der Rest des Lösegeldes gekommen war.

Keiner von uns aß die Hackfleischsoße, die sie in die Tortillas wickelten.

Tagsüber sehnte ich mich nach Hope und nachts sehnte ich mich nach Akash. Wie gerne hätte ich in der Dunkelheit mit ihm über das Meer gesprochen!

Irgendwann, wenn das Meer weit genug angestiegen war, würde es alles hier verschlingen, dachte ich. Das Blut vom Betondach spülen, die Brücke am Rio Grande zerbrechen, alles menschliche Leben tilgen. Und es wäre gut.

Ich war nie gläubig gewesen, war nur auf dem Papier ein Teil der jüdischen Gemeinde: keine Bar-Mizwa, keine Sabbatbräuche. Aber in jenen Tagen dachte ich viel an diesen Gott, und ich wünschte mir, dass er das Leben zum Stadium des Einzellers zurückkehren ließ, um noch einmal von vorne anzufangen.

In der fünften Nacht holte mich ein Junge in Hopes Alter und sagte, ich sollte mitkommen. Ich sah die Waffe, die er trug, und gehorchte. Er brachte mich hinunter ins Haus, öffnete eine Tür und nickte mir zu, ich sollte eintreten.

»Was …?«, begann ich, aber er stieß mich nur vorwärts, und dann fiel die Tür hinter mir zu.

Der Raum war fast ganz dunkel. Ein paar Kerzen brannten, auf leere Flaschen gepfropft. In ihrem Licht sah ich ein fadenscheiniges Sofa, mit Kartons vollgestopfte Regale und einen durchgetretenen Teppich. Auf einem riesigen alten Fernsehapparat, der jetzt ausgeschaltet war, lagen mein Rucksack und mein Handy.

»Ich dachte, du möchtest die Sachen wiederhaben«, sagte eine sanfte Stimme, und eine kühle Hand legte sich mir auf die Schulter. Der künstliche Blumenduft von zu starkem Deo hing in der Luft. Ich drehte mich um.

Hinter mir stand ein Mädchen, ein schlankes und wunderschönes Mädchen, vielleicht so alt wie ich. Nein, dachte ich, kein Mädchen, alles an ihr war Frau. Das lange Haar floss ihr in Wellen um die Schultern. In ihrem Gesicht prangte eine 13, die die Augen und die Lippen ausließ. Ich hatte sie schon früher auf dem Dach gesehen. Immer nur kurz.

Sie trug ein tief ausgeschnittenes schwarzes T-Shirt, besetzt mit Strasssteinchen, und eine hautenge Jeans, ihre Wimpern waren lang und dunkel, und zwischen ihren Fingern hing eine Zigarette, deren Rauch sie mir jetzt ins Gesicht blies.

»Ich habe dafür gesorgt, dass du deinen Kram wiederkriegst«, sagte sie, drückte die Zigarette aus und legte beide Hände auf meine Brust. »Sie sind alle dumm und unzivilisiert. Ángel wüsste es besser, aber … in letzter Zeit ist er nervös. Gibt Ärger mit einer anderen Gang.«

»Die Arlequinos«, sagte ich. Mein Mund war trocken. »Gehörst du … zu Ángel?«

Sie nickte. »Lydia«, wisperte sie. »Ich bin Lydia. Versteh mich nicht falsch, aber Ángel …« Sie lachte leise, wobei sie den schönen Kopf zurückwarf und ein Tattoo am Hals sichtbar wurde: AMOR ET MORTE POR SEMPRE. »Ángel ist nicht mehr der, der er früher war.« Sie ließ ihre Hände unter mein T-Shirt gleiten, ich spürte sie auf der bloßen Haut. »Und ich wollte es immer schon mal mit einem Kanadier machen«, flüsterte sie und zog mir das T-Shirt aus.

»Ich … nein«, sagte ich. »Danke, nein.«

»Nein?« Sie sah mich an, amüsiert. »Dann kenne ich jemanden, dessen Kopf rollen wird. Und glaub mir, ich habe viele Köpfe rollen sehen.«

»Das heißt, das ist ein Befehl? Du befiehlst mir, mit dir …?«

»Vielleicht«, sagte sie kokett und streifte ihr Oberteil ab, unter dem sie einen schwarzen Spitzen-BH trug, ich sah ihre Nippel durch Löcher der Spitze. »Bin ich denn so abstoßend?«

»Nein«, sagte ich und schluckte. »Du bist … wunderschön. Aber ich kann das nicht. Du bist Ángels Mädchen.«

Sie streckte eine Hand aus und fuhr meine Wange entlang. »Ángel hat eine Menge zu sagen«, wisperte sie. »Aber ich habe auch eine Menge zu sagen. Dieses hübsche Gesicht! Wäre doch schade drum. Macheten hinterlassen so hässliche Schnitte.«

Sie zog mich mit sich zu dem alten Sofa, über das mehrere Decken gebreitet waren, und ich dachte, verdammt, wenn sie von so vielen Leuten Lösegeld kassieren, warum leben sie auf Sperrmüllmöbeln wie eine Bande Straßenkinder?

»Wie ist das passiert?«, flüsterte ich. »Dass ihr hier seid? Dass du hier bist? Warum?«

Sie lachte wieder, zog mich aufs Sofa hinunter, machte sich an meiner Hose zu schaffen. »Ich bin mit dreizehn zur Gang gekommen. Die vom Barrio 18 haben meine ältere Schwester umgebracht und sie haben uns bedroht. Meine Mutter hatte einen kleinen Laden, mein Vater … keine Ahnung, wo der sich rumtreibt. Und es war klar, wenn sie nicht zahlen kann, passiert mir was. Da habe ich gedacht, es ist besser, ich bin weg. Aber irgendwo musste ich hin, und ich habe Ángel gefragt, ob er mich hier aufnimmt. Er hat mich gerettet, könnte man sagen, die haben mich durchgefüttert. Lange her.«

Sie hatte es geschafft, mir die Hose herunterzuziehen, und betrachtete mit milder Enttäuschung, was sie sah. »Du kriegst aber schon einen hoch, oder?«, sagte sie, und dann, zärtlich: »Armer kleiner Junge. Da muss wohl jemand helfen.«

Sie umfasste mit beiden Händen meinen Penis und ich hielt ihre schlanken Handgelenke fest.

»Hör auf!«

Das gefiel ihr, sie wand sich in meinem Griff. »Oh!«, murmelte sie. »Jetzt wird er gewalttätig, wie?«

»Warum gibt es die Mara Salvatrucha?«, fragte ich, um irgendetwas zu fragen, was nichts mit dem zu tun hatte, was wir offenbar im Begriff waren zu tun. »Ich habe irgendwas darüber gelesen, aber in der letzten Zeit sind Dinge aus meinem Kopf gefallen, sie haben wohl zu oft draufgehauen.«

Sie befreite ihre Hände und fuhr fort mit ihrer Art der Nachhilfe, sie war gut in dem, was sie tat, ich wünschte, sie wäre nicht so gut gewesen.

»Du sammelst Storys, ja? Haben die Jungs gesagt. Die der Mara ist schon zu oft erzählt worden. Die alten Mareros, die ersten, die haben als Flüchtlingskinder angefangen. Die meisten waren Salvadorianer, die vor dem Bürgerkrieg wegliefen. Ich meine, die USA haben den Bürgerkrieg gemacht, aber die Leute sind genau dorthin geflohen, irre, was? In den Staaten haben sie die Straßengangs kennengelernt, die haben die Salvadorianer regelmäßig fertiggemacht. Also haben die ihre eigene Gang gegründet, die Mara Salvatrucha, in der 13. Straße. Aber klar, die waren auch keine Lämmer, wenn du dich auf der Straße durchschlagen musst, bleibst du kein Lamm. Also sind sie irgendwann hinter Gitter gewandert und von da aus abgeschoben worden nach Hause. In El Salvador kannten sie natürlich keinen, und das Einzige, was sie konnten, war, eine Gang aufzubauen. Also haben sie das gemacht. Die jungen Leute, die nichts hatten, sind ihnen zugelaufen wie die Ratten. Irgendwie sind die Gangs in Mexiko gelandet, keine Ahnung.« Sie zuckte die Schultern. »Von den alten Mareros findest du keinen mehr, als Marero stirbst du jung. Besser als verfaulen. Weißt du, was die drei Punkte bedeuten, die wir als Tattoo haben? Mi vida loca. Mein verrücktes Leben. Unser Leben ist verrückt, aber immerhin ein Leben, besser, als nur ein Stück Scheiße in der Gosse zu sein.«

Sie war jetzt ganz nackt, schöner als zuvor, und sie saß aufrecht vor mir auf dem Sofa und sah mich an mit ihren großen dunklen Augen. Die flackernden Schatten liebkosten ihren Körper. »Mach ein Bild von mir«, wisperte sie. »Du bist doch Fotograf.«

Ich ging hinüber zu meinem Rucksack, holte das Handy heraus, gehorchte.

Dann zog sie mich wieder zu sich. »Willst du noch was sehen, für ein schönes Foto?«, flüsterte sie. Und dann drehte sie sich um und kniete vor mir, ihren nackten Hintern hochgereckt. Sie war auch dort tätowiert, sie trug, quer über Pobacken und unterem Rücken, einen Totenkopf, ihr Anus bildete seinen Mund, und ich fragte mich, ob es Horrorpornos gab.

»Wessen Idee war das?«, flüsterte ich. »Ángels oder deine?«

»Die Idee gefiel uns beiden«, schnurrte sie.

»Wetten, du hast noch nie einen Totenkopf gefickt. Mach's mir, wie sie es in Kanada machen, ja?«

»Ich glaube, es gibt keine spezielle kanadische Art Sex«, murmelte ich.

»Na los«, zischte sie. »Du willst deinen Kopf behalten, oder?«

Sie erinnerte mich an die Herzkönigin in »Alice im Wunderland«, die ständig schreit: »Ab mit dem Kopf!«

»Ich ... kann das nicht.«

»Natürlich kannst du. Du bist sowieso schon einer von uns«, sagte sie, während sie meine Hände nahm und auf ihren Körper legte. »Hast du nicht in den Spiegel gesehen?«

»Nein«, sagte ich, und in diesem Moment flackerten die Kerzen in einem plötzlichen Luftzug. Ich fuhr herum. In der offenen Tür stand der schmächtige kleine Typ, der mir schon einmal aufgefallen war.

»Es geht mich nichts an, was du hier tust, Lydia«, sagte er. »Aber ich soll dich holen. Ángel sagt, er braucht dich. Er ist unten im Haus.«

Sie gehorchte knurrend, streifte ihre Sachen über und ging, nicht ohne mir einen Blick zuzuwerfen, der alles zwischen Verachtung und Sehnsucht enthielt.

»Komm mit«, sagte der schmächtige Typ zu mir.

Kurz darauf stand ich, wieder angezogen, Rucksack und Handy in der Hand, mit ihm auf dem Flachdach, und gerade da brachen die Wolken auf und schickten einen Regen, der uns in Sekunden durchnässte. Ich hielt mein Gesicht dem Himmel entgegen und begrüßte das Wasser, wünschte, es würde alles, was hier geschehen war, abwaschen: das Blut auf dem Betonboden, den Gestank der Zelle, die Angst. Das Bild der Herzkönigin auf dem schmuddeligen Sofa. Die Scham.

Der andere Typ fluchte über den Regen und zog mich mit sich in den leeren Hundezwinger, in dem sie im Moment keinen Gefangenen hatten.

Ich fragte mich, ob ich der Nächste war.

Aber der Typ ließ sich neben mich auf den strohbedeckten Boden fallen und sagte: »Okay, hier bist du fürs Erste sicher.«

»Sicher?« Ich sah mich um. Man konnte im Zwinger aufrecht stehen, die Front bestand aus Holzlatten und Hühnergitter und an den Holzlatten gab es Blutflecken. Ich dachte an den Jungen von den 18ern. Vielleicht hatte er versucht, das Gitter zu lösen.

»Sie ist verrückt«, sagte der Typ neben mir. »Weißt du, dass ich dir gerade den Arsch gerettet habe? Es ist so ein Hobby von ihr. Sie holt die Jungs zu sich, die wir als Geiseln haben, dann lässt sie sich ein paar Tage lang von einem besteigen, und dann sorgt sie dafür, dass die ganze Sache auffliegt. Ángel ist rasend eifersüchtig und das weiß sie. Sie steht jedes Mal daneben, wenn er einen ihrer Lover fertigmacht, sieht dem armen Kerl bis zuletzt in die Augen und verdrückt ein paar Tränen, kapierst du, sie steht auf Männer, die ihretwegen sterben.«

Ich nickte, plötzlich hatte ich Schwierigkeiten mit dem Atmen.
»Warum hast du mich rausgeholt? Dass Ángel sie braucht, war ...«

»... erfunden, klar. Aber er wird ihr sagen, dass er sie immer braucht. Sie holt dich nicht zurück, nicht heute Nacht.« Er griff hinter sich ins Stroh und beförderte eine klobige Spiegelreflexkamera ans spärliche Licht. »Ich hab einen Grund, klar. Am Ende haben wir alle Gründe, oder? Keiner tut irgendwas aus reiner Nächstenliebe.« Er musterte mich mit zusammengekniffenen Augen. »Du hast getauscht, mit der Kleinen. Dafür muss es auch einen Grund geben.«

Ich schwieg. Wahrscheinlich hatte er recht.

»Hier ist mein Grund.« Er hielt die Kamera hoch. »Du bist Fotograf. Kannst du mir beibringen, mit diesem Ding umzugehen?«

Ich sagte nicht, dass ich kein Fotograf war, ich fragte: »Wie? Nachts im Hundezwinger?«

Er zuckte die Schultern. »Ja. Muss keiner von den Jungs wissen, dass ich mich für so was interessiere.«

»Okay.« Ich nickte. »Woher hast du das Ding?«

»Aus einem ... sagen wir ... Nachlass. Sein Besitzer lebt nicht mehr.«

Ich nahm die Kamera und besah sie von allen Seiten. »Gute Marke.«

»Du bringst es mir bei?« Er sah mich an, eifrig wie ein Kind, und als ich nickte, streckte er mir die Hand hin. »Agua.«

»Mathis«, erwiderte ich automatisch. »Agua? So heißt du? Agua wie ... Wasser?«

Wieder nickte er. »Sie sagen, ich sehe so aus. Unauffällig wie ein Schluck Wasser. Aber Wasser kommt überall hin, schlüpft in jede Ritze Und es ist durchsichtig. Wenn sie Infos brauchen aus einem anderen Quartier, schicken sie mich. Ich war im Haus der Arlequinos, da musst du erst mal reinkommen und vor allem wieder raus. Ich weiß eine Menge Dinge.« Er senkte seine Stimme. »Ich weiß, dass es da brodelt, zwischen dem Boss und unserem. Die Arlequinos haben ein Auge auf unser Haus hier geworfen, ist strategisch gut gelegen. Seit einer Weile sind sie mit den 18ern verbündet, und die 18er sind sauer, dass wir den Kleinen abgefangen haben, der zuletzt hier im Käfig war. Das werden sie als Grund benutzen, das reicht ihnen, obwohl das wirklich kein wichtiger Typ war.«

Er machte die Kamera an. »Die Rädchen vorne, das hat was mit der Schärfe zu tun, das kapier ich, aber wie stell ich das ein?«

Ich nahm ihm die Kamera wieder ab. Zwang mich, ruhig zu sprechen, ich war der Lehrer und er der Schüler. Erklärte ihm die manuellen Einstellungen der Tiefenschärfe und der Helligkeit, den Zoom, die Möglichkeiten verschiedener Objektive. Wir saßen eine ganze Stunde im Stroh und spielten mit der Kamera wie zwei Teenager, und ich begann, mich zu entspannen. Draußen fegte der Wind die Regentropfen übers Flachdach, der Betonboden schwamm.

»So«, sagte ich schließlich. »Das ist alles wichtig. Aber was du wirklich lernen musst, wenn du fotografieren willst, ist, zu sehen.« Es klang unglaublich pathetisch. »Auf den Auslöser drücken kann jeder. Ein Fotograf muss sein Motiv finden.«

Er sah durch den Sucher, sah mich an und fragte: »Was ist dein Motiv? Wie findest du das, was zählt?«

Ich hielt ihm mein Handy hin.

Da waren alte Bilder, die ich zwischendurch aufgenommen hatte, als ich noch die Kamera gehabt hatte: Bilder aus dem Dschungel, vom Baden im Fluss, von einer Hängematte mit einem Faultier, vom Ernten der halb wilden Bananen, Bilder voller Lachen. Dann Arbeiter auf der Bananenplantage. Die rissige Trockenheit des Bodens. Schweiß, der über Arme voller Ausschlag rann. Ein Bild von Hope in Guatemala, zwischen dem hoch stehenden, bewässerten Zuckerrohr und der verdorrten Fläche der Kleinbauern. Bilder aus Todos Santos: Farben, Pferde, Gesichter voller Geschichten, die Weberinnen bei der Arbeit, stolz und bunt. »Warte«, sagte er. »Geh zurück. Wer ist der Reiter?«

Ich stockte. Chico. Natürlich. Ich hatte damals nicht bemerkt, wie traurig seine Augen waren. Das Bild war am Morgen des Tages entstanden, an dem er den Unfall gehabt hatte.

»Barrio 18«, sagte Agua. »Einer von den Hurensöhnen.« Er sah mich an, misstrauisch.

»Ja«, sagte ich, »die 18er suchen uns. Sie haben einen Auftrag. Der auf dem Bild, Chico ... Er sollte uns umbringen. Stattdessen hat er uns mit da raufgenommen, in die Berge. Er wollte aussteigen, sich in die Staaten absetzen. Aber da oben hat er sich verliebt.«

»Er ist tot«, sagte Agua.

»Ja. Woher weißt du?«

»Ich sehe es an seinen Augen«, sagte er. »Der wusste, dass er stirbt.«

»Du wirst ein guter Fotograf«, sagte ich und meinte es. »Du siehst eine Menge.«

Wir klickten uns weiter durch die Handybilder, am Ende kamen die von la bestia, die ich gemacht hatte, als ich schon keine Kamera mehr gehabt hatte, wilde, chaotische Bilder, verwackelt und schief. Und sie drückten genau das aus, was sie ausdrücken sollten.

»Da oben ist es scheiße, auf dem Zug, was?«, sagte Agua. »Und da ist wieder das Wasser.« Ich sah ihm über die Schulter, sah auf dem Display Akash, der sich an Jimenas Pumpe wusch. »Wasser ist ein Thema, was?«

»Ich schätze, Wasser ist immer ein Thema«, sagte ich. »Es ist das Blut der Erde.«

Er lachte. »Hübscher Satz.«

»Aber wir zerstören sie. Das ist *mein* Thema. Wir zerstören sie, deshalb klettern die Menschen auf Züge und fliehen. Ich meine ... all die entwickelten Länder, Europa, Nordamerika, Kanada, Japan ... Wir bringen nicht einen oder eine Handvoll Leute um wie ihr. Wir zerstören im großen Stil. Es ist mir erst auf der Reise so richtig klar geworden ...«

»Wie meinst du das, *ihr zerstört Dinge im großen Stil*?«, fragte er. »Das ist doch Bullshit.«

»Ist es nicht«, sagte ich. »Wie viele hast du umgebracht? Zwei? Zehn?«

Er sah weg.

»Lass es zwanzig sein«, sagte ich leise. »All die Leute, die verhungern und verdursten und an Seuchen sterben, weil sie kein sauberes Wasser haben, und in Kriegen um dieses Wasser draufgehen ... die Leute, die auf der Flucht verrecken, weil wir sie nicht in unsere Länder lassen ... Das sind Millionen. Und die sogenannte erste Welt erschafft den Klimawandel, der den Leuten den Boden unter den Füßen wegreißt. Allein schon dadurch, dass ich in meinen ersten Jahren Dinge wie Windeln und Babynahrung verbraucht habe … dass ich Auto fahre und auf Schalter von Elektrogeräten drücke … allein schon dadurch habe ich, wenn du es umrechnest, mehr Menschen auf dem Gewissen als du. Ich kann dir die exakte Zahl nicht sagen, aber an die dreißig habe ich umgebracht.«

Sein Gesicht war beinahe ehrfürchtig, als er mich ansah.

»Und die Tatsache, dass du hier sitzt und die Kamera von jemandem hast, der nicht mehr lebt … letztendlich ist das die Schuld der entwickelten Welt. Ihr seid eine Folge der Bürgerkriege und der Abschiebung Nordamerikas. Ein Produkt unseres Konsums und unseres Sicherheitsdenkens.«

Ich dachte, jetzt würde er mir die Kamera über den Kopf ziehen, aber er fing an zu lachen, lautlos und seltsam, als würde ihn dieses Lachen schmerzen.

Dann sah er mich an und sagte: »Nicht mal das. Nicht mal das lasst ihr uns, ihr Arschlöcher. Nicht mal die eigene Existenz.«

Und er klickte weiter durch meine Bilder.

Eines der letzten war das Bild, das Akash von mir gemacht hatte. Das, auf dem ich mit der bewusstlosen Hope auf dem Arm vor dem blauen Schuppen mit der bunten Gips-Maria über der Tür stand.

Er sah es lange an.

»Okay«, sagte er dann, ganz leise. »Ich hab's kapiert. Was du siehst. Ich werde es lernen. Ich werde lernen, zu sehen und das festzuhalten, damit es andere Leute sehen. Aber das hier.« Er zeigte auf das Bild von Hope und mir. »Das geht weiter. Du liebst dieses Kind.«

»Ich …«

»Das ist der tiefere Grund. Ich hab so was nie gehabt. So einen Menschen. Für den ich mich eingetauscht hätte. Das haben die wenigsten. Ich hoffe, du weißt, wie viel Glück du hast.«

Ich hatte nie darüber nachgedacht. »Glückskind«, murmelte ich. Und dann: »Sie ist da draußen, irgendwo, ganz allein.«

»Nein«, sagte er und lächelte auf einmal. »Ich weiß, wo sie ist. Ich bin

Agua, ich weiß alles, was in Nuevo Laredo passiert. Sie ist bei Leuten in der Nähe, die sowieso zu viele Kinder haben und nichts zu beißen. Ob du nichts durch sieben oder durch acht teilst, ist egal. Hör zu.« Er griff in die Tasche seiner Jeans und zog etwas heraus. »Du hast mir geholfen«, wisperte er, »und ich helfe dir, so ist es bei uns. Du musst hier raus. Um dieses Kind in die Staaten zu bringen. Aber keiner von den anderen in der Zelle geht mit. Das ist die Bedingung.«

Ich nickte. Sprachlos.

Was er mir in die Hand drückte, war ein Schlüssel. Ein kleines Stück Metall, das den Unterschied zwischen Leben und Tod bedeutete.

»Nachts«, sagte Agua leise. »Zwischen drei und vier. Unten kletterst du übers Hoftor. Die Kleine wird draußen sein. Ich sorge dafür.«

»Und das Lösegeld?«

»Haben sie längst. Ángel versucht, mehr rauszuholen. Ein Großteil geht ja weiter an die Zetas, wir werden nicht reich dabei.« Er musterte mich einen Moment. »Du weißt nicht mal, wie sehr du einer von uns bist«, sagte er. Dann hob er die Kamera und machte ein Bild, sein erstes, ein Bild von mir in dem Hundezwinger, auf dem schmutzigen Stroh.

Und zeigte mir das Display.

»Du warst lange weg, am Anfang«, sagte er. »Sie haben dir was gegeben, damit du lange schläfst. Ángel hat gesagt, einer aus Kanada, Mann, wann haben wir schon mal die Gelegenheit, uns so einen Spaß zu erlauben.«

Ich schluckte.

Das Gesicht auf dem Display war scharf trotz des spärlichen Lichts. Dieses Gesicht würde ich mitnehmen in die Staaten, mit nach Hause.

Quer über die Stirn lief in dicken schwarzen Buchstaben der Schriftzug VIDA LOCA POR SIEMPRE, das erste O ersetzt durch einen grinsenden Totenkopf mit Clownsmütze, das M auslaufend in die gehörnte Hand: Dies war ein Gesicht, dass den Betrachter schaudern ließ.

Fakten Maras

Da 90 % des Landes in El Salvador um 1980 nur 0,01 % der Bevölkerung gehörten, herrschte dort große Unzufriedenheit. Gegen oppositionelle Gruppen ging das Regime mit äußerster Härte vor, unterstützt von den USA. Erst nach Ende des Kalten Krieges gab es in El Salvador Frieden. Bis dahin lebten in den USA viele elternlose, geflohene Kinder auf der Straße. In L.A. gründeten sie, zunächst zum Selbstschutz, die Mara Salvatrucha (MS 13), benannt nach den Marabuntes, Amazonas-Ameisen, die jedes befallene Gebiet zerstören. Selbst bei geringen Vergehen landeten Gangmitglieder im Gefängnis: einer Schule des Verbrechens. Danach schob man sie nach El Salvador ab, in ein Land, das sie kaum kannten. Aus Mangel an Alternativen bildeten sie neue Ableger der Mara, die von Schutzgeldern lebten.

Innerhalb einer Mara gelten strenge Regeln, das Gebiet einer gegnerischen Gang darf nicht betreten werden. In Konkurrenz zur MS 13 entstanden das Barrio 18 (»18. Viertel«) und kleinere Gangs. Das bevorzugte Mordinstrument ist die Machete, mit der sie ihre Opfer lebend zerstückeln. Da die Maras sich gegenseitig bekriegen und von der Polizei bekämpft werden, liegt die Lebenserwartung der Mitglieder zwischen 18 und 28 Jahren.

Ihre Zeichen sind der gehörnte Clown (Aufmüpfigkeit gegen das System), drei Punkte (mi vida loca) oder die Buchstaben BEST bei der Mara 18. Im Auftrag der Kartelle kontrollieren sie Drogen- und Menschenhandel und geben den Großteil der Gelder weiter. Ein Ausstieg ist fast unmöglich, da ehemalige Mitglieder an Tätowierungen zu erkennen sind.

Inzwischen existieren weltweit Ableger der Mara. Seit Beginn der Trump-Regierung werden straffällige Jugendliche rigoros abgeschoben: neue Mitglieder für die Banden in Mexiko. Die Mordrate ist dort nach oben geschnellt, wodurch immer mehr Menschen in die USA fliehen.

La vida loca – Christian Poveda, Dokufilm, sehr krass

Sin nombre – nicht ganz so dolle

Hoffnung

2012 handelte die katholische Kirche mit El Salvador einen vorübergehenden Waffenstillstand zwischen Mara 13 und 18 aus.
Eine Möglichkeit ist es, Jugendlichen auf der Straße Alternativen zu bieten, ihnen eine Ausbildung, Schutz oder eine tägliche Mahlzeit zu ermöglichen.

Fakten Ocean Conveyor Belt

Mojib Lativ:
Die Meere, der
Mensch und
das Leben ...
und andere
Bücher ...

Die termohaline Zirkulation oder der Ocean Conveyor Belt ist eine globale Umwälzbewegung, die vier der fünf Ozeane verbindet. Diese »Kreisströmung« entsteht durch lokale Unterschiede in Wärme und Salzgehalt des Wassers, die dessen Dichte bestimmen.

Kühlt das Wasser im Nordatlantik im Winter ab, bildet sich (salzfreies) Eis. Als Folge steigt der Salzgehalt im nicht gefrorenen Wasser, es wird dichter, sinkt ab und fließt als kalte Tiefenströmung bis zum Ausgang des Südatlantiks. So »beginnt« der Ocean Conveyor Belt, zirkuliert um den Globus und fließt schlussendlich als Golfstrom wieder in den Nordatlantik.

Er transportiert Wärme oder Kälte, Sauerstoff und Kohlendioxid; jedoch auch Giftstoffe, ausgetretenes Erdöl oder Radioaktivität nach Reaktorunglücken sowie riesige Mengen von Müll.

Durch das Schmelzen der Polkappen wird mehr Süßwasser in die Ozeane geleitet und der Salzgehalt des Meeres lokal verändert. Zusätzlich erwärmen sich die Meere vor allem oberflächennah. Sollte der zentrale Motor der Zirkulation, das antarktische kalte Bodenwasser, sogar ganz ausfallen, bräche das System zusammen. Eine fehlende Durchmischung von Wasser würde zu Meeresgebieten mit mangelndem Sauerstoffgehalt führen, in denen Leben schlecht möglich ist. Zudem hätte das Versiegen oder die Umkehrung des Ocean Conveyor Belts Folgen auf das Klima. Ohne den warmen Golfstrom könnte in Europa beispielsweise eine Art ewiger Winter anbrechen.

Hoffnung

Um die Erde vor den Folgen des Zusammenbruchs der termohalinen Zirkulation zu bewahren, werden umfassende Studien durchgeführt. Die globalen CO_2-Emissionen müssen gestoppt werden, um das Schmelzen des Polwassers zu verhindern.

Jeder Schritt in Richtung klimaneutralen Verhaltens ist auch ein Schritt, um die Ozeane und den Lebenskreislauf der Erde zu retten.

10

la frontera
die Grenze

> Bildersuche Internet:
> Nuevo Laredo police shootout
> Rio Grande border migrants
> Drogen Villa Mexiko
> border US wall

Der Schlüssel brannte in meiner Hand, als Agua mich zurück in die Zelle stieß.

In meinen Ohren klang noch das »Kopf ab« der verrückten Herzkönigin mit dem Totenschädel auf ihrer Haut. Und warum hatte sie gesagt, ich solle in den Spiegel sehen? Ich wäre einer von ihnen?

Die anderen schliefen, lang auf dem Boden hingestreckt. Nur einer wachte auf, ein dürrer Junge, der erst seit einem Tag bei uns war und seitdem kaum gesprochen hatte, fünfzehn oder sechzehn Jahre alt. Meistens saß er mit geschlossenen Augen da und murmelte nur vor sich hin.

»Bist du okay?«, flüsterte er jetzt. »Was haben sie mit dir gemacht?«

»Nichts«, sagte ich, aber er glaubte mir nicht.

»Warum bist du hier? Du bist einer von ihnen, oder?«

»Ich bin keiner von ihnen!« Ich musste mich bremsen, um nicht laut zu werden. »Ich wusste bis eben nicht mal, dass ich das Tattoo habe. Das haben die Bastarde gestochen, als ich bewusstlos war. Ich bin ...« Ich verstummte. »Ist egal, wer ich bin.«

»Ich will nach Hause«, sagte er und hörte sich an wie ein Kind, und dann klammerte er sich plötzlich an meinen Arm. »Ich wollte doch nur rüber, um zu arbeiten. Geld zu schicken. An meine Mutter und die Kleinen. Die warten immer noch. Wenn sie mich nicht erwischt hätten drüben! Es war gar nicht viel, ein paar Gramm, und ich hab das Zeug in dem Moment noch nicht mal vertickt. Es war mein eigenes, irgendwann musst du doch auch mal ausspannen ... Wenn sie mich nicht damit erwischt hätten, hätten sie nie gemerkt, dass ich ohne Papiere da bin. Ich kann nicht eingesperrt sein, seit ich gesessen hab, damals. Ich halt das nicht aus!«

Er war laut geworden, und ich versuchte, ihn zu beruhigen, wollte nicht, dass er die anderen weckte.

Ich wusste, dass ich ein Verräter war, weil ich gehen und sie hierlassen würde, aber Agua hatte seine Bedingung deutlich gestellt.

»Alles wird gut!«, flüsterte ich. »Du musst nur warten. Deine Leute schicken das Geld, und du kommst raus.«

Er hielt mich noch immer fest, am ganzen Körper zitternd. »Quatsch, meine Mutter kann nichts schicken. Und Freunde ... Freunde hast du immer nur, wenn du oben schwimmst. Damals, als ich gesessen hab, zu Hause, in Honduras, da war es auch so. Nur meine Mutter hat sich gekümmert, ohne die wär ich vor die Hunde gegangen. Warst du schon mal drin?«

»Im Gefängnis? Nein.«

Irgendwo in meinem Hinterkopf sagte etwas »Story«.

Der Junge tat mir leid, er war ganz definitiv nicht in Ordnung, war auf irgendeiner Art von Entzug. Und er hatte wenig Chancen, hier lebend rauszukommen.

»Wie heißt du?«, fragte ich, in einem Versuch, Nähe und Freundlichkeit auszustrahlen.

»José Maria«, wisperte er. »Sag denen draußen, José Maria hat bis zum Schluss von seiner Mutter geredet, sag ihnen das! Und dass er Albträume hatte, von der Zeit hinter Gittern. Von den kleinen Feuern auf dem Betonboden, wo wir gekocht haben, und von den Händlern, die alle in einer Reihe auf diesem Boden sitzen und ihr Zeug verkaufen. Wenn die Händler nicht wären, würdest du gar nichts kriegen, kein Stück Brot und kein Stück Seife. Mann, da drin bringen sie dich schon für ein Stück Seife um. Aber umbringen tun sie dich auch so. Einmal kamen sie von der einen Gang, ich sag keine Namen, und haben 'ne ganze Gruppe von der anderen Gang umgelegt. Die Wärter haben weggeguckt und uns hinterher putzen geschickt, Fleisch von den Wänden kratzen. Ich war in keiner Gang, hab versucht, mich allein durchzuschlagen. Hier und da gedealt ... aber dann, als ich drin war, allein, das ist nichts ... Jesus hat mich gerettet.«

In meinem Kopf blitzte ein Bild von Jesús auf, dem jungen Coyoten, der uns durch den Darién geführt hatte.

»Die Padres, die zu uns gekommen sind, haben mir beigebracht zu beten«, wisperte er, »sie haben uns von Vergebung der Sünden erzählt, und ich hab mir geschworen, wenn ich rauskomme, geh ich weg und werd' ein anständiger Mensch. Jesus hat mich rausgeholt, hat mich bis in die Staaten gebracht. Ich wollte was Richtiges arbeiten, aber dann hat dieser Typ mich als Kurier angestellt. Ich dachte, ich mach das nur 'ne Weile, nicht lange ... Mann, der war clever! Hat nur mit Stoff gehandelt, den er den Großen geklaut hat, ein Teufel. Ich hab meine Seele dem Teufel verkauft. Jetzt hört mich Jesus nicht mehr, ich bete und bete ...«

Er ließ mich los, endlich, faltete die knochigen Hände und begann wieder mit seinem Gemurmel.

Himmel, war der Kerl kaputt.

Ich wusste, ich hätte ihn mitnehmen können, hier raus, nur ihn. Aber warum verdiente er es mehr, mitgenommen zu werden, als die anderen?

»José«, sagte ich leise und berührte seine Schulter, und er fuhr auf und starrte mich aus weit aufgerissenen Augen an. »Ich bin mir sicher, Jesus hört dich«, flüsterte ich. »Vielleicht stellt er dich auf die Probe. Du darfst nicht aufhören, zu glauben.«

Hier war ich, ein atheistischer Jude, der einem verrückten Christen etwas über Jesus erzählte. Was hätte Hope dazu gesagt? Hope mit ihrem Allah, der es nicht leiden konnte, wenn ich fluchte? Ich hatte ihr weder je erzählt, dass ich Atheist, noch, dass ich theoretisch Jude war.

Hope.

Stand sie schon jetzt draußen in der Gasse und wartete auf mich, verborgen im Schatten?

José hatte den Kopf wieder auf die Knie sinken lassen. Er murmelte nicht mehr, und ich wartete, bis ich sicher war, dass er schlief.

Dann schulterte ich meinen Rucksack und steckte den Schlüssel ins

Schloss. Drehte ihn herum, Millimeter für Millimeter. Die Tür sprang mit einem leisen Klicken auf. Einen Spalt nur.

Es hatte aufgehört zu regnen, doch der Beton glänzte im matten Licht einer fernen Straßenlaterne wie ein See.

Ich holte tief Luft.

Und dann konnte ich es nicht. Ich konnte die anderen nicht zurücklassen.

Ich drehte mich noch einmal um und schüttelte einen nach dem anderen leicht, legte den Finger an den Mund, wenn sie schlaftrunken zu mir aufsahen.

Der Schlüssel steckte noch immer innen in der Tür. Ich sah ein Lächeln über ihre Gesichter gleiten, ein großes, einziges Lächeln für alle, hell und sonnig in der Dunkelheit. José starrte mich an wie einen Geist.

»Ich werde jetzt gehen«, wisperte ich. »Zählt bis zweihundert, wenn ich weg bin. Dann kann der Nächste kommen. Immer nur einer, okay?«

Dann zog ich den Schlüssel ab und warf ihn in hohem Bogen fort, er segelte über den Hof und landete irgendwo, auf einem anderen Grundstück, wo ihn niemand je finden konnte. Es war sicherer so für Agua.

Ich war an der Treppe, als ich sah, wie José ins Freie schlüpfte, viel zu früh. Verdammt.

Doch ich hatte keine Zeit, ihn zurückzupfeifen. Ich machte, dass ich die Treppe runterkam. Das Haus war still, die Nacht lag schwer und nervös auf den Stufen.

Meine Hände waren schweißnass.

Auch der Hof war ruhig. Mit ein paar Schritten war ich beim Tor, zog mich hinauf.

Und da stand sie, in der Gasse, halb verschmolzen mit dem Schatten: Hope.

Und ich saß auf dem Tor und war einen Moment lang einfach nur glücklich.

Es war ein Moment aus Glas.

In der nächsten Sekunde zersprang er zu tausend Scherben.

Auf einmal war da Licht, die aufgeblendeten Scheinwerfer eines heranrasenden Pick-ups, Gestalten sprangen von der Ladefläche und fast gleichzeitig hallte ein Schuss durch die Nacht. Ich ließ mich vom Tor fallen, kam auf die Füße und rannte geduckt an der Mauer entlang, zu Hope. Kurz darauf kauerten wir Seite an Seite auf dem Boden, an die Wand gedrückt.

Ich dachte, das war's. Jetzt erschießen sie uns, wer immer sie sind. Aber sie waren nicht an uns interessiert. Die Schläge einer Machete hallten durch die Nacht. Einer von ihnen öffnete die Riegel des alten Metalltores gewaltsam, während die anderen dabeistanden, Waffen im Anschlag.

Mehr Schüsse.

Das Haus erwachte, sie schossen von dort aus zurück und jetzt war einer der Angreifer auf die Fahrerkabine des Pick-ups geklettert.

»Ángel!«, rief er, die Hände am Mund wie ein Megafon. »Komm raus! Hier sind deine Freunde, die Arlequinos! Und sie sprechen Recht in dieser Nacht. Wir verurteilen dich wegen des Mordes an einem Unschuldigen. Vielleicht wusstest du das nicht, aber der letzte Junge von den 18ern, den du geschnappt hast, war der Sohn meiner Cousine. Ich hab ihm das Radfahren beigebracht und das Rauchen. Ich hab Fotos auf meinem Handy, da war er ein Baby. Du hast ihn an die Hunde verfüttert. Komm raus und ergib dich.«

Ein Schuss vom Flachdach traf den Mann auf dem Pick-up, doch er taumelte nur kurz. Er hätte sich dort nicht so hingestellt, wenn er nicht eine kugelsichere Weste getragen hätte.

»Komm raus, hijo de puta!«, brüllte er noch einmal.

Das Tor war jetzt offen, die Arlequinos strömten hinein, und gleichzeitig versuchten von drinnen Menschen, hinauszugelangen. Ich sah José Maria rennen. Ich sah die anderen Männer aus der Zelle, sah manche fallen, sah Jungs von der Mara 13 vom Dach und vom Hof aus das Feuer erwidern, es war ein einziges Chaos.

»Wir müssen hier weg«, flüsterte ich.

Hope drückte sich an mich. »Ja«, wisperte sie. »Aber die Laterne ist zu hell. Wenn wir jetzt rennen, sehen sie uns und knallen uns ab.«

Zuerst dachte ich, die Arlequinos wären unsere Rettung, weil sie gegen die 13er waren, aber dann sah ich, was die Arlequinos taten und wie sie es taten, und versuchte, Hopes Kopf gegen meine Brust zu drücken, damit sie es nicht sah.

Es gab jetzt einzelne Lichter im Haus und auf dem Flachdach.

Und ich sah die Tätowierungen der Angreifer: grinsende Fratzen mit Harlekinmützen auf kahlen Schädeln. Ich sah Macheten in der Luft und Eisenstangen. Ich sah, wie sie die teilweise im Schlaf überraschten Mareros herauszerrten und niedermetzelten, wie sie Köpfe einschlugen und spalteten und gefallene Körper niedertrampelten, und dachte daran, was der kleine Junge gesagt hatte: dass die Arlequinos keinen Ehrenkodex hatten. Sie machten Party.

Ángel hatte die Hunde losgelassen. Die Arlequinos erwischten einen und schlitzten ihn auf, der andere floh in die Nacht. Kurz darauf war auch Ángel da, war unten auf der Straße. Er blutete stark aus einer Wunde am linken Arm, hielt aber noch immer seine Waffe und hatte sich den Weg frei geschossen.

Er sah sich mit einem Blick um, der wusste, dass es zu Ende für ihn war.

Und dann kam jemand auf uns zugerannt und sackte neben uns zu Boden: der Typ mit den dunklen Flecken um die Augen, Panda. Er streckte mir seine blutigen Hände entgegen, sein ganzer Oberkörper war voller Blut und in einer Hand hielt er eine Pistole. Er sagte etwas, das nicht zu verstehen war, weil er auch Blut im Mund hatte, es war eine Art unartikuliertes Gegurgel, aber ich begriff, er wollte, dass ich die Pistole nahm. Zuerst dachte ich, er wollte einen Gnadenschuss von mir, und das konnte ich nicht, aber dann sackte sein Kopf vornüber.

Vielleicht hatte er einfach gewollt, dass ich die Waffe hatte. Ich war einer von ihnen.

Nein!

Ich versuchte, den Hahn der Pistole zu spannen, und hob sie, um sie auf jeden zu richten, der uns zu nahe kam. Im Haus oben hörte man die Siegesschreie der Angreifer und dann stolperte ein weiterer Schatten auf uns zu. Es war das Mädchen, das sie erst vor Tagen aufgenommen hatten. Sie war noch nicht tätowiert, sah beinahe harmlos aus. Sie stützte Agua, der einen Arm um ihren Hals gelegt hatte.

Hinter ihnen stand einer von den Arlequinos auf dem Pick-up. Ich sah, wie er die Waffe anlegte, irgendein absurdes, selbst gebautes Ding, und Hope sagte »Mathis!« und berührte meine Hand, in der die Pistole lag. Ich verstand. Und schoss.

Ich kann nicht schießen. Ich konnte es im Darién nicht, und ich konnte es in Nuevo Laredo nicht, aber die Entfernung war klein genug. Vielleicht war es Zufall: Ich traf den Typen auf dem Pick-up. Und er verlor seine Waffe und fiel. Das Mädchen drehte sich um, ließ Agua los, der zu Boden glitt. Sie war mit einem Schritt bei dem Gefallenen, hob die absurde Waffe auf und richtete sie auf sein Gesicht.

»Nein!«, schrie ich. Aber das war natürlich sinnlos. Der Schuss war längst gefallen. Der am Boden hatte kein Gesicht mehr.

»Scheiße«, keuchte Agua. »Ich hab ihnen das gesagt, dass sie das Haus wollen, aber Ángel hat es nicht geglaubt, verdammte Scheiße.«

Die Straße war jetzt leer. Die Arlequinos waren alle im Haus, in Feierstimmung. Ángel schleppte sich zu dem verlassenen Pick-up hinüber und lehnte sich dagegen.

Dann schrie jemand auf dem Dach. Da oben, an der niedrigen Begrenzungsmauer, stand Lydia. Ángels Mädchen.

Die Letzte der 13er, die noch im Haus war.

Sie war nackt. Und sie war nicht allein.

Denn hinter ihr stand einer der Arlequinos, vielleicht ihr Boss. Ein schlanker, drahtiger Typ mit der Tätowierung eines riesigen, grinsenden Mundes voller spitzer Zähne quer über dem eigenen Mund.

Lydia schrie.

In meinem Kopf sind mehrere Fotos von der Szene, ich würde sie gerne zerreißen.

Dieser Typ, der die nackte Lydia von hinten festhält, sich an sie presst. Ángel, der die Waffe hebt und nicht schießen kann, weil er nur sein eigenes Mädchen treffen würde. Und wieder Lydia und der Arlequino, der jetzt ihren Kopf an den schönen dunklen Haaren nach hinten zieht und ihr mit einem Schlachtermesser die Kehle durchtrennt.

Das war das Ende der Mara Salvatrucha in jenem Haus.

Auch die überlebenden Mitglieder auf der Straße würden nicht mehr lange existieren, das war klar.

Hope kotzte.

Dann wischte sie sich den Mund ab, sagte: »Der Wagen.« Sie zog mich mit sich und kletterte hinein. Auf der Ladefläche des Pick-ups kauerten im Schutz der Bretterwand ein paar der Männer, die mit mir in der Zelle gesessen hatten.

Ich zog Agua in die Fahrerkabine. Der Zündschlüssel steckte, ich drehte ihn um und der Wagen machte einen Satz.

Draußen, unterhalb meines Fensters, hockte Ángel, stumpf vor sich hin starrend.

Und Hope sagte: »Mach die Tür noch mal auf, du musst ihn reinholen!«

Ich starrte sie an. »*Den?*«

Da hatte sie schon über mich hinweggegriffen und die Fahrertür geöffnet. Und dann zog ich diesen Typen nach drinnen, dreihundert Pfund Blut und Wahnsinn. Agua half und irgendwie bugsierten wir Ángel hinüber auf den Beifahrersitz.

Dann rief Agua: »Fahr!«, und ich sah in den Rückspiegel.

Sah den Grund dafür, dass niemand mehr schoss.

Am Ende der Straße näherten sich zwei Polizeiwagen mit Blaulicht und jetzt hörte ich auch die Sirenen. Ich gab Gas.

Im Spiegel beobachtete ich, wie einer der Wagen neben der Leiche des Arlequinos mit dem zerfetzten Gesicht hielt, und jetzt entdeckte ich auch das Mädchen wieder, das ihn mit seiner eigenen Waffe erschossen hatte. Sie trat aus dem Schatten der Mauer. Warum war sie nicht mit uns in den Pick-up geklettert?

Ich sah gerade noch, wie die Polizisten ihr Handschellen anlegten.

Ihr, einem Opfer des Überfalls! Nein, sagte ich mir, sie war kein Opfer, sie war eine Täterin. Wie wir alle.

Das zweite Polizeiauto hatte unsere Verfolgung aufgenommen.

»Da rüber!«, schrie Hope und zeigte in eine Seitengasse, und ich bog ab und wieder ab. Überfuhr beinahe Betrunkene und streunende

Hunde. Gleichzeitig dachte ich: »Ich fahre den Fluchtwagen der Mara Salvatrucha. Ich habe gerade mehreren Mördern dabei geholfen, der Polizei zu entkommen.«

Ein zweiter Streifenwagen tauchte aus einer Seitengasse auf.

Ich hasse Verfolgungsjagden in Filmen. Immer, wenn ihnen nichts mehr einfällt, bauen sie eine Verfolgungsjagd ein. Die Hälfte der Umgebung geht bei der Jagd drauf. Die Helden springen über Schluchten, fahren durch Mauern und über Telefondrähte.

Die Jagd in der Nacht in Nuevo Laredo war anders.

Zum einen gab es nur wenige Geräusche. Eigentlich keine, außer dem Motor und den Sirenen.

Zum anderen fabrizierte der Pick-up keine Stunts, und mir war klar, dass die Möglichkeit, bei einem Unfall draufzugehen, ziemlich hoch war.

Agua starrte, vornübergebeugt, konzentriert auf die Straße.

»Rechts«, sagte er plötzlich. »Bei der Tanke links und dann die Straße raus aus der Stadt. Ich weiß jetzt, wo wir hinfahren.«

»Wohin?«, fragte ich.

Irgendjemand schoss von der Ladefläche des Pick-ups aus.

Ich hörte durch die offenen Fenster, wie die Kugel in die Windschutzscheibe des Polizeiautos einschlug, das uns folgte, und sah es im Spiegel zurückbleiben. Ich sah auch den anderen Streifenwagen stehen bleiben, beide mitten auf der Fahrbahn.

»Scheiße, Mord an Polizisten ist scheiße«, knurrte Agua.

Dann sah ich, wer geschossen hatte.

José Maria. Er stand da, aufrecht, schwankend, und in seinen Augen brannte der Wahnsinn. Dann taumelte er auf der Ladefläche, fiel auf die Knie und hob die gefalteten Hände. Er betete dahinten zwischen den anderen, er betete um Vergebung.

»Guck nach vorne, Mann!«, schrie Agua. »Lass das Kind dahinten verrücktspielen, gib Gas!«

Und irgendwann, außerhalb der Stadt, erreichten wir ein Ziel.

Die Piste hört einfach auf. Vor einem hohen Gittertor.

Dahinter lag alles in tiefster Dunkelheit, aber als ich den Pick-up zum Stehen brachte, erwachte eine Reihe von kleinen Lichtern im Boden. Sie erhellte den Weg vom Tor bis zu einer Villa zwischen hohen Palmen: weiß, in sahniger Kolonialarchitektur mit Rundbögen, kleinen Säulen und neckisch ländlichen Mönch-und-Nonne-Ziegeln auf dem Dach.

»Was ist das?«, flüsterte ich.

»Gehört dem Boss«, sagte Agua knapp. »Ángel? Wir brauchen dich bei der Kamera. Sag ihm, dass wir da reinmüssen.«

Ángel fluchte und beugte sich über mich, da die Kamera auf die Fahrerseite gerichtet war. Das elektronische Auge musste sein Gesicht erfassen: dieses Kunstwerk schwarzer Tätowierungen, schmerzverzerrt, das Weiße in den Augen rot.

Er streckte den Arm aus dem Fenster, die Hand, fast lächerlich, zur Marakralle geformt.

»Lasst uns rein, Jungs, ja?«, rief er heiser. »Wir müssen den Boss sprechen!«

Und ich dachte, der Boss schlief höchstwahrscheinlich fest, in einem riesigen, klimatisierten Schlafzimmer, aber die Antwort aus der Sprechanlage kam sofort: klar, schneidend scharf und sehr wach.

»Ihr habt hier nichts zu suchen. In dem Zustand schon gar nicht.«

»Scheiße, das ist er selber, keine Security«, flüsterte Agua.

»Bitte!«, rief Ángel. »Die haben uns überfallen. Die Arlequinos. Wir haben die Bullen abgehängt, aber ...«

»Schau an, die Mara 13 wird überfallen wie ein Mädchen im Park«, sagte die körperlose Stimme. »Muss man denn auf euch aufpassen wie auf kleine Kinder?«

Da krabbelte Hope an Ángels massigem Körper vorbei, guckte hoch zur Kamera und rief: »Jetzt mach das Tor auf, Mann!«

»Hope«, zischte ich, »bist du wahnsinnig?«

In diesem Moment schwangen die beiden Hälften des Gittertors lautlos und langsam nach innen auf. Die Beleuchtung des Weges und des Hauses flammte auf, wurde heller.

»Fahr«, sagte Agua.

»Vergiss es«, sagte ich. »Wir steigen hier aus.«

Ich hatte keine Angst mehr, nicht vor Agua, der eine Waffe auf den Knien hielt, nicht vor Ángel, der seinen schwerfälligen, verletzten Körper jetzt beiseitewälzte. Sie waren nichts als Reste von sich selbst.

»Rückspiegel«, sagte Agua.

Und ich sah in den Rückspiegel.

Wir hatten die beiden Streifenwagen abgehängt, aber auf der Straße hinter uns näherte sich ein schwarzer Jeep, der nur mit Standlicht fuhr.

»Die 18er«, sagte Agua knapp. »Siehst du. Sie arbeiten zusammen.«

»Die 18er suchen uns«, murmelte ich. »Verdammt.«

Agua grinste. »Ich hab dir gesagt, du bist einer von uns. Fahr.«

Und ich fuhr durch das Tor.

Es schloss sich lautlos hinter uns und versperrte dem schwarzen Jeep den Weg.

»Ich würde sagen, ihr dreht um, Kinder«, sagte die Stimme des Bosses. Sie kam jetzt nicht mehr aus der Sprechanlage, sondern aus Lautsprechern, hallte klar und mit triefender Liebenswürdigkeit übers Gelände. Die Stimme meinte die im Jeep. »Ich brauche nur einen kleinen Knopf zu drücken, um das Stück Straße, auf dem ihr steht, in die Luft fliegen zu lassen.« Er lachte. »Ich mag James Bond. Aber ich würde mir ungern den Asphalt da draußen für nichts und wieder nichts kaputt machen.«

Ich parkte den Wagen neben einer Sammlung auf Hochglanz polierter amerikanischer Straßenkreuzer, zwei davon Oldies: ein Museum.

Dann standen wir vor der breiten Treppe, die zur Eingangstür hochführte.

Ich stützte Agua. Ángel hielt sich gerade so selbst auf den Beinen.

Hinter uns hatten sich die Gefangenen von der Ladefläche aufgereiht: Es waren fünf. Keiner von ihnen war vor dem Tor abgesprungen, wo sie in die Hände der 18er gefallen wären. Für Minuten, auf unserer Fahrt durch Nuevo Laredo, waren sie frei gewesen.

José Maria legte seine Waffe auf den Boden. Er musste sie in dem Durcheinander irgendeinem Toten abgenommen haben, aber nicht einmal er war verrückt genug, sie hier drin behalten zu wollen.

Wir stiegen die Stufen langsam hinauf, und ich spürte, dass jeder unserer Schritte beobachtet wurde, von unsichtbarer, gut ausgerüsteter Security.

Die Türflügel der Villa schwangen auf und ließen uns in eine riesige Empfangshalle eintreten. Dort, auf der Treppe zu einer Galerie, stand ein kleiner Mann in hellem Kaschmirpullover und weißen Hosen und sah uns entgegen.

»Der Boss der Zetas in Nuevo Laredo«, sagte Agua ganz leise. »Wir arbeiten für ihn. Manchmal.«

Eine Weile sah uns der kleine Mann nur an. Er hatte einen Schnurrbart und schütteres Haar und war um die sechzig. Er trug keine sichtbare Waffe, aber seine Präsenz strahlte eine solche Macht aus, dass ich mich anstrengen musste, den Blick nicht zu senken.

Dieser Mann befehligte vermutlich eine halbe Armee. Und er drückte gerne Knöpfe.

»Drei Uhr nachts ist eine schlechte Zeit für einen Überraschungsbesuch«, sagte er schließlich. »Aber jede Zeit ist schlecht. Wir reden im Wintergarten.«

Dann kam er die Treppe hinunter. Er ging geräuschlos wie eine Raubkatze und führte uns tiefer in die Villa hinein, ein Kunstwerk aus Raum und weißen Wänden. Wir gingen an Vitrinen mit alten, vergoldeten Revolvern vorüber, an wertvollen, aber geschmacklosen Marmorstatuen, an riesigen Sofas.

Hope hatte meine Hand genommen.

»Der arme Mann«, flüsterte sie. »So viel Platz! Und er ist ganz allein darin.«

»Ich denke, ab und zu schmeißt er Partys«, wisperte ich.

»Schau mal, die Wände sind gar keine Wände«, sagte Hope.

Sie hatte recht. In diesem Teil der Villa bestanden sie aus Plasmabildschirmen, die dem Besucher vorgaukelten, er befände sich in einer Wüste, dann unter Wasser, schließlich in einem nächtlichen Wald.

Die ganze Villa war permanent erleuchtet und wach. Sie musste in jeder Sekunde Unmengen von Energie verbrauchen, die in zwei Dinge umgesetzt wurden: CO_2 und Prestige.

Wir betraten einen Raum unter einer hohen Glaskuppel, und der Boss wies auf eine Gruppe von Regiestühlen, die in einer Sanddüne neben einem künstlichen Urwald standen. In den Baumriesen turnten winzige Affen, die nicht wussten, dass Nacht war.

Und unter den Palmen lag in einem Käfig mit silbernen Stäben ein weißer Panther und beobachtete uns.

Wir setzten uns auf die Regiestühle, die verdammt unbequem waren, und der Boss lehnte sich an einen der Baumstämme und sah zu uns herab.

»Eigentlich«, sagte er, »ist dieser Ort für Drinks reserviert. Aber drei Uhr nachts ist nicht die Zeit für Drinks. Und ich möchte unser Gespräch kurz halten, ich habe zu tun. Was genau ist vorgefallen?«

Ángel berichtete, während der Rest von uns schwieg.

»Zwölf oder fünfzehn Tote. Die Stadt ist immer noch voll mit unseren Leuten, viele schlafen ja woanders. Panda ist tot. Und ... Lydia.« Er brach ab, sah weg. Tatsächlich empfand ich etwas wie Mitleid.

»Das war ihr Chef, Tiburón«, sagte Ángel. Ich dachte an die Tätowierung des grinsenden, scharfzahnigen Mundes. *Tiburón*. Der Haifisch. »Ich erledige ihn, sobald ich wieder auf den Beinen bin. Aber im Moment brauchen wir Schutz. Nur für ein paar Tage. Die 18er und die Arlequinos und die Polizei, das sind zu viele. Sie haben sich gegen uns verbündet. Wir müssen eine Weile unsichtbar bleiben, ehe wir zuschlagen.«

Der Boss sagte nichts, schüttelte nur langsam den Kopf. »Gott, Ángel«, murmelte er schließlich. »Was sind das für Zeiten? Überall diese unsinnige Gewalt. Früher lief es anders, da hatte ein Mann noch seine Ehre. Die Arlequinos kennen keine Ehre.« Er seufzte. »Aber sie sind gut. Sie machen ihr Ding, sie kommen dahin, wo sie wollen. Es ist fast schade, dass sie nicht für mich arbeiten.« Er sah zu den Männern hin, die neben mir standen. »Wer sind die alle?«

»Gefangene«, antwortete Ángel.

»Und die habt ihr mit rausgenommen? Gut«, sagte der Boss und lachte leise. »Man muss aufs Kapital achten. Wie viel ist da noch drin, was meinst du?«

»Für drei ist kein Lösegeld bezahlt worden. Bei den Übrigen warten wir auf die zweite Rate«, antwortete Ángel, plötzlich ganz Geschäftsmann, obgleich er bei jedem Wort vor Schmerz die Luft scharf einsog.

Er zeigte auf mich. »Ein Kanadier, Boss. Gold wert. Fünftausend haben wir schon, drei stehen aus. Er hat sich eintauschen lassen, gegen die Kleine da. Verrückt. Die Kleine ist nix wert, was kriegt man für ein Negermädchen? Zwanzig Dollar im Direktverkauf in Libyen?« Er drehte sich zu Agua um. »Woher kommt sie überhaupt? Jetzt, plötzlich?«

Agua sah ihm in die Augen.

»Sie hat auf ihn gewartet. Auf unseren Kanadier. Die ganze Zeit.«

In diesem Moment merkte ich, dass ich stand. Aufrecht, vor dem bescheuerten Regiestuhl. Neben mir stand Hope.

Und in mir kochte etwas. Ich war übernächtigt und wie auf Droge vom Adrenalin und wahnsinnig wütend.

»Ich habe den Pick-up gefahren«, sagte ich. »Ich habe den Jungs hier den Arsch gerettet! Aber jetzt reicht es. Hope und ich haben eine Verabredung mit der amerikanischen Grenze. Die ganze beschissene Welt geht den Bach runter, und ihr habt nichts Besseres zu tun, als über den Wert von einem oder zwei Leben zu diskutieren, während dieses Haus Erdöl für drei Stadtviertel verbraucht. Soll ich euch was sagen? Wir sind gar nichts wert, keiner von uns, nicht mal Sie in Ihrem teuren Anzug. Wir sind nur winzige, beschissene Parasiten auf diesem Planeten. Und diese beiden Parasiten gehen jetzt.«

Einen Moment lang war es sehr still.

»Ja«, sagte Hope in die Stille. »Ihr könnt ohne uns weiterspielen.«

Ich sah, wie die anderen den Atem anhielten. José Maria betete. Sie alle warteten auf die Explosion.

Der Boss lächelte, zog eine Fernbedienung aus der Tasche, hob sie kurz und drückte einen Knopf. Und die Tür des Geheges sprang auf. Die Raubkatze streckte sich, gähnte und kam auf lautlosen weißen Pfoten aus dem Käfig.

Die Männer in ihren Regiestühlen gefroren.

Ich dachte an den Riesenjaguar im Amazonas, den es nicht gab.

»Kooomm!«, lockte der Boss. Der weiße Panther setzte sich neben ihn. »Ich füttere ihn mit Rindersteaks aus Argentinien«, sagte er und kraulte ihn zwischen den Ohren. »Aber bisweilen darf er jagen.«

Der Panther kam jetzt auf uns zu, nervös mit dem Schwanz schlagend.

José Maria schrie und das Tier zuckte zusammen und fauchte.

»Sei still, Blödmann«, sagte Hope, ich war nicht sicher, ob zu José oder zu der Großkatze. Dann kniete sie sich hin und streckte die Hand aus.

Alles in mir wollte Hope wegzerren. Rennen. Doch ich zwang mich, es nicht zu tun.

Was das Tier erschreckte, war verkehrt.

»Kooomm«, lockte Hope, genau wie der Boss es getan hatte. »Kooomm hierher!«

Und da schien der Panther sich langsam zu entspannen. Er schnupperte an Hopes Fingerspitzen – und setzte sich hin. Und Hope begann, ihn am Kinn zu kraulen. Es war ein Bild wie aus dem Zirkus. Das ist es, dachte ich, das hier ist ein Zirkustier, das der Boss sich ins Haus geholt hat. Es ist nie für Menschen gefährlich gewesen.

Aber sicher war ich mir nicht.

»Dios mío«, flüsterte José Maria und bekreuzigte sich.

Hope hatte jetzt beide Arme um den weißen Panther gelegt und sah den Boss an.

»Er ist so schön«, flüsterte sie. »Haben Sie Kinder, die ihn streicheln?«

Agua sog neben mir scharf die Luft ein.

»Ich hatte einen Sohn«, sagte der Boss, seine Stimme war wärmer geworden. »Er war sechzehn. Sie haben ihn entführt, zwei Monate lang gefoltert und dann an einer Brücke aufgehängt. So ist der Krieg zwischen den Kartellen.«

»Das kenne ich«, sagte Hope. »In meinem Land heißen sie Clans. Einer will immer die ganze Macht haben. Das ist sehr dumm. Es gibt genug Macht für alle.« Sie kraulte den Panther weiter. »Aber ich habe gesehen, wie sie zusammen an einem Tisch gesessen haben. Wegen der Kinder. Sie hatten alle Kinder.«

»Wenn mein Sohn noch am Leben wäre«, sagte der Boss leise, »vielleicht, weißt du, würde ich mich dann an einen Tisch setzen mit den anderen. Damit ihm nichts passiert. Damals war ich zu kurzsichtig.«

Hope nickte ernst. »Und sie sollten den Panther freilassen. Keiner will eingesperrt sein.«

»Ja«, sagte der Boss ernst. »Ich bin wahrscheinlich der, der das am besten versteht. Ich verlasse das Grundstück seit über zehn Jahre nicht mehr. Zu viele Leute da draußen wollen meinen Tod. Der Panther teilt mein Los.«

Dann richtete er sich auf, räusperte sich und sah mich an.

»Ihr wollt über die amerikanische Grenze?«

»Richtig«, sagte ich.

»Was du gemacht hast«, sagte er. »Dich tauschen lassen, gegen die Kleine. Das war dumm, aber es imponiert mir.« Er sah Ángel an. »Dieses Kind ist mehr wert, als du jemals sein wirst, und klüger dazu. Vielleicht kriegen wir vor der Morgendämmerung ein Boot. Ich lasse euch bis an eine Stelle bringen, wo es noch keine Mauer am Fluss gibt. Drüben wird euch jemand abholen, damit ihr um die Internierung drum rumkommt.«

»Internierung?«, fragte ich.

Er seufzte. »Du weißt wenig. Sie sammeln die Leute drüben, in Safe Houses. Halten sie eine Weile fest, ehe sie weitergehen. Manche monatelang. Es ist eine weitere Art, zu kassieren.«

»Shit«, murmelte ich. »Akash und Roshida. Vielleicht ... sitzen zwei unserer Freunde da fest.«

»Kriegen wir raus.« Er zog einen Ohrstöpsel mit Kabel und Sprechvorrichtung aus der Brusttasche des Kaschmirpullovers, sprach leise, lauschte. »Die beiden hier bringen euch zum Wagen.«

Zwei schwarz gekleidete Security-Typen, die sich aus dem Nichts materialisierten, nahmen uns zwischen sich. Vielleicht, dachte ich, brachten sie uns in eine entfernte Ecke des Anwesens und erschossen uns einfach.

Aber Hope drehte sich am Ausgang der Glaskuppel um. »Danke!«, rief sie.

Der Boss nickte und streichelte den weißen Panther zu seinen Füßen.

Und ich wollte fragen, was mit den anderen passierte. Mit Agua, der uns nachsah. Mit José Maria und den übrigen Gefangenen. Ich fragte nicht.

Sie brachten uns im Wagen bis an den Fluss.

Rio Grande, oder, wie die Mexikaner sagen: Rio Bravo, der wilde Fluss. Im Zeitalter der Westernfilme flohen die Verbrecher über diesen Fluss in Richtung Mexiko, nun flieht der Rest in Richtung Amerika.

Einmal fuhren wir direkt daran entlang, und er war erstaunlich schmal, nicht breiter als vielleicht fünfzig Meter.

Ich hatte ihn mir mächtig vorgestellt, reißend: ein Strom, der alles verbindet und alles trennt.

Aber es war nicht der Strom, der die Länder trennte. Es war der Mensch.

Der Mond war aufgegangen, er war beinahe voll und nun lag der Rio Bravo friedlich im unwirklichen weißen Licht. Nichts konnte weniger wild sein. Und doch ertranken darin jährlich Hunderte von Flüchtlingen: ein Zauberfluss, der sie forthexte.

»Hier kann man durchwaten«, sagte unser Fahrer. »Aber drüben müsste man über zwei Mauern klettern und die Kameras sind überall. Wir fahren runter nach Falcon Lake, das ist unsere Route für Ware. Alle reden über die Mauer, die am Lake gebaut werden soll, aber nicht mal Trump weiß, wohin überhaupt: *in* den See? Wir teilen uns den See mit den Amis, seit Ewigkeiten. Keiner hier will eine Mauer, wäre Gift für den Anglertourismus. Halb fünf sind wir da.«

Hope hatte ihren Kopf an meine Schulter gelehnt und war eingeschlafen. Ihr Gesicht war schön im Licht des Mondes, vollkommen friedlich. Wenn man es wusste, war das natürlich das Gesicht eines Mädchens, wie hatte ich das übersehen können? Sie würde eine schöne junge Frau werden. Irgendwann. Da drüben, in Amerika. Und ein selbstbewusster Mensch, der seinen Weg ging. Vielleicht würden wir uns in zwanzig Jahren wieder begegnen, und sie hätte einen Mann und Kinder und einen Doktortitel, während ich noch immer unterwegs war durch die Welt.

Der Typ auf dem Beifahrersitz textete auf seinem Handy.

Ich dachte, es wäre eine Gelegenheit, meinen Eltern zu schreiben: *Ich bin frei. Und bald am Ziel. In den Staaten.*
Aber der Akku meines Handys war leer.

Eine Stunde später folgten wir unserem Begleiter zu Fuß zum Ufer des Sees. Der Wagen stand unsichtbar zwischen Gestrüpp und hohem Gras neben der Straße.

Und der Mond, noch nicht untergegangen, lag still auf dem Wasser vor uns. Sein Licht hatte nichts Romantisches an sich. Es war nur eines: gefährlich.

Dies war keine Nacht, um über die Grenze zu gehen.

Wir hörten das Motorengeräusch auf der nahen Straße alle und duckten uns. Es kam mir bekannt vor. *Der schwarze Jeep.*

Folgten uns die 18er noch immer? So wichtig konnten wir nicht sein.

Das Geräusch wurde leiser, entfernte sich, verstummte bei einer Gruppe von Häusern, vielleicht einen Kilometer entfernt. Es war nur jemand, der spät nach Hause kam.

Noch ein Motorengeräusch. Und auch das fuhr vorbei. Zufall, sagte ich mir.

Dann blieb alles still. Wir richteten uns auf, und unser Mann führte uns weiter, bis hinunter zum Ufer, das hier völlig zugewachsen war. Kurz darauf teilten sich die Zweige und ein zweiter Mann stand vor uns. Ein kleiner, schmächtiger Typ, der wortlos nickte und ins Gestrüpp zeigte. Ich sah das Boot erst, als er die Äste mit einer Hand wegschob, ein schwarzes Gummiboot mit zwei Plastikpaddeln.

Der See war hier kaum ein See, die Entfernung nicht groß, erst zu unserer Rechten weitete er sich und wurde riesig.

»Viel Glück«, sagte der, der uns hergebracht hatte. Dann ging er zurück zur Straße.

Hope nahm meine Hand.

»Jetzt«, flüsterte sie. »Mathis, jetzt gehen wir nach Amerika!«

»Pssst!«, zischte der schmächtige Mann. Er schien zu lauschen. Und kurz darauf hörten wir es auch: das Knattern eines Hubschraubers über dem See.

»Kontrolle«, murmelte der Mann. »Verdammt.«

Und ich sah, wie die Panik in Hope aufflackerte. Der Mann führte uns im Laufschritt einen kaum wahrnehmbaren Pfad am See entlang, tiefer ins Unterholz hinein, aber Hope schlüpfte an ihm vorbei und lief voraus, und dann geschah das, was nicht hatte geschehen dürfen. Das Gestrüpp endete abrupt, Hope stolperte hinaus und stand einen Moment lang an seinem Rand, ehe sie zurück in den Schutz der Blätter sprang.

Vor uns lag eine wilde Wiese und dahinter, nicht mehr als hundert Meter entfernt, ein Haus. Ein hübsches, großes Haus mit einer Veranda. Dort, an die hölzerne Brüstung gelehnt, stand eine Frau mit einem Buch in der Hand. Sie sah genau in unsere Richtung.

Neben ihr verbreitete eine Öllampe einen behaglichen gelben Schein und hinter ihr hing eine Hängematte. Vielleicht hatte sie bis eben dort gelegen und gelesen und nun hatte der Hubschrauber der Grenzpatrouille sie aufgeschreckt.

Sie hatte Hope gesehen, ich war mir sicher. Die Art, auf die sie konzentriert zu uns herüberstarrte, sprach Bände. Wir rührten uns nicht, waren Schatten zwischen den Sträuchern, aber diese Frau wusste Bescheid.

Sie wusste, was für Schatten sich nachts am Ufer des Falcon Lake herumtrieben.

Sie legte das Buch weg und zog etwas aus der Tasche.

Ein Handy.

»Scheiße«, flüsterte ich. »Die ruft die Grenzer. Wir müssen weg hier!«

Der wortkarge Typ nickte. Aber es war zu spät, das Dröhnen kam näher und wir kauerten uns auf den Boden.

Ich schloss die Augen und legte mir zurecht, was ich zu den Grenzern sagen würde. Wir waren noch nicht auf dem See, niemand konnte uns beweisen, dass wir vorgehabt hatten, ihn zu überqueren. Ich war nur ein kanadischer Bürger, der in Mexiko Urlaub machte.

Aber ich hatte das Gesicht eines Mitgliedes der Mara 13.

Und ein afrikanisches Kind ohne gültige Papiere bei mir.

Das Dröhnen war jetzt so nahe, dass meine Ohren sangen. Ich spürte den Luftzug der Rotorenblätter.

Und dann geschah ein Wunder.

Der Hubschrauber drehte ab. Er wurde leiser und leiser – verstummte. Unser Coyote hielt jetzt ein altes Funkgerät in der Hand, und dann hörten wir verschwommene Worte im Rauschen: »Paddelboot südliches Ende Falcon Lake ... sie sagt, sie hätte gesehen, wie sie es reingeschoben haben ... mindestens zehn Menschen an Bord ... Wagen am Ufer ... getarnt, ja.«

Südliches Ende? Wir waren am nördlichen Ende des Falcon Lake, soviel ich wusste.

Der Coyote grinste und steckte das Funkgerät weg.

»Was ... war das?«, fragte ich.

»Deren Funk. Patrouille. Wir empfangen ihn auch.«

»Aber ...«

»Die Frau«, wisperte Hope. »Die mich gesehen hat! Sie hat ihnen was Falsches erzählt, damit der Hubschrauber wegfliegt!« Ihre Augen waren groß und voller Staunen.

»Gehört diese Frau dazu?«, fragte ich. »Zu ... einem Netzwerk?«

Der Coyote schüttelte den Kopf. »Ich kenne sie nicht. Ist ein Ferienhaus. Aber sie hat sie weggeschickt, das stimmt. Fake Call. Sonst setzen *wir* die Fake Calls ab.« Er zuckte die Schultern. »Die Grenzer wissen das mit dem falschen Alarm. Sie müssen dem trotzdem nachgehen. Sie sind dazu gesetzlich verpflichtet. Sie stellen sich selbst ein Bein.« Er lachte. »Hier am See gibt es sowieso viele, die sauer sind auf die ganze Mauerhysterie. Vor allem drüben, die Texaner, alles Republikaner. Haben Trump gewählt, und jetzt merken sie, was da für ein Wahnsinn auf sie zukommt. Habt ihr die Mauer mal gesehen? Dicke Eisenstangen wie Baumstämme, wahnsinnig hoch, aber du kannst durchgucken. Der Kopf passt bei manchen durch. Es heißt, manche wären stecken geblieben und verreckt. Die Falcon-Lake-Leute wollen keine Eisenstangen in ihrem See. Die haben kapiert, dass er sie nicht mehr alle hat, der große Mauerbauer. Sie erzählen sich Witze darüber, wie er sich hunderttausend Postkarten mit Berliner Mauerstückchen schicken lässt ... Aber er kriegt das Puzzle nicht zusammen.«

Er schüttelte den Kopf. »Heute Nacht ist der See grenzenlos. Wir gehen jetzt rüber, und drüben wird einer sein, der euch weiterhilft. Ihr seid meine VIPs.« Ein letztes Grinsen. »Bereit?«

Wir nickten.

Und dann standen wir wieder bei dem kleinen Gummiboot und er schob es hinaus in den See, noch war es an einem dicken Ast vertäut.

»Die Kleine zuerst«, sagte der Coyote.

»Wartet!«, flüsterte Hope. »Was ist das?«

Wir lauschten. Von der Seite der Häuser näherten sich Schritte.

Wir hatten keine Zeit, zu rennen, wir warfen uns flach auf den Boden, zwischen mannshohes Gras und trockene Stauden, das Gesicht in die Erde gepresst.

Der verdammte Hubschrauber war natürlich nicht die einzige Art, die Grenze zu patrouillieren. Bewachte das mexikanische Militär auf dieser Seite die Grenze genauso scharf wie drüben die Amerikaner?

Die Schritte waren jetzt ganz nah – und blieben stehen.

Dann explodierte die Welt in einem Schuss.

Ich drehte den Kopf.

Der Coyote neben mir rollte zur Seite und lag still. Aus seinem Kopf lief Blut. Er war tot. Einfach so, von einer Sekunde auf die andere. Sie hatten ihn exekutiert.

»So«, sagte jemand über mir auf Englisch. »Das war's. Keine Passage in die Staaten heute. Kein Popcorn, keine Luftballons, Ende der Reise.«

Und dann riss mich jemand hoch, sodass ich im Gras kniete, und drehte mir die Arme auf den Rücken. Ich schnappte nach Luft vor Schmerz, aber der Schmerz war egal.

Denn vor mir wand sich Hope mit schreckgeweiteten Augen im Griff eines Mannes, der hinter ihr kniete und ihr den Mund zuhielt.

Es war kein Grenzer.

Es war ein Mann, der Hope ähnlich sah, zumindest auf den ersten Blick.

Ein Somali.

Der schwarze Jeep, dachte ich, hatte nie den 18ern gehört.

Diesen Mann, dachte ich, würde ich unter Tausenden von Somalis erkennen.

Ich hatte auf seiner Brust gekniet, in einer Nacht im Darién, und ihn nicht getötet. Ich hatte seine Pistole in eine Regenjacke gewickelt. Hätte ich ihm diese Pistole nicht abgenommen, hätte ich niemals auf einen panamaischen Grenzsoldaten geschossen und mir nie die Haare abrasiert und nie versucht, meine Identität zu wechseln.

Beim letzten Mal hatte ich ihn nicht richtig gesehen. Er war nur ein Schatten gewesen, der uns mit zwei anderen durch Nuevo Laredo folgte, aber jetzt sah ich ihn nur zu gut, und ich dachte an all die schrecklichen Dinge, die er über Hopes Ziehvater gesagt hatte. Magan Ali Addou und seine verbotenen Bücher.

Ich drehte den Kopf. Der hinter mir war der Zweite aus dem Dschungel, der Zweite von Al Shabaab.

Hier waren sie, die Gerechten.

Er ließ mich los, und ich versuchte, herumzuschnellen, aber in diesem Moment presste sich ein Fleischermesser an meinen Hals.

»Ganz ruhig«, sagte der Mann. »Wir wollen nur die Kleine. Du bist ein Ketzer wie sie alle, aber du interessierst uns nicht. Allahs Zorn wird euch sowieso verbrennen.«

Ich spürte etwas Warmes auf meiner Haut: Blut. Diese Klinge war verflucht scharf.

Es war ein häufiges Bild in YouTube-Videos. Islamisten und Messer und abgetrennte Köpfe.

Hier, dachte ich, kniet also ein mexikanischer Bandengangster mit tätowierter Stirn an der amerikanischen Grenze, nur dass er ein kanadischer Jude ist, und wird von afrikanischen Moslems bedroht, weil er eine afrikanische Muslima beschützt.

Beinahe lachte ich. Aber es war verdammt ernst.

Diese Typen waren verrückt. Krank. Nicht zu stoppen.

Neben Hope stand der Dritte von ihnen, der, mit dem sie sich zusammengetan hatten. Der von der Bananenplantage. Der gesagt hatte, sein Auftraggeber wäre etwas wie ein Diplomat, ein Engel, ein Friedensbringer und er sein Helfer.

»Okay«, sagte der mit dem Messer. »Bind sie fest. Wir brauchen die Hände frei. Wir haben jetzt Zeit, um das hier richtig zu machen. Ausführlich. Ich will eine Videobotschaft.«

Hope wand sich noch immer, trat um sich, aber es nutzte ihr nichts. Und ich, dieses lächerliche Ich, nutzte ihr auch nichts. Sie fesselten sie an einen der niedrigen Bäume, und ich sah, wie das Plastikseil in ihre Handgelenke und Schultern einschnitt, sah Tränen in ihren Augen. Ich versuchte, zu denken. Eine Lösung zu finden. Wie ich das Messer an meinem Hals loswerden konnte, ohne dabei draufzugehen. Ich kam auf keine Lösung.

»Ich filme«, sagte der Friedenshelfer. »Du erledigst den Rest.«

Der andere Al-Shabaab-Kämpfer nickte, auch er hatte jetzt ein Messer in den Händen, und ich spürte, wie mir schlecht wurde. Mein Kopf war leer gefegt.

»Eine Menge Leute in Mogadischu warten darauf, dass du in den Staaten ankommst«, sagte der Friedenshelfer zu Hope. »Wir werden ihnen ein Video liefern. Aber es wird anders sein, als sie es sich vorgestellt haben. Für meine Brüder im Glauben bist du eine Verräterin. Kein Mädchen darf tun, was du getan hast, herumlaufen wie ein Junge, reden wie ein Junge, denken wie ein Junge. Für mich, verstehst du, ist das nicht so wichtig.«

»Wer sind Sie?«, fauchte Hope. Die Tränen liefen ihr jetzt über beide Wangen, aber in ihrer Stimme war nur Wut. »Die beiden Spinner, okay, das hab ich kapiert. Al Shabaab hat meinen Vater immer schon bedroht. Aber Mogadischu gehört nicht Al Shabaab. Somalia gehört nicht Al Shabaab.«

Der Al-Shabaab-Kämpfer schlug ihr ins Gesicht, und sie starrte ihn an, feindselig, mit blutender Lippe. »Somalia ist nämlich viel älter als der Islam!«, schrie sie. »Ich war da. In der Wüste. Das alles hat mit euren Regeln gar nichts zu tun!«

Der Kämpfer hob die Faust zum zweiten Mal.

»Nein!«, schrie ich. Er drehte sich um, schüttelte den Kopf, verärgert über die Unterbrechung.

»Aber Sie?«, fragte Hope und sah den Dritten an, den mit dem

Handy. »Warum sind Sie hier? Was ist das für ein komischer Diplomat, für den Sie das machen?«

»Du kennst ihn«, sagte der Typ mit einem Lächeln, und offenbar hatte er auf diese Frage gewartet. »Jeder kennt ihn in Mogadischu. Sie nennen ihn *den Vermittler*. Er vermittelt zwischen den Clans, Al Shabaab, der Regierung, den Ausländern. Zwischen allen Parteien im großen Konflikt. Er ist überall zugleich, manchmal ist er unsichtbar. Die UNO bezahlt ihn, die Äthiopier, die Kenianer ... Für alle vermittelt er, er ist ein fleißiger Mann. Ein Wahrer des Ist-Zustandes. Veränderungen sind gefährlich, das Gleichgewicht muss erhalten bleiben.«

»Der *Vermittler*«, murmelte Hope. »Er saß bei uns im Hinterzimmer. Er saß mit meinem Vater an einem Tisch.«

»Oh ja«, sagte der Mann. »Er saß mit Magan Ali Addou an einem Tisch, zwischen Ketzern und Aufrührern, er saß am Tisch mit den Feinden der Nation.«

»Den Feinden der Nation?«, flüsterte Hope. »Warum?«

»Magan Ali Addou, dessen letzte Tochter wir töten werden«, sagte der Mann laut, und er hielt das Handy auf ihr Gesicht gerichtet, filmte jetzt, »war ein Feind Somalias. Ein Feind des Friedens, er hatte Blut an den Händen. Er hat sie alle benutzt, die er in seinem Hinterzimmer versammelt hat. Er hat sein Volk betrogen und ausverkauft. Die Kette seiner sogenannten Buchläden, sein goldenes Kamel über allen Türen – das alles war nicht mehr als eine Farce. Ein Betrug. Eine Erfindung. Du warst sein Symbol, richtig? Das unschuldige kleine Mädchen mit dem Buch in der Hand, das sie alle in Mogadischu kannten und liebten. Auf dessen Ankunft in den Staaten sie warten. Ein Maskottchen. Ha!«

»Ein Symbol für die Kinder«, murmelte Hope. »Das hat er gesagt. Ein Bücher lesendes Kind ist ein gutes Symbol, hat er gesagt ... für die Zukunft ... für die Freiheit der Gedanken.«

»Freiheit«, schnaubte der Mann mit dem Handy. »Magan Ali Addou war eine Bedrohung. Eine Bedrohung für das System. Dies ist eine Warnung an alle, die mit ihm an einem Strang gezogen haben in den dreckigen Hinterzimmern seiner Buchläden.«

Er nickte dem Al-Shabaab-Kämpfer zu, der das Messer hob und sich zu Hope herabbeugte, und ich versuchte, freizukommen, und schaffte es nicht. Der Mann hinter mir war stark. Und Hope schrie, und ich begriff, als er ein blutiges Stück Fleisch hochhielt wie eine Trophäe, dass es das zweite Ohr war, das er abgetrennt hatte.

Das Blut stürzte aus der Wunde links an ihrem Kopf. Sie schrie und schrie, und ich schrie auch, und das Messer in der Hand des Al-Shabaab-Kämpfers glänzte wieder, als er es zum zweiten Mal hob und auf Hopes Augen zielte.

Mir war schlecht, mir war schwindelig, die Welt ging unter. Ich musste etwas tun, ich konnte nichts tun.

Da hallte ein Schuss über den See und der Al-Shabaab-Kämpfer sackte zur Seite weg.

Der mit dem Handy fuhr herum, sah in die Richtung, aus der ein zweiter Schuss kam. Der zweite Schuss traf seine Hand. Das Handy fiel zu Boden. Er starrte seine zerfetzte Hand an, ungläubig, taumelte einen Schritt rückwärts und wurde noch einmal getroffen. Fiel, kroch weg, zwischen die hohen Stauden.

Niemand hielt mich mehr fest.

Der Kämpfer hinter mir war verschwunden, fort, geflohen.

Im dürren Gras, das hier ein wenig anstieg, standen, ein paar Dutzend Meter entfernt, zwei Gestalten. Eine mit erhobener Waffe. Der andere mit einer klobigen Spiegelreflexkamera.

Ángel und Agua.

Ángel trug jetzt einen notdürftigen Verband um die Brust, doch er wirkte nicht so, als könnte er lange stehen. Aber er stand. Und er hatte geschossen. Zielgenau.

Das zweite Motorengeräusch, dachte ich. Sie waren uns gefolgt.

Ich sah nicht länger zu ihnen hin. Ich kniete neben Hope, versuchte, die Plastikstrippe zu lösen, die ihre Hände und Füße fesselte, doch ich sah schlecht, weil ich heulte. Hope heulte auch und sagte die ganze Zeit unaufhörlich: »Es ist nicht so schlimm, es ist nicht so schlimm«, und dann gab ich auf und hielt sie fest, drückte meinen Ärmel auf die Wunde, um das Blut zu stillen. Und ihre Augen, ihre Nase, ihr Mund, das alles war intakt.

Sie lebte.

Es war nicht so schlimm.

»Lass mich«, sagte Agua, plötzlich neben mir, hob das Messer auf und durchtrennte das Seil, kopfschüttelnd.

»Ich wollte ein Bild machen«, sagte er. »Ein letztes Bild. Oder für mich ein erstes. Wie ihr rübergeht. Von der Grenze und ihrer ... ich weiß nicht ... Bezwingung. Ángel hat gesagt, er lässt mich nicht alleine an die Grenze, nachher haue ich auch ab. Aber euch kann man alleine auch nirgendwo hinlassen, was? Mit Panthern kommt die Kleine klar, aber nicht mit ihren eigenen Landsleuten.«

Ángel gab dem toten Al-Shabaab-Kämpfer am Boden einen Tritt, sodass er ein Stück zur Seite rollte.

»Zehn Minuten«, sagte er kalt. »Dann sind die da drüben in den Häusern wach genug, um die Bullen zu rufen.« Er sah sich um. »Wir sollten die anderen beiden erledigen, aber dieses Scheißufer ist zu unübersichtlich.«

»Lass es«, sagte ich.

Und ich dachte, dass ich ihm nicht dankbar sein wollte, nicht diesem Kerl, nicht diesem Schlächter. Und ich sah ihn an und verschluckte mich fast am Wort *Gracias*.

»Fick dich«, knurrte er. »Und jetzt macht, dass ihr ins Boot kommt. Wir haun ab.«

Agua nickte nur. Keine letzten Worte. Keine Abschiedssprüche.

Ich stieg über die Leiche des Somalis und die unseres Coyoten. Schloss keinem die Augen, sprach kein Gebet, sondern löste stattdessen das Seil des Gummiboots.

Wir kletterten hinein, ich hatte die Paddel schon in der Hand, Paddel wie die des Bootes, mit dem ich als Kind herumgepaddelt war, und stieß uns vom Ufer ab.

Das war's.

Als ich zu Hope sah, hatte sie ihr T-Shirt ausgezogen und zusammengeknüllt und drückte es auf die Wunde. Nichts an ihrem mageren Oberkörper war in irgendeiner Weise weiblich, sie war so mager und noch so jung.

Ich dachte wieder an unsere Zeit bei den Yanomami, im Amazonas. Daran, wie sie halb nackt mit den Jungs herumgerannt war und das Faultier gestreichelt und gelacht hatte.

Dort, im Dschungel, hatte sie ein Kind sein können, ohne Geschlechterrolle, ohne Klischees, ohne Bedrohungen.

Wie schön das alles gewesen war!

Wie schön alles wieder sein konnte: in einer Zukunft, die wir gerade jetzt erreichten.

Dann merkte ich, dass etwas hinter uns war. Ein anderes Boot. Nein. Ein Autoreifen, auf dem jemand saß, der ebenfalls paddelte, ein Reifen, der am Ufer verborgen gewesen war, ein weiteres Flüchtlingsgefährt.

»Scheiße«, sagte ich. »Das ist der Typ mit dem Handy.«

Tatsächlich, er paddelte mit der unverletzten Hand, irgendwie hatte er es geschafft, seine Schmerzen zu überwinden und in diesen Reifen zu kommen. Er war nicht mal von seiner Mission überzeugt, er war nur ein Auftragsmörder, besessen von dem Gedanken, seinen Auftrag zu Ende zu bringen.

Das war der Moment, in dem der letzte Schuss über den Falcon Lake hallte, der letzte Schuss dieser fürchterlichen Nacht.

Der Schuss traf den Gummireifen.

Ángel und Agua standen immer noch am Ufer, sie hatten sich umgedreht.

Sie sahen gemeinsam mit uns zu, wie das Gefährt unseres Verfolgers Luft verlor und sank. Doch ehe es ganz verschwunden war, wandten sich die beiden ab und machten sich auf den Weg zurück zu ihrem Wagen.

»Er ertrinkt«, sagte Hope leise.

»Ja«, sagte ich.

»Wir müssen ihm helfen«, sagte Hope, noch leiser.

»Nein«, sagte ich. Es tat weh, das zu sagen. Es tat auch weh, zu sagen: »Er stirbt sowieso«, und dennoch sagte ich es. Paddelte weiter. Rascher. Hektisch. Noch war nichts von der Polizei zu sehen.

Vielleicht gab es in diesen Ferienhäusern gar nicht so viele Leute. Nur die Frau mit dem Buch.

Vielleicht hatte sie unser Boot gesehen, vielleicht hatte sie ein Kind gesehen und einen verzweifelt paddelnden Jungen, vielleicht hatte sie sich hingesetzt und erst ihr Kapitel zu Ende gelesen, ehe sie die Polizei angerufen hatte.

Es gibt, auf dieser grausamen Erde, gute Menschen.

Das Ufer war schon ganz nah, als die Sirenen drüben laut wurden. Wir kletterten an Land und stießen das Boot zurück auf den See und es trieb still davon.

»Wir sind in den Staaten«, sagte Hope.

»Ja«, sagte ich. »Aber wir müssen hier weg. Bis sechzig Kilometer nach der Grenze können sie dich ohne Asylverfahren zurückschicken.«

Hope nickte. »Komm«, sagte sie und nahm meine Hand. »Gehen wir.«

Fakten US-Grenze

Die Grenze zwischen den USA und Mexiko ist 3144 Kilometer lang. Die Einwanderung von Mexiko in die USA war bis zur Reform des Einwanderungsgesetzes von 1965 für Mexikaner legal, für Asiaten und Afrikaner praktisch verboten. Die neuen Gesetze sollten die Einwanderung fair regeln. Pro Land und Jahr durften 20 000 Menschen einwandern. So war das Kontingent für einwohnerstarke Länder wie Mexiko rasch voll, Mexikaner wanderten aber weiterhin ein: Plötzlich wurden sie zur »illegalen Invasion«.

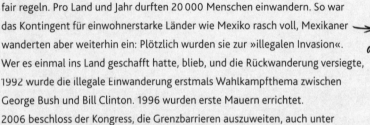

→ dringend in den USA gebraucht als Arbeitskräfte!

Wer es einmal ins Land geschafft hatte, blieb, und die Rückwanderung versiegte, 1992 wurde die illegale Einwanderung erstmals Wahlkampfthema zwischen George Bush und Bill Clinton. 1996 wurden erste Mauern errichtet.
2006 beschloss der Kongress, die Grenzbarrieren auszuweiten, auch unter Obama wurde der Grenzschutz stetig ausgebaut: Circa die Hälfte der illegalen Einwanderer wird aufgegriffen.
Immigranten weichen auf unwirtliche Steppen und Wüsten aus, in denen es weniger Kontrollen und keine Zäune gibt, die meisten verdursten.
Die Zahl der registrierten Todesfälle verdoppelte sich fast seit Beginn des Mauerbaus.
Donald Trump versprach den Ausbau der Anlagen zu einer insgesamt 32 000 km langen Mauer. Sie soll bis zu neun Meter hoch sein (die Berliner Mauer war vier Meter hoch). Die Kosten von 20 Milliarden Dollar sollen durch Einfuhrzölle und Visa von den Mexikanern bezahlt werden.

Hoffnung

In den USA regt sich zunehmend Widerstand gegen Abschottungspolitik und Mauerbaupläne.
Im Januar 2019 gab es den längsten Shutdown der Geschichte in den USA.
Die Demokraten weigern sich zunehmend, eine Mauer zu bauen. Kalifornien hat gegen die Mauer geklagt, weiterhin zeichnen sich juristische Probleme ab, da zum Bau Land der Tohono O'Odham enteignet werden müsste.

Fakten Klimatote

Bei klimawandelbedingten Todesfällen unterscheidet man zwischen direkten und indirekten Opfern. Zu den direkten Klimatoten zählen Menschen, die in Dürregebieten verdursten, verhungern oder durch fehlenden Zugang zu sauberem Wasser an Krankheiten wie Cholera sterben.

Auch die Verbreitung von Malaria und Denguefieber nimmt durch die Wärme zu, da die übertragenden Mücken in neue Gebiete vordringen können, dies fordert mehr Tote.

Menschen, die aufgrund von Hitzewellen an Herz- und Kreislaufversagen sterben (v. a. in westlichen Industrienationen), zählen ebenfalls zu den Klimatoten.

2015, 2016 und 2017 waren die drei wärmsten Jahre seit Beginn der Aufzeichnungen der Weltwetterorganisation vor 170 Jahren.

Zu indirekten Todesfällen zählen Opfer von Kriegen, die infolge des Klimawandels z. B. wegen Streit um Wasserrechte entstehen, sowie Menschen, die auf der Flucht aus ihrer nicht mehr bewirtschaftbaren oder überschwemmten Heimat sterben.

letztendlich auch der Syrienkrieg ... Hunger infolge von Dürren → Unzufriedenheit → Versuch, System zu stürzen → größere Härte des Systems bzw. Diktators → Krieg

Der finanzielle Schaden durch den Klimawandel ist leichter zu berechnen: Seit dem Jahr 2000 wurde ein Anstieg wetterabhängiger Katastrophen um 46 % beobachtet, hierzu zählen Stürme und Überschwemmungen.

Der Schaden (nicht eingerechnet Dürren, Missernten und Kriege) wurde z. B. für das Jahr 2016 auf rund 110 Milliarden Euro beziffert.

Hoffnung

Die technische Anpassung des Menschen an Klimaphänomene wie Hurrikane und Überflutungen steigt und es gibt heute weniger direkte Klimatote als noch vor zehn Jahren. Schwieriger wird es bei der Mangelernährung in Dürregebieten oder auf sinkenden Inseln. In einigen Ländern gibt es bereits staatlich finanzierte Umsiedlungsprojekte ganzer Dörfer.

Der Druck durch Masseneinwanderungen von Klimaflüchtlingen in den USA und Amerika könnte dazu führen, dass die theoretischen Pläne zur Emissionsreduktion endlich ganz umgesetzt werden.

INTO
THE BLUE

Ich bin bekannt für meine Ironie. Aber auf den Gedanken, im Hafen von New York eine Freiheitsstatue zu errichten, wäre selbst ich nicht gekommen.
George Bernhard Shaw

11

the sun
die Sonne

> Bildersuche Internet:
> Wildlife South Texas
> Falfurias ranches
> brooks county migrants

»Pause«, sagte Akash.

Mehr nicht, mehr konnte man nicht sagen, nicht, wenn man seit Stunden durch dieses Land wanderte, dieses Un-Land, trocken wie Staub.

Und obwohl es nicht warm war, jetzt im November, schwitzten wir von der Anstrengung unseres Marsches, als wäre die Sonne, die über uns stand, die einer Wüste.

Wir ließen uns neben einem der trockenen Dornenbüsche auf die Erde fallen und reichten die Wasserflasche herum, und einen Moment lang lag ich einfach da und war glücklich, mich nicht rühren zu müssen.

»Ich mag diesen Flecken Erde«, sagte Hope. »Nur genau den, auf dem ich liege. Nichts von dem drum herum.«

»Ich mag diesen Flecken Erde auch«, sagte Akash. »Er hat keine Begrenzungen. Wenn ihr uns nicht rausgeholt hättet, würden wir immer noch in diesem verdammten Stash House sitzen.«

Sie hatten Akash und Roshida nur gehen lassen, weil es Anweisung von ganz oben gab, aber vielleicht wäre es besser gewesen, dort zu warten. Mit einer Gruppe und einem Führer zu gehen, wie die anderen.

Nicht ganz allein.

»Ach was, die lassen die Schwächsten sowieso zurück«, hatte Akash gesagt. »Die, die das Tempo nicht halten. Wir sind nicht schnell genug für so einen Treck.«

»Ich bin schnell«, hatte Hope gesagt.

Akash hatte genickt und leise geantwortet: »Du ja. Roshida nicht.«

Jetzt saß sie neben ihm, in ihren inzwischen abgeschnittenen Jeans, und massierte ihre Füße. Die Blasen, die der Darién hineingefressen hatte, waren nie richtig verheilt. Die Füße waren entzündet und voller eitriger Wunden, es tat weh, sie anzusehen.

Ich schloss die Augen.

»Stellt euch vor«, sagte ich, »wie schön es sein wird, wenn wir um diesen Checkpoint herumgelaufen sind und in San Antonio ankommen. Wie grün das Gras in den Parks sein wird. Ich werde meine Eltern anrufen und noch mal um Geld betteln und wir werden uns ein Eis kaufen.«

»Erdbeere«, sagte Hope. »Faith mag am liebsten Erdbeere, also werde ich ein Erdbeereis essen.«

»Das ist sehr aufopfernd«, sagte ich.

»Warst du schon mal in San Antonio?«, fragte Akash.

»Nein«, sagte ich. »Aber es ist sicher wunderschön. Wir werden auf einer Bank sitzen, und Kinder werden auf der Wiese Ball spielen, und wir werden Wasser haben, soviel wir wollen, weil es einen Trinkwasserbrunnen im Park gibt ...«

»Es gibt Brunnen in den Parks? Und die Pumpen gehen?«, fragte Hope.

»Keine Brunnen mit Pumpe«, sagte ich. »Das Wasser kommt aus einem Metallteil, unter das man seinen Becher halten kann, oder seine Hände.«

»Das ist schön«, sagte Hope. »Das sollte es in Somalia auch geben.« Sie seufzte. »Na, da ist ja kein Wasser. Man könnte einen Brunnen haben, aus dem Staub kommt ... In Mexiko haben sie vermutlich Brunnen, aus denen Blut kommt. Da ist Staub besser.«

»War Mexiko schlimmer als Somalia?«, fragte ich.

»Es macht nichts«, sagte Hope. »Jetzt sind wir ja in Amerika. Auf US-amerikanischem Boden.«

Und ich dachte daran zurück, wie weit wir gekommen waren auf dem viel besungenen US-amerikanischen Boden, nachdem wir an Land gekrochen waren: fünfzig Meter.

Dann hatte sich auf der Straße am Ufer des Lake ein Motorengeräusch genähert und wir waren ins Unterholz gehechtet: Dornen, Schilf, hohes Gras, ein Paradies für Singvögel. Komisch, dass man an so was wie Singvögel denkt, während man mit jagendem Herzen am Boden kauert und versucht, nicht zu atmen.

Das Motorengeräusch erstarb. Der Wagen hielt direkt neben dem Gebüsch, in dem wir kauerten. Hope versuchte, tiefer hineinzukriechen, doch die Dornen waren wie Stacheldraht.

Schritte näherten sich.

Die Zweige wurden geteilt.

Da waren sie, die amerikanischen Grenzer. Ich hatte nicht einmal mehr genug Flüche übrig und deshalb schwieg ich.

Und sah auf. Ich sah in die Augen eines kleinen, gedrungenen Mannes mit Tarnjacke, einer militärgrünen Kappe und einer Waffe. Er musterte mich einen Moment lang, musterte Hope und fragte auf Englisch: »Bist du Mathis Mandel?«

Ich zögerte. Nickte dann. »Und das da ist das somalische Mädchen?«

»Nein«, knurrte ich, »das ist eine äthiopische Hauskatze.«

Der Mann sah irritiert aus. »Macht, dass ihr in den Wagen kommt«, knurrte er.

Die Waffe in seiner Hand war nervös und wir gehorchten.

Der Wagen war kein Militärfahrzeug, sondern ein einfacher dunkelgrauer, sehr staubiger Ford Kombi. Der Mann schlug die Türen hinter uns zu und musterte uns noch einmal, im Rückspiegel, an dem ein Rosenkranz und eine Marienfigur aus Plastik hingen.

»So«, sagte er. »Und jetzt erklärt mir mal, was ihr euch dabei gedacht habt? Hier sind überall Kameras, das ist vermintes Gebiet. Ihr könnt nicht einfach loslaufen. Ich hab Anweisung, euch in Empfang zu nehmen.«

»Moment, Sie ... Sie sind nicht vom Grenzschutz?«, stotterte ich.

»Das habt ihr gedacht? Idioten«, sagte der Mann. »Ich bringe euch ins nächste Stash House, da könnt ihr eure Freunde aufsammeln, ein Pärchen, richtig? Der Boss sagt, ihr sollt morgen weiter, special treatment. Die anderen halten sie wochenlang fest.« Er sah wieder in den

Rückspiegel. »Die Wunde da sollte versorgt werden«, sagte er zu Hope. »Was hat die Kleine angestellt?«

Hope drehte wortlos den Kopf zur Seite, sodass er mehr sah. Ein halbmondförmiger roter Streifen Fleisch mit geronnenem Blut zog sich dort entlang, wo die linke Ohrmuschel hätte sein sollen. Sie sah mich an, und ich dachte: Sie hat eben gelacht, jetzt fängt sie an zu weinen. Es lag alles in ihrem Blick, das Lachen, das Weinen, die ausgestandene Angst, die Schmerzen, die Hoffnung, die Erschöpfung. Ich dachte nur: Ich kann das nicht, ich kann nicht so viele Emotionen abfangen.

Aber sie weinte nicht, sah mich nur an, ernst und nachdenklich mit ihren dunklen Augen.

»Ich glaube, wir müssen nicht darüber reden«, sagte ich an ihrer Stelle, und sie nickte, und der Fahrer sagte: »Mexiko, oh Mann«, und schlug ein Kreuz.

Und Hope flüsterte: »Nein. Somalia. Aber es ist irgendwie alles das Gleiche.«

Dann lehnte sie ihren Kopf vorsichtig an meine Schulter und schlief ein.

So hatten wir Akash und Roshida wiedergesehen, so hatte ich gelernt, was ein Stash House war:

ein unmöbliertes Wohnhaus voller Menschen, die tagsüber beteten und nachts auf dem kahlen Boden schliefen. Sie warteten darauf, der nächsten Gruppe zugeteilt zu werden, die mit ihrem Coyoten loswanderte, in Richtung San Antonio.

Erst dort konnten sie Asyl beantragen.

Es gab in dem Haus ein Bad für vielleicht sechzig Menschen. Die Toilette war verstopft, aus der Dusche kam das Wasser in braunen Tropfen. Noch hier, auf amerikanischem Boden, hielten sie die Flüchtlinge zurück, quetschten sie aus, ließen sie für Mahlzeiten bezahlen, die man kaum so nennen konnte, ehe sie sie ziehen ließen.

Ich habe ein Foto von Akash, wie er zwischen apathischen, auf dem Boden hockenden Menschen steht und mich ansieht, ungläubig, glücklich.

Es war der Moment, bevor wir uns umarmten. Er war noch dünner als beim letzten Mal, aber in seiner Umarmung steckte die Kraft aller Felsen des Himalaja. Es war eine Urkraft der Hoffnung. Oder vielleicht war es die Kraft des Meeres, das er so unbedingt retten wollte.

»Wir gehen morgen los«, flüsterte ich mit einem Grinsen. »Sonderbehandlung.«

»Wie das?«, fragte Akash, genauso leise. »Bist du bei denen eingetreten?«

»Nein«, sagte ich. »Aber sie scheinen das Gefühl zu haben. Ich brauche ein Stirnband, um das Scheißtattoo zu überdecken. Ich hab einen Fluchtwagen gefahren und einer Handvoll Killer das Leben gerettet. Wir sind durch einen See aus Blut gewatet, um in dieses Amerika zu kommen.«

Neben uns hatte Roshida Hope in die Arme geschlossen. Sie weinte, als sie die Wunde sah.

»Ist nicht so schlimm«, sagte Hope wieder. »Man hört mit dem Innenohr, mein Vater hat es mir damals erklärt, wegen dem anderen. Es gibt einen Haufen interessanter kleiner Knochen im Schädel, die ...«

»Schhh, schhh«, hatte Roshida nur geflüstert. »Wenn du in den Staaten ankommst, machen sie dir neue Ohren. Sie können das, ich habe es gelesen. Sie machen sogar Nasen. Eine Frau braucht schöne Ohren.«

»Wieso?«, fragte Hope. »Ich will keine Ohrringe. Und ich will sowieso nie heiraten und einem Mann dienen und das alles.«

»Es ist unsere Bestimmung«, flüsterte Roshida.

»Mein Vater hat gesagt, wir bestimmen selbst«, sagte Hope.

»Guck dich doch an, ohne Kopftuch und mit abgeschnittenen Jeans«, meinte Akash zu Roshida und lachte.

Aber Roshida sah ihn ernst an. »Du weißt, dass ich nur so herumlaufe, um nicht aufzufallen.«

Und dann zauberte der Mann mit der Tarnjacke Desinfektionsmittel und Verbandszeug hervor, und ich hielt Hope, während Roshida und Akash die Wunde reinigten.

Sie wand sich in meinen Armen, aber sie schrie nicht. Sie wusste, es musste sein. Und ich dachte, dass ich sie so halten würde, wenn wir später bei einem Arzt waren, der den Verband wieder abwickelte und sie gegen Tetanus impfte. Ich würde sie immer halten, wenn es nötig war. Wenn sie sich auf dem Schulhof die Knie aufschlug. Wenn sie inlineskaten lernte und stürzte. Wenn …

Dann fiel mir ein, dass ich das alles nicht tun würde, weil ich längst in Québec wäre oder unterwegs mit einem neuen Projekt, wenn Hope begann, in Amerika zur Schule zu gehen.

Mr. Smith würde ihre Hand halten. Oder Mrs. Smith.

Ich hasste sie dafür.

»Wir müssen weiter«, sagte Hope. Und wir gingen.

Brooks County, Texas, ist eine Wüste. Die Ranches sind so riesig, dass die Ranger oft monatelang nicht an gewissen Teilen ihres Besitzes vorbeikommen. Das weite Land, der weite Himmel, sicher gibt es Menschen, die das alles lieben.

Ich zähle nicht dazu.

Kein Flüchtling tut das.

Die vom Stash House fahren einen ein Stück ins Land hinein, setzen einen ab und erklären einem den ungefähren Weg: Der letzte Inlands-Checkpoint ist Falfurrias. Hier wird der Highway minutiös kontrolliert, da musst du drum rum, in einem großen Bogen. Die, die durchkommen, sammeln die Coyoten hinter Falfurrias wieder auf und fahren sie nach San Antonio.

Wir versuchten es so, ohne Coyoten. Ich hatte mir die Karte des Gebiets noch im Safe House, wo es Netz gab, heruntergeladen, es war zu unsicher, sich auf die Internetverbindung zu verlassen. Die Frage war, wie sicher es war, sich überhaupt auf das Handy zu verlassen. Es hatte viel durchgemacht.

»Heute Abend«, sagte ich, »sehen wir den Highway wieder, dann wird es einfacher.«

»Klar«, sagte Hope, und dann gingen wir schweigend weiter durch das feindliche Land.

Agaven, Aloe, trockenes Gras. Kakteen, Dornenbüsche, Erde. Keine Flüsse, keine Seen, nichts. Mehr Agaven, mehr Kakteen.

Und dann die Zäune. Kein Mensch weiß, warum die Ranger auf dem eigenen Grund und Boden Zäune haben, irgendetwas trennen sie von irgendetwas ab. Akash sagte, vielleicht mochten sie Zäune einfach, immerhin war dies Südtexas. Sie hatten alle Trump und die Mauer gewählt.

Gegen Nachmittag machten wir keine Witze mehr.

Wir waren über zu viele Zäune geklettert.

Mein Handy, das uns hätte führen sollen, spielte verrückt. Ich hatte das Programm zur Ortung heruntergeladen, aber es ortete nur manchmal und gab widersprüchliche Informationen. Und ich hatte keinen Empfang, Google fiel also ebenfalls flach.

Ich erinnere mich, wie das Ortungsprogramm völlig aufgab, es war an einer Stelle, an der eine Aluleiter über einen Zaun führte. Daneben hing ein Rucksack aus pinkem Kunststoff, ausgeblichen von Wind und Wetter. Jemand hatte ihn hier zurückgelassen, um ihn nicht mehr tragen zu müssen.

Wir öffneten ihn nicht. Wir gingen auf der anderen Seite des Zauns weiter und fanden mehr: einen Haufen leerer weißer Wasserkanister unter einem alten, knorrigen Baum. Eine Mütze, die an einem Ast hing. Chipstüten.

»Das ist gut«, sagte Hope. »Das heißt, dass hier schon welche waren. Also sind wir auf dem richtigen Weg. Wir sind bald da.«

Wir gingen rascher, beschwingter. Roshida begann zu singen, und wir verstanden ihre Worte nicht, aber es war ein schönes Lied, fröhlich, voller Hoffnung.

»Was macht ihr, wenn wir da sind?«, fragte ich.

Akash zuckte die Schultern. »Wir gehen zur Polizei. Liefern uns aus. Sie können uns dann nicht mehr abschieben. Wir stellen unseren Antrag. Wirst du mit Hope auch tun, oder?«

»Nein«, sagte ich. »Diesen Antrag wird jemand anders stellen. Hopes Vater hat einen Freund in Dallas.«

»Hm«, sagte Hope, und plötzlich klang sie beinahe ängstlich. »Meinst du, er findet es okay, dass ich komme?«, flüsterte sie.

»Natürlich«, sagte ich. »Er wird vielleicht ein bisschen überrascht sein.«

»Ich weiß nicht, ob er mich erkennt … Damals hatte ich Zöpfe, viele kleine Zöpfe mit bunten Gummis. Ich sah sehr anders aus. Ich war hundert Jahre jünger. Also, von innen, irgendwie. Im Herz. Michael mochte die Zöpfe. Er saß mit uns im Hinterzimmer und hat sich angehört, was dort passiert ist. Sie kannten sich aus dem Studium, von früher, als mein Vater in Amerika war.«

»Dein Vater war in den Staaten? Und er ist zurückgegangen, nach Somalia?«

Sie nickte. »Ja, um da was aufzubauen. Weil irgendwer doch was aufbauen muss. Dann hat er Faiths Mutter getroffen, und dann, viel später, hat er angefangen mit den Buchläden.

Als es gut lief, hat er Michael geschrieben. Und Michael ist gekommen. Sie hatten sich lange nicht gesehen, zwanzig Jahre oder so, aber sie haben sich umarmt.« Sie seufzte. »Das war schön. Der dritte Buchladen war gerade eröffnet worden, der dritte Laden mit dem goldenen Kamel über dem Eingang. Es wurde ruhiger in Mogadischu. Ich saß den ganzen Tag im Laden und habe gelesen und manchmal habe ich die Leute beraten und Tee für sie gemacht. Ich konnte das, wie eine echte Buchhändlerin. Ich wünschte, Faith hätte mich gesehen.

Wir hatten sogar Musik aus einem kleinen CD-Player.

Stell dir vor, du stehst in Staub und Ruinen in Mogadischu und dann findest du diese Tür mit dem goldenen Kamel darüber und gehst durch und auf einmal bist du in einer anderen Welt. Stell es dir vor.« Sie sah mich eindringlich an. »Und da steht ein kleines Mädchen und fragt: ›Was kann ich für Sie tun? Wir haben fast das gesamte Wissen der Welt. Oder möchten Sie einen Roman? Eine Geschichte voller Helden und Liebe und Hoffnung?‹ Du setzt dich und trinkst Tee, und das Mädchen erzählt dir, wie wichtig Bücher sind, weil man nur eine Zukunft bauen kann, wenn man sie liest und etwas lernt. Dann fragt es dich, ob du ein Kind hast, und du sagst: Nein, und das Mädchen antwortet: ›Du kannst ja noch eins kriegen und mit dem Kind musst du unbedingt wiederkommen. Kinder sind nämlich wichtig, weil sie ein anderes Somalia machen können, später. Ohne Blut und Rache.‹

Der … mit dem Messer …« Sie schluckte. »Er hatte recht. Ich war ein Maskottchen der Buchläden und die Buchläden waren ein Maskottchen der Freiheit. Es waren ... Inseln. Friedensinseln. Wissensinseln. Die meisten Leute sind dumm, hat mein Vater gesagt, aber es ist nicht ihre Schuld. Man muss ihnen etwas beibringen. Vor allem den Frauen, weil die am wenigsten wissen in Somalia. Aber sie können lernen. Ich meine, es gibt Länder, da *regieren* Frauen!

Faiths Mutter war wahnsinnig schlau. Und ich ... ich wollte auch schlau werden. Ich wollte verstehen, wie alles zusammenhängt. Warum es die Clans gibt und den Krieg und kein Wasser.«

Sie seufzte. »Mein Vater und Michael ... sie wollten eine Art Partnerschaft aufbauen. Michael macht irgendwas bei einer großen Firma. Da ist eine Menge Geld drin, hat er gesagt. Magan Ali und er haben darüber geredet, wie es früher war, auf der Uni, als sie zusammen darüber nachgedacht haben, wie man die Welt besser machen kann ...

Und Michael hat gesagt, er hilft uns. Er war drei Wochen da, ist herumgefahren, in Begleitung natürlich. Du musst immer genug bewaffnete Leute dabeihaben. Am Ende hat er gesagt, er mag Somalia, und er hat im Hinterzimmer die Hände meines Vaters genommen und gesagt: ›Ali, in deinem Hinterzimmer ... hast du ein kleines Wunder vollbracht.‹ Und mein Vater hat ganz ernst geantwortet: ›Das Wunder vollbringt Hope, jeden Tag. Sie ist eine Quelle mit sprudelndem, kühlem Wasser, auch für mich.‹ Das war mir peinlich, es war natürlich Quatsch.«

»Hope«, begann ich vorsichtig. »Der Typ mit dem Messer hat gesagt, Magan Ali Addou hat Blut an den Händen ...«

»Er hatte ... was?«, fragte Roshida leise, furchtsam.

Hope blieb stehen, drehte sich um und sah mir in die Augen. »Mathis«, sagte sie eindringlich, »Magan Ali Addou war der wunderbarste Mensch der Welt. Du musst mir das glauben. Ihr alle. Glaubt ihr es?«

Ich nickte. Ich glaubte, dass Hope es glaubte.

Vielleicht hatte Magan Ali sie benutzt. Für etwas, das sie nicht verstanden hatte. Vielleicht hatte er einen Waffenhandel in seinen Hinterzimmern betrieben. In den Büchern Drogen geschmuggelt. Mit Menschen gehandelt. Niemand wird wegen ein paar bunter Buchseiten umgebracht.

»Er hatte nur Blut an den Händen, als er starb«, flüsterte Hope. »Sein eigenes.«

Und dann ging sie weiter.

»Aber ich verstehe nicht ...«, murmelte Akash. »Was ist in diesen Hinterzimmern *passiert*? Bei *was* war dein Mr. Smith dabei? Mit *was* wollte er helfen?«

»Na ja, da saßen sie alle an einem Tisch, hatte ich das nicht schon gesagt?«, fragte Hope. »Alle, das heißt, die Chefs der großen Clans. Und solche von der Regierung. Sogar von den Muslimbrüdern. Wegen ihrer Kinder, sie hatten alle Kinder.«

»Moment«, sagte ich. »Die ... verfeindeten Parteien von Somalia saßen im Hinterzimmer einer Buchhandlung an einem Tisch?«

Hope nickte, blieb aber nicht mehr stehen. Als wäre dies eher unwichtig.

»Ich meine, andere Organisationen wie ... die UN oder der Weltsicherheitsrat oder AMISOM, die Mission der Afrikanischen Union in Somalia, berufen riesige Konferenzen ein«, sagte ich, »aber irgendwer weigert sich immer, zu kommen. Und im *Hinterzimmer eurer Buchhandlung* saßen sie *alle* zusammen?«

»Klar«, sagte sie und zuckte mit den Schultern. »Immer dienstags. Sie sind nicht als Clanführer oder Religionsmänner gekommen, sondern als Menschen. So hat mein Vater es gesagt. Die Regierungsleute hatten immer am meisten Angst. Die zahlen Schutzgelder an die Clans, damit sie so tun können, als würden sie regieren. Die Angst voreinander mussten sie alle im Buchladen ablegen, keiner durfte sie mit ins Hinterzimmer nehmen. Da waren sie nur ... Eltern.«

»Aber worüber haben sie gesprochen?«, fragte Akash. »Über Kinderbücher?«

Hope lachte. »Nein, über die Zukunft, ist doch logisch. Darüber, wie es weitergeht mit Somalia. Und dass ihre Kinder alle ... dieses Wissen kriegen sollten, das in den Büchern steht, damit sie das Land besser ... regieren können. Ich meine, es *gibt* eine Uni, und es *gibt* Schulen in Mogadischu, aber niemand hat ... wie heißt das ... Zugang zu wirklich allem Wissen. Vor allem die Mädchen nicht. Wenn jemand will, dass sein Kind eine richtige Ausbildung bekommt, schickt er es ins Ausland, und die meisten bleiben dann da.

Die Leute im Hinterzimmer wollten eine Art ... *Sache* gründen, damit alle ihre Kinder alles lernen würden. Ich glaube, sie hatten es auch satt, Krieg zu führen. Sie haben gern darüber geredet, wie es wird, wenn sie das nicht mehr tun. Dass sie dann endlich Ruhe hätten und die nächste Generation dran wäre. Manchmal haben sie mich was gefragt. Erst nur so als Witz, sie haben gelacht. Und dann habe ich geantwortet und sie haben nicht mehr gelacht. Sie haben aufgeschrieben, was ich gesagt habe. Sie hatten zu viel Angst, ihre eigenen Kinder mitzubringen zu diesen Treffen, aber ich war da. Ich war das einzige Kind und deshalb haben sie mich gefragt.«

»Warte. Diese Sache, die sie gründen wollten, war das eine Schule?«, fragte ich, zunehmend verwirrt.

»Nee«, sagte Hope. »Es war mehr ... vielleicht eine neue ... Regierung.«

»*Bitte?*«

»Na ja, die in Mogadischu taugt doch nichts. Die hat nur was zu melden *in* der Stadt und da eigentlich auch nicht, und alle sagen, die ist von außen gesteuert. Und sie ist gegen die Clans und alles Alte, was ganz früher in Somalia war.

Mein Vater hat zu den Leuten gesagt, wenn man was Neues macht, kann das Alte trotzdem dableiben. Die Clans und die Brüder, es machten einfach alle mit. Sie wollten meinen Vater als eine Art, ich weiß nicht, Bürgermeister oder Chef oder ...«

»Regierungschef?«, flüsterte Roshida.

»Ja, aber er hat immer gesagt, er ist kein Politiker. Und sie haben viel darüber geredet, dass das, was sie machen, was eigenes sein soll. Ohne Amerikaner oder Engländer oder Italiener oder Kenianer, die wollten immer von außen Somalia organisieren. Das klappt aber nicht, weil sie Somalia gar nicht verstehen.

Deshalb habe ich mich gewundert, dass Michael dabei sein durfte, er war ja Amerikaner. Aber mein Vater hat ihn nur als Freund vorgestellt und ihm gesagt, er dürfte niemandem erzählen, was er im

Hinterzimmer gehört hatte. Und Michael hat es versprochen, ich meine, wem sollte er schon was erzählen, er kannte in Somalia ja keinen außer uns.«

»Okay, warte«, sagte ich. »Magan Ali Addou hat im Hinterzimmer seines Buchladens einen Putsch geplant.«

»Nee, ich glaub, so hieß es nicht«, sagte Hope.

»Einen Bildungsputsch der Eltern.«

»Das klingt wie ein Gericht.« Sie lachte, wurde dann ernst. »Mathis? Ich habe Hunger. Und fürchterlichen Durst. Es wird schon dämmerig. Wir ...« Sie verstummte.

Zeigte geradeaus.

»Diese Aluleiter sieht aus wie die vorhin«, flüsterte sie. »Und, Mathis, da hängt ein Rucksack am Zaun.« Sie drehte sich um und wir sahen uns an.

Und wussten beide, was das bedeutete.

Wir gingen im Kreis.

Ich holte tief Luft, und Hope sagte ganz schnell »Nicht fluchen« und dann: »Warum haben wir das nicht gemerkt? Mit der Sonne und den Himmelsrichtungen?«

Ich sah Akash und Roshida an, die hinter uns standen.

Keiner wusste eine Antwort.

In Brooks County muss es zwei Sonnen geben, zwei Sonnen oder mehr, aber kein Wasser. Wir kletterten zum zweiten Mal über die Leiter und suchten uns einen Platz für die Nacht.

Akash hatte im Stash House zu einem Wucherpreis zwei Dosen Baked Beans gekauft. Sie schmeckten nach einer neuen Angst. Unsere Wasservorräte waren bis zur Hälfte geschrumpft.

»Vielleicht regnet es heute Nacht«, sagte Hope und sah in den klaren Himmel, an dem die Sterne von Südtexas zu glitzern begannen wie Perlen. Keine Lichtverschmutzung hier.

Keine Zivilisation.

Keine Wasserpumpen.

Später las ich, dass März und November die Monate mit dem wenigsten Niederschlag in Südtexas sind.

»Akash?«

»Hm?«

»Du kannst auch nicht schlafen, oder?«

»Zu kalt. Alle sagen, dass es im Sommer zu heiß ist in Texas. Dass die Leute auf dem Weg am Hitzschlag sterben. Verdammt, ich wünschte, es wäre Sommer.«

»Als ich klein war, hatte ich eine Wolldecke«, murmelte ich, »sie war blau, mit weißen Sternen. Im Herbst saß ich mit meiner Mutter draußen auf der Veranda. Sie hat die Decke um uns beide gewickelt und wir haben heiße Milch getrunken.«

»Mit Ahornsirup.«

Ich lachte. »Kanada besteht nicht nur aus Ahornbäumen. Es ist auch kein Paradies mit ausschließlich netten, engagierten Menschen. Wir haben unsere First Nations genauso abgemurkst wie die Amerikaner. Wir zerstören unseren Sankt-Lorenz-Strom und in den meisten Provinzen ist Fracking immer noch erlaubt. Nix mit Ahornsirup.«

»Jetzt nicht diese Themen«, sagte Akash. »Ich mache mir wirklich Sorgen, Mathis.«

»Um die Welt?«

»Nein. Ich habe im Moment keine Zeit für die Welt. Ich mache mir Sorgen um sie.« Er nickte zu Roshida hin, die dicht an ihn gedrängt schlief, zitternd, aber zu erschöpft, um wach zu bleiben. »Um uns alle. Wenn wir es nicht schaffen …« Er verstummte. »Erzähl mir was Schönes, Mathis. Erzähl mir von der Sternendecke und von deiner Mutter.«

»Sie … ist Mathematikerin, und sie liebt die Sterne, weil man so viel über sie ausrechnen kann. Sie hat mir diese Dinge erzählt, als ich ein Kind war. Ihre Zahlenkolonnen waren mein Schlaflied. Sie hat immer alles ausgerechnet: wie viele Minuten Zähneputzen man pro Gramm nicht gegessene Süßigkeiten spart oder die Proportionalität von Blut aus Schürfwunden und geweinten Tränen. Die Größen sind erstaunlicherweise umgekehrt proportional. Sie berechnet auch meinen Vater und weiß meistens genau, was er als Nächstes tut. Als ich älter wurde, stellte sie fest, dass ich anders bin. Man kann nicht berechnen, was ich tun werde. Ich weiß es oft selbst nicht. Ich lasse mich treiben, ich will nicht sesshaft und berechenbar werden – keine Verantwortung haben. Wer Verantwortung hat, wird zu einer Zahl in einer Gleichung; kann sich nicht mehr rühren, ist eingeklemmt zwischen den anderen Zahlen.« Ich hole tief Luft. »Vielleicht sitzt meine Mutter gerade jetzt mit der blauen Sternendecke über den Beinen auf der Veranda und fragt sich, wo ich bin«, sagte ich. »Sie kann es nicht berechnen und das macht ihr Angst. Loszulassen macht ihr Angst.«

»Du hast keine Geschwister?«

»Nein. Ich glaube, meine Eltern fanden die Herausforderung groß genug, auf *ein* Kind aufzupassen. Sie haben eine Art ... verstärktes Sicherheitsbedürfnis. Die Großmutter meiner Mutter ist als Kind nach Kanada gekommen, aus Deutschland, sehr heimlich. Kanada wollte die Juden nicht haben, damals. Fast den ganzen Rest der Familie hat es erwischt. Jüdische Familien scheinen immer ein stärkeres Sicherheitsbedürfnis zu haben. Es hat irgendwann anfangen, mich maßlos zu stören, vielleicht ... bin ich auch deshalb gegangen.«

»Verstehst du sie jetzt? Deine Mutter? Nach allem, was du gesehen hast? Die Eingesperrten? Die Toten? Die Fliehenden?«

»Ich ... fange an, zu verstehen. Was ist mit deiner Mutter?«

»Sie macht sich auch Sorgen«, sagte Akash. »Sie wird nicht richtig schlafen, bis ich sie aus San Antonio anrufe. Sie ist winzig, eine winzige Person mit einem Gesicht wie der Vollmond und einem strengen Lächeln. Als Kind dachte ich, sie könnte sich groß machen, wenn sie wollte, größer als die ganze Erde. Ein bisschen glaube ich das immer noch. Sie kann um die Erde herumgreifen und mich in ihre Arme schließen. Wenn es nur eins ihrer Kinder rettet, kann sie die Sterne verschlucken.«

»Das Gegenteil meiner Mutter«, sagte ich. »Sie fühlt sich, glaube ich, immer machtlos.«

»Komisch«, sagte Akash. »Dass eine Frau, die so viel mehr besitzt, machtlos ist. Deine Mutter könnte notfalls überall hinreisen, mit dem nächsten Flugzeug ... meine kann nur die Augen schließen und sich zu mir denken.«

»Vielleicht ist sie gerade deswegen stärker«, sagte ich. »Du bist auch stärker als ich, Akash. Ich war nichts, vor dieser Reise, nur irgendein Typ mit einem Rucksack. Und du? Du warst alles Mögliche. Ihr habt so viel erlebt, so viele Probleme lösen müssen. Wir konnten immer alles haben, sodass *alles* irgendwann nichts mehr bedeutet hat. Ich glaube, es gibt bei uns viel mehr Menschen, die Angst haben. Obwohl es viel weniger Gründe gibt.«

»Oh, Gründe können wir ihnen mit der Zeit liefern.« Akash lachte. »Deine ganze Reportage. Wenn du sie jemals schreibst. Die kaputten Meere, die kaputte Erde … Und all die Leute, die deshalb zu euch kommen. Wir werden sie überrollen, wir werden sein wie ein Tsunami, egal, wie viele Mauern sie bauen und wie viele von uns sie hier verdursten lassen. Ganz Texas kann mit Leichen gepflastert sein, die Nächsten von uns werden darüber gehen. Aber lass die Flüchtlinge weg, es gibt auch so genug Gründe, Angst zu haben: allein schon die Tatsache, dass der Mensch sich immer weiter vermehrt. Irgendwann wird es nicht mehr genug zu essen geben, irgendwann wird das Wasser nicht mehr reichen. Da hast du deine Angstgründe.«

»Die meisten Leute im Westen denken viel eher über Selbstfindung und Zeitmanagement nach«, sagte ich. Und dann schliefen wir ein.

Wir schliefen nicht länger als ein oder zwei Stunden, dann gaben wir auf. Es war einfach zu kalt. Wir wanderten weiter, stolperten durch die Nacht, halb im Traum.

Niemand sprach.

Es war, als gingen wir durch eine Traumwelt, bläulich schwarz und silberweiß, eine wunderschöne Mondlichtwelt.

Aber ich begann zu begreifen, dass sie tödlich war.

Sie tötete nicht aktiv, sie ließ die Menschen, die sich in sie hineinwagten, langsam und qualvoll verenden.

Als die Sonne blass über den Novemberhorizont kletterte und die Wärme des Tages mitbrachte, legten wir uns auf den Boden und holten den Schlaf der Nacht nach.

Ich träumte vom Sankt-Lorenz-Strom. Ich stand mit meinen Eltern an seinem Ufer, draußen, wo er ins Meer mündet, und wir sahen im

Golf die Wale schwimmen. Es war ein wunderschöner Tag, kühl und windig, aber sonnig.

Dann merkte ich, dass wir auf einem Friedhof standen: Schlichte weiße Steinstelen erhoben sich auf einer grünen Wiese, es war die Sorte Friedhof, die keine Konvention kennt. Die Stelen wirkten neu, und ich wusste im Traum, wer darunter lag:

Es waren all jene, die es nicht bis hierher geschafft hatten, auch Akash und Roshida und Hope.

Eine tiefe Melancholie ergriff mich, und ich nahm die Hand meiner Mutter, doch sie fühlte sich überraschend klein. Da sah ich, dass meine Mutter sich in ein Kind verwandelt hatte, ein kleines Mädchen mit Zöpfen, und auch mein Vater war wieder sechs Jahre alt. Ich war jetzt der Erwachsene.

Die Elternkinder lachten und zeigten auf die Wale, und ich wollte ihnen sagen: Dreht euch um, seht lieber den Friedhof an! Aber ich schwieg.

Die Wale tauchten ab.

Und ich dachte, dass auch die Wale nie mehr wiederkommen würden, genauso wenig wie die Menschen unter den Kreuzen.

Als ich erwachte, war die Welt wieder grau und braun.

»Die Wüste in meinem Land hat viel mehr Farben«, sagte Hope. »Obwohl viel weniger wächst. Wenn die Sonne aufgeht, dann sind die Schatten gelb und grün, und wenn sie untergeht, sind sie lila oder rot oder blau. Und die Tücher und die Kleider der Frauen sind alle bunt.« Sie schüttelte den Kopf. »In der Erinnerung wird alles schöner, wahrscheinlich.«

»Wenn wir eines Tages dieser Erde Auf Wiedersehen sagen, wird sie nur schön gewesen sein«, sagte Akash und lächelte. »Nur grüne Zweige und freundliche Menschen.«

Roshida biss die Zähne zusammen und kam auf die Beine.

»Schluss jetzt mit den Grabreden!«, fauchte sie. »Weiter! Wir sind bald bei diesem Highway. *Bald.*«

Sie zog Akash wieder zu sich hoch, sie, die Schwächere, und wir wanderten weiter.

Wir wanderten und wanderten und wanderten.

Irgendwo im Busch raschelte das Leben neben uns her: Eidechsen, Käfer, Skorpione, Schlangen – manchmal sahen wir sie. Sie waren angepasster als wir.

Ich habe Bilder von diesen Tagen, Bilder auf dem Handy – die meisten überbelichtet von der fahlen Sonne: Schollen zerborstener, durstiger Erde, Dornbüsche, Kakteen. Einmal zwei Weißwedelhirsche, die vielleicht wussten, wo es Wasser gab, es aber nicht verrieten.

Akash und Roshida, die in dieser Wüste stehen und sich an den Händen halten. Sie lächeln nicht. Sie wissen auf diesem Bild, dass wir bald keinen Tropfen Trinkwasser mehr haben.

Das war zwei Tage nach Beginn unserer Wanderung.

Dann sind da Bilder von Hope mit dem schmuddelig gewordenen Verband um den Kopf. Hope, schlafend, auf der Erde. Wir hatten seit über achtundvierzig Stunden nichts getrunken als Tau.

Hope vor einem Kaktus, Hope vor einer riesigen Agave, die magere Hand um die Stacheln gekrümmt ...

»Verdammt, was tust du da?« Ich war mit einem Satz bei ihr. Sie löste die Hand von den Stacheln, ihr staubiges Gesicht schmerzverzerrt, und steckte die blutende Hand in den Mund.

Ich schüttelte sie, schrie sie an: »Was ist los? Warum verletzt du dich absichtlich? Hope? Hörst du mich?«

Sie rutscht weg, dachte ich, das ist der Wassermangel, sie rutscht in eine gruselige Sorte von Irrsinn.

Hope zog die Hand aus dem Mund und sah zu mir auf. »Nicht ... fluchen«, flüsterte sie. »Ich hatte nur ... solchen Durst.«

Ich starrte sie an, dieses zerbrechliche, dreckige Kind in meinen Armen. Sie versuchte, ihr Blut zu trinken.

Dies war der dritte Tag unseres Weges, der nirgendwohin führte.

Und ich wollte mich einfach auf den Boden fallen lassen, nicht mehr weitergehen, aufgeben. Aber ich war, wie in meinem Traum, der Erwachsene. Ich musste stark sein.

»Komm«, sagte ich. »Du schaffst das. Nur noch ein Stück, dann finden wir Wasser.«

Unzusammenhängende Gedanken in der Trockenheit: Irgendwann wird es überall auf der Erde so aussehen. Kein Wasser mehr. Keine Menschen mehr. Wenige Tiere. Wenige Pflanzen.

Ökologische Nischen in der Wüste. Vielleicht kann daraus etwas Neues entstehen. Oder nicht. Oder das letzte Leben stirbt auch. Nur der ruhelose Wind wird bleiben und sein altes, dummes, einsames Cowboylied singen, über den Felsen und den Sand.

Wir fanden die Hütte am Abend des dritten Tages.

Sie war wie eine Fata Morgana: eine Hütte aus einfachen Brettern mitten im Nichts, Zuflucht eines Rangers, davor alte Reifenspuren, ein Fahrweg.

Roshida blieb stehen und starrte die Hütte nur an, und dann breitete sich ganz langsam ein Lächeln über ihr Gesicht aus, wunderschön wie das Lächeln einer gemalten Heiligen. Sie streckte die Hand aus, vorsichtig, als könnte die Hütte verschwinden, wenn sie ihr zu nahe kam.

»Da gibt es Wasser«, flüsterte Hope.

Ich nickte nur.

Wir stiegen die beiden Stufen zur Veranda empor, die nicht mehr waren als ein paar Bretter vor der Tür. Dann drückte Akash die Klinke herunter. Die Hütte war abgeschlossen. Natürlich. Wir stemmten uns gemeinsam dagegen, es dauerte, aber dann schafften wir es und taumelten ins Innere der Hütte.

Sie war leer.

Oder: beinahe.

Da war ein wackeliger Tisch, zwei alte Stühle, ein Regal mit zerfledderten Taschenbüchern. Eine Amerikaflagge, mit Nadeln an die Wand gepinnt. Und ein alter Schrank, vollgestopft mit Werkzeug, Seilen, Gummistiefeln … Nirgends Wasser oder Nahrungsmittel.

Akash und ich gingen außen um die Hütte herum.

Keine Pumpe. Kein Brunnen. Keine Leitung.

Das war's, dachte ich, hier verbringen wir unsere letzte Nacht, danach gibt es keine mehr.

»911«, flüsterte Roshida. Wir saßen auf dem Boden unter der Flagge, und Roshida sah die Wand an und sagte noch einmal, lauter: »911.«

Erst jetzt sah ich, dass jemand etwas in die Holzbretter geritzt hatte, unter dem strahlenden Stars-and-Stripes-Banner: *911.*

Darunter, auf Spanisch:
Die letzte Zahl des Flüchtlings.
Wir geben auf. Zurück und leben.
Maria K. + Flores C., 21. 7. 2014

Ein Stück weiter hing ein angepinnter Zettel, eine herausgerissene Buchseite, fast zerfallen.
Sorry we broke the door and took the food and water.
They are coming for us now, with the Lord's help we will be safe.
2 girls from Honduras with no names.

Der, der die Tür repariert hatte, der Ranger vermutlich, hatte sich nicht die Mühe gemacht, den Zettel abzunehmen.

»Die waren alle hier!«, flüsterte Hope. »Der Weg ...« Sie hustete. »... ist doch ... richtig.«

»Nein«, sagte Akash kalt. »Er ist falsch und sie wussten es.«

Aber Roshida war mit einem Mal ganz aufgeregt, ihre eingefallenen Wangen schienen zu leuchten. »911, Mathis, dein Handy geht noch, wähl 911!«, flüsterte sie. »Das ist der Notruf in den USA!«

Akash und ich sahen uns an. Wir wussten beide, was es bedeutete, wenn ich 911 wählte.

Es bedeutete, dass wir aufgaben. Wenn sie uns mit der Polizei hier rausholten, innerhalb der 60-Meilen-Zone, wurden wir sofort zurückgeschoben.

»*Zurück und leben*«, flüsterte Roshida.

»Leben.« Akash schnaubte. Als ginge es darum nicht.

Aber er hinderte mich nicht, als ich das Handy herauszog und wählte. Drei Zahlen, die uns von der Rettung trennten. Von Wasser und Nahrung. 9. 1. 1.

Hope nickte. »Ich mag die Zahl«, sagte sie, kaum hörbar.

Ich spürte das Adrenalin durch meinen ausgelaugten Körper schießen und drückte auf *Wählen.*

Und dann warteten wir.

Das Netz war wackelig, funktionierte aber.

Das monotone Tuten in der Leitung fraß sich in mein Ohr. Sekunde um Sekunde, Minute um Minute. Ich stellte mir vor, wie das Telefon im weit entfernten Polizeiposten von Falfurrias klingelte, aber es war niemand im Raum, der es hören konnte. Der Dispatcher am Telefon hatte Feierabend, der Sheriff war unterwegs, um andere Menschen zu retten und gleichzeitig in Handschellen zu legen, irgendwo in diesem weiten, toten Land.

Ich unterbrach die Verbindung. Versuchte es ein zweites, ein drittes Mal.

Und dann zeigte das Display keine Balken mehr. Ich stand auf, hielt das Handy hoch, versuchte es draußen – nichts. Kein Netz. Und es kam nicht zurück.

»Du wolltest es nicht«, wisperte Roshida. »Du wolltest nicht rausgeholt werden.«

Sie funkelte Akash an, als sei er schuld daran, dass niemand das Telefon abgenommen hatte.

»Es tut mir leid«, flüsterte er und schloss sie in seine Arme. »Es tut mir leid.«

Und er streichelte ihr Haar und murmelte Worte wie ein Schlaflied, Worte in seiner eigenen Sprache, und Roshida legte ihren Kopf an seine Schulter und weinte trockene Tränen aus amerikanischem Staub.

Ich sah diese beiden an und sehnte mich mit einem Mal so sehr danach, jemanden zu lieben, und mehr noch, von jemandem geliebt zu werden, dass es tief in mir schmerzte, als schnitte mir jemand die Eingeweide heraus.

Wir würden hier nicht mehr rauskommen, und ich hatte nie erfahren, wie es war, zu lieben.

Ich hatte Florence nicht geliebt. Nicht auf die Art, auf die Akash und Roshida sich liebten.

Ich hatte sie gemocht, ihren Geruch, ihr hübsches Gesicht, ihre Stimme … Es war schön gewesen, sie zu küssen und mit ihr zu schlafen.

Aber alles Wichtige war nie Teil unserer Beziehung gewesen: Die Angst. Der Hunger. Die Hoffnung. Der Tod.

Damit blieb ich allein.

Florence war irgendwo an der Uni und baute sich ein Leben auf.

Ich fragte mich, was sie sagen würde, wenn sie erfuhr, dass ich nicht von meiner Reise zurückgekommen war: nicht viel vermutlich. Es würde ihr leidtun, und sie würde mit allem weitermachen. Und niemand, verdammt noch mal, *niemand* würde je die Bilder sehen, die ich gemacht hatte. Niemand würde je lesen, was ich hatte sagen wollen.

Auf einmal packte mich die Wut.

Ich wurde so wütend, dass ich die Kraft fand, mich aufzurappeln. Verdammt, ich würde nicht in dieser Hütte sitzen bleiben und mir selbst beim Sterben zusehen!

»Mathis!«, flüsterte Hope und streckte eine Hand aus, und ich zog sie auf die Beine. Wir stolperten gemeinsam in die beginnende Nacht hinaus, wo der kühle Wind uns zittern ließ, stützten einander wie Betrunkene, wussten nicht, wohin wir gingen, aber wir gingen zusammen.

Wir gingen an drei hohen Agaven vorüber, die Stachelarme ineinander verschlungen wie seltsame Kraken. Ihre hohen Blütenstände ragten über uns auf wie Fahnenmasten.

Wie ein Mahnmal.

In einer der Agaven hing etwas, bauschte sich im Wind, beleuchtet vom milchigen Mondlicht: ein altmodisches Stofftaschentuch mit eingestickten Buchstaben, vielleicht ein Glücksbringer.

Wie von selbst holten meine zitternden Finger das Handy heraus und machten ein Foto. Ein letztes. Dann sahen wir, dass hinter den Agaven im hohen gelben Gras etwas wie eine Mauer stand, die wir bisher übersehen hatten.

»Ein Brunnen«, flüsterte Hope. »Eine Pumpe. Wasser.«

Wir näherten uns den Mauersteinen stolpernd, langsam, doch schließlich standen wir davor.

Hope hatte recht. Die Steine fassten ein betoniertes Becken ein und darin stand eine Pumpe.

Ich griff nach dem Pumpenschwengel und bewegte ihn auf und ab, auf und ab – und das Metall ächzte und stöhnte. Aber es kam kein Wasser.

Erst als ich den Arm nicht mehr heben konnte, ließ ich los.

»Es tut mir leid«, flüsterte ich, wie vorhin Akash. »Es tut mir leid, Hope.«

Aber Hope sah mich nicht an, sie starrte auf den Boden hinter der kleinen Mauer, und jetzt drang auch zu mir durch, was dort lag: der Besitzer des Glückstaschentuchs, ein weiteres Glückskind. Er lag auf dem Rücken, halb unter trockenem Gras und toten Blättern.

Und dann kniete ich neben der Gestalt auf der harten Erde. Das Gesicht unter dem Baseballcap war nur noch ein mumifiziertes Abbild der Vergangenheit, ohne Augen, trocken und braun, die Haut wie Leder oder Pergament.

Hope tastete nach meiner Hand und drückte sie.

»Der hat keinen Durst mehr«, flüsterte sie. »Er ist jetzt wirklich glücklich. Allah holt uns alle zu sich. Er hat ein Paradies, mit Springbrunnen. Du wirst sehen.«

Es war erstaunlich, dass sie für alle diese Worte auf einmal wieder Kraft hatte. Es war, als hätte der Tote ihr Hoffnung gegeben, als hätte er sie befreit: vom Zwang, sich ans Leben zu klammern.

»Für mich ... ist kein Platz bei deinem Allah«, sagte ich. »Muslime hassen Juden.«

»Du bist doch kein Jude«, sagte Hope.

»Auf dem Papier ja«, sagte ich.

»Okay«, flüsterte Hope, »es ist okay. Ich bin auch nur auf dem Papier Moslem. *Er* hat gesagt, alle ... sollen sich mögen.«

Dann streckte sie die Hand nach dem Toten aus. Griff in die Tasche der Jeans, aus der die Ecke von etwas Hellem ragte: Dollarnoten. Ein ganzes Bündel. Sie steckte es in meine Tasche.

»Brauchen wir nicht, im ... Paradies«, wisperte sie. »Aber man weiß nie.«

Dann stolperten wir zurück zu der verlassenen Hütte, um näher bei Akash und Roshida zu sein, wenn wir ins Paradies gingen oder was weiß ich wohin.

Wir schafften es nur bis zur Veranda. Dort blieben wir liegen, Hope mit dem Kopf auf meiner Brust.

Und irgendwie, seltsamerweise, war ich zufrieden.

Selbst wenn keiner die Fotos sah, hatte ich mehr getan und mehr erlebt als der Durchschnittsbildungskanadier. Und es stimmte nicht, dass ich alleine blieb mit den wichtigen Dingen. Bei mir war ein tapferes, kluges, bissiges kleines Mädchen, das bis zum Schluss an meiner Seite gekämpft hatte.

Egal, was jetzt geschah.

Sie hatte gesagt, es wäre okay.

Bilder eines Deliriums:
Nacht, Blinzeln, Mond. Ein Geräusch. Ein Motor.
Ein staubiger, dunkler Land Cruiser vor der Hütte.
Es sitzt jemand darin. Sitzt mit den Armen an das Lenkrad angelehnt, hat das Fenster heruntergefahren, sieht uns an, still.
Das kann nicht sein.
Ein Mädchen, kurzes helles Haar. Hell wir ihre Haut.
Mondlichtweiß.
Und wieder Wegdämmern. Und noch ein Bild, viel später:
Das Mädchen steht jetzt vor dem Land Cruiser. Ein dünnes Mädchen in einer Softshelljacke, Skinny Jeans, Turnschuhen.
Sie steht nur da und sieht uns an. Ich kann mich nicht rühren. Keiner von uns wird sich je wieder rühren. Wir sind tot.
Abermals Schwärze, dann Chaos, bunte Lichter, das Erlöschen der Farben, eine nach der anderen geht aus. So ist es, wenn das Hirn abschaltet.
Eine Störung.
Eine Hand auf meiner Wange, warm und lebendig. Und etwas auf meinen Lippen. Wasser.
Nur ein Traum, natürlich.
Ich träume, dass ich die Lippen öffne und das Wasser auf meiner schweren, klebrigen, leblosen Zunge fühle, dass ich schlucke.

Es tut weh am Anfang. Dann geht es besser. Ich schlucke und schlucke und da ist mehr Wasser. Es ist ein schöner Traum.
Oder vielleicht ist es das Paradies.
Oder vielleicht, möglicherweise ... ist es real?

Ich schlug die Augen auf, endgültig diesmal.

Das Mädchen saß neben uns auf dem Boden, in der Morgendämmerung, auch wenn ich das noch nicht ganz glaubte. Vor ihr saß Hope.

Sie sah mich an, sah das Mädchen an und flüsterte: »Er sieht uns jetzt.«

Ich nickte langsam.

Das Mädchen runzelte die Brauen. Sie hatte ein herbes Gesicht, kantig, und ihr Blick war der einer Person, die sich häufiger Ärger einhandelt. Sie war vielleicht vierzehn oder fünfzehn Jahre alt.

»Okay, dann kümmer du dich weiter um den hier«, sagte sie zu Hope, ihre Stimme mehr ein Knurren, spröde wie die rissige Erde. »Ich geh nach da drüben.«

Es klang wie Routine in einem Krankenhaus.

»Mathis«, sagte Hope. Sie hielt eine durchsichtig blaue Wasserflasche in der Hand, und ich nahm die Flasche und trank noch mehr von dem Wunderbaren darin, und Hope sagte: »Langsam!«

Ich spulte die Bilder wieder ab, die in mir lagen wie Fotos unter Wasser: das Mädchen im Land Cruiser, das Mädchen auf der Terrasse. Ihr Zögern.

Wer war sie? Was tat sie hier?

Ich schloss die Augen und spürte, wie ich lächelte.

»Hope?«, fragte ich. »Ist das hier dein Paradies?«

»Nee«, sagte Hope. »Das ist ein anderes Paradies. Ich wusste es nicht, aber es gibt wohl mehrere.«

Als ich mich umdrehte, sah ich Akash und Roshida das gleiche Lächeln lächeln wie ich, das gleiche Wasser trinken. Nur aus einer anderen Flasche.

Das blonde Mädchen lehnte jetzt an der Kühlerhaube des Wagens, rauchte und sah woanders hin, aber auf dem Fußboden lag ein eingeschweißtes Sandwich. Als würde jemand versuchen, Tiere zu füttern, vor denen er Angst hat.

Die durchsichtige Folie des Sandwiches glänzte im Licht, nie war Plastikfolie so schön gewesen. Wir rissen das weiche Weißbrot in vier Teile und schlangen es hinunter, obwohl wir versuchten, langsam zu kauen. Ja, auch der Mensch ist nur ein Tier. Und schließlich kam ich irgendwie auf die Beine, um hinauszugehen zu unserer Retterin.

»Warte!«, sagte Akash heiser. »Ich glaube nicht, dass sie mit uns reden will. Sie hofft, dass wir gehen.«

»Schau, Mathis!«, flüsterte Hope. »Sie weint.«

Da sah ich es auch, ich sah, dass die Schultern des Mädchens zuckten, und ich ging hinaus und lehnte mich neben sie an die Kühlerhaube.

Eine ganze Weile schwiegen wir. Ich war so viel größer als sie.

Aber sie war viel größer als Hope. Sie steckte irgendwo zwischen Erwachsenwerden und Erwachsensein fest. Ihre Arme und Beine waren zu lang, ihre Brüste unter der sehr engen Jacke unnatürlich betont, sie trug einen Push-up-BH und ihre Lippen waren rosa nachgemalt.

Schließlich wischte sie sich mit dem Jackenärmel übers Gesicht, vorsichtig, um ihren Lidschatten nicht zu verschmieren, und klopfte eine neue Zigarette aus dem Päckchen. Hielt es mir hin.

»Zigarette?«

Ich schüttelte den Kopf. »Danke. Ich rauch nicht.«

Sie seufzte, als wäre ich ein hoffnungsloser Fall, kramte in der Potasche ihrer engen Jeans, fand einen Streifen in Silberfolie. »Kaugummi?«

Ich nickte und steckte den Streifen in den Mund und wollte »Danke« sagen, danke für alles, was sie getan hatte, für das Wasser, das Essen, dafür, dass sie uns gefunden hatte ... Aber ich kam nicht mal bis ans Ende des ersten »Thank you«. Sie unterbrach mich und auf einmal sprudelten die Worte aus ihr heraus wie ein Wasserfall aus kleinen spitzen Steinen.

»Verdammt, was wollt ihr alle hier?«, fragte sie. »Das Sozialsystem knacken? Ihr werdet doch sowieso alle zurückgeschickt, das klappt nicht, Mann. Ich wollte euch nicht treffen, niemanden. Seit Jahren lauft ihr hier durch und lasst euren Kram bei uns rumliegen, eure Kleider, eure Rucksäcke, eure Leichen. Mein Großvater hat dreizehn verdammte Leitern am Maschendraht aufgestellt, damit solche wie ihr die Zäune nicht dauernd zerstören. Wir haben uns an das alles gewöhnt, hey, wir gewöhnen uns sogar dran, dass ihr die Türen der Cabins aufbrecht. Aber das hier, das ist zu viel ... das ist nicht okay ... dieses Kind ... es sah halb tot aus, aber es hat geatmet ...« Sie heulte jetzt wieder. »Ich wollte es nicht anfassen! Aber irgendwas muss man ja tun, oder, wenn sonst keiner da ist, und dann hab ich dem Kind die Flasche an die Lippen gesetzt und ...«

»Danke«, sagte ich endlich.

»Spar dir deinen Dank!«, fauchte sie. »Glaub nicht, ich renn hier rum und rette Leute! Ich wollte hier raus und meine Ruhe.« Sie sah sich um. »Gottverlassenes Stück Land. Der Alte lässt mich den Land Cruiser nehmen, gibt 'n paar Cabins auf der Ranch, ewig weit voneinander weg, da schlaf ich manchmal.«

Ihre Hand, die die Zigarette hielt, zitterte.

Sie ließ sich am Auto hinuntergleiten, bis sie auf dem Boden saß, den Rücken gegen den Wagen gelehnt, und ich tat das Gleiche.

»Und jetzt hab ich euch am Hals«, sagte sie leise. Dann sah sie mich plötzlich von der Seite an. »Woher bist du?«

»Québec.«

»Wart mal, das ist ... Kanada.«

Ich nickte. »Hundert Punkte.«

»Kanada ... Mann«, sagte sie, fast ehrfürchtig. »Südtexas kannste vergessen. Was willst du da anfangen?« Sie schüttelte den Kopf. »Was *machst* du hier?«

»Was machst du denn hier?«, fragte ich und merkte, wie ich grinste. »Warum kommst du hier raus?«

»Ich bin Schatzsucherin.« Sie kramte nach einer neuen Zigarette, sah sich nach den anderen um. »Aber das bleibt unter uns, ja?«

»Klar.«

»Das erste Mal ... das erste Mal war Zufall. Mein Großvater hatte mich mitgenommen, als ich am Wochenende bei ihm war. Wir sind zusammen auf Kontrollfahrt gegangen im Süden der Ranch und dann haben wir Sachen gefunden. Kleider, die Migranten ausgezogen haben, weil ihnen zu heiß war. Und einen Toten, er hing im Zaun. Es war Sommer, vierzig Grad, der konnte nicht mehr. Der hat sich mit einer Drahtschlaufe selber erhängt, damit es schneller zu Ende geht. Da war ich zwölf. Mein Großvater hat ihn abgenommen und geflucht. Er hat Säcke dabei für so was. Er sammelt manchmal mehrere in der Woche ein. Ich hab den Rucksack von dem Typen aufgehoben. Und da hab ich das Geld gefunden, Dollarscheine. Und ein Stofftier, so einen alten Löwen mit Fusselmähne, vielleicht ein Glücksbringer. Mein Großvater hat gesagt, ich kann den Rucksack behalten, und ich … ich hab ihm nichts von dem Geld erzählt.«

Sie sah wieder in die Ferne, rauchend.

»Seitdem komm ich ab und zu raus. Man findet eine Menge: Geld oder Schmuck, einmal eine Uhr. Ich meine, die Leute brauchen das Zeug nicht mehr. Also wen juckt's, ob ich es nehme. Ich brauch Geld, ich will weg hier aus dieser Scheißeinöde. Irgendwohin, wo was geht. Abhauen.«

Ich lachte, es brach einfach aus mir heraus.

»Du lebst in den Vereinigten Staaten, wo sie alle hinwollen, und planst, abzuhauen?«

»Du haust doch auch ab.«

»Nein«, sagte ich. »Ich bin auf dem Heimweg, lange Geschichte.«

»Erzähl sie mir.«

»Nein«, sagte ich. »Andere Dinge sind wichtiger. Du weißt, wohin wir müssen. Um den Checkpoint Falfurrias herum, wieder zum Highway. Bis nach San Antonio.« Ich sah sie an. »Hast du eine Karte im Wagen? Wo sind wir?«

»Weit weg«, sagte sie und stand auf. »Von allem.«

Sie gab mir eine Hand und zog mich auf die Beine.

»So richtig fit bist du nicht, hm? Die da drin brauchen auch noch eine Weile, ehe sie irgendwohin gehen. Hör zu, ich hab noch mehr Essen im Wagen: Nudeln und Dosentomaten, und einen Campingkocher.«

Ich nickte, und wir luden die Sachen aus, einen ganzen Pappkarton voller Nahrungsmittel. Möglicherweise hatte sie nicht nur das Wochenende hier verbringen wollen.

Eine halbe Stunde später war Akash dabei, den Campingkocher in Gang zu bringen. Roshida und Hope saßen daneben und das Mädchen hockte auf der Kühlerhaube ihres Autos und sah zu.

»Ich heiße Akash«, sagte Akash und lächelte zu ihr hoch. »Und das ist Roshida.«

»Ich will das nicht wissen«, sagte das Mädchen. »Es gibt einen alten Spruch, von den Indianern: Wen du rettest, für den hast du Verantwortung. Vergesst es. Keine Namen.«

»Du hast auch keinen?«, fragte Hope und sah die Füße des Mädchens an, die vom Autodach hingen.

»Verdammt, wen interessiert das? Grace«, sagte das Mädchen. »Aber vergesst es. Ihr habt mich nie hier gesehen. Ich habe euch nie geholfen.«

»Hast du Angst?«, fragte Hope.

Dann nahm sie langsam den Verband ab, diesen schmuddeligen braunen Lappen, und ich sah, dass die Wunde verschorft war, aber die Wundränder waren rot und entzündet. Grace kramte hektisch nach einer neuen Zigarette. »Scheiße«, murmelte sie, »Scheiße, was haben sie denn mit dir gemacht?«

»Siehst du doch«, sagte Hope zu Grace' Fuß. »Guck ruhig. Es muss Luft ran, mein Vater hat immer gesagt, an Wunden muss Luft, aber das hat nichts mehr genützt, als sie reingekommen sind und seinen Kopf abgetrennt haben.«

»Hope«, sagte ich, auf Spanisch. »Hör auf.« Ich sah Akash grinsen. Es machte Hope Spaß, Horrorgeschichten zu erzählen.

»Warum ... wer hat ...?« Grace schüttelte den Kopf. »Okay, wir müssen das desinfizieren. Ich hab was im Auto.«

Ich habe ein Bild von Grace, die auf dem Boden der Hütte sitzt, in einem Lichtstrahl, der durchs Fenster fällt, Grace, US-Bürgerin, Zigarette im Mundwinkel – Grace, die dabei ist, einem kleinen afrikanischen Mädchen einen neuen Verband um den Kopf zu wickeln, die rosa geschminkten Lippen konzentriert zusammengekniffen.

Ich habe noch ein Bild von ihr. Von dem Moment, in dem sie aufsah und bemerkte, dass Roshida näher gekommen war, schüchtern: Roshida mit ihren blutenden, entzündeten Füßen.

Grace fluchte und brauchte zwei weitere Zigaretten, ehe sie es schaffte, sich die Füße anzusehen und sich um die suppenden, eiternden Wunden zu kümmern. Sie rauchte wie ein pensionierter Banker.

Und dann habe ich ein drittes Bild, darauf sitzen sie alle zusammen auf der schmalen Veranda und baumeln mit den Beinen. Grace sitzt zwischen Hope und Roshida, und beinahe, aber nur beinahe, lächelt sie.

»Kommt ihr deshalb her?«, fragte Grace. Später, als wir die Nudeln gegessen hatten. Sie nickte zu Hopes Verband hin. Hope zuckte mit den Schultern.

»Nicht, weil solche Sachen passieren«, sagte sie. »Nur, weil sie zu oft passieren. Weißt du was über Somalia?«

»Piraten, Erdöl, verrückte Neger«, sagte Grace. »Das würde mein Großvater sagen.«

»Und was würdest du sagen?«

»Nichts. Ich hab nicht zugehört, als wir das in der Schule hatten. Aber ich glaube, wir hatten es gar nicht. Zu weit weg, interessiert keinen.« Sie schüttelte den Kopf. »Die meisten, die hier durchlaufen, sind Mexikaner und Typen aus Honduras, El Salvador, Guatemala.«

»Wir waren da«, sagte ich. »Ja. Ich würde da auch weggehen. In Mogadischu stelle ich es mir fast einfacher vor. Mexiko? Vergiss es. Wir sind über einen Friedhof gegangen, nur so. War der falsche Friedhof, gehörte der Mara, das war's.«

»Das war's? Ihr seid hier.«

»Weil ich den Fluchtwagen in einem Bandenkrieg gefahren habe«, sagte ich. »Aber frag Hope nicht, was sie gesehen hat in der Nacht. Frag Roshida nicht, was die Zetas mit den Frauen gemacht haben in dem leeren Haus.«

»Frag nicht nach Orten wie Bangladesch«, sagte Roshida, es war ein Spiel. »Frag nicht nach dem Meer, das das Land auffrisst, nach der Wut der Menschen, nach dem Feuer.«

»Frag nicht nach den Bergen im Himalaja, die ich vermisse«, sagte Akash. »Frag nicht nach Leuten, die eingesperrt werden, weil keines ihrer Heimatländer sie haben will.«

»Okay, Mann«, sagte Grace. »Ich hab nur *eine* Frage. Hat einer noch 'ne Zigarette?«

Wir lachten.

Irgendwo im lebensfeindlichen Busch raschelte ein Vogel. Eine wunderschöne, graugrün schillernde Eidechse kam aus dem Unterholz, verharrte einen Moment auf Grace' Fuß in der pinken Kunstledersandale, bemerkte den Irrtum und huschte davon.

»Leben«, flüsterte Hope. »Es gibt überall Leben hier.«

»Natürlich«, sagte Grace leise.

Und dann schliefen alle wieder, immer noch erschöpft, zu satt, um wach zu bleiben, eingewickelt in Decken aus dem Land Cruiser. Nur ich war wach und sah Hope beim Schlafen zu.

Die Frage, wie es weiterging, schwebte über unseren Köpfen.

Grace hob kleine Steinchen auf und schleuderte sie ins graubraune Nichts. Vielleicht war das ihre Art, nachzudenken.

Schließlich stand sie auf und sah mich an. »Komm mit!«

Sie kletterte in den Wagen und ich erschrak. »Wohin?«, flüsterte ich. »Wir können die anderen nicht …«

»Wir kommen wieder«, sagte sie ungeduldig. »Steig ein.«

Sie startete den Motor, und ich dachte, die anderen müssten aufwachen von dem Geräusch, aber sie schliefen zu fest. Das Lenkrad sah in Grace' schmalen Händen zu groß aus. Sie trug neonfarbene Plastikarmbänder an beiden Handgelenken und ihre lackierten Nägel waren an manchen Stellen abgeknabbert.

»Wie alt bist du?«, fragte ich.

Sie schnaubte. »Sechzehn.«

»Niemals«, sagte ich. »Ich meine … dein Großvater lässt dich dieses Auto fahren?«

Sie nickte. »Er hat es mir beigebracht, da war ich zwölf.« Sie wendete den Wagen und ließ ihn die Sandpiste entlangkriechen, die sich kaum von der Umgebung unterschied. »Meine Eltern kann man vergessen, aber mein Großvater und ich, wir verstehen uns«, sagte sie. »Früher dachte ich, es wäre perfekt, hier draußen zu leben, bei ihm. Er ist wie … ein Teil der Natur. Kümmert sich um sein Vieh, um die Ranch, steht mit der Sonne auf und geht mit ihr schlafen. Aber es ist nicht mehr das Gleiche, seit er jeden Monat Bodybags nach Falfurrias bringt. Die Rancher sind die Totengräber von Amerika geworden, sagt er. Manchmal bringt er die Leichen gar nicht mehr weg. Die Natur erledigt sowieso den Rest, die Geier, die Ratten, was da alles im Busch lebt. Wenn er sie in Plastiksäcke steckt, werden sie auch nicht richtig begraben, irgendwo stapeln sie sie, und dann werden sie katalogisiert, wie Sachen in einem Museum, das keiner besucht. Und am Ende kriegen sie kleine graue Plaketten auf einem Friedhof, der keiner ist, ich war da, auf den Plaketten steht »female body« oder »unknown migrant«. Manchmal liegen verrottete Blumen daneben, aber komischerweise habe ich nie frische gesehen. Als wären sie nie frisch. Mein Großvater sagt, er würde auch nur seinen Grünabfall da drauflegen, was sollen die Toten damit. Und es ist genug Arbeit, die er umsonst macht, wenn er sie einsammelt. Er hat sie nicht gebeten, herzukommen. Jetzt sollte man doch denken, die Grenze wäre zu, mit Trump und allem, aber es kommen genauso viele Leute wie immer. Eher mehr. Vielleicht wird es anders, wenn die Mauer da ist.«

»Glaubst du, sie bauen die?«, fragte ich.

Sie zuckte die Schultern. »Keine Ahnung. Ich hau in die andere Richtung ab, mich geht das nichts an.«

»Wohin willst du?«

»Mal sehen, irgendeine Großstadt. Und dann weiter nach Norden. Erst mal Kanada und danach …«

Ich lachte. »Es *gibt* nichts mehr nach Kanada, nur noch Eis.«

»Kann vielleicht ganz schön sein«, sagte sie.

»Es ist ja auch nicht mehr lange da«, sagte ich, und sie sah mich von der Seite her an, während sie den Land Cruiser durch den Busch steuerte.

»Wieso, das weiß doch keiner. Vielleicht wird es wieder superkalt demnächst. Die ganze Klimawandelscheiße, Mann, alles frei erfunden.«

»Sagt wer? Dein Großvater?«

Sie nickte. »Und 'ne Menge andere Leute. Wir sind raus aus diesem Klimaschutz-Sonst-Was-Abkommen, kommt sehr viel billiger so. Hier in Brooks County gibt es 'n paar komische Demokraten, aber drum herum, Texas, das ist noch das echte Amerika, sagt mein Großvater. Wir lassen uns nicht verarschen. Die Russen zahlen auch nicht für irgendwelchen Klimaschutz, warum sollen *wir* zahlen?«

Ich schwieg eine Weile, sah ihr beim Steuern des riesigen Wagens zu. Dieser kleinen, seltsamen Person mit ihrem kurzen blonden, strähnigen Haar, welche die Worte ihres Großvaters ausspuckte wie eine Schallplatte.

Es war einer dieser Momente, in denen man denkt, man könnte sehr viel sagen, aber man weiß, man hat nur eine halbe Minute dafür, weil die Person, zu der man spricht, nicht länger zuhören wird.

»Was glaubst du denn, warum die alle kommen?«, fragte ich schließlich. »Die Leute? Was glaubst du, warum man in ihren Ländern nichts mehr anbauen kann? Warum sie verhungern und verdursten und es Kriege um das Land gibt, das noch fruchtbar ist? In Afrika zum Beispiel?«

»Da war es immer schon trocken.«

»Aber früher kamen keine Afrikaner her.«

»Doch«, sagte sie und lachte. »Als Sklaven. Da wusste noch jeder, wo er hingehörte. Mein Großvater sagt, es war einfacher.«

»Dein Großvater hätte gerne die Zeit der Sklaverei zurück? Ist das nicht ein bisschen sehr krass?«

Sie zuckte die Schultern. »Ich sag ja nicht, dass ich immer einer Meinung mit ihm bin. Aber nimm die Banden, von denen ihr geredet habt. Die mit dem Friedhof. Die haben doch nichts mit irgendwelcher Dürre zu tun.«

»Doch«, sagte ich. »Die Felder sind kaputt, die Leute ziehen in die Städte, die Städte sind zu voll, es gibt zu wenig Arbeit, zu wenig Geld, die Kinder leben auf der Straße und schon hast du deine Banden.«

Ich atmete tief durch. Das war eine ziemlich gute Zusammenfassung gewesen, auch wenn es ziemlich viele Faktoren außer Acht ließ.

»Es gibt einfach nur zu viele Leute«, sagte sie. »In den Städten und überall. Das ist das Problem. Und wir pumpen noch Geld in die Entwicklungshilfe, damit von den zehn Kindern, die sie in diesen Ländern kriegen, nicht acht sterben. Klar, dass das nicht funktioniert.«

»Sagt das dein Großvater oder sagst du das?«

Sie hielt an, obwohl ich nicht sah, wo wir angekommen waren, denn da war nichts.

»Ich sage das«, meinte sie. »Wir sollten die Leute verrecken lassen. Hier auch. Ende mit der Gesundheitsversorgung und dem Sozialkram und überhaupt allem. Menschen sind doch scheiße. Die Welt wäre besser dran ohne.«

Sie klang sehr verbittert, auf einmal, nicht wie vierzehn, sondern wie hundert.

»Aber wenn ... wenn niemand mehr gewaltsam sterben muss«, sagte ich. »Oder an einer Krankheit ... Wenn die Leute sehen, dass es nicht notwendig ist, acht, zehn, zwölf Kinder zu haben. Wenn alles so gut ist, dass es ausreicht, zwei zu haben. Dann sinken die Geburtenraten.«

»Das glaubst du?« Sie lachte. »Die Leute ficken trotzdem und für Verhütung sind sie zu blöd. Menschen sind schlimmer als Kaninchen.«

»Warte«, sagte ich, »Menschen sind scheiße, aber du glaubst nicht an den Klimawandel, den die Menschen verursachen. Du glaubst ...«

»Ich weiß nicht, was ich glaube«, sagte sie und ließ ihre Stirn gegen das Lenkrad sinken. So saß sie einen Moment lang, ganz still, atmete nur.

Dann hob sie plötzlich den Kopf, schüttelte sich und stieg aus. Ich stieg ebenfalls aus.

Sie setzte sich auf ein Stück von einem alten Viehgatter, das keine Funktion mehr erfüllte, und sah mich an. »Erzähl es mir.«

»Was?«

»Warum du mit diesem Kind reist.«

An dem Viehgatter lehnte ein Spaten.

»Unsere Geschichte fängt in Johannesburg an«, sagte ich und setzte mich neben sie. »Aber sie ist nicht schön. Oder, vielleicht doch, zwischendurch. Im Regenwald, als Hope das Faultier gestreichelt hat, war sie schön. Und auf dem Amazonas, mit den Flussdelfinen. Oder als uns die Kuna Tule aufgesammelt haben, im Darién. Die Nächte neben der Plantage, und die Farben in Todos Santos. Das war schön. Aber für den Rest ...«

»Erzähl«, bat sie noch einmal. Ihre Augen waren gierig nach der Ferne. Dieses Land war wie ein Käfig, in dem sie saß. Es machte sie bitter.

Und so erzählte ich. Ich zeigte ihr die Handybilder, die auch Agua gesehen hatte.

Auf den beiden Fotokarten waren mehr, ein Ozean aus Bildern, aber Grace reichten diese.

Sie wurde weicher, während ich erzählte, ihr Gesicht verlor seine Härte, ihre Stimme die Bitterkeit.

»Und du hast das alles gemacht, obwohl du es nicht musstest?«, flüsterte sie schließlich.

»Doch«, sagte ich. »Ich musste. Ich war ein Nichts, vorher. Verstehst du das? Wenn man ... Hopes Leben nehmen und auspressen würde, wie eine Zitrone, würde eine Menge herausfließen. Die Farben der Wüste. Angstschweiß, Blut. Die Worte der Bücher in den Buchläden des Magan Ali. Das Geräusch der Hubschrauber über dem Strand, als er losgerannt ist, um Faith zu retten. Und wenn man Akashs oder Roshidas Leben auspressen würde ... tausend Dinge würden heraustropfen. Hohe Berge und überfüllte Lager und Feuer und Hass und diese wahnwitzige Liebe ... Wenn man mein Leben auspressen würde, würde nichts herausgekommen – gar nichts. Ich habe nie etwas von Bedeutung getan.«

»Vor der Reise?«, sagte sie.

Ich nickte.

»Aber ... du hättest Bungee-Jumping machen können«, flüsterte sie und lehnte sich ganz leicht an mich. Sie war näher gerückt. »Fallschirmspringen. Tiefseetauchen. Wenn es nur um den Kick ging.«

»Es ging nicht um den Kick.«

Grace, die geschmolzene, weichere Grace, die auf seltsame Weise erwachsener aussah, nickte.

Ich spürte ihren warmen, dünnen Körper im kühlen Wind, und dann sprang sie von dem alten Gatter und zeigte vor sich, auf ein Grasfeld, in dem nichts war.

»Komm. Ich zeig dir was.«

Sie teilte das gelbe Gras und ich sah ein Kreuz aus einfachen Holzlatten. Darin eine Inschrift, sorgfältig mit schwarzem Edding geschrieben:

Maria Carmona, El Salvador,
15. 4. 1991 – about 23. 7. 2014

Direkt daneben gab es ein weiteres Kreuz:

Flores Cassilas, El Salvador,
02. 12. 1996 – about 23. 7. 2014

»Das ... das sind die Frauen von der Inschrift in der Cabin«, flüsterte ich. »Sie haben also umsonst 911 gewählt. Kommt denn keiner?«

»Doch«, sagte Grace und zuckte die Schultern. »Wenn es geht. Aber es gibt zu wenig Leute. Und viele Migranten finden sie nicht, wenn die ihre Koordinaten nicht genau durchgeben ...«

Sie watete weiter durch das trockene Grasmeer, zeigte auf Kreuz um Kreuz:

Jose Vargas, Honduras,
01. 09. 1997 – about 11. 06. 2015

Ali Ahmed and the little one, age about 2 yrs, Ethiopia,
01. 01. 1990 – about 31. 06. 2017

»Ich wusste ihren Namen nicht«, flüsterte Grace. »Sie hatte keine Papiere. Aber ich werde nie, niemals ›Undocumented migrant, female‹ schreiben.«

»Du hast sie begraben?«, fragte ich, und ich hörte meine Worte selbst kaum, der Novemberwind nahm sie mit.

Grace nickte.

»Sie sind nicht alle ... hier gestorben«, sagte ich.

»Nein. Die Ranch ist riesig. Ich habe den Land Cruiser. Ich wollte, dass sie einen Ort bekommen … für sich. Wo sie zusammen sind. Wenn ich sie finde, bevor mein Großvater es tut, begrabe ich sie. Manchmal auch, wenn ich sie finde, nachdem er beschlossen hat, sie nicht zu finden. Manchmal sind sie fast nicht mehr zu erkennen. Ich habe Gummihandschuhe. Mein Großvater weiß nichts von dem hier.«

Wir gingen weiter, an Kreuz um Kreuz vorüber. An manche hatte Grace Dinge genagelt, die sie bei den Toten gefunden hatte. Ich fand den zerfledderten Stofflöwen, von dem sie erzählt hatte. Und ein verblichenes Foto von einem Pärchen mit einem Kind.

Ich glaubte nicht, dass Grace' Großvater hiervon nichts wusste. Er musste den Friedhof entdeckt haben, auf einer seiner Kontrollfahrten.

»Bei wie vielen hast du was gefunden?«, fragte ich. »Ich meine … Geld?«

»Hab's vergessen«, sagte sie und zuckte die Schultern.

Sie konnte immer noch nicht zugeben, dass sie das hier nicht wegen des Geldes tat. Dass sie Mitleid hatte.

»Da liegt einer hinter der Cabin. Hinter den drei Agaven«, sagte ich und verschwieg das Geld. »Wir sollten ihn holen. Oder?«

»Mal sehen«, sagte sie. »Vielleicht … mach ich das lieber allein.«

Ich stellte mir vor, wie sie den Körper hinter den Agaven hochhob und in den Land Cruiser schleifte, einen Körper, der größer war als sie. Wie sie den Spaten packte und ein neues Grab aushob, sich mit dem Arm den Schweiß von der Stirn wischte, stumm und verbissen.

Es schien sie zu beruhigen, dass ich etwas tat, was genauso unsinnig war, wie die Leichen der Flüchtlinge zu begraben: mit den lebenden Flüchtlingen zu reisen. Was war das für eine Welt, in der man sich dafür rechtfertigen muss, zu helfen?

Ich habe ein Bild von Grace, auf dem sie vor einem toten Baum auf der rissigen Erde steht, eine alte metallene Milchkanne im Arm. Sie hat sie von einem Ast genommen, an dem sie hing.

»Lösch das!«, sagte sie. »Ich bin nicht fotogen. Schau lieber. Das hier … habe ich so gefunden. Ich habe die Kanne nur an den Baum gehängt.«

Sie griff hinein, und was sie herausholte, war ein Schädel.

Ein blanker Schädel mit hohlen Augen, der Unterkiefer mit Draht befestigt, vielleicht von einem der Zäune. Die Schädeldecke war merkwürdig rot, mit einem hellen Muster aus Tropfen und Punkten.

»Er hatte ein rotes Bandana um die Stirn, das hat abgefärbt«, sagte sie und hängte die Kanne zurück. Den Schädel stellte sie in eine Gabelung des toten Baums.

»Manchmal komme ich her und rede mit ihm. Er versteht mich. Er ist so weit gewandert, und dann ist er hier verreckt, und ein anderer hat ihn gefunden und in dieser Kanne begraben, einer, der vielleicht später auch verreckt ist. Ich … bin besser mit Toten als mit Lebenden. Tote erzählen keine schrecklichen Geschichten von Kriegen und Gewalt und Hunger. Sie betteln nicht. Und sie urteilen nicht. Ich bin umgeben vom Tod, hier, das ist … beruhigend. Ich meine, die Welt ist sowieso zu Ende, wenn man glaubt, was im Netz steht, Klima und alles. Ich lebe auf der letzten Kante. Scheißzeit, um geboren zu werden. Früher wäre besser gewesen.«

»Zu der Zeit, die dein Großvater gern zurückhätte, was?«, sagte ich. »Da hättest du die gelynchten Sklaven begraben müssen, die an den Bäumen hingen.«

»Aber die Welt hätte noch so viele Chancen gehabt«, sagte sie. »Das wäre schön gewesen. Und ich hätte ein langes Samtkleid getragen und Handschuhe und auf einer Veranda mit höflichen jungen Männern Champagner getrunken, im Sonnenuntergang.«

Ich wollte »Kaum« sagen, ließ es jedoch, denn auf einmal legte sie ihre Hände auf meine Oberarme, sah zu mir auf und flüsterte: »Überall ist Ende und Tod, aber manchmal ist so viel Leben in mir! Wenn ich genug Geld zusammenhab, bin ich sofort weg hier. Ich will die Stadt und meine Eltern nie wiedersehen. Fühl mal.« Sie nahm meine Hand, legte sie über ihr Herz. »So viel Leben!« Und sie öffnete ihre Jacke und legte meine Hand in den Ausschnitt ihres engen pinken T-Shirts. »Spürst du die Wärme? *Ich bin nicht tot.*«

»Nein«, sagte ich mit einem Lächeln. »Keineswegs.«

Da zog sie die Jacke aus und schlüpfte aus dem T-Shirt. Sie trug wirklich einen Push-up-BH, silberblau mit Spitze. Und sie stand vor mir in ihrer Skinny Jeans und dem BH, vor dem toten Baum mit dem Schädel darin. Ich hätte gerne ein Bild gemacht.

Sie nahm mein Gesicht zwischen ihre Hände und küsste mich auf die Lippen, trat zurück und betrachtete mich eine Weile. Ich sah an einer Seite ihre Halsschlagader pulsieren, rasch, aufgeregt.

Und ich spürte, dass mein Puls ebenfalls rascher geworden war.

Dieses verdammte kleine Mädchen, das da vor mir stand und versuchte, eine Frau zu sein. Sie hatte einen Plan gehabt, als sie mich zu ihrem Friedhof mitnahm, und er ging auf.

Der Push-up war grotesk, die Schminke dumm, aber irgendwie rührend. Ich schüttelte den Kopf. »Wie alt bist du wirklich?«

Sie antwortete nicht. Sie löste ihren Gürtel und öffnete die Jeans. Sie trug keinen Slip. Sie war vollkommen glatt rasiert.

»Ich will nur fühlen, dass ich lebe!«, wisperte sie.

Dann kam sie zu mir und zog mich zu sich herunter, wie Leute in Filmen es tun, und küsste mich richtig, und ich dachte: »Scheiße, du kniest auf dem Boden des möglicherweise konservativsten Bundesstaats von Amerika und küsst ein vierzehnjähriges Mädchen. Die knüpfen dich am nächsten toten Baum auf.« Und ich machte mich los, schwer atmend, und sagte etwas Dummes wie »Das ist nicht richtig«, und sie sagte: »Bitte. Ich hab ein Kondom.«

»Du spinnst«, flüsterte ich, aber sie hielt mich fest, ihre Nägel pressten sich in meine bloßen Arme, und dann ließ ich zu, dass sie das T-Shirt über meinen Kopf streifte und sich, samt dem absurden Pushup, an mich schmiegte, und irgendwie entglitt mir die Sache.

Ich dachte an Lizet im Darién. Ich dachte an Lydia in Nuevo Laredo.

Warum begegnete ich auf dieser Reise nur Frauen, die versuchten, mich zu überreden? Florence hatte das nie getan, ich war es gewesen, der mit diesen Dingen angefangen hatte. Aber die Frauen auf dieser Reise schienen das Heft in der Hand zu haben.

Sie wurden immer jünger, ich hätte darüber gelacht, wenn ich Zeit gehabt hätte, aber ich hatte keine, denn Grace war mindestens so geschickt wie Lizet, nur gelenkiger. Sie schloss ihre lollipoprosa Lippen um die Erektion, die mir peinlich war. Aber warum eigentlich?

Die hohlen Augen des Schädels sahen uns zu, die Grabkreuze zeigten stumm auf den fahlen Himmel, der Tod war überall. Und das hier war das Leben.

Wir feierten ein Fest des Lebens, mitten auf einem Friedhof, für die Toten.

Und es war … ziemlich akrobatisch und ziemlich emanzipiert und ungefähr das Gegenteil einer Dienstleistung wie die von Lizet und ungefähr das Gegenteil eines Befehls wie der von der Mara-Herzkönigin mit ihrem »Kopf ab« und jenseits von Liebe oder Verliebtheit und, um ehrlich zu sein, ziemlich gut.

Das Leben würde weitergehen.

Die Erde war kaputt, aber wir würden sie retten.

Es war nicht alles hoffnungslos.

Grace legte den Schädel zurück in die Milchkanne. Später.

Hängte die Kanne an den Ast, trat zurück und schlug ein Kreuz.

»Glaubst du an Gott?«, fragte ich, immer noch außer Atem. Müde.

»Es gibt nur einen Gott in Amerika«, sagte sie. »Der besteht aus Dollarnoten.«

»Und? Glaubst du an ihn?«

»Natürlich«, sagte sie.

Dann drehte sie sich um und musterte mich noch einmal.

»Du bist süß«, sagte sie. »Irgendwie. Sogar mit diesem rasierten Kopf und dem schrecklichen Tattoo. Aber du brauchst ein Stirnband, wie mein toter Freund. Ich hab so was im Wagen.«

Sie fuhr zurück und ich lehnte mich zurück auf meinem Beifahrersitz. Es hatte gereicht, den Fluchtwagen der Mara Salvatrucha durch Nuevo Laredo zu jagen, ich hatte für eine Weile genug vom Autofahren.

Als sie den Land Cruiser vor der Hütte abstellte, war alles still. Die Tür der Hütte stand offen. Und auf einmal packte mich die Angst.

Ich sprang aus dem Wagen und tauchte ins Innere der Hütte.

Sie waren weg. Sie waren aufgewacht und hatten geglaubt, ich hätte sie im Stich gelassen. Sie waren irgendwo da draußen im Busch, waren weitergewandert, ohne zu wissen, wohin.

Ich stand vor der Cabin und fluchte auf Französisch und Spanisch, und Grace lehnte am Wagen und rauchte, sehr gelassen.

Sie hatte es gewusst, dachte ich, vielleicht war das ihre Intention gewesen: Den Kanadier hatte sie entführt, und die, mit denen sie nicht reden wollte, war sie losgeworden.

Natürlich, sie mochte keine Menschen. Keine Lebenden.

»Mathis«, sagte sie schließlich und schnippte die Asche von ihrer Zigarette. »Falls du die da suchst ...« Sie nickte zur Seite hin.

Und da kamen sie: Hope, Akash und Roshida, sie kamen durch den trockenen Busch. Hope winkte mit einer Hand. Mit der anderen presste sie etwas großes Graubraunes an sich.

Dann rannte sie und dann stand sie vor mir.

»Wir haben ein Gürteltier gefunden. Ein verletztes Gürteltier!«

»Es hat eine Wunde an der Hinterpfote«, sagte Roshida, fast zärtlich.

»Hope hat es entdeckt und gefangen«, sagte Akash und grinste. »Als wir aufgewacht sind, war sie weg, aber dann haben wir sie gefunden, mit dem Vieh.«

Das Gürteltier sah uns aus winzigen, panischen Augen an und kratzte, um sich zu befreien. Es war nicht die Sorte, die sich zu einer Kugel zusammenrollt.

»Wir müssen helfen«, sagte Hope und hielt es Grace entgegen. »Du hast doch Desinfektionsspray und Verbandszeug, du kannst helfen.«

»Nein«, sagte Grace und rauchte weiter: »Kann ich nicht. Und das ist nur ein ganz normales Neunbinden-Gürteltier. Die sind nicht mal gefährdet. Lassen sich andauernd überfahren, weißt du, warum?« Sie schüttelte den Kopf. »Weil sie hochhüpfen, wenn sie sich erschrecken, und das ist ziemlich dumm, wenn gerade ein Auto über einem ist.« Sie lachte ein schroffes, kantiges Lachen, alles Weiche war wieder von ihr abgefallen.

»Klar hilfst du, nimm sie mal«, sagte Hope und drückte Grace das Gürteltier einfach in die Hand, sodass Grace die Zigarette ins trockene Gras fallen ließ. Akash trat sie aus.

Grace stand noch immer an das Auto gelehnt, jetzt mit dem Gürteltier im Arm.

»Verdammt, ich will dieses Teil nicht«, knurrte sie. Das Gürteltier hatte aufgehört, sich zu wehren, vermutlich stellte es sich tot.

»Sie mag dich«, sagte Hope.

»Woher willst du wissen, dass das ein Weibchen ist?«

»Sieht man doch«, sagte Hope. Und dann öffnete sie die Tür des Land Cruisers und kletterte hinein, um das Verbandszeug zu suchen. Grace mit dem Gürteltier kletterte ihr nach und schimpfte, dass Hope nichts in ihrem Auto zu suchen hatte, und ich wusste, sie würden das Tier zusammen verbinden.

Akash trat zu mir und fragte leise: »Ich dachte nicht, dass du zurückkommst. Ich bin aufgewacht, und die beiden Nordamerikaner und der Land Cruiser waren weg, die Weißen.«

Ich sah ihn nur an. Ich konnte ihm nicht erzählen, was gewesen war. Er würde es vielleicht gar nicht verstehen. Ich war mir sicher, dass er nie mit Roshida geschlafen hatte, aus tausend und einem Grund, Religion, Trauma, Würde. Was sie hatten, ging tiefer, vielleicht zu tief.

»Sie hat mir etwas gezeigt«, sagte ich schließlich. »Einen Friedhof. Ihren Friedhof. Sie begräbt die toten Migranten. Es ist seltsam, aber gut. Da hinter den Agaven liegt ein Körper, Hope und ich haben ihn gefunden. Sie will sich allein um ihn kümmern, aber ich denke, wir sollten ihr helfen, ihn zu den anderen zu bringen.«

Akash nickte langsam. »Und dann?«

Grace steckte ihren Kopf aus dem Land Cruiser. »Dann«, schnaubte sie ärgerlich, »fahre ich euch nach San Antonio, weil es gar nicht anders geht. Es ist zu weit, und ich hab keine Lust, beim nächsten Mal noch vier Körper hier durch die Gegend zu schleifen.«

Wie begruben den Flüchtling unter der Nachmittagssonne.

Hope sprach ein paar Worte auf Somali, Akash auf Nepali und Roshida auf Rohingya, es war die seltsamste Beerdigung, die ich je erlebt hatte. Wir wussten nicht, wie der Mensch hieß, den wir begruben, er hatte keine Papiere bei sich gehabt. Kein Telefon.

Vielleicht hatte ihm das schon früher jemand abgenommen.

Ich trug ein Tuch um die Stirn bei der Beerdigung, ein kitschiges dunkelblaues Cowboyhalstuch mit weißem Muster. Aber man sah den grinsenden Tod in der tätowierten Schrift auf meiner Stirn nicht mehr.

Im Wagen, auf der Rückbank, schlief das Gürteltier. Grace würde es mitnehmen in die Stadt, damit sich ein Tierarzt die verletzte Pfote ansah.

Sie wollte keinen Dank hören. Sie hatte gesagt, man könnte Neunbinden-Gürteltiere gut essen.

Hope hatte sie nur angelächelt. Sie wusste genau, was Grace wirklich meinte.

Und als Grace mit uns am Grab des unbekannten Flüchtlings stand und sich über die Augen wischte und etwas vom Staub murmelte, nahm Hope ihre Hand und drückte sie. Und nahm meine Hand und drückte sie auch, obwohl ich nicht heulte.

Ich konnte nicht heulen. Ich war zu froh, dass wir es geschafft hatten.

In der Erde von Brooks County, Südtexas, lagen viele tote Körper, aber unsere waren nicht dabei.

Fakten Klimawandelleugner

Klimawandelleugner sind z. B. Wissenschaftler, Pseudowissenschaftler oder Politiker, die von der fossilen Energiebranche (Erdöl) bezahlt werden. Oft nutzen sie aus dem Zusammenhang gerissene Daten aus Diagrammen. Zudem zählt die neue Klimaskepsis zu den Anti-Establishment-Schlachtrufen rechtsgerichteter Gruppierungen wie der AfD in Deutschland, der FPL in Österreich oder der Republikaner in den USA.

Einige amerikanische Thinktanks bringen gezielt Falschinformationen in Umlauf. Früher streute z. B. das Heartland Institute für Philipp Morris Zweifel an der Schädlichkeit des Passivrauchens, heute »widerlegt« es den Klimawandel und berät offiziell die Regierung Trump, die sich durch die Annullierung zahlreicher Umweltgesetze bemüht, den Profit der Großindustriellen zu sichern.

Hoffnung

Seit 2017 herrscht selbst in Russland, wo durch das Schmelzen der Permafrostböden ganze Stadtteile absacken, ein Konsens über den Klimawandel, und es gibt Pläne, Emissionen zu senken. Und trotz Trumps Abwendung vom Klimaschutz haben die USA im Jahr 2017 ihren CO_2-Ausstoß weiter verringert. Gefährdete Forschungsdaten wurden größtenteils dem Zugriff der Regierung entzogen.

Auch Vorbilder wie die 14-jährige Greta Thunberg, der seit Ende 2018 Tausende Jugendliche zu Demonstrationen gegen den Klimawandel folgen, machen Mut.

#FridaysforFuture

Fakten Überbevölkerung

Im Jahr 0 der christlichen Zeitrechnung gab es weniger als 200 Mio. Menschen auf der Erde. Mit der Industrialisierung (um 1900) wuchs die Bevölkerung schneller, noch rascher ging es, als ab 1960 durch die »Grüne Revolution« (Entwicklung von ertragreicheren Pflanzensorten und Anbau auf riesigen Flächen in Entwicklungsländern) der Welthunger besiegt zu sein schien. Doch durch monokulturellen

Anbau, Abholzung, Gift und Zerstörung der Lebensgrundlage von Kleinbauern hat die »Revolution« inzwischen vor allem Schaden angerichtet.

Inzwischen wächst die Weltbevölkerung »nur noch« annähernd konstant. 2020 wird es ca. 7,7 Milliarden Menschen auf der Erde geben.

Seit 2010 gibt es in weniger entwickelten Ländern Aufstände wegen Lebensmittelknappheit, der Arabische Frühling und das Erstarken des Islamismus ist unter anderem darauf zurückzuführen.

Zudem verursachen mehr Menschen mehr Emissionen und durch Anbau von mehr Nutzpflanzen auch mehr Abholzung. Die Überbevölkerung ist ein Hauptgrund für die globale Erwärmung.

Die ärmsten Länder verzeichnen das höchste Bevölkerungswachstum. Dazu zählen die afrikanischen Staaten südlich der Sahara, Pakistan, Bangladesch, Indonesien und die Philippinen. Am drastischsten wächst die Bevölkerung in den Slums der Megastädte. In ärmeren Ländern dienen Kinder einerseits als Altersvorsorge, andererseits verteufeln religiöse Organe den Gebrauch von Verhütungsmitteln. In vielen Ländern sind Frauen wenig aufgeklärt oder können sich keine Verhütungsmittel leisten. Die ständig wachsende Bevölkerung der armen Länder besitzt jedoch immer noch einen niedrigeren ökologischen Fußabdruck als die kinderärmeren Industrienationen.

[Randnotiz links: 2,14 Mio. haben keinen Zugang dazu!]

[Randnotiz rechts: streng muslimische Länder! Keine Familienplanung durch Frauen erlaubt!]

Hoffnung

Oft wird gesagt, Kinderreichtum würde zu Armut führen, tatsächlich ist es jedoch umgekehrt: Armut und mangelnder Zugang zu Bildung führen zu Kinderreichtum. Durch verbesserte Gesundheitsvorsorge, Förderung von Bildung und Selbstbestimmung von Frauen kann dem Kinderreichtum entgegengewirkt werden.

China reduzierte sein Bevölkerungswachstum durch die Ein-Kind-Politik, was zu überdurchschnittlich vielen Abtreibungen von Mädchen führte, inzwischen gibt es eine Zwei-Kind-Politik. Indien versuchte, auf dem Land die Versorgung mit Fernsehen zu verbessern, um eine Alternative zum Sex als Unterhaltung zu bieten, was tatsächlich funktionierte. In armen Ländern einfach Nahrungsmittel zu verteilen oder billig zu verkaufen, führt zu einer Abnahme der Landesproduktivität und Abhängigkeit. Den entsprechenden Ländern ihre eigenen Produkte zu einem fairen Preis abzunehmen, ist ein sinnvollerer Weg.

12

the blood
das Blut

> Bildersuche Internet:
> Dallas Downtown
> Preston Hollow
> White supremacists march
> Immigrants Trump

San Antonio: für mich keine Stadt, sondern nur eine Greyhound-Busstation. Wir aßen kein Eis im Park, irgendwie kam es nicht so.

Ich umarmte Grace vor dem hässlichen grauen Gebäude mit den seltsam abgerundeten Ecken.

Das ist alles, dachte ich, was sie tun, um die Welt zu verbessern: Sie runden die Ecken ab. Dann sieht man den Schmerz nicht so.

»Passt auf im Bus«, flüsterte Grace, ihr warmer Atem nahe bei meinem Ohr. »Die Border Patrols kontrollieren die Greyhounds. Versucht, unauffällig auszusehen.«

Sie küsste mich. Auf die Wange. Und rückte das Stirnband zurecht.

Dann kletterte sie zurück in den Land Cruiser, den sie sonst nur draußen auf der Ranch fuhr. Für uns hatte sie riskiert, erwischt zu werden, mit vierzehn, ohne Führerschein.

Die Ticketschlange im Gebäude war mit Absperrbändern garniert wie die Schlangen in Flughäfen, der Fliesenboden glänzte vor Sauberkeit, es roch desinfiziert, draußen wuchsen Wolkenkratzer.

Good bye, Central America.

Das Geld, mit dem ich die Tickets bezahlte, gehörte einem Toten in der texanischen Wüste.

Nachrichten flackerten über Bildschirme an der Wand. Wie lange hatte ich keine Nachrichten mehr gesehen? Vielleicht hatte die NASA einen bewohnbaren Planeten entdeckt, vielleicht war die Cholera in New York ausgebrochen.

Nein, alles, was sie brachten, war ein Einbruch und irgendwelche Twitter-Kommentare von Trump über etwas, das keinen interessierte.

Im Bus schlief Hope beinahe sofort ein, den Kopf auf meinem Schoß. Grace hatte uns die Decken geschenkt, ich deckte Hope zu und arrangierte die Decke so, dass man weder ihre abgerissenen Kleider noch den Kopfverband sah.

Die Grenzsoldaten stiegen tatsächlich ein, ehe der Bus losfuhr, und ich nickte ihnen freundlich zu: ich, männlich, weiß, Bildungsbürger, innerlich zitternd. Sie nickten zurück und gingen weiter. Hinter uns saßen Akash und Roshida. Ich wagte nicht, mich umzudrehen, hörte aber, dass die Uniformierten stehen blieben.

»Papiere!« Es war ein Befehl.

Scheiße.

»Keine Papiere? Nein?«, bellte die Stimme des Uniformierten. »Aufstehen. Name? Geburtsort? Antworten.«

»Das darf er gar nicht«, sagte jemand vor mir. »Er muss ihnen die Miranda Rights vorlesen. Sie haben das Recht, zu schweigen und den Bus zu verlassen.«

Ich drehte mich doch noch um. Es war nicht Akash, den der Uniformierte vom Sitz hochgezerrt hatte, es war ein kleiner dünner Afrikaner mit grauem Haar, der eine Plastiktüte umklammerte. Seine Antwort war so leise, dass ich sie nicht verstand, und dann führten sie ihn ab wie einen Schwerverbrecher, und ich begriff, dass er nicht mehr getan hatte, als illegal in dieses Land zu kommen, wie wir. Vermutlich hatte er eine ähnliche Reise hinter sich, ihm war nicht mehr an Gepäck geblieben als eine Plastiktüte und nun nahmen sie ihn mit.

Ich merkte, dass ich Tränen der Wut in den Augen hatte. Aber ich sagte nichts.

Roshida und Akash saßen wie erstarrt auf den Sitzen hinter uns. Sie waren nicht aufgefallen, Roshida mit ihrem offenen Haar und ihren abgeschnittenen Jeans, Akash mit meinem Outdoorrucksack auf den Knien.

Der Bus fuhr an.

In Dallas stiegen die beiden aus, um den Bus zu wechseln. Sie hatten noch zwanzig Stunden Fahrt vor sich, nach Chicago, wo es nach Akashs Recherche die größeren nepalesischen und Rohingya-Gemeinden gab.

Wir standen frierend in der Spätnovembernacht und umarmten uns, Akash und ich.

»Denk an meine Ozeane, ja?«, sagte Akash. »Vergiss sie nicht. Bei deiner Reportage über den kaputten Planeten.«

»Ja«, sagte ich. »Natürlich.«

Dann hob Akash Hope hoch und sagte: »Pass auf ihn auf«, und ich sagte: »Aber sie wird nicht mehr mit mir reisen. Sie ist angekommen, hier.«

Und Akash sagte zu Hope: »Erklär dem Dummkopf, wen ich meine«, und Hope sagte verschlafen: »Na, den Planeten.«

»Auf dich aufzupassen, Mathis, wäre sowieso ein Ding der Unmöglichkeit«, sagte Roshida freundlich. »Man kann dich nicht davon abhalten, dich kidnappen zu lassen oder im Dschungel verloren zu gehen.«

»Wir schreiben uns«, sagte Akash und hielt sein Handy hoch.

Dann stiegen sie in den nächsten Greyhound.

Hope winkte ihnen lange nach. Schließlich setzten wir uns auf eine Bank und wickelten eine der Plastikdecken um uns.

»Weißt du«, sagte ich, »ein Abschied heute ist eigentlich gar kein wirklicher Abschied. Es ist immer nur ein *Wir schreiben uns*. Vielleicht werden die Abschiede dadurch schlimmer. Weil man nie mehr wirklich Abschied nimmt. Weil kein Kapitel je abgeschlossen wird. Vielleicht stellen sie demnächst fest, dass nach der industriellen und der grünen Revolution auch die digitale Revolution eigentlich nur schädlich war, vielleicht …«

»Mathis«, sagte Hope leise, nahm meine Hand und sah mich an. »Das alles denkst du? So komplizierte Sachen?«

»Ich … nein«, sagte ich und schluckte. »Eigentlich denke ich nur: Scheiße. Sie sind weg.«

»Wenn du willst«, flüsterte Hope und kuschelte sich an mich, »kannst du mir ein bisschen die Hadley-Zelle oder die Ozeanversauerung erklären, während ich einschlafe. Vor morgens um sieben sollten wir niemanden in dieser Stadt aus dem Bett klingeln.«

Und ich strich ihr über den Kopf, auf dem die Locken nachwuchsen, und erklärte nichts, sondern schloss ebenfalls die Augen und rutschte in einen Traum: einen Traum von einem Kindergeburtstag, bei dem es bunte Papiergirlanden gab und Donuts mit blauem und rosa Zuckerguss. Hope stand auf einem Tisch, eine Pappkrone auf dem Kopf, und zwischen den Kindern stand ein hochgewachsener, ernster Mann und lächelte zu ihr hinauf.

Ich erkannte ihn, obgleich ich ihn nie gesehen hatte: Magan Ali Addou. Er hielt einen Stapel Bücher in der Hand.

»Irgendwie«, sagte ich zu ihm, »habe ich mir fast gedacht, dass Sie in Wirklichkeit noch leben. Und dass Sie hier warten. Machen Sie Ihren Putsch von hier aus? Von Dallas?«

»Ich habe nicht vor, zu putschen«, sagte er. »Ich will nur ein paar Dinge ändern. Die Welt muss damit anfangen, geändert zu werden.«

Dann drehte er sich um und war fort, verschwunden, wie bei einem billigen Zaubertrick.

Morgen in Dallas. Morgen in Amerika.

Hope saß neben mir und lächelte mich an, ein Stück Pizza in der Hand.

»Preston Hollow«, sagte sie. »Garrywood Road 21. Das ist die ganze Adresse.«

»Das ist … eine komische Art, Guten Morgen zu sagen«, murmelte ich, noch nicht ganz wach. »Woher hast du die Pizza?«

Sie zeigte auf den Mülleimer neben unserer Bank. »Da wäre auch noch ein halber Apfel und eine Zeitung, gerollt, fast neu.« Dann riss sie das Stück Pizza durch und gab mir die Hälfte. Meine erste Reaktion war, hineinzubeißen, denn dies war Nahrung und ich war hungrig. Die zweite Reaktion war, Hope zu sagen, sie sollte die Finger davon lassen, und die dritte Reaktion war, es nicht zu sagen und die Pizza zu essen.

Was die Leute alles wegwerfen.

Ich hatte das Handy in der Greyhound-Station wieder aufgeladen, und es spuckte brav Koordinaten aus, sogar Busverbindungen. Alles schien plötzlich zu einfach.

»Hör zu«, sagte ich. »Heute ist offenbar Samstag und die Busse fahren alle Stunde. Wir können in zehn Minuten zwei Straßen weiter in einen einsteigen, dann müssen wir einmal umsteigen und sind ziemlich bald da.«

Ein Schatten huschte über Hopes Gesicht. »Wir könnten auch erst ein Stück zu Fuß gehen und dann Bus fahren. Wir müssen ihn nicht zu früh wecken.«

Ich nickte. »Klar.«

Und sie schob ihre Hand in meine, und wir wanderten los, an den Straßen voller Autos entlang, den Blick zu den Wolkenkratzern erhoben, die silbern im Morgenlicht glänzten. Die Welt war auf einmal sehr hoch und sehr groß geworden und sehr hell, als sei man aus dem Schatten in die Sonne getreten. Die riesigen Glasfronten der Geschäfte waren faszinierend: mit ihren Kleidern und Möbeln und Schreibwaren und Uhren und Sportschuhen und Schmuck und Kunstgegenständen, faszinierend und beunruhigend.

Die Geschäfte hatten alle noch geschlossen, es war kurz vor acht.

Erst auf den zweiten Blick fiel mir auf, dass überall Lichterketten und bunte Kugeln in den Schaufenstern hingen, und ich brauchte einen Moment, um zu begreifen: Sie hatten begonnen, für Weihnachten zu dekorieren. Heute war, sagte mein Handy, der erste Dezember.

Hope presste die Nase ans Fenster einer Apotheke, hinter dem ein kleiner Schlitten mit einem dickbäuchigen Santa Claus unaufhörlich auf winzigen Schienen um ein Gebirge aus Halswehpastillen fuhr.

»Schööön«, sagte sie andächtig. Dieses Kind, das so viel Schreckliches und Bedeutendes gesehen hatte, dachte ich, so ungewöhnlich viel von der Welt bereits verstand, schmolz beim Anblick eines kleinen hässlichen Plastikweihnachtsmanns dahin.

»Ja, es ist ein bisschen wie in einem Hollywoodfilm«, murmelte ich. »Die enden auch immer an Weihnachten.«

»Faiths Mutter hat Weihnachten mit uns gefeiert.« Hope drehte sich zu mir um, strahlend. »Es gab eine Menge Essen und Kerzen. Ich meine, Kerzen hatten wir ja sowieso immer da, für Stromausfall, der war dauernd. Sie hat gesagt, in Norwegen fällen sie Tannenbäume und stellen sie ins Wohnzimmer. Verrückt. Einen ganzen Baum im Wohnzimmer! Oh, guck, da!«

Sie zog mich weiter, zum Schaufenster eines Modegeschäfts, in dem ein Weihnachtsbaum ständig und sinnlos von künstlichem Schnee berieselt wurde.

Wir wanderten durch eine Welt, die mir fremd geworden war, eine Welt, in der die sorgsam angepflanzten Bäume an der Straße Lichtergirlanden trugen, in der ein automatisches Rentier über einer Imbissbude »Jingle Bells« sang.

Alles um uns glitzerte und leuchtete, Schilder, Ampeln, digitale Reklametafeln. Ich hörte die Musik, die aus den Imbissläden auf die Straße fiel, spürte im Vorübergehen die Wärme eines Heizpilzes vor einem Donutladen – und versuchte, im Kopf zu überschlagen, wie viel Strom in dieser Stadt pro Minute verbraucht wurde, um den glitzernden Luxus unseres Jahrhunderts aufrechtzuerhalten.

Und dann die Autos, die sich als lange Blechkolonnen durch die Straßen schoben, geduldig an den Kreuzungen wartend, vibrierend vor Motorkraft …

Die ganze Welt bestand aus Energie und Plastik, eine Seifenblase aus gepresstem Erdöl.

Irgendwann würde sie platzen.

»Ist dir schlecht?«, fragte Hope.

Ich schüttelte den Kopf. »Ich … ich brauche ein paar Grashalme.«

»Kannst du haben«, sagte Hope. »Komm.«

Und sie zog mich weiter, hinein in einen Park, in dem ich aufatmete. Eine Mutter schob einen Kinderwagen vorbei, neben sich ein Mädchen in Hopes Alter, mit Zöpfen und einem hübschen dunkelroten Mantel über einem kurzen dunkelblauen Rock und karierten Strumpfhosen. Es war ein Mädchen mit dunkler Haut und schwarzen Locken, wie Hope.

»Ich könnte sie sein«, flüsterte sie.

»Wäre das nicht wunderbar?«, fragte ich. »Wenn dieser Michael Smith eine Frau hätte und ein Baby? Dann hättest du eine Familie.«

Hope schluckte. »Ich weiß nicht, ob sie mich haben wollen. Guck sie mal an und guck mich an.«

Ich sah sie an, das Glückskind mit dem schmuddeligen Verband und dem kurzen schwarzen Haarflaum, mit den zerschrammten Armen und Beinen, der zerrissenen, dreckigen Hose.

Und ich flüsterte: »Du bist so viel schöner als dieses Mädchen.«

»Hm«, sagte Hope.

»Und du hast doch selber gesagt, du willst vielleicht kein Mädchen-Mädchen mehr sein. Du kannst einfach neue Hosen kriegen und eine Jungsjacke.«

»Wirklich?«, sagte Hope, unsicher. »Aber vielleicht ist es falsch. Und vielleicht ist es sowieso besser, jetzt wieder ein Kopftuch zu tragen, wegen der Ohren.«

»Ich hab dir gesagt, das kann man reparieren.«

»Ja.« Sie nickte. Schluckte. »Aber ... Ich weiß nicht, ob ich das von mir aus kann. Ich meine ... noch eine Familie? Die vierte?«

»Vierte?«, fragte ich.

Sie nickte. »Zuerst die zu Hause, in der Wüste. Dann die in Mogadischu. Und dann du.« Sie nahm meine Hände in ihre. »Dich verliere ich auch. Wenn wir in den Bus steigen, der uns nach Preston Hollow bringt. Mein Vater wollte es, aber ...«

»Er hatte recht«, flüsterte ich, etwas heiser, »Magan Ali Addou hatte recht, mit allem. Es ist besser, wenn du zu Michael Smith ziehst und regelmäßig zur Schule gehst. Du musst nicht Teil seiner Familie werden, ihr könnt Freunde sein. Das schaffst du.«

»Okay«, sagte Hope.

Und dann gingen wir weiter, überholt von Joggern mit Schrittzählern und ergonomischen Wasserflaschen, vor einer Skyline aus glitzernden silbernen Architekturwundern. Auf die Straße am anderen Ende des Parks zu, wo der Bus halten würde.

Die Umgebung begann nach einer halben Stunde Busfahrt, anders auszusehen. Die Wolkenkratzer blieben zurück, Bäume reckten ihre Äste über die Straße, noch voller Herbstlaub, während in den Fenstern, lichterkettenleuchtend, schon Winter war. Dunkelgrüne, sorgsam beschnittene Hecken, verblichener dezembergrüner Rasen, so kurz, als wäre er künstlich. Ruhige Seitenstraßen, die Häuser darin aus Backstein, manche mit Türmchen und Erkern. Hier ließ sich die Luft besser atmen.

Es ist, dachte ich, ganz einfach, gesund und naturnah zu leben: Man kann Gesundheit und Natur *kaufen*. Man macht so viel kaputt wie alle anderen auch, aber da, wo man selbst wohnt, sieht man es nicht. Der Müll wird abgeholt und das CO_2 steigt nach oben.

Weg ist es.

»Weißt du, wir dachten wirklich, Mogadischu wäre ruhig geworden«, flüsterte Hope plötzlich, »und dann kamen sie und haben alles kaputt gemacht. Ich habe dir das ganz am Anfang erzählt. Wie ich mich hinter dem Regal versteckt habe. Ich stand da, an die Wand gepresst, und ich wusste nicht, warum. Warum jemand so wütend auf meinen Vater war und auf die Bücher. Was mein Vater wollte, mit all seinen Hinterzimmergesprächen, war Frieden. Und Selbstbestimmung, so hat er es gesagt. Wer kann denn gegen Frieden sein? Als sie weg waren und als eine lange Zeit vergangen war, bin ich aus meinem Versteck gekrochen. Sie waren weg, aber *er* war noch da. Er lag auf dem Boden, ich wollte nicht hingucken, aber ich musste. Da war so viel Blut und ... Fleisch. Sie hatten seinen Körper aufgeschnitten wie ... im Schlachthaus. Sein Kopf lag daneben, sein Kopf war noch heil. Es sah aus, als würde er die Bücher angucken, die auf dem Boden verstreut waren, all die Geschichten, all das Wissen.

Ich konnte ihn nicht anfassen. Ich konnte seine Augen nicht schließen. Deshalb habe ich alle Bücher geschlossen, die offen herumlagen, eins nach dem anderen, und die ganze Zeit über habe ich die Adresse vor mich hin gesagt: Garrywood road 21, Preston Hollow, Dallas, US. Garrywood road 21, Preston Hollow, Dallas ... Wie ein Gebet.

Als ich alle Bücher zugemacht hatte, bin ich rausgegangen, und ich dachte, dass jemand da sein müsste. Die Polizei. Immerhin gibt es ja theoretisch eine Regierung und eine Polizei. Bei Anschlägen kommen die auch, aber es war keine Polizei da, und ich habe kapiert, dass ich sie hätte rufen müssen. Aber das habe ich nicht getan.

Ich bin weggegangen, wie man weggeht, wenn etwas zu Ende ist. Ich habe mich zu den Leuten vom Clan meines Vaters durchgefragt. Manche wussten, dass ich nicht dazugehörte, und wollten nicht mit mir reden. Drei Tage später habe ich es geschafft, eine andere Familie zu finden, die wegwollte. Keine von den wichtigen Familien, die im Hinterzimmer eine Rolle gespielt hatten, einfach nur eine Familie vom gleichen Clan. Mit denen bin ich weg, zuerst mit dem Boot und dann weiter über Land, bis Johannesburg. Es war schwierig, und es hat gedauert, einmal haben sie uns auch ausgeraubt.« Sie lächelte. »Das war wie bei unserem Weg. Aber doch irgendwie ganz anders, ich meine, es war ja alles Afrika. Und so viel habe ich nicht mitbekommen von der Reise, ich war die ganze Zeit noch hinter dem Bücherregal. Ich habe mich immerzu gefragt, was passiert wäre, wenn ich mich nicht versteckt hätte. Ob ich ihm hätte helfen können.« Sie seufzte. »Aber er ... er hat sie gehört. Auf der Treppe. Und er hat gesagt: *Hope, versteck dich*. Er hat mir beigebracht, dass man selber denken und nicht immer gehorchen soll, aber in dem Moment hatte ich solche Angst, dass ich einfach gehorcht habe. Ich hätte ...«

»Unsinn«, sagte ich. »Was hättest du tun sollen? Sie mit bloßen Händen erwürgen? Es war richtig, Hope, Gehorchen ist manchmal auch richtig. Er wollte, dass du überlebst und dass du es nach Amerika schaffst, damit etwas von ihm bleibt. Und da bist du, in Dallas. Er wäre stolz auf dich. Nein. Er *ist* stolz auf dich.«

»Ich weiß nicht«, wisperte Hope. »Ich hoffe. In Mogadischu ... warten eine Menge Leute darauf, dass ich ankomme. Er hat ihnen gesagt, wenn etwas passiert, würde er mich losschicken hierher. Und wenn ich ankäme, wäre alles gerettet. Das ist natürlich Quatsch. Aber ich war immer sein Symbol. Sie müssen es erfahren, vor allem die von der Hinterzimmerrunde. Vielleicht ... treffen sie sich dann wieder. Vielleicht machen sie doch das, was er wollte: Eine neue Welt, für die Kinder.«

Ich sagte nicht: den Putsch. Und: Das ist eine verdammt gefährliche Idee.

Ich sagte seltsam feierlich: »Wir schreiben ihnen. Es gibt irgendwelche Plattformen, wir finden die. Magan Ali Addou ist nicht tot. Und seine Idee ist es auch nicht.«

Hope nickte.

Und dann mussten wir aussteigen.

Vor dem Haus: ein Stück Rasen, zwei Bäume mit weit ausladenden Ästen, grüne Schatten.

Das Haus selbst ohne Türmchen, weiß, geometrisch, schlicht. Modern. Bescheiden, aber nicht weniger wertvoll als seine Nachbarn. An der Tür ein Messingschild mit dem Namen SMITH.

Nur ein Auto auf der Auffahrt. Keine Familie, dachte ich. Familien in Preston Hollow haben zwei Autos. Eine dunkelgrüne Hecke teilte den Garten hinter dem Haus ab.

In den Fenster rote Papierherzen, die sich an weiß-roten Kordeln im Luftzug drehten. Sie wirkten ein bisschen selbst gebastelt. Das Plastikrentier mit den Blinklichtern im Blumenbeet war rührend in seiner Geschmacklosigkeit.

»Hier«, sagte Hope, ganz leise.

»Du musst zur Tür gehen und klingeln«, sagte ich. Wir standen noch immer auf der Straße.

»Aber du ... kommst doch mit?«

Alles in mir wollte sagen: Natürlich komme ich mit, ich komme mit rein und erzähle Michael Smith zusammen mit dir eine unglaubliche Geschichte, und ich bleibe ein paar Tage, ich bleibe, bis du dich eingewöhnt hast, bis ...

Aber ich wusste, dass das falsch war. Es ist schlimmer, ein Pflaster langsam abzuziehen.

Dies war der Moment, in dem ich loslassen musste. Es tat weh, das zu denken.

»Ich werde hier warten«, sagte ich. »Neben diesem Baum. Sehen, ob alles okay ist. Und wenn es gut läuft, dann lasse ich euch eine Weile allein, damit ihr euch kennenlernt. Ich sehe mir die Gegend an ... und komme zum Tee noch mal vorbei.«

Hope schluckte. »Okay«, sagte sie dann tapfer.

Wir wussten beide: Dort, in diesem Haus, wohnte der Mensch, der sie von jetzt an begleiten würde. Jemand, der besser Verantwortung tragen konnte als ich.

Ja, ich war ein miserabler Babysitter, das hatte ich oft genug bewiesen.

Ich zog Hope in meine Arme, drückte sie ganz kurz und sehr fest und schob sie dann auf das Haus zu. »Geh. Ich bleibe hier stehen, bis du drin bist.«

Da stand ich, im Schatten eines Baumes, der sich noch immer an seinen Dezemberblättern festklammerte, und sah über den kurz geschorenen Rasen. Und sah Hope auf die Tür zugehen.

Sehr langsam.

In Afrika klingeln die Leute nicht, sie zischen oder rufen, das wusste ich aus Johannesburg. Nicht mal das Fälscherbüro hatte eine funktionierende Klingel besessen.

Hope blieb also vor der Tür stehen und rief, höflich, leise, und ich dachte mit aufsteigender Panik: Ich hätte ihr sagen sollen, dass sie klingeln muss. Sie ist vollkommen unvorbereitet auf den Alltag.

Sie weiß, dass man in Mexiko in der Dämmerung nicht über Friedhöfe geht und dass das Trinkwasser knapp wird, wenn Konzerne ihre Monokulturen mit Pumpen bewässern. Und dass man sich festbinden muss, wenn man auf einem Zugdach einschläft, und was die Hadley-Zelle ist. Sie weiß, dass wir die Erde kaputt machen und wie man im Regenwald eine Hängematte aufhängt und dass Gürteltiere hochhüpfen, wenn sie sich erschrecken.

Aber sie weiß nicht, dass amerikanische Häuser Haustürklingeln haben.

Sie hat auch keine Ahnung, wie man sich in einer normalen Schule benimmt, was ein Pausenbrot ist oder ein Cheerleader.

Ich merkte, wie die Tränen in meine Augen schossen. Verdammt, wir waren die ganze Zeit zusammen gewesen, wochen-, monatelang, und ich hatte ihr nur die falschen Dinge beigebracht.

Dann ging die Tür auf. Vielleicht hatte Hope doch geklingelt, weil sie manches einfach so wusste, und ich hatte es vor lauter Sorge nicht bemerkt.

Die Tür ging auf, und darin stand ein hochgewachsener, aschblonder Mann in einem blauen Kapuzensweatshirt und Jeans, zwischen dessen Beinen eine weiße Katze hervorschlüpfte. Hope kniete sich hin und begrüßte zuerst die Katze, und das ließ die Tränen in meinen Augen über die Ufer treten, sodass ich mir mit dem Ärmel übers Gesicht wischen musste. Als ich wieder mehr sah, stand Hope aufrecht, jetzt mit der Katze im Arm, die sich an sie schmiegte, und sah zu dem Mann auf und sagte etwas, das ich nicht hörte. Und er sagte auch etwas.

Er, Michael. Michael Smith, Studienfreund des Magan Ali Addou.

Er hatte Hope erkannt, trotz des Verbands und ihres kurzen Haars.

Jetzt lächelte er, nahm Hope und die Katze in seine Arme und zog sie ins Haus. Ehe er die Tür schloss, sah er sich um.

Ich wusste, nach wem er Ausschau hielt, nach mir. Hope musste etwas über mich gesagt haben.

Ich trat hinter den Stamm des Baumes zurück. Ich wollte nicht, dass er mich sah und hereinbat, nicht jetzt, ich würde das nicht aushalten, diese Übergabe eines menschlichen Wesens.

Ich würde wiederkommen. Später.

Und Michael Smith zog die Tür zu.

Dann ging ich die Straße entlang. Allein.

Ich, im Besitz von 149 Dollar, einem Handy und zwei in der Hülle versteckten Fotokarten.

Ich, Mathis Mandel, Kanadier, männlich, weiß, ohne besondere Kennzeichen.

Aber nein, dachte ich, während die Dezembersonne meinen Schatten gleichgültig auf den Asphalt kritzelte. Das stimmte ja gar nicht mehr. Ich hatte eine Tätowierung der Mara Salvatrucha auf der Stirn, die Narbe einer Schussverletzung am Arm und die Figur eines Gefängnisinsassen. Und irgendwo in der Seele ein Loch in Form eines mageren kleinen Mädchens mit Kopfverband.

Die Garrywood Road beschrieb einen sanften Bogen zwischen den

Bäumen und Villen, und schon vor der nächsten Kreuzung wusste ich, dass ich nicht zum Tee zurückkehren würde.

Hope brauchte einen Neuanfang. Und der blonde Mann brauchte eine Chance, ihr Herz zu gewinnen.

Ich würde mich melden, eine Nummer finden, irgendwie – wenn ich zu Hause war.

Drei Stunden und eine planlose Wanderung später saß ich im Bus zurück nach Downtown, um mich in irgendein Café zu setzen, etwas zu essen und endlich meinen Eltern zu schreiben. Oder, möglicherweise, sie anzurufen. Ich war aufgeputscht von zu viel Adrenalin und gleichzeitig völlig erschöpft.

Dies war das Ende meines Projekts. Meiner Reportage. Ich hätte es feiern sollen.

Aber als ich schließlich ein Starbucks fand und mich an einen der kleinen runden Tische setzte, einen Milchkaffee und einen Bagel mit Cream Cheese vor mir, war mir nicht nach Feiern. Ich kam mir fehl am Platz vor, genau wie damals mit Florence in der Cocktailbar vor der Skyline von Johannesburg.

Ich hatte ausgerechnet, dass das Geld für die Heimreise, den Bagel und den Milchkaffee reichen würde, obwohl der Preis mir für einen Kaffee und ein Brötchen astronomisch hoch schien. Die anderen hier tranken ihren Kaffee vermutlich, ohne darüber nachzudenken. Der Kaffee kam aus Guatemala und hatte ein Fair-Irgendwas-Zertifikat, und ich fragte mich, ob das Zertifikat etwas bedeutete. Ob die Berge bei Starkregen abrutschten, da, wo sie den Kaffee anbauten, weil kein Regenwald sie mehr hielt.

Ob es Maya waren, die den Kaffee gepflückt hatten, und wie viele aus ihrer Gemeinde im Bürgerkrieg von den Amerikanern gefoltert und getötet worden waren. Und warum zum Teufel ich den Bagel in einer wiederverschließbaren Plastikverpackung bekommen hatte, die ich nie wieder verschließen wollte.

Und ob der Zucker im Zuckerstreuer aus Nicaragua kam und wie viele Arbeiter in diesem Jahr ausgemustert worden waren wegen schlechter Nierenwerte, um in ihren Hängematten langsam vor sich hin zu sterben.

Und die Leute um mich herum, ich war mir sicher, fragten sich das alles nicht.

Jeder Löffel Zucker war ein Mord. Jeder Tropfen Wasser fehlte irgendwo anders.

Ich legte den Kopf auf die Arme und blieb lange Zeit so, allein mit mir in der Dunkelheit.

»Hey«, sagte da jemand und berührte mich sacht an der Schulter, und einen Moment lang dachte ich: Hope. Aber natürlich war es nicht Hope, es war ein asiatisches Mädchen in meinem Alter, sehr gepflegt. Sie duftete nach irgendetwas mit Mandeln, es war mir fast unverständlich, wie jemand so sauber riechen konnte.

»Alles okay mit dir?«, fragte sie, ihr Akzent eindeutig amerikanisch.

»Danke«, murmelte ich. »Geht.«

»Du siehst total fertig aus«, sagte sie. »Schlechte Nacht gehabt?«

Ich sah an mir herunter. An meinen Kleidern. Meinem zu mager gewordenen Körper.

Immerhin hatte ich mich im Busbahnhof mit Akashs Rasierzeug rasiert.

»Ja, verdammt schlechte Nacht«, sagte ich. »Nur dass sie ein halbes Jahr gedauert hat.«

»Oh«, sagte sie. Ihre Hand auf meiner war klein und zart, das Mitgefühl echt. »Willst du reden?«

Sie war hübsch, sie sah klug aus und interessiert: Jemand, in den man sich verlieben könnte.

Aber ich wollte nicht reden, ich wollte mich nicht verlieben, ich wollte, dass sie ging.

»Du brauchst mehr als *einen* Kaffee«, sagte sie und schob mir ihren Kaffee auch noch hin. »Bist du wegen der Demo hier? Wartest du auf die anderen?«

»Die ... anderen?«

»Na, *ich* warte auf die anderen«, sagte sie. »Die Gegendemonstranten.«

Ich schüttelte den Kopf. »Ich sitze bloß zufällig in diesem Starbucks. Lange, lange, lange Geschichte. In einer halben Stunde bin ich auf dem Weg nach Québec.«

»Okay«, sagte sie und lächelte. »Update? Draußen marschieren gleich die White-Lives-Matter-Typen mit ihren Alt-right-Freunden, sie sind angemeldet, wie letztes Jahr, aber wir werden mehr sein.«

Und dann, als ich sie verständnislos ansah: »Dallas, Mann. Du bist in Dallas? 2018? Vor zwei Jahren haben wir protestiert, weil die Polizisten diese beiden Schwarzen erschossen hatten. Und dann hat bei der Demo ein Verrückter fünf weiße Polizisten erschossen und seitdem ist alles in Bewegung. White Supremacists gegen den Rest der Welt. Die würden gerne alle Schwarzen wieder brennen sehen.«

Ich nickte, und ich dachte mit einem sarkastischen halben Grinsen: fünf Polizisten, zwei andere. Was ist das schon? In Mexiko kostet ein Leben fünfunddreißig Dollar. In Kolumbien zwanzig.

Ich sah durch die Scheiben, und da fiel mir endlich auf, wie unruhig es auf der Straße war. Wie die Leute warteten, junge Leute mit Postern und bunten T-Shirts.

»Letztes Mal waren es viel mehr Gegendemonstranten als White-Lives-Typen«, sagte das Mädchen neben mir. »Aber die Rechten werden mehr. Sie sind mittendrin, diese ganzen Hasstypen, mitten in der Politik. Seit Trump. Jemand hat gesagt, Spencer wird reden.«

»Spencer ... wie in Bud Spencer?«

Sie schüttelte den Kopf. »Wie in Richard-Spencer-Erfinder-der-Alt-Right-Bewegung-geboren-in-fucking-Dallas? Nie gehört? Solche Leute muss man doch irgendwie stoppen!«

Sie hatte recht, natürlich hatte sie recht, aber mein Kopf dröhnte und ich hatte keinen Nerv für das hier. Keine Story, keine Bilder, danke.

»Ich bin aus Kanada«, sagte ich. »Wir haben da unsere eigenen rechten Figuren. Sie werden überall immer normaler. Das ist ein Problem. Aber heute löse ich es nicht.«

Ich stand auf, um zu gehen.

Ich wollte nur irgendwo sitzen und an Hope denken und mir darüber klar werden, was diese Reportage bedeutete und ob es sie überhaupt noch gab. Vielleicht wollte ich irgendwo sitzen und mich betrinken und heulen. Irgendwo, wo es keiner sah.

»Komm mit da raus!«, bat sie. »Marschier mit uns! Wir brauchen jeden.«

»Ja«, sagte ich müde. »Aber ich bin nicht jeder.«

Ich schob mich zwischen den Tischen durch und dachte, ich hätte ihr erzählen können, dass ich die letzten sechs Monate damit verbracht hatte, ein somalisches Kind zu retten, aber ich war mir gar nicht sicher, ob es nicht umgekehrt gewesen war. Und außerdem ging es sie nichts an. Zum ersten Mal dachte ich: Hope ist nicht Gegenstand einer Reportage. Mittel zum Zweck. Symbol. Ich werde sie nicht auf ein Plakat kleben und damit herummarschieren.

»Sie starten im Norden, tun sie immer, zuerst laufen sie durch Preston Hollow«, sagte das Mädchen neben mir, hartnäckig.

»Preston Hollow?«

»Ja, Villen und so, North Dallas, George Bush hat ein Häuschen da.«

Ich schloss die Augen und sah die weiße, flauschige Katze wieder vor mir, die Hope streichelte. Die Papierherzen hinter den Fenstern.

Und dann sah ich, vor meinem inneren Auge, eine Gruppe fahnenschwingender Menschen vorüberziehen, Menschen in weißen T-Shirts, über deren Köpfen Stars-and-Stripes-Banner wehten. Menschen, die das Land vor den Nichtweißen beschützen mussten, vor allem, was nicht zu hundert Prozent weißes Blut in den Adern hatte.

Wussten sie, dass die Flut erst kam, die wirkliche Sturmflut der Flüchtlinge, deren Länder nichts mehr zum Leben hergaben? Was würden sie tun, um diese Flut aufzuhalten, in ein, zwei, zehn Jahren? Sie niederschießen?

»In Preston Hollow sind sie ganz für sich, da gehen wir nicht hin«, sagte das Mädchen. Ich öffnete die Augen, ich hatte nicht zugehört. »Da stehen die Leute am Straßenrand und applaudieren. Seit Trump die Alt-Right-Leute salonfähig gemacht hat, ist es schlimmer geworden.«

Ich nickte langsam.

Und auf einmal hatte ich ein komisches Gefühl. Vage, irrational, aber nagend.

»Wenn du ein kleines afrikanisches Mädchen in Preston Hollow abgesetzt hättest«, sagte ich. »Bei einem Mann, den du nicht kennst …«
»Bei einem *was*?« Sie starrte mich entgeistert an.
»Bei einem Freund der Familie des Mädchens. Wenn du sie da abgesetzt hättest und gegangen wärst …«
»Du machst Witze«, sagte sie. »Niemand setzt ein kleines Mädchen bei einem wildfremden Typen ab. Nicht mal in Preston Hollow.«
»Nein«, sagte ich. »Nein.«
»Aber was für ein Mädchen denn?«, fragte sie. »Warum …?«
»Ich glaube, ich muss gehen«, sagte ich.

Eine halbe Stunde später saß ich wieder im Stadtbus nach North Dallas, plötzlich nervös. Nur nachsehen, sagte ich mir, ob alles in Ordnung ist, nur das …

Auch die Stadt wurde nervöser. Der Bus fuhr durch Viertel mit beunruhigendem Polizeiaufgebot.

Und dann sah ich die White-Lives-Typen aus dem Busfenster, hinter einer Straßensperre ein paar Hundert Meter entfernt: Sie waren übergewichtig und kahl geschoren und lösten vor allem eine Assoziation aus: Barbecue. Und: Bier. Die Flaggen über ihren Köpfen wirkten lächerlich.

Aber ich lachte nicht.

Da war jetzt eine blaue Wand aus Polizei mit Schutzanzügen und Schilden, man hörte Menschen Parolen und Gegenparolen und Befehle brüllen, selbst durchs Busfenster. Ich sah Leute, die versuchten, die Barrieren zu durchbrechen und an die Demonstranten heranzukommen, wütend, rabiat. Der Bus bog ab. Der Fahrer beschleunigte.

Eskalation lag in der Luft.

Aber wenn die Demo hier war, war sie nicht mehr in Preston Hollow. Hope hatte sie vielleicht gesehen und jetzt war es vorbei.

Alles war in Ordnung.

Und Preston Hollow war ruhig und friedlich.

Die Weihnachtsbeleuchtung blinkte lautlos, ein Plastikschneemann sang »Jingle Bells«, die Bäume standen stumm und ernst, eine pummelige junge Frau führte drei Hunde aus.

Und in einem der Bäume vor dem Haus Nummer 21 hing jetzt eine Flagge:

eine weiße Flagge mit einer hellblauen Taube und den Worten ALL LIVES MATTER.

Eine Protestflagge gegen die Demo. Vielleicht hatte Michael sie zusammen mit Hope in den Baum gehängt, vielleicht hatte er sie hochgehoben und sie hatte die Bänder verknotet …

Ich atmete auf.

Und dann sah ich den Zettel an der Tür. Weiß, handgroß, mit schwarzer Schrift. Ich ging näher, den geharkten, herbstblätterfreien Weg über den Rasen. *Hope*, dachte ich, sie hat einen Zettel geschrieben, weil ich gesagt habe, ich würde noch einmal zurückkommen: *Mathis! Wir sind was einkaufen. Warte auf uns.*

Aber der Zettel war nicht von Hope.

Und ich blieb stehen und starrte ihn an.

An Mathis Mandel,
Hope hat gesagt, du bist ihr Freund, und du kommst vielleicht vorbei. Wir hatten ein gutes Gespräch, und dann habe ich ihr Sachen von meiner Tochter gegeben und sie zum Umziehen ins Bad geschickt. Und sie ist abgehauen. Das Fenster stand offen, als ich nachgesehen habe, was sie so lange da drin macht. Ich mache mir Sorgen.
Ich bin los, sie suchen.
Ruf mich an.
Michael Smith.

Ich starrte die Nummer auf dem Zettel eine ganze Weile an und versuchte, meinen Herzschlag zu beruhigen. Versuchte, es mir vorzustellen: wie Hope die Sachen von Smiths Tochter anzog – er hatte also doch Familie – und sich im Spiegel ansah, wie sie vielleicht eine Person dort sah, die ihr Angst machte.

War sie vor dieser neuen Hope weggerannt? Vor der Zukunft, der sie nicht gewachsen war?

Ich zwängte mich durch die Hecke, hinter der sich ein weitläufiger

Garten erstreckte, und stand an der Seite des Hauses. Ich musste dieses Bad finden. Es sehen, um zu begreifen, was passiert war.

Meine Hände schwitzten. Mir war kalt.

Hope rannte da draußen irgendwo allein herum, in einer Stadt voller Polizei und Demonstranten.

Ich fand ein offenes, hohes Fenster, stellte mich auf eine kleine Steinmauer, die ein Blumenbeet umgab, und sah hinein. Da war es, das Bad: hellblaue Fliesen, Lämpchen am Spiegel, Parfümfläschchen, eine Kindershampooflasche in Form einer Meerjungfrau. Ein gelber Plastikkran. Eine rosa Bürste, eine Schale voller glitzernder Haargummis, die Badehose eines kleinen Jungen.

War es das gewesen? Zu viel Familie? Zu viel heile Welt?

Hopes zerrissene Hose und das dreckige T-Shirt lagen auf dem Boden, die ausgetretenen Billigturnschuhe daneben.

Warum hatte Smith das Fenster nicht wieder zugemacht? Und warum ging kein Alarm los, obwohl ich mich auf dem Grundstück befand?

Ich sah mich um. Doch, es gab Kameras, dezent verborgen. Eine war aus den Ästen eines Baumes auf mich gerichtet. Drinnen flackerte mein Bild über irgendeinen Schirm.

Aber alles blieb still.

Smith hatte das Haus verlassen, ohne die Alarmanlage anzustellen.

Ich ging weiter ums Haus herum: Büsche, Rasen, eine Hollywoodschaukel, ein Vogelhaus, dekoriert mit eine Girlande aus leuchtenden Santa Clauses.

Und dann hörte ich es.

Jemand lief drinnen auf und ab und sprach leise. Telefonierte vielleicht. Smith. Er war zurückgekommen.

Irgendwas war komisch.

Ich schlich mich durch die Büsche näher ans Haus heran, kam mir blöd vor und schlich trotzdem weiter: Da war ein gekipptes Fenster mit einem weiten Schacht dahinter, ich sah unten eine Art Korridor, weiß gestrichen, mit modernen gerahmten Bildern an den Wänden. Und dort lief der große blonde Mann auf und ab, den ich an der Eingangstür gesehen hatte, und redete. Eine der Türen, die vom Korridor abgingen, stand offen, dahinter sah ich die Umrisse mehrerer Heimtrainer.

Selbst der Keller dieses Hauses war ein Paradies.

Aber in diesem Paradies lief ein Mann umher wie ein Tier im Käfig und der Mann telefonierte nicht. Er sprach mit sich selbst.

Er gestikulierte, fluchte, hieb einmal mit der Faust gegen die Wand, zu fahrig, um an das gekippte Fenster zu denken. Er trug jetzt dünne Lederhandschuhe wie zum Klettern oder Golfspielen.

Ich drückte mich an die Hauswand und versuchte, ruhig zu atmen.

»… natürlich verstehst du das nicht«, sagte der Mann drinnen. »Wie auch, und jetzt sitze ich mit dem Problem da, verdammt, ich wollte nicht, ich kann nicht … doch nicht selbst! Morgen sind die Kinder und Grace wieder da, bis dahin muss ich es gelöst haben, aber wie soll ich … Und du hast wirklich gedacht …« Ein Lachen, irgendwie verzweifelt. »Natürlich! Natürlich haben wir so getan! Was ist dein geliebter Ali bloß für ein naiver Dummkopf gewesen! Ich war mir sicher, er hätte es durchschaut, aber dann … oh, Scheiße! Und dann kommst du, mit deinem ernsten Blick und deinem verdammten Kopfverband und sagst mir, ich soll dir helfen, das ins Netz zu stellen! Gerade ich! Das goldene Kamel ist angekommen, yippie! Mann, wen interessiert ein Kamel, ein Kamel aus Blech? Fucking nobody!«

Ich begann, zu begreifen, dass er mit Hope sprach. Aber wo war Hope? War sie doch nicht weggelaufen? Und was zum Teufel bedeutete …?

Da war ein komisches Geräusch, ich beugte mich vor und sah, dass er stehen geblieben war und seinen Kopf gegen die Wand schlug. Er schien vollkommen aufgelöst zu sein.

»Vielleicht könnte ich dich einfach laufen lassen, klar, kein Hahn würde danach krähen«, sagte er, leiser, »die haben in Mogadischu ganz andere Probleme!«

Mir wurde kalt. Etwas stimmte nicht. Nichts stimmte.

Jetzt ging er wieder auf und ab, und dann blieb er vor einer der Türen stehen, neben einer weiß lackierten Kommode, mit mehreren großen, blank polierten Trophäen für irgendwelche Sportereignisse.

Und auf einmal hielt er etwas in den Händen, etwas Schwarzes, Glänzendes. Richtete es auf die Tür. Ließ es sinken.

Ich presste mich wieder an die Wand neben dem Fenster, mir war schwindelig.

Eine Pistole. Smith stand da unten und hielt eine Pistole in den Händen. Und hinter der verschlossenen Tür war jemand.

Nein. Unsinn.

Doch.

»Hörst du mich?«, rief er jetzt. »Verdammt, hörst du mich überhaupt? Ich bin hier draußen, ganz allein. Ich muss das Richtige tun, aber ich kann nicht! Was ist, wenn es doch einen Unterschied macht? Wenn die in Mogadischu mitkriegen, dass du es geschafft hast, und ihnen das Aufwind gibt? Und das Märchen von einer neuen Regierung wird doch noch wahr? Alle zusammen, an einem Tisch? Niemand hätte das gedacht.«

Er lachte kurz auf – oder war es ein Schluchzen?

»Es geht um Erdöl, kapierst du?«, sagte er, leiser. »Nein. Ich erkläre es dir. Damit du verstehst, warum ich das hier tun muss.« Er schluckte, schien sich zu sammeln. »Die Erdölrechte in Somalia gehören uns. Seit Siad Barré. Er hat die Verträge unterschrieben, damals, als er noch Präsident in Somalia war. Danach hat niemand danach gefragt, sie hatten immer alle damit zu tun, sich gegenseitig die Köpfe einzuschlagen. Die Clans und Warlords und die Al-Shabaab-Krieger. Bis heute ist nicht ein einziges Barrel in Somalia gefördert worden, wir hatten selbst genug, aber jetzt …

Als dein Magan Ali Addou angefangen hat, in seinem Hinterzimmer über Zukunft und Bildung und Kinder zu reden … da habe ich Angst bekommen. Er meinte es ernst. Er hatte Charisma. Etwas beinahe Magisches. Du hast es auch … wie du da im Hinterzimmer gesessen und gelächelt hast, mit deinem verstümmelten Ohr … Du bist zum Zeichen geworden, für alle Kinder des Landes. Was bist du? Eine Friedenstaube? Eine Zauberin? Wenn sie sich zusammentun und irgendeine Sorte Frieden finden und das Land für die Kinder haben wollen … und das Öl … Dann sind wir raus, fucking out of the window! Magan Ali hat es selbst gesagt, die alten Verträge sind nicht mal das Papier wert, auf dem sie stehen, Somalias Öl gehört Somalias Kindern. Das sind unvorstellbare Geldsummen. Die Company hat Wind von der Sache bekommen und mich geschickt, weil ich Magan Ali kannte, von früher. Wir waren Freunde. Lange her. Er ist nach Somalia gegangen und ich bin in der Company groß geworden. Ich habe hart gearbeitet, um hierherzukommen, Preston Hollow, Mann! Eins der besten Viertel! Aber die Company hat mich in der Hand. Jetzt ist die Zeit, das Erdöl rauszuholen, billiges Erdöl für Europa, den Russen den Geldhahn zudrehen. America first.« Er flüsterte jetzt, heiser. »Es war gar nicht schwer, jemanden zu finden in Mogadischu, der Magan Ali umbringt. Und dich. Vielleicht haben sie dich vergessen, im Rausch der Zerstörung. Wer weiß schon, was in Barbaren vorgeht, die in ein Haus stürmen und einen freundlichen, höflichen, gebildeten Mann wie Magan Ali niedermetzeln. Die Hunde.« Er schlug seinen Kopf wieder gegen die Wand.

Ich krallte die Finger ineinander, zwang mich, still sitzen zu bleiben, während dieser Mann da unten durchdrehte.

»Fucking hell!«, keuchte er. »Der Vermittler, der mit uns gearbeitet hat, er hat dir jemanden nachgeschickt. Warum hat der dich nicht erwischt? Der Vermittler … hah … vermittelt zwischen allen Parteien und schürt dabei den Hass. Sind ja nicht nur wir, die sein Produkt kaufen: Zwietracht.« Er holte tief Luft. »Niemand, verdammt. Niemand ist interessiert am Frieden in Somalia! Ein failed state erhebt keine Zölle und keine Steuern …« Dann sagte er es lauter, rief es: *»Niemand ist interessiert an einem verdammten Frieden in Somalia!«* Er senkte seine Stimme wieder. »Oder irgendwo auf der Welt. Frieden ist schlecht für die Wirtschaft. Wem sollen wir denn unsere Waffen verkaufen? Unsere Entwicklungshilfe? Unsere Diplomatie?« Auf einmal lachte er, lachte jetzt wirklich. »Ekelhaft, was? Aber es ist wie das Fleisch, von dem wir wissen, wie es hergestellt wird. Wie sie die Viecher quälen. Wir fressen es trotzdem. Der Mensch frisst. Wenn's ihm schmeckt, frisst er.« Er machte eine kurze Pause. »Es ist wegen Grace und den Kindern«, sagte er dann, leiser, ruhiger, ohne den Wahnsinn in der Stimme. »Wir können das Haus nicht aufgeben. Und … alles.

Sie gehen auf eine wunderbare Schule. Sie haben alle Chancen. Ich kann es mir nicht leisten, den Posten in der Company zu verlieren.« Er schwieg eine Weile. »Warum bist du hier?«, flüsterte er dann. »Warum hast du mir vertraut? Ihr tut das immer, was? Macht uns ein schlechtes Gewissen. Darin seid ihr gut. Warum konntest du nicht *einfach da draußen im Dschungel verrecken*?« Es war wie ein Schrei, ein leiser, heiserer Schrei, er ging vielleicht seit Stunden da auf und ab und gab dieselben Dinge von sich. Haderte. »Ich kann das nicht«, sagte er tonlos. »Ich kann keinen Menschen töten. Warum zwingst du mich dazu?«

Okay, sagte ich mir: Es gibt zwei Möglichkeiten.
Du trittst die Kellerfensterscheibe ein oder du klingelst oben an der Haustür.

Ich fragte mich, ob Hope Michael Smiths Tiraden gehört hatte. Oder hatte er irgendetwas mit ihr angestellt, damit sie nicht floh? Ihr etwas gegeben, das sie schlafen ließ?
Ich stellte mir vor, wie er sie zum Umziehen ins Bad schickte; als sie herausgekommen war, hatte er sie vielleicht gepackt und in diesen Kellerraum geschleift. Vielleicht hatte sie ihn gebissen, aber er hatte sie überwältigt, hundertzwanzig Kilo Muskeln gegen fünfzehn Kilo Erschöpfung.
Er hatte das Fenster im Bad geöffnet und den Zettel an mich geschrieben. Die Friedensfahne im Baum befestigt. Alles schön der Reihe nach.
Und dann hatte er ganz langsam begonnen, die Nerven zu verlieren. Er saß in seinem gepflegten, weihnachtlich dekorierten Haus auf einer Zeitbombe, einer lebenden Zeitbombe, und er musste sie loswerden.
Shit.
Sie hatte diesem Mann vertraut. Magan Ali Addou hatte diesem Mann vertraut. Einem Freund aus Studientagen. Magan Ali war freiwillig nach Somalia zurückgekehrt, um etwas aufzubauen. Und alles, was von seiner Idee geblieben war, waren ein kleines Mädchen ohne Ohren und ein goldenes Kamel aus Blech.

Und sie saßen beide in einem Kellerraum in Preston Hollow, den sie nie wieder verlassen würden.

Doch, dachte ich plötzlich. Natürlich würden sie ihn verlassen. *Ich war da.* Ich war kein Beobachter, ich war Teil der Geschichte, und ich hatte wahnsinnige Angst, aber ich war auch wahnsinnig sauer auf diesen Typen da unten im Korridor. Und ich wusste, es wäre richtig gewesen, an der Haustür zu klingeln und höflich zu fragen, wo Hope sei. Vielleicht konnte man den Mann zur Vernunft bringen. Es wäre auch richtig gewesen, die Polizei zu rufen, die Nachbarn, irgendwen, ja, ich wusste das alles.

Aber ich stand bereits im Korridor. Und das Fenster war zersplittert.

Und Michael Smith, zuständig für die Schürfrechte eines amerikanischen Konzerns, hatte sich zu mir umgedreht und starrte mich an.

»Hey«, sagte ich. Meine Stimme zitterte. Nicht vor Angst, vor Wut. Gefährlicher, heißer roter Wut. »Sie haben mir eine Botschaft geschrieben, an der Tür. Komisch bloß, dass sie gar nicht stimmt.«

Die Mündung einer Pistole ist sehr schwarz.

Auch Smiths Hand zitterte. Ich stellte fest, dass die Waffe einen Schalldämpfer besaß.

»Verlassen Sie mein Grundstück«, sagte Smith leise.

»Nein«, sagte ich. Laut, sehr laut, damit Hope es durch die Tür hören konnte, falls sie etwas hörte.

Und ich griff nach dem lächerlichen blauen Bandanatuch und streifte es ab. Ich sah, wie sich Smiths Gesicht veränderte, als er das Tattoo sah.

VIDA LOCA POR SIEMPRE. Und der grinsende Totenschädel.

»Schöne Grüße von der Mara Salvatrucha.«

»Wer ... bist du?«, fragte Smith leise.

»Machen Sie die Tür da auf.« Ich nickte hinüber.

Smith fing sich, schneller als gedacht. »Du hast etwas grundlegend missverstanden, junger Mann«, sagte er fest. »Du befindest dich illegal in *meinem* Haus und *ich* habe die Waffe. *Du* hast nichts bis auf eine kindische Tätowierung.«

»Doch«, sagte ich. »Wut. Das Mädchen hinter dieser Tür ist ein halbes Jahr lang mit mir unterwegs gewesen. Und wenn Sie es erschießen, müssen Sie mich auch erschießen.«

Er lachte. »Du hast zu viele Filme gesehen. So funktioniert es im richtigen Leben nicht.«

Er schien einen Moment nachzudenken und auf einmal lächelte er. Wie jemand, der ein Weihnachtsgeschenk auspackt. »Wer sagt, dass ich irgendwen erschieße?«

»Sie können es nicht. Richtig? Also reden wir vernünftig.«

Er nickte langsam. Ließ die Waffe sinken. »Vernünftig«, wiederholte er.

Und dann tat er etwas, das ich nicht erwartet hatte. Er holte ganz plötzlich aus und zog mir die Waffe über den Kopf. Der Schmerz war wie ein greller Blitz, ich taumelte, stützte mich an der Wand ab. Verflucht, meine Wut hatte Smith nur entschlossener gemacht, alle Unsicherheit war von ihm abgefallen.

Der Mann war wie ein verletzter Bär.

Er hatte die Waffe auf die Kommode gelegt und hielt nun etwas anderes in der Hand. Ich sah das Silber kurz aufblitzen: den größten der Sportpokale. Ich duckte mich weg, und der erste Schlag mit dem Ding traf mich nicht, aber ich war immer noch benommen, reagierte nicht schnell genug. Der zweite Schlag traf meine Schulter, ich hörte es in meinen Knochen knacken, es war kein schönes Geräusch.

Der dritte Schlag, härter, endgültiger, traf meinen Kopf.

Ein letzter unsinniger Gedanke: der Durchschnittsamerikaner war im K.o.-Schlagen effektiver als die Mara, die Mara hätte mehr Sporttrophäen haben sollen.

Dann war ich weg.

Ich kämpfte mit einem Ozean von Dunkelheit, spürte, wie der Meeresspiegel stieg: Wenn ich nicht bald auftauchte, das war klar, gab es keinen Platz mehr zwischen dem Ozean und dem Dach des Universums, und ich würde ersticken.

Ich durchstieß mit aller Kraft die Schwärze. Öffnete die Augen.

Ich lag halb, saß halb an die Wand des Korridors gelehnt und die Tür neben mir war offen. Smith kniete vor mir, wieder die Pistole in der Hand. Ich wusste nicht, wie viel Zeit vergangen war.

Greller Schmerz riss und wühlte in meinen Eingeweiden und zuckte durch mein rechtes Bein, und ich dachte: Scheiße, er hat noch ein paar Mal zugetreten, nachdem ich weg war, aber warum? Ich sah seine Arme auf mich zukommen, er war muskulös, trainiert. Er zog mich ein wenig hoch, fast als wollte er mir aufhelfen, und ich übergab mich, kotzte ihm den Milchkaffee und den halben Frischkäsebagel vor die Füße.

Dann war ich auf den Knien. Der Korridor schwankte, als wäre ich betrunken.

Smith zog mich weiter, bis ich so in der Tür lehnte, dass ich in den Raum blicken konnte.

Da saß sie. Zwischen zwei Weichbodenmatten und einem Korb voller Bälle: noch ein Fitnessraum. Ja, da saß Hope. Es war surreal, sie saß auf dem Boden, in einem karierten Minirock, ganz ähnlich dem, den wir im Park gesehen hatten, violetten Leggins und einem blassrosa T-Shirt mit einem Herz aus Glitzerpailletten darauf.

Nur ihre schwielenübersäten Füße waren nackt.

Aber sie war doppelt. »Faith und Hope«, dachte ich, »natürlich: Faith war die ganze Zeit über da.«

Als ich mich anstrengte, zu fokussieren, verschmolzen die Bilder zu einem, und die Arme der verbleibenden Hope waren mit … mit einem Springseil? … hinter ihrem Rücken an einen Heizkörper gefesselt. Es war wie am Ufer von Falcon Lake, nur war es damals kein Springseil gewesen.

Ich wünschte, ich hätte mich bewegen können. Ich war wie eine Puppe. Ich konnte sehen und hören, doch mein Körper gehorchte mir nicht richtig.

Blut floss über mein linkes Auge und hinderte mich daran, klar zu sehen. Ich versuchte es wegwischen, aber jetzt hielt Smith meine Arme fest. Er trug noch immer diese dünnen Lederhandschuhe. Er tat etwas mit meinen Händen, bog sie zurecht.

Ich sah Hopes Augen, weit aufgerissen. Sie hatte die Knie vor ihren

Körper gezogen und schüttelte jetzt wild den Kopf. »Mathis, nein!«, flüsterte sie. »Nein, nein, *nein*!«

Ich dachte: Schrei, damit dich draußen jemand hört! Ich versuchte, selbst zu schreien, aber da steckte etwas Weiches in meinem Mund, ein Taschentuch oder sonst was.

Ich löste den Blick von Hopes Gesicht und sah auf meine Hände und mitten im Chaos von Schmerzblitzen und dem schwankenden Raum fand ich in diesen Händen die Pistole.

Smith hatte sie mir gegeben und hob meine Arme und zielte. Ich war seine Marionette.

»Ich werde niemanden erschießen«, sagte er leise. »Du wirst es tun. Der Verrückte, der in mein Haus gekommen ist. Es tut mir leid, Mathis.« Er klang ehrlich, was vielleicht das Schlimmste war.

Er war jetzt ganz ruhig. Und er war verdammt stark. Ich zwang meinen Körper, wieder zu tun, was ich wollte, versuchte, die Arme wegzuziehen, die Finger von der Waffe zu lösen. Ich kämpfte wie ein Löwe, ich, halb bei Bewusstsein, was für ein kläglicher Löwe. Der erste Schuss, der sich löste, traf nicht Hope, sondern die Wand neben ihr. Wir zuckten alle drei zusammen.

»Wenn du nicht richtig triffst und mehrmals schießen musst, macht es das nur schlimmer für sie. Das wird ein Scheißgemetzel«, keuchte Smith. »Ich rufe nachher die Polizei und übergebe ihnen den Verrückten ...«

Er hatte es jetzt geschafft, mit meinen dummen, nutzlosen Händen auf Hopes Brust zu zielen, vor die sie die Knie gezogen hatte. Seine Hände waren wie die eines Vaters, der die Hände seines Kindes führt, aber sein Griff war aus Eisen.

In diesem Moment erinnerte ich mich, dass es Unsinn war, mich auf meine Hände zu konzentrieren. Ich hatte, wie ein kleines Kind, Füße zum Treten. Ich kniete, aber ich schaffte es mit äußerster Anstrengung, einen Fuß zu befreien und Smith zu treten, und dann warf ich mich mit meinem ganzen Gewicht auf ihn.

Es geschah alles auf einmal, er verlor das Gleichgewicht, der nächste Schuss löste sich und traf Smith in den Unterschenkel, er jaulte auf, lag da, neben mir, das Gesicht schmerzverzerrt, und ließ die Pistole los. Ich hatte sie jetzt in den Händen. Ich.

Ich stützte mich am Türrahmen ab, rappelte mich auf, auf einmal ging es – das Adrenalin schoss durch meinen Körper. Ich war wie auf Droge. Er sah zu mir hoch, und die Waffe war schwarz, und er murmelte etwas von einem Arzt, und ich sah zu Hope, die mit angstgroßen Augen neben dem Einschussloch in der Mauer saß, und der Raum schwankte, schwankte, schwankte. Vielleicht würde ich das Bewusstsein noch einmal verlieren? Dieser Typ auf dem Boden hatte noch immer zwei freie Hände, da war Blut an seinem Bein und er würde ... er konnte ... ich war noch nie so wütend gewesen ... und Hope ...

»Mathis, nein!«, schrie sie, zum zweiten Mal an diesem Tag.

Die Pistole in meinen ausgestreckten Armen war ein komisches Ding.

Der nächste Schuss traf Michael Smith, Besitzer eines Hauses in Preston Hollow, Vater, Ehemann, Zuständiger für Schürfrechte in Somalia. Er traf ihn irgendwo am Oberkörper, er sackte weg, und ich dachte, ich kotze gleich wieder, aber stattdessen fiel ich auf die Knie zurück und presste die Pistole auf sein Hemd: dorthin, wo Michael Smith, Auftraggeber eines Mörders, sein Herz hatte. Auch er hatte ein Herz. Ich drückte ab.

Und ich wusste es und ich weiß es und ich werde es immer wissen, es war keine Notwehr, es war eine Hinrichtung. Und ich hasse mich dafür, und ich hasste mich dafür, aber ich werde mich möglicherweise nicht immer hassen.

Ich kroch zu Hope hinüber, und sie weinte, und als ich das Springseil löste und sie frei war, wischte sie mir Tränen aus dem Gesicht, die nicht ihre waren. Und wir standen zusammen auf, kamen irgendwie die Treppe aus dem Keller hoch, kamen irgendwie ins Bad. Irgendwie muss ich mir auch das Blut abgewaschen haben, denn als wir auf der Straße standen, war ich sauber, und niemand war da, nur die weiße Flagge mit der Friedenstaube wehte im Wind.

Und dann saßen wir zum wiederholten Mal an diesem Tag in einem Bus der Linie, die Preston Hollow verließ.

»Ich bringe ihn zum Arzt«, sagte Hope, ich weiß nicht, zu wem, »er ist gestürzt.«

Und ich schloss die Augen, den Kopf an die Scheibe des Busses gelehnt, und fragte mich, ob ich jemals aufhören würde zu stürzen.

Aber ich berührte die Scheibe gar nicht mit der Stirn. Hope musste mir das Stirnband wieder umgebunden haben, um die Tätowierung zu verbergen. Vielleicht war ich jetzt wirklich einer von den Jungs der Mara. Agua hätte die Sache mit Michael Smith genauso geregelt.

»Wohin?«, flüsterte Hope.

»Busbahnhof«, flüsterte ich zurück.

»Aber dann?«

»Ich weiß nicht«, flüsterte ich. »Irgendwohin.«

Downtown Dallas war an jenem Dezembertag ein Chaos aus Fahnen und Transparenten und Megafongebrüll, aus verzerrten Gesichtern und Stars-and-Stripes-Bannern und blauen Polizeiuniformen, aus Sperren und Barrieren und brodelnder Luft.

Und wir waren auf einmal mittendrin.

Die Wolkenkratzer ragten glitzernd in den Dezemberhimmel wie Sportpokale, der Himmel drehte sich.

White lives matter.

Black lives kill.

Ich sehe die Banner noch vor mir.

White lives kill white lives, dachte ich. Und ich fragte mich, wie lange es dauern würde, bis jemand entdeckte, was im Keller der Nummer 21, Garrywood Road, lag.

Unite the right! Safe our race!

Wir versuchten, auf der Seite der Gegendemonstranten weiterzukommen. Hope stützte mich noch immer, doch es war kein Durchkommen.

Fight racism, love your neighbor.
No hate, no fear,
everybody's welcome here.

Manche sangen. *Can't built the wall, hands too small ...*

Mein Kopf platzte fast von all dem Lärm. Jeder Meter vorwärts war einer zu viel.

Danke, wollte ich zu all den netten jungen Leuten sagen. Danke, keine Mauer. Aber habt ihr eine Ahnung, wie es aussieht an eurer Grenze, auch ohne Mauer? Die ganze Zeit schon?

Love and Peace!

Niemand ist interessiert am Frieden irgendwo auf der Welt, dachte ich, niemand. Amerika lebt vom Krieg anderer Nationen, seine Parks mit ihren Bänken finanzieren sich aus Waffenverkäufen, aber das ist sicher nicht nur in Amerika so.

Die White-Lives-Leute waren lauter als die anderen.

We are not Somalia! We are not Sudan!

DEPORTATION NOW!

Obwohl es Tag war, hatten sie Fackeln, und die Fackeln gaben ihnen etwas Archaisches. Unheimlich. Ich sah sie wie in einem Kaleidoskop, durcheinanderwirbelnd, schwankend, sich drehend.

»Die werden mehr, die Rechten«, sagte jemand. »Immer mehr ...«

Eine Karawane aus drei oder vier Polizeifahrzeugen fuhr durch den Korridor zwischen dem rechten und dem linken Lager. Und dann, plötzlich, ein Schuss. Von drüben, von den White-Lives-Typen.

Und einer der Wagen, der nahe an den Gegendemonstranten entlangfuhr, brach aus und fuhr in die Menschenmenge der Gegendemonstranten.

Es war so absurd, dass es erst nicht wirklich zu mir durchdrang:

Ein Polizeifahrzeug, das in eine Menschenmenge fuhr, das gab es nicht! Und doch geschah es, Meter neben uns. Leute schrien, Leute rannten, Leute fielen übereinander. Der Van schlitterte, ich sah Menschen unter seinen Rädern verschwinden. Ich sah den Polizisten am Lenkrad, er war nach vorne gesackt, und ich begriff, dass er tot war, die Scheibe zersplittert. Jemand von den White-Lives-Typen hatte geschossen, damit der dort im Fahrzeug die Kontrolle verlor und in die Gruppe der linken Demonstranten fuhr. Obwohl sie doch die Polizisten sonst zu den Ihren zählten.

Das hier war nicht mehr nur Chaos.

Das hier war Krieg.

Sirenengeheul wurde laut, Hope zog mich mit, weg. Wir stolperten zwischen den rennenden, panischen Menschen vorwärts.

Irgendwer sagte durchs Megafon, man sollte ruhig bleiben, aber keiner blieb ruhig. Ich sah Polizisten, die Leute auf den Boden stießen und ihnen Handschellen anlegten, scheinbar wahllos. Auf den Tafeln an den Häusern über der Straße flackerte bunte Reklame für Weihnachtsrabatte.

Da war eine Straße, auf der Autos fuhren, stockend, chaotisch, ein Krankenwagen jaulte in der Ferne, und dann fiel ich am Straßenrand hin und wusste, dass ich nicht mehr hochkommen würde.

Alles war sehr weit weg.

Und ich dachte: »Was soll's«, und ich zog mein Handy aus der Tasche. Ich konnte ebenso gut hier liegen und die Leute knipsen, die vorüberrannten.

Es war der blödeste Gedanke, der einem kommen konnte. Ich war wirklich wie besoffen.

Hope zerrte an mir und schrie meinen Namen, doch ich hörte ihre Stimme nur wie aus weiter Ferne.

Dann waren da andere Gesichter über mir. Breite, gerötete Gesichter, Wut in den Augen.

»Handy her. Mann, wird's bald? Du machst hier keine Fotos von fucking niemandem.«

Ich sah die Worte auf seinem T-Shirt nur verschwommen, las sie mühsam:

SAFE THE RACE, SAVE THE RAGE. WHITE PRIDE.
MAKE AMERICA GREAT AGAIN.

»Er hat eine Gehirnerschütterung, er weiß nicht, was er tut«, sagte Hope. »Bitte ...«

Ein breiter, blond behaarter Arm packte sie und riss sie nach hinten.

Ein anderer fing sie auf, als wäre sie nur eine Puppe, eine Puppe mit kariertem Rock und Kopfverband. Sie machen sie kaputt, dachte ich. Sie machen sie einfach kaputt und ich kann nichts tun. Vielleicht würden sie mich auch einfach kaputt machen. Ich war fast einverstanden.

Dann hielt ein staubiger dunkelblauer Van neben uns, halb auf dem Bürgersteig, und jemand sprang heraus. Ein Mann mit Pferdeschwanz, Käppi, buntem Batik-T-Shirt. Und einem Tennisschläger. Keinem Baseballschläger, einem Tennisschläger.

Er holte weit aus und schlug mit der Kante zu. Fast war es lustig, weil es so absurd war – er entriss den White-Pride-Typen Hope und warf sie sozusagen in den Van, dann gab er mir eine Hand und zog mich hoch und ich saß auf dem Beifahrersitz. Es dauerte nur Sekunden.

Als er die Tür von innen zuzog, sah ich die wütenden Gesichter draußen: Männer und Frauen in weißen T-Shirts. Ein paar von ihnen prügelten mit den Stäben eines Transparents auf den Van ein, doch das beeindruckte den Fahrer nicht.

»Mann, Mann«, sagte er. Und noch etwas, das ich nicht mehr hörte, denn in diesem Moment verlor ich zum zweiten Mal am Tag das Bewusstsein.

Fakten White Supremacy

Als »White Supremacists« (rassistische Gruppen, für »die Herrschaft der Weißen«) zählen u. a. die amerikanische Alt-Right-Bewegung, der Ku-Klux-Klan oder die Identity Evropa.

Die »Alt-Right«-Bewegung entstand 2016 und unterstützte Trump im Wahlkampf, zu ihr gehören vor allem junge, moderne Rechte, die im Internet aktiv sind. Die »White Lives Matter«-Bewegung ist eine Reaktion auf die »Black Lives Matter« Bewegung nach mehreren Morden an Schwarzen durch Polizisten.

→ Richard B. Spencer

→ Trayvon Martin: Sanford, Michael Brown: Ferguson, Eric Garner: New York

Der Ku-Klux-Klan, gegründet 1856 nach dem Bürgerkrieg zwischen Südstaaten (pro Sklaverei) und Nordstaaten (kontra Sklaverei) und bekannt durch Kapuzen, Fackeln und Lynchmorde an Schwarzen, geht heute gegen jede Art von nicht weißer Bevölkerung, Juden und Homosexuelle vor.

»Identity Evropa« ist eine Art »intellektuelle« Variante des Ku-Klux-Klans. Die Gewalt bei Protestkundgebungen in den USA nimmt so sehr zu wie ihre Mitgliedszahlen.

Nach Trumps Wahl zum Präsidenten wurde er auf »Unite the White«-Rallyes in verschiedenen Städten mit »Heil«-Rufen bejubelt.

Im August 2017 raste in Charlottesville ein Pkw in linke Gegendemonstranten, tötete eine Frau und verletzte Dutzende. Trump verurteilte »beide Seiten«: Angreifer wie Angegriffene.

Weltweit gibt es Beispiele für eine Zunahme rechten Gedankenguts, rechte Gruppen wie die »Identitären« in Deutschland oder Parteien wie die AfD.

Hoffnung

Durch gezielte digitale Aktivitäten entsteht das Bild, es gäbe sehr viel mehr »Neue Rechte« als tatsächlich. Wenige rechte Kommentatoren verbreiten unter vielen Namen professionell Hetze.

← Trolle!

Seit Charlottesville Mitte 2017 hat der Zulauf zu rechten Gruppierungen in den USA nachgelassen. Außerdem vereinigen sich auch Liberale aller Art, vor allem junge Menschen.

Fakten Erdöl

Erdöl ist (ähnlich wie Erdgas) ein Stoffgemisch in der oberen Erdkruste, das vor allem aus Kohlenwasserstoffen besteht und durch Umwandlung organischer Stoffe vor 400 bis 100 Mio. Jahren entstand.
Bei seiner Förderung werden radioaktive Stoffe im Gestein mit an die Oberfläche gebracht. Sie setzen sich mit Schlamm in den Leitungen ab, werden jedoch selten fachgerecht entsorgt. In Großbritannien sollen radioaktive Abwässer in die Nordsee geleitet werden.
Erdöl wird zur Erzeugung von Elektrizität, Wärme, Kraft- und Kunststoffen genutzt.
Beim Transport mit Tankern oder über Pipelines kommt es immer wieder zu Umweltkatastrophen wie beim Brand der Bohrinsel Deepwater Horizon 2010. Der Ölteppich an der Meeresoberfläche reduziert den Wellengang und zieht Vögel an, die den Teppich als ruhigen Landeplatz missinterpretieren, das Öl verklebt ihr Gefieder und zerstört ihre Isolierung, sodass sie erfrieren.
Erdöltransporte über Pipelines werden oft Gegenstand zwischenstaatlicher Streitigkeiten, auch waren und sind Ölvorkommen häufig Grund für politische Interventionen, beispielsweise der USA in Fernost.
Die wichtigsten Erdölförderländer sind Russland, Saudi-Arabien, die USA, danach Irak, Kanada, Iran, China und die Vereinigten Arabischen Emirate.
Seit durch Fracking Erdöl aus sog. unkonventionellen Lagerstätten geborgen werden kann, ist unklar, wie viele Reserven der Erde bleiben.
Der Streit um nicht erschlossene Felder hält an, so vor der Küste Kenias und Somalias.
Die USA bemühen sich darum, dass auf dem Weltmarkt Öl in Dollar gehandelt wird (Russland, China und der Iran handeln allerdings nicht in Dollar), dem »Petrodollar«. Sie kaufen Erdöl aus Saudi-Arabien, das trotz Menschenrechtsverletzungen ein befreundeter Staat bleiben

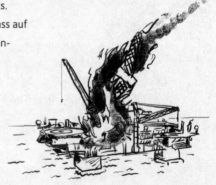

muss. Saudi-Arabien investiert das Geld wiederum in Projekte in den USA, was zu einer künstlichen Wertsteigerung des Dollars führt. Dadurch können sich die USA einen teuren Militärapparat leisten und behalten ihre Vormachtstellung.

Hoffnung
Katastrophen durch Erdöltransporte lassen sich eindämmen: Tanker müssen in den USA inzwischen eine doppelte Außenhülle haben. Die Entwicklung von Fahrzeugen, die statt Kraftstoffen Strom verbrauchen, schreitet voran – so könnten Pkws irgendwann mit durch erneuerbare Energien hergestellten Strom betrieben werden.
Und für australische Zwergpinguine, Opfer von Ölteppichen, gibt es heute Strickpullover, die warm halten und Ölvergiftungen beim Gefiederputzen verhindern.

Na, wenn die Pinguine Pullover kriegen, ist die Welt ja gerettet!
Hoffentlich mit Schleifchen?

13

the moon
der Mond

> Bildersuche Internet:
> Wounded Knee
> Pine Ridge Reservation
> Lakota Sundance
> Sweat Lodge
> Black Elk

Wir fuhren den ganzen Tag lang, wir fuhren durch die Nacht.

Zwischenstopps an Tankstellen, Lichter in meinem Blickfeld, Reklameschilder, flaches Land.

Ich nickte immer wieder weg. Jedes Mal, wenn ich die Augen aufschlug, drückte Hope meine Hand und flüsterte: »Alles wird gut.«

Ich war mir nicht sicher. Ich war mir bei nichts mehr sicher. Die einzigen Gewissheiten waren die höllischen Kopfschmerzen und die Übelkeit, die mich im Griff hatten. Ab und zu spürte ich etwas Kaltes an meiner Stirn und begriff, dass Hope das Stirnband immer wieder mit Wasser aus einer Plastikflasche tränkte. Ich war ihr dankbar, dass sie da war. Ihre Augen hielten mich in dem Strudel fest, der mich mit sich in eine bodenlose Schwärze hinabzusaugen drohte.

Ich hörte den Mann am Steuer reden, hörte Hope antworten, aber ihre Worte ergaben für mich keinen Sinn. Ich fragte mich, ob etwas in meinem Hirn kaputtgegangen war, ob irgendetwas in mir blutete.

Da war eine Flasche an meinem Mund, ich trank, ich schlief wieder.

Und dann war ich wirklich wach und es war Morgen. Die Wintersonne kroch draußen am Himmel empor wie ein Käfer an einer Scheibe. Die Straße, unwirklich leer, war kein Highway mehr, links und rechts erstreckte sich weites Grasland, es gab ab und zu ein paar Kühe, einen Zaun, ein Autowrack. Ich wollte den Namen des Kindes neben mir sagen, ich wusste ihn, aber das Wort schaffte es nicht bis auf meine Lippen.

»Etwas … stimmt nicht«, sagte ich. »Ich kann nicht … da ist …«

»Mathis?« Hope beugte sich über mich »Wir sind fast da! Alles okay?«

»Na … nein«, sagte ich langsam. »Ich … kann nicht …« Und die Tränen traten mir in die Augen, denn ich fand nicht einmal dieses Wort. Fand es doch: »Sprechen.«

Ich sah, dass Hope nicht begriff, was los war.

Sie drückte meine Hand und sagte: »Du musst nicht sprechen. Hör zu, das hier ist Andrew, er hat uns aufgesammelt.« Sie nickte zum Fahrer des Vans hin, dem Typen mit dem Pferdeschwanz, und er nickte mir zu.

»Morgen, Mathis. Die Kleine hat mir erzählt, was los war, und ich muss sagen, du hast Glück gehabt. Niemand zückt sein Handy und macht Fotos von den White-Pride-Typen.«

»Wo … hin?«, bekam ich heraus, hob die Hand und zeigte vor uns auf die Straße.

»Ich war auf dem Weg nach Pine Ridge«, meinte Andrew, »und Hope und ich haben beschlossen, dass ich euch mitnehme. Du brauchst eine Weile Ruhe.«

Ich wollte ihn fragen, was Hope ihm erzählt hatte, aber ich konnte nicht. Ich war ein Gefangener in meinem eigenen Kopf, trat gegen die Wände meines Gehirns wie ein Häftling in einer Zelle.

»Wir hatten eine Menge Zeit auf der Fahrt«, sagte Andrew. »Und Hope hat mir eure Geschichte erzählt. Ich habe nicht alles kapiert, aber genug, um euch zu helfen.«

»Sie … wer …?«, begann ich.

»Andrew Whitley«, sagte er. »Im weiteren Sinne Aktivist. Ich organisiere. Informiere. Helfe. Für keine Organisation. Freelance, könntest du sagen. Ich war mal bei Greenpeace, aber die sind zu groß geworden. Bei allen Großen gibt's irgendwann Machtkämpfe.«

Er lächelte. Er war hager, seine Haut tiefbraun und ledrig, sein Haar gebleicht von der Sonne. Ich schätzte ihn auf Ende vierzig, aber eigentlich sah er älter aus. Nur seine Augen waren hell und jung.

Hier war ein guter Mensch, der anderen half. Wusste er, dass in seinem Van ein Mörder saß?

»Ich habe … in Preston Hollow …«, begann ich und hob meine Hände, aber es war kein Blut daran.
Ich habe einen Menschen getötet.
Es ist schon einmal passiert, ich habe schon einmal auf einen Menschen geschossen, ich hatte hohes Fieber und wusste nicht, was ich tat.
Diesmal wusste ich es.
Ich wusste, was ich tat, und ich habe Michael Smith getötet.
Andrew nickte, obwohl ich nichts von all dem gesagt hatte.
»Ich weiß«, sagte er. »Du wirst gesucht, du warst auf den letzten Bildern der Überwachungskamera. Das Stirnband ist verrutscht und man sieht das Tattoo. Pine Ridge ist der beste Ort, um eine Weile zu verschwinden. Für dich. Für euch.«
Er bog ab, auf eine kleinere, holprigere Straße.
Was ist Pine Ridge?, wollte ich fragen. Eine Anstalt? Ein Krankenhaus? Eine Kirche? Ein Friedhof?
Da sah ich das Schild, ein Holzschild mit schwarzen Buchstaben.

YOU'RE ENTERING
PINE RIDGE RESERVATION.

Und dann brachte Andrew den Van vor einer Ansammlung von Blockhäusern zum Stehen. Die Holzwände der Häuser waren in Bodennähe schwarz vom Schimmel. Ein rotes Plastikauto ohne Räder stand im dürren Gras. Daneben lag ein Fernseher mit zersplittertem Bildschirm.
Vor einer Tür standen zwei Männer mit tätowierten Armen und Oberkörpern voller Narben und rauchten. Der ältere trug einen dünnen, geflochtenen Zopf.
»Willkommen«, sagte Andrew mit einem breiten Lächeln. »Willkommen im wahren, eigentlichen, im *Native America*. Oder in dem, was davon übrig ist.«

»Das ist Mathis. Es geht ihm nicht gut. Und sie suchen ihn.«
Es war die Standardvorstellung, die ich in den nächsten Stunden ein Dutzend Mal hörte, erweitert um: »Ich bin Hope. Mir geht's prima. Aber kann sein, sie suchen mich auch.«

Manche lachten, wenn sie das sagte, die meisten nickten: die Leute von Pine Ridge, die Oglala Lakota.

Natürlich haben wir unsere eigenen Ureinwohner in Kanada, die First Nations.

In Québec sind es die Mi'kmaq. Damals in der Schule hatten wir etwas über sie gelernt, aber ich hatte nicht zugehört. Basketball war wichtiger gewesen in der siebten Klasse. Wir waren ins Museum gegangen, und ich erinnerte mich an den Typen, der uns die Traditionen seines Volkes erklärt hatte, ein Typ in Jeans und Jackett.

Diese Menschen waren anders.

Sie waren auch anders als die Yanomami.

Ihre Gesichter waren wettergegerbt, ihre Körper voll selbst gestochener Tätowierungen, ihre Baggy Pants und Flipflops fadenscheinig. In ihren Augen fand ich eine Traurigkeit, die so tief saß wie die Tinte unter ihrer Haut: verborgen und doch so sichtbar, dass es schmerzte, hinzusehen.

Seelenexhibitionismus.

Ich lag in einem halbdunklen Raum auf einer Matratze und dachte über all das nach, während ich darauf wartete, dass die Worte zu mir zurückkehrten.

Als ich wirklich und ganz erwachte, kniete eine pummelige junge Frau neben mir.

»Du bist Mathis«, sagte sie. Ich nickte. Ich sah jetzt, warum der Raum so dunkel war: Es lag daran, dass sich zu viel vor den Fenstern stapelte, ein Sammelsurium aus Möbeln, Plastikboxen, Kartons, Brettern, staubigen Elektrogeräten.

Über einige dieser Dinge waren Teppiche gebreitet, schöne gewebte Teppiche mit gezackten Mustern in Rot, Braun oder Blau.

»Du hast das vorhin nicht mehr mitgekriegt, glaube ich«, sagte die junge Frau und wischte sich mit beiden Händen das strähnige schwarze Haar aus dem Gesicht. »Andrew hat dich hergeschleift. Er hat gesagt, die haben eine ziemliche Scheiße mit deinem Kopf angestellt. Ich bin Summer, Summer Lacroix. Ricky lernst du auch noch kennen, rennt draußen irgendwo rum, keine Ahnung, was der wieder macht. Du kannst bei uns bleiben, bis du wieder okay bist. Irgendwie laufen bei uns nur kaputte Sachen auf.« Sie lachte und zeigte hinter sich. »Ricky sagt, er repariert den ganzen Kram irgendwann. Er hat diesen Traum von einer eigenen Werkstatt ...«

Und ich fand ein Wort in meinem Kopf. »Autos.«

»Ja, auch«, sagte Summer und rubbelte an einem Fleck auf ihrem lila Shirt herum, das ihre etwas zu üppige Figur betonte, genau wie die schwarzen Leggins, die weiße Spritzer von etwas wie Wandfarbe hatten. »Aber eigentlich alles. Eine Werkstatt für alles, davon träumt er. Es gibt quasi nur kaputte Sachen im Rez, die Leute kriegen die Sachen schon halb kaputt, irgendwo ausgemustert, gespendet, und dann gehen sie nicht gut damit um, weil das Zeug sowieso keinen Wert hat. Oder irgendwer läuft Amok und schlägt es kurz und klein. Ricky sammelt die Sachen. Irgendwann, behauptet er, repariert er sie alle.« Sie schüttelte den Kopf. »Macht er sowieso nie! Wir sind damals zurückgekommen ins Rez, aus der Stadt, um die Wurzeln wiederzufinden, sagt Ricky, aber ich glaub, die Wurzeln sind auch kaputt.«

Sie hielt inne in ihrem Redeschwall, und ich fragte mich, ob es mir so gehen würde wie dem reifenlosen Fahrrad, das an Ketten an der Decke hing, verstaubt, niemals wieder angefasst.

»Was ist eigentlich los?«, fragte Summer und beugte sich über mich. Und da sah ich, erstaunt, dass ihr Gesicht schön war. Es hatte etwas Feines, Zerbrechliches, jedoch nicht Zerbrochenes. Sie war nicht kaputt. Sie war stark.

»Die ... Worte«, sagte ich. »Meine. Sind ... weg.«

Summer lächelte breit. »Ich hab zu viele. Sagen alle. Vielleicht ist das ganz gut, wenn du hier liegst und meine Worte abkriegst, ich gieße dich wie eine Blume, mit Worten.« Sie kicherte. »Die Sonnenblumen hinter Lionel Red Elks altem Schuppen, die solltest du mal sehen. Sie sind schön, hat er irgendwie nicht geerntet. Im Sommer gibt's hier 'ne Menge Sonnenblumenfelder, ist das Einzige, was wächst. Die haben gesagt, du hast einen umgebracht?«

Ich versuchte zu nicken, aber in diesem Moment war es, als risse etwas an meinen Eingeweiden, und ich krümmte mich und stöhnte.

Summer streckte ihre pummelige Hand aus und streichelte meine Wange.

»Ist ja okay«, flüsterte sie. »Wird schon wieder. Bis dahin wohnst du bei Ricky und mir, im Moment ist Mary-Lou auch bei uns. Wenn du zwei kleine Kinder siehst, das sind Mary-Lous. Sie guckt nie nach ihnen, wenn sie nicht aufpasst, sind die bald wieder beim Jugendamt.«

Damit ging sie.

Die Tür blieb offen, der Wind war kalt, aber ich war dankbar, das Licht zu sehen. Summer rührte draußen in einem Topf über einem offenen Feuer und ich probierte Worte aus. »Feuer. Ahnen. Tradition.« Sätze bekam ich nicht hin.

»Nee«, sagte Hope hinter mir. »Sie kochen draußen, weil der Strom abgestellt ist. Sechs Monate unbezahlte Rechnungen.«

Ich fuhr herum, und da saß sie: auf einem Turm aus Kisten. Jemand hatte ihr einen neuen Verband angelegt, Andrew vermutlich. Jetzt kletterte sie herunter und legte sich neben mich auf die Matratze.

»Mathis«, flüsterte sie. »Was machen wir jetzt?«

»Ich ...«, begann ich. »Mein Kopf ...« Ich schloss die Augen. »Ich kann nicht.«

»Reden?«, fragte sie.

Ich nickte. Eine Weile lagen wir nur schweigend nebeneinander.

»Ich dachte immer, wenn ich bei Michael ankomme, wird alles gut«, flüsterte Hope schließlich. »Und jetzt ...« Sie brach ab. »Ich glaube, er wollte das gar nicht. Er wollte nicht böse sein. Er musste. Er hatte Kinder, das hat er mir erzählt. Zwei. Sie haben jetzt keinen Vater mehr. Aber ... Mathis? Ich wollte, dass du ihn umbringst. In dem Moment. Hast du es deshalb getan? Hast du gespürt, dass ich es wollte? War ich es eigentlich, durch meine Gedanken?«

Ich schüttelte den Kopf. Ich spürte wieder die Waffe in meinen Händen, spürte, wie ich sie auf Smiths Brust legte und abdrückte. Und ich hielt mich an Hope fest, abermals gebeutelt von einem unerklärlichen Schmerz, als würde jemand mich in den Magen treten.

Nach einer langen Zeit fand ich ein Wort in mir, ein einziges.

»Kanada.«

»Du meinst, wir können da hingehen?«, fragte Hope. »Zusammen?«
Wir *müssen*, dachte ich. Es geht nicht mehr anders. Ich nickte wieder.
»Gut«, sagte Hope. »Du musst nur gesund werden.«

Als ich das nächste Mal aufwachte, war es Nacht, und durch die Tür, die immer noch offen stand, schien der Mond.

Hope schlief neben mir, zu einem Ball zusammengerollt, und ich deckte sie zu und stand auf. Ich war wackelig auf den Beinen, doch es ging.

In einer dunklen Ecke schliefen zwei andere Gestalten auf einer Matratze, und auf einem fadenscheinigen Sofa lag, wie tot, eine dritte Person. Eine dünne junge Frau, das musste Mary-Lou sein. Zwei kleine Kinder schliefen mehr oder weniger auf ihr. Ein Zweijähriger und ein noch kleineres.

Das Fahrrad an der Decke warf seltsame Schatten.

Und dann stand ich draußen und begriff, warum die Tür nie geschlossen war.

Es gab keine Tür.

Jemand hatte sie ausgehängt, vielleicht, um sie zu reparieren, und dann nie wieder eingehängt.

Vor mir erstreckte sich ein sanfter Hügel mit einer Reihe identischer Blockhütten, begleitet von einer Kette aus Straßenlaternen mit durchhängender Oberleitung.

Der Wind strich über das Grasland. Zwei Autowracks, aufgebockt auf Steinen, standen darin wie in einem Meer.

Die Feuerstelle vor Summers Hütte war kalt und schwarz, daneben lagen zwei Dosen, die nach Alkohol rochen. Ich drehte die Dosen um, doch es floss kein einziger Tropfen heraus, und das war schade. Mit Alkohol, dachte ich, ließe sich der Schmerz vielleicht betäuben, der noch immer in mir tobte, das Reißen in den Eingeweiden, das Dröhnen im Kopf. Die Bilder.

Ich wanderte weiter durch die Nacht, immer einen Fuß vor den anderen setzend.

Vor einer der Hütten saß ein alter Mann, fest schlafend, in sich zusammengesackt. Es war zu kalt, um hier draußen zu schlafen, aber er schien es nicht zu merken. Neben ihm stand eine halb volle Flasche.

Ich kannte den Namen auf dem Etikett nicht, ich hob die Flasche auf und trank. Spuckte den ersten Schluck wieder aus. Das Zeug war scheußlich. Aber es wärmte, und den zweiten und dritten Schluck behielt ich bei mir und nahm die Flasche mit auf meine Wanderung die verlassene Straße entlang. Und weiter, weiter, auch nach der letzten Straßenlaterne.

So fand ich das Zelt.

Ein Zelt wie aus einem Film, heller Stoff mit oben herausragenden Pfählen. Neben dem Zelt, an einem Pflock angebunden, stand ein Pferd. Und vor dem Eingang saß jemand, der, wie in einem Film, eine lange Pfeife rauchte. Es war Andrew.

Ich ließ mich neben ihn fallen, und er riss ein Streichholz an, um mein Gesicht im Licht der kleinen Flamme zu betrachten.

»Oh, Junge«, sagte er. »Dir geht's nicht wirklich besser, was? Kannst du inzwischen reden?«

Ich schüttelte den Kopf, stellte die Flasche neben mich.

»Ich dachte, es ist eine Gehirnerschütterung«, sagte Andrew. »Aber langsam glaube ich, es steckt mehr dahinter. Du brauchst einen Arzt. Es gibt ein Krankenhaus im Rez, bisschen weiter weg. Aber ich weiß nicht, ob du dann auffliegst.«

Ich schüttelte wieder den Kopf.

Kein Krankenhaus.

Wenn sie mich festnahmen, würde niemand Hope nach Kanada bringen. Und ich war mir inzwischen ziemlich sicher, dass sie da hinmusste. Möglicherweise liefen hier noch andere Leute von Smiths Company herum, die ein kleines Leben für eine große Menge Erdöl opfern würden.

Ich zeigte auf das Zelt, das Pferd, die Feuerstelle.

»Das ... warum?«, fragte ich. »Geld ... für Strom?«

»Oh, ich könnte den Strom bezahlen.« Er lachte. »Aber ich versuche, anders zu leben, hier draußen. So wie sie damals gelebt haben. Die Oglala lächeln darüber, aber sie akzeptieren es. Ich mache das seit zwanzig Jahren. Einmal im Jahr komme ich her und lebe im Zelt, ohne Elektrizität, ohne alles.

Ich habe in so vielen Projekten gearbeitet ... Projekte, um die Welt zu verbessern, die wir kaputt machen. Wenn du hier lebst, wachst du jeden Morgen auf und weißt: Du machst nichts kaputt. Du hast alles, was du brauchst – und nichts, was du nicht brauchst. Kein Auto. Kein Telefon. Keine Heizung. Keine Plastikverpackungen. Ich esse, was ich schieße: einen Hasen, ein Streifenhörnchen ... verliere jedes Mal zehn, zwanzig Pfund. Aber auch das ist gut für den Körper. Wir essen viel zu viel da draußen.«

Draußen, dachte ich. *Außerhalb des Reservats.* Als wäre das Reservat zum einen ein Gefängnis – zum anderen der einzig sichere Ort.

»Hat Ricky dir gesagt, warum er dich aufgenommen hat?«

Ich schüttelte den Kopf.

»Ricky hat auch einen umgebracht«, sagte er. »Und nie gesessen.«

Ich starrte ihn an. »*Ricky?*«

»Lange her. Ein Freund sitzt für ihn. Er hat Ricky nie verraten. Sie waren zu zweit. Ich weiß nicht, worum es ging bei der Schießerei. Hat er nicht erzählt. Sie waren beide bei den Wild Boyz damals, Gang von hier. Gangs gibt es viele, gucken sich die Jungs von den Großstadt-Amis ab. Na, Ricky ist raus da, war 'ne Weile weg und vor zwei Jahren ist er zurückgekommen mit Summer.«

Ich nickte, und als er nichts mehr sagte, hob ich die Flasche, prostete ihm zu und trank. Spürte, wie sich die Wärme in mir ausbreitete. Und dann schlug mir Andrew die Flasche aus der Hand, mit einer solchen Wucht, dass ich selbst im Sitzen das Gleichgewicht verlor und auf dem Rücken landete wie ein Käfer.

Andrew beugte sich über mich, schüttelte den Kopf, sagte nichts. Dann nahm er die Flasche, drehte sie um und sah zu, wie der Inhalt im Gras versickerte.

»Du bist nicht mehr ganz bei Trost!«, schnaubte er. »Wenn die Alt Rights dich nicht schon so verdammt fertiggemacht hätten, hätte ich dir jetzt eine reingehauen. Junge, guck dich mal um! Was siehst du? Dahinten, wo die Hütten beginnen? Okay, ich werd's dir sagen. Kaputte

Sachen. Kaputte Häuser, kaputte Autos, kaputte Menschen. Und warum? Warum ist alles kaputt hier? Wegen diesem Zeug!« Er trat nach der leeren Flasche.

»Bis vor zwei Jahren gab es in Whiteclay drüben vier Liquor Stores. Vier! Lauter weiße Ladenbesitzer, haben sich dumm und blöd verdient. Literweise haben sie das Zeug ins Reservat gegossen, wir sagen: liquid genocide.« Er nickte. »Hier im Rez ist Alkoholverbot, also haben die Männer sich in Whiteclay besoffen und Streit angefangen, Messerstechereien, alles das. Gab dauernd Tote.« Er warf die leere Flasche in hohem Bogen fort. »Seit zwei Jahren sind die Stores weg. Wir haben hart dafür gekämpft, die Amis sehen das nicht gerne: Ein nüchterner Indianer ist ein denkender Indianer ist ein gefährlicher Indianer. Ein Viertel der Kinder hier ist blöd geboren. Fetales Alkoholsyndrom, siehst du an den Gesichtern. Keine Arbeit, keine Chancen. Mehr Alkohol.« Er schüttelte den Kopf. »Und dann kommst du her und hältst mir eine Flasche ins Gesicht. Willst du dich kaputt machen?«

Ich schüttelte den Kopf.

»Bitte«, sagte ich, das Wort war wieder da. Ein gutes Wort. »Bitte ... hilf mir.«

»Ich?« Er lachte. »Ich bin nur irgendein Weißer von draußen. Ich brauche selbst Hilfe. Ich gehe zu Travis Red Cloud. Er kennt die alten Bräuche alle, führt die jungen Männer zum Sundance. Er ist ein guter Schamane. Aber ein strenger Lehrer. Verzeiht keine Fehler.«

Er schob das Stirnband hoch, fuhr mit dem Finger über das Mara-Tattoo.

Schüttelte den Kopf. »Travis ist der Falsche für dich. Du solltest mit Taylor reden, sie versteht dich vielleicht.« Er zog mich auf die Beine. »Ich bring dich nach Hause.«

Ich hatte keine Ahnung, wer Taylor war, aber wenn sie mir helfen konnte, aus meinem Gefängnis der Sprachlosigkeit auszubrechen und die Schmerzen loszuwerden, die in mir wühlten, würde ich tun, was sie sagte.

Wenn sie ungeschehen machen konnte, was in Preston Hollow geschehen war.

Ich wachte am nächsten Morgen davon auf, dass sie stritten: Summer, die dabei war, einen riesigen Berg Geschirr abzuwaschen, und die junge Frau, die auf einer Kiste saß und rauchte: jünger, blass, mager, in einem engen Oberteil und Jeans. Mary-Lou.

»Ich will seinen verdammten Namen wissen!«, fauchte Summer. »Warum schützt du den Typen? Wir waren uns einig, dass wir da rausmüssen, aus der Scheißspirale. Kein Whiteclay, keine Gewalt. Und jetzt ...«

»Was ist denn los, Mann?«, fragte Ricky, der dabei war, etwas vor der Tür abzuladen, was er sich auf den Rücken gebunden hatte: einen Automotor.

»Jemand hier verkauft Booze«, fauchte Summer. »Alkohol. Frag Mary-Lou, woher sie ihre Dosen hat. Wenn sie hinter sich aufräumen würde, hätte ich's nicht gemerkt, aber da waren zwei Dosen, irgend so ein Gin-Mix, ein Scheißzeug. Sie hat gesagt, sie ist weg davon! Und dann kriege ich auch noch von Lilly mit, dass irgendwer hier verkauft. *Hier* in der Siedlung! Wir waren uns alle einig ...«

»Du warst überhaupt nicht dabei!«, schrie Mary-Lou. »Du warst noch nicht mal im Rez, als sie Whiteclay geschlossen haben, und jetzt kommst du und spielst dich auf! Ich mach mit meinem Geld, was *ich* will. Ich weiß nicht, wie der Typ hieß, der mir das Zeug verkauft hat, der war von draußen, Mann! Du hast keine Kinder, du weißt nicht, wie das ist. Sie sind immer da, immer! Wenn du welche hättest, würdest du dir abends auch die Kante geben.«

»Sie sind immer da?«, fragte Summer und starrte Mary-Lou an, die ihre Zigarette auf dem Boden austrat. »Sie sind *nie* da. Weil du sie ständig irgendwo absetzt und vergisst.«

Ich stand vorsichtig auf und ging hinüber, um ein schmuddeliges Küchentuch zu nehmen und das Geschirr abzutrocknen, ehe der Berg zusammenbrach und die Welt unter sich begrub.

Erst als ich den zweiten Teller abtrocknete, sah ich, dass im Spülbecken ein kleines Kind saß. Zwischen dem Besteck. Es lachte und streckte die Arme nach den Seifenflocken aus, die durch die Luft wirbelten. Es badete.

»Hör mal, Mary-Lou, wenn einer illegal verkauft, kriegen sie den«, sagte Ricky, der hereingekommen war, um sich das Motoröl mit einem alten Lappen von den Händen zu wischen. »Und dann sieht es nicht gut für ihn aus, also sag ihm, er soll sich vom Acker machen, wenn er dir noch mal was andrehen will.«

»Der Kanadier ist wach«, sagte Mary-Lou. Sie sah mich an und dann sahen mich alle an.

»Hey«, sagte ich und nickte. »Wo … wo ist Hope?« Das war ein ganzer Satz, aber er fiel mir schwer.

Ricky zeigte nach draußen. »Passt auf Micky auf.«

Ich ging mit einer Pfanne in der Hand zur Tür und sah hinaus: Hope und das zweijährige Kind saßen auf dem Rücken eines präriegrasfahlen Pferdes, Hope hinten, der Kleine vorn, und ritten um alte Autoreifen. »Wir machen einen Parcours!«, rief Hope. »Mathis, schau! Ich lerne es! Wie man lenkt!«

»Das Kind ist ein Phänomen«, sagte Summer und drehte sich zu mir um. »Sie hat erzählt, dass zu Hause bei ihr alle mehr oder weniger tot sind, aber sie ist trotzdem so fröhlich … Wie eine kleine helle Blume, die auf einem dunklen Ozean schwimmt.«

Ricky lachte und sagte: »Summer malt solche Sachen. Sie ist gar nicht schlecht. Zeig's ihm, Summer.«

Nachdem ich ungefähr einen Umzugswagen voller Geschirr abgetrocknet hatte, fand ich mich vor einem Teller mit Käsetoast wieder. Vor dem Tisch stand Summer und hielt mit stolzem Lächeln Bilder hoch, eins nach dem anderen. Mary-Lou saß neben mir in einem alten Regiestuhl und stillte das Kind, das im Abwaschbecken gebadet hatte, und Hope kam herein, den Zweijährigen auf der Hüfte, als trüge sie dauernd zweijährige Kinder herum.

»Schön«, sagte sie und sah die Landschaft in Summers Händen an, gemalt auf altes Holz wie alle Bilder: eine Landschaft, in der die Sonne gleichzeitig auf- und unterging. Die Prärie war kitschig rot, aber aus dem Gras ragten die alten Möbelstücke und Autoteile der Realität. Das nächste Bild zeigte einen halben Kühlschrank, mit Federn geschmückt, als wären die Kühlspiralen und Kabel die Eingeweide eines geopferten

Tieres. Als hätte jemand diesen Kühlschrank erlegt, und damit vielleicht die ganze moderne Welt. In keinem der Bilder stimmte die Perspektive.

»Sie ist talentiert, was?«, sagte Ricky und legte den Arm, schwarz vor Wagenschmiere, um Summers pummelige Schultern. »Demnächst gibt's 'ne Ausstellung im Gemeindezentrum«, und dann schnappte er sich einen Schraubenzieher und einen Hammer und ging hinaus wie ein Jäger, der mit seinen Waffen auf Beutezug geht.

»Das da, das ist der Ozean, den ich meinte«, sagte Summer und hielt noch ein Bild hoch, größer als die übrigen: ein Bild von einem blau-violett-roten Meer, irgendwie bedrohlich. Ein Zaun ragte aus den Wellen und bei genauerem Hinsehen erkannte ich ein Tor mit einem Vorhängeschloss.

Vor dem Zaun tanzten eine leere Coladose und ein Büffelschädel auf den Wellen. Und irgendwo drinnen, hinter dem Zaun, trieb eine kleine weiße Blume im Wasser.

»Das bist du. Die Blume«, sagte Summer zu Hope. »Ich hab sie heute Morgen erst reingemalt. Andrew hat mir Farben mitgebracht.«

»Als könnte er sein Geld nicht für was Bessres ausgeben«, knurrte Mary-Lou.

»Wozu ist der Zaun?«, fragte Hope.

»Den gibt es so«, sagte Summer. »Das ist das Massengrab von Wounded Knee. Man sollte meinen, sie ehren den Ort, aber aussehen tut's wie ein Müllplatz. Andrew und ich, wir wollten was machen, Bäume pflanzen vielleicht ...«

»Bäume? Wozu das denn?« Mary-Lou schüttelte den Kopf. »Na, Prost.«

»Prost«, sagte Andrew. Wir drehten uns alle um.

Und da stand er, in der nicht vorhandenen Tür, lächelnd, ein bisschen verlegen. Die Feindseligkeit der Frauen zerschmolz zu einem Lächeln. Sie mochten ihn alle. Ich mochte ihn auch.

Er war, was ich hatte werden wollen: ein Weltenbummler, ein Nichtsesshafter.

»Neue Bilder?«, fragte er, und Hope fragte gleichzeitig: »Was ist Wounded Knee?«

Und Andrew nahm Mary-Lous Kind auf den Arm, das sich satt getrunken hatte, und sagte Summer, dass das Bild ihn berühre. Er legte eine Hand um Mary-Lous magere Schultern, und sie stand auf und fuhr flüchtig durch sein schütteres, ergrauendes Haar, das gerade noch für den Pferdeschwanz reichte.

»Nächste Woche ist das Fest im Gemeindezentrum«, sagte er. »Bis dahin hängen wir die Bilder auf. Zwei Jahre alkoholfreies Reservat.«

»Jemand hier in der Siedlung verkauft …«

»Ich weiß«, sagte Andrew und seufzte. »Trevis hat es mir gestern Abend erzählt. Aber jetzt kommt ihr alle mit raus an die Luft, denn ich habe jemanden mitgebracht, der mit dem Jungen hier reden will. Allein.« Er sah mich an. »Bist du bereit?«

Ich nickte. Mir blieb nichts anderes übrig.

»Ich bleibe bei Mathis«, sagte Hope. Andrew schüttelte den Kopf.

»Du bist sehr, sehr stark«, sagte er. »Aber manche Sachen musst du ihn ohne dich auskämpfen lassen.«

Dann stand er auf und sah zu mir hinüber.

»Taylor will mit dir sprechen.«

Und dann stand sie vor mir: Taylor White Grass.

Sie war um die sechzig, hatte aber beinahe weißes Haar, es hing in zwei dünnen, geflochtenen Zöpfen seitlich über ihre Schultern, und sie trug eine Trainingsjacke und Baggy Pants wie die Männer. Sie roch nach Erde, Feuer, Diesel. Ihr Gesicht war ledrig, auf der einen Seite pockennarbig, Daumen und Zeigefinger ihrer linken Hand waren gelb vom Zigarettendrehen.

»So«, sagte sie und setzte sich mir gegenüber an den dreibeinigen Tisch.

»Mathis aus Kanada.«

Ich nickte.

Sie griff in eine schmuddelige gewebte Umhängetasche und stellte etwas auf den Tisch: ein Metronom, das sie mit ihren fleckigen Nikotinfingern in Bewegung setzte.

»Guck es an«, sagte sie. »Guck es einfach nur an, während wir reden.

Ich weiß nicht, was Andrew dir über mich gesagt hat. Trev würde sagen, ich bin keine Schamanin, Trev hasst mich. Aber als ich zum zweiten Mal gesessen hab, Drogen und der ganze Mist, da hab ich angefangen, nach innen zu sehen. Und seitdem kann ich manchmal helfen. Das Metronom, das hab ich von da mitgenommen, wo ich gesessen hab. Sie hatten eine Ärztin, die hatte immer ein Metronom bei sich, und sie hat gesagt: Taylor, guck auf den Zeiger und sag mir, was du siehst. Und ich hab ihr gesagt: »Ich seh einen Zeiger«, und sie hat gesagt: »Erinnere dich, was war«, und ich habe mich erinnert, an mein ganzes beschissenes Leben. Aber noch jemand hat sich an mich erinnert. Die Geister. Danach habe ich nach innen gesehen. Als ich draußen war, habe ich mit allem neu angefangen. Ich glaub nicht, dass die Frau ihr Metronom vermisst, sie wird eine ganze Menge davon haben, und ich brauche es hier.« Sie nahm das Bild vom Tisch und hielt es aufrecht hinter das Metronom, das Bild vom Meer und dem Zaun.

»Geh hinein«, befahl sie.

»*Was?*«

»Geh hinein, in Summers Bild. Andrew sagt, du hast Schmerzen, und du weißt nicht, woher, und du hast deine Worte verloren. Geh in das Meer und nimm die Schmerzen mit.«

Sie spinnt, dachte ich, lass sie spinnen, tu ihr den Gefallen, und ich nickte, und sie sagte: »Okay, bist du drin?«

Ich nickte wieder, obwohl ich in gar nichts war außer in der kaputten Sozialwohnungshütte eines Messis.

»Weiter!« Taylor lachte. »Du musst dir schon die Füße nass machen, Junge.«

Da stellte ich mir vor, ich stünde wirklich im Meer. Es schwappte um meine Knie, es war kalt und ich streckte die Hand nach dem Gittertor aus.

»Nicht so hastig!«, sagte Taylor. »Das Ding hat ein Vorhängeschloss. Bleib da stehen. Erinnere dich und erzähl.«

»Ich ... kann nicht«, sagte ich. »Die ... Worte ...«

»Du brauchst sie jetzt nicht. Du kannst ohne Worte erzählen. Denk es, Satz für Satz.«

Ich dachte: »Ich kann denken, was ich will, diese Frau hat keine Ahnung, was ich denke«, und dann dachte ich: »Wir waren in Preston Hill«, und dann dachte ich: »Wir waren im Darién, und ich habe auf einen Menschen geschossen, das war der Anfang. Es war alles so grün und wir mussten da raus und ich habe die Hemmschwelle verloren. Die ganze Menschheit hat die Hemmschwelle verloren, wir machen die Erde ungehemmt immer weiter kaputt. Ich bin nur ein Teil von allem.«

»Genauer«, sagte Taylor. »Guck auf das Metronom. Details. Du brauchst Details.«

»Uniformen … sie trugen Uniformen, grün in grün, im Dschungel. Er hatte einen hellblauen Sweater an, hellblau vor der weißen Wand im Flur. Die Heizung. Ein Springseil. Die Soldaten hatten nur ihren Job gemacht. Da waren Papierherzen in den Fenstern, seine Kinder haben die Herzen gebastelt. Wer will schon Frieden? Ich hatte beide Hände an der Waffe. Ich habe sie ihm auf die Brust gesetzt und abgedrückt. Ich habe ihm nicht ins Gesicht gesehen. Er war sie alle. Er ist die Welt. Sie bringen das Gute um, das Wehrlose. Ich war so wütend.

Ich war wie sie.«

Ich spürte, wie der Schweiß an mir hinunterlief. Nein, es war das Meer, in das ich gewatet war. Es stieg. Das Tor im Zaun war noch immer verschlossen und ich kletterte hinauf.

»Da liegen sie«, sagte Taylor. »In dieser Umzäunung. Als dürften nicht mal ihre Seelen frei sein: unsere Ahnen. Sie haben sie aus ihrer Heimat vertrieben, da sind sie hierhergekommen. Es war Winter. Und die Soldaten haben sie eingekesselt und durchsucht. Einer wollte die Waffe nicht abgeben, ein Schuss hat sich gelöst. Dann haben die Amerikaner sie alle niedergeschossen, alle, Frauen und Kinder und Alte. Big Foot als Ersten, ihren Häuptling. Er war krank, konnte sich nicht wehren. Seine Leiche ist am Gras festgefroren. Es gibt ein Foto. Das war der letzte Kampf der Oglala Lakota. Das Unglück ihrer Kinder dauert bis heute, so viele unglückliche Menschen! *Du* bist nur einer. Vielleicht bist du gar nicht so wichtig?«

Ich nickte, und auf einmal sah ich sie, die steif gefrorenen Körper in der eisigen Prärie. Dann sah ich mehr Menschen, eine unendliche Menge an Menschen, gefangen auf dem Friedhof, den sie sich selbst gemacht hatten. Sie standen Schulter an Schulter, Menschen aller Nationen, und das Wasser reichte ihnen bis zu den Schultern. Sie würden ertrinken.

»Du bist klug, Junge«, sagte Taylor. »Auf den Zaun zu klettern, war gut. Man sieht weit.«

»Ja, aber was soll ich hier?«, fragte ich. »Ich kann denen da unten nicht helfen!«

»Denkst du das wirklich?« Taylor schnalzte missbilligend. »Dann bist du nicht so klug, wie ich dachte.« Sie schnalzte noch einmal.

Auf einmal wurde alles schwarz, und als ich den Raum wieder sah, nahm Taylor gerade die Hand von meinen Augen. Das Metronom stand still.

»Wie geht es den Schmerzen?«, fragte Taylor.

Ich versuchte, sie zu fühlen, aber sie waren weg. Nur noch ein leiser Nachhall war geblieben, wie ein Kater. Taylor hatte recht, ich war klein und unwichtig im Vergleich zu allem, was auf der Welt geschah.

»Ich möchte es ... sehen«, sagte ich. Leise, stockend, aber die Worte kamen. »Das Grab, Wounded Knee.«

Hope drängte sich an mich, als wir vor dem Zaun standen.

Wie im Bild ging die Sonne unter und tatsächlich war das Wintergras rot.

Aber es gab kein Meer, natürlich, und es war auch nicht so trostlos, wie ich gedacht hatte: Da waren Blumen, jede Menge Blumen an der Steinstele, die an einer Seite des Grabes stand. Und am Zaun hingen bunte Tücher, die sich im Abendwind bauschten.

»Und du kannst wieder sprechen?«, flüsterte Hope.

»Nicht ganz«, sagte ich. »Aber es kommt ... zurück. Vielleicht war es ... ein ... eine Störung in der ... Blut ... Durchblutung. Im Sprachzentrum. Wie bei ... Schlaganfall.«

»Hm, hm«, sagte Andrew nur. Er war es, der uns mit dem Van hier rausgebracht hatte, zusammen mit Ricky. »Taylor hat etwas anderes gesagt. Sie hat die Geister von denen auf dich gehetzt, hat sie gesagt. Sie sah sehr zufrieden aus.«

Wir standen jetzt näher an der Steinstele, und ich sah, dass die Blumen verwelkt waren, manche waren aus Plastik oder Stoff, halb verrottet. Es gab auch eine Art Opfergaben: aus Gräsern geflochtene Ketten, Federn, Knochen. Eine Flasche Schnaps. Die bunten Tücher waren Teile von Kleidung, ein zerrissenes Tanktop, der Ärmel eines Hemdes.

»Summer würde sagen, das ist bloß Müll, aber das ist es nicht«, sagte Ricky leise. »Es sind wirklich Opfergaben. Taylor hat es dir erzählt, oder? Da liegt er, Big Foot, ein wunderbarer Mann. Summer hat ihn gemalt. Er war der Letzte, der Widerstand geleistet hat gegen die Zwangsumsiedlung seiner Leute. Sie waren Viehzüchter und Nomaden, aber auf einmal sollte ihr Grasland zu Äckern werden. Er hat ihnen gesagt, dass das nicht funktioniert. Das Land braucht die Graswurzeln und die Hufe der Herden, um zusammenzuhalten. Den amerikanischen Siedlern ist später alles um die Ohren geflogen. Wenn er nicht schon tot wäre, würd' er sich totlachen in seinem Grab. Er hat den Weißen gesagt, dass man die Erde zu nichts zwingen kann, und sie haben nicht gehört, und da sitzen sie mit ihrem Schlamassel. Bloß scheiße, dass wir mit drin sitzen.«

»Wir sollten langsam los«, sagte Andrew. »Es wird dunkel. Besser, man ist dann nicht draußen.«

»Wegen der ... Geister der Vergangenheit?«, fragte Hope.

»Wegen der Geister der Gegenwart«, sagte Andrew. »Bei näherem Hinsehen kriegt man das Gefühl, dass die Vergangenheit nie so schlimm ist wie die Gegenwart.«

Die Dinge heilten langsam.

Mehr und mehr Worte und Sätze kamen zu mir zurück. Taylor White Grass hatte keine Wunderheilung vollbracht, aber sie hatte etwas angestoßen.

Wir hatten es nicht eilig. Ich gab Summer einen Teil unseres Geldes, weil sie uns beherbergte, und sie sagte: »Verdammt will ich sein, immer das Scheißgeld, aber wir brauchen's, das tun wir.« Dann küsste sie die

Scheine, griff in den Ausschnitt ihres Schlabber-T-Shirts und steckte sie in ihren BH.

Es wurde kalt, Ricky hängte einen Teppich in die Türöffnung, ein kleiner Ölofen bollerte jetzt drinnen. Mary-Lous Kinder liefen ständig Gefahr, sich daran zu verbrennen. Wir versuchten, auf sie aufzupassen, denn Mary-Lou war meistens weg. Wenn sie nach Hause kam, fiel sie wie tot auf das Sofa, und Summer sagte: »Sie hat wieder irgend'nen Typen. Hält nicht lange.«

»Bei uns hält es, für immer«, sagte Ricky und wirbelte sie mit ein paar Tanzschritten durch den schmalen Raum zwischen Kisten und Boxen.

Sie nahmen uns mit, auf dem Pferd. Pferde waren unausweichlich immer da. Nahmen uns mit über das Grasland, auf dem man nichts anpflanzen konnte.

»Bad Lands«, sagte Hope, »sie nennen es so, aber es ist eigentlich hübsch.«

Wir ritten bis zu einem kleinen Wäldchen, wo die Kiefern ein wenig Grün in den Himmel malten.

Summer hatte Hope in mehrere Schichten von Kleidung aus irgendeiner Kleidersammlung gesteckt: eine zu große rosa Daunenjacke, zwei Paar Leggins und Moonboots, und so saß sie vor mir auf dem Pferd und griff nach den Zweigen, von denen der weiße Raureif stäubte wie Sternenstaub.

»Mathis!«, sagte sie. »Ist es in Kanada so, wenn Winter ist? Kann man auf einem Pferd durch den Wald reiten und Sternenstaub von den Bäumen holen?«

»Ich weiß nicht«, sagte ich. »Die Bäume sind höher.«

»Das ist ja nicht schlimm«, sagte Hope und lachte, »solange die Pferde dann auch höher sind.«

Wir kamen auf eine kleine Lichtung, auf der ein altes Sofa stand, Schaumstoff quoll aus den Nähten, und Ricky und Summer saßen ab. Ricky reparierte nie etwas, aber reiten konnte er. Reiten konnten sie alle wie die Teufel: ohne Sattel, ohne Zaumzeug, mit nichts als einem alten Strick und ihrer Willenskraft.

»Das hier«, sagte Ricky, »ist ein mystischer Ort.« Er drehte sich einmal um sich selbst, den Blick zu den Kronen der Kiefern erhoben. »Taylor sagt, man kann hier gut nach innen sehen, und Summer hat die Lichtung gemalt, verdammt gutes Bild.«

Summer lachte. »Als wir damals zurück ins Rez gekommen sind, ist er dauernd hier gewesen.«

»Ich hab mich einfach ins Gras gelegt und in die Bäume geguckt«, sagte Ricky und tat genau das, und da kletterten wir vom Pferd und taten dasselbe. Wir lagen ebenfalls auf dem Boden, zwischen verstreuten Zigarettenpackungen und Flaschenverschlüssen, und sahen in den blassblauen Himmel mit den frostigen Kiefernästen darin, und Ricky sagte: »So war es früher. Da waren wir eins mit der Natur. Wir wussten alles und wir haben alles verstanden. Das muss eine verdammt schöne Zeit gewesen sein.« Er holte sein Handy heraus und hielt es über sich. »Ich hab ein Bild hier drauf, von meinem ersten Sonnentanz. Nächstes Jahr mach ich das wieder. Wenn ich alle vier Tänze geschafft habe, wer weiß, Mann, vielleicht kapier ich dann mehr von all dem hier um uns rum.«

Das Foto auf dem Display zeigte ihn selbst, durch ein Seil verbunden mit einem großen Baum auf der Ebene, im Hintergrund ein paar andere junge Männer, ebenfalls an Seilen, als wären die Seile Nabelschnüre und der Baum ihre Mutter. »Du tanzt vier Tage, ohne zu schlafen, ohne zu essen. Du tanzt, bist du Dinge siehst«, sagte er. »Dann reißt du dich los.«

»Du – reißt dich los?«, fragte Hope.

»Von dem Seil. Sie stecken einen Knochenpflock durch die Haut, hier, an der Brust, oder am Rücken. Wenn du dich losreißt, bleibt ein Stück vom Fleisch hängen, du opferst dem Baum ein Stück von dir selbst. Hier!« Er klickte weiter, und jetzt sah man ihn, verschwitzt, mit herunterhängenden Haaren und wilden Augen wie auf Droge, mit einer stark blutenden Wunde an seiner linken Brust, über dem Herzen.

Hope schüttelte sich, aber Ricky lachte stolz.

»Nicht jeder kann das. Du musst eine lange Zeit mit Trevis studieren, die alten Rituale und die Lakota-Sprache lernen, die sie den Kindern in den Schulen früher verboten haben. Wenn du einmal getanzt hast, musst du da durch, vier Mal. Du bittest mit dem Tanz für irgendwen … für die Toten … oder die Lebenden … Ich hab meinen ersten Tanz für einen Freund gemacht, der sitzt, der mich nicht verraten hat. Er hat keine Chance, aber ich hab eine. Eine Chance, zurückzufinden zu dem, was früher war.«

»Keine Autos, kein Fernsehen, keine Handys«, sagte Hope.

Ricky lachte. »Klar, kann ich drauf verzichten. Ist sowieso alles für 'n Arsch. Auf dem Handy ist fast nie Guthaben, das ist gerade 'ne Ausnahme, und Strom haben wir auch keinen. Mann, wenn wir unseren Stolz wiederkriegen könnten, das, was wir waren. Dann würd' ich sofort das Handy wegschmeißen.«

Er rollte sich auf den Bauch, sah mich an und sagte plötzlich: »Du. Du hast auch einen umgebracht.«

Ich nickte und sah ihn nicht an.

»Du musst weg, irgendwann«, sagte er. »Versteh mich nicht falsch, ich hab kein Problem damit, dass du im Rez bleibst, aber es gibt welche, die sehen das anders, weil du keiner von uns bist. Du bist jetzt eine Woche hier, und manche sagen, dass wir Ärger kriegen, wenn wir dich verstecken. Dass es besser wäre …«

»Die Polizei zu rufen und mich auszuliefern«, sagte ich. Der Wind in den Kiefernzweigen über uns hatte auf einmal etwas Bedrohliches.

»Bullshit. Niemand hier liefert dich aus«, sagte Summer. »Ricky, jetzt mach ihn nicht verrückt.«

Ricky zuckte die Schultern. »Ich sag ihm nur, wie's ist.«

Hope sprang auf und stand da, mitten auf der Lichtung, neben dem kaputten Sofa, und sah sich um, als wären die, die vielleicht die Polizei rufen wollten, schon hier.

»Kanada!«, rief sie, wie eine Beschwörungsformel. »Wir gehen nach Kanada! Bald. Oder?«

Ich seufzte und sagte nichts.

»Kanada hat ein Auslieferungsabkommen mit den USA«, sagte Ricky. »Weiß ich zufällig sehr genau, hatt' ich mir auch mal überlegt.«

»Aber er kommt von da«, sagte Summer sanft. »Er muss nach Hause. Das ist der einzige Ort, an den er gehen kann, Ricky. Wir sind auch nach Hause gegangen, nach allem, was passiert ist. Hast du mit deinen Eltern gesprochen, Mathis?«

Ich schüttelte den Kopf. »Was soll ich ihnen erzählen? Dass ihr Sohn ein Mörder ist?«

Summer schüttelte den Kopf. »Sag ihnen, du kommst nach Hause. Das ist das einzig Wichtige. Als ich meiner Mutter gesagt habe, wir kommen nach Hause, nach der ganzen Scheißzeit draußen in der Großstadt, da hat sie geweint. Sie war so glücklich. Sie ist kurz danach gestorben, aber sie war glücklich.«

»Und dein Vater?«, fragte ich und dachte an meinen eigenen Vater. Daran, wie er am Fenster stand und hinaussah und sich fragte, wo sein Sohn war, der sich zuletzt aus Mexiko gemeldet und um Geld gebettelt hatte.

Summer zuckte die Schultern und zerbrach ein paar steif gefrorene Grashalme wie Glas.

»Mein Kumpel und ich«, sagte Ricky leise. »Wir waren damals beide auch Kumpels von Summer. Beide verknallt. Wir haben uns um sie gekümmert. Der, den wir umgebracht haben ... das war ihr Vater.«

»Was?«

»Irgendwer musste das machen«, sagte Ricky ernst. »Wir haben jahrelang zugeguckt, was er mit Summer gemacht hat, und irgendwann hat es gereicht, irgendwann war klar, der alte Herr muss gehen. Das waren unsere Zeiten in der Gang, bei den Wild Boyz. Da fühlten wir uns stark. Wir hätten den Alten der Polizei melden können, aber keiner hier mag die Polizei.«

»Aber man kann doch nicht alle erschießen, die ...«, begann ich.

»Nee«, sagte Summer, »sonst hätte man nämlich ewig zu tun. Wenn du da rausgehst und alle Männer erschießt, die solche Sachen machen wie mein Vater, wirst du nie fertig.«

»Mathis!«, rief Hope, und ich sah, dass sie auf das Pferd geklettert war. »Was ist denn jetzt mit Kanada? Gehen wir oder nicht? Was ist mit deiner Reportage? Schmeißt du alles hin?«

Da stand ich auf und legte meine Hand an den warmen Hals des Pferdes.

»Mach dir keine Sorgen«, sagte ich. »Ich bringe dich dahin. Wir müssen nur mal wieder an den Grenzkontrollen vorbei, weil sie mich sonst da schnappen, und darüber muss ich eine Weile nachdenken, okay?«

»Vielleicht«, sagte Ricky, »solltest du tanzen. Die Hilfe der Geister erbitten. Klingt für dich sicher komisch, aber die können helfen. Als ich hergekommen bin, stand ich knietief in der Scheiße, und ich habe den Sonnentanz gemacht, und irgendwie wurde alles besser.«

»Das geht nicht, er ist kein Lakota«, sagte Summer. »Trevis wird nie mit ihm reden. Und selbst wenn, die Vorbereitungen dauern ein Jahr.«

»Ist okay«, sagte ich, »ich bin nicht so wild darauf, einem Baum mein Fleisch zu opfern. Wir kommen auch so nach Kanada.«

»Wie?«, fragte Hope.

»Gib mir eine Woche.«

Summer nickte. »Eine Woche. Ich halte die wilden Hunde fern.«

Ich nahm das Handy sicher hundert Mal aus der Tasche und wählte die Nummer meiner Eltern und rief dann doch nicht an. Ich lag nachts auf der Matratze und hörte Mary-Lou draußen mit ihrem Typen streiten und rief nicht an.

Und dann feierten sie ihr Fest: zwei Jahre alkoholfreies Reservat.

Ich half, das weiße Zelt vor dem Gemeindezentrum aufzustellen. Trug gemeinsam mit den anderen Männern den riesigen, frisch geschlagenen Baum auf die Wiese, Symbol von Stärke und Wachstum: eine Pappel, deren Blätter schon herbstbunt waren und mit Reif überzogen wie das Gras draußen.

Sie war dennoch stark und groß, die Pappel, und es fühlte sich gut an, sie aufzustellen. Ich spürte, dass es allen so ging, ich sah ihre Gesichter strahlen. Niemand sagte, dass ich nicht dabei sein sollte.

Auch Taylor winkte mir zu. Sie trug eine scheußliche neue rot-pink gemusterte Bluse, aber sie trug sie so stolz, dass sie fast schön darin war. Sie waren alle da, Summer und Ricky und Mary-Lou und ihre Kinder und alle, die wir kannten, und Summers Bilder hingen an den

Wänden und wurden von allen bewundert, und dann wurden Reden gehalten.

Andrew sprach über die Zukunft und darüber, wie wichtig sie ist. Die Reservatsschule sang mehrere Lieder, und es gab in diesem Jahr, hieß es, zwei Stipendiaten, die Geld fürs College bekamen: ein Erfolg.

Aber in den Augen aller sah ich noch immer die Traurigkeit.

Komisch: Die Maya hatten immer gelacht, egal, wie schlimm alles war.

Die Lakota schienen immer traurig zu sein, auch wenn etwas schön war.

Es gab Musik und Tanz und Kaffee und Kuchen, wie bei einem amerikanischen Wohltätigkeitsbasar. Mary-Lou tanzte mit mir Discofox und Hope tanzte neben uns mit ein paar anderen Kindern und hatte ihre Sorgen für eine Weile vergessen. Sie trug keinen Verband mehr, sondern ein altes gelbes Basecap, das irgendwer für sie gefunden hatte.

»Mathis!«, sagte Mary-Lou und schlang ihre Arme um mich, als die Musik langsamer wurde, und brachte ihren Mund ganz nahe an mein Ohr. »Sie sagen, du weißt nicht, wie du rüberkommst nach Kanada? Ohne Kontrolle?«

»Hm«, sagte ich. Wir befanden uns neben Summers Bild von dem Ozean, und mir war, als würde das Wasser im Rhythmus der Musik gegen das Gittertor schwappen.

»Ich kannte einen, der ist übers Eis gegangen«, wisperte Mary-Lou. »Ist 'ne Weile her. Drei Tage gelaufen.«

»Wo? Über welches Eis?«, wisperte ich zurück, und sie sagte: »Great Lakes.«

Ich wollte sie fragen, um welche Jahreszeit das gewesen war, aber sie hatte sich schon losgemacht und driftete durch den Raum zu einem großen Typen, bullig wie ein Riese, der sie an sich zog und küsste.

Ich ließ mich wieder auf meinen Klappstuhl fallen und Andrew fiel neben mich.

»Gefällt's dir?«, fragte er. »Die Schule, Mann, die Schule ist ein Lichtblick. Diese Stipendien! Vielleicht werden ein paar von den Kindern ja doch was, trotz ihrer Alkohol-Vorbelastung. Aber gerade jetzt kürzt die

Regierung die Gelder. Für die Schule und die Programme, die die Kids nachmittags auffangen, Sport und so, damit sie nicht in die Gangs rutschen. Diese beschissene Regierung! Wir warten hier alle drauf, dass jemand den Clown im Weißen Haus erschießt, na, ich fürchte, man muss alles selber machen.« Er trank einen Schluck kalten Kaffee aus einer weißen Wegwerftasse. »Schau sie dir an! Von denen hätten wir lernen können, was es heißt, mit der Natur zu leben. Aber die Zeiten, in denen sie es uns hätten beibringen können, sind vorbei.«

»Nicht ganz«, sagte jemand neben ihm, ein alter Mann in traditioneller Kleidung, sein Haar lang und weiß, das Gesicht zerfurcht von Falten. Trevis, ich wusste es sofort. Der Schamane.

»Lernen kann jeder immer«, sagte er. »Man muss nur zuhören. Dem Land zuhören. Ihr lebt alle so schnell, dass ihr nichts hört.«

»Was sagen die Dinge, denen du zuhörst, über unseren Alkoholschmuggler?«, fragte Andrew.

»Sie sagen, dass wir ihn sehr bald fassen«, sagte Trevis ernst. »Und dass er sich das nicht wünschen sollte.«

An diesem Nachmittag machte ich endlich wieder Bilder. Ich versuchte, frohe Menschen einzufangen, stolze Menschen statt traurige, Menschen mit Kuchenstücken und Kaffeetassen in der Hand, Menschen beim Tanzen und Kinder beim Seifenblasenpusten auf der Wiese.

Ich hatte schon zu viel Elend fotografiert auf unserer Reise.

»Machst du also weiter?«, fragte Hope und setzte sich neben mich. »Machst du weiter mit deiner Reportage? Und allem?«

»Vielleicht will ich die Bilder nicht mehr veröffentlichen«, sagte ich. »Vielleicht sind sie ... zu privat. Ich mache sie trotzdem.«

Ich schickte meinen Eltern eines der Fotos: ein schönes, helles Foto, auf dem Hope am dicken Stamm der Pappel lehnt, das blassgelbe Käppi ein leuchtender Fleck vor der rauen Rinde, und neben ihr ein Pferd mit einem Mann und einem kleinen Jungen auf dem Rücken, die bunte Stoffstreifen an die untersten Pappeläste hängen.

Wir kommen bald, schrieb ich. Und, als Nachsatz: *Nicht der Mann und das Pferd.*

Und dann gingen wir nach Hause, feiermüde, aber glücklich, irgendwie. Mary-Lou hatte eine ganze Weile mit Andrew getanzt, nachdem ihr Typ verschwunden war, seitdem sah auch Andrew glücklich aus. Ein bisschen verlegen wie immer, und glücklich.

Er trug Mary-Lous Kinder auf dem Arm, beide. Sie selbst war nicht aufzufinden.

»Andrew«, sagte ich. »Kann man übers Eis der Great Lakes gehen?«

Er sah mich eine Weile ernst an, wie wir da vor dem alten blauen Van standen, der uns nach Hause bringen würde. »Man kann eine Menge Sachen machen«, sagte er. »Aber es ist nicht klug.«

Ich war nur ein einziges Mal bei den Lakes gewesen, als Kind, am Lake Superior, und ich erinnerte mich an flirrendes Blau, eine unendliche Fläche und an die Hände meines Vaters, die mich im Wasser hielten, weil ich noch nicht schwimmen konnte.

»Sind verdammt groß«, sagte Andrew. »Eher wie ein Meer. Aber das weißt du.«

»Das Meer, in das Taylor White Grass mich geschickt hat, war auch verdammt groß«, sagte ich. »Am Ende saß ich oben auf dem Zaun, bei den Gräbern, aber ich bin nie heruntergeklettert.«

»Das solltest du tun«, sagte Andrew.

Er bettete die beiden schlafenden Kinder hinten in den Van, und Ricky kletterte hinterher, um sie festzuhalten, weil es keine Kindersitze gab. Summer beugte sich in den Van und küsste ihn und sagte: »Fahrt ihr schon, ich muss noch mal rein, da will vielleicht einer ein Bild kaufen.«

Und Ricky sagte: »Aus dem Rez? Da hat doch keiner Geld.«

Aber Summer lächelte nur geheimnisvoll. »Typ vom Casino.«

»Welcher Typ vom Casino?«, fragte Ricky misstrauisch.

»Du machst einem echt auch jede Scheißüberraschung kaputt«, sagte Summer, lächelte aber immer noch. »Der Besitzer, Mann! Demnächst hängt eins von meinen Bildern da. Das ist vielleicht *der* Durchbruch!«, und da sagte Hope, sie wolle das Bild sehen, und ich wollte es auch sehen, und so blieben wir. Summer meinte, uns würde später schon jemand mitnehmen.

Und wir drehten uns um, um durch die anbrechende Dunkelheit zum Gemeindezentrum zurückzugehen. Es waren nur hundert Meter. Aber wir kamen nie dort an.

Sie standen direkt vor dem Zentrum, auf der Straße, und brüllten sich an: vier Männer, die ich nicht kannte. Summer sagte: »Die sind besoffen.«

Wir waren stehen geblieben.

»Kein Wort! Ich glaub dir kein Scheißwort!«, schrie einer der Männer, eine Dose in der erhobenen Hand. »Klar hast du ihm erzählt, ich würd' klauen! Ist auch logisch, damit sie mich feuern und deine Schwester den Job im Casino kriegt, woanders gibt's ja keine.« Er trank noch einen Schluck aus der Dose, und in diesem Moment trat jemand aus dem Zentrum, ein untersetzter, älterer Mann, besser angezogen als die Übrigen. Er war mir schon drinnen aufgefallen.

»Das ist er«, flüsterte Summer. »Der Chef vom Casino.«

Ich dachte, er würde etwas tun oder sagen, den Streit schlichten. Aber er stand einfach nur da.

Und dann gingen sie aufeinander los. Ich sah ihre Fäuste in der Luft, das Knäuel aus Körpern, das sich in der beginnenden Nacht über den Asphalt wälzte, hörte das Keuchen.

Und der Mann stand einfach da, oben an der Treppe, und tat nichts.

Und ich tat auch nichts. Lief nicht hin, rührte mich nicht, weil Summer mich eisern festhielt.

Dann schrie jemand auf, lang und gellend, und drei der Männer rappelten sich auf.

Der vierte blieb liegen.

»Scheiße«, flüsterte Summer. »Scheiße, die hatten ein Messer.«

Wir sahen die drei langsam rückwärts gehen, sich dann umdrehen und rennen. Der vierte Körper blieb still.

Und Summer zog uns blitzschnell von der Straße weg, in den Schatten zwischen einem Haus und einem alten Schuppen. Wenn jetzt jemand die Bullen holte, wäre es schlauer, ihnen nicht zu begegnen; sie hatte recht.

Direkt neben uns befand sich das niedrige, glaslose Fenster des Schuppens.

»Ist der tot?«, hörte ich eine Frauenstimme von dort drinnen flüstern. »Sie waren völlig blau! Du hättest ihnen das Zeug nie ...« Es war Mary-Lou.

»Schhh, ganz ruhig!«, flüsterte eine Männerstimme. »Bleib hier, hier sehen sie uns nicht.«

»Aber wir müssen nachsehen, ob er ...«

»Schhh!«, machte er wieder, und jetzt sah ich sie, schemenhaft, im Abglanz des Straßenlaternenlichts von draußen. Sie stand mit dem Rücken an einen Stapel Reifen gelehnt, und er hatte die Arme fest um sie geschlungen und küsste sie jetzt, presste sie mit seinem bulligen Körper gegen die Reifen, während sie sich sträubte.

»Ich liebe dich«, hörte ich ihn flüstern. »Vergiss die da draußen, sie sind es nicht wert, ich will dich, du bist wichtig, du, wir, sonst nichts ... du bist so wunderschön ... entspann dich ...«

Und ich sah, wie er seine Hose herunterstreifte, und dann sah ich weg.

Ich fluchte, lautlos. Auf der Straße lag der Tote. Summer drückte Hopes Gesicht in ihr T-Shirt. Als nützte es jetzt noch etwas, sie vor dem Anblick zu schützen.

Und jetzt näherte sich ihm eine Gruppe von Männern, gebeugt, alt. Würdevoll.

Sie schienen leise zu beraten und bei ihnen stand der Besitzer des Casinos.

»Sie waren alle voll«, hörte ich ihn sagen. »Das war kein Mensch, der den hier erstochen hat. Es war der Alkohol, wie immer.«

Im Schuppen neben uns zischte Mary-Lou etwas, das ich nicht verstand, und wir hörten ihren Typen schwer atmen, dann war es kurz still, und dann sagte sie leise: »Arschloch. Entweder haust du jetzt ab oder wir ziehen wieder zusammen wie früher. Wenn du das Zeug schon vertickst, will ich auch was von dem beschissenen Geld sehen. Du hast ein Kind, Mann, zwei Jahre alt, auch wenn du sagst, es ist nicht deins. Also komm und übernimm was von der Scheißverantwortung.«

»Ich überleg's mir«, flüsterte der Typ. »Wenn du den Mund hältst über alles andere. Guck dir das an, die holen die Bullen! Vielleicht gehen wir doch besser.«

Er hatte recht, ich sah, wie der Casinobesitzer telefonierte.

Mary-Lou blieb in der Tür stehen, aber der Typ, eine Tasche geschultert, ging mit raschen Schritten in die andere Richtung. Und wahrscheinlich hätte niemand ihn beachtet, weil alle genug mit dem Toten zu tun hatten.

Aber Summer sprang vor wie eine Raubkatze, aus unserer Nische heraus, und rannte ihm nach. Sie bekam den Riemen seiner Tasche zu fassen und zog, und die Tasche rutschte von seiner Schulter: eine alte, schadhafte Sporttasche.

Die Dosen, die auf die Straße kullerten, schrien eine Anklage in die Nacht.

»Lass die Finger von mir!«, fauchte der Typ, versuchte, die Dosen einzusammeln, sah, dass jetzt ein paar der Männer auf ihn zukamen – und rappelte sich auf, um zu rennen.

Er rannte nicht. Jemand hielt ihn fest.

Ein dummer Kanadier, der sich nicht mehr im Schatten versteckte.

Ich hielt diesen Typen im Schwitzkasten, er war stark und sehr viel schwerer als ich, er befreite sich, hielt auf einmal eine Pistole in den Händen – und ein Schuss hallte durch die Nacht.

Ich wartete auf den Schmerz. Aber es gab keinen Schmerz.

Summer sackte unter uns weg, ihr runder Körper fiel in sich zusammen wie ein seltsamer Ballon.

In derselben Sekunde war der Casinobesitzer bei uns und trat dem Schützen, erstaunlich gezielt, die Waffe aus der Hand. Und dann waren eine Menge Leute da, offenbar waren doch noch viele im Gemeindezentrum gewesen.

Mary-Lous Typ hatte keine Chance mehr.

Sie hielten ihn alle gemeinsam am Boden fest.

»Du also«, sagte einer der Ältesten. »Du hast das Zeug verkauft. Du siehst ja, was du verkauft hast. Den Tod.«

»Mach ihn fertig«, sagte ein anderer.

Die Pistole war in der Hand des Casinobesitzers, er hatte sie aufgehoben.

»Nein!«, schrie eine helle Kinderstimme. Hope. Sie stand hinter uns und brüllte, noch einmal, so laut sie konnte. »Nein!«

Und ich sah die anderen an, auf deren wettergegerbten Gesichtern das Laternenlicht lag wie eine Maske.

»Nein«, sagte ich. »Sie hat recht. Die Polizei kommt sowieso.«

»Übergeben wir ihn der Polizei«, sagte einer der Ältesten. Ich begriff, dass es Trevis war, der Schamane, der nicht gern mit Nicht-Lakotas redete. Jetzt nickte er Hope und mir kurz zu. Und dann waren die Sirenen da.

Aber wir, wir waren nicht mehr da.

Wir waren eins geworden mit den Schatten, und ich wusste, dass weder Trevis noch die anderen uns verraten würden. Wir würden zu Fuß nach Hause gehen, durch die Bad Lands.

Summer würde nie mehr irgendwohin zu Fuß gehen.

Die Mordrate ist hoch, im Pine Ridge Reservat, und die Lebenserwartung gering, ich habe es später nachgelesen.

Sie entspricht der von Somalia.

Als wir ankamen, flackerte in Ricky und Summer Lacroix' Haus Licht.

Ich hatte Hope die letzte halbe Stunde getragen, wir waren weit gelaufen, sie schlief.

Ich hob den Teppich im Eingang, und da saßen sie alle um den Ölofen herum, im Zigarettenqualm, und sahen zu mir auf:

Ricky und Andrew und Taylor White Grass und Trevis Red Cloud, der irgendeinen motorisierten Transport gefunden haben musste, und auf dem Sofa lagen Mary-Lous Kinder und schliefen unter einer schäbigen alten Decke. Ich sah Ricky an und Ricky sah mich an, seine Augen waren rot, sein Gesicht verquollen vom Heulen. Er saß mit bloßem Oberkörper da, sodass man die Narben vom Sundance sah und alle Tattoos, die Bärenpfote der Wild Boyz Gang, die verschnörkelte Schrift, die quer über seine Brust lief wie eine Halskette. Zum ersten Mal las ich sie: *Summer for eternity.*

Und ich dachte: *Vida loca por siempre,* und dass das ungefähr das Gegenteil war.

Trevis stand auf, legte mir eine schwere Hand auf die Stirn und sagte »Mitakuye Oyasin«.

Es war wie ein Segen, den ich nicht verstand.

»Lakota«, sagte Taylor. »Es ist Lakota für *all my relations*. Wir sind alle verwandt. Wir sagen es manchmal als Gruß oder als Abschied und ... Setz dich verdammt noch mal zu uns, Mathis.«

Ich setzte mich, Hope noch immer auf den Armen, und dachte, dass dieser Schamane über einen sehr großen Schatten gesprungen sein musste, um das zu mir zu sagen.

Und dann sagte er noch etwas, nicht auf Lakota, er sagte: »Sie ist nicht wirklich tot.«

Ricky hielt eines von Summers Bildern im Arm. Sie hatte einen alten Lakota gemalt, vielleicht Big Foot, und die Perspektive stimmte nicht ganz, alles war ein wenig verzerrt: naive Kunst.

Sie lebt in ihren Bildern weiter, dachte ich.

Aber Ricky schluchzte wie ein Kind und flüsterte: »Sie haben vor fünf Minuten angerufen. Sie liegt in der ICU, Intensivstation, aber sie kommt durch. Sie hat nur verflucht viel Blut verloren.«

Da ließ ich mich nach hinten gegen das Sofa sinken und machte die Augen zu, Hopes schlafendes Gewicht auf meiner Brust, und murmelte: »Wenn Summer durchkommt, kommen wir auch nach Kanada.«

»Taylor sagte, ihr könntet Hilfe gebrauchen«, sagte Trevis Red Cloud leise. »Ricky, der Spinner, sagt, du sollst am Sonnentanz teilnehmen.«

»Ja, Mann, das sollte er!«, rief Ricky. »Er kommt da nicht alleine durch! Er braucht die Ahnen. Die Geister.«

»Seine Geister sind nicht unsere Geister«, sagte Trevis.

Taylor schüttelte den Kopf. »Die Menschen haben alle die gleichen verfluchten Ahnen. *Mitakuye Oyasin.* Und er muss auch keine Lieder lernen, oder die Sprache, scheiß auf die Sprache ...«

»Halt den Mund, Taylor, du hast keine Ahnung«, fauchte Trevis. Dann sagte er, wieder gefasster: »Summer würde wollen, dass ich euch helfe. Sie hat mir eure Geschichte erzählt. Wenn du bereit bist, kannst du tanzen. Anders als die anderen. Niemand außer uns wird es wissen, keine große Zeremonie, aber du kannst die Hilfe der Geister mitnehmen. Wenn du bereit bist, etwas zu opfern.«

Ich nickte, die Augen noch immer geschlossen.

»Wenn es hilft«, flüsterte ich.

Am nächsten Morgen, noch ehe ich richtig wach war, meldete sich mein Handy.

Zuerst dachte ich, es wären meine Eltern und sie würden Fragen stellen, wegen meiner Nachricht, und ich hatte Angst vor diesen Fragen. Aber es war Akash.

»Mathis«, sagte er, »ich war mir nicht sicher ... ist es okay, dass ich anrufe? Sie suchen dich, ich weiß nicht, ob es gefährlich ist, dich anzurufen ...«

»Wieso, wirst du überwacht?«, fragte ich und lachte.

Ich ließ Hope weiterschlafen und nahm das Handy mit hinaus in die kalte Morgenluft.

»Ich war in deinem Ozean«, sagte ich. »Bis zu den Knien. Er stieg. Was ist mit euch?«

»Nicht viel«, sagte Akash. »Die Nepalesen die ich bis jetzt getroffen habe, werden gerade wieder zurückgeschickt, das Erdbeben ist zu lange vorbei, ich kann also nicht mal Erdbebenopfer spielen. Der wahre Grund ist zu kompliziert, das kriegst du nie durch, sagen die anderen. Aber weißt du was? Ich will gar nicht bleiben.«

»Und ... Roshida?«

»Bessere Karten. Die Rohingya-Community hier hat sie geschluckt. Sie sieht wieder aus wie früher, und ich weiß nicht, ob sie das will, keine Ahnung. Sie erzählen sich gegenseitig ihre Horrorgeschichten, haben alle Kontakt nach Hause. Wenn du da reinkommst, das ist ein einziger Handybildervergleichsmarathon, Familie zu Hause, Tote, Verstümmelte, brennende Dörfer. Sie hat viel geweint, als ich sie am Anfang gesehen habe. Jetzt ... Unsere Geschichte ist vorbei. Ich bin da nicht willkommen. Ich bin kein Moslem. Ende.«

»*Was?*«

»Mathis, was wirst du tun? Sie haben das im Radio gebracht, mit dem erschossenen Typen in Dallas, und dass man auf den Kamerabildern einen jungen Mann mit einem Stirntattoo der Mara sieht, unter dem verrutschten Stirnband. Der junge Mann kam zwei Mal zu dem Haus, hieß es, zuerst in Begleitung eines Kindes, dann allein ... Sie haben deine Fingerabdrücke. Irgendwie werden sie dich finden. Was wirst du tun?«

»Dir erklären, warum ich diesen Typen erschossen habe«, sagte ich. »Und dann nach Kanada gehen. Ich weiß noch nicht, was ich da mache, aber ich muss weg.« Ich holte tief Luft. »Komm mit.«

Er schwieg so lange, dass ich dachte, die Verbindung wäre unterbrochen. Dann sagte er. »Ja. Wo seid ihr?«

Ich erklärte es ihm. Ich sagte ihm, dass ich noch nicht gehen konnte, dass er warten musste.

»Ich kann auch da warten, wo ihr seid«, sagte Akash. »Ich will hier weg. Weg von dem Ort, an dem *sie* ist, verstehst du? Enden müssen endgültig sein. Das hier tut zu weh. Und außerdem müssen wir dringend wieder über die Ozeane reden.« Er versuchte, zu lachen.

»Klar«, sagte ich. »Bis dann.« Hope stand hinter mir und gähnte.

»Summer lebt und Akash kommt zu uns«, sagte ich und legte meine Hände auf ihre Schultern. »Nach Kanada. Er will auch nicht bleiben.«

»Ja«, sagte Hope. »Die Leute in diesem Land sind alle so traurig. Ich meine, nicht nur die Lakota, auch die anderen. Das ist doch komisch, sie haben alles, Schulen und Krankenhäuser und Fast Food und Freiheit. Aber sie sind trotzdem die ganze Zeit über traurig.«

»Sind sie?«, fragte ich, verwundert.

Hope nickte. »Die Vereinigten Staaten sind ein melancholisches Land. Wie ein Traum, der geplatzt ist, verstehst du? Als hätte jeder von denen so einen gehabt. Wie ist es in deinem Land?«

»Keine Ahnung«, sagte ich ehrlich. »Irgendwie ... luftiger. Aber vielleicht findest du die Leute in Kanada auch traurig.«

»Nein«, sagte Hope ernst. »Du bist doch Kanadier. Du bist nicht traurig. Nur ein bisschen verrückt.«

Mary-Lou kehrte nicht in Rickys und Summers Hütte zurück.

Es hieß, sie wäre nach Hause gegangen. Andrew hatte sie dort durchs Fenster gesehen, aber sie hatte die Tür verrammelt. Wir kümmerten uns um die Kinder.

Der Zweijährige, der so oft mit Hope spielte, fragte nicht nach ihr, und das war das Traurigste daran.

Zwei Tage später war Akash da.

Er fand uns nicht in Ricky Lacroix' Haus, denn zu dieser Zeit waren wir damit beschäftigt, eine Schwitzhütte zu bauen, für eine Inipi-Zeremonie. Ich war ein Teil von etwas geworden, das ich eigentlich gar nicht verstand, aber es fühlte sich gut an, ein Teil zu sein.

Ich war auf der Beerdigung des Mannes gewesen, dessen Tod wir mit angesehen hatten. Inzwischen saß der, der ihn erstochen hatte, was den Toten nicht lebendig machte. Sein Name war Henry Chogan Yellow Bull. Ich werde ihn nie vergessen, weil ich ein Bild von dem Grab habe und einem Stück Pappe an einer Holzleiste, auf dem dieser Name steht. Es liegen Dutzende von Blumen auf dem Grab, und eine Menge Leute in gebrauchten Outdoorwesten und Plastikclogs stehen herum. Hinten im Bild, ich habe das erst später entdeckt, hebt jemand eine Flasche.

Aber ganz vorne beugen sich ein paar kleine Mädchen über das Grab, um einen Kranz mit Plastikbändern darauf zu legen.

Man sieht nicht, was sie sangen und dass es eine Mischung aus katholischen, englischen und alten Lakota-Liedern war, und man sieht nicht, wie Trevis Red Clouds Rede über die kalten Bad Lands hallt, die niemand verstand, weil er sie auf Lakota hielt.

Aber man sieht den Priester, der auch redet, verständlicher über ein besseres Leben im Jenseits.

Ich weiß noch, was Hope gesagt hat. »Hoffentlich gibt's keinen Schnaps da und keine Vergangenheit.«

Auf dem nächsten Bild steht sie zusammen mit einem Jungen vor der halb fertigen Schwitzhütte, und der Junge zeigt ihr, wie man eine Bogensehne dehnt. Er hat das katzenhafte Gesicht der Kinder mit fetalem Alkoholsyndrom: der unnatürlich große Abstand zwischen Lippen und abgeplätteter Nase, die seitlichen Falten an den Augenlidern. Seine dünnen Arme spannen die Sehne voller Kraft und sein Gesicht ist offen und freundlich.

Im Hintergrund sieht man das igluförmige Skelett der Schwitzhütte, ganz aus Ästen.

Später zogen wir einige Büffelhäute und Plastikplanen darüber. Ich schleppte und baute zusammen mit den anderen, sah zu, wie Travis Red Cloud den Erdhügel vor dem Eingang der Hütte aufhäufte, der nach Osten zeigte, und daneben die Feuerstelle mit Steinen füllte.

»Das Feuer«, sagte Hope mit Lehrermiene, »ist die Sonne, weißt du? Und dieser Halbkreis hier, das ist der Mond. Der Erdhügel ist die Erde. Das ist das äußere Universum, die Hütte ist das Innere. Der Leib, in dem wir alle wachsen und neu geboren werden.«

»Ist das so«, sagte ich.

Sie nickte eifrig. »Ich habe es mir genau gemerkt. Ich darf nicht rein, aber ich werde draußen auf das Universum aufpassen, wenn ihr drin seid, damit es nicht kaputtgeht. Bei deinem Glück weiß man nie.« Sie lachte und lief davon, um weiter mit dem Bogen zu üben, und das war der Moment, in dem Akash auftauchte.

Taylor hatte ihn gefunden, als er im Reservat herumirrte, und hergebracht.

Er stand da und sah mich an und ich fand in seinen Augen eine große Entschlossenheit und eine frische Wunde. Roshida.

Ich dachte daran, wie ich mir gewünscht hatte, auch zu lieben. Jemanden so zu lieben wie Akash Roshida oder wie Chico sein Mädchen in Todos Santos. In dem Moment, in dem ich Akash sah, war ich froh, dass ich nicht liebte.

Es war zu gefährlich.

»Hey«, sagte Akash, und wir umarmten uns. »Da bist du.«

»Ja«, sagte ich. »Schau, die Hütte ist fast fertig. Heute Nachmittag fangen sie an mit dem Inipi-Ritual. Es ist eine Art Reinigung, die man vor großen Unternehmungen durchführt. Travis sagt, das hier wäre von langer Hand geplant gewesen, aber ich weiß nicht ...« Ich sprach leiser. »... ob es nicht etwas mit uns zu tun hat.«

»Ihr habt Freunde gefunden«, sagte Akash und lächelte.

Sein Lächeln sagte mir, dass er keine Freunde gefunden hatte. Nur eine große Stadt voller Menschen.

Später, als wir alleine durch das gefrorene Gras wanderten, zwischen all dem Kaputten hindurch, erzählte er mir von Chicago. Von den Wolkenkratzern, die direkt neben dem Lake Michigan in den Himmel wuchsen.

»Ich dachte, wenn ich zu lange an dieser Stadt emporsehe, werde ich so klein, dass ich verschwinde«, sagte er. »Sie ist wie der Himalaja, aber zu steil. Die Berge steigen langsamer an, man kann mit den Gedanken mitkommen. In Chicago hatte ich die ganze Zeit das Gefühl, alles würde umfallen. Die ganze Menschheit fällt um, verstehst du? Sie stürzt in sich zusammen, sie ist zu hoch und zu steil gebaut, sie hat sich zu weit vom Erdboden entfernt. Die Stadt hat mich gelähmt. Ich suche mir einen kleinen Fleck irgendwo, wo ich herumsitzen und in die Luft starren und nachdenken kann, dann bin ich zufrieden.«

Ich zeigte auf den Boden, auf das gefrorene Gras. »Bitte. Setz dich.«

Und er lachte. Wurde dann ernst. »Meinst du, ich habe in Kanada eine Chance? Zu bleiben? Irgendwann zu studieren und einen Flecken zum Nachdenken zu finden?«

»Ich weiß es nicht«, sagte ich ehrlich. »Ich weiß nicht, ob irgendeiner von uns eine Chance hat. Wir müssen es versuchen.«

»Wie die Menschheit«, sagte Akash und grinste.

»Scheißphilosophie«, sagte ich.

Und dann erzählte ich ihm, leise und stockend, von Preston Hollow.

»Was ist mit Hope?«, fragte er am Ende. »Die Welt muss zusammengebrochen sein für sie.«

»Seltsamerweise nicht«, sagte ich. »Sie ist viel stärker als jeder von uns. Sie lernt bogenschießen und reiten und will nach Kanada.«

Akash nickte. »Warum frage ich.«

Wir saßen zu sechst in dem kleinen Raum: dem Uterus des Lebens.

Sie hatten Akash erlaubt, mitzukommen. Bei uns waren Ricky und drei andere junge Männer, die ich nur flüchtig kannte. Wir hatten zusammen Holz geschleppt und Erde geschaufelt, und nun saßen wir zusammen in dieser niedrigen Hütte, der Sweat Lodge. Wir saßen auf einem Polster aus etwas, das sie Präriesalbei nannten. Es verbreitete einen durchdringenden Geruch nach ätherischem Öl. Schon beim Bau der Sweat Lodge waren mehrere komplizierte Gebete nötig gewesen und jetzt gab es weitere Gesänge und Gebete. Eine Pfeife wurde drinnen geraucht und hinausgebracht und auf den Erdhügel gelegt und wieder hereingebracht. Ich unterdrückte den Hustenreiz des chronischen Nichtrauchers und dann brachte jemand die heißen Steine aus dem Feuer herein, legte mehr Kräuter darauf und übergoss sie mit Wasser. Der Dampf hüllte uns ein.

Die Tür der Lodge, die aus einer dicken Decke bestand, wurde geschlossen.

Da saßen wir, nackt, im Nebel.

»Das ist die erste Runde, Mann«, sagte Ricky. »Die erste ist für das Danken. Du dankst für alles Gute, was war.«

Ich nickte. *Danke, dass wir bis hier gekommen sind ... danke für ... Akash ... und Hope, natürlich ... danke ... für die Erde! Das Leben! Es ist ein Geschenk.*

Ich wusste nicht, mit wem ich sprach. Es war nicht Gott, nicht Jahwe, aber wer dann? Ein unerklärliches höheres Wesen? Es wäre schön gewesen, daran zu glauben. Es gelang mir nicht.

Ich war ein moderner Mensch und der moderne Mensch hat alle seine Götter umgebracht.

Er ist, dachte ich, sehr allein.

Nach der ersten Runde schlugen sie von draußen die Decke zurück, und ich sog die Luft gierig in meine Lungen, aber da schlossen sie den Eingang bereits wieder. In der zweiten Runde ging es ums Bitten, danach ums Geben und schließlich um eine Vision.

Die Hitze war unerträglich.

Ich schloss die Augen.

Eis. Das ist meine Bitte. Lass das Eis auf den Großen Seen diesen Winter dick genug werden.

Dann kam das Geben, und ich gab ein Versprechen: etwas aus all dem zu machen, was ich erfahren hatte auf meiner Reise. Nichts würde umsonst gewesen sein, kein Tropfen Blut, keine Träne.

Als ich so weit gekommen war, verließ mich mein Kreislauf.

Ich sah Akash im Nebel und er war unendlich weit weg, mein Kopf dröhnte wieder.

Jemand reichte mir eine Wasserflasche, ich trank, aber wir durften die Hitze nicht verlassen. Mein Körper blieb, mein Geist ging.

Da ist er. Der Ozean. Aber er ist gefroren.

Du sitzt noch immer auf dem Zaun. Du kletterst hinunter, innen, du kannst über das Eis gehen. Und du holst die kleine weiße Blume, die ebenfalls gefroren ist, birgst sie in deiner Hand – und siehst auf. Da stehen zwei Menschen hinter dem Zaun. Draußen.

Keine Lakota. Deine Eltern.

»Alles stirbt«, hörst du dich sagen. »Die Amerikaner haben die Lakota vernichtet. Aber wir, der moderne Mensch, wir vernichten das Leben. Wir werden es begraben und einen Zaun darum ziehen. Du kannst es berechnen, Maman. Wann das Leben ausstirbt auf der Erde.«

Aber deine Mutter antwortet dir nicht. Sie sieht dich gar nicht. Sie ist blind.

Da drehst du dich um, und du siehst etwas anderes, siehst einen Körper am Zaun hängen, einen Strick um den Hals. Mit einem Satz bist du dort. Und erkennst das Gesicht.

Du schreist.

»Mathis? Komm zu dir! Komm raus! Es ist vorbei.«

Jemand zog an mir, packte mich, schleifte mich mit sich. Und auf einmal umgab mich Luft, klirrende, klare, köstliche Winterluft.

Andrew, der draußen gewartet hatte, klopfte mir auf die Schulter, und Trevis sagte: »Jetzt bist du bereit, Junge. Bereit für den Sonnentanz. Du bist …«

Aber ich ließ ihn nicht ausreden, ich packte Andrew am Arm. »Mary-Lou«, hörte ich mich selbst sagen. »Wir müssen zu ihr! Sofort!«

»Aber ...«

»Andrews Van steht da drüben«, sagte Hope.

Und dann rannten wir. Der Schlüssel steckte. Ich ließ den Wagen an, als Andrew und Akash hineinsprangen, ich beantwortete keine ihrer Fragen, ich gab Gas. Dies war der Fluchtwagen der Mara Salvatrucha. Ich raste wie ein Wahnsinniger, Andrew sagte mir, wohin ich fahren musste, dann rief Andrew: »Hier!«, und wir hielten und sprangen hinaus. Und rannten.

Mary-Lous Blockhütte sah aus wie die anderen Hütten, unten schwarz vom Schimmel.

Vor der Tür lagen Dosen und Flaschen, ein Kinderwagen mit herausgerissenem Verdeck, leere Eierkartons.

Andrew klopfte, aber niemand öffnete, und da traten wir die Tür ein.

Es roch schrecklich. Muffig und säuerlich, nach Zigaretten und Schnaps, und es war so dunkel wie bei Ricky und Summer, was daran lag, dass die Fensterscheiben zu dreckig waren, um Licht durchzulassen.

Auf dem Boden lagen zerbrochene CDs, ein umgefallener Kühlschrank, Glasscherben, Stücke eines zerstörten Gettoblasters: Jemand musste hier gewütet haben, vielleicht einer von Mary-Lous Exfreunden. Niemand hatte die Reste der Wut je aufgeräumt.

Wir stiegen über schmutzige Kleider, uralte Windeln, die Überbleibsel eines vor Wochen gekochten Huhns in einem Topf, mumifiziert. Mehr Dosen. Zertretene Spritzen. Ich war froh, dass einer von Rickys Kumpels in Rickys Haus auf die Kinder aufpasste.

»Dahinten!«, sagte Hope und zeigte.

Am Fenster gegenüber der Tür hatte jemand einen winzigen Fleck frei gekratzt, sodass die Wintersonne hereinkam. Und dort, an der Vorhangstange, hing Mary-Lou. An einem Kabel.

Ich blieb stehen, wir blieben alle stehen. Alle bis auf Hope. Sie kämpfte sich durch das Durcheinander bis zu Mary-Lous Körper durch und dann drehte sie sich um und schrie mich an. »Du bist so gerast, und jetzt? *Mach was! Hast du kein Messer?*«

Akash hatte eines, er war plötzlich da, durchtrennte das Kabel und ich löste die Schlinge um Mary-Lous Hals. »Die atmet doch!«, rief Hope. »Die atmet!«

Akash schüttelte den Kopf, und Hope schrie: »Dann mach was, damit sie atmet! Mathis, mach das!«

Ich habe kein Bild davon, wie eine magere, heruntergekommene junge Frau im Pine-Ridge-Reservat auf dem Boden liegt und jemand, der nicht an Wunder glaubt, versucht, sie wiederzubeleben. Drücken, drücken, drücken, beatmen …

Ich habe kein Bild davon, wie ein kleines Mädchen mit einer gelben Baseballkappe im Halbdunkel betet.

Ich habe kein Bild davon, wie ein hagerer älterer Amerikaner in das Gebet einfällt, obwohl seines christlich und ihres muslimisch ist, ich habe kein Bild von Ricky Lacroix, der die Hände hebt und wie ein Schamane Worte murmelt.

Ich habe ein Bild auf dem Handy, von einem Krankenwagen. Zwei Sanitäter schieben eine Bahre hinein, auf der eine intubierte junge Frau liegt, der dritte Sanitäter hält den Beatmungsbeutel.

»Die kriegen wir wieder«, sagte einer von ihnen. »Warum hat sie das gemacht?«

»Weil sie ihren Freund eingesperrt haben«, sagte Ricky. »Der meine Frau angeschossen hat. Nach einer Messerstecherei.«

»God!«, sagte der andere Sanitäter. »Fucking Indian culture.«

In dieser Nacht begann Ricky, den ersten Gegenstand in seinem Haus zu reparieren.

Es war ein elektrischer Mixer. Niemand brauchte einen elektrischen Mixer, es gab keinen Strom. Aber wir ließen ihn in Ruhe, Akash und ich. Wir gingen nach draußen, um zu reden.

Hope und die beiden Kleinen schliefen längst drinnen im Warmen.

»Ich habe es gesehen«, sagte ich. »Ich meine, Mary-Lou. In der Sweat Lodge. Ich glaube nicht an Visionen, aber ich habe sie gesehen. In meiner Vision hing sie im Zaun, auf dem Eis. Ich dachte, es wäre der Ozean, aber vielleicht ist es einer der Great Lakes. Ich habe darum gebetet, dass sie einfrieren.«

Akash holte sein Handy heraus. »Kann man rauskriegen«, sagte er, und, nach einer Weile:

»Tatsache. Bis 2016 immer weniger Eis … 2017 wieder mehr. Halt dich fest, dieses Jahr soll es noch mehr werden. Das Maximum erreichen die Seen normalerweise im März, aber mit Stand von jetzt, Anfang Dezember, ist schon ein Drittel der Wasseroberfläche vom Lake Superior zu.«

Ich grinste. »Gehen wir? Über das Eis?«

»Das ist verrückt. Wir können einfach neben der Straße über die Grenze spazieren. Da gibt es keine Totalüberwachung.«

»Ich wäre mir nicht sicher«, sagte ich. »Ich sage es ungern, aber die Kanadier sind nicht mehr so zuvorkommend zu Flüchtlingen wie früher. Es sind zu viele, jetzt, mit Trump an der Macht. Am Tag der Wahl war die Internetseite des kanadischen Immigration Office überlastet. Außerdem kontrollieren sie ja auch auf amerikanischer Seite, wenn man rausgeht. Wenn sie mich da fassen, ist es aus.«

»Dann gehen wir durch ein Stück Natur. Schlimmer als Texas kann es nicht sein.« Er lachte.

»Ja«, sagte ich. »Aber an Land ist die Natur wild. Übers Eis geht es schneller. Wir gehen kurz vor der Grenze auf den See hinaus, nur so weit, bis wir außer Sicht sind, dann rüber und zurück an Land, auf kanadischer Seite. Das ist ein Spaziergang.« Ich merkte, wie ich grinste. »Und, Akash? Ich hätte gern Fotos vom Eis. Es wäre ein schöner Abschluss unserer Geschichte über Flucht und Klimawandel.«

Selbst wenn die Geschichte nur für uns ist, dachte ich.

»Verrückt«, wiederholte Akash. »Okay.«

Wir wanderten hinaus in die Nacht, beide zu aufgeregt, um zu schlafen.

Wir sprachen über alles. Über Roshida. Über die Liebe. Über die Zukunft.

Über meine Eltern, die blind an einem Zaun standen.

Aber wir sprachen nicht in Worten, wir gingen schweigend nebeneinander her.

Andrews weißes Zelt zeichnete sich in der Dunkelheit ab wie ein seltsames Kunstobjekt, die Sterne am Himmel waren fort, die Wolken brachten vielleicht Schnee. Ich fragte mich, ob die Lakota Weihnachten feierten. Wahrscheinlich, sie waren Christen. Trevis hatte es mir erklärt. In seinem Haus hing ein Foto von Black Elk: dem Ersten, der Schamane und Katechist, Helfer der Missionare gewesen war. Und dessen Lebensgeschichte ein Bestseller ist. Ich hatte sie nicht gelesen.

Ich stellte mir vor, wie sie im Gemeindezentrum einen Weihnachtsbaum aufstellten. Oder vielleicht schmückten sie einfach die Pappel, die ohnehin schon dort stand. Sie würden jede Menge Charity-Pakete bekommen: mehr Plastikspielzeug, das irgendwo in der Prärie verrotten konnte.

»Ich sollte Andrew sagen, dass wir gehen«, flüsterte ich. »Da ist noch Licht.«

»Wann gehen wir?«, fragte Akash. »Was ist mit diesem Sonnentanz?«

»Ich glaube, ich brauche ihn nicht mehr«, sagte ich. »Trevis hat sich plötzlich in den Kopf gesetzt, mich zu einem Lakota zu machen. Ich kann kein Lakota sein. Ich bin ich.«

»Gewagte Erkenntnis«, sagte Akash. »Glückwunsch.«

Ich grinste. »Wir müssen weg, ehrlich. Bevor Hope sich hier ... festlebt. Bevor wir alle diese Traurigkeit in unseren Augen haben. Wenn die Bilder im Netz stimmen, reicht das Eis auf dem Lake Superior bei der Grenze jetzt schon aus.«

Ich schlug die Eingangsklappe zurück und zum ersten Mal betrat ich Andrews Zelt.

Es war sehr ordentlich, der Boden frisch gefegt, die Schlafstelle mit Fellen bedeckt. Bogen, Pfeile, Holzschalen, Messer, sogar ein Speer wie aus einem Museum, alles hatte seinen Platz. Die Petroleumlampe ließ unsere Schatten über die hohen Zeltwände tanzen.

Und dann sah ich Andrew. Er saß absolut still, im Schneidersitz auf der bloßen Erde, die Hände auf den Knien, die Augen geschlossen: ein Bild, das eher nach Indien passte, ruhig und schön.

Aber Andrews Gesicht sah verquollen aus, gerötet, als hätte er geweint.

»Hey, Andrew ...«, begann ich, und er öffnete die Augen, sah mich an und gleichzeitig durch mich hindurch.

»Ma... Mathis! Und ... dein Freund, wie ... wie heißt er noch?« Seine Zunge war schwer, die Worte rollten darüber wie Murmeln durch Öl.

Ich sah erst jetzt, was vor ihm stand. Eine Flasche, beinahe leer.

Scottish Single Malt.

Andrew nickte langsam. Sein Blick wanderte zur Zeltwand, wo noch eine Kiste stand, bedeckt mit einem gewebten Teppich. Und als ich den Teppich anhob, war diese Kiste voll mit weiteren Flaschen, leeren und vollen. Irgendwie zog mir das den Boden unter den Füßen weg.

Ich ließ mich auf die Knie fallen und starrte ihn an, und ich sah zum ersten Mal, wie kaputt er war, dieser Mann, der überall versuchte, Gutes zu tun, der mit den Lakota für ihre Freiheit kämpfte und hier ohne Strom lebte, um niemandem zu schaden, der in seinem alten blauen Van quer durch die Staaten von Projekt zu Projekt fuhr und zusammengeschlagene Leute bei rechten Demos aufsammelte.

»Du?«, fragte ich. »Andrew? Du hast mir die Flasche weggenommen, du hast gesagt, das hier ist es, was sie alle zerstört, du ...«

Er hob die Hand, langsam, beschwichtigend, und ich verstummte. Akash saß jetzt neben mir auf dem Boden, und ich war dankbar dafür, dass er da war.

»Es wird manchmal alles ... zu viel«, murmelte Andrew. »Verstehst du ... verstehst du das nicht? Wie soll man das alles aushalten ... die Welt ... du machst was, erreichst was und dann geht es doch wieder kaputt ... Wir haben so gekämpft gegen ... den Alkoholverkauf ... und dann vertickt doch einer das Zeug und die Gewalt bleibt hier ... Ich predige wie ein verdammter Priester, ich predige die Hoffnung, aber ich selber ... verstehst du ... vielleicht habe ich keine mehr. Ich habe zu viel gesehen. In allen Ecken der ... beschissenen Gesellschaft.« Er nahm die Flasche und trank sie mit einem Zug leer. »Ab und zu muss man vergessen«, sagte er, ganz leise. »Mary-Lou ...«

»Du magst sie sehr gern«, sagte ich.

Er nickte. »Ich habe versagt. Ich ...« Er kam auf die Beine und stellte die Flasche ordentlich in die Kiste, zu den übrigen. Blieb stehen, schwankend. »Mary-Lou ist meine Tochter.«

»*Was?*«

»Ich war sehr jung«, sagte Andrew. »Ihre Mutter war ... wunderschön. Traurig. Schwierig. Ich habe versucht, sie da rauszuholen, aus allem, aber am Ende hat sie mich weggejagt, und ich bin gegangen. Als ich wiederkam, war Mary-Lou zwei Jahre alt, und ihre Mutter hatten sie gerade begraben. Travis hat mir gesagt, dass ich ihr Vater bin. Ich wollte sie mitnehmen, aber sie haben mir das Kind nicht gegeben, natürlich. Sie ist dann hier im Rez aufgewachsen, bei einer anderen Familie, und ... Irgendwie habe ich den Zeitpunkt verpasst, ihr die Wahrheit zu sagen.«

Er nahm eine neue Whiskyflasche aus der Kiste.

»Okay«, sagte ich und streckte die Hand nach der Flasche aus. »Trinken wir auf das Ende der Welt! Weißt du, dass ich gedacht habe, ich wäre gerne so wie du?«

Da funkelte er mich an, auf einmal böse.

»Untersteh dich, das Zeug anzufassen! Untersteh dich, so zu werden wie ich! Ihr ... ihr jungen Leute. Ihr seid doch die Einzigen, die noch was reißen können auf dieser Erde. Für mich ist es zu spät.«

Er zog mich auf die Beine, zog auch Akash hoch, obwohl er selbst schwankte, und stieß uns in Richtung Ausgang. »Haut ab! Haut bloß ab aus dem Reservat! Geht und macht was!«

Wir gingen nicht sofort, ich wollte warten, bis Summer im Krankenhaus zu sich kam, und sie tat mir den Gefallen und wachte ein paar Tage später auf. Sie erlaubten ihr, zu telefonieren, Ricky reichte mir sein Handy weiter.

»Das mit dem Eis ist Quatsch«, sagte sie. »Die Seen werden immer wärmer. Die ganze Erdkugel schmilzt, Mann, wie 'ne verdammte Kugel Eis.«

»Wir versuchen, sie davon abzuhalten«, sagte ich.

»Viel Glück«, sagte Summer. »Habt ihr gesehen, ob mein Bild im Casino hängt?«

»Es hängt!«, sagte Hope, die mitgehört hatte. »Klar hängt es. Summer? Ricky hat einen Mixer repariert!«

»Ach, das hat er eben gar nicht erzählt«, sagte Summer, gerührt. »Einen Mixer.«

Sundance.

Du steckst einen Knochenpflock durch deine Haut, durch dein Fleisch, an der Brust, und du tanzt, ohne zu essen und zu trinken, zur Musik der Trommeln, einem Seil, einer Nabelschnur, die dich mit dem Baum verbindet.

Dann reißt du dich los. Du wirst neu geboren.

Es ist ein Ersatz für den Schmerz, den jede Frau bei der Geburt eines Kindes empfindet, deshalb tanzen die Frauen nicht.

Es war die Nacht, bevor wir aufbrachen.

Der Baum stand am Rand der Lichtung mit dem kaputten Sofa. Wir ritten zusammen dorthin und blieben vier Tage lang, aber es war die ganze Zeit über Nacht.

Hope tanzte mit mir, obwohl keiner von uns die Schritte kannte.

Taylor White Grass saß in ihrer kaputten Daunenjacke auf dem Sofa und rauchte, und Trevis Red Cloud stand neben ihr, in vollem Ornat, samt Federschmuck auf dem Kopf.

»Jetzt«, sagte Taylor. »Kletter zurück über den Zaun, aus dem Grab raus. Du musst raus. Aus Summers Bild, in die Wirklichkeit.«

»Konzentrier dich«, sagte Trevis und sah mir in die Augen. »Konzentrier dich und lehn dich zurück. Reiß dich los. Von den Fesseln. Jetzt.«

»Hab keine Angst«, sagte Hope.

»Ich bin kein Lakota«, keuchte ich. »Ich … ich wollte nie tanzen!«

»Du bist ein Mensch«, sagte Taylor. »Das ist es, was zählt.«

Und da lehnte ich mich mit einem Ruck zurück und ich hörte das Fleisch reißen, ich dachte an Hope und das Geräusch der Schere bei der Beschneidung, und ich sah, dass ich frei war, frei von allem, frei von dem Gefühl, eine Waffe auf die Brust eines fremden Mannes zu drücken, frei von dem Geruch nach Blut. Dann wurde es schwarz um mich.

Als ich aufwachte, fiel mehr Licht durch Rickys Fenster als sonst. Morgenlicht.

Er hatte einen Teil der kaputten Sachen weggeräumt, um mit ihrer Reparatur zu beginnen.

Hope hockte neben mir, angezogen, auf der Matratze.

»Du wolltest und wolltest nicht aufwachen«, sagte sie. »Und dann hast du geschrien. Alles okay?«

»Ja«, sagte ich. »Ja. Ich hatte nur ein kleines Treffen mit Trevis und Taylor. Aber jetzt können wir gehen.«

Ich zog mein Hemd aus und sah die Haut über meiner Brust an. Da war keine Wunde. Natürlich nicht. Aber wenn ich die Hand an die Stelle legte, tat es weh, als wäre das Fleisch roh.

Trevis hatte recht gehabt. Ich hatte meine eigene Art von Zeremonie durchlaufen.

Das Eis wartete auf mich.

Ich stand auf und schob zum letzten Mal den Teppich vor der Tür beiseite.

»Ricky«, sagte ich. »Wir gehen nach Hause.«

Fakten Native Americans und First Nations

Die ursprünglichen Einwohner Nordamerikas, von den Europäern »Indianer« getauft, bestehen aus einer Vielzahl von Ethnien und Kulturen, auch die Inuit zählen dazu. Heute werden die Ureinwohner Kanadas als »First Nations«, die der USA als »Native Americans« bezeichnet.

Die Politik der USA und Kanadas orientierte sich im 18. Jahrhundert am Wunsch der Siedler nach Land, die Mission der Kirche diente dazu, dessen Besetzung zu rechtfertigen. Nach dem Indian Removal Act von 1830 hatte der Präsident der USA das Recht, alle Natives umzusiedeln. 1838/39 kamen bei der Umsiedlung der Cherokee mehr als 4000 ums Leben, die auf dem Weg verhungerten oder erfroren. Insgesamt wurden rund 50 000 umgesiedelt (»trail of tears«). Das Massaker von Wounded Knee 1890 markiert den endgültigen »Sieg« über die Ureinwohner.

Die Reservate, in die man die Nomaden verbannte, bestanden aus wenig fruchtbarem Land, sodass der Plan, sie zu Bauern umzubilden, scheiterte. Dennoch wurde versucht, sie zu »amerikanischen Bürgern« zu machen: Man verbot religiöse Handlungen, schickte Kinder bis in die 1970er-Jahre in Internatsschulen, zwangssterilisierte junge Frauen.

Mit dem Indian Self Determination Act von 1968 erhielten die Native Americans einen Teil ihrer Rechte zurück, leiden aber weiter an Armut und Arbeitslosigkeit. Eine der wenigen Einnahmequellen der Reservate sind heute die Glücksspielcasinos.

Foto von Jungen mit Fetalem Alkoholsyndrom!

Da die Natives besonders stark auf Alkohol reagieren, wurde dessen Verkauf in Reservaten verboten, an deren Rand jedoch blühte der Handel, was der Regierung als Art der Ruhigstellung der Reservatsbewohner nicht ungelegen kam.

Booze

1973 besetzten Mitglieder des American Indian Movement den Ort Wounded Knee, um gegen die korrupte Stammesregierung unter R. Wilson zu protestieren. Das FBI beschoss die Belagerer, 60 ehemalige Besetzer ließ man später ermorden. Heute gibt es in den Reservaten ein aus den Städten importiertes Problem: Jugendliche, die keinen Halt in zerrütteten Familien finden, schließen sich zu brutalen Banden zusammen.

Hoffnung

1982 verabschiedete das kanadische Parlament einen Verfassungsartikel, in dem es die traditionellen Rechte der First Nations anerkannte. Mit seinem Buch »Custer Died for Your Sins« sorgte der Sioux-Autor Vine Deloria für Aufsehen und erwirkte Reuebekenntnisse der Kirchen. Auch hierdurch ist seit Beginn des 21. Jahrhunderts eine Wiederbelebung alter Religionen sichtbar.

→ Trevis Red Cloud

Fakten Elektrizität

Ich will eine Taschenlampe, die durch Schütteln oder so funktioniert! Schenk ich mir selbst zum nächsten Geburtstag.

Die erste Stromerzeugung mit einem elektrischen Generator gelang Søren Hjorth 1854 und Ányos Jedlik 1861, wird aber meist Werner von Siemens zugeschrieben, der sie zur Serienreife brachte. 1886 begründete Nikola Tesla die heute gebräuchliche Energieübertragung mittels Wechselstrom.

Zur Stromerzeugung werden oft nicht erneuerbare Energiequellen genutzt: fossile Brennstoffe, in denen Energie vor Tausenden von Jahren »gespeichert« wurde.

Von Kohlekraftwerken werden neben CO_2 auch Methan, Lachgas, Ammoniak, Schwefeldioxid, Stickoxid, Feinstaub und Quecksilber ausgestoßen.

Mit der Nutzung von Atomkraft schien eine saubere Lösung gefunden zu sein, ehe die Gefahren bekannt wurden: Unfälle mit verheerenden Folgen wie 1986 in Tschernobyl oder 2011 in Fukushima sowie Umweltschäden durch Abfälle und Abwässer. Heute werden daher regenerative Energiequellen gesucht.

Doch der Bau von Wind-, Sonnen- und Wasserkraftwerken macht ebenfalls Eingriffe in die Natur nötig, z. B. werden riesige Stauseen angelegt und Lebensräume von Tier und Mensch zerstört. Windkraftanlagen stellen ein Problem für Vögel und Fledermäuse dar, die Nutzung von Geothermie oder Erdwärme fördert Erdbeben.

Die Lösung der »Energiefrage« ist einzig eine Verringerung des Stromverbrauchs der Industrienationen.

Hoffnung

Betrachtet man die Zahlen, so sind die Argumente gegen erneuerbare Energien schwach.

Die Gefahr für Vögel ist da, doch sterben im Straßenverkehr und durch Stromleitungen 100-mal so viele Vögel wie durch die Windkraftanlagen. Der »Disco«-Effekt durch Sonnenlichtreflexion an den Rotorblättern existiert heute durch einen speziellen Rotorblätteranstrich nicht mehr. Auch schwebende Windkraftwerke sind als Prototypen bereits in der Erprobung.

Wissenschaftler haben in einem Plan für eine emissionsfreie Welt bis 2030 errechnet, dass die weltweite Umstellung auf Wind-, Wasser- und Sonnenenergie billiger wäre als das Festhalten an fossiler Energie. Zudem würde sich die Zahl von Streitigkeiten um Ressourcen wie Erdöl verringern.

Die Energie der Solarstrahlung, die die Erde in einem Jahr erreicht und die nicht wieder reflektiert wird, also genutzt werden kann, entspricht in etwa dem 7500-Fachen des Weltjahresenergiebedarfs.

Im Jahr 2017 betrug der Anteil regenerativer Energien in Deutschland bereits 31 %.

Und durch bessere Baudämmung, Abschalten von nicht gebrauchten Geräten, Durchlauferhitzer statt Wärmespeicher und die Nutzung moderner Geräte mit geringerem Verbrauch kann viel Energie gespart werden.

14

ice
Eis

> Bildersuche Internet:
> Isle Royal National Park
> Lake Superior Ice
> Isle royale winter

Der Schnee kam, als wir im Bus saßen. Vor uns zehn Stunden Fahrt nach Minneapolis, umsteigen und dann hoch zum Lake Superior – es war alles minutiös geplant.

Es schien so einfach. Es war nur der letzte Teil einer unendlich weiten Strecke. Ein Spaziergang.

Wie wenig wir wussten.

Der Schnee trieb in dicker werdenden Flocken gegen die Scheiben, niemand kontrollierte Papiere und das Land draußen verwandelte sich in eine weiße Wunderwelt.

»Schön«, sagte Hope, lehnte den Kopf an meine Schulter und malte ein Tier an die Scheibe.

»Rate, was das ist.«

»Irgendwas mit langen Beinen und großen Füßen. Ein Pferd in Moonboots?«

Sie lachte, so unbeschwert, dass niemand geglaubt hätte, durch was sie gegangen war im letzten halben Jahr. »Das ist ein Kamel, Blödmann. Kamele haben solche Füße.«

Wenn sie keine Seelenkäfige sind und still auf dem trockenen Boden liegen.

»Aber auf dem Rücken des Kamels ... das sind zwei Reiter. Du und Faith?«

»Nein«, sagte sie leise, auf einmal ernst. »Du und ich. Faith ist ...

Eine Weile konnte ich nicht mit ihr sprechen, weil zu viel passiert ist, und dann … Ich habe es versucht. In Pine Ridge. Sie hat mir nicht geantwortet. Sie ist weg, Mathis. Ich habe sie verloren.«

Ich wollte etwas Kluges sagen, aber ich wusste nicht, was. Vor uns saß Akash, den Kopf an die kalte Scheibe gelehnt, und sah nicht hinaus, sondern auf sein Handy. Vielleicht wartete er noch immer auf eine Nachricht von Roshida. Vielleicht würde er nie nicht warten.

Er hatte sie verloren, wie Hope Faith verloren hatte.

»Ich weiß nicht, ob es mit meinem Land auch so ist«, flüsterte Hope. »Ob ich Somalia irgendwann verliere.«

»Nein«, sagte ich. »Es ist ein *Land*, verdammt, es kann nicht weg, also bleibt es und wartet. Irgendwann wirst du zurückgehen. Wenn du erwachsen bist. Wenn sie Frieden haben. Vielleicht kriegen sie den schneller, wenn ein paar Leute im Netz lesen, dass das Mädchen mit dem goldenen Kamel angekommen ist. Dass Magan Ali Addous Traum lebt. Wir schreiben das so ins Netz, wir schreiben: Wenn ein kleines Mädchen einen unmöglichen Weg gehen kann, in die Freiheit, kann Somalia das auch. Und dann posten wir ein Bild von dir, und wenn sie das sehen … Vielleicht setzen sie sich doch wieder in einem Hinterzimmer zusammen.«

»Du machst eins, ja?«, fragte Hope. »Ein Bild von dem Kamel und mir und irgendetwas absolut Kanadischem.«

Ich grinste. »Du kletterst … auf einen Ahornbaum?«

»Ist es da so weiß wie hier?«, fragte Hope.

»Weißer«, sagte ich.

Sie nickte zufrieden. »Das ist gut. Das Weiß deckt alles zu, man sieht das Hässliche nicht mehr so, was die Menschen gemacht haben. Reklameschilder oder Autos oder Häuser oder Müll.«

Ich nickte. »Aber der Schnee wird weniger, jedes Jahr ein bisschen. Vielleicht kommt ein Winter, in dem Québec nicht mehr weiß ist.«

»Québec«, murmelte Hope. »Ich mag das Wort. Aber. Mathis.« Sie sah mich plötzlich an. »Bei wem werde ich wohnen? Gibt es Somalier da? Habar Gidir?«

»Bestimmt«, sagte ich mit einem flauen Gefühl.

Irgendwann nickte ich ein, und als ich aufwachte, hielt Hope mein

Handy in der Hand und sah auf, ertappt. »Die Bilder«, sagte sie verlegen. »Ich wollte nur die Bilder noch mal angucken.«
»Woher kennst du den Schlüssel zum Entsperren?«
»Ich gucke dir seit einem halben Jahr zu, wie du ihn eingibst?« Sie grinste. »Es sind gute Bilder, Mathis. Du solltest sie den Leuten zeigen. Vielleicht verstehen sie dann mehr.«

Und dann schlief sie ein, und ich blieb wach, und draußen lag das Weiß über dem melancholischen weiten Land und deckte alles zu, was hässlich war.

»Mathis!« Akash hatte sich umgedreht und sprach durch die Ritze zwischen den Sitzen mit mir.

Er lächelte ein Lächeln, das so traurig war wie das Land. »Stell dir vor, sie hat geschrieben. Eine Woche nichts, keine Antworten, keine Fragen. Und jetzt schreibt sie. Sie will wissen, wo wir sind. Wohin wir gehen. Wir haben uns nie richtig verabschiedet ... Vielleicht ist diese Frage ihr Abschied.« Er steckte das Handy weg. »Ich hasse Abschiede, sie hätte besser nicht geschrieben.«

Eine Weile sah er wieder aus dem Fenster, und dann drehte er sich noch mal um und sagte: »Wenn ich es schaffe, zu studieren. In Kanada. Wenn ich einen Abschluss habe ... Wenn ich jemand bin ... dann gehe ich zurück nach Chicago und suche sie. Sie wird Kinder haben und einen Mann aus ihrer Gemeinschaft. Ich werde ihr erzählen, was ich gelernt habe und was ich tue, und sie wird mir etwas über die Kinder erzählen, über das Leben.« Er nickte. »Und ich werde sagen: Damals, als wir aus Amerika geflohen sind, hat es geschneit, das war eines der letzten Jahre mit Schnee ... Aber bald holen wir den Schnee zurück, und das Eis. Das werde ich sagen.«

»Wir holen ihn ... zurück?«

Er nickte, plötzlich eifrig. »Climate Engineering. Ich habe jemanden kennengelernt, der seinen Abschluss gerade gemacht hat, in Chicago. Er hat mir alles darüber erzählt, und ich dachte, das werde ich tun: studieren, wie man die Zerstörung der Erde wieder rückgängig machen kann. Er hatte schon vor seinem Abschluss einen Job in Aussicht. Es ging um eine Methode zur Rückreflexion einstrahlenden Sonnenlichts, sie entwickeln Gemische, die man die Flugzeuge versprühen lässt und die eine Art klimapositiver Wolken hervorbringen ... Aber es gibt mehr, tausend Ideen.« Er grinste. »Eine Menge davon sind Käse, aber wenn ich das studieren könnte ... Verstehst du, eines Tages will ich Roshida sagen: Wir sind dabei, die Erde ein Stück weit zu retten für deine Kinder.«

»Du bist absolut der Meinung, dass sie Kinder kriegt?«

»Alle muslimischen Frauen kriegen Kinder. Das ist ihr Lebenszweck«, sagte er, bitter jetzt. »Der, den ich kennengelernt habe, er ... war auch ein Immigrant. Klar, Immigranten kennen immer Immigranten. Er war wirklich gut, glaube ich, in dem, was er tat. Die wollten ihn dringend haben in dem Projekt. Aber er wird wahrscheinlich abgeschoben werden, bevor das Projekt beginnt.«

»Abgeschoben?«

»Ein Dreamer. Du weißt, was das heißt? Die Leute, die als Kinder mit ihren Eltern ins Land kommen, illegal, und dann in den USA einen Schulabschluss gemacht haben. Mit dem achtzehnten Geburtstag können sie sofort abgeschoben werden. Gab wohl eine Gnadenfrist unter Obama, die man beantragen konnte, aber jetzt – Ende Gelände. Trump will sie alle raushaben.« Ich nickte.

»Hope wäre ein Dreamer geworden«, sagte ich nachdenklich.

Und dann: »In Kanada kriegt sie richtiges Asyl. Hoffe ich. Bei den Syrern gibt es Patenschaften. Du kannst für einen Flüchtling Pate werden, wenn du das nötige Geld hast. Dir quasi einen Syrer halten wie einen Goldfisch. Ich ... weiß nicht, wie es mit Nepalesen ist.«

»Es gibt ein Resettlement Programme für bhutanesische Flüchtlinge«, sagte er. »Von zu Hause aus habe ich es nicht geschafft, reinzukommen. Es ist quasi unmöglich, die richtigen Papiere zusammenzubekommen.« Er grinste. »Aber vielleicht lassen sie mich bleiben, wenn ich schon mal da bin?«

Ich nickte. »Die Kanadier brauchen Leute, die ihr Eis schützen. In Québec haben wir ein ganzes Festival für Eisskulpturen. Climate-Engineering-Studenten sollten willkommen sein.«

Umsteigen in Minneapolis. Mehr Schnee. Autoschlangen, Wolkenkratzer.

Immerhin fällt bei diesen Temperaturen nicht auf, dass man eine Wollmütze trägt, die man tief in die Stirn gezogen hat, niemand vermutet darunter eine Tätowierung.

Und dann Duluth, bis Duluth kamen wir.
Auf der Karte war es eine kleine Stadt, in Wirklichkeit war sie groß. Und kalt.

Wir waren erst abends da, wir fanden eine Absteige beim Hafen, wo wir Namen und Passnummern eintragen mussten, aber niemand die Pässe sehen wollte – wir beobachteten es bei den Leuten, die vor uns eincheckten, ehe wir es wagten.

Aber sie bestanden darauf, dass wir zwei Zimmer mieteten.

Die Lampen über den Betten waren rot, die Matratzen durchgelegen, unter den Laken spürte man Gummibezüge. Akash lachte.

»Ich wollte immer schon mal in einem Stundenhotel schlafen«, sagte er, und Hope fragte, was das sei. Ich sagte nichts, aber die Wände waren dünn, man hörte, was es war.

Hope schüttelte sich. »Gibt es das in Kanada auch?«

»Das gibt es überall.«

»Nicht in muslimischen Ländern«, meinte Hope, und wir sahen uns an und sagten nichts.

Wir saßen im größeren der beiden Zimmer, das winzig war, und aßen Fish and Chips aus einer Tüte. Unser Geld war beinahe aufgebraucht, aber etwas muss man essen, und irgendwo muss man schlafen, wenn es schneit. Ich ließ mich zurück aufs Bett fallen, dessen Federn quietschten.

»Morgen früh geht ein Bus bis kurz vor die kanadische Grenze«, sagte Akash. »Dann müssen wir nur irgendwie auf diese Landzunge rauskommen.«

Ich nickte, wir hatten die Karte auswendig gelernt. »Pigeon Point. Und über die Bucht nach Kanada rüber.«

Hope gähnte. »Ich möchte irgendwann einen Schneemann bauen. Wie in den Bilderbüchern aus Amerika. Kann man …«

»Aerial Lift Bridge«, sagte Akash, setzte sich plötzlich auf und starrte sein Handy an. »Am Hafen. Was zum Teufel …?«

»Nicht fluchen«, sagte Hope automatisch.

»Sie haben eine alte Hebebrücke hier«, sagte Akash. »Aber warum soll ich mir *nachts* eine Hebebrücke ansehen?«

»Wer sagt, dass du das sollst?«

Akash schluckte. »Roshida. Ich hatte ihr geschrieben, wo wir übernachten, und sie hat diese Brücke im Netz gefunden. Die einzige Sehenswürdigkeit hier wahrscheinlich.« Er seufzte und ließ sich aufs Bett zurückfallen. »Sie schreibt das nur, um irgendwas zu schreiben. Es ist wie eine letzte Verbindung, eine verdammte Nabelschnur. Sie sollte aufhören damit.«

»Na los«, sagte Hope.

»Wie, los?«

Hope kletterte vom Bett. »Wir sehen uns dieses Ding an.«

»Warum sollten wir …«, begann ich, aber Hope war schon in die hässliche rosa Kleidersammlungsjacke geschlüpft und streifte sich die Kleidersammlungsmütze über: eine rote Wollmütze, die sie aussehen ließ wie einen skandinavischen Weihnachtswichtel.

Und vielleicht lag es daran. Wir folgten dem Wichtel.

Eine halbe Stunde später standen wir am Hafen.

Vor uns breitete sich der Lake Superior aus wie ein Ozean, Eisschollen türmten sich am Kai, fraßen an den Körpern der riesigen Frachtschiffe, die darauf warteten, Kohle und Container nach Osten zu bringen: in Richtung offenes Meer, durch die Seen und den Sankt-Lorenz-Strom.

Die Schollen tanzten auf den Wellen und stießen im Straßenlaternenlicht mit einem melodischen Klirren aneinander.

»Da!«, sagte Hope und zeigte: Da stand die Hebebrücke, ein riesiges Ding wie ein umgekehrtes, eckiges U aus Stahlstreben, das einen Teil des Hafens mit einem anderen verband.

Seltsam, wie alles, was in der Natur wächst, immer irgendwie ästhetisch ist, und das, was der Mensch produziert, immer irgendwie hässlich.

Der Wind jagte Plastiktüten.

Hope fasste Akash und mich an den Händen, und so kämpften wir uns gegen die eisigen Böen bis zur Brücke, obwohl ich nicht wusste, was wir dort sollten. Ungefähr dreißig Meter vor der Brücke blieb sie stehen.

Und dann sah ich, was sie sah.

Vor der Brücke stand eine kleine Gestalt in einem Daunenmantel, die Kapuze über den Kopf gezogen. Das Licht der Straßenlaternen warf ihren Schatten auf den vereisten Kai.

Niemand außer uns war dort an jenem Abend, niemand sah, wie die Gestalt sich langsam auf uns zubewegte. Niemand sah, wie ein kleines Mädchen einem jungen Mann einen Schubs gab.

Wie er rannte.

Niemand sah es, doch ich habe ein Bild: ein Bild von zwei Figuren in dicken Jacken, die sich in der Mitte treffen. Und noch eines, darauf stehen sie voreinander, ganz nah, und sehen sich einfach nur an.

»Jetzt hör auf zu knipsen und komm«, sagte Hope.

Als wir bei den beiden ankamen, waren sie in einer Umarmung versunken, Daunenmantel an Daunenmantel. Roshida trug unter der Kapuze ein blaues Kopftuch, sie war blass wie das Eis, aber ihre Beine steckten in engen Jans. Sie sah nicht aus wie die Roshida, die allen Männern zutiefst misstraute und jeden Flecken Haut minutiös bedeckte.

Sie sah aber auch nicht aus wie die Roshida, die das Haar offen und eine abgeschnittene Hose getragen hatte, um nicht aufzufallen. Sie sah aus wie etwas, das noch nicht wusste, was es sein wollte.

»Und jetzt?«, flüsterte Akash. »Was tun wir jetzt?«

»Wir gehen nach Kanada, dachte ich«, sagte Roshida.

Da lächelte er, das glücklichste Lächeln, das ich je einen Menschen habe lächeln sehen, und er sagte: »Du bleibst nicht bei deinen Leuten?«

»Die Rohingya in Chicago ...«, flüsterte Roshida in den Wind. »Sie waren nett. Sie haben sich gekümmert. Aber es sind nicht mehr meine Leute. Meine Familie. Akash, das ... bist du.«

»Schön«, sagte Hope mit einem Seufzen. »Ist es nicht ärgerlich, dass die Sonne schon untergegangen ist? Jetzt hätte es gerade gut gepasst.«

Und als wir im Bett lagen, in der Nacht, da dachte ich daran, wie wundervoll es sein musste, zu lieben. Trotz der Gefahren.
    Einen Raum weiter schliefen Akash und Roshida. Ich wusste, dass sie schliefen, dicht beieinander. Sie taten nicht mehr als das, weil da noch immer eine Menge Tradition im Weg war. Sie würden heiraten müssen, und niemand wusste, mit welcher Art von Priester.
    In meinen Armen lag ein Kind, verloren in einem Traum, vielleicht von dem Schneemann, den es eines Tages bauen würde.
    Ich könnte, dachte ich, versuchen, mit Akash zu studieren. Doch noch an die Uni zu gehen. Jemand zu werden, der herausfand, wie man das Leben auf der Erde rettete – und den Schnee für ein Kind.

Ich träumte auch, ich träumte wieder von meinen Eltern.
    Meine Mutter saß auf dem Sofa und sah mich an, das feine, glatte Haar umrahmte ihr vertrautes Gesicht. Mir war nie aufgefallen, wie schön sie war.
    Mein Vater stand hinter dem Sofa, auf dem Revers seines dunklen Jacketts entdeckte ich einen winzigen Fleck: Ei oder Soße. Es machte ihn weniger perfekt. Menschlicher.
    »Mathis!«, sagte meine Mutter. »Wir haben dir tausend Nachrichten geschrieben und nur ein Dutzend abgeschickt, weil der Wunsch eines Kindes, sich bei seinen Eltern zu melden, umgekehrt proportional ist zur Häufigkeit, mit der sie es darum bitten. Ich habe ausgerechnet, dass die Haare deines Vaters mit jeder Minute, die er auf seinen Sohn wartet, um 0,024 Prozent weißer werden.«
    »In manchen Nächten wird ihre Angst so groß, dass sie die ganze Nacht auf und ab geht und Dinge zählt«, sagte mein Vater. »Die Schneeflocken an der Fensterscheibe, die Fäden in der Tapete … Ich war sehr wütend auf dich, Mathis, weil du ihr solche Angst machst. Aber meine eigene Angst hat die Wut aufgefressen.«
    »Ich komme bald«, sagte ich.
    »Die Wahrscheinlichkeit, dass du hältst, was du versprichst, beträgt erfahrungsgemäß unter zwei Prozent«, sagte meine Mutter.
    »Das ist nicht wahr!«, rief ich. »Ich bin nicht mehr der Mathis, den

ihr kennt. Ich habe eine Menge gelernt. Diese ganze Erde rutscht uns durch die Finger und es geht nicht um mich. Ich habe gelernt, worum es geht, im Hinterzimmer einer Buchhandlung in Mogadischu: Es geht um die Kinder.«

»Aber du bist doch unser Kind«, sagte meine Mutter.

Da wachte ich auf und lag im Dunkeln und draußen jagten sich die Eiswinde um die Hausecken. Neben mir murmelte Hope im Schlaf Worte in einer anderen Sprache. Ich dachte daran, was sie gesagt hatte. Dass wir Habar Gidir finden mussten, die sie aufnahmen. Angehörige des gleichen Clans waren verpflichtet, einander zu helfen.

Zum Teufel mit der Pflicht. Im Haus meiner Eltern war genug Platz.

Der letzte Ort vor Kanada war Grand Portage, Teil des Chippewa-Reservats. Ein Ort mit einem Spielcasino und sonst nichts. Danach lief der Highway 61 entlang der Küste nordwärts bis zur Grenze.

Gegen Mittag standen wir kurz hinter Grand Portage und warteten auf ein Auto, das uns mitnahm, während um uns leise Flocken fielen.

Hope fing an, auf und ab zu hüpfen, weil sie fror. Und weil wir auch froren, hüpften wir mit ihr. Hüpften und lachten, trunken vom Adrenalin dieses letzten Tages. Bald! Bald!

Ich habe ein Foto von unserem Gehüpfe. Es ist verwackelt.

Das Auto, das schließlich hielt, war ein kleiner Pkw mit einer freundlichen Frau am Steuer, die sagte, wir hätten Glück, dass wir alle reinpassten, sonst hätte sie immer zwei große Hunde im Wagen.

Sie kam aus Thunder Bay auf der anderen Seite, sie hatte hier jemanden besucht, und ich dachte: Wenn wir einfach in diesem Auto sitzen bleiben könnten, bis über die Grenze!

Aber sie erzählte, die Kontrollen seien strenger geworden und es wären entlang des Pigeon River, der dort floss, ab und zu Patrouillen unterwegs. Sie lachte darüber.

»Wer soll hier schon illegal rübergehen?«, fragte sie.

Und wir lachten auch, nein, das konnten wir uns nicht vorstellen.

»Wir würden gern vor der Grenze aussteigen«, sagte ich. »Wir wollen raus Richtung Pigeon Point, auf die Landzunge.«

Sie runzelte die Stirn. »Da draußen gibt es nichts, nicht mal Wege, was wollt ihr da?«

»Fotos machen«, sagte ich. »*Eis und Einsamkeit*. Es ist ein Projekt. Schwer zu erklären. Kunst.«

Sie sah mich im Rückspiegel an und lachte wieder. »Verrückt! Und du?« Jetzt sah sie Hope an. »Du machst mit bei dem Kunstprojekt?«

Hope nickte. »Ich darf«, sagte sie, sehr stolz und sehr kindlich. Sie war eine gute Schauspielerin.

»Habt ihr irgendeine Art von Erlaubnis der Chippewa?«, fragte die Frau am Steuer.

Akash nickte. »War ziemlich kompliziert mit dem Papierkram. Aber im Grunde ist es ihnen wahrscheinlich egal.«

»Na, dann seht zu, dass ihr euch warm haltet«, sagte sie. »Der Winter ist früh dran. Ich war vor einer Woche mit den Hunden auf dem Eis, bei uns drüben, und der Wind wird verdammt streng da draußen. Wie kommt ihr zurück?«

»Wir haben jemanden, der uns bei der Grenze abholt«, sagte Akash. »Hinbringen ging nicht, es ist etwas dazwischengekommen.«

Die Frau musterte uns skeptisch. »Seid ihr dick genug angezogen?«

»Wenn Sie wüssten, was wir alles unter diesen Jacken tragen!«, sagte Hope grinsend. »Was Sie gar nicht sehen können.«

La vida loca por siempre in schwarz-schwarzen Buchstaben, dachte ich. Die unsichtbare Wunde eines Sonnentanzes auf der Brust. Zwei Narben anstelle von Ohrmuscheln. Verstümmelte Genitalien. Nie ganz abgeheilte Füße. Die Erinnerung an die höchsten Berge der Welt: den Himalaja gesehen durch den Zaun eines Lagers.

Nein, sie sah nicht, was wir unter den Jacken trugen.

Sie nickte und bekam einen träumerischen Blick. »Es ist schön, draußen auf dem Eis ... Du siehst die Zivilisation nicht und kannst nicht beweisen, dass sie da ist. Du läufst und läufst, wie in einem Traum ...«

Sie seufzte. »Wir kriegen nicht mehr so viel davon. Früher gab es regelmäßig eine Eisbrücke zur Isle Royale rüber, einen Weg für die Elche und die Wölfe. Die letzten fünfzehn Jahre lang hat das Eis nicht mehr gereicht. Kein Austausch mehr, war ein Rieseninzuchtproblem, die

Tiere wurden krank und sind gestorben. Gab auch nicht mehr genug Elche. Die heißen Sommer setzen denen zu, sie ziehen sich in den Schatten zurück, statt zu fressen, und sind dann im Winter zu schwach zum Überleben.

Am Ende hatten wir noch zwei Wölfe, nur zwei. Dann haben sie letztes Jahr welche auf die Insel gebracht. Und dieses Jahr ist die Eisbrücke da. Vielleicht ... sind die warmen Jahre ja vorbei.«

»Glauben Sie das?«, fragte ich.

Sie schüttelte den Kopf. »Nein. Ich kenne die Diagramme. Wenn man hier wohnt, kennt man sie. Das Eis auf den Seen wird über die Jahrzehnte immer weniger. Macht ihr eure Fotos, vielleicht ist es die letzte Chance.« Sie klang traurig. »Aber okay, so viel wird sich wohl letztendlich nicht ändern für uns, wenn es wärmer wird. Und weniger Eis im Winter ... hat auch Vorteile.«

»Für viele Menschen auf der Welt nicht«, sagte Akash.

Sie seufzte. »Ja. Natürlich. Aber die sind weit weg.«

Wir tauschten Blicke. Beinahe lachten wir.

»Es wird sich eine Menge ändern in Kanada«, sagte ich. »Es wird sich eine Menge ändern in allen Ländern der Ersten Welt. Die Menschen aus den Ländern, die zu trocken sind, in denen der letzte fruchtbare Boden weggeschwemmt wird, in denen die Stürme alles verwüsten ... sie kommen. Sie kommen zu uns. Und es sind nicht nur ein paar. Es ist eine Völkerwanderung.«

Sie lachte. »Das sagen die Rechten, die uns Angst machen wollen. Lass die paar Flüchtlinge doch kommen, Junge. Wir sind ein Immigrantenland. Frag Trudeau, unseren Anti-Trump.«

»Der sieht in der Zeitung auch besser aus, als seine Politik ist«, sagte ich. »Er nimmt die, die er brauchen kann. Ingenieure, Ärzte, Professoren. Aber sie kommen *alle*. Egal, wie dicht die Mauern und Zäune sein werden. Die Dritte Welt wird irgendwann keine Lust mehr haben, langsam zu sterben. Sie ergießt sich in die Erste Welt. Und das wird verdammt spannend.«

Eine Weile sagte niemand mehr etwas, draußen zog der dunkle Nadelwald vorüber unter dem Schnee und Hope nahm meine Hand.

»Du darfst nicht so viel Angst haben, Mathis«, flüsterte sie. »Vor der Zukunft. Wenn man Angst hat, ist man gelähmt. Dann kann man nichts tun.« Und dann, noch leiser: »Du hast doch mich. Und du weißt, ich bin ein Glückskind. Es ist ansteckend. Wir sind alle Glückskinder, irgendwie. Oder nicht? Wir sind bis hierher gekommen.«

»Ich habe keine Angst«, sagte ich. Eine dreiste Lüge.

»Wir können sowieso nichts machen«, sagte die Frau am Steuer. Sie schien nicht verärgert zu sein über meinen Ausbruch. »Außer Fotos von dem, was noch da ist, bevor es aufhört zu existieren. Alles andere ist höhere Politik und Wirtschaft.«

»Ich möchte mir nicht anmaßen, Kritik zu äußern«, sagte Akash. »Aber das ist nicht ganz richtig. Politik und Wirtschaft sind nur das, was dabei herauskommt, wenn ein Volk etwas tut. Es ist die Summe der Einzelaktionen.«

»Wie?«, fragten Hope und die Frau gleichzeitig.

»Auch Trump ist nicht schuld am Elend Amerikas«, sagte Akash. »Er ist nicht die Ursache, sondern das Symptom.«

»Er meint die Bananen«, sagte Roshida, die auf dem Beifahrersitz saß und bis jetzt gar nichts gesagt hatte.

In diesem Moment kamen die Gebäude des Grenzpostens in Sicht, und ich sagte: »Können Sie hier ranfahren und uns absetzen? Mein Handy sagt, das ist der Beginn unserer Wanderung.«

Die Frau fuhr an den Rand und hielt und dann drehte sie sich zu uns um und sah uns der Reihe nach an. Sie wollte sehr viele Dinge fragen, das war klar. Wer wir waren. Warum gerade hier unsere Wanderung begann. Aber stattdessen fragte sie nur: »Bananen?«

Da dachte ich, dass ich sie mochte, und ich hoffte, wir würden ihr eines Tages eine Antwort auf alles geben können, was sie nicht gefragt hatte.

»Sie können selbst entscheiden, welche Bananen sie kaufen«, sagte Roshida. »Oder wen sie wählen. Oder ob sie das Licht ausmachen. Das ist es, was Akash meint.« Sie lächelte. »Googeln Sie es einfach. Bananen und Costa Rica.«

»Und wenn hier alles wegschmilzt, können Sie einfach eigene Bananen anpflanzen«, sagte Hope, was die Frau wahrscheinlich endgültig verwirrte.

Wir bedankten uns in vier Sprachen und tauchten in den verschneiten Wald ein. Ehe diese freundliche Frau darauf kam, uns jemanden nachzuschicken.

Wir gingen eine ganze Weile sehr schnell und schweigend. Schließlich blieben wir stehen, sahen uns an und grinsten. Und Hope griff unter ihre Jacke, um das goldene Kamel hervorzuholen.

»Es soll endlich sehen, wo es hingeht«, erklärte sie.

Das ist eines der Fotos, die ich liebe: Hope in der formlosen fahlrosa Daunenjacke, zwischen den Stämmen der hohen Tannen, mit der roten Wichtelmütze auf dem Kopf und dem goldenen Kamel um den Hals. Sie lächelt auf dem Foto, sodass man all ihre Zähne sieht. Afrikanische Kinder haben unglaublich weiße Zähne.

So begann sie: unsere letzte Wanderung auf der Reise in ein sicheres Land.

Es gab keine Wege im Wald. Die Pfade, die wir nahmen, gehörten den Tieren, wir sahen ihre Spuren: Elche, Füchse, möglicherweise Wölfe.

Ich wünschte, die Chippewa wären hier gewesen statt in Grand Portage in ihrem Casino, wo sie das Geld für ihren Stamm verdienten. Vielleicht hätte uns einer von ihnen einen besseren Pfad zeigen können.

Nach einer Stunde erreichten wir die Mündung des Pigeon River. Wir sahen sie durch die Bäume und wir wanderten hinaus auf die Landzunge. Nach einer weiteren Stunde beschlossen wir, dass wir weit genug weg waren von der menschlichen Zivilisation, und wir verließen den Schutz des dichten Waldes und wandten uns dem Ufer der Bucht zu, die zwischen den Staaten lag: Pigeon Bay.

Ich schnappte nach Luft.

Dort, vor uns, begann das Eis, zerbrochen und gefroren und wieder zerbrochen von Wind und Wellengang: Die Schollen hatten sich zu riesigen, bizarren Formationen aufgetürmt, doch jetzt war das Eis still, bewegte sich nicht mehr. Nur der Wind fegte darüber hinweg.

Ab und zu hörte man ein Krachen, wie ein Donnergrollen, das aus der Ferne kam und bis zu uns ans Ufer lief, und das Eis zitterte leise. Es erweckte nur den Anschein von Stille, es arbeitete, verschob sich unbesehen millimeterweit, wie die Kontinente des Planeten.

Das Eis war nicht weiß.

Es war hellgelb, wo das wolkenverhangene Sonnenlicht darauf fiel, es war blau in den Schatten, es war violett an den Kanten, wo Licht und Schatten sich voneinander abgrenzten, es besaß alle Farben der Welt.

Akash sah nicht das Eis an. Er sah nach links, zurück dorthin, wo wir hergekommen waren. Zum Scheitelpunkt der bewaldeten Bucht.

»Bis hier raus kommt keine Patrouille.«

Wir nickten alle. Die Landschaft war so einsam, so majestätisch, so frei von jedem Zeichen menschlichen Lebens, dass es mir lächerlich vorkam, überhaupt hier hinausgewandert zu sein.

Aber es war besser, kein Risiko einzugehen.

Ich holte die Thermoskanne heraus, die wir in Duluth gekauft und in Grand Portage bei einem Schnellimbiss mit Tee gefüllt hatten. Der Tee war übersüßt und nicht mehr ganz warm, doch er tat gut.

»Vielleicht wird es irgendwann wieder so sein«, sagte Roshida und machte eine Armbewegung, die die ganze gefrorene Natur einschloss. »Wenn die warmen Meeresströmungen sich umgekehrt haben. Vielleicht gibt es in Amerika dann nichts mehr außer dem Eis.«

Akash verstaute die Thermoskanne, zog Roshida an ihrer Handschuhhand zu sich und küsste sie, vor unseren Augen. »Ein schönes Szenario für einen Film«, sagte er. »Aber es wird nicht so sein. Wir retten die Erde vorher.«

Und dann betraten wir das Eis.

Zu Beginn mussten wir klettern. Wir kletterten über die Eisschollen wie Käfer über Glasscherben, kleine, unwichtige, herumkrabbelnde Lebewesen inmitten all der gefrorenen Großartigkeit.

Ich trug den Rucksack mit den Decken, den Handys, der Thermoskanne und meinen Papieren. Manchmal zog ich Hope auf eine Eisformation hinauf oder hob sie über eine Spalte, manchmal hielt sie mich fest, wenn ich zu rutschen drohte.

Und immer wieder blieb ich stehen, hielt mich mit einer Hand fest und knipste. Damit der Akku trotz der Kälte hielt, trug ich das Handy unter meinem T-Shirt auf der Haut, im Hosenbund. Ich dachte an das Ortungssystem, das Handy hatte noch immer einen Schaden, diesmal war die Karte auf Akashs Telefon. Wir konnten uns also nicht verlaufen.

Aber wir brauchten gar keine Ortung.

Alles, was wir tun mussten, war, quer über die Bucht zu wandern, deren dunkelgrüne Linie wir in der Ferne sahen. Es war halb drei Uhr nachmittags. Um vier Uhr würde die Sonne untergehen, um vier Uhr vierzig laut Internet das letzte Licht da sein. Wir hatten ungefähr anderthalb Kilometer vor uns, dann zwei weitere an Land, bis wir auf kanadischer Seite wieder auf den Highway 61 stoßen würden. In einer Stunde wären wir dort, wirklich, ein Spaziergang.

Über die Schollen hatten wir länger gebraucht, aber nun lag das glatte Eis vor uns.

Ich blieb ein wenig zurück, weil ich immer noch Fotos machte. Ich begann, vor mich hin zu summen.

Vor mir wanderte Hopes rote Mütze als leuchtender Punkt.

Und dann passierten zwei Dinge.

Erstens begann es zu schneien. Zu Beginn waren es nur vereinzelte Flocken, dann dichtes Schneetreiben aus großen, feuchten Flocken. »Geister«, flüsterte Hope. »Faith hätte gesagt, es sind Geister. Geister von Verstorbenen. Ein Geistertanz auf dem Eis.«

Die zweite Sache war der Riss im Eis. Wir standen plötzlich davor, und es war nicht nur ein Riss, es war ein Spalt, ein Spalt von drei oder vier Metern Breite, der zur Linken, zum Festland hin, breiter wurde.

»Fuck global warming«, murmelte Akash.

»Das ist nicht global warming, das ist ein Spalt«, sagte Roshida. »Das Eis bewegt sich an der Küste mehr. Die Wellen zerbrechen es am Ufer. Ein bisschen weiter draußen ist es wieder ganz, du wirst sehen.« Und sie nahm Akash an der Hand und zog ihn mit sich, an dem Riss entlang, vom Land weg. Sie hatte recht: Es blieb uns nichts anderes übrig, als um den Riss herumzugehen. Wir wanderten mit großem Sicherheitsabstand an der Abbruchkante entlang.

Das Eis war dick, man sah es an der Kante: mehrere Fuß solides, weiß-grün schimmerndes Eis.

Aber der Riss nahm kein Ende, wir gingen und gingen und dann bekamen wir Angst. Nicht die Angst, die man hat, wenn unmittelbare Gefahr droht, sondern ein schleppendes, schlechtes Gefühl.

Wir begannen, uns Witze zu erzählen.

»Treffen sich zwei Planeten, sagt der eine: Du siehst aber schlecht aus.«

»Sagt der andere: Ich hab Menschen. Ach, meint der erste, mach dir nichts draus. Das geht vorbei.«

Wir lachten alle und Hopes rote Mütze war so ein fröhlicher Punkt im weißen Schnee, was sollte schiefgehen? Wir waren ohne Ortung durch Südtexas gekommen!

»Schmilzt es wirklich?«, fragte Hope. »Das ganze Eis auf der Welt? Am Nordpol und am Südpol und überall?«

»Hm«, sagte ich. »Man kann das messen. Es schmilzt überall.«

»In ein paar Jahren ist die Nordostpassage offen«, sagte Akash. »Da kenne ich einige Leute, die sich freuen. Ein erster Erdöltanker ist schon durchgefahren. Und sobald es schmilzt, haben nicht nur die Schiffe einen kürzeren Weg vom Atlantik in den Pazifik. Wenn es schmilzt, wird ein Schatz frei.«

»Ein Schatz?«, fragte Hope, mit Kinderbegeisterung.

»Oh ja«, sagte Akash. »Gold, Silber, Erdöl, seltene Erden.«

»Ich dachte, es gibt nur eine«, sagte Hope. »Also ist sie wohl selten. Die Erde.«

Und wir lachten alle. Es war bloß ein weiterer Witz, aber irgendwie hatte unser Lachen an Überzeugungskraft verloren. Wir waren schon zu lange an diesem Riss entlang unterwegs, in die vollkommen falsche Richtung, vom Land fort. Es war nicht mehr sehr hell.

Halb vier Uhr vorbei.

Wir mussten weiter: weitergehen, weiter zuversichtlich bleiben. Weiterreden, um uns von unserer Angst abzulenken.

»Sie werden sich alle auf den Schatz stürzen und darum kämpfen«, sagte Akash. »Sie werden das letzte unangetastete Ökosystem der Erde zerreißen wie eine Verpackung. Da geht es hin, mein Meer. Wusstet ihr, dass die Algen, die auf der Unterseite der großen Eismassen wachsen, den Beginn der Nahrungskette bilden? Krill lebt von ihnen. Diese kleinen Krebse. Ohne Krill keine Wale. Und keine kleinen Fische, und also keine größeren Fische und so weiter ... Die Ozeane sind sowieso überfischt, ist nicht mehr viel drin.«

»In Somalia machen sie das auch«, sagte Hope. »Da holen alle möglichen Leute Fische raus, hat *er* gesagt, die keine Erlaubnis haben. Deshalb gibt es die Piraten. Sie haben angefangen, die fremden Schiffe zu entführen, die uns den Fisch stehlen. Aber irgendwann hatten sie den Dreh raus, und jetzt entführen sie alles, was sie in die Finger kriegen können. Es ist ein ehrbarer Beruf bei uns, Pirat. Weil man die Leute aus den reichen Ländern ärgert. Faith und ich hatten uns mal überlegt, Piraten zu werden.« Sie grinste, und ich dachte, dass sie vermutlich sehr wenig wusste über die Brutalität somalischer Piraten und dass ich es ihr nicht erzählen würde. »Wenn das Eis weg ist, gibt es also weniger Algen?«, fragte sie.

»Und weniger Albedo«, sagte ich.

»Ist das ein Fisch?«

Akash und ich sahen uns an, es war so gut, jemanden im Schneetreiben einfach ansehen zu können und zu wissen, dass der andere die gleiche Sprache spricht.

»Okay, sag jetzt nicht, ich erkläre die Hadley-Zelle«, begann ich. »Ich mache es ganz einfach. Das Sonnenlicht fällt auf die Erde und erwärmt sie, aber hellere Flächen werfen es zurück wie ein Spiegel. Was zu weniger Erwärmung führt. Die hellsten Flächen sind die des ewigen Eises in der Arktis und der Antarktis. Wenn das Eis schmilzt, wird weniger Sonnenlicht reflektiert, dann erwärmt sich die Erde noch mehr.«

»Es gibt Pläne, die Arktis mit spiegelnder Folie zu bedecken«, sagte Akash. »Oder allgemein hellere Getreidesorten anzupflanzen.«

»In der Arktis?«, fragte Hope, damit wir wieder lachen konnten.

»Klar, das erfinde ich«, sagte Akash. »Ich erfinde die erste Weizensorte, die auf Eis wächst, wozu studiert man ...« Er verstummte und sah den Riss an. Wir waren noch immer nicht an seinem Ende angekommen. »Okay, und dann sind da die Permafrostböden«, fuhr Akash fort, »das ist auch ein Problem, die Permafrostböden in Russland tauen schneller als irgendetwas anderes ...«

»Akash. Diese Spalte. Wie lange ...«

»Und in Permafrostböden ist Methan enthalten«, sagte ich. »Das ist noch klimaschädlicher als CO_2, das wird frei, wenn es taut und ...«

»Mir ist der Scheißpermafrostboden egal!«, schrie Roshida plötzlich und blieb stehen. »Wir müssen zurück! Es wird dunkel, verdammt, wir kommen nirgends an!«

»Da vorne«, sagte Hope. »Da vorne schließt sich das Eis wieder. Es ist alles okay.«

Und sie hatte recht. Wir erreichten das Davorne und umarmten uns vor Erleichterung und bogen endlich auf unseren ursprünglichen Kurs ab. Aber es war fast dunkel. Vier Uhr zehn. Hier draußen, wo große Schollen auseinandergedriftet und wieder zusammengestoßen waren, gab es Türme aus riesigen Splittern, an denen sich der Schnee fing, bizarr. Faszinierend. Zeitraubend.

Wir mussten darum herumgehen.

Wir wanderten jetzt nicht mehr geradlinig, sondern in einem seltsamen erzwungenen Zickzackkurs, und nach einer Weile war es so dämmerig, dass ich die Taschenlampe aus dem Rucksack holte.

Ich machte sie noch nicht an, hielt sie nur fest, um mich sicher zu fühlen. Wir sahen das Land schon lange nicht mehr hinter dem Vorhang aus Flocken.

Und wir sanken darin ein, mehr und mehr. Das Gehen wurde immer beschwerlicher.

Dann frischte der Wind auf. Die Flocken wirbelten uns von der Seite in die Gesichter, krochen in unsere Krägen. Im Windschatten eines Eisturms blieben wir stehen und tranken den Rest Tee. Er war nicht mehr warm.

Vier Uhr dreißig.

»Akash«, sagte ich. »Ich hab keinen Empfang mit dem Handy, aber du hast die Karte runtergeladen, du hast die auch offline ...«

Akash holte sein Handy hervor. Wischte auf dem Display herum. Rieb es zwischen den Handflächen, hauchte es an. Schließlich sah er uns der Reihe nach an und schüttelte den Kopf.

»Es hat sich ausgeschaltet. Ich kriege es nicht wieder an. Das ist die Kälte.«

»Sag nicht, du hast es einfach in der Jackentasche gehabt.«

»Ich ... nein. So blöd bin ich nicht, ich hatte es in der Hosentasche, unter der Jacke. Hat nicht gereicht. Ich hätte es enger am Körper haben sollen. Es ... tut mir leid.«

Und ich dachte, jetzt schreie ich ihn an, jetzt schüttle ich ihn und schreie ihn an. In mir wuchs die Panik. Aber Panik kann tödlich sein, inzwischen wusste ich das.

Und deshalb sagte ich leichthin: »Ach, das ist egal. Wir laufen einfach weiter geradeaus, irgendwann stoßen wir aufs Ufer und dann merken wir es ja.«

Ich verteilte die Schokoladenriegel, die wir beim letzten Umsteigen gekauft hatten, für jeden einen. Schokolade kann Wunder wirken, auch, wenn es gefrorene Schokolade ist, die man lutschen muss. Wenn wir hier rauskommen, dachte ich, werde ich von nun an jeden Schokoladenriegel einfrieren, ehe ich ihn esse, um mich zu erinnern und dankbar zu sein, dass wir es geschafft haben.

Aber noch hatten wir es nicht geschafft.

Ich wickelte die Hälfte meiner Schokolade zurück ins Papier und schob sie Hope in die Tasche.

»Für später. Ich glaube, du wirst sie nicht brauchen, aber sicher ist sicher.«

Sie nickte nur.

Ich machte die Taschenlampe an. Um uns lag die Halb-fünf-Uhr-Nacht eines Dezembertages auf dem Lake Superior.

Und wir wanderten verbissen und mit gesenkten Köpfen voran, kämpften gegen den Wind und den Schnee, ich spürte meine Füße kaum noch, die Kälte drang durch die Stiefel und durch die Jacke. Ich begann, den Schnee zu hassen, mir zu wünschen, dass ich nie mehr in meinem Leben Schnee und Eis sehen musste, wenn dies hier vorbei war, Albedo hin oder her.

Ich weiß nicht, wie lange wir liefen. Ein Jahrzehnt. Ein Jahrhundert. Irgendwann ließ Hope sich einfach hinfallen. Sie lag da, auf dem Bauch, im Schnee, und ich legte mich neben sie. »So ist es besser«, sagte sie. »Weniger Wind.«

Ich nickte und sah, dass Akash und Roshida sich ebenfalls hatten fallen lassen. Es tat so gut, nicht mehr gegen den Wind zu kämpfen.

»Wenn wir zu lange hier liegen, schneien wir ein und erfrieren«, flüsterte Roshida.

»Ich kann nicht mehr«, murmelte Hope. »Ich stehe gleich auf ... gleich ...«

Akash lag dicht neben mir, unsere Schultern berührten sich, und er sagte müde: »Ich dachte wirklich, wir kommen einfach so an. Wie dumm man sein kann.«

»Aber wir kommen doch an«, flüsterte ich. »Bald.«

»Ich weiß nicht, vielleicht laufen wir schon wieder im Kreis, wie in Texas«, sagte er und lachte rau, ein schmerzhafter Laut. »Man könnte ein Computerspiel draus machen, aus all diesen Stationen. Von Brasilien bis hierher. Du hast all diese Hindernisse, Wüsten und Eis, Hitze und Kälte und Mörder und Entführer, Zäune und Mauern und Polizei ... du triffst andere Flüchtlinge ...«

»Du hast ein paar Ressourcen, die du an bestimmten Orten wieder auffüllen kannst«, sagte ich. »Wasser und Nahrung. Handyakku. Geld.«

»Ja!«, sagte Akash, auf einmal wieder hellwach. »Und du kannst dir in jedem Land eine neue Identität kaufen, einen neuen Pass, damit die anderen Spieler dich nicht erkennen. Es wäre ein Spiel, das man übers Netz mit anderen Leuten spielt ... Mathis? Lass uns das machen. Lass uns so ein Spiel machen, wenn wir hier rauskommen. Wir finden jemanden, der das Programmieren übernimmt, und legen los. Die, die das alles hier nicht kapieren ... Sie würden vielleicht endlich etwas verstehen. Jedenfalls die jungen.«

»Sie müssten bei jedem Ort Informationen im Netz sammeln«, sagte ich. »Über ... die Probleme, die es da gibt. Die Leute, die da wohnen. Die Gründe, aus denen sie vielleicht weggehen. Für die Infos kriegen sie später Punkte, aber nachlesen müssen sie selbst. Was man selbst herausfindet, merkt man sich.«

»Ein Fluchtspiel für die niemals Fliehenden«, sagte Akash, und jetzt lachte er wieder.

»Wir könnten das machen.« Ich nickte. »Wirklich. Wir machen das und werden berühmt und ändern die Weltpolitik, weil alle plötzlich selbst irgendwie da waren, wo wir waren.« Ich lachte, auch ich lachte wieder.

»Wie viele Leben hat man?«, fragte Roshida.

»Eins«, sagte Akash und setzte sich auf.

Und dann half er Roshida hoch und ich zog Hope auf die Füße und wir gingen weiter. Durch die unendliche weiße Wüste, die zwischen Pigeon Point und Thunder Bay theoretisch nur anderthalb Kilometer breit war.

Ich machte ein Foto, ein einziges. Als der Wind sich gelegt hatte. Als es nicht mehr schneite.

Ein Foto, das ich später nur ein Mal angesehen habe.

Es ist stockfinster, und man sieht uns im Blitzlicht, vor einem Haufen aufgeschichteter Eisschollen. Es ist ein klassisches Selfie, und wir versuchen, zu grinsen, Roshida unter der mit Kunstfell gefütterten Kapuze ihres blauen Wintermantels, Hope mit ihrer roten Wichtelmütze, Akash und ich unter schwarzen Wollkappen. Die Augen haben wir alle zusammengekniffen gegen Kälte und Blitzlicht.

Wir vier Weglosen, Verirrten. Wir Glückskinder.

Das war das letzte Bild der Reise.

Danach steckte ich das Handy ein und holte es nicht mehr heraus, und wir gingen und gingen, langsam, sehr langsam, und das Licht der Lampe flackerte nur noch schwach.

Es war sechs oder sieben Uhr abends, aber für uns war es die Mitte einer immerwährenden Nacht.

»Erzähl was«, sagte ich irgendwann zu Hope. »Erzähl von der Wüste!«

Aber sie hörte mich nicht und vielleicht hatte ich gar nicht laut gefragt.

Ich trug sie manchmal. Sie war leicht, aber es war nicht gut, sie zu tragen, weil sie dann zu sehr fror. Sie musste sich bewegen, auch wenn sie am Ende ihrer Kräfte war.

Als meine Taschenlampe ihren Geist aufgab, benutzten wir die von Akash.

Es war im Licht dieser Lampe, ungefähr eine halbe Stunde – oder tausend Stunden – nach dem Selfie, da sahen wir die Wölfe.

Sie kamen von schräg rechts, und sie waren schon nah, zu nah, als das Licht sie traf. Es waren sechs oder sieben. Sie blieben stehen, als sie uns sahen.

Wir blieben ebenfalls stehen. Ihr Weg würde unseren kreuzen.

»Wartet«, sagte ich. Es war schwer geworden, in der Kälte zu sprechen. »Die Wölfe ... gehen von der Isle Royale ... zum Festland. Das hier ... ist die Eisbrücke. Auf die sie so lange schon ... warten.«

»Das heißt, wir gehen in die falsche Richtung«, sagte Akash, seine Stimme fester als meine. »Die Wölfe wollen zum Festland. Nach links. Wir müssen auch nach links. Neunzig Grad.«

Die Wölfe wirkten sehr mager, aber vielleicht ist das normal bei Wölfen im Winter.

Sie waren schön, schön wie die Schneeflocken. Ich überlegte, sie zu fotografieren.

Da kamen sie näher, langsam, zögernd – und dann begannen sie zu laufen, sie liefen auf uns zu. Schnell, entschlossen, geschmeidig. Doch, sie waren noch immer schön. Aber sie waren mehr als wir. Und sie waren hungrig.

Ich weiß bis heute nicht, ob sie wirklich angreifen wollten. Oder ob die Aggression eine Art Selbstverteidigung war, eine Flucht nach vorn, ob sie an uns vorbei in Richtung Festland kommen wollten.

Ich weiß nur, dass ich die Arme um Hope schlang, die vor mir stand, und mich nicht mehr rührte. Roshida stand so starr wie ich, ein paar

Meter von mir entfernt. Ein paar Meter näher an den Wölfen. Ich konnte mich nicht rühren, ich war wie gelähmt, ich hörte ihre Pfoten auf dem Eis. Ihr Japsen. Oder ich bildete mir ein, es zu hören.

Und dann hörte ich etwas anderes. Ich hörte Akash schreien. Er brüllte etwas in seiner Sprache, brüllte die Wölfe an und stürzte vorwärts, auf sie zu, mit den Armen rudernd wie ein Wahnsinniger. Er rannte ihnen entgegen, um sie zu verscheuchen.

Warum konnte ich mich nicht rühren, warum rannte ich nicht mit Akash, schrie nicht mit Akash? Warum? Weil ich ein Kind in meinen Armen schützte, ohne es schützen zu können, weil meine Angst um dieses Kind größer war als meine Vernunft.

Meine Eltern hatten recht.

Akash und die Wölfe erreichten einander nie.

Das Licht der Lampe in Akashs Hand ließ die Eisformationen und die Körper tanzen, und mitten in diesem irren Schattenwirbel strauchelte Akash, schien die Arme auszubreiten – und wir hörten das Knacken, laut und deutlich, das Knirschen, das Bersten. Dann hörten wir das Jaulen eines Wolfes.

Aber wir sahen nichts mehr, denn die Lampe war aus Akashs Hand gefallen.

Sie beleuchtete kalte, teilnahmslose Schollen: Sie lag auf dem Eis, dort, wo es noch dick genug war. Aber da, wo Akash dem ersten Wolf begegnet wäre, dem Anführer des Packs, war es nicht dick genug gewesen.

Die Eisbrücke von der Isle Royale zum Festland – sie würde sich vielleicht bilden, in diesem Jahr, so wie sie es früher getan hatte. Aber noch war es nicht so weit. Wir waren alle voreilig gewesen, Wölfe wie Menschen.

Meine Augen gewöhnten sich an das spärlichere Licht und ich sah das geborstene Eis.

Ich sah den Wolf kämpfen und aufgeben und untergehen.

Ich sah die anderen Wölfe jenseits der Abbruchstelle stehen bleiben.

Akash sah ich nicht.

Er war ohne einen Schrei verschwunden. Fort.

Roshidas Starre wich jetzt. Sie stürzte vorwärts, auf das Loch im Eis zu, auf die tückische dünnere Schicht zwischen den Eismassen, ließ sich auf die Knie fallen, die Hände ausgestreckt – und da endlich kam auch Bewegung in mich, da endlich ließ ich Hope los und stürzte ebenfalls vorwärts.

Und ich dachte etwas Absurdes, ich dachte: Das ist eine Komponente in unserem Spiel, die wir noch nicht hatten, eine weitere Gefahr, die man einbauen muss. Die Wölfe vor der Isle Royale.

Dann kniete ich auf dem Eis und hielt Roshida fest, die bäuchlings auf dem Eis lag, versuchte, sie zu mir heranzuziehen. Sie ließ sich nicht ziehen. Ich sah ihre Hände im Licht der gefallenen Lampe. Sie klammerte sich an der Abbruchkante des Eisloches fest, während es größer wurde. Ich *hörte* die Risse, ich hörte, wie mehr und mehr Eis abbrach, noch lag Roshida auf dem Eis ... Die Wölfe auf der anderen Seite wichen zurück, mit einem Laut zwischen Knurren und Jaulen.

»Roshida!«, brüllte ich, aber es war nur ein heiseres, halb ersticktes Flüstern. »Roshida, lass los! Lass die Kante los!«

Sie ließ nicht los. Sie kämpfte mit mir. Sie wollte vorwärts, zum Wasser, sie wollte in dieses Wasser hinein und tiefer, tiefer. Sie wollte ihn suchen da unten in der Schwärze unter dem Eis, und wir wussten beide, dass sie ihn nicht finden konnte.

»Was ist das für eine Scheiß-Romeo-und-Julia-Geschichte!«, wollte ich schreien, doch der Satz war zu lang. Ich schrie nicht, ich zerrte an ihren Beinen, mit aller Kraft, und es war nicht romantisch und nicht dramatisch und tragisch, es war nichts dergleichen, es war nur kalt und dunkel, und ich wünsche keinem, keinem auf der Welt diese Kälte und diese Dunkelheit und dass er auf dem Eis liegen und versuchen muss, jemanden zu retten, der nicht gerettet werden will.

An einem Punkt dachte ich, ich würde einfach loslassen. Sie gehen lassen. Weil es das Beste war. Weil ich ihr doch nicht helfen konnte. Weil Akash, da unten, sie vielleicht eher heilen konnte als ich oder das Leben. Weil es sinnlos war. Weil wir sowieso alle erfrieren würden.

Ja, an einem Punkt unseres Ringens auf dem See dachte ich sogar, ich könnte mich mitziehen lassen, mit ihr hinein in die Stille da unten, in der der Wolf irgendwo schwebte, schwerelos, zusammen mit dem Menschen, beide gleich in ihrem Zustand des Nicht-mehr-Seins.

Aber da zuckte ein jäher Schmerz durch meinen Unterschenkel, rot und grell und scharf, und ich fuhr hoch. Und kurz darauf kroch Hope an mir vorbei übers Eis und packte Roshidas Bein und tat das Gleiche, was sie mit mir getan hatte, um mich aus dem kurzen Traum vom Ende zu wecken.

Sie biss zu.

Sie versenkte ihre Zähne tief in Roshidas Fleisch und Roshida ließ vor Schmerz und Überraschung die Eiskante los. Und ich zog sie zu mir heran und schloss sie in meine Arme und hielt sie fest, weil ich wollte, dass sie zu sich kam, weil der Biss nicht reichte, oder weil ich ihre Wärme und das Leben in ihr spüren musste, um selbst zu mir zu kommen.

Eine Kinderhand zog an meiner und eine andere Kinderhand an der von Roshida. Hope sagte nichts, sie brauchte ihre ganze Kraft, um uns fortzuziehen, und wir gingen mit.

Wir ließen uns ziehen.

Wir rannten, stolperten, taumelten in die neue Richtung. Akashs Worte waren noch in unseren Köpfen: neunzig Grad. Wir waren die ganze Zeit weiter auf den See hinausgewandert, parallel zur Küste der Bucht statt aufs Festland zu.

Wie kann ich den Rest unserer Wanderung über das Eis beschreiben?

Es gibt keine Bilder.

Es gibt nur die Erinnerung, verschwommen und vage, an die Nacht, durch die wir gingen, irgendwann sehr langsam, eine Schwärze wie die unter dem Eis. Als wären wir bei ihm.

Wir hielten uns die ganze Zeit über an den Händen, oder vielleicht könnte man sagen, Hope hielt uns an den Händen. Sie hielt uns zusammen, sodass wir nicht verloren gingen.

Ich weiß nicht, wie lange wir wanderten.

Ich weiß, dass wir irgendwann Lichter sahen. Es schien vollkommen verrückt, wir sahen Lichter und wir liefen auf sie zu. Nie bin ich so glücklich gewesen, etwas zu sehen, das strombetrieben ist, etwas, das auf Energieverbrauch schließen lässt. Auf Zivilisation. Auf Menschen.

Es dauerte noch eine ganze Ewigkeit, bis wir die Küste erreichten, die Lichter strahlten uns lange über das Eis entgegen, ich dachte, es müsste ein Leuchtturm sein, doch es waren nur die Lichter eines einfachen Hauses, Lampen in zwei Fenstern.

Wir konnten uns kaum auf den Beinen halten, als wir über die letzten Eisschollen vor dem Ufer kletterten. Wir fielen und halfen uns gegenseitig hoch und dann standen wir auf einem verschneiten Uferweg ohne Spuren darin. Neben dem Haus stand ein Auto.

Das Nummernschild war kanadisch.

Ich sah die Tür des Hauses an. Es würde warm dort drinnen sein. Es würde jemanden geben, der sich um uns kümmerte. Es musste jemanden geben.

»Mathis«, sagte Hope, und noch etwas, und ich hob sie auf meine Arme, damit ich es hören konnte, weil es zu leise war. »Geht dein Telefon?«

Und sie griff mit ihrer eiskalten Handschuhhand in den Ausschnitt meiner Jacke und fand es. Und es ging. »Ruf deine Eltern an.«

Ich schüttelte den Kopf. Ich wollte nur an dieser Tür klingeln. Ich wollte nicht mit meinen Eltern sprechen. Wie sollte ich ihnen erklären, dass ich zugesehen hatte, wie der beste Freund, den ich je gehabt hatte, im Eis versunken war, ohne dass ich ihm hatte helfen können?

Jeder hatte nur ein Leben. Es war ein grausames Spiel, das Spiel der Glückskinder auf der Flucht.

Hope hielt mir das Handy hin. Sie hatte gewählt.

Die Nummer war eingespeichert.

»Sprich mit ihnen!«

»Mathis?«, fragte eine Stimme im Telefon, unheimlich nah, ohne Störgeräusche. Mein Vater. »Wo seid ihr?«

»Ich ... weiß nicht. Vor einer Tür. Ich ...«

»Da!«, sagte Roshida und zeigte auf den Briefkasten, an dem ein kleines Schild angebracht war, gerade lesbar im Licht aus den Fenstern.

Und ich las es meinem Vater vor, ohne zu verstehen, wozu. »Little Pigeon Bay Road 21.«
Dann war eine zweite Stimme im Telefon. Meine Mutter. »Eine Stunde«, sagte sie. »Wir sind in einer Stunde da. Mathis. Mathis, geht es euch gut?«
»Wo ... seid ihr?«
»Thunderbay. Als du uns geschrieben hast, welchen Weg ihr gehen werdet ... Wir sind sofort losgefahren. Vierundzwanzig Stunden im Auto von Québec. Ohne Pausen.« Ihre Stimme klang zittrig, glücklich, aufgelöst.
»Ich habe euch nicht geschrieben, welchen Weg wir nehmen«, sagte ich.
»Nein«, sagte Hope. »Das war ich.«

Hinter der Tür war Wärme, wirklich.
So viel Wärme.
Und Menschen, die uns nie zuvor gesehen hatten. Sie hatten einen Hund. Es war erst neun Uhr abends. Sie hatten heiße Suppe aus einer Fertigpackung. Sie hatten einen Kamin. Sie hatten tausend Fragen. Sie hatten Tränen in den Augen.
Ich achtete sehr darauf, dass sie die Tätowierung nicht sahen.
Und Hope behielt die Mütze auf.
Nicht alle Menschen mussten alles wissen.
Wir saßen mit dem Hund vor dem Kamin und aßen Weihnachtskekse, und keiner von uns konnte begreifen, dass wir wirklich dort saßen. Weihnachten, sagte die Frau, die graues Haar, Übergewicht und ein Safe-the-Wales-T-Shirt hatte, wäre vor zwei Tagen gewesen. Sie holten keinen Baum mehr, seit ihre Kinder aus dem Haus waren.
Sie sagte etwas von einem Weihnachtswunder.
Wir sagten ihr nicht, dass keiner von uns vieren, die über das Eis gegangen waren, Christ war.
Und dann hörte ich draußen ein vertrautes Motorengeräusch.
Das Auto meiner Eltern.

Fakten Globale Erwärmung und Eis

Der Meeresspiegel steigt zurzeit pro Jahr ca. 3 mm: einerseits dadurch, dass Wasser sich bei Erwärmung ausdehnt, andererseits durch das Abschmelzen der Gletscher. Einige Landmassen steigen mit, da sie das Gewicht des Eises nicht mehr belastet, andere gehen unter.

Neben seiner Eigenschaft als Treibhausgas macht CO_2 das Eis auch »brüchiger«.

Ca. 50 % der Süßwasservorräte der Erde sind in Gletschereis gespeichert und die z. B. indische und nepalesische Landwirtschaft auf die vorübergehende Gletscherschmelze im Frühjahr angewiesen, die die Flüsse ansteigen lässt. Gäbe es keine Gletscher mehr, würde sie zusammenbrechen. Zwischen 2011 und 2014 gingen an den Polen 500 bis 600 Quadratkilometer Eis verloren. In der Antarktis, am Südpol, dehnt sich die Eisfläche aus, jedoch liegt das daran, dass das dünner werdende Eis in den Randgebieten auseinanderdriftet.

Robben, Eisbären und Völker wie die Inuit können nur jagen, wenn das Eis begehbar ist.

Mit dem Rückgang des Eises sinkt aber vor allem die Erd-Albedo: das Rückstrahlvermögen von Sonnenlicht. Brüchiges Eis und beschneite Eisflächen haben eine geringere Albedo als glattes Eis.

Durch das Auftauen von dauerhaft gefrorenen Permafrostböden (Nordkanada, Alaska, Grönland, Ostsibirien) verändert sich zudem nicht nur die Tragfähigkeit des Grundes für Bauwerke, es werden auch CO_2 und die stärkeren Treibhausgase Methan und Lachgas frei, und austretendes Quecksilber vergiftet Böden und Grundwasser.

Würde das Inlandeis (Grönland, Antarktis, Arktis) vollständig schmelzen, stiege der Meeresspiegel um 5–7 Meter.

Gletscher verlieren pro Jahr 335 Mrd. Tonnen Eis (Studie Nature 2019)

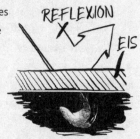

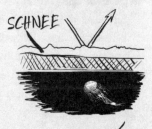

Albredo-Effekt

Damit wäre die Nordostpassage zwischen Pazifik und Atlantik für den Schiffsverkehr offen, der Abbau der dortigen Bodenschätze würde zu einer Verlängerung der Erdölförderzeit und Zerstörung eines der letzten intakten Ökosysteme führen. 2016 stellten Justin Trudeau und Barack Obama große Teile der Arktis unter Schutz, neue Lizenzen für Ölbohrungen sollten nicht vergeben werden. 2018 machte Donald Trump dies rückgängig.
Auch Norwegen will künftig mehr Erdgas aus der Arktis fördern, um von Russland unabhängig zu werden. Gemeinsam mit Finnland plant das Land eine Eisenbahnlinie durch die unberührte Arktis.

Hoffnung
Der kanadische Teil der Arktis ist noch immer eine Schutzzone.
Verschiedene Aktionen und Websites versuchen weltweit, mit Unterschriftensammlungen den Schutz der Arktis zu bewirken. Es gibt auch Versuche, mittels windgetriebener Pumpen nicht gefrorenes Meerwasser an die Oberfläche zu bringen, damit es friert und die Eisdecke vergrößert.

Fakten Climate Engineering

Geo- oder Climate Engineering versucht, in geochemische oder biochemische Kreisläufe der Erde einzugreifen, um Klimawandel und Ozeanversauerung zu stoppen. Viele Vorschläge sind noch nicht realisierbar, ihr Nutzen und ihre Folgen für die Umwelt umstritten.

Mehr Aufmerksamkeit durch Nobelpreisträger Paul Crutzen

Es gibt zwei Arten von Geoengineering: Beim Solar Radiation Management (SRM) soll über das Einbringen von Aerosolen, feinen »Sprühnebeln«, mehr Sonnenstrahlung reflektiert werden, was möglicherweise jedoch der Ozonschicht schadet. Beim Carbon Dioxide Removal (CDR) soll CO_2 aus der Atmosphäre entfernt werden, z. B. durch das Anpflanzen rasch wachsender Hölzer.
Von der Düngung der Meere durch Eisen oder Phosphor, um einen CO_2 aufnehmenden Algenteppich hervorzurufen, ist man wegen Nebenwirkungen und geringer Wirksamkeit abgekommen.
Die Gefahr im Geoengineering liegt darin, dass es als Alternative zur Reduktion der CO_2-Emissionen gesehen werden kann.

Hoffnung
Seit Mitte der 2000er-Jahre spielt der Begriff des Geoengineerings auch in der Politik eine Rolle. Es ist absehbar, dass eine Reduktion der Emissionen nicht rechtzeitig durchsetzbar ist, um die Erderwärmung aufzuhalten: Hier könnte durchdachtes Geoengineering helfen.

OUT

*Schmerz ist wie Reis in einem Lagerschuppen.
Wenn man jeden Tag einen Korb voll davonträgt,
ist am Ende nichts mehr übrig.*
Somalisches Sprichwort

15

des images
Bilder

> Bildersuche Internet:
> Québec City
> Kanada Wale

Das Café war winzig, die Gasse, in der es lag, ebenfalls: eine alte Gasse, Kopfsteinpflaster, Läden voller schöner, überflüssiger Artikel: Kleider, Geschirr, Schmuck, und in allen Schaufenstern frische Blumen.

Frische Blumen Ende Januar. Ein Zeichen des Frühlings, der noch nicht da war. Der Winter hier begann gerade erst, bis Ende März würde das Eis auf dem Sankt-Lorenz-Strom bleiben.

Gerade erblühende Tulpen zwischen Rüschenblusen und Holzspielzeug. Und die Häuser so ordentlich und hübsch wie Puppenhäuser, mit ihren altmodischen Aushängeschildern vor den Geschäften, mit ihren Natursteinfassaden und den Kassettentüren.

Da saß ich, in der bunten, heilen Puppenwelt des Quartier Petit Champlain in Québec, vor mir eine Tasse Kaffee, und sah aus dem Fenster.

Neben der Tasse stand der Laptop, ein neuer gebrauchter, bei Wörtern wie *Wasserfußabdruck* und *seltene Erden* hatte meine Mutter den Kopf geschüttelt, sie hatte mir einen neuen kaufen wollen. Auf dem Tisch also der Laptop, unter dem Tisch der Rucksack. Aber den Rucksack sah niemand.

Es war nicht viel darin.

Wechselwäsche. Warme Kleidung. Ein dickes Notizbuch. Eine Handvoll Kabel und USB-Sticks und eine Kamera. Eine neue gebrauchte.

Ich saß da und sah aus dem Fenster und war einen Moment lang mit mir allein. Einen Moment lang war alles still, die ganze Welt, wie unter Wasser – obwohl es unter Wasser natürlich nicht wirklich still ist, es ist wahnsinnig laut da, mit all den Schiffen und Ölbohrungen und Pipelines, und Fische haben gute Ohren, hatte Akash irgendwann einmal gesagt.

Aber ich saß in einer Glaskugel aus Stille und lehnte mich zurück und betrachtete das Treiben draußen, die dick eingepackten Leute, die in die Schaufenster sahen und lachten und Einkaufstaschen trugen und alle nicht wussten, woher die Tulpen in der Schaufensterdekoration kamen und dass dort der Grundwasserspiegel sank.

Ich schloss die Augen und dachte an Hope, die den Schokoladenkuchen in diesem Café liebte und die in ungefähr einer Stunde auf dem Stuhl mir gegenüber sitzen würde. Es würde eine Erleichterung sein, sie dort zu sehen: jemanden, der nicht ahnungslos war, etwas wie eine geheime Verbündete.

Dann dachte ich zurück an die Nacht am Ufer des Lake Superior, in dem Haus mit dem Kamin, und ich sah wieder vor mir, wie meine Eltern in der Tür standen: zögernd, stumm, als trauten sie sich nicht, auf mich zuzugehen – als könnte ich mich auflösen wie ein Trugbild.

Wir hatten einander lange einfach nur angesehen, und schließlich war ich es gewesen, der auf sie zugegangen war. Ich hatte meine Mutter umarmt und gespürt, wie klein sie war, nicht winzig wie Akashs Mutter, sondern klein auf andere Weise. Hilflos. Dann hatte ich meinen Vater umarmt, der ein wenig erschrocken darüber wirkte. Er war ein zu distanzierter Mensch für Umarmungen.

Aber ich hatte sie beide, nacheinander, nur mit einem Arm umarmt. An meiner anderen Hand hielt ich Hope, sie hatte meine Hand keine Sekunde losgelassen – und ich ihre auch nicht.

Ich spürte ihren Griff noch, panisch, ein Klammergriff. Vielleicht war meiner ebenso panisch gewesen.

»Das ist Hope«, sagte ich, und sie sagte nur »Ja«, und ich sagte: »Wo immer ich ab jetzt wohne, wohnt sie auch.«

»Tue ich das?«, fragte Hope. Ich nickte. »Natürlich. Ich meine, wenn du lieber jemanden von deinem Clan suchen willst ...«

»Ach, nee«, flüsterte Hope, »es ist eigentlich nicht unbedingt nötig.«

»Entschuldigung, ist das der Mathis, der Verantwortung ablehnt?«, fragte mein Vater, betont nüchtern, sarkastisch: vielleicht, um nicht zu heulen. »Der Mathis, der niemals sesshaft werden will und der Kindern nichts abgewinnen kann?«

»Nee«, sagte Hope und sah mich an, als müsste sie das prüfen. »Nee, das ist ein anderer.«

»Und du?«, fragte meine Mutter sanft und sah Roshida an. »Bist du ... seid ihr ...?«

»Einen Teil des Weges zusammen gegangen«, sagte ich rasch.

Roshida nickte und sah zu Boden und murmelte ihren Namen, dann trat sie ans Fenster und sah hinaus in die dunkle Nacht, in Richtung des Sees.

»Deine ... große Liebe?«, flüsterte meine Mutter mit einem irgendwie hoffnungsfrohen Lächeln, und ich schüttelte den Kopf. »Der Mensch, der Roshida geliebt hat und den sie liebt«, sagte ich ganz leise, »liegt da draußen unter dem Eis. Er ... war ein sehr guter Freund. Der beste.«

Und da war es meine Mutter, die mich in die Arme nahm. Sie drückte meinen Kopf an ihre Schulter, und sie summte etwas, eine winzige Melodie, die ich als Kind gekannt hatte. Sie zog auch Hope in die Umarmung. Sie summte für uns beide, ein Lied über das Leid und das Vergessen, und dafür liebte ich sie.

Mein Vater stellte sich neben Roshida ans Fenster.

Er räusperte sich, und ich dachte, er wolle etwas Steifes, Höfliches sagen wie »Mein Beileid«, doch er sagte: »Ich kenne Ihre Geschichte nicht, aber wenn Sie möchten, ist bei uns auch ein Zimmer für Sie frei. Wir haben zwei nicht oft genutzte Gästezimmer.«

In dieser Nacht jedoch schliefen wir auf Luftmatratzen in der Pigeon Road, alle in einem Raum.

Als ich auf meiner Matratze saß, mit einer Wolldecke über den geliehenen Kleidern, zog ich die Wollmütze aus. Roshida, auf der Matratze daneben, schlief bereits. Oder sie tat so.

Ich spürte die Blicke meiner Eltern, ich hörte, wie mein Vater scharf die Luft einsog.

»Was ...?«, begann meine Mutter.

»*La vida loca por siempre*«, sagte ich und führte eine Hand an meine

Stirn. »Für immer ein Leben im Wahnsinn. Es ist wahrer, als man denkt. Ich kann nicht zurück. Dorthin, wo ich vor meiner Reise war. Ich bleibe einer von den Outlaws, fürchte ich.«

»Wirst du uns eines Tages alles erzählen?«, flüsterte meine Mutter.

Ich nickte. »Morgen«, sagte ich. »Ich fange morgen damit an. Aber das Tattoo ... Ich wollte es nicht haben. Es ist ein Stempel, den mir andere aufgedrückt haben. Zwangsweise. Nur, falls euch das beruhigt.«

»Nicht wirklich«, sagte mein Vater.

»Nein«, murmelte ich, »denn sie suchen in Amerika einen Mörder, der dieses Tattoo auf der Stirn trägt.«

»Mathis«, sagte meine Mutter, »Mathis.« Mehr nicht. Und sie kniete sich vor die Matratze und nahm meine Hände in ihre und ich sah sie an.

»Die Welt ist kaputt«, flüsterte ich. »Da macht ein Mörder mehr oder weniger nichts aus. Aber es bleibt nicht so. Wir sorgen dafür, dass alles ... irgendwie ... heilt. Dazu sind wir am Leben, nehme ich an. Das ist der Sinn.« Ich wies mit einem Nicken auf Hope, die eingeschlafen war und die rote Wichtelmütze neben sich gelegt hatte. Und ich glaube, erst da sahen meine Eltern, dass sie keine Ohrmuscheln besaß.

»Oh«, sagte mein Vater. »Was ...?«

»Somalia«, sagte ich und zuckte die Schultern. »Es gibt mehr. Mehr Zerstörtes. Nicht alles wird sich reparieren lassen. Aber der Anhänger um ihren Hals. Das goldene Kamel. Das ist es, was zählt. Sie und das goldene Kamel haben es bis hierher geschafft. Das ist eine Info, die ins Netz muss. Möglicherweise gibt es in Somalia irgendwann einen Putsch, wenn die Info durchkommt, aber einen von der guten Sorte, wenn es so etwas von der guten Sorte gibt.«

»Sie hat es nicht bis hierher geschafft, *du* hast sie bis hierher *gebracht*«, sagte mein Vater, und zu meinem Erstaunen schwang etwas wie Stolz in seiner Stimme mit, obwohl er doch nichts wusste von unserer Reise. Obwohl ich gesagt hatte, dass ich ein Mörder war. Vermutlich hatte er das für einen Witz gehalten.

»Wir haben uns gegenseitig hergebracht«, sagte ich.

Und dann schlief ich ein.

Als ich nachts einmal aufwachte, war die Luftmatratze neben mir leer. Ich erschrak für eine Sekunde.

Dann spürte ich den kleinen, warmen, zu einer Kugel zusammengerollten Körper, der sich an meinen Rücken drängte. Sie war da, ganz nah, vielleicht im Schlaf zu mir auf die Matratze gekrochen. Ich deckte sie mit einem Stück meiner Decke zu und schlief wieder ein.

Die Fahrt nach Hause im Auto meiner Eltern war lang und voller Pausen gewesen, eine Fahrt durch ein Winterwunderland. Das Haus, das ich seit meiner Kindheit kannte, hatte treu auf uns alle gewartet. Es war ein gutes, solides Haus, ein bisschen eckig, ein bisschen hässlich, aber Hope hatte gesagt: »Da ist wirklich einer von diesen Dingern in der Auffahrt! Von diesen Ahornbäumen, die auf der Fahne sind!«, und sie hatte ihre Arme um seinen Stamm gelegt und ihm gesagt, sie würde bleiben.

Menschen gegenüber war sie zurückhaltender als Bäumen.

Sie bestand auf »Monsieur Thomás« und »Madame Sandrine« statt einfach die Vornamen meiner Eltern zu sagen, und sie war weit entfernt davon, jemals Mum oder Pop zu sagen, oder Maman oder Papa. Sie lernte jetzt Französisch, sie würde demnächst zur Schule gehen, so viel war passiert.

Wir waren bei einer Vielzahl von Ärzten gewesen, ich sah auch das noch vor mir: Hope auf weißen Untersuchungsliegen, ängstlich, sich an mich klammernd. Ich hatte ihre Hand gehalten, bei jedem Check und jeder Impfung.

Der Kinderarzt hatte geflucht, als er die Narbe der Beschneidung zu Gesicht bekommen hatte.

»Sie tun das noch immer zu vielen kleinen Mädchen an, selbst hier«, sagte er. »Nicht nur die Somalis. Zu Hause, auf dem Küchentisch, ich kenne Geschichten von Kollegen. Aber gesehen habe ich es nie ...«

Die Ohren waren eine andere Sache. Wir hatten die Diskussion darüber verschoben.

Eines Abends hatte Hope, schon im Bett, gefragt: »Werde ich jetzt wieder ein Mädchen sein?«

»Wie denn – ein Mädchen sein? Bist du im Moment keins?«, hatte meine Mutter gefragt.

»Doch, aber ... ich trage kein Kopftuch. Und Hosen. Ich bin immer noch als Junge verkleidet.«

»Ich glaube nicht, dass du verkleidet bist«, hatte meine Mutter gesagt.

»Wenn ich weiter Muslima sein will, muss ich mich verhüllen. Roshida tut es auch wieder.«

»Du kannst sein, was du willst. Du musst es vielleicht erst herausfinden«, hatte meine Mutter geantwortet. Sie hatte nicht gewusst, dass ich im dunklen Flur stand und zuhörte.

Hope und ich wohnten zusammen in meinem alten Zimmer. Es gab jetzt ein Zusatzbett darin, ein Klappbett. Aber sie schlief immer nur darin ein. Spätestens um Mitternacht fand ich sie neben mir.

Sie war angekommen, doch sie brauchte noch immer Schutz, sie schien fast ängstlicher zu sein als auf der Reise: Hier, in Québec, war alles fremder als je zuvor.

Roshida hatte keine Angst.

Sie ging lange ganz alleine spazieren. Sie machte keinerlei Anstalten, andere Rohingya zu finden. Sie trug lange Röcke und Kopftücher, doch sie trug sie nur für sich selbst. Sie sprach wenig. Sie wanderte mit Akash zusammen durch die Stadt, ich war mir sicher.

Ich wünschte, ich hätte ihn auch sehen können.

Ja, da saß ich mit meinem Kaffee und hatte so viele Bilder und Szenen im Kopf, die mir das Herz brachen: Hope auf Schlittschuhen, stolpernd, kichernd. Hope bei der Anmeldung in der Schule. Hope, auf dem Stuhl kippelnd, nervös, beim Anwalt meiner Eltern, dessen Sätze weder sie noch ich verstand.

Hope auf einer Schaukel auf einem öffentlichen Spielplatz, hoch in den Himmel schwingend, ins Blau. Wie damals, in Nicaragua, an dem Mimosenbaum.

Hope, die mit dem goldenen Kamel auf den Computerbildschirm zeigte und mir sagte, was ich eingeben musste, um zur Seite der Buchhandlungen des Magan Ali Addou zu kommen. Es war kompliziert, gut verschlüsselt. Die Seite war eine Art Blog, der letzte Post von Anfang Juni 2018. Ich konnte nichts lesen, es war alles auf Somali, in arabischer Schrift.

»Das Foto von mir und dem goldenen Kamel«, hatte Hope gesagt. »Das du gemacht hast. Das vor dem Ahornbaum. Kannst du das da drauf stellen? Als Kommentar, da unten? Und schreib was. Schreib, dass ich da bin. Dass Magan Ali recht hatte. Man kann die Freiheit erreichen. Selbst als Kind. Selbst als Mädchen.«

Ich hatte gehorsam getippt, auf Englisch.

Nach Sekunden waren andere Kommentare erschienen. Keine Worte. Nur Smileys. Nichtssagend. Alles sagend. Sie waren da, die Hinterzimmerleute aus Mogadischu. Sie waren im Netz, sie sahen uns. Sie sahen die Hoffnung. Sie würden etwas tun.

Irgendwann.

»Mathis?« Ich fuhr hoch.

Vor mir stand Florence und neben ihr ein Typ, den ich zuerst nicht erkannte, ein gut durchtrainierter Kerl mit leicht wildem, halblangem Haar. Ein bisschen so, dachte ich, wie ich die Haare früher gehabt hatte. Etwas zum Verwuscheln.

»Schon drei Uhr?«, sagte ich und zog einen Stuhl zurück, und Florence setzte sich, während der Typ verschwand, um etwas zu trinken zu holen.

Wir hatten uns bisher nur geschrieben. Sehr kurz.

Einen Moment sagte keiner etwas. Ich rückte die schwarze Wollmütze zurecht. Florence räusperte sich.

»Du bist also wieder da!«

»Hm«, sagte ich.

»Wie ... war's denn so?«

»Lang«, sagte ich.

Sie war schöner als je zuvor. Erwachsener.

Ich wollte nichts von ihr. Sie war eine ästhetische Erinnerung, und es war gut, sie zu sehen, so wie es gut ist, ein Bild zu sehen.

»Du studierst?«, fragte ich.

Sie nickte. »Lehramt.«
»Das ist gut«, sagte ich. »Kinder sind wichtig.«
Wieder ein Nicken. »Du ... hast eins mitgebracht.«
Ich lachte, nervös. »Mehr oder weniger. Ich glaube ja eher, es hat mich mitgebracht. Hope. Vielleicht siehst du sie nachher.«
Der Typ kam zurück, ein mützenrotes Plastiktablett mit Tassen und zwei Donuts balancierend, stellte es ab und ließ sich auf den letzten freien Stuhl am Tisch fallen.
»Mathis«, sagte er. »Hey, wir kennen uns. Von der Schule. Du erinnerst dich nicht, was?«
»Nicht wirklich«, gab ich zu, kniff die Augen zusammen, musterte ihn. Doch, ich erinnerte mich. Er war ein oder zwei Jahre über uns gewesen.
»Zac«, sagte ich, »Zaccharias. Warst du nicht der, der ab und zu bei den Partys im Schulkeller aufgelegt hat?«
»Genau der«, sagte Zac fröhlich und biss in einen Donut. Er wirkte wie ein großes Kind.
»Und du programmierst?«
»Yep«, sagte Zac. »Hab angefangen, Informatik zu studieren, aber wer braucht schon ein Studium? Ich meine, ich mach's fertig, ihr zuliebe. Sie steht auf geradlinige Leute mit den richtigen Abschlüssen.« Er grinste Florence zu. »Sicherheit und so. Aber eigentlich bin ich Selfmademan.«
Er wischte sich die Krümel mit dem Handrücken vom Mund. Beugte sich leicht vor.
»Also? Wozu brauchst du mich? Florence sagt, du hättest einen Job.«
»Es ist nicht unbedingt ein bezahlter Job«, sagte ich vorsichtig. »Die Frage ist, ob ich dich überzeugen kann. Ich weiß nicht, ob sie dir von meinem... Projekt erzählt hat. Am einfachsten ist es, es sich *anzusehen.*«
»Mathis ist Fotograf«, sagte Florence, und ich lachte und sagte, das wäre ich nicht, aber ich hätte Fotos.

Und dann rückten wir zusammen und ich zeigte ihnen die Bilder. Nicht alle, nicht, um sie zu erdrücken, zu erschlagen, zu verjagen. Nur einen kleinen Teil.

Ich hatte drei Wochen lang wie ein Besessener an den Texten

gearbeitet, Erinnerungen ausgegraben, Worte, Sätze, Absätze geschrieben und verworfen. Vor allem aber hatte ich Bilder sortiert. Es waren letztlich die Bilder, die zählten. Ein paar Dinge erklärte ich, dort an dem Cafétisch. Ein paar wenige. Regenwald, Erdöl, Bananen, Bürgerkriege. La bestia. Den Schädel in der Milchkanne. Die Bad Lands bei Wounded Knee. Es dauerte nicht lange.

Und schließlich klappte ich den Laptop zu und sah die beiden an, die mir wortlos zugehört hatten.

Florence hatte Tränen in den Augen.

Zac schlug mit der Hand auf den kleinen Tisch, dass die Tassen hochhüpften.

»Du machst dir so viele Sorgen!«, sagte er. »Um die Welt. Um das Leben. Um die Menschen. Ich meine, dass die Erde kaputtgeht, ist klar. Aber ich werd' dir was sagen, Mathis: Wir können nichts tun. Gar nichts. Die Welt ist unhaltbar verloren, nicht zu retten. Selbst wenn sie jetzt alles umstellen, ändert sich das Klima weiter. Das hält so schnell keiner auf. Alles stirbt weiter aus, vertrocknet weiter, die Immigranten kommen und überrennen uns und das Ganze zerbricht in Chaos und Gewalt. Und genau deshalb solltest du aufhören, dir Sorgen zu machen. Es ist wie mit dem Bier im Kühlschrank. Wenn es sowieso offen ist, kann man es auch austrinken, bevor es schal ist. Ich meine: Also lass uns feiern! Das ist mein Motto. Party machen, bis es nicht mehr geht. Keine Rücksicht. Die letzten Ressourcen verbrauchen, leben, dass es kracht, glücklich sein – und dann ab in den Sarg. Ohne Kinder, natürlich, für die gibt es nichts zu erben. Hey, ich nehm dich mit, wenn du willst! Heute Abend! Tanzen und trinken. Vergiss dein Sorgen.«

Ich sah ihn lange an. Wie er da saß, freundlich, verstrubbelt, eine Hand auf der Hand von Florence.

»Du wolltest jemand Verantwortungsbewussten haben, Florence«, sagte ich leise und lachte auf einmal. »Und jetzt ... Zac?«

Sie lehnte sich ganz leicht an ihn. »Ja«, sagte sie. »Jetzt Zac. Er schlägt ab und zu über die Stränge, aber er studiert, und er hatte kein Problem damit, mit mir zusammenzuziehen. Er ist ein Chaot, das stimmt. Ein Lieber.«

»Du wolltest ... Kinder?«

»Vielleicht«, sagte Florence ausweichend. »Vielleicht auch nicht. Eine Welt in Scherben kann man keinem vererben.«

»Genau das ist es doch!«, rief ich. »Genau das!«

Ich merkte, wie ich aufgesprungen war, und setzte mich wieder, weil die Leute mich seltsam ansahen. »Okay, Zac, Party«, sagte ich, ruhiger jetzt. »Aber programmieren kannst du?«

»Yep.«

»Würdest du mir helfen, ein Computerspiel zu bauen? Ohne dass ein einziger Cent dabei für dich rausspringt? Die Cents würden erst in dem Moment springen, in dem es läuft. Wenn wir eine Förderung bekommen oder die Leute es kaufen.«

»Ein Computerspiel?« Er lehnte sich wieder vor, interessiert. »Klingt nach 'ner Abwechslung. Was soll das denn werden?«

»Es war nur ein Witz zwischen uns«, sagte ich. »Zwischen einem guten Freund und mir. Er ist tot. Er hieß Akash, und ich dachte, wir nennen das Spiel nach ihm. Es geht um den Weg der Flüchtlinge. Um das, was ihr auf den Bildern gesehen habt. Jeder soll es erleben können. Wir brauchen eine Menge Querverlinkungen zu Infoseiten und ...«

Wir beugten uns gemeinsam über den Laptop. Über den Plan, den ich skizziert hatte, und eine halbe Stunde später hatte ich einen Programmierer.

Florence wollte gehen, sie sah seit einer Weile auf ihr Handy. Sie sagte, sie hätten beide noch eine Nachmittagsvorlesung, und Zac grinste und stand gehorsam auf.

»Ist ein cooles Projekt«, sagte er. »Ich besorg die Leute, die wir brauchen.«

Er streckte die Hand aus.

»Eins noch«, sagte ich und gab mir Mühe, meiner Stimme einen festen Klang zu geben. »Machst du das mit mir, *egal, wo ich bin*?«

»Warum, wo willst du sein?«

»Machst du es, egal, wo ich bin? Wir können alles übers Netz regeln, oder?«

»Von mir aus«, sagte Zac und zuckte die breiten Schultern. Da schüttelte ich seine Hand.

Und sie gingen.

Ich sah Florence und Zac Arm in Arm die Gasse hinunter verschwinden, im Gedränge der dick eingepackten Menschen. Ja, wir mussten uns dick einpacken für die Zukunft.

Wie schön sie war, doch, wirklich, in ihrem dunkelvioletten, taillierten Wintermantel mit dem hellen Pelzbesatz. Mit dem offenen, welligen braunen Haar, das im Winterwind flog.

Unter dem Tisch stieß mein Fuß an den Rucksack.

Und dann kam Hope.

Sie kam herein wie ein Wirbelwind, mit ihrer geliebten roten Wichtelmütze, und hinter ihr, außer Atem und dadurch seltsam verjüngt, meine Mutter. Die schon lange nichts mehr berechnet hatte. Ihr schien die Zeit dazu zu fehlen.

Meine Mutter stellte drei große Tüten am Tisch ab, rang demonstrativ nach Atem und verschwand in der Selbstbedienungsschlange.

Und Hope kam zu mir und warf die Arme um mich. Es war einer der Tage, an denen sie ein normales Kind war. Die anderen Tage gab es auch. Die, an denen sie ein Gefäß der Erinnerung war und nicht mehr: ein kleines zusammengerolltes Bündel Vergangenheit in der Ecke des Sofas, dem mein Vater vorlas, um es abzulenken, aus dem unerschöpflichen Vorrat von Büchern in dem riesigen Bücherregal, den Hope stets ansah wie einen Schatz.

Er legte das Jackett ab, wenn er ihr vorlas. Vielleicht, um sie nicht einzuschüchtern. Obwohl sie keine Angst vor Jacketts hatte. Sie hatte Angst vor Menschen mit Macheten und Schusswaffen und tiefem Wasser.

In den Büchern gingen sie zusammen Hand in Hand über erfundene Wiesen, barfuß vermutlich.

Aber dieses war ein guter Tag, und Hope ließ mich los und sagte: »Wir haben alles bekommen, was ich brauche. Eine ganze *Tonne* Hefte und Stifte und Ordner und anderes Zeug. Ich hätte nie geglaubt, dass man so viele *Sachen* haben kann! Und dass man sie haben *muss*, nur, weil man in die Schule geht!«

Dann setzte sie sich auf mein Knie und sah mich an. Sie merkte, dass ich ernst war, obwohl ich versuchte zu lächeln.

»Mathis? Was ist los?«

»Nichts«, sagte ich. In meinen Wimpern hing irgendetwas Störendes fest, etwas wie eine Träne, keine Ahnung, wie sie da hinkam. »Hör zu. Ich habe mit jemandem gesprochen, der mir hilft, dieses Spiel zu machen. Du weißt schon, Akashs Idee. Vielleicht klappt es. Aber du weißt auch, dass da mehr ist. All diese Bilder. Und die Storys. Ich dachte eine Weile, ich werde sie nie jemandem zeigen, weil sie privat sind. Aber die Leute müssen das sehen, das hast du selbst gesagt. Sonst war alles umsonst.«

Hope nickte. »Hast du eine Zeitung gefunden, die das druckt?«

»Noch nicht«, sagte ich. »Mal sehen. Nichts davon kann öffentlich werden, solange ich mich verstecke. Solange ich mit einer Mütze herumrennen muss, die ich in die Stirn ziehe. Solange ich nicht laut sagen kann, was wirklich passiert ist und … was ich getan habe.«

»Ja, hm, vielleicht«, sagte Hope. »Suchen sie denn noch immer?«

»Natürlich. Der Fall ist nicht abgeschlossen. Nichts ist abgeschlossen. Ich träume immer noch. Ich sitze auf diesem Zaun, am Friedhof von Wounded Knee, und Taylor White Grass hat recht. Ich muss runterklettern und weitergehen.«

»Ich verstehe nicht, was du mir sagen willst«, sagte Hope und setzte sich auf einen eigenen Stuhl, wie um Distanz zu schaffen. Plötzlich ängstlich.

»Okay«, sagte ich und räusperte mich. »Ich fange noch mal an. Heute ist der 21. Januar. Im jüdischen Glauben das Neujahr der Bäume. Lach nicht, es ist wirklich so. Die Bäume haben andere Zeiten. Für uns ist es ein Tag, an dem man darüber nachdenken soll, wie man mit der Natur verbunden ist. Denk an die Bäume im Regenwald, diese Riesen, die ganze Welten sind, die selbst so viel Wasser verdunsten wie …«

»Erklärst du jetzt schon wieder die Hadley-Zelle?«

»Nein, schhh!«, machte ich und drohte ihr mit dem Zeigefinger wie ein Clown, der einen Lehrer spielt. »Das Neujahr der Bäume, finde ich ... ist das eigentliche Neujahr des Lebens. Es ist ein guter Tag für einen Beginn. Oder ... einen Abschluss.«

Hope sah sich nach meiner Mutter um. »Was macht sie so lange?«, fragte sie, nervös. »Sie wollte doch nur einen Tee holen und Kuchen ...«

»Hör zu. Bitte.« Ich griff über den Tisch und legte meine Hände um das schmale Gesicht, das ich so oft fotografiert hatte. »Kannst du Roshida von mir sagen, sie soll weitermachen? Mit allem? Egal wie? Kannst du ihr sagen, dass sie nicht aufgeben darf?«

»Was – wieso – aber du ...« Sie riss sich los und dabei fiel ihr Blick auf den Boden. »Warum hast du den Rucksack hier?«, flüsterte sie. »Gehst du weg? *Mathis, gehst du wieder weg?*«

»Ja und nein«, sagte ich und schluckte.

Meine Mutter stand jetzt hinter Hope, ein Tablett in der Hand.

»Was ist denn? Mathis? Alles okay?«

Ich nickte. »Es ist nur ... Ich wollte nie bleiben. Nie sesshaft sein. Nie Verantwortung.« Ich stand auf. »Ich wollte ... ein Weltenbummler sein und nichts anderes.«

Es war so schwer, es zu sagen. So schwer. Aber es musste sein.

Ich zog Hope in meine Arme und sie wehrte sich nicht mehr. Vielleicht verstand sie.

»Ich habe gelernt«, flüsterte ich. »Ich habe viel gelernt. Verantwortung, verdammt, Verantwortung ist das Wichtigste im Leben. Wir müssen diese Erde irgendwie heil kriegen. Das Schlimmste verhindern. Oder nicht?« Ich hasste die Verzweiflung in meiner Stimme. »Für die Kinder. Für die Kamele. Für die Faultiere im Dschungel. Für uns alle. Akash hat das genauso gesehen. Ich ...« Ich merkte, wie ich mich verhaspelte. Und dann fiel mir der Satz ein, den ich mir zurechtgelegt hatte. »Wir müssen dazu stehen, was wir tun«, sagte ich fest. »Weglaufen ist keine Option. Die Schuld ... ich schätze, sie läuft immer mit. Das gilt für alles. Für das, was wir mit der Erde machen, und für alles andere.« Ich ließ Hope los. Bückte mich. Nahm den Rucksack.

»Ich kann mich nicht für immer verstecken. Ich habe auf zwei Menschen geschossen und einen getötet und sie suchen mich. Ich gehe zur

Polizei. Ich stelle mich. Und ja, ich weiß, dass Kanada ein Auslieferungsabkommen mit Trumps Amerika hat.«

»Aber«, sagte meine Mutter. Sie hielt das Tablett so fest, dass ihre Fingerknöchel weiß hervortraten.

»Ich kann alles von da drinnen regeln«, sagte ich. »Die Reportage und die Bilder veröffentlichen. An Akashs Spiel arbeiten. Ich werde sehr viel Zeit haben und Hilfe hier draußen. Ich werde ihnen die Wahrheit sagen.«

»Du ... du kannst ihnen doch sagen, dass es Notwehr war!«, wisperte Hope. »Er hat dich zusammengeschlagen!«

»Ich werde einen Anwalt haben und wir werden das versuchen«, sagte ich. »Die Zeugen dafür, wie ich hinterher aussah, sind ein Kind und ein Säufer, der gegen das System Amerika arbeitet und einen Teil seines Lebens mit Pfeil und Bogen in einem Zelt verbringt.« Ich hörte mich lachen. Es klang nicht gut. »Aber die Wahrheit bleibt, dass ich ihn nicht hätte töten müssen. Ich will, dass sie alle wissen, warum er sterben musste. Vielleicht gibt es irgendwelche mildernden Umstände. Vielleicht nicht.«

»Texas hat die Todesstrafe«, wisperte meine Mutter, kaum hörbar.

»Ich glaube nicht, dass sie sie in so einem Fall verhängen, das wäre absurd«, sagte ich und lachte wieder. »Es wird nur alles sehr lange dauern. Jahre. Jahrzehnte. Wir werden uns eine Weile nicht sehen. Ich weiß nicht, wie viel Kontakt sie einem erlauben, wenn man sitzt.«

Und ich dachte wieder an die Szenen mit Hope, die mir das Herz brachen, diese kleinen, alltäglichen Szenen. Sie brachen mir das Herz, weil ich sie nie mehr erleben würde. Und ich hätte ihr so gerne noch die Wale in der Mündung des Sankt-Lorenz-Stroms gezeigt.

»Okay, sag Papa, er hat recht gehabt mit der Verantwortung, ja? Und dass ich ihn lieb habe«, flüsterte ich, und ich umarmte Hope noch einmal und meine Mutter nicht, weil sie das Tablett hielt. Ich gab ihr einen Kuss auf die Wange.

Dann ging ich, hinaus in die kleine Gasse, in die Spielzeugstadt Québec.

Einmal drehte ich mich um. Hope stand vor dem Café, ohne Jacke. Sie hatte auch die Mütze abgenommen: ein kleines, dünnes Mädchen mit kurzem Haar und fehlenden Ohrmuscheln. Und erhobenen Armen, die winkten. Sie lief mir nicht nach, winkte nur.

Ich liebte sie dafür mehr als für alles andere.

Ja.

Was jetzt kommt, wird ungefähr das Gegenteil sein vom freien Leben, in dem man nirgends festklebt, Tag für Tag durch die Welt zieht, ungebunden und nur sich selbst etwas schuldig. Es wird etwas ganz anderes sein als im Regenwald bei den Yanomami, als im Schatten eines Mimosenbaums neben einer Schaukel, die hoch ins Himmelblau schwingt.

Aber vielleicht kann man gerade von dort aus, in der Stille und Sterilität eines fremdgesteuerten Alltags, weiter reisen als jemals sonst. Im Geist.

Nach innen sehen, hat Taylor gesagt.

Ich dachte an das Mädchen im Dschungel, das meine Frau war. Seltsam, dass ich plötzlich an sie dachte, während ich die Gasse entlangging. Vielleicht würde ich sie eines Tages wiedersehen.

In meinem Rucksack steckte die Laptoptasche, und auf dem Laptop warteten die Texte und Bilder, die ich den Menschen zeigen wollte. Die Geschichten all jener Glückskinder auf der Flucht.

Sobald ich mich gestellt hatte, konnte ich sie öffentlich machen.

Vielleicht hatte ja irgendwer Zeit, sie anzusehen und zu begreifen.

No more fact sheets

Only hope

Quellen Zitate

Seite 26:
Aus »Davi Kopena im Interview – Der Himmel wird herunterfallen«, zitiert nach: https://www.faz.net/aktuell/gesellschaft/umwelt/davi-kopenawa-im-interview-der-himmel-wird-herunterfallen-11108103-p2.html, Stand vom 16.04.2019.

Seite 194:
Mao Tse-tung, zitiert nach: https://natune.net/zitate/zitat/7166, Stand vom 16.04.2019.
Rios Montt, zitiert nach: https://www.motherjones.com/politics/1999/03/guatemala-bill-clintons-latest-damn-near-apology/, Stand vom 16.04.2019.

Seite 367:
George Bernard Shaw, zitiert nach: https://www.zitate-online.de/literaturzitate/aphorismen/19529/ich-bin-bekannt-fuer-meine-ironie-aber-auf.html, Stand vom 16.04.2019.

Seite 526:
Somalisches Sprichwort, zitiert nach: http://www.sprichworte-der-welt.de/sprichworte_aus_afrika/sprichworte_aus_somalia.html, Stand vom 16.04.2019.

PEER ANDERS MARTIN wurde 1968 in Hannover geboren. Schon als Jugendlicher interessierte er sich neben Basketball, Eckkneipen und Schwarz-Weiß-Filmen für das Schreiben, kam allerdings über merkwürdige Kurzgeschichten nie hinaus. Nach einem Sozialpädagogikstudium in Berlin (wo er seine ganz erstaunliche Frau und erste Leserin kennenlernte) arbeitete er mehrere Jahre mit Jugendlichen in Berlin, Brandenburg und Vorpommern, zuletzt auf der Insel Rügen.

Diese Erfahrungen und die Erzählungen eine syrischen Freundes brachten ihn schließlich dazu, seinen ersten Roman niederzuschreiben, der auf seinen vielen langen Spaziergängen an den Stränden der Ostseeküste entstand, wo er seine Geschichte zuerst der geduldigen Hündin Lola erzählte.

Er lebt mit seiner Frau, drei Kindern und Lola in Quebec und konzentriert sich ganz auf seine Geschichten (und natürlich seine Kinder).

SÜDAFRIKA
1. Johannesburg

BRASILIEN
2. Porto de São Raimundo
3. São Gabriel da Cachoeira
4. Yanomami-Dorf
5. Iauraté

KOLUMBIEN
6. Mitú
7. Bogotá
8. Medellín
9. Turbo
10. Capurganá

PANAMA
11. Yaviza

COSTA RICA
12. Puerto Limón

NICARAGUA
13. Küstenort
14. Dorf in Nicaragua
15. Zwischenstopp **EL SALVADOR**
16. Todos Santos Cuchumatán

GUATEMALA
17. Guatemala City
18. La Mesilla

MEXIKO
19. Tapachula
20. Lechería, Mexiko-Stadt
21. Jimena und Pedro
22. Nuevo Laredo

USA
23. Brooks County
24. San Antonio
25. Dallas
26. Pine-Ridge-Reservat
27. Duluth, Lake Superior
28. Grand Portage

KANADA
29. Pigeon Bay
30. Québec